El cártel

SERIE
NEGRA

DON WINSLOW

EL CÁRTEL

Traducción de
EFRÉN DEL VALLE

RBA

IX Premio RBA de Novela Negra
Otorgado por un jurado formado por Paco Camarasa, Antonio Lozano,
Manel Martos, Soledad Puértolas y Lorenzo Silva.

Título original inglés: *The Cartel*.
© Samburu, Inc., 2015.
© del mapa: Mapping Specialists.
© de la traducción: Efrén del Valle, 2015.
© de esta edición: RBA Libros, S.A., 2015.
Avda. Diagonal, 189 - 08018 Barcelona.
rbalibros.com

Primera edición: octubre de 2015.
Segunda edición: noviembre de 2015.

REF.: OBFI122
ISBN: 978-84-9056-636-7
DEPÓSITO LEGAL: B.22.790-2015

ÁTONA VÍCTOR IGUAL • FOTOCOMPOSICIÓN

Impreso en España – *Printed in Spain*

DEDICO ESTE LIBRO A:

Alberto Torres Villegas, Roberto Javier Mora García, Evaristo Ortega Zárate, Francisco Javier Ortiz Franco, Francisco Arratia Saldierna, Leodegario Aguilera Lucas, Gregorio Rodríguez Hernández, Alfredo Jiménez Mota, Raúl Gibb Guerrero, Dolores Guadalupe García Escamilla, José Reyes Brambila, Hugo Barragán Ortiz, Julio César Pérez Martínez, José Valdés, Jaime Arturo Olvera Bravo, Ramiro Téllez Contreras, Rosendo Pardo Ozuna, Rafael Ortiz Martínez, Enrique Perea Quintanilla, Bradley Will, Misael Tamayo Hernández, José Manuel Nava Sánchez, José Antonio García Apac, Roberto Marcos García, Alfonso Sánchez Guzmán, Raúl Marcial Pérez, Gerardo Guevara Domínguez, Rodolfo Rincón Taracena, Amado Ramírez Dillanes, Saúl Noé Martínez Ortega, Gabriel González Rivera, Óscar Rivera Inzunza, Mateo Cortés Martínez, Agustín López Nolasco, Flor Vásquez López, Gastón Alonso Acosta Toscano, Gerardo Israel García Pimental, Juan Pablo Solís, Claudia Rodríguez Llera, Francisco Ortiz Monroy, Bonifacio Cruz Santiago, Alfonso Cruz Cruz, Mauricio Estrada Zamora, José Luis Villanueva Berrones, Teresa Bautista Merino, Felicitas Martínez Sánchez, Candelario Pérez Pérez, Alejandro Zenón Fonseca Estrada, Francisco Javier Salas, David García Monroy, Miguel Ángel Villagómez Valle, Armando Rodríguez Carreón, Raúl Martínez López, Jean Paul Ibarra Ramírez, Luis Daniel Méndez Hernández, Juan Carlos Hernández Mundo, Carlos Ortega Samper, Eliseo Barrón Hernández, Martín Javier Miranda Avilés, Ernesto Montañez Valdivia, Juan Daniel Martínez Gil, Jaime Omar Gándara Sanmartín, Norberto Miranda Madrid, Gerardo Esparza Mata, Fabián Ramírez López, José Bladamir Antuna García, María Esther Aguilar Cansimbe, José Emilio Galindo Robles, José Alberto Velázquez López, José Luis Romero, Valentín Valdés Espinosa, Jorge Ochoa Martínez, Miguel Ángel Domínguez Zamora, Pe-

7

dro Argüello, David Silva, Jorge Rábago Valdez, Evaristo Pacheco Solís, Ramón Ángeles Zalpa, Enrique Villicaña Palomares, María Isabella Cordero, Gamaliel López Cananosa, Gerardo Paredes Pérez, Miguel Ángel Bueno Méndez, Juan Francisco Rodríguez Ríos, María Elvira Hernández Galeana, Hugo Alfredo Olivera Cartas, Marco Aurelio Martínez Tijerina, Guillermo Alcaraz Trejo, Marcelo de Jesús Tenorio Ocampo, Luis Carlos Santiago Orozco, Selene Hernández León, Carlos Alberto Guajardo Romero, Rodolfo Ochoa Moreno, Luis Emmanuel Ruiz Carrillo, José Luis Cerda Meléndez, Juan Roberto Gómez Meléndez, Noel López Olguín, Marco Antonio López Ortiz, Pablo Ruelas Barraza, Miguel Ángel López Velasco, Misael López Solana, Ángel Castillo Corona, Yolanda Ordaz de la Cruz, Ana María Marcela Yarce Viveros, Rocío González Trápaga, Manuel Gabriel Fonseca Hernández, María Elizabeth Macías Castro, Humberto Millán Salazar, Hugo César Muruato Flores, Raúl Régulo Quirino Garza, Héctor Javier Salinas Aguirre, Javier Moya Muñoz, Regina Martínez Pérez, Gabriel Huge Córdova, Guillermo Luna Varela, Esteban Rodríguez, Ana Irasema Becerra Jiménez, René Orta Salgado, Marco Antonio Ávila García, Zane Plemmons, Víctor Manuel Báez Chino, Federico Manuel García Contreras, Miguel Morales Estrada, Mario Alberto Segura, Ernesto Araujo Cano, José Antonio Aguilar Mota, Arturo Barajas López, Ramón Abel López Aguilar, Adela Jazmín Alcaraz López, Adrián Silva Moreno y David Araujo Arévalo.

Todos ellos son periodistas asesinados o «desaparecidos» en México durante el periodo que abarca esta novela. Hubo otros.

Y adoraron al dragón que había dado autoridad a la bestia,
y adoraron a la bestia, diciendo: «¿Quién como la bestia, y
quién podrá luchar contra ella?».

Apocalipsis 13,4

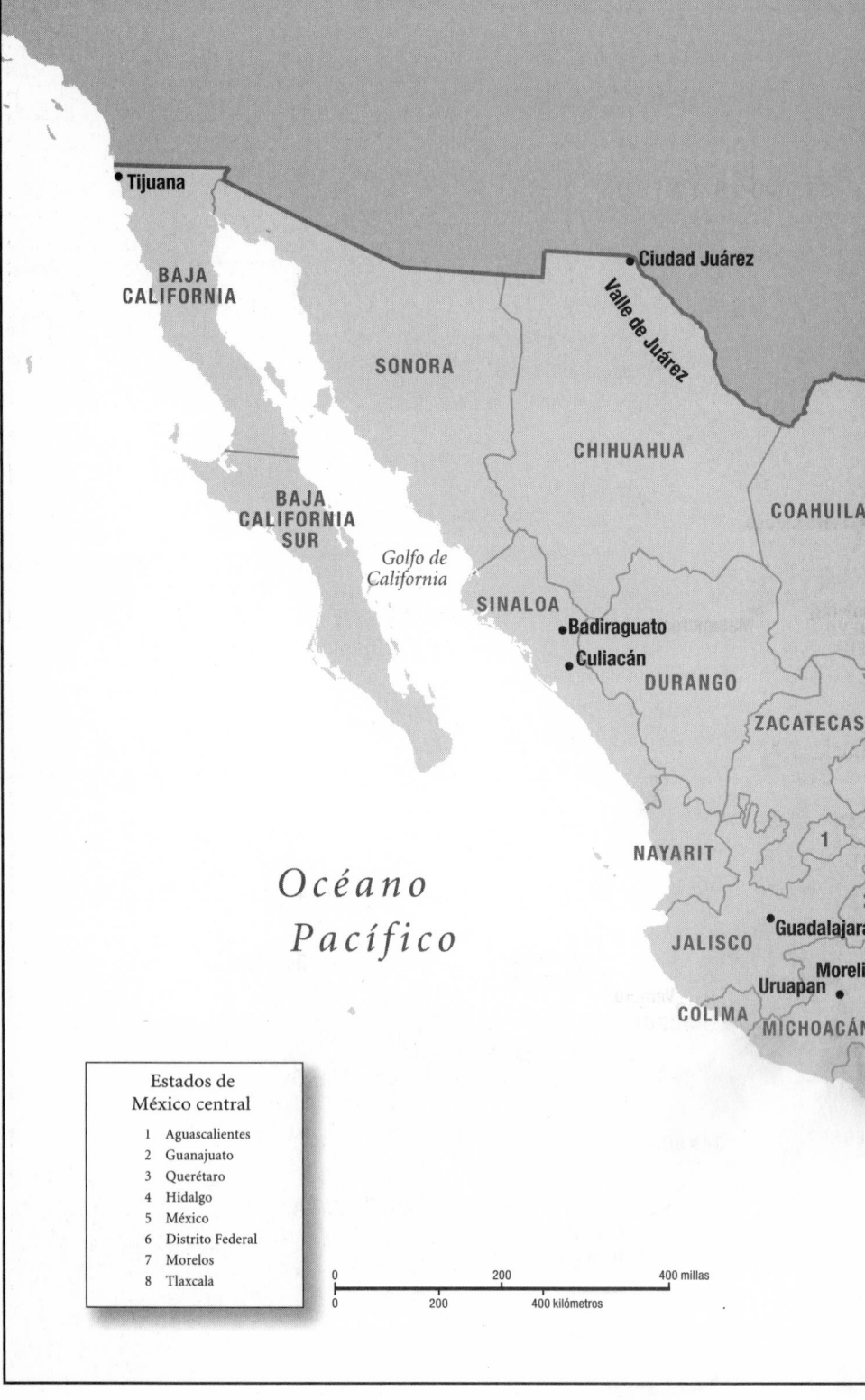

Tijuana

BAJA
CALIFORNIA

SONORA

Ciudad Juárez

Valle de Juárez

CHIHUAHUA

COAHUILA

BAJA
CALIFORNIA
SUR

Golfo de
California

SINALOA

Badiraguato

Culiacán

DURANGO

ZACATECAS

NAYARIT

Océano
Pacífico

JALISCO

Guadalajara

Morelia

Uruapan

COLIMA

MICHOACÁN

1

2

Estados de
México central

1 Aguascalientes
2 Guanajuato
3 Querétaro
4 Hidalgo
5 México
6 Distrito Federal
7 Morelos
8 Tlaxcala

0   200   400 millas

0   200   400 kilómetros

ESTADOS UNIDOS

● Nuevo Laredo

Monterrey
NUEVO
LEÓN   ● Matamoros

TAMAULIPAS

SAN
LUIS
POTOSÍ

3

4

● México

5 6   8

7

PUEBLA

GUERRERO   OAXACA

Golfo de México

Bahía de Campeche

● Veracruz

VERACRUZ

TABASCO

YUCATÁN

QUINTANA
ROO

CAMPECHE

BELICE

CHIAPAS

GUATEMALA

HONDURAS

Golfo de Tehuantepec

EL SALVADOR

EL CÁRTEL

Departamento de Petén, Guatemala
1 de noviembre de 2012

A Keller le parece oír el llanto de un bebé.

El sonido apenas es perceptible debido al rumor sordo de las aspas del helicóptero, que se aproxima a la aldea de la jungla volando a baja altura.

El llanto, si es eso lo que está oyendo, es agudo y estridente, un grito de hambre, miedo o dolor.

Tal vez sea soledad; es el momento más solitario de la noche, la oscuridad previa al alba, cuando llegan los peores sueños, la salida del sol parece lejana y las criaturas que habitan el mundo real y los rincones más oscuros del inconsciente rondan con la impunidad de los depredadores que saben que su presa está indefensa y aislada.

El llanto dura solo unos momentos. Puede que haya entrado la madre y mecido al bebé en sus brazos. Puede que hayan sido imaginaciones de Keller. Pero es un recordatorio de que hay civiles allí abajo, en su mayoría mujeres y niños, algunos de ellos ancianos y ancianas, que pronto estarán en peligro.

Ahora los ocupantes del helicóptero se cercioran de que el cargador de sus rifles M-4 esté bien sujeto y de que haya otro pegado con cinta adhesiva a la culata. Llevan cascos de combate, gafas de visión nocturna, auriculares y el rostro ennegrecido. Debajo de los chalecos antibalas con placa de cerámica, llevan pantalones de camuflaje con grandes bolsillos que contienen gel energético, imágenes laminadas de la aldea tomadas vía satélite y gasas por si las cosas se ponen feas y tienen que contener una hemorragia.

En una misión que conlleva un asesinato en suelo extranjero, todo podría complicarse.

Se hallan en otro mundo, esa visión de túnel previa a una misión que patientes natos; es algo parecido a un trance. El equi-

Black Hawk MH-60, está integrado por veinte hom-

SEAL, deltas y boinas verdes; la élite. Ya lo han hecho

stán, Pakistán y Somalia.

n todos contratistas privados. Pero la empresa fan-

a de seguridad con sede en Virginia, es una fina

dios de comunicación atravesarán si esto se des-

madra.

En unos momentos, los hombres descenderán por unas cuerdas hasta la aldea, situada cerca de su objetivo. Pese al elemento sorpresa, habrá un tiroteo. Los *sicarios** de los narcos protegen a su jefe y por él darán la vida. Van bien pertrechados con varios AK-47, lanzacohetes y granadas, y saben utilizarlos. Estos *sicarios* no son simples matones, sino antiguos miembros de las fuerzas especiales, formados en Fort Benning y otros lugares. Es posible que ciertos ocupantes del helicóptero entrenaran a algunos de los hombres que aguardan en tierra.

Morirá gente.

«Muy apropiado», piensa Keller.

Es el Día de Muertos.

Ahora los hombres oyen otro ruido: el tableteo de pequeñas armas de fuego. Al mirar hacia abajo ven destellos en la oscuridad. En la aldea se ha desatado un prematuro tiroteo; oyen gente dando órdenes a gritos y pequeñas explosiones.

Las cosas no van bien. Esto no debía ocurrir. La misión está en peligro, el factor sorpresa se ha esfumado y, con él, probablemente también lo haya hecho la posibilidad de que la acción termine sin bajas.

Entonces surge un fogonazo rojo en medio de la oscuridad.

Un gran estruendo, una luz amarilla, y el helicóptero se ladea como un juguete golpeado con un bate.

La metralla sale despedida, chisporrotean los cables eléctricos; el helicóptero es pasto del fuego.

La cabina se llena de llamas rojas y de un espeso humo negro.

Hedor a metal y carne chamuscados.

La carótida de uno de los hombres escupe sangre al ritmo de su corazón. Otro se desploma y varios fragmentos de metralla le asoman obsce-

---

* Todas las palabras y expresiones que están en español en el original, aparecen siempre en cursiva. (*N. del t.*)

namente de la entrepierna justo por debajo del chaleco antibalas. El médico del equipo se arrastra por el suelo para prestar ayuda.

Ahora las voces son de adultos, gemidos de dolor, miedo y rabia, mientras las balas trazadoras pasan silbando y los proyectiles tachonan el fuselaje como una tormenta repentina.

El helicóptero gira sin control al precipitarse a tierra.

PRIMERA PARTE

LEVANTARSE DEL SUEÑO

Ya es hora de levantarnos del sueño.

Romanos 13,11

LOS APICULTORES

Creemos que podemos fabricar miel sin compartir el destino de las abejas.

MURIEL BARBERY,
La elegancia del erizo

Abiquiú, Nuevo México
2004

Suena la campana una hora antes de que amanezca.

El apicultor, liberado de una pesadilla, se levanta.

Su pequeña celda dispone de una cama, una silla y una mesa. Una ventanita en la gruesa pared de adobe da al camino que conduce a la capilla; la grava es plateada bajo la luz de la luna.

En el desierto las mañanas son frías. El apicultor coge una camisa de lana marrón, unos pantalones caqui, unos calcetines gruesos y zapatos de trabajo. Se dirige por el pasillo al baño comunal, donde se cepilla los dientes y se afeita con agua fría, y luego forma cola con los monjes que van a la capilla.

Nadie habla.

A excepción de los cánticos, las oraciones, las reuniones y las conversaciones imprescindibles en el trabajo, el silencio es la norma en el Monasterio de Cristo en el Desierto.

Viven según los dictados del salmo 46, versículo 10: «Estad quietos y conoced que yo soy Dios».

Al apicultor le gusta que sea así. Ya ha oído suficientes palabras.

La mayoría eran mentiras.

En su mundo anterior, todos, incluido él mismo, mentían por costumbre. Cuando menos, uno tenía que mentirse a sí mismo para seguir poniendo un pie delante del otro. Mentía a los demás para sobrevivir.

Ahora busca la verdad en el silencio.

Busca a Dios en él, aunque ahora cree que la verdad y Dios son una misma cosa.

Verdad, quietud y Dios.

Cuando llegó, los monjes no le preguntaron quién era ni de dónde venía. Vieron a un hombre de ojos tristes, con el pelo todavía oscuro pero entreverado de canas y unos hombros de boxeador algo caídos, aunque todavía fuertes. Dijo que buscaba paz, y el hermano Gregory, el abad, respondió que paz era lo único que poseían en abundancia.

El hombre pagó su pequeña habitación en efectivo y al principio se pasaba el día vagando por el desierto, entre los ocotillos y las salvias, paseando hasta el río Chama o subiendo la ladera. A la postre llegó a la capilla y se arrodilló en la parte posterior mientras los monjes entonaban sus oraciones.

Un día, la ruta lo llevó hasta el apiario —situado cerca del río, ya que las abejas necesitan agua— y vio al hermano David manipulando las colmenas. Cuando el hermano David precisó ayuda para mover unos paneles, como era natural en un hombre casi octogenario, él se ofreció. A partir de entonces iba a trabajar cada día al apiario, donde echaba una mano y aprendía la profesión, y cuando, meses después, el hermano David anunció que por fin había llegado la hora de jubilarse, propuso a Gregory que ofreciera el puesto al recién llegado.

—¿Un hombre lego? —preguntó Gregory.

—Se le dan bien las abejas —respondió David.

El recién llegado desempeñaba su labor en silencio y satisfactoriamente. Acataba las normas, asistía a la oración y era el mejor que habían tenido nunca en el apiario. Bajo sus cuidados, las abejas producían una miel de primera calidad, que el monasterio utilizaba en su marca de cerveza, ofrecía a los turistas en tarros de doscientos veinticinco gramos o vendía en Internet.

El apicultor no quería saber nada de la vertiente comercial. Tampoco quería servir las mesas de los huéspedes que pagaban por un retiro, ni trabajar en la cocina o en la tienda de obsequios. Él solo quería atender a sus abejas.

Cuando lo hacía le dejaban en paz, y lleva aquí más de cuatro años. Ni siquiera saben cómo se llama. Es simplemente «el apicultor». Los monjes latinos lo apodan el Colmenero. La primera vez que se dirigieron a él les sorprendió que dominara el español.

Los monjes, por supuesto, hablaban de él las pocas veces que les permitían mantener conversaciones informales. El apicultor era un fugitivo, un gánster, un ladrón de bancos. No, había huido de un matrimonio desdichado, de un escándalo, de un asunto trágico. No, era espía.

La última teoría ganó especial credibilidad tras el incidente del conejo.

En el monasterio había un gran huerto del que los monjes obtenían sus verduras. Como la mayoría de los huertos, era un imán para las plagas, pero había un conejo en particular que estaba causando estragos. Tras una acalorada reunión, el hermano Gregory dio permiso para ejecutar al animal. De hecho, insistió en ello.

La tarea le fue encomendada al hermano Carlos, que se hallaba frente al huerto tratando de dominar la pistola de aire comprimido y su propia conciencia, en ningún caso con demasiado éxito, bajo la atenta mirada de los demás monjes. Le temblaba la mano y se le llenaron los ojos de lágrimas cuando levantó el arma e intentó apretar el gatillo.

Justo entonces pasó por allí el Colmenero, que volvía del apiario. Manteniendo el paso, arrebató la pistola al hermano Carlos y, aparentemente sin apuntar o tan siquiera mirar, disparó. El balín alcanzó al conejo en el cerebro y murió en el acto. Luego, el apicultor le devolvió la pistola y siguió caminando.

Desde entonces se especulaba que había sido agente especial, un 007. El hermano Gregory zanjó las habladurías, que, al fin y al cabo, son pecado.

—Es un hombre en busca de Dios —dijo el abad—. Eso es todo.

Ahora el apicultor se dirige a la capilla para las vigilias, que comienzan a las cuatro en punto de la mañana.

La capilla está hecha de adobe y los cimientos de piedra se extrajeron de las colinas de roca rojiza que flanquean la cara sur del monasterio. La cruz es de madera y ha sufrido los estragos del sol; dentro, cuelga sobre el altar un único crucifijo.

El apicultor entra y se arrodilla.

El catolicismo fue la religión de su juventud. Comulgaba a diario, pero abandonó. Le resultaba ilógico; se sentía muy lejos de Dios. Ahora, él y los demás monjes cantan en latín el salmo 51: «Señor, me abrirás los labios, y mi boca proclamará tu alabanza».

Los cánticos lo sumen en una suerte de trance y, como siempre, le sorprende que haya transcurrido una hora y que haya llegado el momento de ir al comedor a tomar el habitual desayuno de avena con una tostada de trigo seco y té. Luego vuelven a rezar, esta vez los laudes, justo cuando el sol asoma por encima de las montañas.

Le encanta este lugar, sobre todo a primera hora de la mañana, cuando la delicada luz baña los edificios de adobe y el sol tiñe el río Chama de un dorado resplandeciente. Se deleita en esos primeros rayos cálidos, en el cactus tomando forma a medida que se repliega la oscuridad, en el crujir de sus pies sobre la grava.

Aquí hay sencillez y paz, y eso es lo que él quiere.

O necesita.

La rutina diaria es siempre la misma: vigilias de 4.00 a 5.15, seguidas del desayuno. Después las laudes de 6.00 a 9.00, trabajo de 9.00 a 12.40 y luego un almuerzo rápido y frugal. Los monjes trabajan hasta las vísperas, a las 17.50, toman una cena ligera a las 18:20 y rezan las completas a las 19.30. Después se acuestan.

Al apicultor le gustan la disciplina y la reglamentación, las largas horas de trabajo en silencio y las horas aún más largas de oración, en especial las vigilias, porque le encanta que se reciten los salmos.

Después de los laudes, atraviesa el valle camino del apiario.

Sus abejas —la variante europea, *Apis mellifera*— están saliendo a disfrutar del calor de primera hora de la mañana. Son inmigrantes; la especie se originó en el norte de África y fue transportada a América por colonos blancos en el siglo XVII. Su vida es corta. Una obrera puede vivir entre unas semanas y unos meses, y una reina puede durar tres o cuatro años, aunque se conocen algunos casos que han vivido hasta ocho. El apicultor se ha acostumbrado a la atrición; cada día muere un uno por ciento de sus abejas, lo cual significa que, cada cuatro meses, la colonia está habitada por una población totalmente nueva.

Eso es irrelevante.

La colonia es un superorganismo, es decir, un organismo formado por muchos organismos.

El individuo no importa.

Lo único que importa es la supervivencia de la colonia y la producción de miel.

Las veinte colmenas Langstroth están construidas con cedro rojo y tienen una estructura rectangular móvil, tal como dicta la comodidad y exige la ley. El apicultor levanta la tapa exterior del recipiente de miel de una de las colmenas y comprueba que haya producto en abundancia. Luego la vuelve a poner en su sitio cuidadosamente para no molestar a las abejas.

Se cerciora de que el agua esté fresca.

Después coge la bandeja inferior de una de las colmenas, saca la pistola Sig Sauer de 9 milímetros y mira si está cargada.

La jornada de los prisioneros empieza temprano.

Una sirena automatizada despierta a Adán Barrera a las seis de la mañana y, si perteneciera a la población general en lugar de hallarse bajo custodia protectora, desayunaría a las seis y cuarto en el comedor. Por el contrario, los guardias deslizan una bandeja con cereales frescos y un vaso de plástico con zumo de naranja aguado por una rendija de la puerta de su celda, una caja de cuatro por dos metros situada en la unidad de internamiento especial del piso superior de unas instalaciones federales en el centro de San Diego, donde, desde hace más de un año, Adán Barrera ha pasado veintitrés horas al día.

La celda no tiene ventana, pero, si la tuviera, podría atisbar las colinas marrones de Tijuana, la ciudad que antaño gobernó como un príncipe. Está muy cerca, justo al otro lado de la frontera, a tan solo unos kilómetros por tierra e incluso menos por agua. Y, sin embargo, se halla en otro universo.

A Adán le da igual no comer con los demás prisioneros; solo hablan de estupideces y la amenaza es real. Mucha gente quiere verlo muerto, en Tijuana, por todo México e incluso en Estados Unidos.

Algunos por venganza, otros por miedo.

Adán Barrera no resulta imponente. Mide metro setenta, es menudo y esbelto y conserva una cara aniñada que casa bien con sus tiernos ojos marrones. Más que una amenaza, parece una de esas víctimas que sufrirían una violación a los diez segundos de ser internado con los presos corrientes. Al mirarlo, cuesta creer que a lo largo de su vida haya ordenado cientos de asesinatos y que fuera multimillonario, más poderoso que los presidentes de muchos países.

Antes de su caída, Adán Barrera era el Señor de los Cielos, el *patrón* de la droga más importante del mundo, el hombre que había aunado a los cárteles mexicanos bajo su liderazgo, que daba órdenes a miles de hombres y mujeres, e influía en gobiernos y economías.

Poseía mansiones, ranchos y aviones privados.

Ahora tiene doscientos noventa dólares, el máximo permitido, en una cuenta de la prisión de la que puede sacar dinero para comprar crema de afeitar, Coca-Cola y fideos *ramen*. Tiene una manta, dos sábanas y una toalla. En lugar de sus trajes negros a medida lleva un mono naranja, una camiseta blanca y unas Crocs negras ridículas. Tiene dos pares de calcetines blancos y otros tantos de calzoncillos. Pasa el tiempo sentado solo en una jaula, come la bazofia que le traen en una bandeja y espera la farsa de juicio que lo enviará a otro infierno en la Tierra para el resto de su vida.

O vidas, para ser más exactos, ya que se enfrenta a varias cadenas perpetuas por los «estatutos contra narcotraficantes». Los fiscales estadounidenses han intentado que cante, que ejerza de informador, pero él se niega. Un *dedo*, un *soplón*, es la forma más baja de vida humana, una criatura que no merece existir. Adán sigue un código propio: preferiría morir, o soportar esa muerte en vida, antes que convertirse en un animal como son los chivatos.

Tiene cincuenta años. En el mejor de los casos le caerán treinta, cosa extremadamente dudosa. Aun teniendo en cuenta el abono de prisión preventiva, será septuagenario cuando salga por la puerta.

Es probable que lo saquen en una caja.

El camino hacia el juicio es lento.

Después de desayunar, limpia la celda para la revisión de las siete y media. Es obsesivamente ordenado por naturaleza, pero, de todos modos, una de las pocas cosas que lo reconfortan es mantener su espacio pulcro y limpio.

A las ocho, los guardias empiezan el recuento matinal de prisioneros, que lleva alrededor de una hora. Luego está libre hasta las diez y media, momento en que le pasan la comida —un bocadillo de mortadela y zumo de manzana— por la puerta. Hasta las doce y media, hora del segundo recuento, realiza «actividades de ocio», que en su caso significa tumbarse a leer o echar una cabezada. Luego restan tres horas y media más de tedio hasta el recuento de las cuatro de la tarde.

La cena —«carne misteriosa» con patatas o arroz y verdura recocida— es a las cuatro y media, y luego está «libre» hasta las nueve y cuarto, cuando los guardias llevan a cabo un recuento más.

Las luces se apagan a las diez y media de la noche.

Una hora al día —los horarios varían por temor a los francotiradores—, los guardias lo llevan esposado a un recinto vallado que hay en el tejado para que respire aire fresco y «pasee». Cada tres días puede darse una ducha de diez minutos, a veces tibia, casi siempre fría. De vez en cuando va a una pequeña sala de reuniones a hablar con su abogado.

Adán está sentado en su celda, rellenando un pedido en el formulario del economato —un paquete de seis botellines de agua, fideos *ramen* y galletas de avena—, cuando el guardia abre la puerta.

—Visita de tu abogado.

—Me extraña —dice Adán—. No tengo nada programado.

El guardia se encoge de hombros. Él solo cumple órdenes.

Adán apoya las manos en la pared y el guardia le encadena los pies. A él le parece una humillación innecesaria, pero probablemente sea esa la intención. Se montan en un ascensor que los conduce a la cuarta planta, donde el guardia abre la puerta y le hace entrar en una sala de consulta. Le libera los tobillos, pero lo esposa a una silla anclada al suelo. El abogado de Adán está sentado al otro lado de la mesa. Una sola mirada a Ben Tompkins le basta para saber que algo va mal.

—Es Gloria —anuncia Tompkins.

Adán sabe lo que va a decir.

Su hija está muerta.

Gloria nació con linfagioma quístico, una deformación de la cabeza, la cara y la garganta que acaba siendo mortal. E incurable. Los millones de Adán, todo su poder, no sirvieron para comprar a su hija una vida normal.

Hace poco más de cuatro años, la salud de Gloria empeoró. Con el permiso de Adán, su entonces esposa, Lucía, una ciudadana estadounidense, llevó a su hija de doce años a Scripps, una clínica de San Diego en la que trabajaban los mejores especialistas del mundo. Un mes después, Lucía lo llamó a su piso franco en México.

—Ven ahora mismo —le dijo—. Por lo visto le quedan días, puede que solo unas horas...

Adán cruzó ilegalmente la frontera —como hacía su producto— en el maletero de un coche equipado para la ocasión.

Art Keller le estaba esperando en el aparcamiento del hospital.

—Mi hija —dijo Adán.

—Se encuentra bien —respondió Keller y, entonces, el agente de la DEA clavó a Adán una aguja en el cuello y perdió el mundo de vista.

En su día, él y Art Keller fueron amigos.

Es difícil de creer, pero la verdad suele serlo.

Era otra vida, otro mundo.

Eso ocurrió cuando Adán tenía veinte años (¿es posible haber sido tan joven?), estudiaba contabilidad, aspiraba a ser promotor de boxeo (*Dios mío*, las estúpidas ambiciones de juventud) y ni siquiera se planteaba unirse a su tío en la *pista secreta*, el narcotráfico que afloraba entonces en los campos de amapolas de sus montañas sinaloenses.

Entonces llegaron los estadounidenses y con ellos Art Keller —idealista, enérgico y ambicioso—, un verdadero creyente de la Guerra contra la Droga. Entró en el gimnasio que regentaban Adán y su hermano Raúl, pelearon unos asaltos y trabaron amistad. Adán le presentó a su tío, por aquel entonces el policía más importante de Sinaloa y su segundo mayor *gomero*, o productor de opio.

Keller, tan ingenuo en aquellos días, conocía la primera actividad del Tío e ignoraba felizmente la segunda (un rasgo notable de los estadounidenses, tan peligroso para ellos mismos como para quienes tienen al lado).

El Tío lo utilizó. Siendo justos, Adán debe reconocer que el Tío convirtió a Keller en su *monigote* y lo manipuló para que le quitara de en medio a la cúpula de los *gomeros* y le allanara el terreno.

Keller nunca pudo perdonarse haber traicionado sus ideales. Si le quitas la fe al creyente, ¿qué te queda?

El enemigo más acérrimo.

Durante treinta años *más o menos*.

Treinta años de guerra, traiciones y asesinatos.

Treinta años de muertes.

Su tío.

Su hermano.

Y ahora su hija.

Gloria murió mientras dormía. Se quedó sin respiración debido al peso de su cabeza deforme. «Murió y yo no estaba allí», piensa Adán.

Y culpa de ello a Keller.

El funeral será en San Diego.

—Voy a ir —dice.

—Adán...

—Consíguelo.

Tompkins, alias Ben el Mínimo, va a ver al fiscal federal Bob Gibson, un ambicioso tocapelotas que prefiere que le llamen el Acusador.

El mote de Ben el Mínimo refleja el éxito de Tompkins como «abogado de la droga». Su labor no consiste en lograr la absolución de sus clientes, porque normalmente no sucede, sino en conseguirles la condena más corta posible, lo cual guarda relación no tanto con su destreza para la abogacía como con sus habilidades negociadoras.

—Soy una especie de agente inverso —declaró un día Tompkins a un periodista—. Consigo a mis clientes menos de lo que merecen.

Ahora traslada a Gibson la petición de Adán.

—Ni hablar —replica el fiscal.

A Gibson no lo apodan Bob el Máximo, pero le encantaría que fuera así y envidia un poco a Tompkins. El abogado defensor tiene un alias viril y gana mucho más que él. A ello sumémosle que Tompkins es un tipo atractivo con el pelo canoso y descuidado, bronceado de surfista, una casa en la playa de Del Mar y un despacho en Cardiff con vistas al océano; es obvio por qué los funcionarios de la oficina del fiscal odian a Ben el Mínimo.

—El hombre solo quiere enterrar a su hija, por el amor de Dios —dice Tompkins.

—El hombre es el narco más importante del mundo —responde Gibson.

—Presunción de inocencia —replica Tompkins—. No ha recibido condena.

—Si mal no recuerdo —dice Gibson cambiando de tema—, Barrera no mostraba reparos en matar a los hijos de los demás.

Dos niños pequeños, hijos de su rival, arrojados por un puente.

—Cuentos de viejas y rumores sin fundamento —dice Tompkins— difundidos por sus enemigos. No irá en serio...

—Como una llamada a medianoche —replica Gibson.

El fiscal rechaza la petición.

Tompkins vuelve y se lo cuenta a Adán.

—Llevaré este asunto ante el juez y ganaremos. Nos ofreceremos a costear los agentes *federales*, los gastos de seguridad...

—No hay tiempo —dice Adán—. El funeral es el domingo.

Ya es viernes por la tarde.

—Puedo hablar con un juez esta noche —responde Tompkins—. Johnny Hoffman dictaría una orden...

—No puedo arriesgarme —interrumpe Adán—. Diles que hablaré.

—¿Qué?

—Si me dejan ir al funeral de Gloria —dice Adán—, les contaré lo que quieran.

Tompkins se queda pálido. No es la primera vez que un cliente suyo habla para conseguir condenas más leves —de hecho, es un proceso habitual—, pero la información que facilitan siempre es pactada al detalle con los cárteles para minimizar daños.

Esto es una sentencia de muerte, un pacto suicida.

—Adán, no lo hagas —le ruega Tompkins—. Ganaremos.

—Cierra el trato.

Cincuenta mil rosas rojas abarrotan la catedral de San José, situada en el centro de San Diego, a solo unas manzanas del correccional.

Adán las encargó por medio de Tompkins, que obtuvo los fondos de unas cuentas bancarias limpias en La Jolla. Miles de flores más, en ramos y coronas enviados por los grandes narcos de México, jalonan las escaleras de entrada.

También la DEA.

Los agentes se pasean entre los arreglos florales y toman notas de quién ha enviado qué. También están investigando los cientos de miles de dólares donados en nombre de Gloria a una fundación para el estudio del linfagioma.

La iglesia está llena de flores, pero no de dolientes.

«Si esto fuera México —piensa Adán—, estaría a rebosar y centenares de personas esperarían fuera para mostrar sus respetos». Pero gran parte de la familia de Adán está muerta y el resto no podía cruzar la frontera sin exponerse a una detención. Su hermana Elena telefoneó para expresarle su tristeza y su apoyo y para lamentar que una condena en Estados Unidos le impidiera asistir. Otros —amigos, socios y políticos de ambos lados de la frontera— no querían ser fotografiados por la DEA.

Adán lo entiende.

Así que los dolientes son en su mayoría narcoesposas, ciudadanas estadounidenses a las que la DEA ya conoce pero que no tienen motivos para temer un arresto. Esas mujeres llevan a sus hijos a escuelas de San Diego, vienen aquí a hacer las compras navideñas, van a los balnearios y pasan las vacaciones en los centros turísticos de La Jolla y Del Mar.

Ahora suben con insolencia la escalinata de la catedral y miran a los agentes que les hacen fotos. Elegantemente ataviadas con ropa negra cara, casi todas pasan furiosas junto a ellos; otras se detienen, posan y se cercioran de que anoten correctamente su nombre.

El resto de asistentes son familiares de Lucía: sus padres, sus hermanos y hermanas, sus primos y algunos amigos. Lucía está ojerosa, obviamente apenada, y se estremece al ver a Adán.

Lo delató ante Keller para no acabar en la cárcel, para impedir que Gloria quedara bajo custodia del estado, y sabía que Adán nunca habría hecho nada que perjudicara a la madre de su hija.

Pero ahora que Gloria ya no está, no habrá nada que lo frene. Lucía podría desaparecer cualquier día sin dejar rastro. Ahora mira ansiosa a Adán y este vuelve la cara.

Está muerta para él.

Adán se sienta en la tercera fila de bancos, flanqueado por cinco miembros del Cuerpo de Alguaciles de Estados Unidos. Lleva un traje negro que Tompkins le compró en Nordstrom's, donde tienen registradas sus medidas. Le han esposado las manos, pero al menos han tenido la decencia de no ponerle grilletes, de modo que se arrodilla, se levanta y se sienta según requiera el oficio mientras las palabras del obispo resuenan en una catedral prácticamente vacía.

La misa termina y Adán espera a que el resto de los asistentes se vayan. No le permiten hablar con nadie, a excepción de los agentes y su abogado. Lucía vuelve a mirarlo al pasar junto a él, pero baja rápidamente la cabeza, y Adán toma nota mental de que Tompkins se ponga en contacto con ella para decirle que no corre peligro.

«Que viva su vida», piensa. En lo que a sustento económico se refiere, está sola. Puede quedarse con la casa de La Jolla si Hacienda no encuentra la manera de arrebatársela, pero eso es todo. No va a ayudar a una mujer que lo traicionó, a una mujer que en realidad es tan estúpida como para cortar su propia cuerda de salvamento.

Cuando la iglesia se ha vaciado, los agentes llevan a Adán hasta una limusina y lo meten en el asiento trasero. El vehículo sigue al de Lucía y al coche fúnebre en dirección al cementerio de El Camino, en Sorrento Valley.

Al ver a su hija descender a la tumba, Adán levanta las manos esposadas y reza. Los agentes le permiten agacharse, coger un puñado de tierra y arrojarlo sobre el ataúd de Gloria.

Ahora todo ha terminado.

El único futuro es el pasado.

Para el hombre que ha perdido a su única hija, todo cuanto habrá es lo que ya había.

Adán se levanta y susurra a Tompkins:

31

—Dos millones de dólares. En efectivo.

»Para el hombre que mate a Art Keller.

Abiquiú, Nuevo México
2004

El apicultor observa a los dos hombres que se dirigen a las colmenas por el sendero de gravilla.

Uno es un *güero* de pelo gris que camina con esa leve rigidez propia de la edad, pero se mueve bien; es un profesional experimentado. El otro es latino, de piel oscura y más joven, elegante y seguro de sí mismo. Avanzan a cierta distancia el uno del otro, e incluso a cien metros acierta a discernir los bultos que asoman debajo de las americanas. Vuelve hacia las colmenas, saca la Sig Sauer de su escondite, introduce munición en el cargador y, utilizando el arroyo como parapeto, empieza a bajar hacia el río.

No quiere matar a nadie si puede evitarlo, pero si tiene que hacerlo, prefiere que sea lo más lejos posible del monasterio.

Los matará a orillas del río.

El Chama baja crecido y el apicultor puede arrastrar los cuerpos hasta el agua y dejar que se los lleve la corriente. Deslizándose por la fangosa ladera, se tumba boca abajo y observa a los dos hombres avanzar cautelosamente hacia las colmenas.

Tiene la esperanza de que se detengan ahí y no causen desperfectos por descuido o rencor. Pero, si siguen acercándose, los tendrá a tiro. Más por costumbre que por intención, mueve las manos adelante y atrás, ensayando el primer disparo y luego el segundo.

Apuntará primero al más joven.

El mayor no tendrá reflejos para actuar a tiempo.

Pero ahora se dispersan y amplían el ángulo al acercarse a las colmenas, lo cual dificulta su táctica de cuatro disparos. Por tanto, son profesionales, como cabía esperar. Desenfundan y se aproximan empuñando la pistola con ambas manos, tal como les han enseñado a todos.

El joven señala con la barbilla hacia el suelo y el mayor asiente. Han visto las huellas que conducen al río. ¿Cincuenta metros de terreno llano con un sotobosque que les llega a la altura de los tobillos y conduce a una orilla resguardada en la que un tirador podría acertarles a su antojo?

32

No, no quieren eso.

Entonces, el hombre canoso grita:

—¡Keller! ¡Art Keller! ¡Soy Tim Taylor!

En su día, Taylor fue el jefe de Keller en Sinaloa. Operación Cóndor, 1975, cuando quemaron y fumigaron los campos de amapola de la región. Después estuvo al mando en México mientras Keller arrasaba en Guadalajara y se convertía en una superestrella. Taylor vio cómo la trayectoria de Keller lo arrollaba de pleno.

Keller creía que ya se habría retirado de la DEA.

Encañona a Taylor en el pecho y le ordena que arroje el arma y levante las manos.

Taylor y su compañero obedecen.

Keller se levanta y, pistola en ristre, se acerca a ellos.

El joven tiene el pelo de color negro azabache, unos ojos oscuros y feroces y la mirada arrogante de un niño de la calle. Es el tipo de agente que reclutan en el barrio para que realice trabajos de incógnito. «Igual que hicieron conmigo», piensa Keller.

—Andabas desaparecido —le dice Taylor—. Es difícil dar contigo.

—¿Qué quieres? —pregunta Keller.

—¿Crees que podrías bajar el arma? —responde Taylor.

—No.

Keller no sabe por qué ha venido Taylor ni quién le envía. Podría ser la DEA, podría ser la CIA, podría ser cualquiera.

Podría ser Barrera.

—De acuerdo. Nos quedaremos aquí con las manos en alto como gilipollas. —Taylor mira a su alrededor—. ¿Qué eres ahora? ¿Una especie de monje?

—No.

—¿Qué es eso? ¿Colmenas?

—Si tu amigo vuelve a moverse, te pego un tiro a ti primero.

El más joven se queda inmóvil.

—Es un honor conocerle. Soy el agente Jiménez. Richard.

—Art Keller.

—Lo sé —dice Jiménez—. Todo el mundo sabe quién es. Es usted el hombre que acabó con Adán Barrera.

—Con todos los Barrera —precisa Taylor—. ¿No es así, Art?

«Bastante acertado», piensa Keller. Mató a Raúl Barrera en un tiroteo en una playa de Baja. Disparó a Tío Barrera en un puente de San Diego.

Metió a Adán, al maldito Adán, en una celda, pero a veces se arrepiente de no haberlo matado también cuando tuvo la oportunidad.

—¿Qué te trae por aquí, Tim? —dice Keller.

—Eso mismo iba a preguntarte yo.

—Yo ya no respondo ante ti.

—Era por dar conversación.

—Por si no lo habías notado —dice Keller—, aquí no somos mucho de conversar.

—¿Es un voto de silencio o algo así?

—Nada de votos.

Keller está decepcionado consigo mismo por lo rápido que ha entrado en un cruce verbal con Taylor. No le gusta, no lo quiere y no lo necesita.

—¿Podemos hablar en algún sitio donde no dé el sol? —pregunta Taylor.

—No.

Taylor se vuelve hacia Jiménez y dice:

—Art siempre ha sido difícil de tratar. Es un auténtico gilipollas, el llanero solitario. No se le da bien trabajar con otros.

Ese fue el problema de Taylor desde el momento en que Keller, recién trasladado de la CIA a la nueva DEA, llegó a su territorio en Sinaloa treinta y dos años atrás. Lo consideraba un vaquero y no trabajaba con él ni permitía que otros agentes lo hicieran, lo cual obligó a Keller a ser exactamente aquello de lo que lo acusaba: un solitario.

«Taylor —piensa Keller ahora— prácticamente me echó a los brazos de Tío Barrera». No había dónde ir. Él y Tío practicaron muchas detenciones juntos, incluso «dieron de baja» —un eufemismo de *matar*— a Don Pedro Áviles, *gomero* número uno. Entonces, la DEA y el ejército mexicano rociaron los campos de amapola con napalm y agente naranja y acabaron con el viejo contrabando de opio en Sinaloa.

«Sin embargo —piensa Keller—, solo sirvió para que Tío creara de las cenizas una organización nueva y mucho más poderosa».

La Federación.

«Empiezas intentando extirpar un cáncer —medita Keller— y, por el contrario, contribuyes a que haga metástasis y acaba expandiéndose desde Sinaloa a todo el país».

Aquel fue solo el comienzo de la larga guerra de Keller contra los Barrera, un conflicto que duró treinta años y le costó todo cuanto tenía: su familia, su trabajo, sus creencias, su honor y su alma.

—Ya les conté a los comités todo lo que sabía —dice Keller—. No hay nada que añadir.

Se habían celebrado vistas; vistas internas en la DEA, vistas en la CIA, vistas en el Congreso. Art había aniquilado a los Barrera en un desafío directo a las órdenes de la CIA, y fue como echar a rodar una granada por el pasillo de un avión. La onda expansiva había alcanzado a todo el mundo y los daños fueron difíciles de contener; *The New York Times* y *The Washington Post* husmearon como sabuesos. El Washington oficial no sabía si considerar a Art Keller un villano o un héroe. Algunos querían colgarle una medalla y otros enfundarle un mono naranja.

Otros simplemente querían que desapareciera.

La mayoría se sintieron aliviados cuando, una vez concluidos los testimonios e interrogatorios, el hombre al que apodaban el Señor de la Frontera se esfumó por voluntad propia. «Y puede que Taylor —piensa Keller— esté aquí para asegurarse de que sigo desaparecido».

—¿Qué quieres? —pregunta Keller—. Tengo cosas que hacer.

—¿Tú lees los periódicos, Art? ¿Ves las noticias?

—Ni una cosa ni otra.

No le interesa el mundo.

—Entonces no sabes lo que está pasando en México —dice Taylor.

—No es mi problema.

—No es su problema —dice Taylor a Jiménez—. Toneladas de cocaína cruzando la frontera. Heroína. Cristal. Gente asesinada. Pero no es problema de Art Keller. Él tiene abejas que cuidar.

Keller no responde.

La tan cacareada Guerra contra la Droga es una puerta giratoria: eliminas a uno y otro pasa a ocupar la cabecera de la mesa. Eso no cambiará mientras el apetito insaciable por la droga siga ahí. Y sigue ahí, en el gigante que habita este lado de la frontera.

Lo que la policía no entenderá nunca y ni siquiera reconoce es que el llamado «problema de la droga en México» no es el problema de la droga en México. Es el problema de la droga en Estados Unidos.

No hay vendedor sin comprador.

La solución no está en México y nunca lo estará.

Así que antes era Adán y ahora es otro. Y después será otro.

A Keller le trae sin cuidado.

Taylor dice:

—El otro día, varios miembros del cártel del Golfo asaltaron a dos de nuestros agentes en Matamoros, sacaron las armas y amenazaron con matarlos. ¿Te suena?

Le suena.

Los Barrera hicieron lo mismo con él en Guadalajara. Le advirtieron que dejara de molestar y amenazaron a su familia. Keller respondió enviando a los suyos a San Diego y presionando más a los Barrera.

Entonces los Barrera mataron a Ernie Hidalgo, el compañero de Art. Lo torturaron durante semanas para arrancarle una información que no poseía y tiraron el cadáver a una acequia. Dejaba viuda y dos niños pequeños.

Y el odio imperecedero de Keller.

Su enemistad se convirtió en una guerra sangrienta.

Y no fue lo peor que hizo Adán Barrera.

Ni por asomo.

«¿Cuándo fue? —piensa Keller—. ¿Hace veinte años?».

¿Veinte años?

—Pero a ti te da absolutamente igual, ¿verdad? —pregunta Taylor—. Ahora vives en este mundo etéreo. Estás en él, pero no perteneces a él.

«Cuando estaba en él, estaba demasiado en él —piensa Keller—. Provoqué la muerte de Ernie y de diecinueve personas inocentes». Se había inventado un informador a fin de proteger a su verdadera fuente y, para dar ejemplo, Adán Barrera eliminó a diecinueve hombres, mujeres y niños junto con el falso *soplón*. Los puso en fila contra una pared y los ejecutó.

Keller nunca olvidará el momento en que entró en aquel edificio y vio a los niños muertos en brazos de sus madres. Sabía que era culpa suya, responsabilidad suya. No quiere olvidar, aunque su conciencia tampoco se lo permite. Algunas mañanas, la campana lo aparta del recuerdo.

Después de la masacre de El Sauzal, no siguió adelante con el propósito de acabar con el tráfico de drogas, sino de atrapar a Adán Barrera. A día de hoy todavía no sabe por qué no apretó el gatillo cuando le apuntó a la cabeza. Tal vez pensó que la muerte era demasiado piadosa, que para él era mejor destino pasar treinta o cuarenta años en el infierno de una prisión de máxima seguridad antes de ir al infierno de verdad.

—Ahora llevo una vida distinta —dice.

«Primero la Guerra Fría, después la Guerra contra la Droga —piensa Keller—. Ahora estoy en paz».

—Imagino, entonces, que en tu espléndido aislamiento —prosigue Taylor— no te habrás enterado de lo de tu chico, Adán.

—¿Qué le pasa? —pregunta Keller muy a su pesar.

—Se ha puesto en plan Céline Dion —responde Taylor—. Le ha dado por cantar y no hay quien lo pare.

—¿Habéis venido aquí a contarme eso? —dice Keller.

—No —contesta Taylor—. Corre el rumor de que ofrece dos millones de dólares por tu cabeza y estoy obligado a informarte de una amenaza directa contra tu vida. También estoy obligado a ofrecerte protección.

—No la quiero.

—¿Ves a qué me refería? —dice Taylor a Jiménez—. Es un tipo duro. ¿Sabes cómo le llamaban? Killer Keller, Keller el Asesino.

Jiménez sonríe. Taylor se vuelve hacia Keller.

—Es tentador. Con mi parte de los dos millones podría comprarme una casita en Sanibel Island y levantarme por las mañanas sin otra ocupación que la pesca. Cuídate. ¿De acuerdo?

Keller los observa mientras suben de nuevo la colina y desaparecen. ¿Barrera un *soplón*? A Adán Barrera se le pueden llamar muchas cosas, y todas ciertas, pero *soplón* no es una de ellas. Si Barrera ha hablado, tiene que haber un motivo.

Y a Keller se le ocurre cuál podría ser.

«Debería haberlo matado», piensa, más por fatiga que por miedo. Ahora la pugna sangrienta se eternizará, como la propia Guerra contra la Droga.

Es un mundo sin fin, amén.

Sabe que no terminará hasta que uno de los dos o ambos estén muertos.

El apicultor no cena esa noche. Después no asiste a las completas. Al ver que no hace acto de presencia en las vigilias de la mañana, el hermano Gregory va a su habitación a preguntarle si está enfermo.

Allí no hay nadie.

El apicultor se ha ido.

Centro Correccional Metropolitano, San Diego
2004

«Una cosa admirable de los estadounidenses —piensa Adán— es su coherencia».

Nunca aprenden.

Adán es un hombre de palabra.

Después del funeral, se reunió con Gibson y le dio un filón. Se sentó a la mesa delante de la DEA; había fiscales federales, estatales y locales, y respondió a cada una de las preguntas que le formularon y a algunas que no se les ocurrió formular. La información propició gran cantidad de decomisos de droga y detenciones de alto nivel en Estados Unidos y México.

Tompkins estaba cagado.

—Sé lo que me hago —le dijo Adán para tranquilizarlo.

Se guarda lo mejor para el final.

—¿Queréis a Hugo Garza?

—Andamos locos por cazarlo —responde Gibson.

—¿Puedes entregarles a Garza? —pregunta un agitado Tompkins.

Su cliente está ofreciendo ponerles en bandeja al jefe del cártel del Golfo, la organización de traficantes más poderosa de México ahora que la vieja Federación de Adán ha sido desmantelada.

Por eso a Tompkins no le gusta que los clientes intervengan en las negociaciones. Es como llevarte a tu mujer a comprar un coche: tarde o temprano dice algo que te sale caro. Los clientes tienen derecho a estar presentes, pero el hecho de que puedan no significa que deban.

Sin embargo, lo que dice Adán a continuación ya es demasiado.

—Quiero la extradición —afirma—. Me declararé culpable aquí, pero quiero cumplir mi condena en México.

México y Estados Unidos mantienen un acuerdo que permite a los prisioneros cumplir condena en su país natal por cuestiones humanitarias y para estar cerca de sus familias. Pero Tompkins está horrorizado y saca a su cliente de la sala.

—Eres un soplón, Adán. No durarás ni cinco minutos en una cárcel mexicana. Harán cola para matarte.

—En las prisiones estadounidenses también estarán haciendo cola —observa Adán.

Las cárceles a este lado de la frontera están llenas de narcos mexicanos y pandilleros *cholos* que no dudarían en aprovechar la oportunidad de trepar en la jerarquía liquidando al mayor informador del mundo.

Las medidas de seguridad han sido cruciales en el acuerdo de aceptación de culpabilidad que Tompkins ha estado negociando, pero Adán ya se ha opuesto a su traslado a unidades de «prisioneros protegidos» con pederastas y otros informadores.

—Adán —le ruega Tompkins—, como abogado y amigo, te pido que no hagas esto. Estoy progresando. Con reconocimiento de oficio de tu cooperación probablemente pueda conseguir que te rebajen la condena a quince años y luego pasarás al programa de protección de testigos. Acabarías saliendo en doce años. Puedes seguir viviendo.

—Eres mi abogado —dice Adán— y, como cliente tuyo, te estoy dando instrucciones para que cierres este acuerdo. Garza a cambio de la extradición. Si te niegas, te despediré y contrataré a alguien que esté dispuesto a hacerlo.

Porque hay que cerrar ese acuerdo, y Adán no puede revelar a Tompkins por qué. No puede contarle que durante meses se han mantenido delicadas negociaciones en México y que, en efecto, es peligroso, pero es un riesgo que debe correr.

Si lo matan, que lo maten, pero no va a pasarse la vida en una celda.

Así que espera y Tompkins vuelve a entrar. Adán sabe que no será fácil: Gibson tendrá que personarse ante sus jefes, que tendrán que personarse ante los suyos. Luego, el Departamento de Justicia hablará con el Departamento de Estado, que a su vez hablará con la CIA, que hablará con la Casa Blanca, y entonces el trato estará sellado.

Porque un antiguo ocupante de esa misma Casa Blanca autorizó en los años ochenta el acuerdo por el cual Tío traficaba con cocaína y entregaba dinero a las Contras anticomunistas, y nadie quiere que Adán Barrera saque ese esqueleto del armario y lo siente en el estrado.

No habrá juicio.

Morderán el anzuelo de Garza.

Porque los estadounidenses nunca aprenden.

Transcurridas tres semanas, los *federales* mexicanos, gracias a la información proporcionada por la DEA, capturan a Hugo Garza, el jefe del cártel del Golfo, en un remoto rancho de Tamaulipas.

Dos noches después, miembros del Cuerpo de Alguaciles de Estados Unidos sacan a Adán de San Diego y lo meten en un vuelo rumbo a Guadalajara, donde unos *federales* con uniformes negros y pasamontañas lo llevan a cumplir sentencia en la prisión de Puente Grande, situada a las afueras de la ciudad que había gobernado su tío como si se tratara de un ducado.

Un convoy integrado por dos coches blindados y un transporte de personal recorre la autopista de Zapotlanejo en dirección a las torres de vigía de la prisión, cuyos focos proyectan su halo plateado en una noche por lo demás negra.

El coche blindado que va en cabeza se detiene bajo una de las torres junto a un gran cartel que dice: CEFERESO II. Bucles de alambre de espino coronan las vallas y los muros de cemento. Desde las torres, los guardias apuntan al convoy con sus ametralladoras con mira telescópica.

Se abre una puerta de acero y el convoy se adentra en un gran aparcamiento para vehículos de suministro. La puerta vuelve a cerrarse. Dicen que cuando uno cruza el Puente Grande nunca vuelve.

A Adán Barrera le esperan veintidós años aquí.

Hace frío y Adán se enfunda el plumón azul que le han dado. Los guardias lo agarran de los codos y le ayudan a apearse del vehículo de transporte. Lleva las manos y los tobillos esposados.

Se apoya en una pared de cemento y los guardias le hacen una foto, le toman las huellas dactilares y lo «procesan». Le quitan las esposas y la chaqueta y, tiritando, se pone el uniforme marrón con el número 817 bordado en el pecho y la espalda.

El guardia pronuncia un discurso.

—Adán Barrera, ahora eres un recluso del CEFERESO II. No pienses que tu antiguo estatus te otorga alguna posición aquí. Eres un delincuente más. Si sigues las reglas, todo irá bien. Si desobedeces, sufrirás las consecuencias. Te deseo una exitosa rehabilitación.

Adán asiente y entonces lo conducen al COC, el Centro de Observación y Clasificación, para someterlo a una evaluación y asignarle alojamiento permanente.

Puente Grande es la prisión más dura e inexpugnable de México, y el CEFERESO II (Centro Federal de Rehabilitación Social) es su bloque de máxima seguridad, reservado a los criminales más peligrosos: secuestradores, narcos y convictos que han matado en otras cárceles.

El COC es la peor sección del CEFERESO II.

Aquí es donde van los *malditos*. Normalmente, su adoctrinamiento consiste en golpes con mangueras o descargas eléctricas con cables; a veces los empapan de agua y los dejan tiritando desnudos sobre el suelo de cemento. Puede que el aislamiento sea aún peor: no hay libros, ni revistas ni material para escribir. Si la tortura física no los destruye, el tormento mental les hace perder la cabeza. Cuando ha finalizado la evaluación suelen ser clasificados, y acertadamente, como dementes.

El guardia abre la puerta de una celda y Adán entra. La puerta se cierra.

El hombre sentado en el banco de metal es enorme —mide más de dos metros— y musculado, y lleva una espesa barba negra. Mira a Adán, sonríe y dice:

—Soy tu comité de bienvenida.

Adán se prepara para lo que se avecina.

El hombre se levanta y le da un fuerte abrazo de oso.

—Me alegro de verte, *primo*.

—Yo también, primo.

Diego Tapia y Adán se criaron juntos entre los campos de amapolas de las montañas de Sinaloa, antes de la Guerra contra la Droga de Estados Unidos. Corrían tiempos más cabales, más sosegados. Diego era un joven soldado de infantería, un *sicario*, cuando el tío de Adán creó la Federación original.

Diego Tapia, la antítesis física de Adán, tiene los hombros anchos, mientras que este es flaco y un poco encorvado, sobre todo después de un año en una celda estadounidense. Adán parece lo que es, un hombre de negocios, y Diego también: un barbudo loco de las montañas que no desentonaría en esas viejas fotos de los jinetes de Pancho Villa. Bien podría llevar bandoleras cruzadas sobre el pecho.

—No hacía falta que vinieras en persona —dice Adán.

—No me quedaré mucho —responde Diego—. Nacho te manda recuerdos. Habría venido, pero...

—No merece la pena arriesgarse —dice.

Lo entiende, pero le molesta un poco teniendo en cuenta que su condición de informador ha mejorado enormemente la riqueza y la posición de Ignacio *Nacho* Esparza.

La información que facilitó Adán a la DEA creó fisuras en la roca del narcotráfico mexicano, unas fisuras en las que Diego y Nacho se han colado como si fueran agua, llenando cada uno de los vacíos generados por la detención de un rival.

(Los estadounidenses nunca aprenden.)

Ahora Diego y Nacho tienen organizaciones propias. Juntas, bajo el apelativo de «cártel de Sinaloa», controlan un gran porcentaje del negocio y envían cocaína, heroína, marihuana y metanfetamina a través de Juárez y el Golfo. También gestionaron el negocio de Adán en su ausencia, distribuyendo su producto, manteniendo sus contactos con policías y políticos y cobrando sus deudas.

Fue Nacho quien negoció el regreso de Adán a México desde el lado

41

estadounidense, lo cual conllevó grandes pagos y garantías aún mayores. Una vez organizado todo, Diego se cercioró de que, a su llegada, buena parte de los empleados de la prisión estuvieran en la nómina de Adán. La mayoría estaban ansiosos por embolsarse el dinero. En el caso de aquellos que se mostraron reacios, Diego se limitó a visitar la cárcel y mostrarles su dirección y fotografías de sus esposas e hijos.

Aun así, tres guardias rechazaron el dinero. Diego los felicitó por su integridad. A la mañana siguiente, los tres aparecieron sentados remilgadamente en su puesto con un corte en el cuello.

El resto aceptó la generosidad de Adán. Un cocinero recibía trescientos dólares estadounidenses al mes, un guardia con rango hasta mil y el alcaide un complemento salarial de cincuenta mil dólares.

En cuanto a los hombres que guardaban turno para matar a Adán, de los que había muchos, fueron asesinados a golpes de bate por otros reclusos. Los Bateadores, todos ellos empleados sinaloenses de Diego, serían los agentes de seguridad privada de Adán en Puente Grande.

—¿Cuánto tiempo tengo que estar aquí? —pregunta Adán.

—Aquí podemos garantizar tu seguridad. Ahí fuera...

No es preciso que Diego termine. Adán lo entiende. Ahí fuera todavía hay gente que quiere verlo muerto. Algunos tendrán que desaparecer, habrá que comprar a ciertos políticos y pagar *cañonazos*, unos cuantiosos sobornos.

Adán sabe que pasará una temporada en Puente Grande.

La nueva celda de Adán, situada en el nivel 1-A, bloque 2, del CEFERESO II, tiene sesenta metros cuadrados y dispone de una cama de matrimonio situada detrás de una partición privada, cocina completa, barra, televisor LED de pantalla plana, ordenador, equipo de música, escritorio, mesa de comedor, sillas, lámparas de pie y vestidor.

La nevera está surtida de filetes y pescado congelados, productos frescos, cerveza, vodka, cocaína y marihuana. El alcohol y las drogas no son para él, sino para los guardias, reclusos e invitados.

Adán no consume drogas.

Vio a su tío engancharse al crack y al que fuera un *patrón* poderoso, Miguel Ángel Barrera, alias *M-1*, el genio, el progenitor de los cárteles, un gran hombre, volverse un idiota lunático y paranoico, un conspirador de su propia destrucción.

Así que un vaso de vino a la hora de cenar es todo cuanto se permite Adán.

Un armario contiene una hilera de trajes y camisas italianos a medida. Adán lleva una camisa blanca limpia cada día —las sucias van a la lavandería de la prisión y vuelven planchadas y dobladas—, porque sabe que en este negocio, como en cualquier otro, las apariencias son importantes.

Ahora se dedica a juntar de nuevo las piezas que Keller desperdigó. En ausencia de Adán, la Federación se ha escindido en varios grupos grandes y en docenas de grupúsculos más reducidos.

El más importante es el cártel de Juárez, instalado en Ciudad Juárez, justo al otro lado de la frontera de El Paso, Texas. Vicente Fuentes parece haber ganado la batalla por el control de la zona. Perfecto. Es originario de Sinaloa e íntimo de Nacho Esparza, a quien permite que mueva cristal en su plaza.

El siguiente en importancia es el cártel del Golfo, o CDG, con sede en Matamoros, cerca de los puntos de entrada de Laredo. Dos hombres, Osiel Contreras y Salvador Herrera, reinan allí ahora que Hugo Garza está en la cárcel. También son cooperadores y permiten que el producto sinaloense pase por su territorio a través de la organización de Diego.

El tercero es el cártel de Tijuana, que Adán y su hermano Raúl utilizaron como base de poder para hacerse con la Federación al completo. Elena, la única hermana que le queda, intenta mantener el control, pero está perdiéndolo ante un antiguo socio llamado Teo Solorzano.

Luego está el cártel de Sinaloa, que opera desde el estado natal de Adán y es el lugar de origen del tráfico de drogas mexicano. Fue allí donde Tío creó la Federación y dividió el país en plazas que repartió como si fueran feudos.

Ahora tres organizaciones componen el cártel de Sinaloa. Diego Tapia y sus dos hermanos lideran una de ellas y trafican con cocaína, heroína y marihuana. Nacho Esparza dirige otra y se ha convertido en el Rey del Cristal.

La tercera es la de Adán, integrada por viejos fieles a la Federación. Diego y Nacho han ejercido de líderes mientras esperan el regreso de Barrera. Este, por su parte, insiste en que no tiene ambición de convertirse en jefe del cártel, sino en el primero entre sus semejantes sinaloenses.

Sinaloa es el núcleo. Fue su marga negra la que hizo crecer las amapolas y la marihuana que originaron el narcotráfico; fue Sinaloa la que proporcionó los hombres que lo dirigían.

Pero el problema de Sinaloa no es lo que tiene, sino lo que no tiene. Una frontera.

La base sinaloense se halla a cientos de kilómetros de la frontera que separa —y une— México y el lucrativo mercado estadounidense. Si bien es cierto que ambos países comparten tres mil kilómetros de frontera terrestre y que esos kilómetros pueden utilizarse para el tráfico de drogas, también lo es que algunos de esos kilómetros son infinitamente más preciados que otros.

Buena parte de la frontera discurre por un desierto aislado, pero los lugares realmente valiosos son ciudades de paso como Tijuana, Ciudad Juárez, Nuevo Laredo y Matamoros. Y el motivo no guarda relación alguna con México, sino con Estados Unidos.

Tiene que ver con las autopistas.

Tijuana limita con San Diego, donde la interestatal 5 es la principal arteria norte-sur que lleva a Los Ángeles. Allí, el producto puede almacenarse y distribuirse por la costa Oeste o a cualquier punto de Estados Unidos.

Ciudad Juárez limita con El Paso y la interestatal 25, que conecta con la 40, la principal arteria este-oeste en todo el sur de Estados Unidos y, por tanto, un caudal de dinero para el cártel de Juárez.

Nuevo Laredo y Matamoros son las joyas del Golfo. Nuevo Laredo limita con Laredo, Texas, pero, lo que es más importante, también con la interestatal 35, la ruta norte-sur que llega hasta Dallas. Desde allí puede transportarse rápidamente el producto a todo el Medio Oeste de Estados Unidos. Matamoros ofrece un pronto acceso desde la ruta 77 hasta la interestatal 37 y después la 10 en dirección a Houston, Nueva Orleans y finalmente Florida. Además, Matamoros está en la costa, lo cual brinda acceso por agua a las mismas ciudades portuarias de Estados Unidos.

Pero la verdadera acción la llevan a cabo los camiones.

Se puede transportar producto por el desierto a pie, en caballo, en coche y en camioneta. Se puede viajar por mar y arrojar al océano montones de marihuana y cocaína envasada al vacío para que los socios estadounidenses la recojan y la lleven a la costa.

Todos ellos son métodos útiles.

Pero nada comparable a los camiones.

Desde que, en 1994, Estados Unidos y México firmaron el Tratado de Libre Comercio de América del Norte, el TLCAN, decenas de miles de camiones cruzan a diario la frontera desde Tijuana, Juárez y Nuevo Laredo. Gran parte de ellos llevan cargamento legítimo; muchos otros llevan droga.

Es la mayor frontera comercial del mundo, con un negocio que ronda los cinco mil millones de dólares al año.

Habida cuenta del enorme volumen de tráfico, el Servicio de Aduanas estadounidense es incapaz de registrar cada camión. Incluso una campaña seria entorpecería el comercio entre Estados Unidos y México. Si a menudo es conocido como Tratado de Libre Comercio de Droga de América del Norte, no es por casualidad.

Una vez que el camión cargado de droga cruza esa frontera, tiene literalmente vía libre.

Las Cinco —las interestatales 5, 25 y 35— son las arterias del narcotráfico mexicano.

Cuando Adán gestionaba el negocio, no importaba: controlaba los pasos fronterizos de Laredo, El Paso y San Diego. Pero, en su ausencia, los sinaloenses se ven obligados a pagar un impuesto conocido como *piso* para mover su producto.

Un cinco por ciento no parece gran cosa, pero Adán tiene mentalidad de contable. Uno abona una tarifa plana por su actividad; por ejemplo, los salarios y los sobornos son solo un coste derivado del propio negocio. Pero hay que evitar los porcentajes tanto como la deuda; acaban con la vida de un negocio.

Y los sinaloenses no solo pagan un cinco por ciento de lo que ganan, lo cual asciende a varios millones de dólares, sino que no recaudan el cinco por ciento del negocio de otros, el *piso* que les correspondía cuando Adán controlaba todas las plazas.

Estamos hablando de mucho dinero.

Solo la cocaína representa cada año un mercado de treinta mil millones de dólares en Estados Unidos. De la cocaína que entra en Estados Unidos, un setenta por ciento pasa por Juárez y el Golfo.

Eso son veintiún mil millones.

Solo el *piso* supone mil millones de dólares.

Anuales.

Uno puede hacerse multimillonario distribuyendo su producto y pagando el *piso*. Muchos lo hacen y no es mala vida. O puede hacerse aún más rico controlando una plaza y cobrando a otros traficantes por utilizarla sin necesidad de tocar la droga o de acercarse a ella jamás. Lo que no entiende la mayoría de la gente es que los narcos más importantes pueden pasarse años o incluso toda su trayectoria sin tocar nunca las drogas.

Su negocio consiste en controlar el territorio.

Antes, Adán lo controlaba todo.

Era el Señor de los Cielos.

Para Adán, los días en Puente Grande son ajetreados.

Hay mil detalles que requieren supervisión.

Las rutas de suministro entre Colombia y México deben reabastecerse constantemente, y luego está el transporte hasta la frontera y la entrada en Estados Unidos.

También hay que gestionar el dinero, decenas de millones de dólares que vuelven desde Estados Unidos y que hay que blanquear, contabilizar e invertir en cuentas y negocios extranjeros. Hay salarios, sobornos y comisiones que pagar. Hay material que comprar. El negocio de Adán precisa montones de asesores que contabilizan el dinero y se vigilan unos a otros, además de docenas de abogados. Hay cientos de operarios, traficantes, vigilantes de seguridad, policías, militares y políticos.

Adán contrató a un malversador encarcelado para que digitalizara todos sus archivos y así poder controlar las cuentas en el ordenador portátil, que es reemplazado una vez al mes y recodificado. Utiliza gran cantidad de teléfonos móviles, que cambia aproximadamente cada dos días, y los guardias o los empleados de Diego le facilitan otros nuevos.

Los Bateadores gestionan el bloque 2. El resto de Puente Grande es un avispero de bandas, robos, ataques y violaciones, pero en el bloque 2 imperan la tranquilidad y el orden. Todo el mundo sabe que el cártel de Sinaloa dirige esa parte de la prisión en nombre de Adán Barrera y que es un santuario de calma y silencio.

Adán se levanta temprano, toma un desayuno rápido y se sienta a la mesa. Trabaja hasta la una, almuerza sin prisa y vuelve a su mesa hasta las cinco. Casi todas las tardes son tranquilas. Cada día acude su cocinero a prepararle la cena y elegir el vino adecuado. Al cocinero parece importarle mucho; a Adán, no tanto.

No es un esnob del vino.

Algunas tardes, los Bateadores convierten el comedor en un cine, con máquina de palomitas incluida, y Adán invita a sus amigos a ver una película y comer helado. Los invitados llaman a esas sesiones «noches en familia», ya que Adán prefiere las películas para todos los públicos —mucho Disney—, pues no le gustan el sexo y la violencia que pueblan últimamente la mayoría de los filmes de Hollywood.

Otras noches son menos saludables.

Un guardia de la prisión recorre los bares de Guadalajara y vuelve con mujeres. Luego el comedor se convierte en un prostíbulo repleto de licor, drogas y Viagra. Adán corre con todos los gastos, pero no participa en esas veladas y se retira a su celda.

No le interesan las mujeres.

Hasta que ve a Magda.

A los sinaloenses les gusta jactarse de que su montañoso estado produce dos cosas hermosas en abundancia: amapolas y mujeres.

Magda Beltrán es sin duda una de estas últimas.

A sus veintinueve años, alta, de piernas largas y ojos azules, Magda es una mezcla de los nativos mexicanos y de los suizos, alemanes y franceses que emigraron a Sinaloa en el siglo XIX.

Siete sinaloenses han sido coronadas Miss México.

Magda no fue una de ellas, pero sí fue Miss Culiacán.

Participaba en concursos de belleza desde que tenía seis años y ganó la mayoría de ellos. Así despertó el interés de representantes, productores de cine y, por supuesto, narcos.

Magda no era ajena a ese mundo.

Su tío era un traficante de la vieja Federación y dos primos suyos habían sido *sicarios* de Miguel Ángel Barrera. Habiéndose criado en Culiacán, conocía a traficantes, igual que el resto de la población.

Tenía diecinueve años cuando empezó a salir con ellos.

Los narcos rondan a las reinas locales de la belleza como buitres volando en círculos. Algunos incluso patrocinan sus propios *narcoconcursos de misses* para dar a conocer talentos. Cuando otros directivos de certámenes de belleza manifestaron su preocupación por que las chicas se asociaran con traficantes de drogas, un cómico local preguntó: «¿Y por qué no quieren que esas mujeres representen al producto más importante del estado?».

Es una combinación natural: las chicas son atractivas y los narcos tienen dinero para colmarlas de cenas exquisitas, ropa, joyas, vacaciones caras, balnearios, tratamientos de belleza...

Magda lo aceptaba todo.

¿Por qué no?

Era joven y hermosa y quería pasarlo bien, y si uno quería pasarlo bien en Culiacán, si quería salir con los *cachorros* —los niños de la jet-set, hijos de los barones de la droga—, debía ir donde estaba el dinero.

Además, los narcos eran divertidos.

Les gustaban las fiestas, la música, los bailes, los conciertos y las discotecas.

Si ibas del brazo de un narco, no hacías cola detrás del cordón. Te lo abrían y te invitaban a pasar a la sala VIP, donde servían Cristal y Dom Perignon, y los propietarios, si es que no lo era el propio narco, acudían a saludarte personalmente.

Algunas se enredaban con los narcos más viejos, que se obsesionaban con ellas, pero Magda evitaba esa trampa. Vio lo que les ocurría a algunas chicas un poco mayores que ella: un *chaca*, o jefe, de cincuenta años se enamoraba, la convertía en su amante y se aseguraba de que no se le acercara ningún otro hombre, en especial si era joven y atractivo. A veces se «casaba» con ella en una falsa ceremonia, falsa porque ya estaba casado (al menos una vez). La pobre chica desperdiciaba su juventud encarcelada en una casa de lujo hasta que el narco iba a la cárcel, era asesinado o simplemente se hartaba de ella.

Entonces tenía dinero, sí, pero también remordimientos.

Magda no tenía ninguno.

Tenía diecinueve años cuando Emilio, un prometedor traficante de cocaína de veintitrés años, asistió a uno de sus desfiles, la deslumbró y se la llevó a la cama. Era guapo, divertido, generoso y buen amante. Se imaginaba casándose con él y teniendo hijos cuando dejara el mundo de la moda.

Magda se sintió desolada cuando Emilio fue a prisión, pero, por aquel entonces, estaba compitiendo por ser Miss Culiacán y se ganó las atenciones de Héctor Salazar, un socio de su tío, aunque más joven que este. Héctor envió a su camerino una docena de rosas con un diamante dentro de cada una, esperó educadamente en la sombra mientras era coronada y después la llevó a Cabo.

Emilio era un niño; Héctor un hombre. Emilio era gracioso y Héctor se tomaba en serio el negocio y a ella. Emilio había sido un amor adolescente —el primero y, por tanto, hermoso en ese sentido—, pero con Héctor era distinto, dos adultos labrándose una vida juntos en un mundo adulto.

Héctor era muy tradicional; después de Cabo, fue a pedir la mano de

48

Magda a su padre. Estaban planificando la boda cuando otro narco que también se tomaba muy en serio los negocios le metió a Héctor cuatro balas en el pecho.

Técnicamente, Magda no era viuda, pero en cierto modo lo era y se esperaba que actuara como tal. Estaba destrozada, lo sabía, pero también sabía que, en algún lugar, en una parte secreta de su mente, se sentía un poco aliviada por no tener que adoptar el papel de esposa y probablemente el de madre a tan temprana edad.

También descubrió que el negro le sentaba bien.

Jorge Estrada, un colombiano que había sido proveedor de cocaína de Héctor, asistió a su funeral y la vio. Era un hombre respetuoso, así que esperó lo que a su juicio era un tiempo prudencial antes de realizar un acercamiento.

Jorge la llevó al hotel Sofitel Santa Clara, en Cartagena, y, aunque a sus treinta y siete era mayor que Emilio y Héctor, era igual de atractivo, pero de una manera viril, no aniñada. Y Héctor tenía dinero, pero lo de Jorge era una riqueza generacional, como se suele decir, y la llevó a su *finca* en el campo y a su casa de la playa en Costa Rica. La llevó a París, a Roma y a Ginebra, y le presentó a directores, artistas y gente importante.

Magda no era una cazafortunas.

El hecho de que Jorge fuera rico era solo un añadido. Su madre, como han hecho generaciones de madres, decía: «Es igual de fácil enamorarse de un rico que de un pobre». Jorge le regalaba cosas —viajes, ropa, joyas (muchas joyas)—, pero no le regaló ningún anillo.

Magda no preguntó, no exigió, no importunó, ni siquiera insinuó, pero, después de tres años con él, tuvo que plantearse por qué. ¿Qué no estaba haciendo? ¿Qué estaba haciendo mal? ¿No era lo bastante hermosa o sofisticada? ¿No era lo bastante buena en la cama?

Finalmente le hizo la pregunta. Una noche, acostados en una suite en una playa de Panamá, le preguntó adónde iba aquella relación. Ella quería casarse y tener hijos y, si él no, tendría que seguir con su vida. Sin rencores; había sido maravilloso, pero tendría que seguir adelante.

Jorge sonrió.

—¿Seguir adónde, *cariño*?

—Volveré a Culiacán y me buscaré un buen mexicano.

—¿Esas criaturas existen?

—Puedo tener al hombre que quiera —respondió—. El problema es que te quiero a ti.

Él también la quería, dijo. Quería darle un anillo, una boda, niños. Pero... el negocio no había ido bien últimamente... un par de envíos interceptados... deudas impagadas... pero cuando se hubieran solventado esos pequeños reveses... esperaba retomar el asunto.

Solo había un pequeño inconveniente.

Necesitaba ayuda.

Había cierta cantidad de dinero en efectivo en Ciudad de México. Podía ir él mismo, pero allí las cosas estaban... difíciles... por el momento. Pero si iba ella, quizás a visitar a su familia, ver a sus amigos y recoger el dinero y traerlo en avión...

Magda lo hizo.

Sabía dónde se metía. Sabía que estaba cruzando la línea entre la asociación y la participación, entre salir con un traficante de drogas y blanquear dinero. Lo hizo de todos modos. Parte de ella sabía en el fondo que estaba utilizándola, pero otra parte quería creer en él, y había aún otra parte que...

... quería participar.

¿Por qué no?

Magda se crio en *la pista secreta*, se curtió en el negocio gracias a Emilio y aprendió mucho más, y a un nivel mucho mayor, por el mero hecho de estar con Jorge. Tenía experiencia y cerebro. ¿Por qué limitarse a ser un florero del brazo de un narco?

¿Por qué no podía ser una *narca*?

¿Una *chingona*, una mujer poderosa?

Otras mujeres, aunque pocas, lo habían hecho.

¿Por qué ella no?

Así que, cuando Magda preparó dos maletines con cinco millones de dólares en efectivo y se dirigió al Aeropuerto Internacional de Ciudad de México, no sabía, ni entonces ni luego, si iba a entregar el dinero a Jorge o si iba a robárselo y fundar su propio negocio. Tenía un billete a Cartagena y otro a Culiacán, e ignoraba cuál iba a utilizar. Podía ir a Colombia y comprobar si Jorge verdaderamente pensaba casarse con ella o regresar a Sinaloa y desvanecerse en la cuna protectora de las montañas, donde Jorge nunca osaría ir a reclamar su dinero (¿Qué iba a hacer? Si alegaba que la policía se lo había confiscado, ¿qué podía hacer él?)

Nunca tuvo la oportunidad de decidir.

Los *federales* la detuvieron cuando entraba en la terminal.

Ya podía decir a Jorge que la policía había confiscado el dinero. Delante de las cámaras anunciaron a bombo y platillo el decomisado de un millón y medio de dólares y la detención de una «importante blanqueadora de dinero que trabajaba para los cárteles colombianos».

A los medios de comunicación les encantó.

La fotografía de la ficha policial de Magda se vio en todas las portadas y en la televisión, combinada con imágenes suyas detenida y en el estrado, donde apareció tocada con una diadema. Los presentadores de los noticiarios sacudían la cabeza y soltaban sermones dirigidos a otras jóvenes tentadas por el narcomundo de «ostentación y glamur».

Incluso algunos periódicos estadounidenses se hicieron eco con titulares que decían «La cazadora cazada» o «Cerco a la bella».

A Magda no le divertía tanto, aunque los interrogatorios policiales fueron ridículos. A los *federales* no les interesaba qué hacía en el Aeropuerto Benito Juárez con cinco millones de dólares en efectivo, sino qué hacía en el Aeropuerto Benito Juárez con cinco millones de dólares en efectivo sin pagarles a ellos primero.

Reconoció que había sido un error ingenuo, que debería haber sido más lista y, si tuviera que hacerlo otra vez —es decir, si le diesen la oportunidad de hacerlo otra vez—, procedería de ese modo.

Ello la llevó directamente a la siguiente batería de preguntas. ¿Tenía más dinero?

No lo tenía.

Magda tenía varios miles de dólares en el banco, algunas joyas en los dedos y alrededor del cuello y algo en una caja fuerte en Culiacán, pero eso era más o menos todo. ¿Acaso no les bastaba con robarle tres millones y medio de dólares?

Por lo visto no.

Le permitieron llamar a Jorge para ver si podían negociar algo, pero no cogió el teléfono. Al parecer, había emprendido un largo viaje por el sudeste de Asia.

«Qué mala suerte», dijeron los *federales* en tono compasivo.

Mala suerte para ellos, peor aún para ella. Acabó siendo acusada y condenada por varios delitos de blanqueo de dinero, asesoramiento y complicidad con un jefe de la droga y tráfico de estupefacientes.

El magistrado le impuso quince años en una cárcel de máxima seguridad.

Como ejemplo para otras jóvenes.

Su internamiento en el CEFERESO II fue brutal.

De los quinientos reclusos del bloque, tres son mujeres, así que Magda era una chuchería, y más tratándose de una (antigua) reina de la belleza. La desnudaron, la «registraron internamente» en numerosas ocasiones para evitar el contrabando, la frotaron con desinfectante y la rociaron con una manguera. La empujaron, le dieron codazos, la cachearon, la golpearon y le hablaron una y otra vez de las múltiples violaciones en grupo que la aguardaban dentro, tanto por parte de guardias como de reclusos. Cuando la llevaron al COC, ataviada con un chándal de hombre, estaba casi catatónica de terror.

A su paso, los otros convictos le dedicaron «halagos» y amenazas.

Es entonces cuando la ve Adán.

—¿Quién es? —pregunta Adán a Francisco, el jefe de los Bateadores y su guardaespaldas personal.

—Dicen que el *dedo* fue Miss Culiacán —responde Francisco—. Hace unos años.

Ahora no parece una reina de la belleza, desde luego. Sin maquillaje, con el pelo sucio y enmarañado y el cuerpo oculto bajo un chándal que le viene grande mientras se desliza por el pasillo con los tobillos encadenados.

Pero Adán se fija en sus ojos.

Azules como un lago de montaña de Sinaloa.

Y los clásicos huesos de su cara.

—¿Cómo se llama? —pregunta Adán.

—Magda no-sé-qué —dice Francisco—. No recuerdo su apellido.

—Averígualo —indica Adán—. Entérate de todo lo que puedas e infórmame esta noche. Entretanto, asegúrate de que le den una manta. Y que la atienda un médico. No un carnicero de la cárcel; un médico de verdad.

—*Sí, patrón.*

—Y que nadie la toque —remacha Adán.

El mensaje, sumamente decepcionante, pues ya se han blandido cuchillos por quién la viola primero, es difundido: «Os cortaremos cualquier parte del cuerpo que la toque. Si la tocáis con la mano, os cortaremos la mano. Si la tocáis con la polla...».

Es la mujer del *patrón*.

Todo el mundo lo sabe, excepto Magda.

Cuando llega la manta de manos de un guardia que parece inquieto por el mero hecho de estar en su presencia, a Magda le resulta normal. Lo mismo sucede cuando entra en la celda una respetable doctora y pide examinarla. La mujer le administra un calmante suave para ayudarla a dormir y le dice que volverá para ver cómo se encuentra.

Al principio, Magda no se atreve a cerrar los ojos por temor a la amenaza de violación, pero el calmante hace efecto y, en cualquier caso, unos guardias se apostan delante de la celda dándole la espalda y sin mirarla en ningún momento.

Empieza a sospechar que está recibiendo un trato especial cuando le traen el desayuno en una bandeja y además es comestible, pero lo atribuye a su celebridad.

Dos días después, un guardia le lleva ropa nueva y bastante decente —dos vestidos, unas cuantas blusas y faldas, bragas y un bonito jersey— con etiquetas de elegantes tiendas de Guadalajara. Magda pregunta al guardia quién le envía esas cosas, pero él responde encogiéndose de hombros. La ropa es de su talla, y Magda piensa que tal vez la haya mandado su familia o Jorge.

No ha recibido noticias suyas, ni tampoco de sus parientes, pero el psiquiatra de la prisión la informó de que en el COC permanecería incomunicada, así que quizás haya llamadas telefónicas o mensajes esperándola.

La ropa la hace sentirse un poco mejor, pero no logra vencer la profunda depresión al imaginarse pasando unos meses en este lugar, mucho menos quince años. Así lo expresa en su primera evaluación con el psiquiatra, que insiste en dejar la puerta abierta y se sienta detrás de su mesa como si fuese una barrera.

Él le asegura que esos sentimientos son perfectamente normales, que se adaptará, sobre todo cuando salga del COC y se integre en la población general. Pero, para Magda, eso es inconcebible en un lugar con miles de hombres, y se pregunta si la meterán en una celda con las otras dos mujeres. Tampoco sabe si eso sería bueno o malo.

Al día siguiente llegan productos cosméticos. Es maquillaje caro, exactamente el que suele utilizar, y un pequeño espejo de mano. Al fondo de la caja encuentra una nota: «Cortesía de un paisano sinaloense».

Y ella pensando que era Jorge.

Pero ¿quién será?

Magda no es tonta.

Conoce el mundo narco y a sus integrantes. Hay docenas de sinaloenses en Puente Grande, pero solo unos pocos con medios para conseguir los privilegios de los que está gozando. Como la mayoría de los sinaloenses del negocio, sabe que Adán Barrera, el antiguo Señor de los Cielos, es uno de los internos.

¿Podría ser él?

«No seas presuntuosa», piensa, mirándose al espejo mientras se aplica maquillaje, una cosa sumamente banal que ahora le procura un gran placer. Es Adán Barrera; podría llevarse a la cárcel a la mujer más hermosa del mundo si se le antojara.

¿Qué iba a querer de ella?

Magda se examina a sí misma con franqueza: sigue siendo bella, pero está más cerca de los treinta que de los veinte. En Sinaloa, las mujeres de su edad son consideradas ancianas.

Pero, tres días después, llega por la tarde una botella de buen *merlot* con una copa, un sacacorchos y otra nota: «Unos amigos y yo vamos a celebrar una "noche de cine" y me gustaría saber si quieres ser mi invitada. Adán Barrera».

A Magda le da la risa.

Dentro de la prisión más brutal del mundo occidental, el hombre está cortejándola como si fueran alumnos de instituto.

Está pidiéndole una cita.

Para asistir a una «noche de cine».

Se ríe aún más cuando se da cuenta de lo que está pensando: «Madre mía. ¿Qué me pongo?».

El guardia sigue allí esperando respuesta.

Magda titubea.

¿Es solo una trampa para violarla en grupo?

«Si lo es, que así sea», concluye.

Debe arriesgarse, porque sabe que no puede sobrevivir quince años en este lugar como una reclusa «normal».

—Dile que me encantaría —responde Magda.

Lo que primero sorprende a Magda de Adán Barrera es su timidez.

No es una cualidad que suela apreciarse en un *buchón*.

Todo él es apocamiento, desde el tono de voz hasta la ropa, hoy un traje negro de Hugo Boss con camisa blanca.

Adán es un poco más bajo que ella y en su cabellera negra se adivinan algunas canas a la altura de las sienes. Sonríe retraídamente y baja la cabeza cuando le estrecha la mano y dice:

—Me alegro mucho de que hayas venido. Soy Adán Barrera.

—Claro —responde ella—. Todo el mundo sabe quién eres. Yo soy Magda Beltrán.

—Todo el mundo sabe también quién eres tú. —Adán ve la botella de vino y la copa en su mano izquierda—. ¿No te ha gustado el vino? Lo siento.

—Sí —dice Magda—, pero no quería bebérmelo sola. Pensé que sería más divertido si lo tomábamos juntos.

Se ha decantado por uno de los vestidos azules que él le envió. Al principio eligió el jersey y unos pantalones, que consideraba una indumentaria adecuada para una «noche de cine», pero luego pensó que, si le había enviado vestidos, era por algún motivo, y no quería decepcionarlo.

Adán la acompaña a la primera de cinco hileras de sillas plegables situadas delante de un gran televisor. Magda repara en que su fila está vacía, pero las otras están ocupadas por reclusos que intentan mirarla sin que se note. Junto a la puerta del comedor hay otros hombres, claramente en guardia.

Adán le retira una silla, Magda se sienta y él se sitúa a su lado.

—Espero que te guste *Miss agente especial*. ¿Sandra Bullock?

—Me gusta —dice Magda—. Trata de una aspirante en un concurso de belleza ¿verdad?

—Me pareció...

—Es muy considerado por tu parte.

—¿Te apetece algo? ¿Palomitas?

—¿Palomitas y vino tinto? —pregunta Magda—. Bueno ¿por qué no?

Adán hace un gesto a un recluso, que se dirige a una máquina de palomitas y vuelve con dos cuencos. Otro preso ofrece a Adán un sacacorchos y una copa. Abre la botella y sirve el vino.

—No sé nada de vinos. Supuestamente es bueno.

Magda voltea la copa y huele.

—Lo es.

—Me alegro.

—¿Tengo que darte las gracias por la ropa y los cosméticos? —pregunta.

Adán inclina la cabeza en un leve gesto afirmativo.

—¿Y por mi seguridad? —pregunta.

Adán asiente de nuevo.

—Aquí no te tocará nadie a menos que tú quieras que lo haga.

«¿Eso te incluye a ti?», piensa.

—Te agradezco mucho la protección —dice Magda—. Pero ¿puedo preguntarte por qué estás siendo tan generoso?

—Los sinaloenses tenemos que cuidar unos de otros —responde Adán.

Con otro gesto a un recluso da comienzo la película.

Esa noche no se acuesta con él.

Ni la siguiente, ni la otra.

Pero Magda sabe que es inevitable. Necesita y quiere su protección, necesita y quiere las cosas que él puede darle. Aquí es como en el resto del mundo, pero es totalmente diferente en el sentido de que él es su única alternativa.

Magda quiere y necesita afecto y compañía («Y, admítelo —se dice— sexo»), y él es la única opción. Sabe que Adán nunca aceptará que sea para otro. No solo sería un rechazo y una decepción, sino también una humillación.

Magda tiene experiencia suficiente para saber que un hombre que se halla en la situación de Adán Barrera no puede permitirse una humillación. Podría ser literalmente mortal. Si te humillan es porque eres débil. Si eres débil, te conviertes en objetivo.

Así que, si quiere un hombre, debe ser Adán.

¿Y por qué no?

Cierto, Adán es mayor y no tan guapo como Emilio ni tan atractivo como Jorge, pero es mono y nada repulsivo, a diferencia de algunos de los jefes más longevos que ha conocido. Es simpático, educado y considerado. Viste bien, es listo, interesante y elocuente.

Y es rico.

En esta prisión, Adán puede procurarle una vida inmensamente mejor de la que tendría de no estar con él. Con él goza de protección y privilegios, amén de las «pequeñas» cosas que hacen que la vida en este agujero infernal sea tolerable.

Sin él, todo eso desaparece, junto con algo mucho más importante: su protección. Si lo pierde, sabe que pronto llegarán las agresiones sexuales y se convertirá en un objeto que pasará primero por las manos de los guardias y después de los prisioneros.

A las otras dos mujeres les ocurre.

Ofrecen sexo a cambio de licor, comida y drogas. Sobre todo drogas. Una parece catatónica la mayoría del tiempo y la otra, que ahora sufre una psicosis, se sienta desnuda en su celda y enseña los genitales a todo el que pasa.

Así que Magda sabe que es solo cuestión de tiempo que se entregue a Adán y, aunque se dice a sí misma que no es una violación, es lo bastante inteligente para saber que se trata de una relación de poder en la que ella es la dominada.

Adán es poderoso, así que puede tenerla.

Ambos lo saben, ninguno lo dice y él no fuerza las cosas. Pero Magda sabe que no puede prolongarlo hasta que Adán sea objeto de burlas, hasta que en la prisión se oigan risas y susurros porque está tomándole el pelo al *patrón* enamorado.

Si esas mofas llegaran a oídos de Adán, sabe que le cortarían el cuello y arrojarían su cuerpo a los perros.

Tendría que hacerlo para restituir su honor.

Magda ha oído historias sobre las mujeres que rechazaron al tío de Adán y terminaron decapitadas y sus hijos arrojados por un puente. «Este Adán —se recuerda—, este hombre educado y tímido, lanzó a dos niños pequeños por un puente».

O eso dicen.

Pero, en todo caso, ¿qué alternativa hay?

Así que, cuando después de cuatro «citas», Adán le pide que vaya a cenar a su celda, ambos saben que la velada acabará en su cama.

Adán mira a Magda desde el otro lado de la mesa.

—¿Te gusta la cena? —pregunta.

—Sí, está buena.

«Ya puede estarlo», piensa Adán. El pescado lo han transportado en hielo especialmente desde Acapulco. El vino debería contar con su aprobación. Ahora lo sabe todo acerca de Magda, por supuesto: su pasado, su romance de juventud con el joven traficante de cocaína y, lo que es más importante, su relación más prolongada con Jorge Estrada.

El colombiano había cometido una estupidez al no pagar a Nacho por introducir producto en el aeropuerto. Habría sido sencillo organizar una reunión y abonar una modesta cantidad, y Nacho habría ofrecido de buen grado el uso de su territorio.

Pero Estrada era demasiado arrogante o avaricioso para hacer tal cosa, y su consciente irrespetuosidad había llevado a su mujer a la prisión. Y lo que era peor, sabía que había un problema. Por eso la envió a ella en lugar de ir él mismo. Ahora es demasiado tarde; el caso de Magda, como el suyo propio, era demasiado popular para un pacto rápido y discreto.

Magda está observándolo.

—Lo siento —dice Adán—. Ha sido una distracción profesional.

—¿Ya te estoy aburriendo? —pregunta con el estudiado mohín de una aspirante en un concurso de belleza.

—En absoluto.

—Si hay algo de lo que te apetezca hablar... —extiende el brazo y le toca la mano. Es un gesto íntimo—. Adán, no quiero esperar más.

Se levanta y se dirige a la zona con muro de partición que compone el dormitorio. Dándole la espalda, empieza a desabrocharse el vestido, pero se detiene, voltea la cabeza de un modo que hace que su cuello resulte largo y elegante y dice «ayúdame, por favor», porque sabe que Adán quiere abrirla como si fuera un regalo.

Adán se sitúa detrás de ella y le baja la cremallera hasta la cintura. Luego se inclina y la besa en el cuello.

—Si haces eso —dice Magda—, no puedo impedírtelo.

Adán sigue besándole el cuello, le desliza el vestido por los hombros y le agarra los pechos. Luego le baja el vestido hasta las caderas y después por las piernas hasta que se amontona como un charco de agua a sus pies.

Magda se da la vuelta.

—Un giro de ciento ochenta grados es juego limpio —dice, bajándole la bragueta—. ¿Qué te gusta?

—Todo.

—Eso está bien —dice Magda—, porque lo hago todo.

Su romance con Emilio había sido pura pasión.

Simple y directo.

Con Jorge había llegado una mayor sofisticación y le enseñó cosas en la cama, cosas que a él le gustaban, cosas que a cualquier hombre le gustarían.

Ahora despliega todo su arsenal con Adán, porque esto no puede ser, de ninguna de las maneras, cosa de una noche, tras la cual él se dé cuenta de que ya tiene lo que quería y vuelva a arrojarla a la cuneta. Tiene que saber que el mundo sexual entero está en los dedos, la boca y *el chocho* de Magda, y que puede ofrecerle cosas que ninguna otra mujer le dará.

Pero también está claro que él tiene experiencia, porque Adán conoce el cuerpo de una mujer y no es egoísta. Magda se sorprende al notar que se avecina un clímax en su interior, más sorprendida todavía cuando se siente en la cumbre de esa cascada y aún más cuando ve que Adán sigue erecto.

Al ver que lo mira con curiosidad, dice:

—A mí me enseñaron que las damas primero.

Hay algo en sus ojos, un ligero brillo superior, que la invita a competir con él, así que hace algo que pensaba reservarse para otra ocasión y lo observa mientras abre unos ojos como platos, respira fuerte y gime («Ahora no te distraes, ¿eh?»); lo mantiene ahí unos momentos, echa la cabeza hacia atrás y le pide que diga su nombre.

Adán no lo hace y Magda se detiene y nota cómo se echa a temblar.

—Di mi nombre.

—Magda.

Ella empieza a moverse.

—Dilo otra vez.

—Magda.

—Grítalo.

—¡Magda!

Adán se corre dentro de ella.

Se siente segura.

Ambos empiezan una vida de extraña domesticidad dadas las circunstancias.

Magda, que ha sido oficialmente transferida del COC a la unidad en la que se encuentran las otras dos mujeres, ocupa la celda contigua a la de Adán y pasa casi todas las noches con él.

Adán se levanta temprano para trabajar y desayuna con ella. Magda se retira a su celda a leer o practicar ejercicio y almuerzan juntos. Él vuelve a trabajar y ella lee un poco más o ve la televisión hasta la hora de cenar.

Algunas tardes, Adán se toma una hora o dos libres y salen al patio a jugar a voleibol o baloncesto con otros reclusos o a disfrutar del sol. Por las noches, ven la televisión o una película, aunque, cada vez con más frecuencia, Adán quiere acostarse temprano y hacer el amor.

Está enamorado de ella.

Lucía era hermosa, menuda y delgada. El cuerpo de Magda es exuberante —caderas anchas, pechos grandes—, un huerto de árboles frutales en una cálida y húmeda mañana.

Y es inteligente.

Poco a poco, Magda revela su grado de conocimiento sobre el negocio. Desliza algún que otro dato sobre el comercio de cocaína y nombres de gente a la que conoce: amigos, allegados y contactos. Menciona los lugares que ha visitado —Sudamérica, Europa, Asia, Estados Unidos— para demostrar que, si bien está orgullosa de sus orígenes sinaloenses, tampoco es una *chuntara*, una palurda.

Para demostrar que podría ser un activo para él, y no solo en la cama.

Adán no lo duda.

No es cuestión de dudas, sino de confianza.

Magda ve el filo.

Un brillo a la luz del sol.

—¡Adán! —grita.

Barrera se da la vuelta y ve a un hombre menudo y delgado de unos treinta años avanzando hacia él empuñando un cuchillo a la altura de la cadera, como hacen los profesionales. El hombre embiste, Adán pivota y el arma le provoca un corte en la parte baja de la espalda. El atacante arremete de nuevo, pero dos Bateadores se abalanzan sobre él, le sujetan los brazos desde atrás y se lo llevan de la pista de voleibol.

—¡Vivo! —exhorta Adán—. ¡Lo quiero vivo!

Adán extiende los brazos y nota la sangre caliente y pegajosa que se desliza entre sus dedos. Primero lo sostiene Francisco y después Magda, y pierde el conocimiento.

El hombre que ha intentado asesinarlo ignora quién le ha contratado.

Adán le cree. Duda que pueda saberlo. Juan Jesús Cabray es bueno con un cuchillo en la mano. Está cumpliendo dos condenas de sesenta años por despachar a dos rivales en un bar de Nogales. En su día hizo un par de trabajos para el viejo cártel de Sonora, pero eso ya no significa nada. Ahora está atado a una columna de un almacén subterráneo y Diego se apoya con desgana un bate de béisbol en el hombro y se prepara para blandirlo.

—¿Quién te contrató, cabrón?

La cabeza de Cabray cae hacia delante como si fuera una muñeca rota, pero consigue sacudirla levemente y farfullar:

—No sé.

Adán está sentado incómodamente en un taburete de tres patas. Los siete puntos de sutura pican más que duelen, pero empieza a molestarle el costado. Quienquiera que contratase a Cabray dio varios rodeos para llegar hasta él y eligió a un hombre que no tenía nada que perder. Pero ¿qué tenía que ganar? Que su pobre familia recibiera un fajo de billetes, unos billetes que él ya no podía proporcionarles. Así que mantendría su silencio y utilizaría el único recurso que Dios dio al campesino mexicano: la capacidad de sufrimiento. Diego podría matar a aquel hombre a golpes y no importaría.

—Basta. —Adán acerca más el taburete y dice en voz baja—: Juan Cabray, sabes que vas a morir. Y morirás feliz, pensando en el dinero que recibirán tu esposa y tu familia. Eso es bueno, eres un hombre valiente. Pero, Juan... mírame...

Cabray levanta la cabeza.

—... Sabes que puedo ayudar a tu familia, estén donde estén —prosigue Adán—. Escúchame, Juan Jesús Cabray, le compraré una casa a tu mujer, le conseguiré un empleo donde no trabaje mucho, enviaré a tu hijo al colegio. ¿Tu madre vive?

—Sí.

—Me aseguraré de que no pase frío en invierno —dice Adán— y de que tengas un funeral que la haga sentirse orgullosa. Así que mi única pregunta es: ¿quieres que proteja a tu familia y la convierta en mi familia o quieres que los mate a todos? Tú decides.

—No sé quién me contrató, *patrón*.

—Pero alguien contactó contigo —dice Adán.

—Sí.

—¿Quién?

—Uno de los guardias —responde Cabray—. Navarro.

Dos de los Bateadores salen a toda prisa.

—¿Qué te ofreció? —pregunta Adán a Cabray.

—Treinta mil.

Adán se acerca y le susurra al oído:

—Juan Jesús, ¿confías en mí?

—*Sí, patrón.*

—Ahórranos tiempo —dice Adán—. Cuéntame cómo llegar hasta tu familia.

Cabray susurra que viven en Los Elijos, un pueblo de Durango. Su esposa se llama María y su madre Guadalupe.

—¿Y tu padre? —pregunta Adán.

—*Muerto.*

—Te está esperando en el cielo. —Torciendo un poco el gesto al levantarse, dice a Diego—: Que sea rápido.

Cuando sale de la habitación, oye a Cabray murmurar una plegaria. Desde el pasillo escucha el *tiro de gracia*.

—¿Quién fue? —pregunta Adán a Diego.

Están de nuevo en la celda. Adán bebe un trago de coñac para aliviar el dolor en el costado.

Diego mira a Magda, que está sentada en la cama.

—Podemos hablar delante de ella —dice Adán—. Al fin y al cabo, fue ella quien me salvó la vida, no tus hombres.

Diego se ruboriza, pero tiene que reconocerlo. Los responsables de custodiar a Adán han sido trasladados al bloque 4, la peor unidad de la prisión, donde van los pederastas, los asesinos y los lunáticos. No habrá noches de cine, mujeres ni fiestas. Se pelearán y matarán por restos de comida.

En los próximos días llegarán reemplazos.

Son voluntarios, hombres que se someten a condenas de cárcel voluntariamente, sabedores de que saldrán en unos años y les brindarán la oportunidad de traficar con drogas, de ganar una fortuna con la que, de lo contrario, no podrían soñar.

Navarro, el guardia, huyó en cuanto trascendió que el intento de asesinato había fracasado. Están buscándolo. El alcaide se disculpó a la desesperada y prometió una investigación exhaustiva y mayor seguridad. Adán lo miró fijamente. No hacía falta que nadie emprendiera una investigación ni que le proporcionara mayor seguridad; lo haría él mismo. Ahora hay cinco Bateadores apostados frente a su puerta.

—Supongamos que ha sido Fuentes —aventura Diego en referencia al jefe del cártel de Juárez.

La plaza de Juárez siempre estuvo conectada con Sinaloa y puede que ahora Vicente Fuentes esté preocupado porque Adán quiera recuperarla.

Pero este había pedido a Esparza, vinculado por matrimonio con Fuentes, que le asegurara que él solo quiere ganarse la vida en su territorio.

«El intento de asesinato pudo haberse gestado en Tijuana —piensa Adán—. En mi ausencia, Teo Solorzano lideró una revuelta contra mi hermana y a lo mejor teme represalias ahora que he vuelto. Pudo ser un ataque preventivo».

—¿Qué hay de Contreras? —pregunta Magda.

—No tiene motivos para matarme —afirma Adán—. A Contreras le va mejor con Garza en prisión. Ahora es colíder del cártel del Golfo y gana más dinero, y todo gracias a mí. Además, envié a Diego a hablar con Contreras para asegurarle que no tengo planes para el Golfo ni ambiciones de recuperar mi antiguo trono.

«Pero Contreras abriga sus propias ambiciones —piensa Adán—. Pudo ser cualquiera de los tres, pero no lo sabremos hasta que demos con Navarro, y quizá ni por esas». Si este intento de asesinato es obra de alguno de los hombres que tienen en mente, es probable que el guardia ya esté muerto. Alguien en quien confiaba se ofreció a sacarlo de allí, lo llevó a algún sitio y lo mató.

Adán mira a Diego y sonríe.

—Veremos quién viene primero.

Diego le devuelve la sonrisa. Los tres grupos enviarán a un emisario para negar cualquier responsabilidad. El que llegue primero probablemente sea el que esté más nervioso, y con razón. Si hubieran logrado liquidar a Adán, ya estarían negociando con Diego Tapia y Esparza.

Pero, al haber fallado, estarían en guerra con ellos.

No es una posición agradable.

—Voy a derribar el pueblo de Cabray hasta los cimientos —afirma Diego.

—No —le espeta Adán—. Le di mi palabra. Busca a la familia y proporciónales exactamente lo que le prometí. Construye una escuela en el pueblo, o una clínica o un pozo. Lo que necesiten. Pero cerciórate de que saben quién es el benefactor.

Cuando Diego se va, Magda, que está hojeando la edición mexicana de *Vogue*, dice:

—A lo mejor estás buscando demasiado lejos.

—¿A qué te refieres?

—La gente que ha intentado matarte —apostilla Magda—. Quizá deberías buscar más cerca. ¿Quién se encargaba de protegerte? ¿Quién te falló?

La insinuación molesta a Adán.

—Diego es mi sangre. Es más hermano que primo.

—¿Por qué no te preguntas quién gana más con tu muerte? —insiste ella—. Diego y Nacho ahora tienen una organización y se han acostumbrado a ser sus propios jefes. ¿Nacho ha venido a verte alguna vez?

—Es demasiado arriesgado.

—Diego ha venido.

—Diego es así —replica Adán—. No le importa un carajo.

—O quizá sí.

«Diego no», piensa Adán. Los otros tal vez, aunque lo duda. Nacho era amigo íntimo y consejero de su tío y también fue un buen asesor suyo. Está casado con la hermana del cuñado de su hermana. Es familia.

Pero, quizá...

¿Diego?

Jamás.

—Pondría mi vida en sus manos —dice a la defensiva.

Magda se encoge de hombros.

—Ya lo haces.

Adán se sienta en la cama junto a ella.

—Si lo han intentado una vez —dice Magda—, volverán a hacerlo.

—Lo sé —responde él.

«Y algún día lo conseguirán —piensa—. En esta cárcel soy un objetivo inmóvil. Y, sea quien sea, si verdaderamente quiere verme muerto, lo estaré. Pero no tiene sentido obsesionarse con eso».

—Hoy me has salvado la vida —dice.

Magda pasa una página y responde:

—No es gran cosa.

Adán se echa a reír.

—¿Qué quieres a cambio?

Magda aparta la mirada de la revista.

—Tú me has salvado la vida muchas veces.

—Se acerca la Navidad —observa Adán.

—Tal como están las cosas en este lugar... —dice Magda con resignación.

—Lo aprovecharemos al máximo.

«Si vivimos lo suficiente».

Heriberto Ochoa observa desde un banco en la tercera fila de la iglesia mientras Salvador Herrera sostiene a la pequeña sobre la pila bautismal y el sacerdote pronuncia unas palabras. Como dicta la tradición, tanto la niña como el padrino van de blanco, y, a Ochoa, la constitución achaparrada de Herrera le recuerda a una vieja nevera.

La iglesia está abarrotada, como corresponde al bautizo de la hija de un poderoso narco. Osiel Contreras se halla a un lado de la pila e irradia orgullo paterno.

Ochoa recuerda el momento en que conoció a Osiel Contreras hace más de un año. A la sazón, él era teniente del Grupo Aerotransportado de las Fuerzas Especiales de México y Contreras acababa de hacerse con el liderazgo del cártel del Golfo tras la detención y extradición de Garza.

Coincidieron en una barbacoa celebrada en un rancho situado al sur de la ciudad y Contreras mencionó que necesitaba protección.

—¿Qué tipo de hombres necesitas? —preguntó Ochoa.

Bebió un trago de cerveza. Estaba fría.

—A los mejores —respondió Contreras—. Solo a los mejores.

—Los mejores —dijo Ochoa— están en el ejército.

No estaba alardeando; era un hecho. Si quieres tener pandilleros, drogadictos, matones y *malandros* —haraganes inútiles— en nómina, puedes recogerlos en cualquier esquina. Si quieres hombres de la élite, tienes que acudir a una fuerza de élite. Ochoa era la élite; había recibido entrenamiento antiinsurgencia de las fuerzas especiales estadounidenses y los israelíes.

Lo mejor de lo mejor.

—¿Cuál es tu sueldo anual? —preguntó Contreras. Cuando Ochoa respondió, Contreras meneó la cabeza y dijo—: Yo me gasto más alimentando a mis pollos.

—¿Y los pollos te protegen?

Contreras se echó a reír.

Ochoa desertó y empezó a trabajar para el cártel del Golfo. Su primera tarea consistió en reclutar a otros como él.

De todos modos, el ejército mexicano estaba plagado de desertores. Armado con *cañonazos de dólares*, Ochoa no tardó en seducir a treinta compañeros para que renunciaran a sus largas jornadas, sus desvencijados barracones y su nefasta paga. En unas semanas había reclutado a otros cuatro tenientes, cinco sargentos, cinco cabos y veinte soldados rasos, que se llevaron consigo mercancía valiosa: rifles AR-15, lanzagranadas y equipos de vigilancia avanzados.

Las condiciones de Contreras eran generosas.

Además del salario, daba a cada recluta tres mil dólares estadounidenses extra para que los ingresara en el banco, los invirtiera en *el norte* o comprara droga.

Ochoa adquirió dieciocho kilos de cocaína.

Ahora iba camino de convertirse en un hombre rico.

El trabajo en sí era relativamente fácil: proteger a Contreras y cobrar el *piso*, el impuesto que debían pagar los traficantes por hacer negocios en el Golfo. La mayoría lo abonaban de buen grado y a los recalcitrantes los llevaban al hotel Nieto, en Matamoros, y los convencían, a menudo introduciéndoles en la boca el cañón de una pistola.

Cuando llevaba solo unos meses en su puesto, Contreras le ordenó que eliminara a un traficante rival. Ochoa se llevó a veinte hombres y asedió la vivienda. Los ocupantes de la casa fortificada, alrededor de una docena, dispararon y contuvieron a los hombres de Ochoa. Luego se dirigió a la parte posterior, encontró el depósito de propano e hizo saltar por los aires la casa y a sus inquilinos.

Misión cumplida.

Con la recompensa del agradecido Contreras compró más cocaína y la historia les reportó una ventajosa notoriedad.

Y ahora se han convertido en mucho más que simples guardaespaldas. Los treinta miembros originales superan ahora los cuatrocientos, y a Ochoa empieza a preocuparle un poco la dilución de la calidad. Para contrarrestarlo, ha creado tres bases de entrenamiento en ranchos propiedad del cártel, donde los nuevos reclutas afinan sus habilidades en materia de táctica, armamento y recabado de información y son adoctrinados en la cultura del grupo.

Esa cultura es la de una fuerza de élite.

En las misiones se oscurecen el rostro y llevan ropa y pasamontañas negros. El protocolo militar se cumple a rajatabla, con rangos, saludos y cadena de mando. También se respetan la lealtad y la camaradería, la ética de no dejar a ningún hombre atrás. Hay que sacar a un camarada del campo de batalla vivo o muerto. Si está herido, recibe el mejor tratamiento con los mejores médicos; si está muerto, se ocupan de su familia y vengan su muerte.

Sin excepción.

A medida que crecía el número de soldados, su papel se iba ampliando. Aunque la misión principal es y será siempre la protección de Osiel Contreras y sus compinches, el contingente de Ochoa se ha involucrado en lucrativos mercados paralelos. Con la aprobación del jefe —el cual, ¿por qué no?, recibe abultados sobres de dinero—, los hombres se dedican ahora a los secuestros y la extorsión.

Propietarios de comercios, bares y discotecas de Matamoros y otras ciudades pagan a los hombres de Ochoa por recibir «protección». De lo contrario, sus negocios podrían sufrir robos y arder hasta los cimientos, y sus clientes recibir palizas. Los locales de apuestas, los prostíbulos y las *tienditas*, los establecimientos que venden pequeñas cantidades de droga a los yonquis, pagan.

Temen no hacerlo.

Los hombres de Ochoa se han ganado una merecida reputación de brutalidad. La gente habla de *la paleta*, que, según dicen, es una de las técnicas predilectas de Ochoa: desnudan a la víctima y la matan a golpes con un tablón.

Pero, para ser verdaderamente famoso, un grupo necesita un nombre.

En el ejército, el identificador de radio de Ochoa era «Zeta Uno», así que se lo apropiaron y se bautizaron como los Zetas.

En su condición de Zeta original, Ochoa se dio a conocer como Z-1.

Los otros treinta miembros originales adoptaron como apodo el orden en que llegaron: Z-2, Z-3, etcétera. Se convirtió en un rango de veteranía.

Z-1 es alto y atractivo, con una tupida cabellera negra, rostro aguileño y constitución musculosa. Hoy lleva un traje caqui, camisa azul marino y su pistola FN cinco-siete del ejército en una funda debajo del brazo izquierdo. Está sentado en una iglesia abarrotada y trata de no dormirse mientras el sacerdote parlotea sin cesar.

Pero eso es lo que hacen los sacerdotes: parlotear sin cesar.

El oficio termina por fin y los participantes empiezan a abandonar el templo.

—Vamos a dar un paseo —dice Contreras.

Ochoa, un fanático de la información, conoce la historia de su jefe. Nacido en la más extrema pobreza y huérfano en un cochambroso rancho del Tamaulipas rural, Osiel Contreras fue criado por un tío suyo que detestaba la idea de tener que alimentar una boca más. El joven Osiel trabajó de friegaplatos y luego huyó a Arizona, donde empezó a traficar con marihuana y acabó en un centro penitenciario *yanqui*. Con la llegada del TLCAN, Contreras y docenas más fueron trasladados a una prisión mexicana. Cuenta la leyenda que tuvo un romance con la mujer del alcaide y, cuando este lo descubrió, propinó una paliza a su esposa, tras lo cual Contreras ordenó su asesinato.

Al salir de la cárcel, Herrera le consiguió empleo, presuntamente en un taller, pero en realidad traficaba para Garza. Ambos treparon hasta la cima. Se decía a menudo que estaban sentados a los pies de Dios: Herrera a la derecha y Contreras a la izquierda.

—Herrera viene con nosotros —dice Contreras ahora.

Últimamente, Contreras está cada vez más molesto con su viejo amigo. Ochoa lo entiende: Herrera siempre ha sido un déspota, sobre todo desde que asumió el liderazgo, y ha empezado a tratar a Contreras más como un subordinado que como un socio, lo interrumpe en las reuniones y desprecia sus opiniones.

Aun así, son amigos.

Fregaron platos juntos, estuvieron juntos en la cárcel y aprendieron con mucho esfuerzo a las órdenes de Garza, un hombre duro.

Los tres se montan en la nueva *troca del año* de Contreras, un Dodge Durango.

—Seguirá siendo un pueblerino toda su vida —farfulla Ochoa al embutir sus largas piernas en el estrecho compartimento posterior.

Contreras se sitúa al volante; le encanta conducir camionetas.

En las pocilgas rurales en las que se criaron, uno podía considerarse afortunado si tenía un par de zapatos. Incluso una bicicleta era un sueño. Cubiertos de polvo, observaban a los *grandes* pasar con sus camionetas nuevas y pensaban: «Algún día ese seré yo».

Así que Contreras tiene flotas de camionetas y todoterrenos, tiene chóferes e incluso un avión privado con piloto, pero, cuando le brindan la oportunidad de ponerse al volante de un *pick-up*, la aprovecha.

Al salir de la ciudad rumbo al rancho de Contreras, Herrera está hablador:

—¿Os habéis enterado de la noticia? Alguien intentó asesinar a Adán Barrera.

—No fui yo —dice Contreras—. Su gente paga el *piso*. Si Adán incrementa su volumen, es más dinero para nosotros.

—¿Y si quiere recuperar el trono? —pregunta Herrera.

—No quiere.

—¿Cómo lo sabes?

—Envió personalmente a Diego Tapia —responde Contreras.

—A mí no ha venido a verme —afirma Herrera—. Deberías habérmelo dicho.

—Te lo estoy diciendo ahora —replica Contreras—. ¿Crees que me gusta pasearte por ahí en coche?

Herrera hace un mohín y cambia de tema.

—La ceremonia ha estado bien, aunque prefiero las bodas. Puedes follarte a las damas de honor.

—O al menos intentarlo —dice Contreras.

—Con intentarlo no vale —responde Herrera entre risas—. Hay que hacerlo.

—Odio esa puta filosofía de motivación —dice Osiel.

Ochoa saca lentamente la pistola de la funda y la deposita a su lado.

—Lo que les gusta es mi pollón —dice Herrera—. Deberías...

Ochoa apunta a la nuca de Herrera y aprieta dos veces el gatillo.

Trozos de cerebro, sangre y cabello rocían el parabrisas y el salpicadero.

Contreras detiene la camioneta. Ochoa sale y arrastra el cuerpo de Herrera hasta unos arbustos. Cuando vuelve, el jefe está quejándose del estropicio.

—Ahora tendré que llevarla a limpiar otra vez.

—Me desharé de ella en algún sitio.

—Es una buena camioneta —dice Contreras—. Llévala a limpiar con vapor y que cambien el parabrisas.

A Ochoa le entra la risa. El *chaca* se pasó unos treinta y siete minutos trabajando en un taller y se considera un experto en reparación de vehículos.

Además es un tacaño.

Ochoa lo entiende. Él también se crio en la pobreza.

Nació el día de Navidad y era hijo de unos campesinos de Apan, donde la vida prometía escasas oportunidades, excepto hacer *pulque* o entrar en el mundo de los rodeos. Ochoa no veía futuro en ninguna de las dos cosas, ni tampoco como aparcero, así que, nada más cumplir diecisiete años, huyó y se alistó en el ejército, donde al menos tenía sábanas limpias y, aunque las comidas fueran malas, las servían tres veces diarias.

Era un soldado nato; le gustaban el ejército, la disciplina, el orden y la limpieza, tan distintos del polvo y la mugre que inundaban la humilde *casita* en la que se crio. Le gustaban los uniformes, la ropa pulcra y la camaradería. Y, si tenía que cumplir órdenes, venían de hombres a los que respetaba, hombres que se habían ganado su rango, no de *grandes* que habían heredado sus fincas y creían que eso los convertía en pequeños dioses.

En el ejército, un hombre podía ascender, dejar atrás su nacimiento y su acento y hacer algo con su vida, no como en Apan, donde uno estaba anquilosado en su clase social, generación tras generación. Vio cómo su padre se pasaba el día trabajando, cómo llegaba tambaleándose, con los ojos rojos, a causa del *pulque*, se quitaba el cinturón y se desahogaba con su mujer y sus hijos.

«Esto no es para mí», pensaba Ochoa.

—Solo hubo un hombre nacido en un establo por Navidad que consiguió ser alguien en la vida —le gustaba decir—, y mira qué le hicieron.

Así que el ejército era un refugio, una oportunidad.

Se le daba bien.

Su padre le había hecho insensible al dolor; podía soportar cualquier cosa que le impusieran los sargentos de instrucción. Le gustaban la brutal formación, el combate mano a mano, la dura experiencia de la supervivencia en el desierto. Sus superiores se fijaron en él y lo eligieron para las fuerzas especiales. Allí le dieron herramientas: contrainsurgencia, antiterrorismo, armas, espionaje e interrogatorios.

Se ganó su reputación cuando aplastó la rebelión armada de Chiapas. Fue una guerra sucia en la jungla. Como en cualquier conflicto de guerrillas, era difícil distinguir a los combatientes de los civiles, y entonces descubrió que no importaba: la respuesta al terror es el terror.

Ochoa hizo cosas en claros del bosque, en arroyos y en aldeas de las que uno no habla, que no se airean en los informativos nocturnos. Pero cuando sus superiores necesitaban información, les proporcionaba información; cuando necesitaban ver muerto a un líder guerrillero, lo mataba; cuando había que intimidar a una aldea, llegaba de noche, sigilosamente, y, al despertar por la mañana, encontraban la cabeza de su jefe colgada de un árbol.

Por todo eso lo nombraron oficial y, una vez sofocada la revolución, lo trasladaron a Tamaulipas.

A un grupo especial antinarcóticos.

Fue entonces cuando conoció a Contreras.

Ahora se acerca un Jeep Cherokee blanco por la carretera. Miguel Morales, alias *Z-40*, se baja, saluda fugazmente a Ochoa y se sienta al volante del Durango. Ochoa y Contreras se montan en el Cherokee.

—Haré que venga alguien a enterrarlo —informa Ochoa, señalando el cadáver de Herrera.

—Deja que los coyotes disfruten de su pollón —responde Contreras—. ¿Y los otros?

—Están ocupándose de ellos.

Dos secuaces de Herrera morirán antes de que caiga la noche. Cuando vuelva a salir el sol, Osiel Contreras será el único e incontestable jefe del cártel del Golfo.

Y tendrá un apodo: el Mataamigos.

Ochoa también tendrá el suyo.

El Verdugo.

2

NAVIDAD EN LA CÁRCEL

> *It was Christmas in prison*
> *and the food was real good.*

> JOHN PRINE,
> *Christmas in Prison*

Wheeling, Virginia Occidental
Diciembre de 2004

Keller se apoya en la pared junto a la puerta de su habitación de hotel y espera.

Oye pasos subiendo las escaleras del segundo piso y ahora sabe que son dos y que lo vieron en el bar deportivo situado al otro lado de la autopista, donde comió una hamburguesa con patatas. Supo por las prolongadas miradas de soslayo de uno de ellos y por la estudiada indiferencia del otro que lo estaban siguiendo.

Hasta Wheeling, Virginia Occidental.

Keller ha estado huyendo desde que abandonó el monasterio. No quería irse de allí, pero quedarse hubiera puesto en peligro a los hermanos y anegado de violencia su mundo de serenidad, y no podía permitir que eso ocurriera.

Así que huye, como cualquier hombre en busca y captura, con los cinco sentidos alerta.

Para un hombre a cuya cabeza han puesto precio, nadie es inocente. El mexicano de la gasolinera de Memphis que miró su número de matrícula, el dependiente de Nashville que comprobó dos veces su carné de identidad (falso) o la mujer de Lexington que sonrió.

Había hecho autoestop desde Abiquiú hasta Santa Fe; lo recogieron dos navajos que venían de la reserva y luego se subió a un autobús rumbo a Albuquerque, donde le compró un viejo coche —un Toyota Camry del 96— a un yonqui que necesitaba dinero.

Desde Albuquerque se dirigió hacia el este por la 40, consciente de la ironía de que aquel era el «Callejón de la Cocaína», una de las principales arterias del narcotráfico mexicano, y cruzó el sur de Estados Unidos siguiendo la I-35, la I-30 y la I-40.

Keller se refugió en un motel de Santa Rosa un par de días, durmió gran parte del tiempo y prosiguió su camino hacia el este: Tucumcari, Amarillo, Oklahoma City, Fort Smith, Little Rock y Memphis. En Nashville abandonó la 40 y tomó la 65 rumbo al norte, se desvió hacia el este por la 64 y de nuevo hacia el norte por la 79.

Los viajes de Keller han sido aleatorios, y es mejor así. Cuesta discernir o prever.

Pero, a la postre, son terminales, una vía muerta, por así decirlo.

Barrera tiene a su disposición a los mejores asesinos, no solo *sicarios* o *cholos* mexicanos, sino también mafiosos, veteranos de las fuerzas especiales y agentes libres que aspiran a que lluevan siete cifras en una cuenta numerada.

Podría ser cualquiera.

Un traficante que quiera hacer un favor al Señor de los Cielos, un toxicómano rezando por conseguir suministro de por vida o la mujer de un preso que quiera algún privilegio para su marido.

Keller sabe que es un billete de lotería andante.

En lotería y casar todo es acertar.

En una habitación con baño compartido en Memphis, Keller creía que le habían dado caza. El hombre que se instaló en la habitación contigua lo siguió hasta la ducha. Tal vez buscaba compañía, tal vez buscaba dos millones. Keller se pasó la noche despierto, con las piernas estiradas y la Sig Sauer en el regazo. Se fue antes de que amaneciera.

Ahora le tienen.

Atrapado en su habitación.

Con el tiempo, las habitaciones de hotel se convierten en celdas, lugares claustrofóbicos donde impera la misma sensación de aislamiento, desesperanza y soledad. El televisor, la cama, la ducha, el chirriante aire acondicionado o una calefacción que hace ruido toda la noche, la cafetera con los vasos de plástico en posavasos de plástico, los sobres de azúcar, «nata» en polvo y edulcorantes artificiales, la radio despertador que brilla junto al colchón. El restaurante al otro lado del aparcamiento, el bar en la misma calle, las fulanas y sus clientes tres puertas más abajo.

Su falta de rumbo no era solo una táctica, sino también un estado mental, una condición del alma. Tenía que moverse, huir de alguien a quien no conocía, buscar algo que no acertaba a identificar o nombrar.

«Chorradas —tuvo que reconocer Keller—. Sabes perfectamente de qué estás huyendo, y no es Barrera, y sabes hacia qué te diriges.

»Es lo mismo que llevas buscando treinta años.

»Simplemente no estás dispuesto a aceptarlo todavía».

Se convirtió en su propio blues, en un fracasado de Tom Waits, en un santo de Kerouac, en un héroe de Springsteen bajo las luces de la autopista estadounidense y el brillo del neón. En un fugitivo, un aparcero, un vagabundo, un vaquero que sabe que se le acaba la pradera pero sigue cabalgando porque no le queda otra cosa que hacer sino cabalgar.

Lexington, Huntington, Charleston.

Morgantown, Wheeling.

La soledad no le molestaba, estaba acostumbrado a ella. Le gustaban el silencio, el aislamiento, los largos días en su cápsula, surcando el espacio a toda velocidad, oyendo solo las ruedas y la radio del coche. No le importaba comer solo, con la única compañía de un libro, ejemplares de bolsillo que compraba en librerías de segunda mano y en tiendas Goodwill.

Así que se sentaba solo, comía y leía, con un ojo siempre clavado en la puerta y las ventanas, procurando dejar una propina ni lo bastante pequeña ni lo bastante grande para llamar la atención, pagando siempre en efectivo, sacando siempre el dinero de un cajero a mediodía y jamás donde pasaba la noche.

A excepción de su matrimonio y de los años que estuvo criando a sus hijos, Art Keller era un solitario, un marginado. Su padre era anglosajón y no quería un niño medio mexicano. Siempre tuvo un pie en ambos mundos, pero nunca los dos en el mismo. Criado en Barrio Logan, San Diego, tuvo que luchar por su mitad gringa en UCLA, tuvo que demostrar que no estaba allí por discriminación positiva.

Así que boxeaba en el barrio, boxeaba en la universidad y en clase atacaba verbalmente a los «herederos» de California para los cuales Westwood era un derecho natural y no un privilegio; y, cuando la CIA empezó a cortejarlo en su primer año de carrera, se dejó seducir. Cuando fue a Vietnam como miembro de la Operación Phoenix, se sintió estadounidense al fin. Cuando «cambió de alfabeto», como decía Althea, su mujer, y lo trasladaron a la nueva DEA, lo enviaron a México, por supuesto, porque parecía autóctono y hablaba el idioma.

Los mexicanos de Sinaloa no tenían dudas de quién era —un *yanqui*, un *pocho*—, pero tampoco encajaba en la comunidad de la DEA, que lo veía como un topo de la CIA y lo aislaba. Cuando finalmente encontró un aliado, fue el joven Adán Barrera, y después su *tío* Miguel Ángel. De nuevo, Keller tenía un pie en ambos mundos, dos islas flotantes que inevitablemente se distanciaban y lo dejaban solo una vez más.

Por un tiempo tuvo a Ernie Hidalgo, su compañero, su amigo, su aliado contra los Barrera. Pero estos lo mataron —no sin antes torturarlo durante semanas—, y después Keller ya no quiso otro compañero.

Tenía a Althea y a sus hijos, pero ella (como es comprensible) lo dejó y se llevó a los niños.

Y Keller se convirtió en el Señor de la Frontera, librando la Guerra contra la Droga por todo México. Su poder se agrandó tanto como su alma mermó. Su crueldad estaba fuera de control.

E hizo algo de lo que todavía se avergüenza: aprovechó la enfermedad de una niña, la hija de Barrera, para conseguir que este cruzara la frontera. Para detener a un hombre le dijo que su hija se moría, y para ello contó con la ayuda de la mujer de Barrera.

Tal era la magnitud de su odio.

«¿Era? —se pregunta Keller—. Has intentado dejarlo todo atrás: cómo cazaste a Barrera, cómo mataste a su hermano y a Tío, tu antiguo mentor. Cómo apuntaste a la cabeza de Adán pero no apretaste el gatillo».

Barrera volvió a la cárcel y Keller se exilió. Finalmente descubrió la única serenidad que había conocido en la sencilla labor de cuidar de las abejas, en el tranquilo confort de la rutina, en el consuelo de la oración.

Pero el pasado es un perseguidor tenaz, una manada de lobos que te acecha incesantemente. Tal vez sea mejor hacerle frente.

«Y ahora estás haciéndolo —piensa con un humor macabro—, te guste o no». Espera con la espalda apoyada en la pared.

Dan una patada a la puerta.

La pequeña cadena se rompe y sale volando.

Keller golpea al primero en la sien con la culata de la Sig y lo arroja al suelo como si fuera una vaquilla. Agarra al otro de la muñeca y le destroza la nariz con el cañón de la pistola. El hombre cae de rodillas, Keller le da una patada en la cabeza y se desploma, tal vez muerto, tal vez vivo.

Ambos llevan revólveres baratos; no son armas profesionales. Pero podría ser una tapadera. Quizá sean simples ladrones, adictos al cristal. O quizá no. Debería meter a ambos una bala en la cabeza, pero no lo hace. «Si te pisan los talones, es lo que hay —piensa—, y dos cadáveres más en mi historial kármico no cambiarán nada».

Killer Keller.

Sale, se monta en el coche y recorre el breve trayecto hasta Pittsburgh, donde se deshace del vehículo y va a pie hasta la estación de autobuses, el refugio de los estadounidenses perdidos. Embarca en un Greyhound con destino a Erie, donde antaño forjaban hierro y acero.

Caminando en busca de un hotel de carretera, la nieve dura cruje bajo sus zapatos y el viento que sopla desde el lago le atiza en la cara. Tristes escaparates en grandes almacenes moribundos anuncian rebajas, los bares prometen calor y la compañía de almas perdidas, y Keller se alegra de encontrar un hotel en el que aceptan dinero en efectivo. Una vez que remite la adrenalina del miedo y la violencia, se queda dormido.

Se levanta y vuelve a salir para ir a la Misa del Gallo, oficiada en una vieja iglesia católica construida con deslucidos ladrillos amarillos, una longeva dama cuyos hijos se han marchado y rara vez la visitan.

Es Nochebuena.

Prisión de Puente Grande
Guadalajara, México
Navidad de 2004

Los muros del nivel 1-A del bloque 2 han sido pintados de un amarillo chillón, del techo cuelgan faroles rojos y hay luces en los pasillos. Adán Barrera prometió que la Navidad sería festiva y el *patrón* ha organizado una fiesta.

Pese o quizá debido a la amenaza que pesa sobre su vida.

Tal como imaginaba, Navarro, el guardia, ha sido hallado en una acequia a setenta kilómetros de allí con dos balas en la nuca, así que no tiene nada que decir sobre quién ordenó el intento de asesinato.

Osiel Contreras sí.

El jefe del cártel del Golfo se pone en contacto con Diego y recibe autorización para llamar directamente a Adán. Como es típico en Osiel, empieza bromeando:

—Es un día triste cuando un hombre no está a salvo en su propia prisión.

—No debería jugar a voleibol. Me estoy haciendo viejo —responde Adán.

—Eres joven —dice Osiel—. Adán, no me lo puedo creer. Suerte que no lo consiguieron.

—Gracias, Osiel.

—En cualquier caso, me he ocupado de ello.

—¿A qué te refieres?

Adán sabe a qué se refiere: Contreras ha matado a su socio. Así de frío y despiadado es Contreras, y Adán no debe olvidarlo, sobre todo ahora que está asegurándole su amistad.

—Quería que te enteraras por mí —dice Osiel—. Quería contártelo personalmente. Adán, estoy avergonzado, pero fue Herrera quien ordenó el intento de asesinato.

—¿Herrera? ¿Por qué?

—Te tenía miedo ahora que has vuelto.

—Hace casi un año que he vuelto —responde Adán—. ¿Por qué ahora?

—Tu negocio ha crecido —dice Osiel—. Te va muy bien.

—Y a ti también —replica Adán—. Y a Herrera. El *piso* que te pago...

—Intenté explicárselo —añade Osiel—, pero no escuchaba. Así que ya puedes relajarte y disfrutar de las fiestas. Herrera no volverá a molestarte.

Adán cuelga y vuelve al «dormitorio», donde Magda está haciéndose las uñas.

—Fue Contreras.

Magda levanta la cabeza.

—Fue él quien intentó matarme —prosigue Adán—. Y, como no funcionó, le ha echado la culpa a Herrera y presume de que lo mató por mí. Para él es una solución perfecta: se adueña del CDG y tiene una excusa para hacerlo.

Si Magda está inquieta, no lo demuestra. Parece aceptar la traición como una realidad de la vida.

—¿Por qué ahora?

—Eso mismo le he preguntado —dice Adán mientras se sienta a su lado—, y ha hablado por boca de Herrera. Por lo visto, mi negocio va demasiado bien.

Magda termina de aplicarse pintauñas en un dedo y lo levanta para inspeccionarlo. Al parecer, cuenta con su aprobación.

—Es mentira, por supuesto. Contreras es ambicioso. Quiere ser el *patrón* y sabe que no podrá serlo mientras tú sigas vivo.

—Le he asegurado... Le he asegurado a todo el mundo, una y otra vez, que no tengo...

—Pero ese es el problema ¿no? —dice Magda—. Que nadie te cree.

—¿Tú sí?

—Por supuesto que no —responde Magda, concentrándose en otra uña—. ¿Cómo voy a creerte? Ni siquiera tú te lo crees. Sabías, lo reconozcas o no, incluso a ti mismo, que en el momento en que manipulaste tu regreso a México tendrías que recuperar el trono. Algunos lo aceptan de buen grado; otros, como Contreras, se enfrentarán a ti por él. Los reyes no dimiten, Adán. O son reyes o mueren. Y no en la cama.

«Magda tiene razón», piensa Adán.

En todo.

Contreras tendrá que intentarlo de nuevo. «Es un día triste cuando un hombre no está a salvo en su propia prisión». Y tiene poder para hacerlo con su ejército privado, los denominados Zetas.

Pero Adán aparca esas preocupaciones para disfrutar de la fiesta. Es Navidad, tiempo de celebración. En el comedor está preparándose un grupo de mariachis. Apoyados en las paredes hay montones de regalos envueltos. Han llegado furgonetas con costillas, langostas y gambas de primera calidad. Otras traen vino, champán y whisky.

Otra traerá a su familia.

La que le queda.

Hace años que no ve a su hermana, Elena, ni a su sobrino, Salvador, el hijo de Raúl, que ahora es adolescente.

Ha pasado demasiado tiempo.

Demasiado tiempo.

Vendrán los hermanos Tapia y sus esposas (Adán ha prohibido estrictamente la presencia de amantes y prostitutas en la fiesta; va a ser un día familiar), y también algunos narcos y prisioneros que han trabado amistad con Adán en Puente Grande. El alcaide ha sido invitado, como también los guardias de mayor rango y sus familias.

Fuera se ha extremado la seguridad.

Guardias de la cárcel y la gente de Diego patrullan delante de la entrada principal. Han aparcado un coche blindado en mitad de la calle para impedir la llegada de vehículos no deseados. La ametralladora apunta a la autopista por si se aproxima algún atacante.

Nacho Esparza no ha asistido a la fiesta. Se encuentra en Ciudad de México para entregar un regalo de Navidad.

Lo lleva en un maletín y baja de su coche en el paseo de la Reforma, situado en el barrio de Lomas de Chapultepec.

Conoce las Lomas, una zona rica habitada por empresarios, políticos y narcotraficantes y situada al noroeste del centro urbano, literalmente por encima del anillo de contaminación que mantiene la ciudad encerrada en un cuenco de sopa.

Mientras que Diego Tapia es una persona brusca, Nacho es tranquilo, y su calva es tan escurridiza como su discurso. Bien afeitado y pulcro, siente debilidad por los trajes de lino y los mocasines italianos. Hoy, por ser Navidad, ha añadido una corbata.

Se dirige al hotel Marriott de Hidalgo y entra en el vestíbulo, que está tranquilo para ser la tarde de un día tan señalado.

El funcionario del gobierno ya está allí, acomodado en un sillón junto a una mesa de cristal y una bebida. Nacho se sienta delante de él y deja el maletín en el suelo.

—Es usted consciente de que ciertas personas quieren que esto suceda. Esta noche.

—Lo que quieran ciertas personas está por encima de mi autoridad —dice el funcionario—. Lo que sí puedo prometerle es que no habrá interferencias.

—De modo que si algo le ocurriera a nuestro amigo en Puente Grande...

—Que le ocurra.

Nacho se levanta.

Deja allí el maletín.

Un camión articulado se dirige a la entrada del CEFERESO II.

Dos hombres de Diego, AR-15 en mano, se acercan al conductor. Hablan unos segundos, dictan instrucciones, y los guardias se retiran a la sombra de los muros. El vehículo que bloquea el paso se hace a un lado, la puerta metálica se abre y el camión entra dando marcha atrás.

Salvador Barrera se baja del camión. Lleva una chaqueta de piel negra y vaqueros, y mira a su alrededor con la campechana arrogancia de su padre. A Adán le entran ganas de llorar. Salvador es hijo de su padre: corpulento, musculoso y agresivo.

En la organización, las agresiones eran cometido de Raúl. Según el periodismo barato, Adán era el cerebro y su hermano Raúl el músculo. Es una generalización, por supuesto, pero bastante acertada.

Raúl murió en brazos de Adán.

Bueno, eso no es del todo exacto, piensa Adán al abrazar a su sobrino. Raúl, que recibió un disparo en las tripas, murió de un *tiro de gracia* que él mismo le descerrajó en la cabeza para acabar con su agonía.

Otro recuerdo que le debe a Art Keller.

—Has crecido —dice, apoyando las manos en los hombros de Salvador.

—Tengo dieciocho años —responde este con un leve atisbo de resentimiento en sus palabras.

«Lo entiendo —piensa Adán—. Tu padre murió y yo estoy vivo. Estoy vivo y el imperio por el que murió tu padre ha quedado hecho añicos. Si aún estuviera aquí, puede que siguiera intacto.

»Y tal vez tendrías razón, sobrino.

»Tal vez tendrías razón.

»Tendré que encontrar la manera de tratar contigo».

Salvador se dispone a ayudar a su madre a bajar del camión. Sondra Barrera ha adoptado el atuendo de la típica viuda mexicana. Lleva un sobrio vestido negro y en la mano izquierda sostiene un rosario.

«Es una lástima», piensa Adán.

Sondra todavía es una mujer hermosa. Podría encontrar marido. Pero con aspecto de monja que espera la muerte, no. Un vestido bonito... un poco de maquillaje... alguna que otra sonrisa... El problema es que, en su memoria, Raúl se ha convertido en un santo. Al parecer ha olvidado sus interminables infidelidades, los violentos arrebatos de mal genio, el alcohol y las drogas. Entre los numerosos apelativos que Adán recuerda que Sondra dedicaba a su marido cuando estaba vivo no figura el de «santo».

La besa en las mejillas.

—Sondra...

—Siempre supimos que acabaríamos aquí, ¿verdad? —dice ella.

«No, no lo sabíamos —piensa Adán—. Si tú lo sabías, eso no te impidió disfrutar de las casas, la ropa, las joyas y las vacaciones. Sabías de dónde venía el dinero, pero te lo gastabas igualmente.

»A espuertas.

»Y, que yo sepa, nunca rechazas el paquete de dinero que llega a tu casa la primera semana de mes. Ni la universidad de Salvador, las facturas médicas, los pagos de las tarjetas de crédito...».

Uno de los hombres de Diego ayuda a Elena Sánchez Barrera a apearse del camión. Luce un vestido rojo de fiesta y tacones, y parece irónicamente extrañada, una reina (depuesta) que llega a un barrio de chabolas.

—¿Un camión? Esto parece una entrega de mercancía.

—Pero a salvo de miradas curiosas.

Adán se acerca a saludar a su hermana y le da un beso en cada mejilla. Ella lo abraza.

—Me alegro mucho de verte.

—Yo también.

—¿Vamos a quedarnos aquí profesándonos afecto mutuo o piensas ofrecernos algo de beber? —pregunta Elena.

Adán la toma del brazo y la acompaña al comedor, donde Magda aguarda nerviosa junto a una mesa para saludarlos. Está muy atractiva con un vestido de lamé plateado que, estrictamente hablando, resulta demasiado corto para Navidad y presenta un escote demasiado pronunciado, pero la favorece mucho. Lleva el pelo lustroso y recogido con unos alfileres chinos de esmalte alveolado que le infunden un toque exótico.

—Qué bien se te da encontrar una rosa en una cloaca —susurra Elena a Adán—. Había oído rumores, pero... es magnífica.

Ofrece la mejilla a Magda para que le dé un beso.

—Qué hermosa eres —dice Magda.

—Esta chica me va a caer bien —responde Elena—. Justamente estaba diciéndole a Adanito lo guapa que eres.

«Esto va bien», piensa Adán. Podría haber sido justo al revés. La boca de Elena es un tarro de miel con un cuchillo afilado dentro y ya ha terminado una frase sin hacer alusión a la juventud o falta de juventud de Magda. Quizá se haya ablandado. La Elena a la que él conocía ya habría preguntado a Magda si Adán la ayudaba con sus deberes.

Y lo de Adanito es un buen detalle.

—Me encanta tu vestido —dice Magda.

«Las mujeres —piensa Adán— siempre serán mujeres. Están en una de las cárceles más deprimentes de la Tierra y actúan como si acabaran de encontrarse en un exclusivo centro comercial. Lo próximo que harán será ir a comprar zapatos juntas».

—No pienso dejarles nada a mis hijos —dice Elena, enseñando el vestido—. Voy a gastármelo todo.

—¡Que empiece la fiesta! —grita Diego al entrar.

«Todo el mundo sonríe a Diego —piensa Adán—. Es irresistible».

Hoy se ha puesto sus mejores galas navideñas: abrigo y chaleco, ambos de piel, corbata de bolo, camisa púrpura, vaqueros nuevos —planchados— y botas de vaquero con puntera de plata.

Chele, su mujer, va un poco más discreta, con un vestido de lentejuelas plateadas y tacones y el pelo recogido en un moño. «Ha perdido volumen de cadera —observa Adán— pero sigue siendo una *berraca*», un monumento.

Y hace buena pareja con su marido; es igual de mordaz. Chele dice lo primero que se le pasa por la cabeza, como sus opiniones sobre las numerosas *segunderas* de Diego. Está encantada con ellas. «Mejor eso que tenerlo encima todo el tiempo. *Dios mío*, tendría el *chocho* más grande que uno de sus túneles».

Se acerca y abraza y besa a todo el mundo. Luego retrocede y mira a Magda de arriba abajo.

—¡*Dios mío*, Adán, te has hecho escalador! Cariño, ¿no te duelen los *pitones*?

Viniendo de cualquier otro habría sido un insulto espantoso; pero es Chele, así que todos, incluso Magda, se echan a reír.

Han traído a sus hijos, tres niños y tres niñas de entre seis y catorce años. Adán ya no intenta acertar sus respectivos nombres, pero ha procurado que haya un buen regalo para todos ellos.

Adán no cree que sea buena idea llevar niños a la cárcel, pero Chele se mostró firme al respecto.

—Es nuestra vida. Tienen que saber cómo es, no solo lo bueno. No haré que se avergüencen de su familia.

Así que los niños, impecablemente ataviados con ropa nueva para las fiestas, forman cola para besar o estrechar la mano a su *tío* Adán.

«Son buenos chicos —piensa este—. Chele los ha educado bien».

El hermano menor de Diego es una versión (mucho) más pequeña de él, el típico caso del hermano que se convierte en hermano mayor, pero más. La única concesión de Alberto Tapia a la Navidad es una corbata roja de bolo, pero, por lo demás, el conjunto es totalmente narcovaquero norteño: camisa de seda negra, pantalones a juego, botas de piel de lagarto y sombrero de vaquero negro.

Debido a su escasa envergadura —es al menos cinco centímetros más bajo que Adán—, resulta cómico, como si fuera un niño jugando a los vaqueros. Pero nadie va a decírselo, porque su mecha es aún más corta que su estatura.

A Adán le inquieta el carácter violento de Alberto, pero Diego le asegura que no hay nada de que preocuparse y que tiene a su hermano pequeño bajo control.

«Eso espero», piensa Adán.

Parece que hoy Alberto está sociable, todo carcajadas y sonrisas, y Adán se pregunta si habrá esnifado algo de camino a la cárcel. Su mujer sin duda lo ha hecho. Lupe tiene las pupilas diminutas y su vestido corto y ajustado es absolutamente inapropiado. «Otro ejemplo de la insensatez de Alberto —concluye—. Acuéstate con bailarinas de estriptis si te gustan, pero no te cases con ellas».

«El hecho de que le comprara las tetas —comentó Chele en una ocasión— no significa que tuviera que comprar todo lo demás». Aparte de sus enormes pechos, que su cuerpo menudo a duras penas sostiene, Lupe tiene un aire casi infantil, vulnerable, y Adán se recuerda a sí mismo que debe ser amable con ella.

Exestríper o no, es la esposa de Alberto y, por tanto, familia.

Martín Tapia es el hijo mediano perfecto, tan distinto de sus hermanos como permite la tiranía de la genética, y la familia bromea con que un banquero se coló una noche y fecundó a su madre mientras dormía.

Martín, director financiero y diplomático de la organización Tapia, habla en voz baja, es callado y su atuendo es conservador. Lleva un traje negro a medida muy caro y camisa blanca de puño francés.

Él y su mujer, Yvette, acaban de mudarse a una gran casa situada en un barrio exclusivo de Cuernavaca, en las proximidades de Ciudad de México, para estar más cerca de los políticos, los financieros y los personajes de sociedad, relaciones que deben cultivar para los negocios.

La labor de Martín consiste en jugar al tenis y al golf, tomar copas en el hoyo diecinueve, asistir a fiestas en el club de campo, dejarse ver en restaurantes caros y organizar veladas en su casa. La de Yvette es estar guapa y ser una buena anfitriona.

Ambos son perfectos para el trabajo.

Yvette Tapia también es una antigua reina de la belleza, impecablemente ataviada con un elegante y costoso vestido negro pegado a su esbelto cuerpo. Es la personificación de la clase. Lleva media melena y maquillaje sutil. Un toque de pintalabios rojo hace que todo resulte sexy.

Es perfecta.

«Yvette —dice Chele— tiene la belleza y la calidez de una escultura de hielo. La única diferencia es que una escultura de hielo acaba derritiéndose».

En la época de Adán los habrían llamado yupis. No está seguro de cuál sería el calificativo ahora, pero son educadamente tolerantes con la situación, aunque les avergüenza un poco hallarse en una fiesta en la cárcel. Yvet-

84

te sonríe comedidamente al oír las bromas de Chele, y Martín busca temas de conversación que pueda compartir con los demás, sobre todo el *fútbol*.

No pueden quejarse de la cena.

Sin embargo, no es la *nouvelle cuisine* que buscan en Cuernavaca (ambos son *gourmets* confesos), sino unos platos sinaloenses más abundantes y sencillos: un *filet mignon* fresco extraordinario, gambas, langostas, patatas asadas y judías verdes servidas con vinos caros a los que ni siquiera Martín e Yvette pueden encontrar defectos.

El postre es el flan tradicional con *galletas de Navidad* y después champurrado y *arroz dulce*, tras lo cual cuelgan las piñatas y los niños las atizan con palos. Al poco, el suelo del comedor está cubierto de dulces y pequeños juguetes.

Cuando la noche se asienta en la languidez posfestiva, Adán da un leve codazo a Elena y dice:

—Tenemos que hablar.

Se sientan en una sala de consultas.

—La situación en Tijuana... —empieza Adán.

—He hecho lo que he podido.

—Lo sé.

Elena tomó las riendas solo porque era el último hermano Barrera que no estaba en la tumba o en la cárcel. Algunos se rebelaron por el mero hecho de que era mujer y otros porque eran gente de Teo. Una vez que este se escindió, se fueron con él, como también hicieron varios policías y jueces, que ya no debían temer a Raúl o Adán.

El milagro es que Elena haya resistido tanto. Es una buena empresaria, pero no un líder adecuado para una guerra. Ahora dice:

—Quiero dejarlo, Adanito. Estoy cansada. A menos que puedas facilitarme más ayuda sobre el terreno...

—Estoy en la cárcel, Elena. —Se miran fijamente, como hacían tan a menudo cuando eran niños—. ¿Confías en mí?

—Sí.

—Entonces confía en mí en esto —dice Adán—. Todo saldrá bien, te lo prometo. Me encargaré de ello. Solo necesito un poco de tiempo.

Se levantan y Elena le besa en la mejilla.

Diego deja de jugar con sus hijos para atender una llamada.

Escucha y asiente.

El regalo de Navidad está en camino.

—¿Podemos hablar? —pregunta Sondra a Adán.

Adán contiene un suspiro. Quiere disfrutar de la fiesta, no soportar las penas de Sondra, pero, como cabeza de familia, tiene responsabilidades.

Es Salvador, le dice cuando se retiran a un rincón tranquilo. Le falta al respeto. Se enfada. Desaparece varias noches seguidas y falta a clase. Sale de fiesta, bebe y teme que esté consumiendo drogas.

—A mí no me escucha —dice Sondra— y no hay ningún hombre en casa que lo ponga firme. ¿Puedes hablar con él, Adán? ¿Lo harás, por favor?

A Adán le parece que habla como una anciana. Hace sus cálculos. Sondra tiene cuarenta y un años.

Salvador no parece contento cuando se le acerca su tío y le pide que hablen, pero sigue a Adán a regañadientes y entran en la celda. El chico se sienta y lo mira con una combinación de resentimiento y mal humor que casi impresiona.

—Te lo ha pedido mi madre, ¿verdad?

—Y si lo ha hecho, ¿qué? —pregunta Adán.

—Ya sabes cómo es.

«Sí, lo sé —piensa Adán—. Vaya si lo sé». Pero él es el cabeza de familia, así que pregunta:

—¿Qué estás haciendo, Salvador?

—¿A qué te refieres?

—Con tu vida —dice Adán—. ¿Qué estás haciendo con tu vida?

Salvador se encoge de hombros y mira al suelo.

—¿Has dejado los estudios? —pregunta Adán.

—He dejado de ir a clase.

—¿Por qué?

—¿En serio? —pregunta Salvador—. ¿Acaso voy a ser arquitecto?

Se parece tanto a Raúl que Adán casi se echa a reír.

—Tu padre tenía el título de medicina.

—Y le sacó mucho partido.

Adán señala la celda.

—¿Quieres acabar aquí?

—Es mejor que donde acabó mi padre, ¿no crees?

«Es cierto», piensa Adán, y ambos lo saben.

—¿Qué quieres, Salvador?

—Déjame trabajar con tío Diego —dice, mirando a Adán a los ojos por primera vez en esta conversación—. O con tío Nacho. O mándame a Tijuana. Puedo ayudar a tía Elena.

De repente, parece tan ansioso, tan sincero, que casi resulta triste. El muchacho ansía tanto redimir a su padre que a Adán le duele.

—Tu padre no quería esto para ti —afirma Adán—. Me hizo prometérselo. Fueron sus últimas palabras.

Es mentira. Las últimas palabras de Raúl fueron súplicas para que acabara con su sufrimiento tras recibir el disparo en la tripa. No mencionó a Salvador ni a Sondra. Dijo «gracias, hermano» cuando Adán le apuntó a la cabeza con la pistola.

—Para él estaba bien —dice Salvador.

—Pero no creía que fuera bueno para ti —insiste Adán—. Eres inteligente, Salvador. Has estado en los funerales, en las cárceles... Ya sabes cómo es esto. Tienes dinero, educación si la quieres, contactos... Puedes tener una vida.

—Quiero esta vida —replica Salvador.

Igual de testarudo que su padre.

—No puedes tenerla —dice Adán—. No lo intentes. Y ni se te ocurra actuar por tu cuenta. Si descubro a alguien vendiéndote, le corto la cabeza. No me obligues a hacerlo.

—Gracias.

—Y cambia de actitud —añade Adán, ahora en el papel de tío serio, aunque, de todos modos, ya se ha aburrido—. Empieza a ir a clase y háblale con educación a tu madre. ¿Estás tomando drogas? No te molestes en engañarme. Si no lo estás haciendo, bien. Si lo estás haciendo, déjalo.

—¿Hemos terminado? —pregunta Salvador.

—Sí.

El joven se levanta y se dispone a marcharse.

—Salvador.

—¿Sí?

—Sácate el título —dice Adán—. Demuéstrame que tienes disciplina para terminar los estudios. Deja de dar la lata y luego vuelve y ya veremos.

«Salvador entrará en la *pista secreta* de un modo u otro —piensa

Adán—. Quizá sea mejor que lo haga a través de ti y al menos podrás vigilarlo».

Pero todavía no.

Con esto ganará un par de años. Para entonces, puede que Salvador encuentre una buena chica, algún interés, una profesión, y no quiera lo que cree querer ahora.

Adán vuelve a la sala donde tiene lugar la fiesta y observa a sus invitados, su numerosa familia, o lo que queda de ella.

Su hermana Elena.

Su cuñada, Sondra, y su sobrino Salvador.

Sus primos, los hermanos Tapia —Diego, Martín y Alberto— y sus mujeres, Chele, Yvette y Lupe, respectivamente. Los hijos de Diego... Esta es su familia, su sangre, todo cuanto tiene.

«Sin mí —medita—, acabarán donde acaba la familia de un rey depuesto en este lugar despiadado: en el matadero. Tus enemigos los matarán cuando hayan terminado contigo. Y, a menos que recuperes el lugar que te corresponde, todas las muertes, todos los asesinatos, todos los actos terribles por los que irás al infierno habrán sido en vano».

Adán ha oído que la vida es un río, que el pasado se lo lleva la corriente. No es cierto. Si fluye, lo hace por la sangre que corre por tus venas. No puedes ignorar tu pasado del mismo modo que no puedes ignorar tu corazón.

Un día fue el rey. Tendrá que volver a serlo.

«La vida —reflexiona— siempre te da una excusa para coger lo que quieres».

Adán se siente aliviado cuando se van.

Después de intercambiar los obligados «ooh» y «ahh» por los regalos, después de confesar que han comido demasiado, después de los abrazos y los besos en las mejillas, después de las falsas promesas de que deben repetirlo en breve, Diego consigue llevarlos a todos de vuelta al camión y lo dejan en la tranquilidad de su cárcel.

Adán se tumba boca abajo en la cama junto a Magda.

—Las familias son agotadoras —dice—. Es más fácil gestionar a cien traficantes que a una sola familia.

—A mí me han parecido simpáticos.

—Porque no tienes que satisfacer sus necesidades —responde Adán.

—No, solo las tuyas.

—¿Suponen una carga para ti?

—No, me gustan tus necesidades —dice Magda extendiendo la mano—. *Feliz Navidad.* ¿Quieres tu último regalo?

—Ahora no —dice—. Mete unas cuantas cosas en una maleta.

Magda lo mira extrañado.

—¿A qué te refieres?

—Solo unas pocas —dice él—. No todo el armario. Podemos comprar ropa más tarde. Vamos. No tenemos mucho tiempo.

Diego entra en la celda.

—¿Estás listo, *primo*?

—Hace años que lo estoy.

Diego se señala la oreja. «Escucha».

Adán oye un grito y después otro, que acaban convirtiéndose en un coro. Entonces resuenan bates de madera golpeando barrotes de hierro y pisadas sobre las pasarelas metálicas. Alarmas.

Después disparos.

Es un motín.

Los Bateadores están arrasando en el nivel 1-A del bloque 2, atacando a otros presos, atacándose entre sí y sembrando el caos. Los guardias van de un lado a otro tratando de contenerlo, pidiendo refuerzos por radio, pero ya es demasiado tarde: los reclutas huyen de las celdas, corren por el bloque y salen al patio.

—¡Tenemos que irnos ahora mismo! —exhorta Diego.

—¿Has oído eso? —grita Adán a Magda.

—¡Lo he oído! —sale con una pequeña bolsa de mano e intenta cambiarse los zapatos por unos planos—. Podrías haberme avisado con tiempo.

Adán la coge del brazo y sigue a Diego por el bloque.

Es como si fueran invisibles. Nadie los mira al esquivar las peleas descontroladas, el ruido, a los guardias, y Diego los conduce a una puerta de acero que ha quedado abierta. Luego los dirige a una escalera y suben hasta otra puerta que da al tejado.

Los guardias no los vigilan. Están apuntando con sus armas y focos al patio y ni siquiera parecen darse cuenta cuando llega el helicóptero y aterriza en el tejado.

Las hélices alborotan el pelo de Magda, y Adán le pone una mano en la espalda y la empuja ligeramente al embarcar.

Diego trepa detrás de ellos y da luz verde al piloto levantando el pulgar.

El helicóptero despega.

Adán contempla Puente Grande.

Han sido tres años de negociaciones, diplomacia, pagos, relaciones, tres años esperando a que los otros jefes aceptaran su presencia, que algunos murieran, que otros fueran asesinados, que los estadounidenses se olvidaran de él y se obsesionaran con otro enemigo público número uno.

Tres años de paciencia y tenacidad y ahora es libre.

Para recuperar el lugar que le corresponde.

Erie, Pensilvania

Keller lo ve a la mañana siguiente, frente a un restaurante donde va a tomar el desayuno especial, consistente en dos huevos, tostadas y café.

Un titular detrás del cristal resquebrajado de un expendedor de periódicos.

«Huye jefe de la droga».

Casi mareado, Keller introduce dos monedas de veinticinco centavos en la ranura, saca el periódico y busca el nombre en la noticia.

No puede ser.

No puede ser.

Las letras saltan hacia él como la metralla de una granada trampa.

«Adán Barrera».

Keller deposita el periódico encima del expendedor y lee el artículo. Barrera extraditado a una prisión mexicana... Puente Grande... una fiesta de Navidad...

No se lo puede creer.

O más bien sí.

Por supuesto que sí.

Es Barrera y es México.

«La ironía —piensa Keller— es tan perfecta como dolorosa. Soy prisionero de la cárcel más grande y solitaria del mundo».

Y Barrera está libre.

Keller tira el periódico a una papelera. Recorre las calles durante horas, pasando junto a montones de nieve sucia, fábricas cerradas, temblorosas prostitutas adictas al crack, los despojos de una ciudad del cinturón industrial en la que los trabajos se han desplazado al sur.

A última hora de la tarde, cuando el cielo se tiñe de un gris amenazador, Keller entra en la estación de autobuses para dirigirse a donde siempre supo que iba encaminado.

La sede de la DEA, la Administración para el Control de Drogas, se encuentra en Pentagon City, lo cual, deduce Keller, tiene mucho sentido. Si pretendes librar una Guerra contra la Droga, instálate en el Pentágono.

Lleva traje y corbata, los únicos que tiene, va bien afeitado y acaba de cortarse el pelo. Se sienta en el vestíbulo y espera a que finalmente le permitan subir a la quinta planta para ver a Tim Taylor, que disimula muy bien su entusiasmo al ver a Art Keller.

—¿Qué quieres, Art? —pregunta Taylor.

—Ya sabes lo que quiero.

—Olvídalo —dice—. Lo último que necesitamos ahora mismo es una vieja *vendetta* de las tuyas.

—Nadie conoce a Barrera tanto como yo —responde Art—. Su familia, sus contactos, su manera de pensar. Y nadie está tan motivado como yo.

—¿Por qué? ¿Porque va a por ti? —pregunta Taylor—. Creía que ahora llevabas otra vida.

—Eso fue antes de que dejarais escapar a Barrera.

—Vuelve con tus abejas, Art —dice Taylor.

—Seguiré mi camino.

—¿A qué te refieres?

—Si me dejas marchar —responde Keller—, iré a Langley. Seguro que ellos me encargan la misión.

La rivalidad entre la DEA y la CIA es encarnizada, la tensión entre ambos organismos terrible, la confianza prácticamente inexistente. La CIA ayudó como mínimo a encubrir el asesinato de Hidalgo y la DEA no ha olvidado ni perdonado.

—Tú y Barrera sois iguales —sentencia Taylor.

—Exacto.

Taylor lo mira largo rato y añade:

—Esto va a ser complicado. No todo el mundo se alegrará de que vuelvas. Pero veré qué puedo hacer. Déjame un número donde pueda localizarte.

Keller encuentra un hotel decente junto al Hospital Naval de Bethesda y espera. Sabe qué está ocurriendo. Taylor debe reunirse con altos cargos de la DEA, que luego tienen que acudir a sus jefes de Justicia. Justicia tiene que hablar con el Departamento de Estado y luego deberá coordinarse con la CIA. Habrá comidas discretas en K Street y copas aún más discretas en Georgetown.

Sabe cuáles serán los argumentos: Art Keller va por libre, no es un jugador de equipo; Keller tiene su propia agenda; está demasiado involucrado personalmente; a los mexicanos no les gusta; el peligro es excesivo.

El último argumento es el más sólido.

Con una recompensa de dos millones de dólares por la cabeza de Keller, enviarlo a México es cuando menos peligroso y la DEA no puede permitirse la tormenta mediática que sobrevendría si muriera otro agente allí. Aun así, nadie puede cuestionar razonablemente el valor potencial de Keller en la búsqueda de Adán Barrera.

—Dadle una mesa en el EPIC —determina un alto cargo de la Casa Blanca, refiriéndose al Centro de Espionaje de El Paso—. Puede asesorar a los mexicanos allí.

Taylor le transmite la oferta.

—Estoy bastante convencido de que Barrera no se encuentra en El Paso —dice Keller.

—Gilipollas.

Keller cuelga.

El funcionario de la Casa Blanca, que estaba escuchando, estalla:

—¿Desde cuándo nos dice un agente dónde va y dónde no?

—No es un agente cualquiera —responde Taylor—. Es el puto Art Keller, el antiguo Señor de la Frontera. Él sabe dónde están enterrados los cuerpos, y no solo en México.

—¿Y los riesgos?

Taylor se encoge de hombros.

—Son los que son. Si Keller caza a Barrera, fantástico. Si Barrera lo caza antes a él... nos quitamos de encima otras cosas, ¿no es así?

Keller sabe lo que sucedió en 1985. Estaba allí. Interceptó los aviones que transportaban cocaína, vio los campos de entrenamiento, sabía que el Consejo de Seguridad Nacional y la CIA habían utilizado los cárteles mexicanos para financiar las Contras nicaragüenses con la plena aprobación de la Casa Blanca. Cometió perjurio en su testimonio en el Congreso a cambio de libertad para perseguir a los Barrera y los destruyó y quitó de en medio a Adán.

Y ahora Barrera está fuera y Keller ha vuelto.

Si muere en México, se llevará algunos secretos con él.

México es un cementerio de secretos.

Después de varias llamadas más, de más memorandos clasificados, de más almuerzos y de más copas, los poderes fácticos deciden finalmente que Keller puede viajar a Ciudad de México con credenciales de la DEA y no como agente especial, sino como alto mando de espionaje. La descripción de su misión es sencilla: «Ayudar y asesorar en la captura de Adán Barrera o, si se da el caso, en la verificación de su muerte».

Keller acepta.

Pero todavía tienen que vendérselo a los mexicanos, que no terminan de creerse que Keller sea enviado para «ayudar y asesorar». Ello desencadena una pataleta burocrática entre la oficina del fiscal general mexicano, el Ministerio de Seguridad Pública y un sinfín de organismos que cooperan o compiten dentro de jurisdicciones solapadas.

Por un lado, quieren los conocimientos de Keller; por otro, está la notoria, aunque comprensible, sensibilidad mexicana por la percepción de que son los «hermanitos oscuros» de la relación, y se sienten agraviados por las continuas y unilaterales insinuaciones de corrupción que lanza Estados Unidos.

Taylor suelta un sermón a Keller.

—Quizá te lo perdiste cuando estabas jugando a ser fray Tuck, pero aquí las cosas han cambiado. El PRI ha desaparecido y ha llegado el PAN. Los organismos federales de seguridad han sido reorganizados y purgados, y dicen, y a ti también te lo dirán, Art, que Los Pinos ha renacido con un alma nueva y reluciente.

Sí, piensa Keller. En los años ochenta le contaron que no había cocaína en México y le ordenaron que cerrara la boca sobre las más que tangibles pruebas que apuntaban a lo contrario, sobre las innumerables toneladas de polvo que los colombianos transportaban a Estados Unidos por medio de la Federación de Barrera. Y Los Pinos, la Casa Blanca mexicana, era una filial enteramente propiedad de la Federación. ¿Ahora el mensaje oficial es que el gobierno mexicano está limpio como una patena?

—Conque la huida de Barrera fue un truco de magia como los de Houdini —dice Keller—. Nadie compró a ningún cargo gubernamental.

—Quizás a un par de guardias de la prisión.

—Sí, claro.

—No te engaño —dice Taylor—. No vas a ir allí a pasar el rato. Ayudas, asesoras y, en lo demás, mantienes el pico cerrado.

Se desata una batalla de correos electrónicos, reuniones y telegramas confidenciales entre Washington y México, cuyo resultado es un compromiso: Keller será cedido a un «comité coordinador» y supervisado por el mismo, y solo desarrollará labores de asesoramiento.

—Si aceptas la misión —dice Taylor—, aceptas estas condiciones.

Keller acepta. Son sandeces de todos modos. Es plenamente consciente de que uno de sus papeles en México es el de «anzuelo». Si hay algo que pueda hacer salir a Adán Barrera de su madriguera es la posibilidad de dar caza a Art Keller.

Keller lo sabe y no le importa.

Si Adán quiere ir tras él, perfecto.

Que vaya.

Recuerda las palabras de un salmo que solían cantar en las vigilias.

Romanos 13,11.

Y haced todo esto, conociendo el tiempo,
que ya es hora de levantarnos del sueño.

3

LA CAZA DEL HOMBRE

No hay cacería como la caza de hombres.

ERNEST HEMINGWAY,
«On the Blue Water»

Los Elijos, Durango
Marzo de 2005

El sol, tenue y difuso a causa de la neblina, se eleva sobre las montañas este Jueves Santo.

Keller está sentado en la parte delantera de un todoterreno sin identificar, aparcado en un tramo de hierba al borde de un risco, con los dedos en el gatillo de la Sig Sauer que supuestamente no debe llevar y mirando hacia el lugar donde el pequeño pueblo de Los Elijos, embutido entre picos montañosos, empieza a asomar a través de la bruma.

El suave aire de la montaña es frío y Keller tiembla por la temperatura, pero también por la fatiga. El convoy ha avanzado toda la noche por la angosta y serpenteante carretera, poco más que un camino de cabras, con la esperanza de llegar sin ser visto.

Utilizando unos prismáticos, Keller ve que el pueblo sigue dormido, lo cual significa que nadie ha dado la voz de alarma.

Luis Aguilar también tirita detrás de él.

No se caen bien.

La primera reunión del Comité de Coordinación Barrera, celebrada el día que Keller llegó a Ciudad de México, fue poco propicia.

—Dejemos las cosas claras entre nosotros —dijo Aguilar no bien se hubieron sentado—. Está usted aquí para compartir sus conocimientos sobre la organización de Barrera. No ha venido a cultivar sus propios recursos, emprender acciones independientes o realizar tareas de vigilancia ni recabar información. No voy a permitir que otro gringo venga a mi territorio a limpiarse las botas. ¿Entendido?

Todo en Luis Aguilar era ampuloso, desde su nariz aguileña hasta la raya de los pantalones y sus palabras.

—Disponemos de recursos propios —respondió Keller. Vigilancia por satélite, intercepción de teléfonos móviles, piratas informáticos e información desarrollada en Estados Unidos—. Los compartiré con ustedes a menos que se filtre esa información. Si eso ocurre, cerraré el grifo y usted y yo no nos conocemos.

La mirada penetrante de Aguilar se volvió aún más profunda.

—¿Qué intenta decirme?

—Simplemente estoy dejando las cosas claras entre nosotros.

A diferencia de Aguilar, Gerardo Vera era un hombre tranquilo. Se echó a reír y dijo:

—Caballeros, por favor, luchemos contra los narcos y no entre nosotros.

Luis Aguilar y Gerardo Vera dirigen los dos nuevos organismos encargados de infiltrarse en el nudo gordiano de la corrupción y la burocracia para, finalmente, enfrentarse a los cárteles.

La SEIDO (Subprocuraduría Especializada en Investigación de Delincuencia Organizada) de Aguilar fue creada para sustituir a la FEADS, su predecesora, que la nueva Administración desmanteló por considerarla «un estercolero de corrupción».

Por su parte, Vera disolvió la vieja PJF —los *federales*— y la sustituyó por la AFI, la Agencia Federal de Investigación.

Los directores de las dos nuevas organizaciones eran el paradigma del antagonismo: Aguilar, bajo, delgado, oscuro, compacto y ordenado; Vera, alto, corpulento, rubio, cariancho y efusivo. Aguilar era un abogado con fama de agresivo; Vera era un policía de carrera, formado, entre otros, por el FBI.

Vera era un tipo normal con el que uno compartiría historias tomando unas cervezas; Aguilar era un académico apocado, católico devoto y hombre de familia que nunca contaba nada. Vera llevaba trajes italianos a medida; Aguilar optaba por prendas corrientes y molientes de Brooks Brothers.

Lo que sí tenían en común era su determinación de reformarlo todo.

Empezaron por su propia gente, obligando a cada investigador a someterse a una revisión de antecedentes y una prueba del polígrafo para cerciorarse de que nunca había estado, ni estaba, en la nómina de los narcos. Aguilar y Vera fueron los primeros en realizar la prueba y difundieron los resultados (limpios) en los medios de comunicación.

No todo el mundo lo consiguió. Aguilar y Vera despidieron a centenares de investigadores que no salieron airosos.

—Algunos de esos cabrones —contó Vera a Keller— trabajaban con los cárteles antes de venir a nosotros. Los enviaban los propios cárteles. ¿Te lo puedes creer? Que se vayan a follarse a su madre.

Aguilar se estremeció ante semejante obscenidad.

—Ahora todos realizamos la prueba una vez al mes —dijo Vera—. Es cara, pero, si quieres tener limpio el establo, no puedes parar de sacar mierda.

La mierda intentaba volver al redil.

Vera y Aguilar recibían montones de amenazas de muerte. Ambos iban a todas partes acompañados de seis guardaespaldas fuertemente armados; unos centinelas patrullaban sus casas veinticuatro horas diarias, siete días a la semana.

La DEA se mostraba optimista.

—Finalmente hemos encontrado gente con la que podemos trabajar —dijo Taylor a Keller en la sesión informativa previa a su despliegue—. Estos tipos son honestos, competentes y motivados.

Keller no podía estar más de acuerdo.

Aun así, él y Aguilar chocaban.

—Vuestro organigrama —dijo Keller un día en vista de que un simple pinchazo telefónico había requerido treinta y siete memorandos— es más o menos igual de directo que un cuenco de espaguetis del día anterior.

—Yo no como alimentos rancios —respondió Aguilar—, pero quizá puedas ponerme tú al corriente sobre el trazado exacto entre la DEA, el ICE, el FBI, Seguridad Nacional y la plétora de jurisdicciones estatales y locales de tu lado de la frontera, porque, francamente, yo no lo entiendo.

Discutieron sobre la huida de Puente Grande.

El sistema de prisiones ahora se hallaba bajo la jurisdicción de Vera, pero el enjuiciamiento de empleados de las cárceles debía realizarse bajo la autoridad de Aguilar. Así que Vera había encomendado a uno de los suyos la investigación de la huida, mientras que Aguilar había ordenado la detención de setenta y dos guardias y empleados, entre ellos el alcaide. Los interrogatorios fueron efectuados por un alto cargo de la AFI llamado Edgar Delgado, pero se permitió que Aguilar y Keller estuvieran presentes. Aguilar se sintió humillado al enterarse de que, a efectos prácticos, Barrera era el director de la prisión.

Keller lo daba por sentado.

—Porque todos los mexicanos son corruptos —protestó Aguilar.

Keller se encogió de hombros.

Aquella noche, Aguilar llegó a casa demasiado tarde para cenar, pero a tiempo para ayudar a sus hijas con los deberes. Cuando las niñas estuvieron acostadas, Lucinda le sirvió un plato de *birria* de cordero, uno de sus favoritos.

—¿Qué tal el estadounidense? —preguntó cuando se sentó a su lado.

—Es como todos —contestó Aguilar—. Un sabelotodo.

—No sabía que eras racista, Luis.

—Yo prefiero llamarme provinciano.

—Deberías invitarlo a cenar.

—Ya paso suficiente tiempo con él —repuso—. Además, tampoco te obligaría a aguantar a ese tipo.

El nuevo puesto de Aguilar resultaba duro para su esposa. Era directora de escuela y no estaba acostumbrada al guardaespaldas que ahora la acompañaba al trabajo ni a los guardias que patrullaban la casa. Las niñas lo llevaban mejor. Sus jóvenes mentes no estaban tan apegadas a sus costumbres y, además, les parecía «guay», porque varios compañeros de las escuelas privadas donde estudiaban llevaban guardaespaldas.

Algunos eran hijos de altos cargos gubernamentales. Otros, reconocía Aguilar con disgusto, eran sin duda *buchones*, hijos e hijas de narcos. «Qué más da —pensaba ahora—. No se puede culpar al niño de los pecados de su padre».

—¿Qué tal está el cordero? —preguntó Lucinda.

—Excelente, gracias.

—¿Más vino?

—¿Por qué me doras la píldora?

—Estoy convencida de que no es tan terrible —dijo Lucinda.

—Yo no he dicho que sea terrible —respondió Aguilar—. Yo solo he dicho que es estadounidense.

Se terminó la cena y el vino, realizó dos movimientos en una partida de ajedrez contra sí mismo y fue a acostarse al piso de arriba.

Lucinda le estaba esperando.

A la mañana siguiente empezaron de nuevo.

—Partamos de la suposición de que los Tapia, actuando en connivencia con Nacho Esparza, sacaron a Barrera de Puente Grande —aventuró Aguilar.

—Tiene lógica —dijo Keller.

—¿En qué afecta esa hipótesis a la operación? —preguntó Aguilar.

—En que vamos a por ellos —dijo Keller—. En que hacemos que les resulte demasiado caro esconderlo.

Se pusieron manos a la obra con ahínco.

Utilizando información de la SEIDO y los datos que Keller obtuvo de la DEA, registraron propiedades de Tapia y Esparza en Sinaloa, Durango y Nayarit. Localizaron e interrogaron a docenas de socios de ambos. Detuvieron a cultivadores, traficantes, transportistas y blanqueadores de dinero.

Aumentaron la presión al interceptar un envío de cocaína de Diego Tapia y más tarde un carguero lleno de precursores químicos que Esparza necesitaba para cocinar la metanfetamina.

Dejaron claro el procedimiento a seguir. Los agentes de la AFI inmovilizarían en el suelo a los detenidos y gritarían: «¡¿Dónde está Adán Barrera?!». Luego los entregarían a agentes de la SEIDO, que formularían esa misma pregunta una y otra vez.

Nadie soltó prenda.

En las redadas se incautaron drogas, armas, ordenadores y teléfonos móviles, pero no consiguieron ni una sola pista fiable sobre el paradero de Barrera.

Aguilar lo pagaba con Keller.

—Tú eres el experto en Barrera —dijo sin esforzarse en disimular su sarcasmo—. Quizá podrías regalarnos tu experiencia para dar con él.

Keller recogió el guante.

Cuando llegó a Ciudad de México se instaló en su vivienda oficial, situada cerca de la embajada, pero luego salió y encontró un piso amueblado en la segunda planta de un edificio *art déco* en la avenida Vicente Suárez de Colonia Condesa, una zona a la que podía llegar caminando desde la embajada pero a suficiente distancia para no ser un gueto diplomático estadounidense. El barrio, de aire bohemio, estaba atestado de cafeterías con terraza, bares, discotecas y librerías.

Keller, un hispanohablante nativo, se integró sin dificultad. Trasladó sus escasas pertenencias al piso de Condesa y rara vez volvía a la casa oficial. El piso estaba bien pertrechado: su Sig Sauer, una escopeta Mossberg Tacstar 590 del calibre 12 debajo de la cama y un cuchillo de combate K-Bar de la Armada estadounidense adosado a la cisterna del lavabo. «Puede que sea un cebo —pensó—, pero eso no significa que deba ser presa fácil».

Después de varias semanas buscando a Barrera sin éxito, Keller se enclaustró en el piso de Condesa y se puso a trabajar. Barrera había huido de Puente Grande, así que empezó por ahí, repasando las miles de páginas de transcripciones de los guardias que habían sido detenidos e interrogados.

Si no conociera bien ese mundo... Las declaraciones eran prácticamente cosa de ficción: la abastecida celda de lujo de Barrera, las «noches de cine», las prostitutas importadas, los Bateadores. Keller leyó acerca de la antigua reina de la belleza, Magda Beltrán, de la fiesta familiar por Navidad y del motín que estalló la noche de la huida. Resultaba fascinante, pero no arrojaba luz sobre el posible paradero de Barrera.

Keller empezó de nuevo, leyendo, releyendo y volviendo a leer las historias sobre el tiempo que pasó Barrera en Puente Grande.

Entonces lo encontró: una mención de pasada a un presunto intento de asesinato contra Barrera que se había producido, de ser cierto, en la pista de voleibol. El cuerpo del aspirante a asesino fue hallado más tarde con un agujero de bala en la nuca.

Keller telefoneó a Aguilar.

—¿Puedes conseguir el historial de un exprisionero ya difunto? Se llamaba Juan Cabray.

—Sí, pero ¿por qué?

—Lo necesito para poner en práctica mi experiencia.

—Bien. Entonces haré lo que sea necesario.

Keller acudió a las oficinas de la SEIDO para recoger la carpeta.

Cabray era un delincuente profesional que había trabajado para el viejo cártel de Sonora y al parecer dominaba el arte del cuchillo. «Pero no lo suficiente», pensó Keller. Obvió la cuestión de quién había ordenado el ataque contra Barrera para centrarse en Cabray.

«Supongamos que la historia es cierta», reflexionó Keller. Cabray lo intentó, por así decirlo, con Barrera y falló. La gente de Barrera lo ejecutó. Examinando la fotografía del cadáver de Cabray, la herida de bala era clara, pero a Keller le impresionó más lo que no vio.

Signos de tortura.

Debieron de interrogar a fondo a Cabray para averiguar quién lo había contratado, pero la imagen no mostraba moratones, huesos rotos ni quemaduras.

Cabray cooperó.

Keller indagó más en su historial y descubrió que Juan Cabray era de Los Elijos, en el estado de Durango. Se conectó a Internet y pronto obtuvo imágenes por satélite del pequeño pueblo, situado en un remoto valle entre montañas.

Durango formaba parte del denominado Triángulo de Oro, la intersección montañosa de Sinaloa, Durango y Chihuahua, que constituían las principales zonas de producción de opio y marihuana de México.

Se hallaba en pleno bastión del cártel de Sinaloa.

Keller convocó una reunión del Comité de Coordinación Barrera y solicitó permiso para que un satélite estadounidense sobrevolara Los Elijos. Era una propuesta delicada, ya que los mexicanos se mostraban reacios a aceptar vigilancia por satélite de otros países.

—Es absurdo —dijo Aguilar—. ¿Por qué iba a esconderse Barrera en el pueblo de un hombre que intentó matarlo y al que además ordenó que mataran?

—No sé, sorpréndeme —repuso Keller.

—¿Tu experiencia? —preguntó Aguilar.

—No estamos haciendo progresos en ningún otro lado —dijo Vera encogiéndose de hombros—. ¿Por qué no?

—Podemos enviar un avión —propuso Aguilar.

—Tiene que ser a gran altura —precisó Keller—, no un vuelo rasante. No quiero asustarlo. Déjame pedir una incursión por satélite.

Aguilar resopló, pero concedió el permiso necesario. Keller telefoneó a Taylor y obtuvieron la autorización para la vigilancia por satélite.

Dos días después, Keller estaba de vuelta en la SEIDO con las fotos extendidas sobre la mesa de la sala de conferencias. Señaló un pequeño círculo, un cuadrado más grande y un rectángulo aún mayor.

—Esto podría ser un pozo nuevo —dijo—. Esto... No sé. ¿Una escuela, tal vez? La tercera forma podría ser una clínica. En cualquier caso, son construcciones recientes.

—¿Adónde quieres llegar? —preguntó Aguilar.

—Es una aldea pobre. ¿De repente están construyendo todo tipo de edificios que necesitan?

—Tenemos programas de desarrollo social por todo México —respondió Aguilar.

—¿Podemos averiguar discretamente si ha habido alguno en Los Elijos? —preguntó Keller—. Porque, si no lo ha habido, tengo una ligera idea de quién ha financiado esos proyectos.

—Déjame adivinar: Adán Barrera —dijo Aguilar—. Por favor.

—¿De dónde eres? —preguntó Keller.

Aguilar parecía sorprendido, pero respondió:

—De Ciudad de México.

Keller se volvió hacia Vera.

—¿Y tú?

—También.

—Me pasé años en el Triángulo —dijo Keller—. Conozco a la gente, sé cómo piensan, conozco la cultura. Conozco a Adán Barrera desde que tenía veinte años.

—¿Y?

—Y la gente de Los Elijos creerá que Juan Cabray actuó con honorabilidad —continuó Keller—. También pensarán que Adán Barrera respondió noblemente. Partamos de la suposición de que, antes de morir, Cabray aceptó a Barrera como su *patrón*. Barrera ha ejercido el papel de *patrón* en el pueblo: un pozo, una escuela, una clínica. Lo protegerán.

—Me parece que estás dejando volar la imaginación —dijo Aguilar.

—¿Se te ocurre una idea mejor? —preguntó Keller.

Aguilar realizó algunas llamadas discretas y descubrió que ni los gobiernos federal ni estatal habían llevado a cabo proyectos de desarrollo en Los Elijos. Tampoco se conocían actividades de la Iglesia o alguna ONG.

Vera tomó la decisión: la AFI lanzaría una redada sorpresa en Los Elijos al amanecer.

La información adicional proporcionada por el satélite estrechó más el cerco y ubicaba a Barrera en la casa más grande del pueblo, situada al final de un camino de tierra. Era una estructura calcárea de una sola planta con cubierta de teja y rodeada de un muro de escasa altura.

—Espero que la reina de la belleza esté con él —dijo Vera—. Me gustaría echarle un vistazo a ese espécimen.

Keller observó las fotografías de la finca de Los Elijos y anunció:

—Participaré en la redada.

—No podemos correr el riesgo de que un agente estadounidense muera en suelo mexicano —repuso Aguilar.

No obstante, Keller sospechaba que en realidad se refería a que no podían correr el riesgo de que un agente estadounidense matara a un ciudadano mexicano en su propio país. La captura de Barrera sería una operación exclusivamente mexicana, aseguró Aguilar. No se mencionaría la colaboración de la DEA en materia de espionaje.

«Asesorar y ayudar», pensó Keller.

—Si me ocurre algo, enterradme en las montañas —añadió Art.

—Por tentador que parezca —dijo Aguilar—, me temo que es imposible.

—La información que he proporcionado es la que ha posibilitado esto —argumentó Keller.

—¿Y qué relevancia tiene eso?

—Compañerismo —terció Vera—. Le debemos la cortesía como compañeros de armas.

—Si estás dispuesto a aceptar tú la responsabilidad... —farfulló Aguilar.

Aquella tarde tomaron un vuelo militar a El Salto, Durango, y, una vez allí, las tropas de la AFI se montaron en camionetas y todoterrenos y pusieron rumbo a las montañas. Después de viajar toda la noche, llegaron al risco situado por encima de Los Elijos.

Ahora, el tembloroso Keller está sentado junto a Aguilar.

Vera va en otro vehículo con cinco de sus agentes. El plan táctico es sencillo. Al despuntar el alba, Vera dará la orden por radio y los ocho vehículos descenderán al pueblo por carretera, pero pasarán de largo, rodearán la casa grande situada al final y entrarán.

Con suerte, Barrera estará dentro. Si, por el contario, se encuentra en otro rincón del pueblo, lo aislarán en el campo y podrán atraparlo.

Al menos ese es el plan.

Aguilar no está convencido.

—Eso de que Barrera ha encontrado refugio en el pueblo de Cabray es una idea romántica —dijo durante el tortuoso trayecto a través de las montañas, que afectó tanto a su estómago como a su psique. Ahora mastica un antiácido y contempla el pueblo.

Sin otra cosa que hacer más que esperar, entablan conversación, aunque solo sea para romper la tensión y la monotonía. Keller descubre algunas cosas sobre el taciturno abogado, cosas que ignoraba o que no se había molestado en averiguar.

Aguilar tiene mujer y dos hijas adolescentes, estudió en Harvard y consideró que era una universidad sobrevalorada. Es un exfumador reformado, católico devoto y casi igual de devoto del equipo de *fútbol* Águilas de América.

—¿Y tú? —pregunta Aguilar.

—¿El fútbol? No.

—Me refería a la familia.

—Divorciado —responde Keller—. Dos hijos, un niño y una niña, ambos adultos.

—Este trabajo —añade Aguilar— es difícil para la vida familiar. Las horas, el secretismo...

Keller sabe que Aguilar está intentando ser amable y encontrar terreno común. Suena casi amigable, así que responde:

—Dicen que la DEA te proporciona una pistola y una placa, no mujer e hijos.

—Yo no podría vivir sin mi familia —contesta Aguilar, que apostilla de inmediato—: Lo siento, qué desconsiderado. No era mi intención.

—No, lo entiendo.

Guardan silencio un rato y luego Aguilar aventura:

—He oído historias sobre ti y Barrera.

—Bueno, hay muchas.

—Creo que es importante distinguir entre venganza y justicia —dice Aguilar.

«Ahora que empezabas a caerme bien —piensa Keller—, tienes que ponerte santurrón conmigo».

—¿Te has visto envuelto alguna vez en un tiroteo?

—No —responde Aguilar—. Ni creo que suceda ahora.

—Me preguntaba si estás nervioso —dice Keller—. Es comprensible.

—Todos mis combates anteriores han sido en los tribunales —afirma Aguilar—. Pero no, no estoy nervioso. Simplemente estoy irritado por esta monumental pérdida de tiempo y de recursos. No nos sobra ninguna de las dos cosas.

—De acuerdo.

Aguilar observa la Sig Sauer.

—No utilices esa arma, excepto en el caso más extremo de autodefensa.

—¿Dónde aprendiste inglés? —pregunta Keller.

—En Harvard.

—Me cuadra.

—No tengo ni idea de qué significa eso.

—Lo sé.

«Puede que Aguilar no esté nervioso —piensa Keller—, pero yo sí. Barrera está en ese pueblo. Lo sé por una razón que Aguilar despreciaría:

lo noto. Llevo más de treinta años persiguiendo a Barrera por una razón u otra. Tenemos una conexión mental y noto su presencia allí».

«Es posible que esto se haya terminado en veinte o treinta minutos. Y entonces ¿qué? —se pregunta Keller—. ¿Qué harás con tu vida?

»Te estás anticipando.

»Primero ve a por Barrera».

Keller toquetea nervioso el gatillo.

Se oye el crepitar de la radio y la voz de Vera:

—Atentos.

—¿Estáis listos? —pregunta Aguilar.

«Joder si lo estoy», piensa Keller.

Vera da la señal y el coche inicia el descenso por la empinada pendiente. El conductor de la AFI no hace concesiones a las curvas cerradas y los baches repentinos que pueden despeñar el vehículo varias decenas de metros dando vueltas de campana.

Pero llegan al pueblo y enfilan a toda velocidad la única calle que lo atraviesa. Algunos madrugadores los miran consternados y Keller oye a uno o dos dar la voz de alarma.

—¡Juras! ¡Juras! (¡Policía! ¡Policía!)

«Pero es demasiado tarde —piensa Keller cuando el vehículo pasa junto al nuevo pozo, la nueva escuela y la nueva clínica y acelera en dirección a la casa situada al final del camino—. Si estás aquí, Adán, y lo estás, ya eres nuestro».

El coche se detiene delante de la vivienda mientras otros vehículos la rodean como si fueran indios en una mala película del Oeste y proceden a formar un círculo.

Los soldados de la AFI, con sus uniformes azul marino y sus gorras, salen de los coches con AR-15 y pistolas del calibre 45 de fabricación estadounidense, chalecos antibalas y pesadas botas de combate.

Con Vera a la cabeza, irrumpen en la casa.

Keller se baja del coche y echa a correr hacia la puerta trasera. Aguilar le sigue de cerca, incómodo con su 38 en la mano. Keller franquea la puerta empuñando la Sig Sauer.

Es la cocina y, aterrorizado, su ocupante levanta las manos por encima de la cabeza.

—¿Dónde está Adán Barrera? —grita Keller—. ¿Dónde está el *señor*?

—*No sé.*

—Pero, ha estado aquí ¿no? —insiste Keller—. ¿Cuándo se ha ido?

—*No sé.*

—¿Iba con una mujer? —pregunta Aguilar.

—*No sé.*

—¿Cómo se llamaba la mujer, «*no sé*»? —Vera entra, saca la pistola y la hunde en la mejilla del cocinero—. ¿Ahora lo sabes?

—Está aterrorizado —dice Aguilar—. Déjale en paz.

—Os voy a meter a ti y a toda tu familia en la cárcel —espeta Vera al cocinero al tiempo que lo aparta de un empujón.

—No conozco ningún estatuto criminal que prohíba cocinar sopa de frijoles negros —dice Aguilar observando los fogones—. ¿Crees que Barrera le contó a su cocinero adónde iba?

Keller se adentra en la casa.

En los dormitorios, los baños, el comedor, en todas partes. Mira debajo de las camas, en los armarios. En un cuarto le parece oler perfume caro. Los soldados de la AFI arrancan bañeras y baldosas del suelo en busca de túneles.

No hay ninguno.

Buscan por toda la casa teléfonos móviles y ordenadores y no encuentran nada. Al volver a los vehículos, Aguilar murmura a Keller:

—Te lo dije.

Cruzan de nuevo el pueblo y Keller ve a los soldados entrando en todas las casas, sacando a la gente al camino y rompiendo ventanas y muebles.

Sale del coche.

—¡Voy a quemar este agujero de mierda hasta los cimientos! —grita Vera con la cara roja de furia.

«Los mismos errores —piensa Keller—. Vietnam en los años sesenta, Sinaloa en los setenta. Cometemos siempre las mismas estupideces. No me extraña que esta gente dé cobijo a los narcos. Barrera construye escuelas y nosotros destrozamos casas».

Los soldados están alineando a la gente contra el muro de piedra del pequeño cementerio, propinando bofetadas y patadas mientras interrogan a los aldeanos y preguntan dónde está el Señor.

Keller se acerca a Vera.

—No hagáis esto.

—Métete en tus asuntos.

—Esto es asunto mío.

—¡Saben dónde está!

—Saben dónde estaba —susurra Keller—. Esto hará más mal que bien.

—Hay que darles una lección.

—Es la lección equivocada, Gerardo —Keller se aproxima a la hilera de personas, que parecen atemorizadas y resentidas, y pregunta—: ¿Dónde está la familia de Juan Cabray?

Ve a una mujer rodear a sus hijos con los brazos y desviar la mirada. Tienen que ser la esposa y los hijos de Cabray. A su lado, una anciana agacha la cabeza. Se acerca a ella, la agarra del brazo y la aparta del grupo.

—Enséñeme su tumba, señora.

La mujer lo guía hasta una lápida nueva de hermoso granito, mucho mejor que la que podría permitirse un campesino.

En la piedra han tallado el nombre de Juan Cabray.

—Qué bonita —dice Keller—. Honra a su hijo.

La anciana no media palabra.

—Si el Señor estuvo aquí —dice Keller—, sacuda la cabeza.

Lo mira unos instantes y agita la cabeza violentamente, fingiendo que se niega a responder.

—¿Ayer por la noche? —pregunta Keller.

Vuelve a sacudir la cabeza.

—¿Sabe dónde ha ido?

—*No sé.*

—Voy a ser un poco brusco con usted —dice Keller—. Le pido disculpas, pero sé que lo entiende.

La coge del brazo, la aparta de la tumba y la lleva de nuevo con su familia. Los aldeanos que forman fila contra la pared evitan su mirada. Keller vuelve con Vera y Aguilar, que está discutiendo con su compañero para que detenga «esta barbaridad estéril e ilegal».

—Estuvo aquí ayer noche —dice Keller—. Sabes que si quemas este pueblo, todos los campesinos del Triángulo lo sabrán en veinticuatro horas y nunca conseguiremos su cooperación.

Vera lo mira durante unos largos instantes y ordena a sus soldados que paren.

«Barrera se ha escapado esta vez», piensa Keller. Pero al menos le pisan los talones y ahora Vera invierte sus energías en dirigir la búsqueda y pedir recursos. Salen patrullas del ejército, policías locales y estatales, helicópteros y aviones de ala fija a controlar las carreteras.

Pero Keller sabe que no van a encontrarlo. No en las montañas de

Durango, con su espesa vegetación, sus carreteras impracticables y sus centenares de aldeas, que profesan más lealtad a los narcos locales que a un gobierno distante en Ciudad de México.

Y Barrera es dueño de la policía local y estatal. No están buscándolo; están protegiéndolo.

Al alejarse del pueblo, Aguilar dice:

—Ni lo menciones.

—¿El qué?

—Lo que estás pensando: que alguien puso a Barrera sobre aviso.

—Supongo que no es necesario.

—Por lo visto —dice Aguilar—, pudo ser alguien de la DEA.

—Es posible.

«Pero no es así», piensa Keller.

Adán se fue justo antes de que llegaran.

Estaba en la casa de Los Elijos cuando Diego le avisó de que la AFI estaba en camino. Ahora se ha instalado en un piso franco al otro lado de la frontera, en Sinaloa.

—Alguien les dio el soplo —dice Adán a Diego—. ¿Fue Nacho?

Quizá decidió pagarle con su misma moneda, cerrar otro trato.

—Lo dudo —dice Diego—. No me lo imagino.

—Entonces, ¿quién fue? —pregunta Adán.

—No estoy seguro de que fuera alguien —responde Diego—. El gobierno ha traído a una persona.

—¿A quién?

Adán no puede creerse la respuesta.

—Keller —repite.

—Sí —dice Diego.

—En México.

Diego se encoge de hombros.

—¿En calidad de qué? —pregunta un incrédulo Adán.

—Hay algo llamado Comité de Coordinación Barrera —explica Diego— y Keller es el asesor estadounidense.

«Tiene sentido —piensa Adán—. Si vas a atrapar un jaguar, busca al hombre que haya atrapado a un jaguar antes. Aun así, el valor de ese hombre es extraordinario: viene a México y, por así decirlo, mete la cabeza en las fauces de la bestia».

Igual que él.

En una ocasión, Keller arriesgó su vida para salvar la de Adán. Fue mucho antes de que este se dedicara al narcotráfico, pero se vio atrapado en una operación militar en los campos de amapolas de Sinaloa. Le dieron una buena paliza, le introdujeron gasolina por la nariz hasta que creyó que iba a ahogarse y amenazaron con arrojarlo desde un helicóptero.

Keller se lo impidió.

Eso fue hace mucho tiempo.

Ha corrido mucha sangre desde entonces.

—Mátalo —dice Adán.

Diego asiente.

—No puedes —tercia Magda.

No son palabras que Adán esté acostumbrado a oír y se da la vuelta.

—¿Por qué no?

—¿No estás sometido a suficiente presión ya?

Sin duda, la presión ha sido tan grande como inesperada. Después de huir de la prisión, el helicóptero recorrió unos pocos kilómetros y los dejó en un pequeño pueblo. Descansaron unas horas y partieron en un convoy. Llevaban solo una hora de trayecto cuando llegaron el ejército y la policía y quemaron hasta la última casa de la aldea como castigo y para dar ejemplo.

No sirvió de nada.

El gobierno creó una Línea Directa Barrera que recibía una llamada cada treinta segundos, ninguna de ellas certera, ninguna de ellas realizada por gente que lo hubiera visto. La mitad de las llamadas eran falsas, de gente de Diego para crear centenares de pistas falsas y hacer perder tiempo a la policía.

Diego incluso contrató a tres hombres que se parecían a Barrera para que deambularan por el país y generaran aún más rastros engañosos.

Durante semanas, Adán se movió únicamente por la noche, cambiando de casa con tanta frecuencia como cambiaba de ropa. En Jalisco se disfrazó de sacerdote y en Nayarit de soldado de la AFI. En todo momento la presión fue brutal. Los helicópteros sobrevolaban la zona y tenían que evitar los controles militares tomando carreteras secundarias que eran poco más que marcas de ruedas.

Finalmente, Adán tuvo la brillante idea de ir a Los Elijos, donde los campesinos, lejos de estar resentidos con él por haber matado a Juan Cabray, le dieron la bienvenida por considerarlo un benefactor que había honrado al difunto y ayudado a su pueblo. Adán y Magda se instalaron en la mejor casa, una vivienda pequeña pero confortable.

Nadie en Los Elijos ni en los campos colindantes facilitó información sobre la presencia del Señor y su mujer en la zona. Pero la caza proseguía y el gobierno trajo a Art Keller, que llegó al cabo de un par de horas después de capturarlos.

Y ahora Magda se opone a que Keller sea asesinado.

—Precisamente tú deberías saber lo que sucede cuando un agente estadounidense es asesinado en México —dice Magda—. Ten paciencia y todo esto pasará, pero, si matas a ese tal Keller, los estadounidenses no pararán. Obligarán al gobierno a ir tras de ti. No estoy diciendo que no lo hagas. Estoy diciendo que no lo hagas ahora.

Adán debe reconocer que son palabras sabias. Ese hijo de puta de Keller sabe que está más seguro en México que en Estados Unidos. Sabe que si metes la cabeza lo suficiente en las fauces de la bestia, esta no puede cerrar la mandíbula.

—No voy a contenerme para siempre —espeta Adán.

Magda es lo bastante inteligente como para disimular una sonrisa victoriosa, pero Adán sabe que ella ha ganado y que, al hacerlo, lo ha salvado de sus impulsos más temerarios.

Diego ni siquiera quería incluirla en la huida.

—Ya será bastante complicado esconder al narco más famoso del mundo —dijo—. Al narco más famoso del mundo y a una exreina de la belleza es imposible.

—No pienso dejarla en Puente —respondió Adán.

—Pues al menos rompe con ella —dijo Diego—. Seguid cada uno vuestro camino.

—No.

—*Dios mío, primo* —dijo Diego—. ¿Estás enamorado?

«No lo sé —piensa ahora Adán mirando a Magda—. Podría ser. Creí que estaba adquiriendo una amante hermosa y encantadora, pero obtuve mucho más: una confidente, una consejera, una persona sincera». Así que le pregunta:

—¿Qué debería hacer con Nacho?

—Tiéndele una mano —propone Magda—. Organiza una reunión. Ofrécele algo que desee, que le haga olvidar su miedo al gobierno.

Nacho acepta reunirse en una remota *finca* encaramada en lo alto de una colina de las junglas de Nayarit.

Permanecen en el campo.

En lugar de regresar a Ciudad de México y empezar de nuevo, el Comité llega a la conclusión de que Barrera no puede haber ido lejos, así que vuelven a la base de El Salto y tratan de recabar más información.

El ejército y las fuerzas aéreas realizan búsquedas por radar para detectar vuelos no registrados. Se organizan bloqueos en carreteras. La SEIDO controla los teléfonos móviles y el tráfico informático con la ayuda del EPIC.

Es una situación crítica.

Un pájaro hace ruido cuando tiene que huir del matorral.

Keller sabe que, si obligas a un gran narco a moverse, sobre todo apresuradamente, también lo obligas a comunicarse. Hay que planificar, instaurar medidas de seguridad, trazar rutas de viaje y enviar notificaciones a la gente adecuada.

Tienen que desplegarse, tienen que hablar entre sí. Hacen todo lo que pueden por enmascararlo: utilizando los móviles solo una vez, usando teléfonos satelitales, mensajes y correos electrónicos, enviando llamadas a través de servicios internacionales de Internet, pero, cuanto menos tiempo tienen, más difícil es.

Ni una estructura sofisticada como el EPIC puede rastrear cada una de las comunicaciones, interceptar cada correo electrónico o pinchar cada teléfono, pero lo que sí puede hacer es controlar el volumen de tráfico.

Ya han identificado algunos puntos calientes, zonas geográficas y torres de telefonía móvil combinadas con páginas web y servidores que saben que utilizan los narcos y, si ocurre algo, esas zonas se iluminan debido al incremento del tráfico.

Ahora, una de esas zonas calientes parece un árbol de Navidad.

Los escáneres muestran un marcado aumento del tráfico en una torre asociada a uno de los escondites frecuentes de Nacho Esparza en Jalisco. Varias llamadas, todas ellas realizadas desde teléfonos diferentes, llegan a una torre de Nayarit, en unas montañas remotas de la jungla que se extiende al sur de Sinaloa. Geográficamente tiene sentido. Entre Durango y Nayarit media un corto trayecto en coche o avión.

El elemento Esparza también tiene sentido. Durante meses ha corrido el rumor de las posibles tensiones entre Barrera y Esparza —llamó la atención la ausencia de este en la fiesta de Navidad— y de que a Esparza le preocupaba que Barrera todavía fuese un soplón estadounidense. Nayarit se encuentra entre sus respectivas bases en Sinaloa y Jalisco. ¿Están planeando una cumbre para enfriar los ánimos?

Keller consulta un mapa de la zona a la que presta servicio la torre de telefonía móvil y lo coteja con Google Earth. En la selva solo destaca una *finca* con varios edificios situada en la cima de una montaña.

Es un lugar perfecto.

En Ciudad de México, Aguilar tiene a los hombres de la SEIDO trabajando veinticuatro horas al día, siete días a la semana, para averiguar quién es el propietario de la *finca*. Las pistas los conducen a varios individuos, pero finalmente descubren que pertenece a una empresa de inversiones de Guadalajara que la ha declarado como coto de caza.

La empresa es un *holding* sospechoso de blanquear dinero para Nacho Esparza. Armados con esa información, pinchan el teléfono de la finca.

LLAMADA ENTRANTE: Van a llegar invitados.
RECEPTOR: ¿Cuándo?
LLAMADA ENTRANTE: Dos esta noche. Otro mañana por la mañana.
(*Pausa.*)
RECEPTOR: Tres hombres.
LLAMADA ENTRANTE: Ya sabes quién. Y su gente. Nadie más entra o sale.
   ¿Entendido?
(*Fin de la llamada.*)

Keller lo entiende.

—Tres hombres: ¿Barrera, Tapia y Esparza?

—Es posible —dice Aguilar.

Vera está exultante.

—Ya lo tenemos. Ya lo tenemos. *Dios mío*, puede que cacemos a los tres.

Esa noche, Aguilar, Vera, Keller y cincuenta hombres fuertemente armados se suben a un avión de la SEIDO con destino a Jalisco. Todos se han sometido a la prueba del polígrafo esa misma tarde y Aguilar les confisca los teléfonos móviles al embarcar.

Cuando llevan diez minutos en el aire, Aguilar ordena a los pilotos que cambien de rumbo y se dirijan a Nayarit. Él mismo ha localizado una pista de aterrizaje en una antigua explotación forestal situada a solo ocho kilómetros de la *finca*.

El aterrizaje es brusco, pero exitoso.

—Apagad la radio —exhorta Aguilar a los pilotos.

—Deberíamos informar...

—He dicho que apaguéis la radio —reitera—. Cualquier transmisión será controlada.

Los hombres desembarcan y emprenden el camino hacia la *finca* bajo la tenue luz del alba. Keller revive la increíble diversidad de México —desde desiertos hasta selvas tropicales— al transitar el agreste y húmedo terreno de la espesa jungla.

Aguilar avanza con dificultad delante de él. «No está hecho para las operaciones —piensa Keller—. Sus zapatillas de deporte son más apropiadas para un paseo por el parque que para una caminata por el barro». Pero Aguilar sigue adelante sin quejarse.

El sol ha salido cuando llegan a un altiplano que ha sido despejado para el pastoreo. Varios animales los observan con curiosidad mientras, envueltos en una niebla baja y grisácea, se despliegan formando un semicírculo para acercarse al complejo de viviendas, sito a unos trescientos metros de distancia.

No se ven luces en las ventanas. «¿Es posible que lo hayamos pillado durmiendo?», se pregunta Keller.

—Tú espera aquí —le dice Aguilar—. Quiero a Barrera vivo.

—Estoy seguro de ello.

Los hombres están preparándose, calzando munición, comprobando las cargas. Uno o dos se persignan y rezan en voz baja.

Adán sale de la casa y recorre el amplio terreno que se extiende frente a ella.

Él y Diego llegaron anoche en coche tras dejar a Magda en el piso franco de Sinaloa. La habría traído con él, pero no sabe a ciencia cierta si la reunión será segura. Y le molesta haber tenido que llegar primero. Sabe que Nacho está demostrando que no es un subordinado.

Nacho llega en helicóptero y Adán se pregunta si es precaución o un acto deliberado de nobleza obliga. Esparza baja del aparato flanqueado por unos guardaespaldas, como si fuera un presidente, con el aire elegante y despreocupado que le infunde un traje de lino. Si Diego es el soldado del cártel de Sinaloa, Esparza es su diplomático. Se acerca a Adán y sus primeras palabras son:

—No podemos quedarnos mucho tiempo.

—Sé que estás ocupado —responde Adán.

Al parecer, Nacho no ha captado la ironía o simplemente decide ignorarla.

—Me alegro de volver a verte, Adán.

—¿Ah, sí? —pregunta Adán.

Nacho sonríe como si no entendiera a qué se refiere.

—Por supuesto.

—Porque hace bastante que volví —dice Adán—. Podrías haber tenido el placer de verme antes.

Sin inmutarse, Nacho responde:

—Hay una recompensa de dos millones de dólares por mi cabeza. Me preocupaba entrar en Puente Grande y no volver a salir.

—Es curioso. Yo tenía la misma preocupación.

—Pagué un millón y medio de razones para que no tuvieras que preocuparte por nada —afirma Nacho.

—Entonces, ¿por qué toda esta presión? —pregunta Adán.

Si Nacho entregó la cantidad adecuada a las personas correctas, no debería haber ninguna.

—Yo podría preguntarte lo mismo, Adanito —dice Nacho—. ¿Por qué toda esta presión?

Adán pasa por alto que haya utilizado ese diminutivo.

—¿Te inquieta que sea un *soplón*?

—No sería la primera vez.

—Y tú fuiste el beneficiario —responde Adán—. En aquel momento no escuché ninguna queja. Nacho, eras el mejor amigo y principal asesor de mi tío y luego mío. No debería haber tensiones ni desconfianzas entre nosotros. No he revelado nada sobre ti. Tenemos que utilizar a las autoridades como podamos. Nadie lo hace tan bien como tú. Y todos los contactos que tengo son también tus contactos.

—Espero que sepas que es mutuo, Adán.

—Lo sé —contesta Adán—, y entiendo otras inquietudes que puedas tener, así que déjame contarte lo que ya le he contado a Diego. No tengo ninguna ambición de ser *patrón*. Entiendo que ahora tienes tu propia organización. Yo quiero ser, como máximo, el primero entre iguales.

Ambos se funden en un abrazo.

—Sabes que te valoro —dice Adán—. Tu sabiduría, tu experiencia. Confío en ti. Dime qué quieres.

—La plaza de Tijuana —susurra Nacho.

—Es de mi hermana —dice Adán.

—No puede conservarla —responde Nacho—. Y la quiero para mi hijo.

Entonces Adán oye un gran estruendo en el cielo.

Keller ve un caza de las fuerzas aéreas mexicanas sobrevolando el rancho.

A baja altura.

—¡Mierda! —exclama.

Se encienden las luces de la *finca*.

—¡Vamos! —ordena Vera.

Inician el avance.

Keller va con él. La prohibición de Aguilar ha caído en saco roto por el apremio de llegar allí antes de que Barrera pueda huir. «Todavía es posible —piensa Keller mientras cruza el prado a galope—. Solo hay una carretera de salida y la tenemos cubierta».

Adán alza la vista y ve un caza aproximándose en vuelo rasante.

Nacho abre unos ojos como platos. Aparta a Adán de un empujón y echa a correr hacia el helicóptero. Tropieza con una piedra, cae y se mancha los pantalones de lino a la altura de la rodilla. Un guardaespaldas lo ayuda a levantarse y lo lleva hacia el helicóptero.

Las aspas empiezan a girar.

Diego se descuelga el AK y busca algo a lo que disparar.

Adán ve hombres avanzando hacia él por el prado. Corre en dirección al helicóptero, que se encuentra a tan solo medio metro del suelo. Nacho mira a Adán e indica al piloto que despegue.

—¡Nacho, por favor!

—Déjale subir —dice Esparza.

Uno de sus guardias ayuda a Adán a encaramarse al helicóptero y Diego salta detrás de él.

El aparato despega.

Mientras sobrevuelan la *finca*, Adán ve a los soldados avanzando. No está seguro, debe de ser su imaginación, pero, por un segundo, le parece ver a Art Keller. Se inclina hacia delante y, tratando de imponerse al ruido de las hélices, grita a Nacho:

—¡Tijuana es tuya, si puedes quitársela a Teo!

Keller ve un helicóptero elevarse por encima de la niebla.

Sobrevuela una vez el complejo y avanza en la otra dirección.

Barrera ha vuelto a esquivar la trampa.

—¡Ha sido deliberado! —grita Keller a Aguilar cuando vuelven al avión.

—Ha sido un error desafortunado —responde Aguilar—. Supuestamente era un vuelo de reconocimiento de alto nivel...

«Un "error desafortunado". Y una mierda —piensa Keller—. «Ha sido deliberado. Era la única manera de advertir a Barrera que se les ocurrió».

Pero ¿a quiénes?

Cuatro agentes federales están esperando cuando el helicóptero toma tierra en un rancho situado más al sur de Nayarit.

Adán mira a Nacho.

—Supongo que te quedarás Tijuana para ti. Y el resto.

—Vamos —dice Nacho.

Se bajan del helicóptero y siguen a los agentes al interior de la casa.

Cuatro millones de dólares después, el helicóptero vuelve a despegar con Nacho Esparza, Diego Tapia y Adán Barrera a bordo.

Keller toma un café en un bar de Condesa y va a comprar a la librería El Péndulo. Elige una novela de Elmer Mendoza, pasea por la avenida Ámsterdam, que en tiempos formaba parte del viejo hipódromo, y se detiene en Paradillas Bariloche para cenar por un precio razonable unas *papas con amor* y *arrachera*. Sentado allí hojeando el Mendoza, sabe que es la viva imagen del divorciado solitario de mediana edad, leyendo solo en una mesa para uno.

«Puede que me haya acostumbrado demasiado a la soledad —piensa—. Puede que me guste en exceso».

Termina de cenar y va caminando hasta el parque México.

Barrera ha cesado toda comunicación: ni llamadas, ni correos electrónicos ni avistamientos, ni siquiera rumores.

Han perdido totalmente el rastro.

La siguiente reunión del Comité de Coordinación Barrera destila un aire post mórtem. Keller mira a sus compañeros y se pregunta cuál ha dado el soplo a Barrera, si es que ha sido alguno de ellos.

También sabe que le han ordenado que mantenga la boca cerrada. Las fuerzas del orden mexicanas tienen un nuevo y reluciente espíritu, y Art Keller no va a mancillarlo. Lo cierto es que no tiene nada sólido, tan solo sospechas.

Y la intuición de que esos dos hombres están a punto de tirar la toalla.

Aguilar tiene razón cuando dice a Keller que la búsqueda de Barrera es solo un elemento de una misión con varias ramificaciones y que ni la SEIDO ni la AFI pueden dedicar todo su tiempo y recursos a lo que parece una empresa cada vez más quijotesca.

Keller capta el subtexto —«vamos a largarte de aquí»— y es demasiado inteligente para acelerar el proceso de su muerte haciendo ruido sobre la corrupción.

—Dejadme embestir un último molino —dice.

Keller observa a través del espejo de vigilancia mientras Aguilar interroga a Sondra Barrera.

«Tiene un aspecto espantoso», piensa Keller.

La Viuda Negra.

—Estuvo usted presente en la fiesta de Navidad de la prisión de Puente —dice Aguilar.

—No sé nada de eso —responde Sondra.

—Bueno, estaba usted allí —insiste Aguilar—. Tenemos testigos.

Sondra no contesta.

—Estaba usted con su hijo, Salvador, y otros miembros de la familia —añade Aguilar.

—No sé...

—¿Dónde está Adán Barrera?

Sondra se echa a reír.

—¿He dicho algo gracioso? —pregunta Aguilar.

—¿Cree que Adán me diría dónde está? —responde Sondra—. ¿Cree que yo se lo diría a usted si lo supiera?

—¿Lo sabe?

Keller tiene claro que Sondra Barrera no siente afecto alguno por su cuñado, pero no lo delataría aunque pudiera. Él es su salario, su pensión y su seguridad social.

—Mi marido está muerto —dice Sondra.

—Soy consciente de ello —replica Aguilar—. ¿Adónde quiere llegar?

—A que Adán tiene instinto de supervivencia —dice Sondra—. Otra gente morirá por él. Nunca lo encontrará.

—¿Mantiene contacto con su hijo Salvador?

—Deje a mi hijo en paz.

Keller nota que está alarmada. Aguilar debe de haberse percatado también, porque insiste.

—Dígame dónde está Adán y no tendré que hablar con su hijo.

—Es bueno —dice Vera a Keller—. Podrás acusar de cualquier cosa a ese mamón tiquismiquis, pero tienes que reconocer que es bueno.

—Por favor, dejen en paz a mi hijo —dice Sondra, que está al borde de las lágrimas.

—Ojalá pudiera.

—Son todos unos cabrones.

—No se halla usted precisamente en una posición de superioridad moral, señora Barrera —dice Aguilar—. ¿Sabe a cuánta gente mató su difunto marido?

Sondra no contesta.

—¿Le gustaría saberlo? ¿Le importa? No, ya me imaginaba. —Le entrega su tarjeta—. Este es mi número. Si Adán se pone en contacto con usted, espero que me llame. Y, por favor, dígale a Salvador que pida cita. No quiero ir a buscarlo al campus y dejarlo en ridículo.

Cuando Sondra y su abogado se marchan, Aguilar entra en la sala y se sienta con Keller y Vera.

—Bueno, ha sido útil.

—Lo ha sido —coincide Keller—. Conozco a Sondra. Le entrará el pánico.

—¿Tenemos sus teléfonos pinchados? —pregunta Vera.

—Por supuesto —responde Aguilar—. Y los de su hijo.

—Luis está entrando en el juego —dice Vera mientras se levanta.

—He estado en el juego en todo momento —responde Aguilar.

Pero Vera ya ha salido por la puerta.

Aguilar se vuelve hacia Keller y dice a la defensiva:

—He estado en el juego.

Sondra llama a un número de Culiacán.

—*... están hablando de cargos por obstrucción.*

—*Es un farol.*

—No es la voz de Adán —afirma Keller.

—No —coincide Aguilar.

—*No pienso ir a la cárcel. No permitiré que mi hijo vaya a la cárcel.*

—*Cálmate. Lo arreglaremos.*

—¿Qué significa eso? —pregunta Keller.

—No lo sé —responde Aguilar.

—*Llámale.*

—*No es necesario. Podemos ocuparnos nosotros.*

—*No irá a dejarnos colgados...*

—*Sabes que él no haría eso.*

—*No, no lo sé.*

—*Sondra...*

Cuelga el teléfono.

—¿Con quién hablaba? —pregunta Keller.

—¿Con Esparza? —dice Aguilar—. ¿Con Tapia? No lo sé.

Pero ahora tienen el número que ha marcado y es una simple cuestión tecnológica el pincharle las llamadas.

Se pasan la noche despiertos. Finalmente, el hombre de Culiacán, que ahora responde al nombre en clave de Fixer, realiza una llamada al prefijo 777: Cuernavaca.

—*Sondra está aterrorizada.*

—*Dile que se tranquilice.*

—*¿Crees que no lo he hecho? Quiere que hablemos con él.*

—*¿Para decirle qué? Soluciónalo.*

—*Obviamente. Si Sondra nos da tiempo.*

—*¿Qué puede contarles?*

—*¿Quién sabe qué información tiene?*

—*Menuda imbécil. ¿Y el chaval?*

—*Es hijo de su padre.*

—*Ese hombre le quiere.*

—*Entonces deberíamos decírselo.*

Keller siente un escalofrío por todo el cuerpo. Esos dos hombres están a punto de ponerse en contacto con Adán.

Los siguientes minutos son una agonía.

Aguilar ordena a un subalterno que traiga a Vera.

El jefe de la AFI aparece veinte minutos después, deslavazado, con chándal y sudadera.

—Espero que sea algo bueno. Llevo semanas seduciendo a esta mujer.

Aguilar le informa.

Se sientan en silencio, contemplando el monitor del teléfono.

Esperanzados, rezando.

Entonces se ilumina.

—«*Cuernavaca*» al habla.

—Vaya —dice Vera—. Es un 555. Un número de Ciudad de México. Barrera está aquí.

«Aquí —piensa Keller—. En Ciudad de México. Qué listo es Barrera. Desaparece del radar colándose debajo de él. Hay que reconocerle a ese hijo de puta que es tan inteligente como arrogante».

Típico de Adán Barrera.

Keller escucha a «Cuernavaca» decir:

—*Soy yo.*

—*¿Qué pasa?*

—¿Es Barrera? —pregunta Aguilar.

—No lo sé —responde Keller.

Oyen a «Cuernavaca» exponer el problema con Sondra Barrera. Entonces, el receptor de la llamada dice:

—*Pendejos. ¿Por qué tienen que interferir en las familias?*

Keller asiente. Es él.

—*¿Qué quieres hacer?* —pregunta «Cuernavaca».

—*Dile que has hablado conmigo y que vamos a solucionarlo. Mándalos de vacaciones o algo así.*

—Atizapán —dice el técnico, refiriéndose a una población situada a las afueras de Ciudad de México—. 5871, calle Revolución.

Cuernavaca dice:

—*¿Crees que... deberíamos...?*

—*Es la mujer de mi hermano.*

La llamada finaliza. Vera sonríe.

—¿Acabamos de oír a «Cuernavaca» proponer que maten a la cuñada de Barrera?

Keller ya está al teléfono con la DEA para solicitar una pasada de satélite.

A primera hora de la mañana ya han descubierto algo.

—Mirad esto —dice Keller.

Les muestra una granulosa imagen de Adán Barrera en el terrado de la casa, contemplando el barrio, taza de café en mano. Solo permanece un minuto y luego vuelve dentro.

—Es él —dice Keller.

—¿Estás seguro? —pregunta Aguilar.

Keller se ha percatado de que el jefe de la SEIDO es un hombre cauteloso que coteja una y otra vez los «hechos» para cerciorarse de que, en efecto, son hechos y no rumores o desinformación deliberada. La imagen es poco nítida, pero Keller está razonablemente seguro de que es Adán: la corta estatura, los mechones de pelo negro cayéndole sobre la frente...

—Aventura un porcentaje —insiste Aguilar.

—Ochenta y cinco —dice Keller.

—Ochenta y cinco está bien —comenta Vera.

Keller quiere ponerse manos a la obra inmediatamente. Solicita y obtiene otra pasada de satélite con capacidad megaaudio y se sienta a escuchar lo que cree que es la voz de Adán en el interior de la casa.

Hablando con una mujer.

—*¿Te apetece tinto o blanco?*

—*Esta noche creo que tinto.*

—¿Es ella? —pregunta Keller—. ¿Magda Beltrán?

La reina de la belleza.

Aguilar se encoge de hombros.

—Los narcos tienen muchas mujeres.

—Adán no —dice Keller—. Es más bien monógamo en serie.

Comparan el audio con las grabaciones que realizó la DEA de Adán y el parecido es notable.

—Sabemos que ahora mismo está en la casa —dice Keller—. Hagámoslo ya.

—Es demasiado arriesgado —responde Aguilar.

Vera, normalmente el más agresivo, opina lo mismo.

—Hay demasiadas posibilidades de que mis hombres se disparen unos a otros en un fuego cruzado.

—O a un civil —tercia Aguilar.

Es frustrante. Los soldados de la AFI son buenos, un creciente número de ellos ha recibido entrenamiento en Quantico, pero Keller echa de menos a las fuerzas especiales estadounidenses, con su alto nivel de formación y equipos. Sabe que no ocurrirá. Washington nunca enviaría tropas estadounidenses a suelo mexicano, y Los Pinos tampoco lo aceptaría, pero, en ese momento, Keller daría cualquier cosa por contar con agentes especiales que prefirieran combatir por la noche.

Sin embargo, todo está en manos de los mexicanos, que deciden esperar a que amanezca. Aguilar envía a su mejor equipo de vigilancia al lugar y Vera a unos efectivos de la AFI con ropa civil por si Barrera trata de abandonar la casa.

—Lo tenemos acorralado —dice Vera a Keller para tranquilizarlo—. No va a ir a ninguna parte. Estará allí por la mañana.

Eso espera Keller.

Adán no lleva tanto tiempo libre porque haya sido descuidado y sin duda tiene hombres vigilando la casa, además de *halcones*, o vigías, en la calle. Por no hablar de un errado ciudadano de a pie que ve a Barrera como una especie de Robin Hood y que podría hacerse rico muy rápido advirtiendo al *patrón* de la presencia de desconocidos en el barrio.

Pero ahora los «desconocidos» —cuatro vehículos blindados llenos de soldados de la AFI con pasamontañas negros y chalecos antibalas Kevlar— están apostados a varias manzanas del edificio. Van pertrechados con rifles automáticos, granadas aturdidoras y botes de gas lacrimógeno. Dos helicópteros aguardan el despegue en cuanto dé comienzo la batida y dejarán a más efectivos de la AFI sobre el tejado.

Keller exhorta al sol a despabilar.

La casa estará llena de *sicarios* y, adormecidos o no, lucharán para proteger a Barrera. Habrá disparos. «Y cuando empieza el tiroteo —piensa Keller—, la distinción entre justicia y venganza tiende a difuminarse».

Entonces oye la voz de Vera por radio.

—Dos minutos.

En opinión de Keller, el plan es sencillo, tal vez demasiado. Cuando reciban la orden, los vehículos se dirigirán hacia el edificio, los soldados de la AFI saldrán, abrirán la puerta a patadas y entrarán mientras otros custodian el acceso posterior y bloquean las calles. Los agentes de la SEIDO llegarán después para practicar detenciones, recabar información y pruebas y requisar teléfonos móviles, ordenadores, dinero en efectivo y armas.

Aguilar comprueba que su revólver reglamentario está cargado y se enfunda el chaleco antibalas. Luego se vuelve hacia Keller y dice:

—Tú te quedarás en el vehículo. Sacaremos a Barrera y lo identificarás. ¿Queda claro?

—Ya te oí la decimoquinta vez.

Permanecen sentados en silencio unos interminables noventa segundos hasta que oyen a Vera decir:

—Vamos.

Aguilar sale del coche detrás de sus hombres.

Keller lo observa avanzar calle abajo, saca la pistola y lo sigue.

—*¡Juras! ¡Juras!*

Keller oye a los *halcones* gritar que viene la policía, pero los vigías, en su mayoría niños, huyen en cuanto las tropas de la AFI salen de los vehículos.

Empiezan a llegar disparos desde las ventanas y el tejado.

Vera parece ajeno a las balas que silban a su alrededor. Pistola en mano, ordena a los hombres que cargan con el ariete que echen la puerta abajo. Más temerosos de él que de las balas, los soldados embisten.

La puerta se desgozna y empuja los cables de las granadas que cuelgan del alféizar a la altura de la cintura.

Keller ve la explosión y dos soldados salen despedidos.

—¡*Muévanse*! —grita Vera a los aturdidos supervivientes.

El grupo retrocede para esquivar las balas y miran a sus dos compañeros, que yacen en la calle inmóviles como marionetas.

—¡*Rajados*! ¡Cobardes! —grita Vera—. ¡Entraré yo!

Vera echa a correr.

Sus hombres le siguen.

Keller también. Se dirige a toda prisa hacia la casa, recordando Vietnam y su instrucción en Quantico —«No corras hacia tu muerte»— y reserva oxígeno para el tiroteo.

E, igual que en Vietnam, oye a los helicópteros acercarse.

El lugar es un caos.

No hay electricidad y por las escasas ventanas se filtra una tenue luz. Gritos de dolor y el tableteo de armas automáticas hienden el aire. La carnicería es espantosa, aunque es difícil distinguir a los narcos de los soldados de la AFI. Keller oye a Vera dando órdenes a voz en cuello desde la otra punta de la casa.

Esquivando cadáveres y heridos, Keller busca las escaleras. Adán no estaría en la planta baja ni en la superior. Estaría en la segunda, en la parte de atrás, lo cual le brindaría la posibilidad de escapar por una ventana.

«Si es que está aquí —piensa Keller—. Ha sido una emboscada, una emboscada que ha caído en una trampa. Estaban listos para recibirnos.

»Pero la grabación de audio decía que está aquí. O al menos lo estaba».

Keller da con las escaleras y empieza a subir empuñando la pistola.

Entonces tropieza con las piernas de Aguilar.

El abogado está sentado en el descansillo, con la espalda apoyada en la pared y las piernas extendidas, agarrándose el brazo derecho con la otra mano. Tiene la típica mirada vidriosa de los heridos.

Ve a Keller.

—Se suponía que debías quedarte en el coche —dice Aguilar en voz baja.

Keller se agacha. La herida es irregular. Es metralla, no una bala. Keller le rompe la manga y la utiliza como torniquete.

—Los médicos están de camino. No te desangrarás.

—Vuelve al coche.

Keller continúa subiendo.

Una granada repiquetea contra los escalones.

Antes de que pueda moverse, le estalla al lado de los tobillos. El humo se concentra y le impide respirar. No ve nada. Tambaleándose escaleras arriba, oye los disparos de las tropas de la AFI que intentan descender desde el tejado. Delante de él aparece un *sicario* entre el humo. Parece confuso al ver a Keller, pero empuña su AK.

Keller le descerraja dos tiros en el pecho y el hombre se desploma.

Lo aparta para pasar y llega a lo alto de las escaleras. Abre la primera puerta que encuentra y ve a...

Adán...

... al lado de la cama...

... con una pistola en la mano derecha.

—No lo hagas —dice Keller.

Con la esperanza de que lo haga.

Barrera apunta.

Keller dispara.

La primera bala le arranca la parte inferior de la mandíbula.

La segunda entra en el ojo izquierdo.

La sangre rocía la pared.

La mujer grita.

Keller baja el arma.

Vera se acerca por detrás.

Juntos, contemplan el cadáver.

El cabello negro, la nariz ligeramente chata, los ojos marrones.

Bueno, un ojo marrón.

—Felicidades —dice Vera.

—No es él —responde Keller.

—¿Qué?

—Que no es él, joder.

Adán ya ha utilizado dobles en otras ocasiones, al menos tres durante su guerra con Palma, y, cuando Keller ve el cuerpo de cerca, lejos del caos, la adrenalina, la oscuridad y el humo, se da cuenta de que no era Adán y de que la redada ha sido una trampa.

Keller, Vera y los soldados de la AFI registran toda la casa y lo encuentran en una de las habitaciones del piso superior.

Han arrancado la bañera y ahí está: la boca de un túnel.

Keller entra de un salto.

Apuntando con la pistola, desciende por el túnel iluminado. Tiene la esperanza de que Barrera esté dentro, escondido en algún lugar, pero lo más probable es que, de ser así, vaya acompañado de un ejército de *sicarios* para protegerlo.

Keller sigue avanzando de todos modos.

Vera, empuñando su arma, va detrás de él.

Caminan por debajo de la calle y llegan al final del túnel, donde encuentran otra escalera de metal. Keller sube y abre la trampilla, que da a otra casa.

Está vacía.

Barrera se ha ido.

Aquella tarde ofrecen una rueda de prensa. Aguilar se oponía a publicitar lo que había sido un tiroteo desesperado cerca de la capital de la nación, pero Vera insistió.

—No solo debemos combatir a los cárteles —argumentó—. Debemos ser vistos combatiendo a los cárteles. Es la única manera de restablecer la confianza ciudadana en las fuerzas de la ley.

En la embajada, Keller ve por televisión a Vera describiendo la peligrosa redada y el intenso tiroteo, y rindiendo tributo a los hombres osados que han dado su vida. Después alaba la diligente labor de la SEIDO y presenta a Luis Aguilar, «quien, como pueden ver, derramó su sangre en la búsqueda de este criminal».

Aguilar lee torpemente un comunicado mecanografiado.

—Lamentamos nuestro fracaso en esta misión. Sin embargo, aseguramos a la ciudadanía que la batalla continuará y debemos...

Vera rodea a su amigo con el brazo.

—Somos Batman y Robin. —Vera mira fijamente a cámara—. Y tiene razón. La batalla no ha hecho más que empezar. No cejaremos en la búsqueda de Barrera, pero ahora me dirijo al resto de los narcotraficantes que hay ahí fuera. Vamos a por vosotros. La próxima vez estaremos en Tijuana.

—¿Qué hay de la reina de la belleza? —pregunta un periodista—. ¿Dónde está Miss Culiacán?

Vera vuelve a intervenir.

—No estaba en la casa. Pero no se preocupen. La encontraremos y le pondremos una banda nueva.

Los periodistas se echan a reír.

La batalla comienza al día siguiente.

—Te vas a casa —anuncia Aguilar a Keller.

—Por supuesto —responde Keller—. En cuanto Barrera vuelva a estar entre rejas o en una tumba.

—Ahora —insiste Aguilar—. Es demasiado peligroso, no solo para ti, sino para otros. La puerta trampa quizás iba dirigida a ti, pero lo pagaron otros con su vida.

—Eso hacen los soldados —dice Vera.

—Son policías, no soldados —precisa Aguilar—. Y esto es una misión de las fuerzas del orden, no una guerra.

—No te engañes —replica Vera.

—Me opongo a la militarización de...

—Eso cuéntaselo a los narcos —interrumpe Vera—. Si Keller quiere quedarse hasta que terminemos el trabajo, estoy dispuesto a contar con él. Si desea continuar.

Keller lo desea.

Adán Barrera sigue ahí fuera, en su mundo.

La Tuna, Sinaloa

Adán sale al pequeño balcón del dormitorio principal de su finca.

El rancho pertenecía a su tía y fue abandonado en los años setenta, cuando llegó la DEA y destruyó los campos de amapolas con fuego y veneno. Miles de campesinos y gomeros —ahora refugiados— huyeron de sus casas de la montaña.

La finca de la tía Delores permaneció vacía durante años y solo albergaba cuervos.

Desde su regreso a México, Adán ha invertido millones en reformar la casa principal y los edificios anexos, y varios más en convertir el rancho en una fortaleza con muros altos, torres de vigía, sensores de sonido y movimiento, casitas que dan cobijo a los sirvientes y barracones para los *sicarios*.

Para Adán es una suerte de vuelta a la inocencia, a los idílicos días de su adolescencia, cuando venía aquí para escapar del calor del verano en Tijuana y sumergirse en las frías aguas de las canteras de granito; a las cenas familiares en grandes mesas bajo los robles, escuchando a los campesinos tocar tambores y guitarras, y a las *abuelas* contar historias de tiempos a los que su memoria no alcanza.

Una buena vida, una vida rica, una vida que destruyeron los estadounidenses.

«Es agradable estar en casa», piensa Adán.

Pese a la estupidez de Sondra.

La estúpida e insulsa Sondra era un peón perfecto para unos y otros, pero no supuso ningún problema. Él y Magda fueron al piso franco de Atizapán, se dejó ver y oír y luego se escurrió de la red que habían tendido alrededor de la casa.

El doble ya estaba allí, un idiota feliz que estaba encantado de disfrutar de una bonita casa y de una hermosa mujer durante unos días, una puta de lujo que se parecía a Magda en los aspectos más superficiales.

Adán se ocupará de la familia de su doble.

Lo único malo es que Keller no murió en la emboscada. Habría sido perfecto: el estadounidense asesinado en una redada fallida de la cual no podían responsabilizar a Adán. Pero Keller sigue ahí, vivo, y Magda continúa insistiendo en que lo deje en paz.

—Ahora hay demasiado en juego —dice—, demasiadas cosas para arriesgar otra vez.

Adán mantiene la «suspensión», pero insiste en que es solo eso, una suspensión. A diferencia de Estados Unidos, en México no existe la pena capital, pero a Adán le gusta imaginarse a Keller habitando una celda móvil en el corredor de la muerte.

Tras la redada, Adán consideró que sería más seguro trasladarse al rancho de Sinaloa, situado a las afueras de La Tuna, en lo alto de las montañas de Sierra Madre. Su convoy ascendió por carreteras serpenteantes —ahora polvorientas, pero a menudo intransitables debido al barro de la época de lluvias—, atravesando diminutas aldeas construidas con restos de madera y chapa corrugada.

Pese a la riqueza que reporta la producción de droga, el Triángulo sigue siendo una de las regiones más pobres de México. Allí casi todos son campesinos, como lo han sido siempre. El hecho de que cultiven amapolas y *yerba* en lugar de maíz es un mero detalle.

Para la mayoría, la vida nunca cambia.

Era agradable volver a casa.

—¿Es aquí donde te criaste? —preguntó Magda al ver los extensos campos verdes con las montañas al fondo.

—Venía en verano —dijo Adán—. La verdad es que soy un chico de ciudad.

El coche franqueó la puerta, recorrió el camino de macadán, bordeado de juníperos altos y rectos como soldados en un desfile, y se detuvo en la rotonda de gravilla situada frente a la casa principal.

—¿No hay foso? —preguntó Magda.

—Todavía no.

Magda contempló la casa principal, un edificio de piedra de dos plantas con una estructura central flanqueada por dos alas que forman un ángulo de cuarenta y cinco grados. En la parte delantera de esa estructura central había un gran pórtico con columnas de mármol; en la segunda planta de ambas alas sobresalían unos balcones.

—Es una mansión —dijo Magda.

—Más de lo que yo necesito o quiero —respondió Adán—, pero hay que cumplir expectativas.

Un rey debe tener un castillo, le guste o no. Es lo que se espera de él y, si el rey no construye uno, puede estar seguro de que lo harán sus duques.

En la cárcel, gestar la reforma se convirtió en una especie de afición. Adán se reunió con arquitectos y constructores, aprobó planos e incluso dibujó algunos bocetos. Le daba algo que anhelar.

Muchas narcomansiones son monumentos al mal gusto. Adán hizo cuanto estuvo en su mano por evitar la ordinariez y la ostentación, conservando las líneas clásicas del viejo estilo de Sinaloa a la vez que lograba que la casa irradiara el nivel adecuado de riqueza y poder.

Al fin y al cabo, los Barrera llegaron a las Sierras a principios del XVII como hidalgos, caballeros de fortuna españoles, y durante siglos conquistaron a los indios locales en una guerra brutal y sangrienta. Ellos eran aristócratas, no *indios* como lo son tantos nuevos ricos dedicados al narcotráfico.

Así que Adán sentía la obligación de ser sobrio.

En cualquier caso, era su naturaleza.

Enseñó la casa a Magda y subieron al dormitorio principal. Las gruesas paredes la mantienen fresca en verano y caliente en invierno y las sirvientas habían rociado las sábanas con agua helada.

Después de hacer el amor, Magda preguntó:

—¿Y qué hago ahora?

—¿Vivir?

—¿Como la señora de la casa? —preguntó Magda—. ¿Supervisar al personal, organizar fiestas, ir de compras a Culiacán con las demás esposas, ir a hacerme el pelo y las uñas? Me moriré de aburrimiento. Necesito algo más. Algo para ganar dinero.

Adán observó su forma larga y esbelta tumbada como un gato y vio que estaba totalmente despierta y no iba a dejarle dormir.

—El dinero no es tu problema en la vida.

—Lo será algún día —dijo Magda—. Ya no seré guapa o te cansarás de mí, o yo de ti, o empezarás a buscarte una señorita joven para formar una nueva familia. ¿Qué se supone que haré entonces?

—Yo siempre cuidaré de ti.

—No quiero que cuiden de mí —respondió— como si fuera una *segundera* acabada a la que sacan a pastar. Quiero participar en el negocio.

—No.

—No puedes impedírmelo.

—Claro que puedo —dijo Adán, pero la admiraba por intentarlo.

—Podría serte útil.

—¿Ah, sí? ¿Cómo?

—Podría ayudarte a restablecer tus contactos colombianos de la cocaína —respondió Magda.

—Los contactos de Nacho y Diego son mis contactos —dijo él.

—Por favor, escúchate. Eso solo demuestra lo mucho que me necesitas.

«Tiene razón», pensó Adán. Magda sería una embajadora eficaz. A los colombianos les resultaría difícil resistirse a una mujer hermosa e inteligente y sus consejos siempre habían sido lúcidos.

—¿Y qué querrías a cambio de esos servicios? —preguntó.

Magda sonrió, sabedora de que había vencido.

—Un porcentaje de la cocaína que traiga. Y protección para que no sea una empresa estéril.

—¿Y qué más?

Por su mirada, Adán sabía que no había terminado.

—Un puesto a la mesa —dijo Magda.

—Que ya tienes.

—No a la mesa del comedor —repuso—. A la mesa de los hombres.

—No te aceptarán.

—Haré que me acepten —dijo ella.

Ahora, contemplando las montañas, Adán se da cuenta de que cree en ella y de que tal vez no importe. Osiel Contreras lo quiere muerto y dispone de los hombres y los medios necesarios para hacerlo.

Necesita más fuerza.

Necesita una alianza.

La mesa está preparada en la sala posterior de un exclusivo restaurante de Cuernavaca.

Citarse en territorio neutral ha sido idea de Nacho para tranquilizar a Vicente Fuentes. Nacho ha garantizado la seguridad de todos: Fuentes, los Tapia, Adán y los otros socios importantes provenientes de Sinaloa.

Aun así, todos van armados.

Policías de incógnito protegen la puerta de otros agentes de Cuernavaca, de los medios de comunicación y de los narcos importantes que no han sido invitados: Teo Solorzano y Osiel Contreras.

A conciencia, Adán ni siquiera menciona la presencia de Magda, como si no fuera nada destacable. Pero lo es. Está deslumbrante con un vestido de lamé dorado con un gran escote que Vicente Fuentes no comenta pero en el que sin duda está pensando cuando se inclina para besarle la mano.

Vicente mira a Adán y dice:

—Debe de ser Semana Santa.

—¿Por qué?

—Porque te has levantado de entre los muertos. —Los invitados que ya han entrado en la sala se echan a reír. Animado por su público, Vicente continúa—: Tienes buen aspecto para ser un cadáver, Adán.

Los Fuentes son originarios de Sinaloa y la familia ha dominado la plaza de Juárez durante años. Vicente no posee el carisma ni el cerebro de su difunto tío. Es disoluto y ostentoso y está demasiado ocupado con la coca y las mujeres para dirigir bien su negocio.

«Y es un vago», piensa Adán. Demasiado haragán para idear soluciones a problemas complejos, así que su única reacción es la más fácil: matar. Ordena asesinatos como quien pide comida china para llevar, y muchos de sus hombres están cansados. Temerosos de que una mera palabra o un malentendido pudiera convertirlos en las siguientes víctimas, muchos acudieron a Adán tras su regreso a México.

Vicente está disgustado por ello y considera a Adán una amenaza. Mantener la relación con Nacho, que mueve grandes cantidades de cristal a través de Juárez, es el único motivo por el que ha accedido a participar en la reunión.

—Cuando Nacho me dijo que estabas vivo —dice ahora Vicente—, me puse a llorar.

«Estoy seguro de ello», piensa Adán.

—¿También ha venido Elvis? —pregunta Vicente.

Alberto Tapia no encaja bien la broma.

—¿Quieres conocer a Elvis, Vicente? Porque a lo mejor podemos solucionarlo.

Vicente se lleva la mano a la pistola que lleva en el cinturón.

Alberto hace lo mismo.

Nacho interviene.

—No me hagan quedar por mentiroso, caballeros.

Vicente aparta la mano del arma.

«Se cree demasiado guapo para morir —piensa Adán—. Cree que sería una pérdida demasiado grande para un mundo necesitado de belleza». Alberto espera a que Vicente actúe primero y, sonriendo, retira la mano de la pistola.

«Pero podría haber sucedido así de rápido —piensa Adán—. Los planes que he trazado durante años podrían haberse desmoronado en un estúpido intercambio de insultos. Dirigimos un negocio de miles de millones de dólares y nos comportamos como pandilleros baratos». Se recuerda a sí mismo que debe pedir a Diego que tenga controlado a su hermano pequeño.

Martín Tapia decide poner fin a la incómoda interrupción.

—Caballeros, y señora, la cena está servida.

Toman asiento.

Adán detesta pronunciar discursos.

Fue el parlamento de su tío hace casi treinta años —en una cena como esta— el que gestó la Federación, y Adán sabe que los allí presentes esperan un espectáculo igual.

Teme no estar a la altura.

—Los sinaloenses creamos la *pista secreta* —dice Adán—. Llevamos el tráfico en la sangre, en los huesos, en el agua que bebemos y en el aire que respiramos. Lo hicimos aflorar. Cuando los *yanquis* destruyeron nuestros hogares y nuestros campos y nos desperdigaron como hojas secas al viento, nos negamos a morir. Nos reformamos, creamos la Federación, dividimos el país en plazas y lo dirigimos.

Los hombres sentados a la mesa asienten.

—Cuando Sinaloa dirigía el tráfico de drogas —prosigue Adán—, lo hacía eficientemente y todo el mundo ganaba dinero. Era un negocio.

Está diciéndoles lo que ya saben, recordándoles a su tío y el reino de paz y abundancia, breve pero hermoso, al que dio pie.

—Ahora vamos a recuperar lo que es nuestro —afirma. Deja que lo asimilen unos instantes y añade—: Mi intención es reunir todas las plazas, todos los denominados cárteles, grandes y pequeños, bajo nuestro liderazgo. Serán dirigidos por nosotros, por sinaloenses y solo sinaloenses. Por eso estáis aquí esta noche. Somos la misma sangre. Por tanto, quiero proponer una alianza, una *alianza de sangre*.

Adán espera unos segundos a que calen sus palabras, cuidadosamente escogidas. Una «alianza» de iguales, no un imperio con él a la cabeza. Una alianza basada en la vieja familia y en unas relaciones culturales que se remontan a hace varios siglos. También les deja oír lo que no ha dicho. No hace mención alguna al cártel del Golfo. Ellos no son sinaloenses.

Se dirige a todos los hombres de la sala, pero su verdadero objetivo es Vicente.

Los Tapia ya han aceptado, por supuesto, al igual que Nacho, pero, si Adán quiere conseguir lo que desea, necesita a Vicente, necesita la plaza de Juárez para mover su producto.

—¿Y cómo funcionaría exactamente esta alianza de sangre? —pregunta Vicente.

—Protegeremos los intereses de los otros, nos defenderemos en caso de un ataque externo y permitiremos a los demás mover producto a través de nuestras plazas, pagando un *piso*, claro —responde Adán.

—Pero Adán no tiene ninguna plaza —dice Vicente, ignorando intencionadamente al orador—. Barrera está ofreciendo algo que no posee. Me han dicho que ya ni siquiera domina Tijuana.

«¿Me han dicho? —piensa Adán—. ¿O estás detrás de Solorzano?». Pero se calla. Después se vuelve hacia Vicente y dice:

—Lo que tenemos es producto y protección. Tenemos policías y políticos. Estamos dispuestos a compartir, pero solo con los de nuestra sangre.

Vicente no cede.

—¿Estás diciendo que solo moverás tu producto en Juárez? ¿Ni en Laredo ni en el Golfo?

Diego está harto.

—Moveremos nuestro producto donde nos dé la gana.

—En Juárez no —responde Vicente—. A menos que yo lo permita. No cuando Adán ya está cazando furtivamente en mi territorio y robándome a mi gente.

«Esto empieza a torcerse», piensa Adán. No es lo que él quería.

Entonces Magda tercia:

—Aquí somos todos amigos, somos todos familia. Las familias tienen pequeñas trifulcas, pero no significan nada. Seamos sinceros: al final, todos necesitamos una familia. La familia es lo único en lo que podemos confiar.

Magda toca la mano a Vicente, que comprende a qué se refiere. Su territorio está flanqueado al este por el cártel del Golfo y al oeste por Tijuana, donde es posible que Solorzano tenga ambiciones propias. Pero es el territorio del Golfo el que le preocupa. El poder de Contreras está creciendo a diario y es solo cuestión de tiempo que empiece a poner la mirada en la rica plaza contigua.

Vicente necesita protección y si Adán se la ofrece... Bueno, ¿qué son unos pocos desertores, sobre todo si Adán garantiza que todos pagarán el *piso*? Y si también pagan a Adán, es dinero de sus bolsillos, no del suyo propio.

Una alianza de sangre es una alianza contra Contreras. No una declaración de guerra —eso sería una estupidez—, sino una declaración de fuerza que podría impedir una invasión. Tal vez desaliente a Tijuana. Y la mujer de Adán, al plantearlo como una cuestión de familia, le ha brindado la oportunidad de desechar su argumento sin perder su prestigio.

Adán prácticamente puede ver al hombre meditar. Finalmente —finalmente— Vicente habla.

—La sangre es la sangre. Si Adán acepta que todos los que muevan producto en nuestra plaza paguen el *piso*...

—Lo acepto —dice Adán.

—... y nos ofrece el beneficio de sus contactos, nos uniremos a su *alianza de sangre.* —Vicente se pone en pie, levanta su copa de vino y propone un brindis—: Por la *alianza de sangre.*

Adán brinda.

—Por la *alianza de sangre.*

Adán se tumba en la cama junto a Magda.

La reunión a punto ha estado de acabar en desastre, cosa que ella ha evitado, pero al final ha conseguido lo que quería: una alianza que contrarrestará a Contreras y hará que se lo piense dos veces antes de intentar asesinarlo de nuevo.

Corren voces de que Contreras está realizando movimientos en Nuevo Laredo, en las mismísimas narices de Fuentes. Desde los tiempos del opio chino, a principios de siglo, Nuevo Laredo ha estado controlado por dos familias, los García y los Soto, y los Barrera llevan años haciendo buenos negocios con los primeros, que aplican un descuento en el *piso.* Si el CDG se apoderara de Laredo sería un desastre que les costaría miles de millones, piensa Adán. Y lo que es peor, otorgaría más poder a Contreras.

No pueden permitírselo.

Magda le pasa el dedo índice por la sien.

—¿No se cansa nunca esa cabeza tuya?

—No puede.

Magda se inclina y le desabrocha la bragueta.

—¿Ni siquiera cuando hago esto? —Se detiene un segundo y pregunta—: ¿Todavía estás pensando?

—No.

—Mentiroso.

—Necesito que vayas a Colombia —dice Adán.

—¿Ahora mismo?

—Ahora mismo no.

—Ah.

Más tarde, Adán pregunta:

—¿Dónde aprendiste eso?

Magda se levanta de la cama.

—Haré las maletas esta noche. Saldré por la mañana. Me echarás de menos.

—Lo haré.

—Encontrarás a otra mujer —dice Magda—, una virgen idiota. Pero nadie podrá hacerte eso.

La echará de menos.

Pero estará ocupado.

«Ha llegado la hora de actuar contra Contreras en el Golfo. Tengo motivos —piensa Adán—. Fue él quien empezó la guerra cuando intentó matarme en Puente Grande».

Primero el Golfo.

Luego Tijuana.

Después Juárez.

La nueva *alianza de sangre* se convertirá en la vieja Federación.

«Y yo seré el *patrón*».

Keller descansa en la cama de su apartamento.

Su soledad es un dolor leve, como el recordatorio de una vieja herida, una cicatriz que ya no notas porque ha pasado a formar parte de ti.

«¿Como tu obsesión por Barrera? —se pregunta—. ¿Existe un propósito legítimo, una razón, una causa, o simplemente forma parte de ti, una enfermedad de la sangre, una obstrucción del corazón?

»Fue agradable disparar al hombre al que tomaste por Barrera, ¿verdad? Ver el miedo en sus ojos. Al final, tienes que reconocer que fue agradable.

»Aguilar tiene razón: es probable que la emboscada en la casa fuese dirigida a mí. Bien mirado, es curioso que Barrera y yo pensáramos que nos habíamos matado el uno al otro.

»Y ambos nos equivocábamos».

SEGUNDA PARTE

LA GUERRA DEL GOLFO

They bought up half of Southern Texas
It's why they act the way they do.

CHARLIE ROBISON,
New Year's Day

1

EL DIABLO ESTÁ MUERTO

Some say the devil is dead,
the devil is dead, the devil is dead
Some say the devil is dead,
and buried in Killarney.
More say he rose again,
more say he rose again, more say he rose again.

Canción tradicional irlandesa

Nuevo Laredo, Tamaulipas
2006

Keller observa a la chica contonearse en la barra de estriptis en una patética parodia de la lujuria.

Está sentado solo en una cantina de La Zona —la Zona de Tolerancia—, más conocida como Boy's Town, un área cercada de bares, clubes de estriptis y burdeles frecuentados eminentemente por adolescentes y universitarios que llegan por los puentes de río Grande desde Laredo, Texas.

«*Los dos Laredos*», piensa Keller.

Uno en México y el otro en la otra margen del río, en Texas.

Ambas ciudades constituyen el puerto interior más transitado del hemisferio. Alrededor de un setenta por ciento de todas las exportaciones mexicanas que van a Estados Unidos pasan por Nuevo Laredo para llegar a su ciudad hermana del otro lado de la frontera.

Eso incluye la droga.

Mucha droga.

Keller contempla a la chica y su desganada rutina, que es casi profiláctica en sí misma. Es joven y delgada, y sus ojos están vacíos, incluso cuando intentan mirar fijamente a los hombres para que deslicen billetes en un tanga amarillo que no le sienta bien. Sus movimientos son más robóticos que eróticos.

La chica se mueve con el piloto automático y Keller está convencido de que va colocada.

El lugar no podría ser más deprimente. Universitarios estadounidenses borrachos, hombres tristes de mediana edad, camareras y putas aún más tristes y, por supuesto, narcos. No son los grandes, sino traficantes de baja o media categoría y aspirantes, en su mayoría vestidos con el atuendo del narcovaquero *norteño*.

Keller bebe otro trago de cerveza. Este bar, como casi todos en La Zona, solo sirve cerveza y tequila, y ha elegido una botella de Indio.

Corren días malos e inquietantes para Art Keller.

La pista de Adán Barrera se ha enfriado más que el corazón de un cobrador de deudas.

Después del tiroteo en Atizapán, Barrera desapareció del radar. No ha habido actividad en teléfonos móviles ni en Internet, ni movimientos discernibles. Tampoco los «avistamientos de Adán» que solían iluminar las centralitas telefónicas como si fueran Times Square al anochecer. Keller no es capaz de encontrar pistas sólidas, tan solo rumores, algunos de los cuales aseguran que Barrera se ha retirado de la *pista secreta* y quiere vivir su vida en paz y reclusión.

Keller no se lo traga.

Si Barrera está tranquilo es por algún motivo, y el motivo siempre es malo. Adán no está jugando al bridge, ni yendo de crucero ni mejorando su *swing* de golf. Si mantiene la discreción es porque está a punto de realizar un movimiento.

La cuestión es dónde.

Barrera necesita una parte de la frontera.

Una plaza.

Keller cree que será el Golfo.

El cártel del Golfo, el CDG, no está formado por sinaloenses, así que no encajan en el festival de amor del «somos familia». Su jefe, Osiel Contreras, es un pandillero de Matamoros que carece del pedigrí de Culiacán que normalmente constituye un requisito previo para la realeza narco. Así que es un blanco potencial, sobre todo cuando Adán averigüe que, de todos modos, ha puesto a Contreras en el trono del Golfo al delatar a su predecesor.

Barrera ve a Contreras como un calientasillas.

Contreras no.

Contreras se ve a sí mismo como el próximo *patrón*.

Su poder está creciendo. El CDG ha ampliado recientemente sus bases de Matamoros y Reynosa y amenaza Nuevo Laredo. Ha absorbido, así, a la familia Soto, que solía dirigir la zona este. «Y Contreras tiene un ejército propio —los Zetas—, entrenado por nosotros», piensa Keller con rabia.

En Fort Benning.

Para combatir el tráfico de drogas.

De modo que, ahora, el CDG de Contreras se ha hecho con todo el estado de Tamaulipas, cosa que en la práctica lo convierte en el narco preponderante en el país.

«Pero es la vieja historia de siempre», reflexiona Keller cuando una nueva chica —mayor que la anterior y aún más cansada, si cabe— empieza a girar alrededor de la barra. Algunas fuentes afirman que Contreras está consumiendo su propio producto, esnifando montañas de cocaína, y que ello está alimentando su paranoia.

Y su ira.

Recientemente, eso le hizo pifiarla a lo grande.

En Matamoros, dos agentes de la DEA llevaban en su coche a un informador. Contreras ordenó a varios de sus hombres que rodearan el Ford Bronco, se bajó de su propio vehículo y, empuñando un AK-47 chapada en oro y con un Colt de culata dorada en el cinturón, se plantó delante de los agentes y exigió que le entregaran al soplón.

Ellos se negaron y Contreras amenazó con matarlos.

En México no está permitido que los agentes de la DEA lleven armas, así que estaban indefensos.

Sin embargo, opusieron resistencia y aseguraron que no iban a entregar a aquel hombre, pues sabían que iban a morir de todos modos. Las palabras exactas que dijo el agente a Contreras se han convertido en una leyenda en la DEA: «Mañana, pasado y el resto de tu vida te arrepentirás de cualquier estupidez que cometas ahora. Acabarás haciendo trescientos millones de enemigos».

Todo el mundo recordaba aún la enorme cacería emprendida tras el asesinato de Ernie Hidalgo. Recordaban especialmente que las obsesivas ansias de venganza de Keller habían acabado con los Barrera.

Contreras también lo recordaba y se echó atrás.

La reacción de Washington fue excesiva al incluir a Contreras en lo más alto de la lista de los más buscados, justo por debajo de Bin Laden, y ofrecer una recompensa de dos millones de dólares por su cabeza. Luego compraron Suburban blindados para cada una de las ocho oficinas de la DEA en México. Los vehículos fueron un gesto, la recompensa simbólica. Nadie en su sano juicio iba a intentar cobrarla.

Pero Osiel Contreras ha superado a Adán Barrera como objetivo número uno. En su contra se han formulado cargos por tráfico de drogas a ambos lados de la frontera. Solo falta detenerlo.

Pero son incapaces de echarle el guante, aunque dicen que está operando abiertamente en Tamaulipas. Su arrogancia es irritante y el motivo que hay detrás de ella humillante, sobre todo para Vera y Aguilar:

Contreras controla a la policía.

Agentes municipales de Matamoros, Reynosa y Nuevo Laredo, jefes de policía en centenares de ciudades y pueblos más pequeños, y agentes estatales de Tamaulipas figuran en la nómina del CDG.

El problema es intratable. No se puede despedir a tres cuartas partes de las fuerzas de la ley. El tráfico se detendría, el orden público estaría en peligro y robos, violaciones y asesinatos dejarían de ser investigados.

Vera y Aguilar trataron de imponer el cambio necesario desde arriba. Vera nombró a nuevos comandantes de la AFI procedentes de Ciudad de México y Aguilar envió equipos de agentes de confianza de la SEIDO.

Se toparon con una recepción hostil de la policía local. Para ellos eran «forasteros» que ignoraban las condiciones del lugar, hombres enviados a perturbar sus operaciones habituales, incluida su estrecha relación con el CDG.

Y la disciplina militar y la reputación de torturadores que poseen los Zetas han hecho que los decomisos resulten difíciles, los chivatazos imposibles y el CDG impenetrable.

Han entorpecido efectivamente la campaña para acabar con Osiel Contreras.

Pero Gerardo Vera y Luis Aguilar —Batman y Robin— están destruyendo el cártel de Tijuana.

Cada semana se produce una nueva incautación o un arresto de relevancia. Un túnel descubierto debajo de la frontera en Otay Mesa, mil cuatrocientos kilos de marihuana confiscados, actores clave capturados. Cada decomiso y cada prisionero son exhibidos delante de los medios de comunicación, y cada detención proporciona información que conduce a más detenciones: más de mil miembros del cártel de Tijuana.

Cuando la AFI no puede capturarlos, los mata.

Abatieron a uno de los lugartenientes de Solorzano durante un tiroteo en Mazatlán. Un enfrentamiento en Rosarito acabó con su jefe de seguridad.

La nueva AFI es un Harry el Sucio colectivo —los narcos deben decidir si se sienten afortunados— y Vera no duda en airear su filosofía a los ciudadanos: «O se rinden o morirán. Esa es su única elección. Los malos no van a controlar México».

A los medios les encanta. Cada detención y decomiso copa los titulares de los periódicos estadounidenses, especialmente en California. Uno llegaba a afirmar: BATMAN Y ROBIN LIMPIAN EL GOTHAM MEXICANO.

A ello debemos sumarle el hecho de que Nacho Esparza ha lanzado una campaña propia contra Solorzano. Presuntamente, el antiguo socio de Adán ha enviado a su hijo, Ignacio Júnior, a dirigir la guerra para recuperar la vieja plaza de Barrera.

Pero Keller cree que Adán está a punto de realizar un movimiento en el Golfo. Así lo manifestó en una de las reuniones cada vez más infrecuentes del Comité de Coordinación Barrera, y Aguilera y Vera lo miraron con desdén.

—Esa obsesión tuya con Barrera... —dijo Aguilar.

—No hace tanto, Barrera era una obsesión nuestra —respondió Keller.

—Y lo atraparemos —dijo Vera—. Pero el hecho es que está acabado; es un fugitivo buscado que se contenta con ser libre un día más. Tenemos que concentrarnos en los narcos activos.

Vera lo remitió a un mapa de México.

—Tenemos una estrategia. Primero controlamos Tijuana, al oeste de Juárez. Luego acabamos con el CDG, al este de Juárez. Tendremos a Fuentes rodeado y lo aplastaremos. Bien mirado, la captura de Barrera es más simbólica que estratégica.

«Para mí no es simbólica —pensó Keller—. Es personal».

—Si no vamos a por Barrera —dijo—, ¿qué pinto aquí?

—Excelente pregunta —respondió Aguilar.

—No vamos a dejar de buscar a Barrera —terció Vera—. Yo solo digo que, al no haber avances, tiene que...

—¿Pasar a un segundo plano? —interrumpió Keller.

Vera se encogió de hombros. Era un gesto elocuente.

Las reuniones semanales del Comité de Coordinación Barrera ya habían sido canceladas y se celebrarían únicamente cuando se produjeran «acontecimientos».

Pero no había acontecimientos.

Barrera se había esfumado.

Algunos rumores lo situaban en Sinaloa, otros en Durango y otros

—entre ellos el presidente mexicano— apuntaban a que Barrera en realidad se hallaba en Estados Unidos.

Keller se esforzaba en recabar pruebas, pero no podía hacer gran cosa. Incluso la DEA respaldaba la teoría de que Barrera estaba acabado, una teoría que pronto se ganó el estatus de creencia popular.

—Barrera ya no es noticia —le ha dicho Taylor por teléfono esa misma tarde.

«Literalmente», pensó Keller. Barrera desapareció de los medios de comunicación igual que desapareció del radar, y Washington —con la peculiar fugacidad de los noticiarios estadounidenses— parece satisfecho con que se desvanezca de la conciencia ciudadana.

Igual que Ciudad de México.

Ello obedece sobre todo a las elecciones.

Tras más de setenta años de monopolio del PRI en Los Pinos, el PAN finalmente ganó los comicios nacionales y se hizo con el control del gobierno federal. Ahora, el primer mandato del PAN está tocando a su fin —los presidentes mexicanos solo pueden ocupar el cargo durante seis años— y su nuevo candidato, Felipe Calderón, está manteniendo una encarnizada pugna por no ceder Los Pinos al PRI.

Así que el PAN está encantado de barrer el escándalo de Puente Grande debajo de la alfombra y, al PRI, su historial de narcocorrupción le impide utilizarlo como arma arrojadiza.

Nadie quiere hablar de Adán Barrera.

Batman y Robin son temas más alegres, sobre todo porque Vera ofrece declaraciones irresistibles como: «¿Que Contreras tiene un ejército propio? ¿Y qué? Yo también lo tengo. Ya veremos quién gana».

—Yo no he venido aquí por Contreras —dijo Keller a Taylor.

—Pues pensamos lo mismo —respondió Taylor—. Quizás haya llegado la hora de que te vayas. Las abejas probablemente te echan de menos ¿no?

«Estoy en la lista de especies en peligro de extinción —pensó Keller cuando colgó el teléfono—. La espada pende sobre mi cabeza y Luis Aguilar no ve el momento de dejarla caer».

En cambio, Gerardo Vera se ha convertido en una especie de amigo.

Bueno, no exactamente un amigo. Keller no tiene amigos en México. No puede permitirse trabar amistad con unos compañeros en quienes no confía, pero de vez en cuando comparten una cerveza al final de la jornada y, donde Aguilar es cerrado, Vera es sociable.

Casi todo lo que Keller daba por sentado sobre Vera resultó erróneo. Creía que era el típico rico privilegiado de Ciudad de México, pero en realidad ascendió con mucho esfuerzo y trabajó en los barrios de chabolas más conocidos de la capital.

Había trepado en la jerarquía llamando la atención de sus superiores por limpiar barrios difíciles y, cuando el PAN llegó al poder y buscaba a alguien que depurara a los *federales* corruptos, que estaban de escándalos hasta el cuello, recurrieron a él.

—Con el tiempo fui ganando en sofisticación —bromeaba una tarde que él y Keller fueron a tomar unas cervezas al bar del hotel Omni—. Aprendí cuál era el cubierto que debía utilizar, dónde comprarme los trajes... Mis amantes fueron las que me lo enseñaron casi todo. En aquel momento me acostaba con mujeres de clase alta y me reformaron para que fuera material más propicio a los cotilleos escandalosos.

No se había casado ni tenía hijos.

—Nunca tuve tiempo ni interés —dijo—. Además, la familia te vuelve vulnerable. Prefiero a las mujeres casadas y las putas caras. Una buena cena, unas risas, un buen polvo y luego cada uno sigue con su vida. Es mejor así.

Así que llevó a Keller a tomar una copa y le pidió que fueran a Nuevo Laredo a realizar una pequeña misión.

—Alejandro Sosa, el piloto personal de Osiel Contreras. Llevamos meses vigilándolo.

—Yo estoy aquí por Barrera.

Vera iba más allá.

—Ambos sabemos que el reloj sigue corriendo. Si me ayudas a capturar a Contreras, serás intocable. Podrás quedarte en México.

«Es cierto», pensó Keller. Pero su labor se reducía estrictamente al Comité de Coordinación Barrera. El CDG era territorio de otros agentes y se convertiría en un cazador furtivo.

—¿Para qué me quieres?

Vera guardó silencio unos segundos antes de responder.

—Tú y yo nos parecemos mucho. Ambos sabemos que no puedes atizar a los narcos con los guantes puestos. Es una lucha a manos desnudas. Te quiero en el callejón conmigo. Esa gente es escoria, basura que hay que sacar de las calles. A cualquier precio.

—¿Cómo vas a acceder a Sosa? —preguntó Keller, aunque sabía que estaba adentrándose en un terreno que no debía pisar.

Era una violación de su contrato laboral, de las prácticas de la DEA y de propio su sentido común.

Pero quería quedarse en México y Vera le brindaba una oportunidad.

Vera se echó a reír.

—Es un poco complicado, casi barroco. Es una de esas cosas que podrían ser lo bastante disparatadas como para que funcionen, pero muy vergonzosas si no salen bien. Como la CIA enviando puros envenenados a Castro.

Ahora Keller mira a ese hombre con aspecto de treintañero y vestido informal pero elegante. Tiene el pelo rubio y es de complexión delgada. Está sentado junto a la barra tomando una cerveza y observando a las bailarinas de estriptis. Sosa le parece tierno. No tiene músculos. Sabrá pilotar un avión, pero no ha visto muchas cosas en la vida. Quizá sea el polo de color verde pastel o los vaqueros blancos planchados. Quizá sea el cabello, que empieza a clarear —¿cuántos años tiene?, ¿treinta y nueve?—, y parece que esté utilizando loción anticaída o algo similar.

Minutos después —gracias a Dios—, Sosa deja unos billetes encima de la barra y sale a la calle Cleopatra, donde contempla los escaparates ocupados por atractivas y jóvenes prostitutas.

Las más longevas están en los callejones.

A Keller no le apetece esperar hasta que Sosa se acueste con alguna, así que se acerca.

—¿Alejandro Sosa?

Sosa se da la vuelta y parece confuso, ya que no reconoce a ese hombre.

—Sí. ¿En qué puedo ayudarle?

—No necesito su ayuda —dice Keller—. Usted necesita la mía.

—¿A qué se refiere?

—Su jefe —dice Keller—, Osiel Contreras. Probablemente sabrá que va a ver a una gitana, una adivina.

—Sí...

—La mujer le dijo que alguien muy cercano a él, de piel pálida y pelo claro, iba a traicionarle. ¿Conoce a alguien cercano a él con la piel pálida y el pelo claro?

Sosa palidece aún más. Está casi blanco.

—Dios...

—Figura usted en la lista de objetivos, amigo mío.

—¿Qué puedo hacer?

—Correr —dice Keller—. O, en su caso, supongo que volar.

—¿Quién es usted? ¿Por qué me cuenta esto?

—No pretenderá que le enseñe aquí mi identificación de la DEA, ¿no? —dice Keller—. Vamos a dar un paseo como si fuéramos dos tipos que van a pillar la gonorrea en La Zona.

Es el momento crítico.

Keller ha trabajado con montones de informadores y sabe que llega un momento en que literalmente tienes que hacer que el hombre esté contigo, conseguir que desarrolle el hábito de hacer lo que tú dices. Empieza a alejarse y se siente aliviado cuando, momentos después, Sosa aparece a su lado.

—Mire a su alrededor —dice Keller—. ¿Ve árboles con adornos? ¿Bombillas? ¿Bastones de caramelo?

Ni mucho menos. Lo que ve son bares sórdidos, prostitutas y clientes, jóvenes punks, estudiantes borrachos y centinelas de los narcos.

Keller continúa con la clásica rutina del poli malo.

—¿Tengo pinta de gordo feliz? ¿Llevo un traje rojo? Supongo que a lo que me refiero, Alejandro, es que no es Navidad. No hay regalos debajo del árbol. ¿Conoce la definición de regalo? Recibir algo a cambio de nada. Si quiere que le saque de México, que le consiga un visado al otro lado de la frontera, tendrá que darme algo que yo quiera.

—Puedo darle mucha información sobre Contreras.

Keller se detiene delante de un escaparate y mira de arriba abajo el cuerpo de una joven que lleva un salto de cama púrpura.

—Tengo mucha información sobre Contreras. Tengo almacenes llenos de información sobre Contreras. Estoy seguro de que sé más que usted. Tendrá que esforzarse más.

—¿Por ejemplo? —pregunta Sosa, que está asustado.

—Mire a la mujer, no a mí —dice Keller—. Quiero saber dónde está.

—Nunca lo sé —responde Sosa—. Solo me lo dice unos minutos antes para que tenga listo el avión.

—Bueno —dice Keller—. Cuando lo haga, puede avisarme.

Sosa sacude la cabeza.

—No puedo volver ahí. Me matará.

—Yo de usted —dice Keller— llamaría a la primera oportunidad que tuviese.

—No voy a hacerlo.

Y luego está ese momento en que escondes la zanahoria y al informador le enseñas solo el palo. Tienes que hacerle entender que está atrapado y que la única salida eres tú.

«Yo soy la verdad y el camino».

—Sí, sí que lo hará —afirma Keller sonriendo a la mujer que se halla al otro lado del cristal—. O contaré que ha estado hablando con la DEA y entonces Contreras no necesitará una maldita gitana que le diga que debe acabar con usted. Le entregará a Ochoa para que averigüe qué me ha dicho.

—Es usted un hijo de puta.

—Eh, haber pilotado para United Airlines —dice Keller, que recorre la calle con Sosa a su lado como si fuera un perrito—. Ahora tiene opciones: los *federales* le detienen ahora mismo y va a una cárcel donde la gente de Contreras le matará; huye hasta que Ochoa le encuentre y le torture hasta la muerte; o vuelve, hace su trabajo como si nada hubiera ocurrido, me llama cuando sepa dónde va a estar su jefe y le incluyo en el «programa».

Sosa elige la puerta número tres.

Ahora solo tienen que esperar su llamada.

Keller coge un vuelo rumbo a Ciudad de México.

Luis Aguilar finalmente cedió a las imprecaciones de su mujer e invitó al estadounidense a cenar, aunque no sin cierta reticencia.

—Sería desconsiderado.

—¿Por qué? —preguntó Lucinda.

—El hombre perdió a su familia —respondió Luis— y sería desconsiderado restregarle nuestra felicidad.

—¿Es todo lo que se te ocurre? —dijo Lucinda—. No entiendo cómo puedes ganar algún caso.

—Lo llamaré.

Keller recibió la llamada y estaba demasiado sorprendido para inventarse una excusa. Se presentó esa noche en casa de Aguilar con una botella de vino y flores, que Lucinda aceptó con gusto.

Si Keller había pensado que la esposa de Luis Aguilar iba a ser, bueno..., insulsa..., se siente decepcionado. En una palabra, es impresionante. Le saca una cabeza a su marido, tiene el pelo castaño y largo y la nariz aguileña, y su atuendo es sutil pero elegante.

Las hijas, por suerte, se parecen a su madre. Altas, delgadas y con aspecto de bailarina (lo cual, según averigua durante la cena, es acertado),

Caterina e Isobel, de dieciséis y trece años respetivamente, son encantadoras, una combinación perfecta del carácter reservado de su padre y la elegancia de su madre.

Responden cortésmente a las educadas preguntas de Keller durante una comida que empieza con una deliciosa sopa hecha con tiras de cactus seguida de dados de pollo en una cremosa salsa de almendra con arroz salvaje y un flan de coco.

—Te has tomado muchas molestias —dice Keller a Lucinda.

—En absoluto. Me encanta cocinar.

Con un sutil gesto de su madre, las niñas se excusan después de cenar y Lucinda dice que va a «terminar» en la cocina.

—Permíteme... —dice Keller.

—Tenemos ayuda —interrumpe Aguilar, que se lo lleva a su estudio—. ¿Juegas al ajedrez?

—No muy bien.

—Lástima.

—Podemos jugar.

—No —dice Aguilar—. Si no juegas bien, no. No sería un desafío.

Una sirvienta —que, según averigua Keller, se llama Dolores— trae café. Aguilar lo rocía con coñac. Se sientan y, sin nada más de que hablar, la conversación se desvía hacia Vera.

—Gerardo pisotea la ley —protesta Aguilar—. En los medios de comunicación queda bien, supongo que da resultados, pero tarde o temprano vuelve y te muerde en el tobillo.

Keller se muestra un tanto escéptico ante las estereotipadas pretensiones de Aguilar. El abogado no ha sido exactamente reacio a utilizar la información generada por los interrogatorios de Vera, que no son precisamente amables. La mitad de las veces los sospechosos confiesan y Keller no ha visto que Aguilar haga demasiadas preguntas sobre cómo se indujeron dichas confesiones.

No menciona su viaje a Nuevo Laredo con Vera.

—Y toda esta historia de Batman y Robin —dice Aguilar— es estúpida y condescendiente.

—Pero da juego en los medios de comunicación —replica Keller.

—Yo no estoy en el negocio de los medios.

—Claro que lo estás.

En ese momento llega Lucinda y los rescata de otro debate, desviando la conversación hacia el cine, el deporte y Keller, que les ofrece algunos detalles sobre su vida: la ausencia de su padre, un hombre de negocios mexicano, sus días en UCLA, el momento en que conoció a Althea, Vietnam... Entonces ve a Aguilar consultando su reloj.

—Tengo que irme. Gracias por una maravillosa velada.

Cuando se va, Lucinda dice:

—¿Ves? No es para tanto. Me cae bien.

—Hummmm —farfulla Aguilar.

Gerardo Vera pasa la noche con su última amante. Buen vino, buena comida y mejor sexo.

Bebida, comida y mujeres. ¿Qué más hay en la vida?

—¿Dios? —le había preguntado Aguilar cuando le expuso su filosofía durante un almuerzo.

—Eso es en la próxima vida —dijo Vera—. Me preocuparé de eso cuando llegue allí.

—Entonces será demasiado tarde.

—Sí, padre Luis.

Luis cree en el cielo y el infierno. Vera sabe que no existe ninguno de los dos. Uno se muere y ya está, así que hay que vivir al máximo. A Keller, el estadounidense, le gusta fingir que ha perdido la fe, pero sigue ahí, atormentándolo con un sentimiento de culpa por sus supuestos pecados.

Vera no padece esos tormentos.

No cree en el pecado.

En el bien y el mal sí.

En la valentía y la cobardía también.

Y en el deber y la negligencia, pero esos son rasgos del hombre. Un hombre hace lo que debe. Cumple con su deber y lo hace con valentía.

Y luego, bebe, come y folla.

La mujer de esta noche es un encanto. Su marido es un funcionario del gobierno que está demasiado ocupado con su trabajo para cumplir en casa, y Vera es el agradecido beneficiario de esa negligencia; le complace ponerle los cuernos a un tonto.

Últimamente es una epidemia en México por culpa de los tecnócratas de la Ivy League que traen con ellos la absurda «ética laboral» estadounidense. Se han ofrecido voluntarios para convertirse en eslabones de una cadena y se olvidan del motivo por el que trabajan.

Vera no lo olvida.

Ha ordenado que le lleven una buena cena a su nido de amor en Polanco y ha puesto champán caro en hielo y música en el equipo.

Fuera montan guardia unos centinelas discretos y de confianza.

Vera sirve a la mujer una copa de champán, el suficiente para que se achispe pero no se emborrache. Luego saborea el perfume que lleva en su elegante cuello y desliza la mano para palpar un trasero igual de elegante.

La mujer se queda inmóvil, pero no se lo impide, así que levanta el vestido de seda y la toquetea para notar su esencia. No opone resistencia. Se inclina hacia atrás y le apoya la cabeza en el hombro mientras él la acaricia y le susurra obscenidades al oído.

Los maridos de las ricas son demasiado aburridos. Les gusta oír palabras provenientes de las chabolas.

Luis aspira al cielo.

Keller teme al infierno.

Vera solo teme a la muerte porque le encanta la vida.

Sosa llama esa noche.

—Mañana voy a llevar a Contreras de Nuevo Laredo a la fiesta de cumpleaños de su sobrina en Matamoros —dice a Keller—. Después celebrará una fiesta en uno de sus pisos francos.

—Necesito una dirección.

Sosa se la facilita. Es un edificio de tres plantas en Agustín Melgar, situado en el barrio de Encantada.

—¿Lo acompañará alguien?

—Ochoa —responde Sosa—. Y Forty. Y otro Zeta llamado Segura. Es un chiflado que lleva una granada colgada del cuello. A la fiesta asistirán otros Zetas. Mire, no quiero hablar mucho tiempo por teléfono.

—De acuerdo —dice Keller—. Hará usted lo siguiente: dejará a Contreras, irá al centro, cruzará el puente Nuevo y se dirigirá a Brownsville. Al otro lado estará esperándolo un agente de la DEA.

—¿Me lo promete?

—Le doy mi palabra.

Keller llama por teléfono a Vera. Treinta minutos después está sentado en la oficina de la SEIDO con él y Aguilar.

—¿Qué pintas tú en todo esto? —pregunta Aguilar a Keller.

—Me ayudó con el soplón —dice Vera.

—Eso no es...

—¿Quieres a Contreras o no? —le espeta Vera.

—Deberíais haberme informado de esta operación —dice Aguilar—. Madre mía. Adivinas gitanas... ¿Qué será lo próximo?

—Lo próximo será que arrestaremos a Contreras —dice Vera— y a tres Zetas importantes.

—No van a entregar a Contreras sin presentar batalla —advierte Aguilar.

—Bueno —contesta Vera.

—Lo quiero vivo —le dice Aguilar.

Keller telefonea a Tim Taylor.

—Necesito que un agente recoja a un informador en el puente Nuevo de Brownsville. Y también necesitaré un visado para él.

—Keller, ¿qué coño estás haciendo en Matamoros?

—La operación es fuera de Ciudad de México.

—¿Qué tiene que ver eso con Barrera?

—Nada —dice Keller—. Tiene que ver con Contreras.

—Keller...

—¿Lo queréis o no? —pregunta Keller haciéndose eco de las palabras de Vera.

—Por supuesto que lo queremos.

—Entonces consígueme un agente para mañana por la tarde —dice Keller—. Recogerá a un tal Alejandro Sosa y lo pondrá bajo custodia. Luego solicitad los papeles de extradición para Contreras.

—Vaya. ¿Eso es todo? ¿Nada más?

—Ahora mismo no. —Cuelga el teléfono y se vuelve hacia Aguilar y Vera—. Será mejor que nos pongamos en marcha.

—Tú no vienes —dice Aguilar.

—¿Conoces la dirección del piso franco? —pregunta Keller.

—No.

—Entonces creo que sí voy.

Vera se echa a reír.

Matamoros fabrica coches.

Situada en la orilla sur del río Bravo, justo en la desembocadura del Golfo, la ciudad alberga más de cien maquiladoras, muchas de las cuales fabrican componentes para GM, Chrysler, Ford, BMW y Mercedes-Benz.

Matamoros, en su día una peculiar combinación de ciudad ganadera y pueblo pesquero, alcanzó la madurez durante la guerra civil americana, cuando se convirtió en el puerto alternativo desde el cual se enviaba el algodón confederado después de que el Norte cerrara Nueva Orleans. Ahora parece una ciudad industrial, con fábricas, almacenes, contaminación e interminables hileras de camiones que transportan sus productos a través de los puentes que conducen a Brownsville, Texas, justo al otro lado del río.

Matamoros es la sede del cártel del Golfo, y Osiel Contreras va a celebrar una fiesta.

«Las diez de la mañana —piensa Ochoa—, y el jefe durmiendo como un tronco, desnudo, entre dos putas de mil dólares también inconscientes en un dormitorio de la segunda planta del piso franco».

Fue una fiesta increíble.

Las mujeres eran excepcionales.

Pero está cada vez más preocupado por Contreras. El jefe está tomando demasiada cocaína, su paranoia está volviéndose peligrosa y su ego ha precipitado decisiones terribles.

El ataque a los agentes estadounidenses de la DEA estuvo a punto de terminar en catástrofe. Lo ocurrido situó al CDG en el radar, lo cual no es positivo.

A Ochoa no le gusta. Es malo para el negocio y para su dinero. Y a Ochoa le gusta el dinero.

—*Patrón, patrón.* —Contreras ha ordenado que su avión esté listo a las once. Tienen negocios que atender en Nuevo Laredo—. *Patrón.*

Contreras abre un ojo amarillento.

—*Chíngate.*

«De acuerdo. Que me follen —piensa Ochoa—. Pero...».

Miguel Morales, a quien llaman Forty, sube las escaleras. Es un hombre corpulento y achaparrado con un bigote espeso y el pelo negro y rizado. Solo lleva puestos los pantalones vaqueros y parece resacoso y cabreado.

Y alarmado.

Lo cual también alarma a Ochoa, porque Forty no es de los que se dejan llevar por el pánico. Ha trepado rápido en la jerarquía de los Zetas pese a que no es uno de los veteranos de las operaciones especiales. De hecho, es medio estadounidense, un *pocho* de Laredo sin experiencia militar, pero con un dilatado historial en la banda de Los Tejos, que actuaba en la frontera. Se adaptó a la instrucción castrense como si hubiera nacido para ella y ni siquiera parpadeaba al someterse a las pruebas más duras.

Cuentan que una vez le arrancó el corazón a una de sus víctimas, todavía viva, y se lo comió, porque según él le daba fuerza. Aunque Ochoa no se cree la historia, tampoco la descarta. Así que cuando Forty dice que hay un problema, es que hay un problema.

Sigue a Forty hasta la ventana y observa.

Hay policías y soldados por todas partes.

Los Zetas oponen resistencia.

Durante seis horas, quince hombres contienen el asedio de más de trescientos agentes de la AFI, la SEIDO y el ejército.

Ochoa nunca entra en un edificio sin crear una cortina de fuego, cosa que están intentando sus disciplinados hombres. Primero echan a los *federales* de la puerta y después los obligan a retroceder hasta el otro lado de la calle, pero es todo cuanto pueden hacer.

Los soldados llevan coches blindados y, tras una sobreexcitada e incontinente andanada inicial, se han calmado y están seleccionando sus objetivos. Han disparado granadas lacrimógenas por las ventanas y los helicópteros han eliminado a los francotiradores Zeta que ocupaban el tejado.

«Si logramos resistir hasta que oscurezca —piensa Ochoa—, cabe una mínima posibilidad de sacar a Contreras aprovechando la confusión. Pero no aguantaremos tanto».

Consulta el reloj.

Es solo la una y media de la tarde.

Ya tienen un muerto y dos heridos y están quedándose sin munición.

Una voz vuelve a exigir la rendición de Contreras.

Vera baja el megáfono.

—Ha llegado el momento de entrar en la casa —dice.

—¿Por qué? —pregunta Aguilar—. Los tenemos rodeados. No van a ir a ninguna parte.

—Estamos dando una imagen de debilidad —afirma Vera—. Cuanto más resistan, peor imagen daremos. Ya puedo oír los *corridos*.

—Que canten —responde Aguilar—. Cazaremos a Contreras. Sin él, esos Zetas no son nada.

«No lo entiende —piensa Keller—. Vera quiere cuerpos; cuantos más, mejor. Contreras y sus tropas esposados transmiten un mensaje. Contreras y sus tropas en un charco de sangre transmiten otro: "Si formas un ejército, no te detendremos. Te mataremos. Si quieres guerra, la tendrás"».

—Poneos los chalecos —ordena Vera—. Cinco minutos y entramos.

—Deberías replanteártelo —tercia Keller.

Vera y Aguilar lo miran sorprendidos.

«Pero, por una vez —piensa Keller—, el abogado tiene razón. Contreras está atrapado. No puede escapar. En esa casa no solo hay narcos, sino soldados de élite muy preparados».

—Sea cual sea el mensaje que quieres enviar —dice Keller a Vera—, no merece un baño de sangre, cosa que ocurrirá si entramos en la casa.

Vera lo mira fijamente.

—Haz que se rindan —insiste Keller—. Hazlos salir con las manos arriba. Esas son las imágenes que necesitas. Muertos son mártires; vivos son unos mierdas. Esa es la canción que necesitas que canten. Eso es lo que hace que un niño te vea a ti como un héroe y no a ellos.

—Bonito discurso, Arturo —dice Vera—. Pero todavía no entiendes México. Cinco minutos.

—¡Se mueven! —grita Forty.

Ochoa se acerca a la ventana. Forty tiene razón. Hay actividad detrás de los coches blindados.

Reconoce los indicios de un ataque inminente.

—Vienen hacia aquí —dice Ochoa.

Segura toca la granada que lleva colgada del cuello. Con sus dos metros de altura, es un gigante con la constitución de un árbol. Según recuerda Ochoa, lleva ese «colgante granada» desde que ambos combatieron en Chiapas.

—Si entran, les dejaré acercarse y quitaré la anilla. Iremos juntos al infierno.

—Nos lo pasaremos bien —dice Forty—. Las mejores tías están allí.

—No seáis idiotas —tercia Contreras—. Voy a rendirme.

—Yo no —protesta Segura. Para eso lleva la granada.

—No hablo de ti. Hablo de mí —le espeta Contreras, que se vuelve hacia Ochoa y añade—: Saca a tus mejores hombres por la puerta de atrás. Yo saldré por delante con las manos en alto. Montaré un buen espectáculo. Con tanta emoción, quizá tengáis alguna posibilidad.

—Te matarán —le asegura Ochoa.

Los hombres de la AFI son asesinos.

—Delante de las cámaras tal vez no —responde Contreras—. Ochoa, escúchame: esta es la decisión correcta.

Ochoa lo sabe. Contreras puede seguir dirigiendo la organización desde la cárcel, pero solo si queda una organización que dirigir.

Lo cual significa que los Zetas deben sobrevivir.

—Mi hermano llevará la gestión diaria de la organización —dice Contreras.

Pese a la gravedad de la situación, Ochoa tiene que contener la risa. El hermano «pequeño» solo lo es en el sentido de «más joven». A Héctor Contreras lo conocen como el Gordo, y es impresionante que logre estar obeso pese a su adicción a la cocaína. Carece de cualquier tipo de disciplina y, por ello, Ochoa no siente ningún respeto hacia él.

«Que el Gordo dirija la empresa en realidad significa que la dirigiré yo —piensa Ochoa—. Podría ser peor».

—Ya sabes quién está detrás de esto —dice.

—Por supuesto —responde Contreras—. Ha sido una buena jugada.

—El infierno tendrá que esperar —afirma Ochoa.

Keller se enfunda el chaleco Kevlar.

Aguilar lo mira fijamente.

—A veces me pregunto quién eres.

—Tú y yo a la vez, Luis.

Keller comprueba el cargador de la Sig Sauer, que espera no tener que utilizar, y abriga la esperanza de que Aguilar se quede detrás de los vehículos. «Tú no me importas demasiado —piensa—, pero tu mujer y tus hijas me caen bien y no quiero que la próxima vez que las vea sea en tu funeral».

Keller siente ese momento de calma que le invade siempre antes de participar en un tiroteo. El miedo y el cosquilleo de ansiedad desaparecen y nota una oleada de frío en el cerebro.

Lo único que lamenta es que no sea Barrera.

Se pone en pie y se prepara para la ofensiva.

Entonces se abre la puerta principal de la casa.

Contreras sale.

Con las manos por encima de la cabeza.

Le apuntan al menos doscientas armas.

Y una docena de cámaras de televisión.

—¡*Me rindo*! —grita Contreras.

Vera mira al otro lado de la calle y exclama:

—¡No disparéis!

Keller oye tiros y una explosión en la parte posterior de la casa. Por un segundo parece que todo va a desmoronarse. Contreras se arrodilla y grita:

—¡No disparéis! ¡No disparéis!

Los disparos cesan.

Vera cruza la calle. Agarra a Contreras de las muñecas, le da la vuelta, lo tumba en el suelo y le pone las esposas.

—¡Osiel Contreras, estás detenido!

—Que te follen —dice Contreras en voz baja—. A ti y a tus jefes.

Canelas, Sinaloa

Eva Esparza tiene diecisiete años y es hermosa.

Tiene el cabello negro y ondulado, unos ojos marrones de cierva, los pómulos altos y una figura que empieza a cumplir lo que promete. Es un poco más alta que Adán, que la sostiene ligeramente mientras bailan al ritmo de Los Canelos de Durango, un grupo que Nacho ha traído especialmente para la ocasión.

Se trata de un baile destinado a recabar apoyos para la candidatura de su hija a Miss Canelas, que probablemente ganará de todos modos gracias a su belleza y encanto, pero Nacho no quiere arriesgar. Ha patrocinado este baile y entregado regalos a los jueces.

A Adán no le interesaría una aspirante.

Un rey solo puede casarse con una reina.

O, mejor aún, con una princesa.

A Adán, la preocupación de Nacho le resulta curiosa. Su aliado tiene al menos seis familias desperdigadas por Sinaloa, Durango, Jalisco y sabe Dios dónde más, pero Eva es sin duda su favorita, la niñita de papá.

Al abrazarla y oler su cabello y su perfume, Adán lo entiende. La chica es embriagadora y agradece que la hija predilecta de Nacho haya heredado su magnetismo y no su aspecto.

Cuando salió el tema por primera vez, Adán no se mostró precisamente optimista.

—No vamos a rejuvenecer —dijo Nacho al final de una larga discusión sobre la guerra en Tijuana.

Adán se olía una trampa.

—No sé, Nacho. Tú estás más joven que nunca. Quizá sea el dinero.

—No nos engañemos —respondió Nacho—. Tomo Viagra, ¿sabes?

Adán dejó pasar la oportunidad de hacerse confidencias. La disfunción eréctil no era un problema con Magda en su cama, aunque ahora ella se encontraba en Colombia preparando un canal para el transporte de cocaína.

—Aun así —dijo Nacho—, no voy a tener más hijos.

—Venga, Nacho, al grano —apremió Adán.

—De acuerdo —respondió—. ¿De qué sirve que nos forjemos un imperio si no tenemos a quien dejárselo?

—Tienes un hijo.

—Tú no.

Adán se levantó de la silla y se acercó a la ventana.

—Tenía una hija, Nacho.

—Lo sé.

—Lo cierto es que no sé si podría convivir otra vez con esa tristeza.

—Los hijos son la vida, Adanito. Todavía tienes tiempo.

—No creo que a Magda le interese.

—No puede ser Magda —dijo Nacho—. No me malinterpretes, no quiero ofenderte, pero ya está granadita.

—¿Esa idea es tuya? —preguntó Adán.

—Con una mujer es diferente y lo sabes —dijo Nacho—. No, tu esposa tiene que ser virgen. La madre de tus hijos debe pertenecer a una familia importante.

Entonces, Adán comprendió adónde quería llegar Nacho.

—¿Me estás diciendo...?

—¿Por qué no? —preguntó Nacho—. Piénsalo. Un Esparza y un Barrera. Eso sí que sería una *alianza de sangre*.

«Sí, lo sería —pensó Adán—. Eso me aseguraría a Nacho. No solo contaría con su lealtad inquebrantable sino que, en cierta manera, también recuperaría la plaza de Tijuana».

Pero...

—¿Y Diego? —preguntó Adán.

—¿Has visto a su hija mayor? —dijo Nacho—. ¡Tendrá más barba que él!

Adán no logró contener la risa.

«Diego, siempre sensible a su posición, podría sentirse amenazado si me acerco más a Esparza».

—Tengo una hija —prosiguió Nacho—. Eva. Tiene diecisiete años...

—Es muy joven.

—Vamos a celebrar un baile en su honor —le explicó Nacho—. Ven a conocerla. Si no te gusta o si tú no le gustas a ella, solo habrás perdido un día de tu vida. No te pido más.

—¿Y qué pensará Eva de todo esto? —preguntó Adán.

—Tiene diecisiete años —respondió Nacho—. No sabe lo que piensa.

Ahora, cuando cesa la música, Adán se pregunta qué se le estará pasando a Eva por la cabeza. «Aquí está esa joven, el centro de atención de una fiesta celebrada en su honor y, de repente, doscientos hombres armados, con pasamontañas negros y máscaras, se acercan en todoterrenos y cortan todas las carreteras. Después, seis aviones de pequeña envergadura aterrizan en un campo cercano y yo me bajo de uno de ellos con un AK colgada del hombro. Ahora, dos helicópteros sobrevuelan la zona.

»O se siente cautivada por todo ello o totalmente disgustada.

»Y le llevo más de treinta años. ¿Qué opinará de eso? Supongo que no es la luna de miel con la que ha soñado. Probablemente ni se plantee el matrimonio. Ella quiere salir con chicos, ir a discotecas, salir con sus amigas, estudiar en la universidad...».

Adán se siente como uno de aquellos *grandes* de Sinaloa que antaño hacían uso de su *droit du signeur* y le repugna. Aun así, sería un matrimonio importante. «Dentro de veinte años habrá llegado el momento de jubilarme y, para entonces, puede que haya tenido un hijo y lo heredaría todo».

Adán acompaña a Eva a una mesa para tomar un *agua fresca*.

No es tan desagradable como Eva se temía.

Cuando su padre le comunicó la noticia de que Adán Barrera iba a ser el «invitado especial» en su baile, Eva se puso a llorar, sollozó, armó una pataleta y luego sollozó un poco más. Una vez que Nacho salió como un vendaval de la habitación, su madre la abrazó, le enjugó las lágrimas y dijo:

—Esta es nuestra vida, *m'ija*.

—La mía no, *mami*.

Su madre le dio una bofetada.

Fuerte, en la cara.

Nunca lo había hecho.

—¿Quién te crees que eres? —le dijo—. Todo lo que tienes, la ropa, las joyas, las cosas bonitas, las fiestas, es gracias a esta vida nuestra. ¿O piensas que eres una elegida de Dios?

Eva se llevó la mano a la mejilla.

—Si ese hombre te quiere —dijo su madre—, ¿crees que puedes rechazarlo? ¿Crees que tu padre permitirá que su aliado más importante sea humillado por su propia hija? Te sacaría fuera y te pegaría, y sería yo quien le diera el cinturón. Te echaría de casa y prepararía yo misma la maleta.

—*Mami*, por favor...

Su madre la abrazó, le acarició el pelo y susurró:

—No todo el mundo lloraría por ti. Tendrías dinero, casas, posición y prestigio. Serías una reina. Tus hijos lo tendrían todo. Voy a rezar por que le gustes a ese hombre y tú deberías hacer lo mismo.

Pero Eva no lo hizo.

Solo rezó por que no fuera abominable y, sinceramente, no lo es. No es feo para su edad; es educado, amable y encantador a la antigua usanza.

Eva no se imagina manteniendo relaciones sexuales con él, pero tampoco se lo imagina con ningún otro hombre. A diferencia de muchas de sus amigas *buchonas*, sus padres no le han permitido que haga locuras, que salga de fiesta toda la noche o que vaya a esquiar el fin de semana.

La han atado en corto y ahora sabe por qué.

No va a regalar su virginidad.

Será algo negociado.

—¿Y bien? —pregunta Nacho a Adán cuando vuelve de bailar con Eva.

—Es un encanto.

—Entonces, ¿te gustaría verla otra vez? —dice.

—Si ella quiere verme...

—Querrá.

—No lo sé —dice Adán.

—Es mi hija —insiste Nacho— y hará lo que yo diga.

«A veces se me olvida lo anticuado que es Nacho», piensa Adán.

—Vamos a ver a Diego.

Lo encuentran tomándose una cerveza en la mesa de refrescos y se alejan para poder hablar en privado. El gran hombre lleva una cerveza en cada mano y el bigote manchado de espuma. Va como una cuba. Al ver a Adán, levanta un vaso.

—A la salud de los adivinos.

—Por cien dólares has derrocado un imperio —dice Nacho a Adán.

—Todavía no —responde este.

Por desgracia, Contreras sigue vivo, lo cual le enerva, y sin duda hará lo posible por dirigir el CDG desde la cárcel. Cuanto antes lo extraditen los estadounidenses, mejor. Aun así, la situación es diferente ahora que Contreras está confinado. El Gordo es una broma. ¿Y los Zetas? Sin Contreras son soldaditos de juguete. Basta con ponerlos en fila y derribarlos.

«Han hecho falta meses y meses de paciencia. Besarle el culo a Contreras, fingir que creías que no había intentado matarte, fingir que tolerabas que se quedara con Nuevo Laredo, todo para que estuviera tranquilo hasta que encontraras la manera de acabar con él.

»Un soborno a una adivina —piensa Adán.

»Qué mundo más extraño.

»Y ahora todo está listo.

»O casi».

—Cambiando de tema —dice Adán—, ¿por qué sigue vivo Keller?

Diego y Nacho se miran con incomodidad. A la postre, Nacho responde:

—No es momento, Adán.

—¿Y cuándo lo será? —dice. Nunca parece ser «el momento».

—Ahora no —contesta Nacho—. No si quieres tomar medidas en el Golfo y habiendo unas elecciones presidenciales muy disputadas en las que nos jugamos mucho. Simplemente no podemos permitirnos un enfrentamiento...

—Lo sé, lo sé.

Adán agita la mano como si quisiera acallar la concesión no deseada.

—Sabemos dónde está Keller —dice Diego—. No volveremos a perderle la pista. Podrás tenerlo cuando quieras.

—Después de las elecciones —añade Nacho.

Hablan unos minutos más, mayoritariamente de banalidades, y entonces Adán va a despedirse de Eva.

Le besa la mano.

Luego vuelve a su avión.

Eva gana el concurso de belleza.

«La rueda de prensa es un clásico», piensa Keller, que está viéndola por televisión en el consulado estadounidense en Matamoros. Vera presenta a Osiel Contreras al público como si fuera Ed Sullivan anunciando a los Beatles.

Contreras interpreta su papel.

Lleva las manos esposadas y mira al suelo con hosquedad mientras Vera pronuncia un discurso... «Otra victoria para la sociedad... para el orden... una lección para todos aquellos que desafíen las leyes del país... así es como acabará siempre... en una celda o en el depósito de cadáveres...».

Colocan el cuerpo de uno de los Zetas en una camilla. Otros dos han resultado heridos. Por desgracia, un agente de la AFI y otro soldado han muerto heroicamente por su país. Su asesinato será castigado sin piedad.

Pablo, un periodista insolente, señala que se ha producido un tiroteo en la calle tras la rendición de Contreras.

—Pablo —le dice Vera con una sonrisa—, varios Zetas intentaron escapar.

—Bueno —contesta Pablo—, en realidad lo consiguieron. ¿No es así?

Ochoa, Forty y Segura huyeron, según ha sabido Keller por las declaraciones de los dos Zetas heridos.

Mirando duramente al periodista, Vera responde:

—Algunos de esos criminales escaparon, pero no te preocupes. Los llevaremos ante la justicia.

Vera se dispone a presentar a Aguilar, que pronuncia un torpe discurso en el que expresa su tristeza por los caídos, sus pensamientos y oraciones para las familias y su satisfacción por que Osiel Contreras sea sometido a los dictámenes de la ley.

«Todo muy bonito», piensa Keller, pero nota que Vera está decepcionado porque Contreras sigue vivo.

Los jefes de Keller en la DEA no lo están. Descorchan botellas de champán, traen pastel y se suceden las llamadas de felicitación entre El Paso y Washington. Y también las hay para Keller en Brownsville, donde, tal como se esperaba, entregó a Alejandro Sosa a Tim Taylor.

Taylor cede el teléfono a Keller.

—Es el gran jefe.

—Art —dice este—, has hecho un trabajo espléndido. Huelga decir que aquí estamos todos encantados. Enséñales a esos tipos lo que ocurre si amenazan a nuestros agentes. Ya estamos preparando los papeles de extradición...

Keller farfulla un «gracias» y se lo quita de encima. Taylor vuelve a coger el teléfono y Keller lo oye hacer una reverencia verbal. Cuando el jefe cuelga, Taylor dice:

—Aquí no todos están contentos con que te entrometas en el coto de caza de otros agentes, Art.

—Si pensamos que este es el fin del CDG...—dice Keller.

—Nadie piensa eso —responde Taylor—, pero es un paso de gigante. Si eliminamos a suficientes números uno, pronto nadie querrá el puesto.

«Sí lo querrán —piensa Keller—. Pelearán por el primer puesto. Matarán por él».

—El hermano de Contreras es un gilipollas cocainómano —dice Taylor—. No va a tomar las riendas el Equipo A, precisamente.

—De acuerdo.

—Joder —dice Taylor—, date un minuto para celebrarlo, si no te importa. Es un buen día y no tenemos muchos. Al menos sonríe cuando lo hagamos.

—Claro.

Taylor sacude la cabeza.

—No seas engreído. Acabas de salvar el culo y lo sabes.

Sí, ambos lo saben. Taylor no se atrevería a mandar a casa al tipo que acaba de atrapar a Osiel Contreras.

Keller no dice lo que está pensando.

Que la Operación Contreras no ha sido un éxito.

Que ha sido una chapuza.

2

LOS NEGROS

Leave by the Gulf Road
In the gray dawn.

JAMES MCMURTRY,
The Gulf Road

Nuevo Laredo
2006

Cuando Eddie Ruiz rememora el pasado, le gusta pensar en los viernes por la noche.

«Las luces del viernes por la noche, nena».

En Texas, bajo un cielo de satén.

La multitud coreando su nombre, las animadoras mojando las bragas por él debajo de aquellas minifaldas, el chorro de adrenalina al pasar una bola entre las protecciones de un *quarterback* y hacerla rodar por el césped.

El instituto de Laredo.

(Justo al otro lado del río, pero a un millón de kilómetros de distancia. Hace solo ocho años, pero parece que haya transcurrido un siglo desde que fueron campeones de división.)

A Eddie le encantaba oír el gemido de dolor del *quarterback*, notar cómo se le escapaba el aire y, con él, el corazón y la voluntad. «Arrebátale la respiración, arrebátale las piernas, el brazo, el partido.

»Y oyes tu nombre.

»Eddie, Eddie, Eddie».

Lo echa de menos.

Eran buenos tiempos.

Muy buenos tiempos.

Los viernes por la noche.

Ahora está sentado en Freddy's, un lugar en el que lo conocen bien, a menos que entre un extraño preguntando por él, en cuyo caso no saben quién es.

«Nuevo Laredo —piensa—. Narco Laredo, el NL, el 867. Llámale como quieras».

Solo un puente —bueno, tres puentes; cuatro si contamos el ferroviario— desde Laredo, Texas. Pero sin duda México, en una estrecha franja del estado de Tamaulipas que sobresale como si estuviera haciéndole la peineta a Chihuahua.

Algunos lo llaman el Pico del Loro, pero a Eddie le parece una estupidez.

«¿Qué somos? ¿Piratas? ¿Quién tiene un loro en estos tiempos que corren?».

En cualquier caso, lleva toda la vida viniendo al 867. De niño para visitar a sus primos; de adolescente para beber cerveza, colocarse y salir de fiesta los viernes por la noche. Perdió la virginidad con una prostituta de Boy's Town (joder, ¿y quién no) y llevó a Teresa a un hotel donde (finalmente) se entregó a él, donde (finalmente) se metió debajo de aquella faldita de animadora y bajó aquellas bragas, y parece imposible que lleven casi siete años casados.

Siete años y dos hijos.

¿Cómo puede ser?

Y volvía a casa del 867 cuando sucedió eso otro.

Tenía dieciocho años en el que debería haber sido su dulce último curso, e hizo girar la camioneta hacia el lado equivocado de la carretera, directo hacia el Honda de aquel profesor de secundaria.

El hombre murió.

Acusaron a Eddie de homicidio por negligencia, pero retiraron los cargos y volvió a la normalidad cuando empezaron las dobles sesiones de entrenamiento diarias. Fue después cuando empezó a vender hierba.

Un psiquiatra lo llamaría «relación causal», pero estaría equivocado.

Fue un accidente. Eso es todo.

Un accidente es un accidente, nada de lo que sentirse culpable.

«Eddie, Eddie, Eddie».

Nadie dejó de animar cuando perforaba al *quarterback* o conectaba con su compañero.

A Eddie le gusta pensar en eso.

Ahora es un tipo elegante. Eddie nunca ha soportado ese estilo *norteño*: las botas de vaquero, los sombreros y las hebillas tan grandes como un culo de bebé. Por un lado, pareces idiota; por otro, es como anunciar a bombo y platillo que eres narco.

166

A Eddie le gusta la pulcritud, pasar desapercibido.

Lleva bonitos polos y pantalones, y también obliga a su personal a ir bien vestido. A algunos *norteños* no les gusta y siempre están tocándole las pelotas con que parece maricón, pero que les follen.

Y está sobrio.

Ni alcohol ni drogas en el trabajo.

Es una de las normas de Eddie.

«Si quieres colocarte en tu tiempo libre, es asunto tuyo, pero no lo conviertas en el mío».

Y Eddie tampoco lleva un todoterreno. Antes tenía el típico Cherokee negro con cristales tintados, pero entonces maduró. Ahora conduce un Nissan Sentra. Llama menos la atención y consume muy poco. A sus muchachos les dice: «Si le cambiáis el aceite a un Nissan, no morirá nunca. Moriréis vosotros antes que él».

En Texas tenía una camioneta, por supuesto.

Cuando la madre de Eddie bebía, que era más o menos siempre que estaba despierta, él se iba a los ranchos por la noche, echaba el lazo a un par de cabestros y los vendía, como solían hacer los viejos cuatreros. Después cogía el dinero y se dirigía al 867 para tomar unas cervezas y acostarse con chicas.

Eran buenos tiempos.

Ahora consulta el reloj porque no quiere hacer esperar a Chacho.

Chacho García ha sido su proveedor durante años, antes incluso de que un dictamen federal de Estados Unidos mandara para siempre a Eddie al otro lado del Puente Internacional. Trescientos kilos de hierba enviados a Houston; lo habitual, si no fuera porque Eddie tenía un soplón entre sus hombres, así que se vio obligado a poner el «Nuevo» delante de «Laredo» y cruzar el río, como diría el jefe.

Río Grande si eres *yanqui*, río Bravo si lo miras desde el lado mexicano.

Eddie ha sido residente permanente del 867 durante unos seis años y le ha ido bastante bien. Pasó de la hierba a la coca y ahora envía dos toneladas al mes, en su mayoría a Memphis y Atlanta. Eso es mucha farlopa y mucho dinero, así que no le importa tener que comprar a través de Chacho y pagarle un *piso* de sesenta mil dólares al mes.

Si envías dos toneladas de coca al mes, sesenta mil dólares no son migajas; son directamente una mierda. Chacho sale barato porque tiene unos veinte *chachos* que le compran cocaína y pagan el *piso*, así que se lo embolsa sin tan siquiera tocar la droga.

167

La familia García ha participado en el negocio del contrabando desde que el producto era el whisky, así que Eddie imagina que es la cuota de Chacho, su herencia. Además, gran parte del *piso* va destinada a pagar a los agentes de aduanas para que los camiones puedan cruzar el Puente Internacional de Comercio Mundial (solo de productos comerciales, por supuesto) y circular por la antigua 35.

Con los años, él y Chacho se han convertido en *cuates*. Fue Chacho quien le dio una cálida bienvenida al 867 cuando no tenía por qué hacerlo. Fue Chacho quien lo llevó a los sitios, quien le presentó a la gente, quien facilitó a un *pocho* la protección de los lugareños.

Chacho es su mejor amigo, quizá su único amigo de verdad en México.

Eddie Ruiz tiene veintiséis años y ya es millonario.

Su padre quería que fuera a la universidad e incluso se ofreció a costearla, lo cual era mucho para el viejo de Eddie, pero este le dijo: «Me va bien, papá».

Estaba enviando lotes de cincuenta kilos de hierba, así que la idea de sentarse en un aula a estudiar «Contabilidad 101» o «Introducción a Shakespeare» le parecía contraproducente.

Papá era ingeniero, tenía un trabajo bien remunerado, una casa en las afueras y un buen coche, así que Eddie no era uno de esos *cholos* que se criaban en el barrio. Era un muchacho de clase media que iba a una buena escuela y jugaba al fútbol americano con otros chicanos y con niños blancos; no tenía las habituales excusas para empezar a vender droga.

Eddie no necesitaba una excusa. Tenía un motivo.

Le daba dinero.

(«Con la mente en el dinero y el dinero en la mente».)

Cuatro años de universidad le habrían situado en desventaja.

Uno quiere vivir por todo lo alto, tío, ser una estrella del fútbol en su instituto de Texas. Ser un chicano rubio y atractivo con los ojos azules y una sonrisa arrebatadora, llevar del brazo a una preciosa chicana rubia de ojos azules y saber cómo se ve el mundo desde la cima.

Por eso empezó a vender drogas, si queréis saber la verdad.

Con un metro ochenta de altura y noventa y cinco kilos de peso sabía que no iría a la primera división, al menos en una escuela de Texas. Por tanto, ¿qué sentido tenía? ¿Ser suplente en un equipo de segunda en Ditchweed, Iowa?

No, gracias.

Cuando uno se acostumbra al ático no quiere mudarse a la tercera planta. Quiere seguir disfrutando de las vistas cuando se apagan las luces el viernes por la noche. Solo hay dos cosas que pueden retenerte allí:

La primera división o...

El dinero.

Puede que el dinero no pueda comprar la felicidad, pero sí alquilarla una buena temporada. Ahora Eddie lleva sesenta mil dólares de felicidad en un maletín y sale de Freddy's en dirección al Nissan para entregárselos a Chacho.

Pero no.

Porque, en cuanto pisa la calle, tres hombres le meten una pistola en la boca, lo llevan a un Suburban negro y lo empujan al asiento trasero. Se sientan uno a cada lado, el otro se acomoda en el asiento del acompañante y el conductor arranca.

Eddie conoce al tipo que va sentado junto a él.

Es Mario Soto.

La familia Soto ha controlado una parte de Laredo durante tanto tiempo como los García. Lo pactaron hace mucho: los Chacho se quedaron con el este y los Soto con el oeste. Había mucho para todos y todos se llevaban bien.

Eddie ha estado de fiesta con Mario en muchas ocasiones.

Han pasado buenos ratos.

Ahora no parece que Mario esté de humor para fiestas.

Se le ve alterado.

Eddie no conoce al otro ocupante del asiento trasero: cabeza grande, pelo largo y, en serio, una granada de mano colgada del cuello, lo cual no puede ser bueno.

El conductor es achaparrado y fuerte. Parece un defensa de fútbol americano.

El que viaja en el asiento del acompañante recuerda a un halcón con su nariz aguileña y unos ojos penetrantes y atentos. Es corpulento, con el pelo negro como el azabache. Irradia el atractivo de una estrella de cine. Se vuelve, mira a Mario y le espeta:

—Díselo.

—¿Que me diga qué? —pregunta Eddie.

—Que no le pagarás más a Chacho —dice Mario—. Le pagarás al CDG.

—¿Qué coño significa eso, Mario? Laredo no es territorio del Golfo —responde Eddie.

—Ahora sí —dice Mario.

«Mierda —piensa Eddie—. Si los Soto se han unido al cártel del Golfo...».

—Eres *pocho*, ¿verdad? —dice la estrella de cine—. Estadounidense.

—¿Y?

—Tu vida no cambiará —prosigue—. Puedes continuar como siempre. La única diferencia es que le pagarás a Mario en lugar de a Chacho.

«Ah, ¿eso es todo? —piensa Eddie—. Como si fuera poca cosa».

—Esos sesenta mil que llevas en el maletín nos pertenecen —dice la estrella de cine—. Osiel Contreras quiere que sepas que aprecia tu lealtad en estos momentos difíciles y te garantiza su protección.

—¿De quién?

—De cualquiera.

—Me estáis obligando a elegir...

—Nadie está dándote opciones —interrumpe la estrella de cine.

Mario coge el maletín y el Suburban se detiene detrás del coche de Eddie.

—Sesenta mil el día uno de cada mes. No te retrases.

Eddie está un poco agitado cuando sale.

Ha oído historias. Sabe quiénes son esos tipos.

Los Zetas.

Ahora Chacho parece un narco.

Con una camisa de seda brillante que ha tenido que costarle dólar y medio, unos pantalones de pinzas blancos, mocasines y cadenas de oro, podría ser actor de culebrón o traficante; y no es actor de culebrón.

Eddie ha ido directo a su «oficina» —la segunda planta de un almacén vacío situado en Bruno Álvarez—, y el narco se percata al instante de que no lleva nada en las manos.

—¿Has olvidado algo? —pregunta Chacho.

—No lo tengo —responde Eddie, que le cuenta lo sucedido con los Zetas.

—¿Qué? ¿Has permitido que te quiten mi dinero?

—Iban armados.

—¿Y tú no tienes armas?

Sí, Eddie guarda una pistola en la buhardilla de casa. Nunca ha necesitado una puta pistola.

—No la llevo encima.

—Pues a lo mejor deberías —dice Chacho, que busca la aprobación de los seis o siete secuaces allí presentes y saca una Glock—. ¿Ves? Yo llevo pistola.

Los *chachos* le muestran la suya. «Por supuesto que llevan pistola —piensa Eddie—. Joder, cuatro de ellos son polis de Nuevo Laredo».

—Tú me pagas a mí —dice Chacho.

—Por tu protección —responde Eddie—. ¿A lo que me acaba de pasar le llamas tú protección? Porque yo no, Chacho.

—Yo me ocuparé de ello —dice el narco—. Puede que Soto le tenga miedo al CDG, pero yo no.

—¿Y qué hay de los Zetas?

Chacho contesta:

—¿Qué somos? ¿Críos de diez años paseándonos con walkie-talkies? «Entra, Z-1. Corto y cambio, Z-2». Dejé de jugar con GI Joes cuando descubrí que tenía polla.

Sus chicos se echan a reír.

Eddie no.

—Me han contado las locuras que pasan en Matamoros.

Historias sobre lo que sucede en el hotel Nieto y en los pisos francos que supuestamente tienen los Zetas. «Técnicas de interrogatorio» especiales que aprendieron en el ejército. Torturas.

—Esto no es Matamoros —dice Chacho—. Esto es el 867. Tú me pagas a mí.

—La gente de la que supuestamente debes protegerme me lo ha robado —protesta.

—Eddie, somos amigos y tal, pero el negocio es el negocio —zanja Chacho.

Eddie coge a Ángela y la acuna sobre el hombro mientras Teresa intenta que Eddie júnior engulla una cucharada de algo asqueroso que parece hecho con zanahoria. El niño aparta la cabeza y cierra la boca, pero sonríe como si fuera una broma.

—¿Por qué no te vas unos días a visitar a tus padres y te llevas a los niños? —pregunta Eddie.

Teresa se vuelve hacia él con la cuchara en la mano. Sabe qué significa. Lo sabía cuando se casó con él.

Pero ¿qué iba a hacer?

Le quería.

Eso no significaba que a veces no fuera duro.

Eddie se lo nota en la mirada, como ocurre en cualquier matrimonio. Últimamente las cosas no han ido bien, ni siquiera en la cama, donde siempre había sido fantástico. Pero las parejas tienen épocas, lo sabe, como también sabe que no puede ser fácil con un hijo de tres años y una mocosa inquieta. Además, sale mucho de noche y duerme de día y, aunque Teresa es consciente de que las discotecas forman parte de su trabajo, tiene sus sospechas sobre dónde está y qué está haciendo.

«Viene con el territorio —piensa Eddie—. Y me gusta catar un coño desconocido de vez en cuando. Mátame por ello».

Teresa conocía el trato. Lo bueno venía con lo malo. Disfruta del dinero, de las compras en Laredo y de las vacaciones en Cabo.

De la casa, una bonita casa, nueva, pero no esas McMansiones chabacanas que se construyen los demás narcos.

De un buen barrio: médicos, abogados y gente de negocios.

De una buena escuela en la misma calle.

Así que ese es el trato y ella lo sabe. Toda su familia lo sabe. Cuando empezó a salir con Eddie, no les caía bien. Cuando descubrieron que vendía droga, se pusieron como locos y le prohibieron verlo. Pero cuando empezó a llover el dinero, cambiaron el guion.

Ahora la madre de Teresa le ayuda a blanquear dinero.

Así que Teresa lo entiende, del mismo modo que entiende que la propuesta de que vaya a pasar unos días a Laredo significa que hay algún problema.

—No pasa nada —dice para tranquilizarla—. Solo una semana o dos.

—Hace un momento eran unos días —responde ella—. Ahora son dos semanas.

Eddie se encoge de hombros.

¿Qué cojones quiere de él?

Ángela le grita al oído:

—¡¡¡Papá, papá, papá!!!

Eddie le hace cosquillas en el cuello con la nariz y la deja en el suelo. La niña intenta coger una Barbie que acaban de comprar. «Tiene cuatro años —piensa Eddie—. ¿No es un poco pronto para esa mierda?».

—¿Cuándo tendría que irme? —pregunta Teresa.

—Ahora estaría bien —dice Eddie.

Cuando Teresa y los niños se van, Eddie va a la buhardilla y coge sesenta mil dólares en efectivo.

También coge una pistola.

Una Glock de 9 milímetros.

Busca un polo más grande para que la culata no sobresalga. No queda bien, no queda ajustado, pero ahí está.

Vuelve a casa de Chacho y le entrega la bolsa.

Chacho sonríe.

—Quiero enseñarte una cosa.

Eddie lo sigue hasta una habitación situada en la parte posterior.

El cuerpo de Mario Soto está en el suelo, con las manos atadas a la espalda con cinta adhesiva, al igual que los tobillos, y le brota sangre de una herida en la cabeza. Otros dos *sotos* están apoyados contra la pared con los ojos abiertos.

Eddie nunca había visto un muerto. Bueno, excepto aquella vez en una autopista.

—Chacho, ¿qué has hecho?

—Te dije que yo me ocuparía. —Resulta que cuatro agentes locales, todos ellos *chachos*, dieron el alto al coche de Mario y lo llevaron al almacén—. Nuevo Laredo, chaval. Defendemos nuestro territorio. Tenemos a la policía. Podemos sacar a cien hombres a la calle.

«Bravuconadas —se dice Eddie—. Chacho puede permitírselas. No tiene mujer ni dos hijos en los que pensar».

—¿Y en qué nos va ayudar esto? —pregunta.

Porque Chacho no entiende lo que va a suceder.

Los grandes van a volver.

Los jefes. Los *buchones*.

Contreras en el Golfo, manejando los hilos desde una celda.

Solorzano en TJ.

Fuentes en Juárez.

Y ahora Barrera está fuera y ha creado «la Alianza» —joder, suena como la puta *Guerra de las galaxias*— con Nacho Esparza, los hermanos Tapia y Fuentes.

«Los tipos grandes tienen grandes apetitos y van a comerse el mundo. El CDG quiere el 867; ya devoraron a los *sotos*. Si queremos sobrevivir, tendremos que unirnos a uno de los grandes».

Pero Chacho no lo entiende.

—Tengo que saber de qué bando estás —dice Chacho—. ¿Estás conmigo o estás con ellos? Tienes que elegir. —Chacho lo abraza con fuerza—. El 867, 'mano. Nosotros contra el mundo.

—El 867 —repite Eddie.

Debe actuar con calma, como si nada hubiera ocurrido. ¿Quién sabe? Quizá Chacho tenga razón. Quizás esto hará que el CDG dé marcha atrás.

O no, porque, una semana después, la policía descubre cuatro bidones de gasolina en llamas a las afueras de Nuevo Laredo. No es nada inusual. Uno encuentra viejos bidones de gasolina en las zonas más dejadas de la ciudad. La gente les prende fuego para calentarse, para cocinar, para iluminarse o porque les da la gana.

Lo raro es que haya un cuerpo en cada uno de los bidones. Los cuatro agentes que cazaron a Mario Soto han sido golpeados, atados, metidos en los bidones y quemados vivos. La policía de Nuevo Laredo no saldrá a buscar a los hombres que han hecho esto a sus compañeros. Ya saben quién es el autor y hacen lo más inteligente.

Cambian de bando.

Eddie y Chacho abandonan la ciudad.

Monterrey se encuentra en un valle dominado por el Cerro de la Silla, que Eddie conoce como Saddle Mountain. Eddie es bilingüe, pero normalmente piensa en inglés. Ahora, sea cual sea el idioma, está de mierda hasta el cuello.

Incluso en Monterrey, que muchos consideran la ciudad más «estadounidense» de México. Whirlpool está allí, y también Dell y Boeing, y muchas otras empresas estadounidense como Samsung, Sony, Toyota y Nokia.

A diferencia de Nuevo Laredo, Monterrey es rica, y Eddie sabe por qué: los hombres que ocupan esos despachos llegaron a la conclusión de que los productos que antes fabricaba la mano de obra barata de Nuevo Laredo podían ser fabricados por mano de obra aún más barata en China.

Así que Nuevo Laredo se secó y se la llevó el viento mientras Monterrey construía rascacielos y abría nuevos restaurantes en los que los yupis mexicanos podían quejarse de la salsa holandesa.

Eddie y Chacho huyeron a Monterrey porque este tiene un piso franco a las afueras de Guadalupe y porque, para los narcos, es una ciudad abierta. Nadie mantiene una fuerte presencia allí, ni siquiera el CDG, y existe un acuerdo tácito según el cual Monterrey es territorio neutral y seguro. Los narcos van allí a quitarse de en medio cuando lo necesitan o instalan a su familia cuando las cosas se ponen feas en su plaza.

Y, sin duda, las cosas se han puesto feas, por así decirlo, en la plaza de Eddie.

«O lo que era nuestra plaza», piensa cuando baja al metro. Los *sotos* han acudido al CDG, al igual que la mayoría de los agentes de la ciudad y la policía estatal. También lo ha hecho el ejército, aunque este siempre ha sido una banda por derecho propio.

Eddie sabe que no puede vivir para siempre en Monterrey. Y que no puede volver al 867 —a menos que lo haga como antorcha humana— si no se le ocurre algo. «Putos Zetas, tío. Nadie hace algo así. De vez en cuando las cosas se van de madre y alguien recibe un balazo. Pero ¿quemar a gente viva?

»Eso es de chiflados.

»Se han pasado de la raya».

Pero tiene que reconocer que sirvió. Si el objetivo era asustar a la gente, lo habían conseguido.

«Estoy asustado».

Eddie va en metro a Niños Héroes y recorre a pie el resto del trayecto hasta el estadio de béisbol donde se enfrentan los Sultanes y los Tecolotes, ambos de Monterrey. No es que sea un auténtico aficionado. Va al béisbol si no puede ver vía satélite un partido de fútbol americano de los Dallas Cowboys.

Compra una entrada cerca de la primera base, encuentra la zona y baja hasta la fila correspondiente, donde ve a un hombre corpulento con barba larga comiendo cacahuetes entre trago y trago de una cerveza en vaso de papel.

Debe de ser Diego Tapia.

Nadie tiene ese aspecto.

Eddie y Chacho le habían tendido una mano. Los Tapia hacían negocios por todo Laredo. Eddie sabe que tienen que unirse a alguien y ahora son los únicos que hay en la ciudad. La *alianza de sangre* es su única posibilidad.

El hombre situado junto a Tapia se levanta al ver a Eddie, que toma asiento.

—Me gusta ver a los lanzadores —comenta Diego—. A mucha gente no le gustan los partidos con un marcador bajo. A mí sí. ¿Quieres una Modelo?

A Eddie no le apetece una cerveza, pero no quiere ofenderle, así que asiente y Tapia indica a su acompañante que vaya a buscarle una. Luego pregunta:

—¿Dónde está Chacho?

—No me parecía inteligente que te vieran con él —responde Eddie—. A mí no me conoce nadie.

Diego mira a Eddie como si estuviera reevaluándolo. Eddie conoce esa mirada por los entrenadores de fútbol americano que pensaban que era demasiado menudo hasta que lo veían abalanzarse sobre alguien. Entonces le echaban ese segundo vistazo.

—¿Te gusta el béisbol? —pregunta Diego.

—No está mal.

—Eres *yanqui* —dice—. Yo pensaba que a todos los *yanquis* os gustaba el béisbol.

—Yo soy más de fútbol.

—¿De qué tipo?

—Del bueno —responde Eddie—. De ese en el que a veces pasa algo.

Prefiere ver la hierba crecer y morirse que aguantar un partido de fútbol entero.

—¿Como los Dallas Cowboys? —aventura Diego en inglés.

—Algo así.

El hombre de Diego ofrece a Eddie una cerveza.

El *pitcher* de los Tecolotes lanza una pelota que describe una parábola y el bateador la conecta. Es un buen golpe, pero Eddie nota por el crujido del bate que no va con fuerza y cae en el guante del centrocampista.

Entonces Diego pregunta:

—¿Estás aquí por ti o por Chacho?

Es arriesgado. Diego debe de saber que fue Chacho quien mató a Mario Soto y a los demás y quien causó todo este jaleo. Ahora mismo, Chacho es más o menos tan popular como un herpes. Pero Eddie ha venido a ofrecer su lealtad a Diego, de modo que si es desleal a Chacho...

—Por ambos —responde Eddie.

Diego asimila el mensaje.

—¿Y qué crees que puedo hacer por vosotros?

—Hemos tenido problemas en Laredo.

—Estáis de mierda hasta el cuello, muchachos —dice Diego—. Deberíais haber acudido a mí antes de que corriera la sangre. Ahora es más difícil de arreglar.

Pero Eddie se percata de que ha dejado la puerta abierta.

—Más difícil, pero no imposible —puntualiza—. Tú y Chacho siempre habéis mantenido una buena relación. Habéis movido producto en Laredo.

—Chacho ya no controla Laredo —responde Diego—. No puede luchar contra el CDG.

—Tú sí.

—Pero no lo haré —replica Diego—. ¿Por qué iba a entrar en guerra para pagar el *piso* a Chacho en lugar de a Contreras?

—Bajaremos el precio.

Diego se limita a sonreír.

Eddie bebe un trago de cerveza porque, de repente, tiene la garganta seca. Si Tapia lo considera un payaso, la conversación habrá terminado y él acabará en un bidón de doscientos litros lleno de gasolina.

A la mierda el béisbol. Ha llegado la hora de la ofensiva.

—Si nos quitáis de encima al CDG —propone Eddie—, podéis utilizar nuestro territorio sin pagar el *piso*.

—Tienes un par de huevos —responde Diego entre risas—. Acudes a mí para obtener protección y luego quieres cobrarme el alquiler de una propiedad que no es tuya.

El bateador dirige la bola al parador en corto, que la recoge y realiza un hermoso lanzamiento al primera base.

—La quería rasa —comenta Diego—. Si os quito de encima al CDG, tendréis que trabajar para nosotros. Distribuiréis nuestro producto, gestionaréis la plaza y, si movéis vuestro producto, nos pagaréis un ocho por ciento.

El siguiente bateador golpea en la primera base. La curva se prolonga un milisegundo de más y ahora rebasa el muro izquierdo del campo.

Eddie acepta la oferta.

Diego tiene delante un plato de *cabrito*, una especialidad de Monterrey cocinada a fuego lento en las brasas.

Él y Heriberto Ochoa están sentados en la sala trasera de un restaurante en el exclusivo barrio de Garza García, situado en el sur de Monterrey, por debajo del río Santa Catarina. Dos policías de incógnito custodian la puerta.

—¿Por qué estamos aquí? —pregunta Ochoa.

Es una impertinencia, pero está impaciente. Han hablado de béisbol, del tiempo, de la comida, del vino, otra vez de béisbol y vuelta con la comida. Ha llegado la hora de ir al grano.

Diego suelta el tenedor y mira al otro lado de la mesa.

—No queremos problemas con vosotros —dice—. Estamos dispuestos a olvidar que Contreras intentó asesinar a Adán Barrera.

—Alguien te ha contado una mentira.

—Siempre hay alguien que me cuenta una mentira —replica Diego—. Si a la hora del almuerzo no me han soltado algún embuste, siento que me falta algo.

—No fuimos nosotros —miente Ochoa—. Pero, fuera quien fuese, te hizo un favor. Te irá mejor ahora que el Rey Niño está acabado, ¿no?

De nuevo, Diego obvia el insulto.

—Estamos haciendo negocios con Chacho García.

—¿Qué negocio hay en un cementerio? —pregunta Ochoa.

Diego vuelve a coger el tenedor, mira la comida y dice:

—Después de nueve mangas, si llevas ventaja, el partido se ha acabado. Uno no sigue jugando cuando ya ha ganado.

«Es sorprendente que lo reconozca», piensa Ochoa. Diego Tapia acaba de admitir que Nuevo Laredo ahora pertenece al CDG.

—¿Qué negocio tienes con Chacho? —pregunta Ochoa.

—Movemos producto en su antigua plaza —explica Tapia—. Tiene a los hombres, la maquinaria y los agentes de aduanas. ¿Por qué reinventar la rueda? Lo único que te pedimos es un gesto de cortesía. Por supuesto, no he venido con las manos vacías. No hará falta decir que te pagaríamos el *piso* tradicional.

—Por supuesto.

—Entonces, ¿no hay problema?

—Sí, hay un problema —responde Ochoa—. Ese Chacho mató a Soto y a dos de sus hombres.

—Y, en represalia, tú mataste a cuatro.

—Pero la familia de Chacho no está llorando —dice Ochoa.

—Ya mandaste tu mensaje. Déjalo.

Es una lección que Diego aprendió de Adán: ataca rápido, ataca fuerte y siéntete satisfecho de la victoria. No pisotees a los supervivientes ni te ganes más enemigos.

Ochoa extrajo una lección diferente en Chiapas. Con ganar no basta: los vencidos deben temerte o volverán a intentarlo.

—Si quieres que la plaza de Laredo esté abierta a tus envíos —propone—, dinos dónde está ese *malandro* de Chacho.

—Estás dando por sentado que lo sé —responde Diego.

—Si no lo sabes —dice Ochoa—, ¿de qué tenemos que hablar?

Diego ya había discutido con Adán sobre esto.

—¿Cuánto tiempo tendremos que comernos la mierda del CDG? —había preguntado a Barrera.

—El tiempo que sea necesario.

—Eso no es una respuesta.

—¿Se te ocurre algo mejor? —preguntó Adán.

—Puedo tener a cincuenta de mis mejores hombres en Matamoros esta noche —dijo Diego—. Matamos a Z-1, luego a Z-2, luego a Z-3...

—No —dijo Adán—. Cooperaremos con ellos y les haremos creer que les tenemos miedo. Quiero que sean complacientes, arrogantes, seguros de sí mismos.

Diego ha aprendido a no cuestionar a Adán. Cada movimiento que ha realizado desde que salió de Puente ha sido acertado. Así que, si Adán quiere que jueguen un partido con los Zetas, eso es lo que hará.

Muy a su pesar, Diego revela a Ochoa el paradero de Chacho.

El domingo preparan *carne asada.*

Carne asada y cerveza; eso es un domingo. Es una tradición y, en cualquier caso, están celebrando el pacto con la Alianza, que Chacho aceptó por insistencia de Eddie.

Ahora Eddie está tocándole las pelotas a Chacho, intentando aprovecharlo al máximo, tomárselo con humor, y le dice que recibirán un cheque semanal, prestaciones, seguro sanitario —oftalmológico y dental—, vacaciones pagadas y cuatrocientos un mil dólares.

—Y puede que un carné del gimnasio —comenta.

—Yo me ejercito con ella —responde Chacho, señalando con el pulgar a Yolanda.

Está sentada en el porche y lleva solo un sujetador y bragas de color rojo («¿Qué diferencia hay entre eso y un bikini?») y, por lo que puede ver Eddie —que es mucho—, no es de extrañar que Chacho haga las flexiones con ella.

De todas formas, Yo le cae bien.

Lleva más o menos dos años con Chacho y es una chica muy tranquila. Requiere poco mantenimiento, lo cual es un plus en su trabajo. No le interroga sobre dónde ha estado, qué ha hecho o a quién se ha tirado. Teresa podría aprender unas cuantas lecciones de ella y Eddie se acuerda que debe presentarlas. Y tal vez Yo pueda enseñarle algunos trucos nuevos en la cama, refrescar un poco las cosas.

Chacho le da la vuelta a la carne en el asador e inician una de las discusiones típicas de la frontera Tex-Mex sobre el adobo.

—Los frijoleros utilizáis demasiado zumo de lima —dice Eddie entre trago y trago de cerveza—. Cojones, si quisiera zumo de fruta, pediría un multifrutas.

—Los *pochos* no distinguiríais una buena carne ni aunque la llevarais colgada entre las piernas, lo cual no es así —dice Chacho afablemente.

—¿Quieres verla? —pregunta Eddie.

—No he traído la lupa.

Y así siguen, lanzándose pullas y haciendo payasadas hasta que se sientan a comer. Eddie no puede evitar mirar furtivamente las tetas de Yo cuando se inclina para coger un poco de salsa. Ella se da cuenta y sonríe.

Es una *chica* maja.

Cuando terminen, harán las maletas, se montarán en el coche y regresarán a Nuevo. Eddie está ansioso por llamar a Teresa y decirle que vuelva a casa. Después de comer, limpian la cocina, cargan el coche y, cuando están a punto de salir, un Ford Explorer negro se detiene detrás de ellos y otro se sitúa delante y les corta el paso. Llega un tercero por un lateral.

De ellos salen al menos veinte hombres.

Vestidos de negro.

Encapuchados.

Son los hombres del saco.

Va todo muy rápido. Tanto que termina antes de empezar. Eddie ni siquiera tiene tiempo de coger la pistola. Lo hacen salir y lo meten en uno de los todoterrenos.

Una vez dentro, le ponen un pasamontañas negro.

La habitación huele a gasolina.

Eddie, desnudo, tiene las muñecas y los tobillos atados con cinta adhesiva a una silla de madera. Chacho está a su lado.

Yolanda ha muerto.

Ataron a Chacho a la silla y le obligaron a mirar mientras hacían lo que querían con ella y luego le pegaron un tiro en la cabeza. Ahora yace a sus pies. El sujetador y las bragas de color rojo están amontonados en un rincón. La estancia parece un salón, pero, con la salvedad de las sillas, no hay ningún mueble.

Las paredes blancas están desnudas y las cortinas echadas.

Ahora hay tres Zetas allí, el tipo de la granada entre ellos. Eddie oye a los demás referirse a él como Segura. El «defensa» también está. Lo llaman Forty, «cuarenta», lo cual extraña a Eddie, porque tenía entendido que solo hay treinta Zetas. Habla inglés como si hubiera pasado una temporada en Texas.

Ochoa se apoya en la pared.

Ese es el nombre de la estrella de cine: Ochoa.

Z-1.

El hecho de que no se hayan molestado en esconder su rostro ni su nombre indica a Eddie que también van a matarlo a él.

Solo espera que sea rápido.

Luego ve camisetas blancas flotando en un barreño lleno de gasolina y Ochoa dice:

—A vosotros os gusta la *carne asada*, ¿no, chicos? Hemos tenido que esperar ahí durante horas, oliéndola. Nos ha entrado hambre, así que vamos a preparar una poca.

Hace un gesto a Forty, que coge una de las camisetas del barreño, la escurre, se sitúa detrás de Chacho y se la coloca sobre la piel desnuda. Tiembla tanto que las patas de la silla traquetean encima del suelo de madera. Se estremece aún más cuando Forty se saca un encendedor Bic del bolsillo y lo ondea como si estuviese en un concierto.

«Dios, Dios, Dios», piensa Eddie. Tiene la sensación de que va a mearse encima y empieza a temblarle la pierna derecha sin que él pueda hacer nada por evitarlo.

Forty se acerca a Chacho por detrás y le habla al oído.

—Tú mataste a Soto. Ahora arderás en el infierno.

Prende fuego a la camiseta.

Las llamas se alzan como un resplandor.

Chacho grita.

La silla se bambolea.

—Parece una niña —dice Segura riéndose.

El fuego se apaga. Chacho tiene la camiseta pegada a la piel.

El olor a carne quemada penetra en la nariz de Eddie y después en sus pulmones y su alma.

Ochoa se acerca y levanta la barbilla a Chacho.

—¿Te ha dolido? Pues esto no es nada.

Situado detrás de Chacho, se quita unos restos de camiseta de entre los dedos.

—Esto no es nada.

Entonces le arranca la tela de la carne quemada.

Chacho grita.

Es un jadeo rítmico, animal.

Parece que le vayan a explotar las venas del cuello y que vayan a salírsele los ojos de las cuencas.

—Ahora sí que duele —dice Ochoa.

Forty se echa a reír. Al parecer le resulta divertidísimo. Segura se toca la granada que lleva colgada del cuello como si fuera un rosario. Cuando Chacho, exhausto, finalmente deja de gritar, Forty coge otra camiseta del cubo y se la pone en la espalda.

—Por favor —murmura Chacho.

—¿Por favor, qué? —pregunta Ochoa.

—Por favor... no vuelvas a hacerlo.

Lo hacen tres veces más. Le prenden fuego, arrancan la camiseta y, con ella, su carne quemada. Cuando terminan, Chacho es un trozo de carne, piensa Eddie. «Nada más que carne asada».

Le sale vapor de la espalda.

Entonces Ochoa pronuncia las peores palabras que Eddie ha oído en su vida.

—Ahora te toca a ti.

Forty se sitúa detrás de Eddie y le cubre la espalda con una camiseta empapada en gasolina. Eddie intenta controlarse, pero no puede. Nota cómo le cae la orina por la pierna y ve el charco en el suelo.

—Se ha meado —dice Forty entre carcajadas.

Segura toca la granada.

—Otra niña.

—No, por favor —gimotea Eddie.

Es como si hablara desde la distancia, a través de un viejo tubo de cartón o algún objeto que utilizara de niño para gritar.

Forty enciende el mechero.

—¡No! —grita Eddie.

Forty cierra la tapa.

—Vamos a dejarte marchar —dice Ochoa, agarrando a Eddie de la barbilla— para que le cuentes a los tuyos qué pasa cuando les faltas al respeto a los Zetas. Y ahora deja de llorar, maricón, y vístete.

Cortan la cinta adhesiva y Eddie se pone la ropa torpemente y baja las escaleras corriendo.

Los oye reírse.

—Segura —dice Eddie a Diego, verbalizando lo que se ha convertido en un cántico interior, en una plegaria, en un mantra—, Forty, Ochoa. Son míos. Voy a matarlos uno por uno con mis propias manos.

Diego sonríe. Le cae bien ese chico. Le gusta su espíritu.

Eddie fue corriendo a Badiraguato cuando los Zetas terminaron con él. Tiraron el cuerpo de Chacho en la calle, vestido con la ropa interior de Yolanda, para dejarlo en ridículo, para avergonzar a su familia, para decir que era un *joto* que murió como una niña.

Menudo chiste.

Putos graciosos.

Así que Eddie fue a Badiraguato, al corazón del cártel de Sinaloa, a anunciar al Gran Hombre que estaba con ellos, que formaba parte de la organización, que era su hombre para la guerra contra los Zetas y Contreras.

El gran hombre barbudo lo mira y dice:

—No habrá guerra.

Eddie no puede creerse lo que está oyendo.

—Ya te he contado lo que hicieron. En Monterrey, que supuestamente es terreno neutral.

—He dicho que no habrá guerra.

—Pues entonces lo haré yo solo —afirma Eddie al levantarse—. Sin ti.

—¿Crees que tú y unos cuantos *chachos* podéis enfrentaros a los Zetas? —pregunta Diego—. Esta vez te matarán.

Fue él quien pidió a Ochoa que no asesinara a este joven *pocho*, que le dejara vivir para dirigir el negocio.

—Al menos podré morir como un hombre —dice Eddie.

—Piensa como un hombre —responde Diego—. Un hombre tiene responsabilidades. Tienes mujer e hijos de los que cuidar.

—Ya no tengo manera de ocuparme de ellos.

—Dirigirás Laredo para nosotros y pagarás nuestro *piso* a Ochoa —dice Diego.

—¿Quieres que se la chupe también?

—Eso ya es cosa tuya, *m'ijo* —responde Diego—. Lo que intento decirte es que no seas tonto. No permitas que las emociones nublen tu inteligencia. Siéntate.

Eddie se sienta, pero dice:

—Han matado a mi amigo delante de mí. Lo han quemado vivo.

Diego ya sabe lo que ocurrió en esa habitación. Fue terrible, desagradable e innecesario. Pero ya está hecho.

—¿Sabes a cuántos amigos he perdido yo? —pregunta—. Lloras, dejas comida en su tumba el Día de Muertos y sigues con tu vida. Estoy ofreciéndote una plaza. Eres un *pocho* y estoy ofreciéndote una plaza. A cambio, te pido una cosa...

—Que coma mierda.

—Que esperes tu momento.

»Comes mierda y sonríes. Pagas el *piso* a Ochoa y sonríes un poco más. Eres feliz y estás agradecido de seguir vivo y participar en el negocio.

»Entretanto, con discreción e inteligencia, reclutas hombres. No en Laredo, ni siquiera en el Golfo, sino en Sinaloa, Guerrero, Baja. Y nada de *malandros* cocainómanos. Policías y soldados, gente seria.

»Poco a poco, sin llamar la atención, los llevas a Laredo.

»Creas una fuerza, un ejército.

»El CDG tiene a los Zetas —dice Diego—. Nosotros tendremos a...

—Los Negros —interrumpe Eddie.

Negro.

El color de la carne quemada.

Le lleva meses.

Meses reclutando, alquilando pisos francos en secreto, trasladando hombres y armamento a Nuevo Laredo, meses besándole el culo al CDG, realizando pagos al hombre que ha torturado a su amigo hasta la muerte, sonriendo como un perro callejero al que han lanzado unas sobras desde la mesa.

Pero, por fin, está preparado.

Adán Barrera les da la luz verde.

El Señor pronuncia la palabra, Diego se la transmite a Eddie como si fuera un regalo y Eddie llama a Ochoa.

—Tenéis únicamente una semana para largaros de Nuevo Laredo y Reynosa. Podéis quedaros Matamoros para tener algo que comer, pero eso es todo.

Eddie disfruta del prolongado silencio de incredulidad. Entonces, Ochoa pregunta:

—¿Y si no lo hacemos?

La respuesta de Eddie es simple.

—Si no lo hacéis... os quemaremos.

Una semana después, Eddie se encuentra en un tejado de Nuevo Laredo con cinco hombres vestidos con uniforme de policía, realiza varios disparos al aire con un rifle y grita:

—¡Somos los Negros, la gente de Adán Barrera, y él está aquí... en Nuevo Laredo!

Keller lee los titulares y no puede evitar sonreír.

El diablo estaba muerto.

Pero no por mucho tiempo.

3

LOS DOS LAREDOS

> *The blues is my business*
> *And business is good.*
>
> TODD CERNEY,
> *The Blues Is My Business*

Nuevo Laredo
2006

Ha estallado una guerra civil en Nuevo Laredo.

Keller va allí porque Adán Barrera ha anunciado su presencia, literalmente desde los tejados.

Todo el mundo sigue esperando que Barrera haga aparición en la ciudad. Un rumor, repetido al punto de convertirse en un «hecho», es que sus hombres entraron en un restaurante de Nuevo Laredo, confiscaron todos los teléfonos móviles, cerraron las puertas y, educadamente, anunciaron que nadie podía marcharse. Cuentan que luego llegó Barrera, cenó en la sala posterior, pagó la cuenta de todo el mundo y se fue. Los teléfonos fueron devueltos a sus propietarios y después los dejaron marchar.

Keller sabe que es mentira, pero le parece revelador que algo así pueda considerarse cierto. Sabe que Adán Barrera no se acercará a la zona de guerra hasta que los disparos hayan cesado.

Las batallas de Adán las libran suplentes como los Negros y los Tapia, y puede que sean una ruta para llegar hasta él.

«En su día... —piensa Keller—, en mis tiempos... —admite—, los narcos disparaban ellos mismos cuando había un enfrentamiento. Raúl, el hermano de Adán, estaba en primera línea en todas las peleas. Ahora tienen "ejércitos". El CDG cuenta con los Zetas y Tapia con los Negros. En Juárez, Fuentes tiene algo conocido como la Línea. Los cárteles se convierten en pequeños estados y los narcos en políticos que mandan a otros hombres a la guerra».

Una guerra civil en este caso.

Violencia de policías contra policías.

El CDG tiene a la policía municipal de Nuevo Laredo en el bolsillo y sus aliados, los Zetas, están luchando contra la *alianza de sangre* de Barrera y los federales. No es que estas dos entidades se hayan unido, sino que, cuando Gerardo Vera envió a un comandante de la AFI a restablecer el orden en Nuevo Laredo, la policía pagada por el CDG le tendió una emboscada cuando volvía de hacer unas compras al otro lado del puente, acabó con su vida e hirió a su mujer, que estaba embarazada.

Keller había tenido la cortesía de no regodearse en la resurrección de Barrera, y tanto Vera como Aguilar habían tenido la decencia de reconocer que se equivocaban, que lo que habían tachado de rumores sobre la creación de una *alianza de sangre* por parte de Barrera en realidad era cierto.

Al igual que la predicción de Keller, según la cual, Barrera estaba a punto de trasladarse a Laredo.

«Al espacio que creamos para él —no puede evitar pensar Keller—, cuando detuvimos a Contreras».

El jefe del CDG apenas había entrado en su celda cuando Barrera movió ficha, así que habían sido años de planificación, puede que incluso antes de la huida de Puente Grande. ¿Estaba Adán esperando a que cayera Contreras o tuvo algo que ver con ello y utilizó a la AFI como sus agentes, lo supieran ellos o no?

Y ahora el CDG mata a un comandante de la AFI.

«¿En represalia por la detención de Contreras o porque ven a la AFI como los aliados de Barrera?», se pregunta Keller. Los informativos mencionaron que la policía de Nuevo Laredo estaba «buscando hasta en el último recodo» para dar con los asesinos.

—No debería costarles mucho —dijo Vera—. Lo único que tienen que hacer es mirar en su propia comisaría.

Estaba pálido de furia. El hombre al que había elegido estaba muerto y su mujer herida. Organizó él mismo una rueda de prensa en la que declaró:

—Esto ha sido nada menos que un ataque al gobierno y al pueblo de México. Y os juro que no quedará impune.

Aquel mismo día, agentes de la AFI y policías de Nuevo Laredo cruzaron disparos en las calles.

Era una guerra civil.

Eddie se halla frente al restaurante Otay.

La calle está tranquila un miércoles a la una y cuarto de la madrugada.

A través de la ventana, Eddie ve a tres policías, los únicos clientes, sentados a la misma mesa tomando la típica cena del turno de noche. Se vuelve hacia los cuatro hombres que lo acompañan.

—¿Habéis visto *El padrino*?

Todos lo miran desconcertados.

—Ya me figuraba —dice Eddie.

Son salvadoreños, miembros de Mara Salvatrucha —MS-13—, una banda más célebre por su carácter despiadado que por sus conocimientos cinematográficos. Es probable que esos chicos ni siquiera sepan qué es el papel higiénico. Lo que sí conocen son los tatuajes y los asesinatos. Eddie se cercioró de esto último cuando los reclutó para los Negros.

—Pues básicamente vamos a actuar como Al Pacino —dice Eddie, más para sí mismo que para ellos—. ¿Entendido?

Por supuesto que no.

—Yo soy el *palabrero*. ¿Eso sí lo entendéis? —pregunta Eddie.

Palabrero es la denominación salvadoreña del «jefe».

Todos asienten.

Están nerviosos. «Probablemente —concluye Eddie—, más por entrar en un restaurante que por matar a tres hombres». Lo cierto es que él también está nervioso. Nunca ha matado a nadie, al menos intencionadamente.

Pero los policías que hay dentro no son precisamente inocentes. Son los que tirotearon a un comandante de la AFI. Joder, dispararon a una mujer embarazada. Ahí se fue un millón y medio de dólares que él y Diego habían pagado para que el comandante los protegiera.

Ni siquiera podía protegerse a sí mismo.

Pero ahora habrá revancha.

—De acuerdo, vamos —dice Eddie.

Cruzan la calle.

Eddie es el primero en entrar en el restaurante.

Los policías —un comandante, un teniente y un agente de a pie— levantan la cabeza, pero vuelven a concentrarse en la seria actividad de la ingesta.

«Jamás te interpongas entre un poli y papeo gratis», piensa Eddie.

El propietario dice:

—Ya no servimos.

—¿Podemos usar el baño? —pregunta Eddie.

El propietario les indica que está en la parte trasera. Sería peor echar a la calle a esos gamberros que dejarles echar una meada.

—Gracias —dice Eddie.

Pasa junto a la mesa de los policías, se da la vuelta, saca la pistola y dispara al comandante en la nuca. Los MS-13 hacen lo mismo con el teniente y el agente, y los cinco salen al exterior, dejando cuarenta y tres casquillos de bala en el suelo del restaurante.

Se acerca un todoterreno blanco y se montan.

—En la película —dice Eddie—, Pacino lo hace al salir del lavabo, pero he pensado: ¿qué coño?

Los otros lo miran inexpresivos.

—Mierda —dice Eddie.

Tiene el polo nuevo manchado de sangre.

Ochoa y Forty están sentados debajo de un ramaje en un rancho situado a cinco kilómetros de la autopista que pasa por el sur de Matamoros.

Al otro lado se encuentran el gobernador de Tamaulipas y dos miembros de su gabinete. Junto a la mesa hay diez maletines con dos millones y medio de dólares en cada uno.

Ochoa sabe que la guerra ya no se limita a Nuevo Laredo. Ahora se extenderá a todo el estado de Tamaulipas. Aparentemente, ese capullo de Gordo Contreras está al mando del CDG, pero, a menos que los sinaloenses y los *federales* tengan *carnitas* en las manos, Gordo no va a perseguirlos con demasiado ahínco.

El gobernador y sus hombres se van con los maletines.

—Defiende Nuevo Laredo —dice Ochoa a Forty—. Ahora llevas tú las riendas. Conserva la ciudad.

—Deberíamos haber matado a ese Eddie cuando lo teníamos —responde Forty.

«Deberíamos —piensa Ochoa—. Quemamos al tío equivocado».

—Mátalo ahora —dice.

Dos días después, la legislatura del estado de Tamaulipas pide ayuda al gobierno federal contra una «invasión» de gánsteres salvadoreños de Mara Salvatrucha. Al cabo de una semana aparecen los cuerpos de cinco miembros del MS-13 en un descampado, uno de ellos con una nota encima: «Adán Barrera y Diego Tapia: mandad más *pendejos* como estos para que los matemos. Los Zetas».

Eddie les toma la palabra.

Se dirige a Matamoros con cuatro supervivientes salvadoreños, un exfederal sinaloense y dos *sicarios* de Diego procedentes de Durango.

—Vamos a jugar un rato en su campo —dice Eddie.

Llegan a un club llamado The Wild West, frente al cual está aparcado el Jeep Wrangler de Segura, justo donde les dijeron que estaría.

«Qué descuidado —piensa Eddie—. El de la granada es dejado y complaciente cuando juega en casa.

»Perfecto».

Los dos mexicanos entran en el club y al salir informan de que Segura está bebiendo y bailando con tres chicas adolescentes. «Fantástico —piensa Eddie—. ¿Son las cuatro y media de la madrugada y el pervertido de Segura de fiesta con unas niñas?».

Pero lo importante es que está allí. Eddie todavía puede oler la carne quemada de Chacho y ver el terror y la angustia en sus ojos.

El mantra de Eddie: Segura, Forty, Ochoa.

Tres nombres.

Ha llegado el momento de que sean dos.

Eddie indica a los salvadoreños que entren por la parte trasera. Están ansiosos; ellos también tienen una venganza que cobrarse. Esta vez no serán pistolas, sino AK y AR-15. No van a correr el riesgo de verse superados armamentísticamente.

Los salvadoreños tuercen por el callejón hacia la parte posterior. Dos minutos después, Eddie oye un tiroteo y gritos. Segura sale disparando por la puerta principal. Las niñas van detrás, tambaleándose sobre sus tacones y aterrorizadas.

Los cuatro se montan en el Jeep.

Eddie revienta las ruedas.

Segura pone en marcha el motor, pero Eddie y los Negros lo acribillan como si fuera el coche de Bonnie y Clyde.

El Jeep se bambolea como un yonqui con el mono.

Segura grita al ser alcanzado por las balas.

—¡Pareces una niña! —exclama Eddie.

Introduce un cargador nuevo en su AR y se aproxima al vehículo.

La puerta está abierta y sobresale medio cuerpo de Segura.

—¿Te acuerdas de Chacho, enfermo hijo de puta? —le pregunta Eddie—. Esto es por él.

Segura intenta quitar la anilla de la granada que lleva colgada del cuello, pero la ráfaga de Eddie le arranca la mano.

Sus dedos inertes siguen agarrando la anilla.

Los salvadoreños se acercan al Jeep desde el otro lado y miran en el asiento trasero.

Dos de las chicas están heridas y gimen.

La tercera, salpicada de sangre, está gritando.

Los salvadoreños abren fuego; uno de ellos se ríe a carcajadas:

—¡Mira cómo bailan!

Eddie se obliga a mirar.

Luego se aleja.

Segura, Forty, Ochoa.

Uno menos.

Nuevo mantra: Forty, Ochoa.

Dos noches después, los Zetas encuentran la casa de Eddie en Nuevo Laredo y la queman hasta los cimientos.

Eddie no está allí.

Su familia tampoco. Teresa se ha quedado en el otro Laredo. Eddie sabe que no va a volver y, tal como están las cosas, es lo mejor.

No es vida para una familia.

Los Zetas ofrecen una recompensa de un millón de dólares por él, así que va de piso franco en piso franco, de hotel barato en hotel barato, que básicamente convierte en barracones con quince o veinte miembros de los Negros en cada uno.

O en la mayoría.

Los Zetas atacan una de las casas en una ofensiva militar, atrapan a quince Negros, los meten en camiones y se los llevan.

Eddie sabe que ellos tampoco volverán.

No vuelven.

Los conducen a un rancho aislado situado cerca de la frontera y, allí, Forty los tortura para obtener información. El tema principal es el paradero de Eddie Ruiz. Cuando les han sacado todo lo que saben, los hombres de Forty rocían los cuerpos con gasolina y los queman.

El siguiente paso de Eddie bate un récord de valor y cojones, incluso en los legendarios anales de los traficantes de narcóticos.

Publica un anuncio a toda página en *El Norte*, el diario más importante de Nuevo Laredo.

En una carta abierta al presidente de México, Eddie le implora que «intervenga para resolver la inseguridad, la extorsión y el terror que imperan en el estado de Tamaulipas, y especialmente en la ciudad de Nuevo Laredo, todo ello obra de un grupo de desertores del ejército que se hacen llamar los Zetas».

El anuncio continúa: «¿De verdad que el ejército mexicano, los *federales* y el fiscal general carecen de medios y herramientas para enfrentarse a esa gente? Yo no soy un ángel, pero me responsabilizo de mis actos».

Y lo firma.

«Atentamente, Edward Ruiz».

El anuncio despierta interés.

Se gana el apodo de Eddie el Loco.

Cosa que a Eddie no le gusta.

También le granjea una atención no deseada, así que Diego decide que Eddie se tranquilice una temporada y traslade su puesto de mando a Acapulco, situada en el sudoeste.

Eddie se relaja en la playa y en un apartamento ubicado en una séptima planta con vistas al Pacífico. Dos dormitorios, jacuzzi, televisor de pantalla plana y PlayStation.

Dirige a los Negros desde allí, ya que el 867 es demasiado arriesgado para él y el valor publicitario de su muerte supondría una victoria excesivamente grande para los Zetas. Así que Eddie salta de un apartamento a otro, juega al tenis y a videojuegos y, como si de *Call of Duty* se tratara, dirige su parte de la guerra por control remoto.

Acapulco está tranquila porque ahora es territorio Tapia. Diego tiene discotecas, burdeles, restaurantes y policías, y Eddie y él se llevan bien. Una docena de miembros de los Negros le vigilan el trasero y Diego también tiene a los *federales* locales alerta.

Ahora la vida es extraña, pero está bien, si obviamos que nunca ve a su mujer y sus hijos porque él y Teresa están oficialmente separados. Con todo, ella y su familia continúan enganchados al dinero, así que mamá sigue llevando dinero en avión, lo cual también resulta extraño.

Eddie echa muchísimo de menos a sus hijos, pero ¿a Teresa?

Nah...

Lo cierto es que Eddie está follando más de lo que puede, por así decirlo.

Es un hombre atractivo y hay coñitos de turismo en todos los bares y discotecas, e incluso en la playa. Los cruceros descargan coños como si fueran mercancía, así que Eddie no tiene problemas para pescar algo. Mexicanas, estadounidenses, francesas, suecas, españolas, británicas... Todas vienen en busca de sol, arena, margaritas y sexo vacacional.

Así que, cuando encuentran a un hombre rubio, de ojos azules y aspecto duro que habla su idioma, las lleva a las salas VIP y no repara en gastos con ellas, les encanta. Pero si no le apetece esforzarse, va a una de las discotecas o prostíbulos de Diego y paga. Allí las profesionales son increíbles. Esas chicas pueden dar la vuelta al mundo en veinte minutos.

Y el dinero no es problema.

Haya guerra o no, el dinero no deja de circular.

Cocaína en el norte, dinero en el sur.

En Acapulco, Eddie vive a lo grande.

Pero echa de menos a Chacho. Debería estar allí para disfrutar de toda esa mierda. Porque lo que no tiene Eddie son amigos. Tiene recaderos y parásitos, pero amigos no. Tampoco los quiere, porque a los amigos los asesinan. Manda a sus lacayos a hacer recados: a buscar más champán o a traer chicas. Un día les entrega miles de dólares en efectivo y les dice que compren todos los videojuegos que encuentren y se pasa una semana solo en su apartamento machacando esos botones.

Un domingo, Eddie está relajándose en casa, viendo un poco de fútbol y tomando un par de cervezas, cuando uno de los federales de Acapulco se deja caer por allí.

—¿Te apetece una cerveza? —pregunta Eddie.

El *federal* la acepta y Eddie le pregunta qué tal va todo. El hombre no ha ido para ver a los Boys echar por tierra su ventaja en el último cuarto.

—Han venido unos hombres a Zihuatanejo —dice el *federal*—. Zetas.

Zihuatanejo es un pequeño centro turístico del litoral.

—¿Qué quieren? —pregunta Eddie.

Como si no supiera lo que quieren.

La plaza.

Y a él.

—¿Dónde están? —pregunta.

—Tienen un piso franco en la playa.

Pero la casa no es un lugar seguro. *Federales* y policías municipales entran justo antes del amanecer y detienen a cuatro Zetas. Al parecer, uno de ellos creía que podría atacar a Eddie y de paso disfrutar de unas pequeñas vacaciones, porque se había llevado consigo a su mujer y a su hijastra de dos años. «¿Qué coño es esto? —piensa Eddie—. ¿Estoy viviendo en Disney World? ¿Y ahora qué hago con la mujer y la niña?».

Ordena que los lleven a una casa de cuatro plantas que tiene cerca de la playa en Acapulco. Deja a la mujer y la niña en el primer piso, y a su marido y los otros tres Zetas los encierra en la planta superior. Eddie pide a sus hombres que corten bolsas de basura negras y cubran con ellas el suelo y las paredes, porque la cosa se pondrá desagradable y las manchas de sangre no mejoran el valor de reventa.

Entonces se le ocurre una de esas ideas suyas.

Si un anuncio a toda página fue genial...

Sube las escaleras con una Glock y una cámara Sony.

Los Zetas están sentados sobre el plástico negro con la espalda pegada a la pared y las manos atadas. A Eddie no le parecen supermachos de la élite; más bien, unos capullos asustados. Le han llegado voces de que los Zetas están reclutando civiles y entrenándolos en campamentos del desierto y se pregunta si estos hombres tan siquiera han recibido la instrucción básica.

Dos de los Zetas parecen treintañeros y los otros dos unos niños que apenas han dejado atrás la adolescencia. Bigote ralo y camiseta; menuda pinta de mierda. Por supuesto, les han dado una buena paliza.

—Lo de venir aquí ha sido una mala idea, chicos —les dice Eddie mientras monta la cámara en el trípode y prepara el plano.

Encuadra de modo que los cuatro aparezcan en pantalla y pone en marcha la cámara.

—Esto es el mundo real, ¿eh? ¿Os llega la MTV? ¿No?

«Si la gente cree que los Zetas son héroes —piensa Eddie—, les demostraré que se equivocan».

Enfocando al hombre situado más a la izquierda, pregunta:

—¿Cuándo entraste en los Zetas y a qué te dedicas?

Lleva una camiseta verde descolorida que deja entrever su panza («¿Dónde hizo la instrucción? —se pregunta Eddie—. ¿En McDonald's?»), pantalones cortos de color caqui y zapatillas de deporte sin calcetines. Mira a Eddie con incredulidad y empieza a hablar.

—Tengo contactos en el ejército —dice— y aviso a los Zetas sobre patrullas y operaciones.

Eddie enfoca al segundo. Camiseta roja y vaqueros, un bigote horrendo y pelo negro rizado. El hombre sonríe a Eddie, como si pensara que esto es una broma, que aquí todos son amigos.

—Soy reclutador —dice.

—¿A quién reclutas?

—Ya sabes —responde—. A gente que necesita trabajo.

—¿Soldados?

—A veces. Y a veces policías. A veces gente normal.

«Como nosotros», piensa Eddie. Enfoca al siguiente. No lleva camiseta; solo unos pantalones cortos desgastados y sandalias.

—Yo soy un *halcón* —dice.

—¿Y eso qué es? —pregunta Eddie.

—Ya sabes.

—Ya sé —dice Eddie, imitando a un presentador de televisión—. Pero puede que nuestro público no.

—Un halcón es una especie de explorador —explica el hombre—. Vigilo la calle. Les digo dónde pueden encontrar a gente.

—¿Y entonces qué?

—Los recogemos.

—¿Y...?

—Y entonces el jefe me dice si les hacemos *el guiso* o no —responde.

—¿Qué es *el guiso*? —pregunta Eddie.

—Es cuando secuestran a alguien —dice el hombre— y lo torturan para obtener información sobre movimientos de drogas o dinero. Luego lo llevan a un rancho o algo así y lo ejecutan. Le pegan un tiro en la cabeza, lo meten en un bidón y lo queman con gasolina o lo que sea.

—Háblame de los Zetas —dice Eddie—. Cuéntame las cabronadas que hacéis.

Los hombres empiezan a hablar. Parece el *Jerry Springer Show* cuando comentan asesinatos, secuestros y violaciones. El hombre descamisado relata el asesinato de una periodista.

—¿La de la radio? —pregunta Eddie.

—Sí.

—¿Por qué?

—Aceptó dinero nuestro —dice—, pero luego nos criticó.

—¿Y qué hay del periodista al que le rompisteis las manos?

—Ese fue Ochoa.

—¿Qué hizo el periodista? —pregunta Eddie.

—Cabreó a Z-1.

Eddie se sitúa al lado del cuarto hombre. Cerciorándose de que solo aparezca en el plano la pistola, pero no él, pregunta:

—¿Y tú, colega?

El Zeta mira el cañón de la pistola.

«A la mierda», piensa Eddie, y aprieta el gatillo.

Menos mal que colocó el plástico.

—Deshaceos de estos gilipollas —ordena.

Coge la videocámara y vuelve al piso de abajo.

La niña está en la piscina, nadando con manguitos.

Se lo está pasando en grande.

Eddie sale y se sienta al lado de la mujer.

—¿Cómo se llama?

—Ina.

—Qué bonito. ¿Y tú?

—Norma —dice la mujer.

Es guapa. Un ocho tal vez. No un ocho de Acapulco, donde las puntuaciones están hinchadas, sino un ocho nacional.

Suena el teléfono de Eddie.

—¿Eddie Ruiz?

—¿Cómo has conseguido este número? —dice Eddie, que se levanta y va a la cocina.

—¿Crees que si puedo conseguir tu número no podré llegar hasta ti? —pregunta Forty.

—Sí. ¿Cómo lo llevas?

—Te lo advierto —dice Forty—, no le hagas daño a la familia.

Eddie mira por la ventana y ve a la niña en la piscina y a su madre moviendo los pies en el agua.

—Yo no soy como tú —responde Eddie—. Yo no hago daño a mujeres y niños.

—Eso cuéntaselo a aquellas chicas de Matamoros.

—No fui yo.

—No, fue un negrata de esos, ¿verdad? —dice.

—¿Te estás quedando sin Rambos? —pregunta Eddie—. Porque me has mandado a la Loca Academia de Policía.

Forty se echa a reír.

—Tienes que dejar de ver Nickelodeon, Eddie el Loco.

—No, me gusta.

—Suelta a la familia.

Eddie cuelga justo cuando entran Norma y su hija.

—¿Tiene hambre? —pregunta Eddie. Se vuelve hacia uno de sus recaderos—. ¿Qué tenemos para una niña?

—No lo sé. Cheerios a lo mejor. ¿Un plátano?

—Entonces dale Cheerios y un plátano —dice Eddie—. ¿A qué estás esperando?

La niña se sienta a la mesa y come con ansia. Eddie la observa. Cuando ha terminado, se mete la mano en el bolsillo y entrega a Norma mil pesos.

—Para el billete de autobús. Mis hombres os llevarán a la estación.

Norma coge el dinero.

—¿Y mi marido?

—Me ha pedido que te diga que os quiere —responde Eddie.

No es cierto. Eddie ni siquiera sabe cuál era, pero ¿qué cojones importa? Hace que la mujer se sienta un poco mejor, que tenga algo que contar a sus amigas. Cuando se van, mete la cinta de vídeo en un sobre, anota la dirección de *The Dallas Morning News* e indica a uno de sus hombres que la lleve a una oficina de FedEx.

Luego vuelve a Acapulco y se plantea probar una nueva profesión.

El cine.

Suena su teléfono. Es Diego.

—¿Tienes a la mujer y la hija de alguien?

—Las tenía.

—Mierda, Eddie.

—No, no lo he hecho —dice este—. Las he metido en un autobús de vuelta a casa.

Diego suspira aliviado y pregunta:

—¿Y los hombres?

—Vamos a ver la cinta —dice Eddie.

Esta vez, Magda fue al Aeropuerto Benito Juárez para coger un vuelo rumbo a Colombia y logró embarcar.

Lo cual era una clara mejora y la diferencia entre estar conectada a Nacho Esparza a través de Adán y no estarlo. Técnicamente, Magda todavía era una fugitiva en la lista de los más buscados, así que utilizó un pasaporte diferente, pero nadie echó una segunda ojeada, aunque su foto había copado todas las portadas del país.

Cierto, se tiñó de rubio y se daba un aire a Christina Aguilera y Shakira, pero eso no engañaría a nadie que no quisiera dejarse engañar y lo hizo más por una cuestión de estilo que por pasar desapercibida.

Era refrescante, distinto, y quería comprobar si los hombres reaccionaban diferente al verla de rubio.

En realidad, la reacción fue prácticamente la misma: los hombres miraban primero su cabello y luego sus pechos y sus piernas y volvían hacia arriba, pero era divertido ser rubia para variar.

En cualquier caso, consiguió pasar el control de pasaportes y se sentó en el avión.

En primera clase, por supuesto.

Aceptó un mimosa, se acomodó en el mullido asiento y se puso a hojear un montón de revistas —ediciones españolas de *Vogue*, *WWD* y *Cosmo*— en las que aparecían fotos de ropa que ahora podía permitirse.

Con el dinero de Adán.

Pero Magda no quiere el dinero de Adán.

Quiere tener dinero propio. Como esa canción de Destiny's Child. Cantó la letra para sus adentros:

> *The shoes on my feet, I bought'em*
> *The clothes I'm wearing*
> *I bought'em.*

Eso es lo que quiere Magda, porque, a fin de cuentas, los hombres son como las medias: por más que las cuides, acaban rompiéndose.

El vuelo hasta el Aeropuerto Internacional Simón Bolívar de Santa Marta duró poco y, cuando Magda se bajó, recordó vagamente por las clases de historia del instituto que Bolívar nació o murió allí; una de las dos.

Jorge la llevaba muy a menudo a esta ciudad, las más antigua de Colombia, con sus hermosas playas en el Caribe y sus extraordinarios hoteles. Iban unos días o solo un fin de semana y se tumbaban en la arena, luego se emborrachaban un poco en un bar de la playa y volvían a la cabaña a hacer el amor. Después iban a cenar y a alguna de las discotecas del parque de los Novios a bailar hasta que salía el sol.

Era divertido.

Jorge se sorprende al verla aparecer en la terraza del bar del hotel, que tiene vistas al mar.

Siempre le gustó comer allí, así que Magda no tuvo dificultades para encontrarlo. Y sigue siendo atractivo —aunque con el pelo un poco más ralo— y elegante, con una camisa azul cielo metida por dentro de unos vaqueros blancos. No ha ganado ni un kilo. Tiene el vientre plano, un buen bronceado y unos ojos a juego con la camisa, que se aprecian cuando se quita las gafas de diseño para cerciorarse de qué está viendo lo que cree estar viendo.

—¿Magda?

Ella se limita a sonreír, consciente de que está cautivadora con su vestido blanco sin mangas, que deja entrever todos sus encantos, y su sombrero a conjunto.

—Me alegro de que estés fuera —dice Jorge tartamudeando.

—¿De la cárcel en la que me abandonaste? Muchas gracias.

Magda disfruta con la incomodidad de Jorge. Le gusta que ese hombre tan frío parezca asustado, como si estuviera esperando que Adán Barrera y sus pistoleros fueran a aparecer en cualquier momento. Por supuesto, seguro que le han llegado voces de que Magda ha hecho un contacto poderoso.

—No sufras. No he venido a matarte.

—Estarías en tu derecho —responde él con una sonrisa.

El viejo Jorge de siempre, todavía encantador.

Pero ahora sus encantos no sirven con ella.

Magda se lo tiraría si fuera necesario, pero formaría parte del trabajo. Con suerte, sería algo entretenido; puede que incluso le procurara algún placer sexual, pero no hay duda de que ya no ama a ese hombre. No entiende cómo en su día no lo consideraba patético.

—Pero Adán me ha enviado a verte —dice, y lo observa ponerse pálido—. ¿Piensas ofrecerme algo de beber?

—Claro —dice Jorge—. ¿Qué te apetece?

—¿No te acuerdas?

—*Gin-tonic.*

—Sin lima.

Pide dos, y la copa lo tranquiliza un poco, al menos lo suficiente para preguntar:

—¿Qué puedo hacer por Barrera?

—Más bien qué puede hacer él por ti —dice Magda.

—¿A qué te refieres?

—Puede hacerte rico o puede matarte. —Sonríe y añade—: Tú eliges, *cariño.*

Jorge elige el dinero.

—Por supuesto —dice—, tanto producto como quiera Barrera. Dependiendo de la calidad, puedo ofrecérselo a unos siete mil dólares el kilo.

Magda ha hecho sus cálculos y sabe que ese mismo kilo puede venderse en México por unos dieciséis mil dólares y por entre veinte mil y veinticuatro mil en las ciudades fronterizas del norte.

—Tú no ofreces nada —dice Magda—. Tú vendes. Y vas a vendérmela a seis.

—¿Y le dirás a Barrera que eran siete? —pregunta Jorge con una sonrisa de suficiencia.

—No. Adán te pagará a precio de coste todo el producto que quiera —replica Magda—. Si quiero comprar más kilos por mi cuenta, me bajarás el precio a seis.

Jorge vuelve a sonreír. Antes, a Magda le parecía una sonrisa encantadoramente sardónica, pero ahora se da cuenta de que es petulancia.

—¿Y por qué iba a hacer eso?

—Porque estás en deuda conmigo —dice ella.

—¿Te apetece otra copa? —pregunta Jorge—. A mí sí. Escucha, *cariño,* claro que te debo algo por los viejos tiempos, pero no tanto. Para serte del todo sincero, y a riesgo de herir tus sentimientos, no eras tan buena en la cama.

—No estoy hablando de sexo —responde Magda—. Estoy hablando de los meses que pasé en la cárcel.

—Sabías que te la jugabas —dice Jorge—. Mira, te diré lo que haremos porque todavía te aprecio mucho. Digamos seis mil quinientos para ti por los primeros diez kilos, pero, a partir de ahí, me temo que tendrán que ser siete.

—Y yo te diré lo que haremos porque todavía te tengo mucho *cariño* —repite Magda—. Seis por los primeros diez kilos, pero me temo que a partir de ahí tendrán que ser cinco mil quinientos.

—¿O tu chico enviará a unos pistoleros a matarme? —pregunta Jorge.

—No —dice Magda—. Lo haré yo.

Se levanta de la mesa.

—Estaré en el Carolina —añade—. Mándame tu respuesta allí. Y mándala. No vengas en persona porque ya no te funcionará.

—La cárcel te ha cambiado.

—¡No me digas, Jorge! —exclama—. Y no estés triste, *cariño*. Vas a ganar mucho dinero conmigo.

Magda se aleja, sabiendo que él está mirándole el trasero.

Considera la posibilidad de salir a bailar esa noche en una discoteca, bailar y tal vez buscar a alguien a quien llevarse a la habitación, pero se decanta por una buena cena en el hotel, un baño y una velada de soledad.

El mensaje está en su contestador por la mañana.

Jorge aceptará su oferta gustosamente.

Magda se siente satisfecha, porque la hará rica y en realidad no quería que mataran a Jorge. Pero lo habría hecho para dar una lección al siguiente vendedor potencial. Habría utilizado el dinero extra que le paga Adán para forjarse la conexión y comprar *sicarios* que viajaran a Colombia para asesinar a Jorge.

En cualquier caso, se correrá la voz y los hombres la respetarán. Sale del hotel tarareando *Independent Women*, de Destiny's Child.

Ladies, it ain't easy being independent.

«Tal vez no —piensa Magda—. Pero es agradable».

Ciudad de México

Pese a la tenue luz del pasillo, Keller alcanza a ver que han forzado su puerta.

La lámpara del dormitorio está encendida y la luz se cuela por debajo de la puerta. Saca la Sig Sauer y abre de una patada.

Su única silla está ocupada por un hombre que lo observa sin inmutarse.

—¿Señor Keller?

Keller le apunta al pecho.

—¿Quién es usted y qué quiere?

El hombre muestra lentamente una fotografía de veinte por veinticinco en la que aparece una joven mirando a cámara, aterrorizada.

—Se llama María Moldano. Ha sido secuestrada en la calle hoy mismo y morirá de una forma brutal si no me acompaña.

—¿Y si lo hago?

—Le doy mi palabra de que será liberada —responde el hombre, que apostilla—: Intacta. Sabemos quién es usted, de modo que también sabemos que aceptará este intercambio.

Keller baja la pistola.

Lo meten en la parte trasera de un Navigator, le ponen un pasamontañas negro y lo obligan a tumbarse en el suelo. Keller ha podido ver la matrícula, pero sabe que eso no cambiará nada. Aunque sobreviva, las matrículas probablemente sean robadas.

Los hombres están bien entrenados y no hablan.

Keller intenta calcular el tiempo de trayecto, pero sabe que el miedo y la adrenalina aceleran su reloj mental.

No trata de entablar conversación ni hacer preguntas. «¿Quiénes sois? ¿Adónde me lleváis? ¿Qué queréis?». No serviría de nada y solo mostraría debilidad. Si quieren los dos millones de dólares de Adán Barrera, los tendrán.

Abandonan la ciudad y ponen rumbo al campo, según los cálculos de Keller, durante dos horas. Los ruidos del tráfico van disipándose y nota que han dejado atrás el asfalto para adentrarse en un accidentado camino de tierra. Oye cabras y pollos. El coche sube una pendiente, el conductor mete primera y toman una curva pronunciada a la derecha.

El coche se detiene.

Se abren las puertas y unas manos lo ayudan a salir.

«Si van a matarme —piensa—, lo harán ahora. Me pondrán de rodillas y me pegarán un tiro en la nuca. No es la peor opción. La otra es la tortura, como la que describían los Zetas en el vídeo de Eddie el Loco».

Es difícil ser valiente en tal situación. Cualquiera que diga que no tiene miedo de ser torturado miente y a Keller le tiemblan las piernas cuando lo alejan del coche y lo meten en un edificio.

Le hacen sentarse en un taburete.

Keller percibe un leve olor que le resulta familiar.

Gasolina.

El lugar huele a gasolina y a otra cosa.

A muerte.

Es palpable, y Keller se siente como tal vez se siente el ganado en un matadero, la compasión de saber que miembros de tu especie han sufrido y muerto en este lugar.

Se estremece.

Entonces oye a un hombre sentarse delante de él. Su tono es firme, tranquilo y autoritario.

—Señor Keller, soy Heriberto Ochoa. Lamento haberle traído aquí de esta manera, pero no tenemos adonde ir y no sabíamos si, haciéndolo de otro modo, vendría.

—Libere a esa chica —dice Keller.

—Ya está en el taxi de camino a casa —responde Ochoa—. Soy un hombre de palabra.

—¿Qué quiere? —pregunta Keller, que está preparándose para un interrogatorio.

¿Nombres de informadores? ¿Estatus de las investigaciones? ¿Una manera de llegar hasta Aguilar o Vera? Recuerda el cuerpo de Ernie Hidalgo, que mostraba signos de tortura, y su rostro congelado en una mueca de agonía. «¿Cuánto tiempo resistiré antes de confesar?», se pregunta.

—Ambos tenemos algo en común —dice Ochoa.

—Lo dudo.

—Los dos queremos acabar con Adán Barrera —prosigue—. Ya conoce el viejo dicho: «El enemigo de mi enemigo es mi amigo».

—Yo no soy amigo suyo.

—Podría serlo.

—No.

—Barrera le matará.

—O yo a él.

—Es exactamente como me dijeron —observa Ochoa—. Una criatura de lo más inusual: el poli honesto.

—Bueno, usted entiende mucho de polis —dice Keller—. Les debe bastante.

—Yo no les debo nada a los *federales* —replica—. Barrera sí.

—Si tiene pruebas de eso, facilítemelas —propone Keller—. Me encargaré de que lleguen a las manos adecuadas.

Ochoa se echa a reír.

—Esas manos están demasiado ocupadas cogiendo el dinero de Barrera.

«Supongo que sí que tenemos algo en común —piensa Keller—. No confiamos en nadie».

—Lo único que queremos es un partido igualado —dice Ochoa—, que el gobierno trate a ambos bandos por igual. Si perdemos, lo respeto, pero no podemos tolerar que el gobierno solo aplique la ley contra nosotros.

—¿Tiene pruebas incriminatorias?

Ochoa se levanta.

—El superpoli es usted. Averígüelo. Yo de usted empezaría por los Tapia. Siento que haya rechazado mi amistad. Podría haber sido mutuamente beneficiosa.

Están de nuevo en el vehículo para realizar el largo trayecto de vuelta a la ciudad. Se detienen a una manzana de su casa, le quitan la capucha y le dejan salir. Va a su piso, se sienta en la cama y se echa a temblar. Dura solo unos segundos y después mira debajo de la cama. La escopeta está ahí. No se la han llevado. El cuchillo también.

Todo lo que dijo Ochoa resultaba verosímil.

Las huidas de Barrera en el último momento, el hecho de que viva tranquilamente en Sinaloa, la guerra de Batman y Robin contra los enemigos de Barrera en Tijuana, la detención de Osiel Contreras, la AFI y la SEIDO enfrentándose a los policías del CDG en Tamaulipas... Todo ello respaldaría la teoría de que la Administración está ayudando a Barrera en detrimento de los otros cárteles.

Pero ¿qué elementos de la Administración?

¿Aguilar?

¿Vera?

¿Ninguno? ¿Ambos?

¿Y cómo es posible averiguarlo? ¿Cómo se demuestra eso?

Ochoa aconsejó que empezara por los Tapia.

«Afróntalo —piensa Keller—. La búsqueda de Barrera no está yendo a ninguna parte y, ahora, Batman y Robin, a sabiendas o no, están empantanados en la guerra del Golfo y te han arrastrado con ellos».

«Empiece por los Tapia».

Pero ¿cómo?

Aunque no hace frío, Keller no parece entrar en calor.

Se mete en la ducha y abre el agua caliente, para entibiarse pero también para eliminar el rastro del lugar en el que conoció a Ochoa. Algunos lugares están impregnados de horror; se incrusta en las paredes, inunda el aire y el olor se queda contigo una vez te has ido, como si quisiera penetrar en tus poros, en tu sangre y en tu corazón.

Pura maldad.

Maldad sin posibilidad alguna de redención.

4

JESÚS EL NIÑO

You got a one-way ticket to the Promised Land.

BRUCE SPRINGSTEEN,
The Ghost of Tom Joad

Laredo, Texas
2006

Jesús Chuy Barajos no se crio en la parte bonita de Laredo.

Creció en los proyectos, en una cabaña de madera erigida sobre unos bloques de hormigón, con nueve hermanos y hermanas. Su padre trabajaba en la construcción para alimentar a su familia y su madre era peluquera. Gente trabajadora, unos padres cariñosos que sabían que estaban demasiado ocupados intentando mantener a sus hijos para pasar tiempo suficiente con ellos.

Chuy jugaba al *fútbol* en un parque situado al otro lado de la calle y quería ser deportista profesional o un Navy SEAL. Él y Gabe, su mejor amigo, hablaban mucho de eso, sobre todo después del 11-S. Chuy quería luchar por su país y Gabe aprender a darle una buena paliza a su padre alcohólico, que lo maltrataba.

Ninguno de los dos se alistó nunca en la Armada y mucho menos en los SEAL.

Gabe empezó a frecuentar a los traficantes de *mota* de Lincoln Street. Chuy se escapó de casa y fue detenido por posesión de marihuana, lo cual no era gran cosa.

La pistola sí.

Chuy estaba jugando a pelota en un descampado cuando vio la bolsa marrón en un arbusto situado junto a una valla metálica. Abrió la bolsa y cogió la pistola, pesada, plateada y hermosa. Si uno encuentra una pistola como esa, ¿qué va a hacer sino disparar?

Tiene que hacerlo.

Chuy disparó al aire.

Una vecina llamó a la policía.

En la «sala de interrogatorios» de la comisaría, Chuy reconoció lo que había hecho. Cuando lo reiteró en los tribunales, lo mandaron un año al reformatorio, ocho meses con buena conducta.

La «Academia de Gladiadores» fue una buena experiencia de aprendizaje.

Los mayores le enseñaron cosas que nunca había querido saber. Era menudo, delgado y débil, y lo llevaban a las duchas, lo llevaban al lavabo y lo llevaban a su celda por la noche. Intentó defenderse, suplicó... y aprendió que pelear era fútil y que suplicar solo te convertía en un mocoso, en un mierda.

En un mierda. Más aún.

Lo que le hicieron lo convirtió en un mierda y nunca dejaron de decírselo, de llamarle mierda, niña, *joto*.

Cada vez que se mira al espejo, eso es lo que ve. Uno no olvida lo que le han hecho y lo que le obligaron a hacerles a ellos. Ese fuego no se apaga, simplemente se atenúa, y recuerdas todos aquellos rostros.

Cuando Chuy fue puesto en libertad, empezó a cruzar la frontera para ir a Nuevo Laredo. El camino no era largo; estaba justo al otro lado del puente. Lo hacían muchos *pochos*. Chuy, Gabe y una docena de chicos.

Casi siempre pasaban el tiempo en una discoteca llamada Eclipse.

Bailaba reggaetón lo mejor que podía, reuniendo valor para hablar con alguna de las chicas con sus vestidos ajustados, que contemplaban admiradas a los narcos en su salsa, sus cadenas, sus relojes, su dinero y sus coches aparcados enfrente.

Ninguno de esos narcos vive en una casa de madera sobre cimientos de hormigón. Ninguno de esos narcos comparte lavabo con otras once personas, con un inodoro que la mitad de las veces no funciona, una ducha fría que apenas es un goteo, un padre que aparece de madrugada y se marcha antes de que salga el sol y una madre que está tan cansada como denota su aspecto.

Los narcos tienen casas, pisos, apartamentos. Tienen coches nuevos, chicas guapas y dinero.

Mucho dinero, que despilfarran como si nada.

Como si nada.

Como si no lo ganaran cargando cemento, cavando zanjas e instalando tuberías. Como si no lo ganaran sosteniendo unas tijeras en las manos hasta tenerlas retorcidas como las de una bruja de Halloween, con la espalda encorvada y dolor de cuello.

Chuy sabe de dónde sale ese dinero.

Basta con cruzar el puente.

Él lo hace constantemente y sabe que puedes ir con las manos vacías y eso es lo que te llevas, o ir con las manos llenas, y esa es otra razón —junto con la música, las luces y las chicas— por la que frecuenta el Eclipse: porque espera entrar en el negocio.

Porque espera que los narcos le vean y le den una oportunidad.

Eso dijo Gabe:

—Si estamos por ahí el tiempo suficiente, alguien nos verá y nos dará una oportunidad.

Finalmente, uno de ellos lo hace.

Uno de los narcos mayores, un tipo llamado Esteban, que debe de tener poco más de veinte años, ofrece a cada uno un paquete de coca y les dice que crucen el puente, lo lleven a una casa y se lo entreguen a un hombre.

Chuy lo hace.

Por supuesto que lo hace.

Es fácil.

Cruza el puente, se dirige a la dirección que le han facilitado y entrega el paquete de *perico* al tipo que abre la puerta. Este coge el paquete y da a Chuy un billete de cien dólares.

Es la propina.

Chuy vuelve al Eclipse y hace más viajes.

Él y Gabe, cantidades cada vez más grandes, y empiezan a pasearse con dinero en los bolsillos.

No es suficiente.

—Estamos ganando calderilla —protesta Gabe—. Así nunca triunfaremos.

—¿Y cómo lo hacemos? —pregunta Chuy.

Los Zetas, le dice Gabe.

—Los Zetas buscan gente. Si nos unimos a ellos, ya está.

—¿Y cómo nos unimos a ellos? —pregunta Chuy.

Gabe dice que hará correr la voz.

Lo hace pero no sucede nada.

Durante meses, siguen yendo al 867, transportando droga y recogiendo calderilla.

—Con esto no vamos a ningún sitio —dice Chuy.

—Tenemos que ser pacientes, 'mano —responde Gabe—. Nos vigilan.

Un día, Chuy está en el Eclipse cuando Esteban, el tipo que le ofreció su primer trabajo de mula, se le acerca y dice:

—¿Todavía quieres conocer a gente?

A Chuy se le cierra la garganta. Casi no puede respirar.

Se limita a asentir.

—Pues ven —dice Esteban.

Lleva a Chuy hasta un Lincoln Navigator negro y le venda los ojos. Viajan aproximadamente una hora, y saca a Chuy del coche y lo hace entrar en una casa, donde le quita la venda.

Chuy ve a un hombre achaparrado y musculoso con vaqueros y camisa negros. Tiene el cabello oscuro, rizado y espeso y un grueso bigote. Lleva una pistola del calibre 38 en el cinturón y mira a Chuy con cierta ironía.

—Este es el señor Morales —dice Esteban—. Z-40.

Chuy asiente. Esteban le da un leve codazo.

—Dile cómo te llamas.

Chuy oye su propia voz, aguda y chillona.

—Chuy... Jesús... Barajos.

Forty se echa a reír.

—¿De dónde eres, Chuy Jesús Barajos?

—De Laredo.

—Un *pocho* —comenta Forty—. Y bien, Chuy, ¿crees que tienes lo necesario para trabajar para los Zetas?

—Sí.

—Bueno, eso tendrás que demostrarlo —dice Forty.

Chuy observa la habitación. Hay otros cinco Zetas mirándolo y un hombre sentado en una silla de madera, con las manos atadas a la espalda y sangre seca en la comisura de los labios.

—¿Ves a ese hombre? —pregunta Forty—. Nos debía dinero y no quería pagar. Quería pagárselo a otro. ¿Entiendes?

—Sí.

—Ahora tiene que pagar —añade Forty, que desenfunda la pistola y se la pone a Chuy en la mano—. ¿Has disparado alguna vez?

—Sí.

—¿Has matado a alguien? —pregunta.

Chuy sacude la cabeza.

—Pues ahora lo harás. Si quieres trabajar para nosotros. Si no lo haces, *m'ijo*, has visto lo que has visto. ¿Me entiendes?

Chuy entiende. O demuestra que puede matar a alguien o vendrá otro y lo demostrará con él.

—No creo que el flacucho pueda hacerlo —dice Forty a los otros.

Chuy tampoco está seguro. Una cosa es disparar al aire y otra...

Esteban le susurra al oído:

—Gabe lo hizo.

Chuy levanta la pistola. Es pesada, sólida, real, y apunta a la cabeza del hombre, que está arrodillado. Chuy le mira a los ojos y ve el terror mientras suplica por su vida. El gatillo va duro, más que el de la pistola que encontró en la bolsa de papel marrón.

—Si no lo haces —dice Forty—, eres un niñato, un mierda.

Chuy dispara.

Acaba con la vida de ese hombre.

Es agradable.

Chuy Barajos acaba de cumplir once años.

Todavía no es un Zeta.

Él y Gabe van en la parte trasera de una camioneta que circula por un camino de tierra a las afueras de la pequeña ciudad de San Fernando, en Tamaulipas. Los acompañan otros seis reclutas. Un par son veinteañeros; otros dos, adolescentes.

La camioneta se adentra en un extenso valle en el que Chuy ve un rancho rodeado de una valla electrificada con alambre de espino. El conductor se detiene a la entrada, habla con un guardia armado con un AK-47 y sigue adelante.

Esteban está allí para recibirlos.

—¡Salid! —grita.

Unos hombres uniformados les chillan, los sacan a empujones de la camioneta y les ordenan que cojan sus mochilas. Luego los hacen pasar a un largo edificio de una planta con literas a ambos lados.

Chuy ha visto esa mierda en las películas.

Son barracones y esto es una instrucción básica.

Pasa seis meses allí. Y le encanta.

Para empezar, la comida es buena y abundante. Hay que darse una ducha rápida —treinta segundos—, pero el agua sale ardiendo. Y los barracones están limpios, impolutos; los instructores procuran que así sea. Todo está en orden y Chuy descubre que le gusta.

Incluso le gusta la instrucción.

Corren, al principio con pantalones cortos y zapatillas de deporte, y luego con mochilas pesadas y botas. Practican calistenia, se arrastran por debajo de alambradas de espino y más tarde dan el salto a las artes marciales y el combate frente a frente.

Después les proporcionan armas —AK, AR-15, Glocks, Uzis— y aprenden a disparar, a disparar de verdad, no como un puñado de pandilleros, sino como soldados. Chuy se destapa como un tirador de primera; es uno de los mejores con su *erre*, la AR-15. Alcanza siempre su objetivo y eso es motivo de orgullo.

Manipulan explosivos, aprenden a preparar un coche bomba, artefactos improvisados y una carga de C-4 para reventar puertas. Disparan lanzagranadas y les enseñan a adosar una granada a una puerta para que le arranque la cabeza a un posible intruso.

Aprenden disciplina, sobre todo por medio del *tablazo*, un azote en el trasero con una pala de madera. Si uno no responde a una llamada por radio, recibe dos azotes. Si no acude al cuartel general tras un aviso, recibe diez.

Son adoctrinados eminentemente en la cultura de grupo.

La de una fuerza de élite.

El protocolo militar se cumple a rajatabla, con rangos, saludos y cadena de mando. Primero están los superiores, como Ochoa y Forty y los comandantes de las regiones y plazas. Luego viene el siguiente nivel, *los licenciados* o tenientes. Por debajo están los sargentos, cada uno de ellos a cargo de una *estaca*, o célula, integrada por entre cinco y siete hombres, porque son los que caben en un vehículo con sus armas.

Se exige lealtad y se premia la camaradería. La ética de «ningún hombre puede quedar atrás» es un absoluto. Un camarada debe ser evacuado del campo de batalla, vivo o muerto. Si resulta herido, recibe el mejor tratamiento de los mejores médicos; si muere o es encarcelado, se ocupan de su familia, que recibe mil dólares cada dos semanas.

Y se venga su muerte.

Sin excepción.

Sus instructores son Zetas e israelíes, exmarines estadounidenses y antiguos miembros de las fuerzas especiales de Guatemala conocidos como Kaibiles, unos tipos aterradores especializados en enseñar a matar con cuchillo.

Los instructores les enseñan supervivencia y contravigilancia, a seguir a un coche, a despistar a alguien, a instalar micrófonos en un edificio o habitación, a pinchar un teléfono o a piratear cuentas de correo. Predican que los teléfonos móviles son como las mujeres: los utilizas una o dos veces y luego los tiras.

—Somos como James Bond —dice un entusiasmado Chuy a Gabe una noche—. ¡Somos 007!

Algunos reclutas fracasan.

No resisten las exigencias físicas o sencillamente son incapaces de aprender. Chuy se siente un poco mal por ellos, porque su futuro es desalentador: a lo sumo se convierten en vigías o transportan pequeñas cantidades de droga.

No van a ascender.

A él y a Gabe les va bien.

Muy bien.

Captan la atención de Esteban y Forty, que dirige una sección del campamento de la que emanan muchos rumores.

Desagradables rumores sobre lo que sucede allí.

Llegan cargamentos en la parte posterior de camionetas cubiertas y algunos reclutas susurran que van llenas de gente.

—Chorradas —dice Gabe—. En cualquier caso, no es asunto nuestro.

Chuy sabe que, si uno quiere quedarse ahí, no debe meterse en asuntos ajenos. No habla de cosas que ni siquiera sabe y tampoco pregunta.

Uno hace lo que le mandan.

Van camino de la graduación y Chuy no piensa cagarla comentando cosas que supuestamente ignora.

El comedor está decorado con lámparas de papel y manteles blancos. Hay platos y copas de verdad.

La cena es la mejor que Chuy ha probado en su vida. Un gran bistec solo para él, patatas asadas, verdura, flan y, de postre, pastel de *tres leches*.

Y vino.

Cuando termina se siente un poco mareado.

Y orgulloso.

Está esbelto y en una forma increíble y tiene la sensación de que ha conseguido entrar en una hermandad de guerreros de élite.

Es maravilloso.

Después de cenar, los instructores los conducen por una pequeña loma hasta un edificio al que no se ha permitido el acceso durante la instrucción. Uno a uno, entran en una sala situada en la parte posterior. Chuy se sienta y espera. Al salir, los reclutas pasan junto a él, mirando al frente y sin mediar palabra.

Por fin llega su turno. Esteban sale a buscarlo. Abre la puerta y lo invita a entrar.

Forty y Heriberto Ochoa, Z-1, el Verdugo en persona, lo reciben y le explican qué debe hacer para graduarse. En el suelo hay un hombre arrodillado con las manos atadas a la espalda. Detrás de él ve a uno de los Kaibiles, que tiende a Chuy un cuchillo de sierra. El resto de su vida, siempre que pueda dormir, Chuy tendrá pesadillas con lo sucedido en esa habitación.

En ellas ve el rostro de aquel hombre.

Chuy ya no vivirá en una chabola.

No habrá bloques de hormigón ni duchas frías.

Vive a las afueras de Laredo en una casa alquilada de cinco habitaciones situada en una frondosa calle sin salida de un barrio acomodado. Chuy y Gabe tienen dormitorio propio. El salón cuenta con televisor de pantalla plana y Xbox, y la cocina con una nevera llena de comida. Con ellos viven tres mexicanos, pero son bastante tranquilos y no salen demasiado.

Esteban pasa por allí los viernes y les entrega quinientos dólares a cada uno, su salario semanal.

Por no hacer nada.

Hasta el momento, lo único que han hecho desde que volvieron del campo de instrucción es holgazanear, jugar al *Call of Duty* y al *Madden*, ir al Centro Comercial del Norte, comer galletas de Mrs. Fields e intentar ligar con alguna chica, aunque en vano. (Esto es frustrante para Chuy. No puede contarles que es un hombre, un asesino, un guerrero de la élite. Para ellas es solo un estudiante de secundaria.) Por lo demás, se pasan el rato sentados, bebiendo cerveza, fumando marihuana, masturbándose y durmiendo hasta mediodía.

Para un adolescente es el paraíso.

Si no fuera por las pesadillas, es una buena vida.

Un viernes llega Esteban y anuncia que tiene un trabajo para ellos. Se trata de un hombre que vive en Laredo y que ha estado coqueteando con una de las mujeres de Forty.

—Hay que liquidarlo —dice Esteban.

Para ser sincero, Chuy se siente un poco decepcionado. Se tenía por un soldado que combatía en una guerra contra la Alianza («Es como *La guerra de las galaxias*, colega»), pero la primera misión que le encargan es por una chica.

No obstante, las órdenes son órdenes, y quinientos a la semana son quinientos a la semana, y, si uno vive en una bonita casa, tiene que pagar el alquiler, así que él y Gabe se montan en un coche que robaron los mexicanos para ellos y van a la dirección que les ha facilitado Esteban.

—Tú conduces y yo aprieto el gatillo —le dice Gabe.

—¿Por qué no conduces tú y yo aprieto el gatillo?

—Porque soy mayor que tú.

—Un año.

—Año y medio —corrige Gabe.

—Vaya cosa...

Pero conduce Chuy. No tiene carné, pero van a matar a un hombre, así que esa es la última de sus preocupaciones. Se detiene junto a la acera. Gabe comprueba que la 9 milímetros esté cargada y sale.

—Vuelvo en un segundo.

—Perfecto.

—Será mejor que estés aquí.

—Estaré aquí, tío. Tú haz lo que tienes que hacer.

Chuy ve cómo Gabe se esconde la pistola detrás de la espalda, se acerca y llama al timbre. La puerta se abre, Gabe saca la 9 milímetros y dispara dos veces. Luego vuelve al coche.

—¿Unas Mrs. Fields? —pregunta Gabe.

—Claro.

Abandonan el coche en el centro comercial.

Misión cumplida.

O eso parece.

Esteban viene por la mañana, los despierta y está cabreado. Les enseña la edición matinal del periódico.

—¡La habéis cagado, *malandros*! ¡No matasteis al tipo! ¡Matasteis a su hijo!

Chuy mira la foto del periódico.

El niño tenía once años.

—Te dije que debía hacerlo yo —dice a Gabe.

—Esto es grave —afirma Esteban—. Forty quería que os diera una paliza a los dos y tuve que disuadirle. Pero os voy a atar en corto, idiotas. La próxima es vuestra última oportunidad. ¿Lo entendéis?

Lo entienden.

Chuy está desconsolado.

—Teníamos la oportunidad de demostrar lo que valíamos y la hemos cagado —dice a Gabe—. ¿Es que no viste que era un niño?

—Se abrió la puerta y disparé.

—Estabas demasiado alterado —dice Chuy—. Tienes que calmarte.

Esperan meses a que llegue su próxima oportunidad. Un día, Esteban les dice:

—Vamos a ir los tres juntos a una misión. No la cagaréis, ¿verdad?

—Puedes confiar en nosotros, tío —responde Chuy—. Al cien por cien.

Es importante, recalca. Un expolicía de Nuevo Laredo ha cambiado de bando y ahora está con la Alianza. Se encuentra en Laredo y ofrece protección a sus enemigos. Antes de poder llegar a ellos, tienen que eliminar al tipo.

Esta noche.

Chuy se monta en el coche y se da cuenta de que la cosa es seria cuando Esteban le ofrece una *erre*.

—¿Recuerdas cómo se utiliza? —pregunta Esteban.

—Claro.

—Eso espero.

Gabe va al volante. Esperan delante de un club de estriptis situado junto al aeropuerto hasta que sale el hombre y siguen al Dodge Charger por una carretera de acceso bordeada de fábricas y almacenes. Esteban saca una sirena de policía y la coloca en el techo.

—*Bad boys, bad boys* —canta Gabe—, *whatcha gonna do...*

—Cállate —ordena Esteban.

El Charger se detiene.

La luz interior está encendida, pero Chuy no acierta a ver si el ocupante está buscando los papeles o una pistola. No esperará a averiguarlo. Cuando se detienen a su lado, baja la ventanilla, saca la escopeta y lo fríe a balazos.

Pero todavía no ha amanecido, así que Mrs. Fields está cerrado.

No pasa nada. Esteban entrega diez mil en efectivo a cada uno.

Chuy y Gabe ya no juegan tanto al *Call of Duty*. Cuando lo has hecho en la vida real, la versión en vídeo es... aburrida.

Su siguiente trabajo es importante.

Un gran paso adelante.

—Bruno... —dice Gabe cuando reciben el encargo—. ¿No es un personaje de dibujos animados?

—Creo que ese es Bluto —responde Chuy. Ve mucho Cartoon Network.

Bruno Resendez no es un personaje de dibujos animados. Es un gran traficante de marihuana de Río Bravo, justo en la frontera de Texas, y está con la Alianza, tanto que se dedica a señalar Zetas del lado mexicano para que los asesinen. Esteban calcula que Bruno es responsable de la muerte de más de una decena de sus hombres.

Forty lo quiere muerto.

—Si elimináis a Bruno —les dice Esteban—, os haréis de oro.

Se pasan una semana peinando la ciudad y mezclándose con la población, porque, de los cinco mil habitantes de Río Bravo, unos cuatro mil novecientos noventa y ocho son hispanos.

Bruno se pasea por Río Bravo como si fuera suya.

«Quizá lo sea», piensa Chuy.

Tocado con un sombrero de paja, Bruno circula por la ruta 83 con una camioneta Ford negra y su sobrino en el asiento del acompañante. No lleva guardaespaldas ni coche de protección, así que debe de sentirse a salvo a este lado de la frontera.

Bruno sigue una rutina para hacer la ronda. Él espera en la camioneta y su sobrino entra a cobrar. Chuy calcula que el sobrino tendrá quince o dieciséis años. Un buen trabajo eso de pasearte con tu *tío* recogiendo dinero.

—¿Cómo quieres hacerlo? —pregunta Gabe a Chuy.

—No sé. ¿En la autopista?

—¿Y el sobrino? —añade Gabe—. Nadie ha dicho nada.

—Que le den por culo al sobrino —responde Chuy.

Abordan a Bruno en la 83.

Bruno no quiere dejarse atrapar. Probablemente haya detectado problemas por el retrovisor, porque acelera hasta los ciento treinta kilómetros por hora, y después hasta los ciento cincuenta. Gabe debe de haber puesto el Escalade a ciento noventa cuando se sitúan en paralelo a la camioneta de Bruno.

Chuy se parte de risa.

Gabe abre la ventana y se agacha mientras Chuy vacía el cargador de la AR. Oye al sobrino gritar como una niña y ve a Bruno desplomado encima del volante con el sombrero de vaquero tapándole la cara.

La camioneta empieza a bambolearse.

Da dos vueltas de campana y cae en la cuneta.

Gabe levanta el pie del acelerador.

—¿Crees que están muertos?

—Tenemos que asegurarnos.

Gabe da un volantazo y retroceden. Se bajan del Escalade y se acercan a la cuneta, donde el vehículo ha quedado boca arriba.

Bruno está muerto, desde luego.

Tiene media cabeza aplastada y la otra mitad ha desaparecido.

El sobrino gimotea. Está atrapado en el asiento del acompañante, un candidato a que lo rescaten los bomberos. No tiene buen aspecto. Mira a Chuy y balbucea:

—Por favor...

—Te estoy haciendo un favor —dice Chuy.

Aunque sobreviva, va a quedar hecho una calamidad.

Le dispara en la cabeza.

Cuando vuelven a Laredo, Esteban les entrega ciento cincuenta mil dólares.

Y a Chuy le ponen un apodo.

Lo llaman Jesús el Niño.

La Tuna, Sinaloa

La reacción de Adán al encuentro de Magda con Jorge es típicamente masculina.

—¿Te has acostado con él? —pregunta a su regreso.

—¿Necesitas el contacto de la coca? —responde ella.

—Sí.

—Entonces me he acostado con él —dice Magda—. O no. Lo que te ponga más.

Todavía le gusta ponerlo cachondo, quizás aún más porque ya no tiene por qué hacerlo. Ahora es una elección, no una cuestión de supervivencia, y la distinción es importante. Se acostara o no con Jorge —o con quien sea—, no es asunto de Adán, así que deja la respuesta en el aire.

Que se retuerza.

Además, se ha enterado de que estuvo cortejando a Eva, la hija de Nacho, la pequeña virgen. No le sorprende, pero es un tanto decepcionante. Adán jugando al señor sinaloense de toda la vida, arrancando una rosa del jardín de las reinas de la belleza. Aun así, todavía no la ha desflorado, si el resto de los rumores son ciertos. Nuestro Adán, un caballero hasta la médula.

Para esta reunión, Magda ha elegido un vestido negro básico con un collar de diamantes que se ha comprado ella misma. No solo desvía las miradas hacia su escote, sino que transmite un mensaje: «Cariño, me he comprado esto con mi dinero. Ya no necesito que me cubras de joyas.

»Ni con una manta».

Magda ha recibido veinte kilos de cocaína adicionales por establecer la conexión colombiana. Por supuesto, Adán sabe que ya los ha vendido todos y que ha utilizado los beneficios para comprar a Jorge más coca con descuento, que convertirá en una fortuna aún mayor. No sucede nada en Sinaloa sin que Adán Barrera tenga conocimiento de ello. Pero, para un contable, los números son números. La ayuda visual también ayuda.

—¿Te gusta lo que ves?

—Siempre me ha gustado —dice Adán.

—Me refiero al collar.

—Lo sé. —Adán entiende.

Magda está reivindicando su independencia. No es algo negativo, puesto que tendrá que dejarla libre de todos modos. Sin duda, se ha enterado de lo de Eva, y su orgullo la hará apartarse antes de ser apartada—. Es precioso.

—¿Quieres que me lo quite?

—No —dice Adán con un nudo en la garganta. Ya no le necesita y eso la hace enormemente atractiva. Como Nora—. Solo el vestido. Por favor.

—Ah. Si me lo pides por favor...

El vestido se desliza por su cuerpo como si fuera agua. Los diamantes se le clavan en el pecho cuando le hace el amor.

Chuy tiene unos ciento veinte mil dólares en el banco (bueno, en el banco no, no puede abrir una cuenta a su nombre). Pero ¿qué puede comprarse un chico de once años con ciento veinte mil dólares?

No puede comprarse una casa.

No puede comprarse un coche.

No puede comprarse una entrada para una película porno.

Puede comprarse ropa, puede comprarse unas Air Jordan, puede comprar videojuegos. Puede comprar una mujer o al menos alquilarla. Él y Gabe cruzan el puente y pasan junto a la caseta de seguridad en dirección a la calle Cleopatra, en Boy's Town, donde Esteban les facilita la entrada a un burdel. No es una de esas casas en las que la siguiente parada es la farmacia, sino un lugar espléndido con mujeres hermosas que saben lo que se hacen.

Lo cual está bien, porque Chuy no lo sabe.

A la mañana siguiente vuelve a sacar el tema del coche.

—¿Quieres un coche? —pregunta Esteban—. No hay problema.

Vuelven al otro Laredo. Esteban lleva a Chuy a un concesionario y paga con su dinero un Mustang negro descapotable recién salido de fábrica. Está a nombre de Esteban, pero es de Chuy, así que le entrega las llaves.

Chuy está exultante.

Tiene dinero, ropa y un coche nuevo. Tiene sueños que te abrasarían el interior de los párpados. Hablando del tema, Gabe hace una cosa muy rara. Una noche llega a casa y lleva unos globos oculares tatuados en los párpados.

—Cuando cierro los ojos —explica, haciendo una demostración—, parece que los tenga abiertos.

«Lo que parece es que dan miedo», piensa Chuy. Sobre todo porque Gabe tiene los ojos marrones y los del tatuaje son azules.

Todavía asusta más.

Gabe tiene que ir al otro lado del río a hacer un «trabajo». Una noche llama y parece desconcertado, muy colocado, y dice cosas extrañas sobre el secuestro de un chico al que conocen, Poncho, que traficaba para la Alianza, y su novia.

No hay quien lo pare.

—Tendrías que haber visto a Poncho, tío. Lloraba como una nena. «¡No! ¡Soy tu amigo! ¡Soy tu amigo!». Y yo: «¿Qué amigo, hijo de puta? ¡Cierra la boca!». Y entonces, puum. Lo rajé. ¡Cogí una puta botella de cerveza y le abrí la barriga! Tendrías que haber estado allí, tío. Tendrías que haberlo visto. Menuda carnicería. ¡Cogí un vaso de plástico, se lo puse debajo de la barriga, lo llené de sangre y me lo bebí, colega! Me lo bebí delante de él, levanté el vaso y se lo dediqué a la Santísima Muerte. Luego me acerqué a la chica e hice lo mismo.

—¿Están los dos muertos? —pregunta Chuy.

—Sí, se han desangrado. La han palmado, tío.

—¿Los has quemado?

—Claro, tío. Allí mismo, en la casa. Bidón de doscientos litros y gasolina. Han quedado hechos sopa, tío.

Chuy cuelga y vuelve a jugar al *Grand Theft Auto*. No sabía que a Gabe le interesara la mierda esa de la Santísima Muerte. Chuy es católico; cree en el Padre, el Hijo y el Espíritu Santo.

Una noche, Eddie está relajándose con un cóctel en el Punta Bar, junto a la playa de Acapulco, observando a una *turista* con pinta de danesa, sueca o noruega, pero definitivamente un diez escandinavo.

Pelo rubio.

Un buen par de tetas.

Culo esculpido en clases de yoga.

Eddie sabe que está guapo: polo nuevo de color ciruela, vaqueros blancos y *huaraches*. Le molesta tener que llevar camisetas una talla más grande para que no se vea la Glock, pero la guerra es un infierno.

La chica está tomando un mojito —por supuesto— y Eddie pide al camarero que le prepare otro. Ella lo mira, alza el vaso en un gesto de agradecimiento y Eddie le dedica una sonrisa.

Va a llevársela a la cama esta noche.

Entonces se produce una explosión.

Chuy va fuerte.

Vale, un poco demasiado fuerte.

Vale, extremadamente fuerte.

Conoce la reputación de Ruiz. Ha visto el vídeo y no quiere protagonizar su próxima película. Sabe que el Punta Bar lo frecuentan los Tapia y que Ruiz tendrá gente allí.

Chuy ha recibido órdenes de ir a Acapulco para liquidar a ese tipo, al tal Eddie Ruiz.

Porque ¿qué más da?

¿Por qué no?

Ruiz está buscando hombres, *sicarios* Zeta. No prestará atención a un crío de once años. Además, es una oportunidad. Si Bruno Resendez valía ciento cincuenta mil, Eddie Ruiz —el enemigo público *número uno*— tiene que valer ¿cuánto? ¿Medio millón? ¿Un millón? ¿Más? Y si Esteban ha podido comprarle un coche, también puede comprarle una casa. Dos casas: una para él y otra para *mami* y *papi*.

Es la fantasía de Chuy, llegar a casa en su carro, entrar y decir: «Se acabaron las zanjas, papá. Se acabaron los cortes de pelo, mamá». Y luego entregarles las llaves de su casa nueva al otro lado de Laredo. Una casa de nueve dormitorios, una habitación para cada uno y una sirvienta guatemalteca para que la tenga limpia.

Si elimina a Eddie Ruiz, Forty y Ochoa celebrarán una fiesta en su honor, le darán coca, lo convertirán en oficial y le ofrecerán una plaza propia. Dará órdenes a Gabe. Qué coño, dará órdenes a Esteban. La gente lo tratará con respeto, susurrará que es el tipo que se cargó a Eddie Ruiz. «Ese es Chuy Barajos, Jesús el Niño, el *macho* que entró en el Punta Bar él solo y...».

Chuy abre la puerta y lanza una granada.

Entonces empuña la *erre* y abre fuego.

Eddie se abalanza sobre Ilsa, la tira al suelo y la protege con su cuerpo.

Saca la Glock y levanta la vista.

Es un caos. Gente tapándose la cara ensangrentada con las manos y fragmentos de cristal sobresaliendo. Uno de sus esbirros baja la vista y observa su brazo cercenado. Detrás de la barra, las botellas se resquebrajan y el espejo desaparece. Silban las balas, la gente cae, las mujeres gritan, hasta los hombres gritan...

«Putos Zetas», piensa Eddie. El lugar está abarrotado de civiles. Las cosas no se hacen así. Busca a los pistoleros, pero solo ve a uno, un chaval larguirucho disparando desde el umbral como si fuera un videojuego.

«No habrá segunda partida, gilipollas», piensa.

Apunta al pecho del pistolero.

Este lo ve, balancea el rifle y dispara.

Chuy suelta la AR y echa a correr.

Corre por las calles como solo puede hacerlo un niño asustado: rápido y fluido. No se atreve a volver la cabeza para comprobar si le persiguen.

Se dice a sí mismo que tiene que vivir para gastarse el dinero. Tiene que vivir para comprarle a su madre y a su padre la casa. Pero los Zetas se ocuparán de ellos; eso prometieron, eso juraron. Si un soldado cae en combate, cuidarán de su familia. Se lo dijo el propio Ochoa la noche de la graduación, antes de...

Chuy corre hasta quedarse sin aliento.

Se detiene y mira a su alrededor.

Oye las sirenas y ve las ambulancias pasar a toda velocidad en dirección opuesta, hacia el Punta Bar.

Una hora después viaja en un autobús rumbo a la costa, al puerto de Lázaro Cárdenas, territorio Zeta, para recoger su cuantiosa recompensa por haber matado a Eddie Ruiz.

Cuatro muertos, veinticinco heridos.

Un auténtico desastre.

Eddie tarda tres horas en poder contactar por teléfono con Forty, pero, cuando lo consigue, le dice:

—¿Qué coño está pasando? ¿Tan desesperado estás que ahora contratas a críos?

—¿De qué estás hablando?

—Ese pigmeo que has enviado —dice Eddie— es más pequeño que tu polla. Buen trabajo, por cierto. Disparó a doce civiles y uno está muerto. ¿Tirando granadas en un lugar público? ¿A eso jugamos ahora?

Forty cuelga.

Eddie se vuelve hacia Ilsa, que está sentada en la cama.

El sexo ha sido increíble. Será eso de la experiencia cercana a la muerte.

—Una noche loca, ¿eh? —dice.

Chuy va a la dirección del piso franco que le facilitaron.

Gabe y Esteban están esperándolo allí y Chuy sonríe.

—Forty quiere verte —dice Esteban.

Chuy sonríe de nuevo. Claro que Forty quiere verle. Cuando entra en la habitación, Forty se levanta y le da una bofetada tan fuerte en la cara que Chuy cree que va a desmayarse. Le da vueltas todo.

—Pero si he matado a Ruiz —dice.

—No, no le has matado —responde Forty—. Has fallado.

—Vi...

Forty le da otra bofetada.

—¡¿Una granada?! ¡¡Lanzas una granada en un bar de turistas y te pones a disparar?! ¿Tú eres tonto? ¿Estás loco?

—Lo siento.

—Que le duela —ordena Forty.

Gabe y Esteban agarran a Chuy y lo suben por las escaleras. Le desnudan, le atan las muñecas con una cuerda, que pasan por una polea, y lo levantan hasta que apenas toca el suelo con los dedos de los pies. Después aseguran el otro extremo de la cuerda a un perno.

Esteban tiende a Gabe una gruesa correa de cuero. Se sitúa detrás de Chuy y le dice en voz baja:

—Lo siento, colega.

Bebe un trago de Coca-Cola, la buena, la mexicana, en una botella con todo el azúcar, y empieza a azotar a Chuy en la espalda, el trasero y las piernas. Bebe otro trago de Coca-Cola, deja la botella en el suelo y empieza a pegarle otra vez.

Chuy intenta no gritar, pero su determinación no pasa del tercer golpe.

Duele mucho.

Grita, se retuerce y llora.

Suplica.

Como la mierdecilla que sabe que es.

Finalmente, Esteban dice:

—Ya basta.

Coge un tablón y se lo enseña a Chuy.

—¿Sabes qué voy a hacer?

Chuy lo sabe.

La paleta es una especialidad de los Zetas que le enseñaron en el campamento de instrucción.

Coges un trozo de madera y golpeas a una persona en las lumbares. Lenta y rítmicamente, una y otra vez. La víctima quiere morirse mucho antes de perecer. A veces paran antes de matarlo y el hombre se convierte en un tullido que apenas puede caminar y que gime cada vez que mea.

Chuy había visto a esos hombres y se reía de ellos.

Ahora Esteban se sitúa detrás de él.

Chuy rompe en sollozos.

—Eres un mierda —dice Esteban—. Al fin y al cabo, no eres más que un mierdecilla.

—Eres un mierda —añade Gabe—. Maricón.

—Piensa en ello —dice Esteban—. Piensa en lo que te va a pasar, *perrita*.

Desata la cuerda y Chuy cae al suelo.

—Forty quiere hacerlo personalmente —anuncia Esteban.

Chuy está tumbado en el suelo en posición fetal.

Su sangre se pega a los tablones de madera.

Gabe está sentado con la espalda apoyada en la pared.

—Lo siento, tío.

Chuy no responde.

—Tú no lo sabes —dice Gabe—. No sabes lo que te obligan a hacer en el rancho. Uno detrás de otro. Uno detrás de otro. Como una máquina, tío. Luego los quemamos. Los metemos en bidones y los quemamos.

Chuy no quiere escuchar, no quiere sentir lástima de Gabe. Que les jodan. No van a matarlo a palos. Cierra los ojos y no vuelve a abrirlos hasta que Gabe se calla por fin.

Mira a Gabe a los ojos.

Sus ojos azules.

Que le devuelven la mirada sin ver nada.

Chuy se arrastra por el suelo como una serpiente. Coge la botella de Coca-Cola y la tira contra la pared. El ruido despierta a Gabe, pero Chuy ya está encima de él y le corta el cuello con el cristal roto.

Gabe intenta contener la sangre, pero le sale a borbotones de la carótida.

Trata de gritar, pero le han degollado.

Desnudo y maniatado, Chuy salta por la ventana.

Morelia, Michoacán

Dos semanas después, una prostituta encuentra a Chuy durmiendo en un contenedor en un callejón situado cerca de donde trabaja.

Flor es una joven guatemalteca. Vino desde Petén cuando llegaron los Kaibiles y obligaron a su familia a abandonar sus tierras. Viajaron en tren hasta México con la esperanza de llegar a Estados Unidos, pero, en algún lugar de Quintana Roo, la policía detuvo el convoy y los obligó a bajarse.

Se llevaron a su padre y a sus hermanos. No sabe dónde.

A ella la trasladaron a la ciudad de Morelia y le dijeron que tendría un buen trabajo de camarera, que ganaría un dinero que podría enviar a su familia. Trabajó en un restaurante lavando platos y fregando el suelo, pero le dijeron que el dinero que ganaba serviría para costear la habitación que tenía alquilada encima del local y que compartía con otras doce chicas.

Gracias a ellas se enteró de la verdad.

Se enteró de que los hombres —los Zetas— la pondrían en la calle a mantener relaciones sexuales con hombres a cambio de dinero.

Al principio no las creyó, pero luego aprendió a creer.

Uno por uno, los hombres la enseñaron a creer.

En el asiento delantero de un coche la enseñaron a creer. En habitaciones baratas y cochambrosas la enseñaron a creer. Inclinada sobre una papelera en un callejón la enseñaron a creer.

Ahora a Flor la baña la luz de las farolas. Lleva una ropa que la avergüenza y llama a los hombres que pasan en coche utilizando términos que también la avergüenzan por un dinero que la avergüenza.

No envía dinero a su familia. Los hombres le dijeron que la ayudarían a encontrarla, pero nunca lo hicieron.

El dinero que gana con su vergüenza va destinado al alquiler, a comida, a ropa, a maquillaje, a los doctores que le recetan medicamentos y al billete de tren en el que viajó. El dinero sirve para pagar los «intereses» de su deuda, que crece a diario, por más vergüenza que pase por la noche.

Antes, el dinero servía para pagar la droga.

Empezó a inyectarse heroína porque disipaba la vergüenza como una nube húmeda y reconfortante cargada de lluvia, una nube que traía sueños de su hermosa casa en Petén, de sus padres y hermanos. Los sueños de la heroína eran verdes, suaves y hermosos como su hogar.

Pero la heroína costaba dinero.

Los hombres siempre se lo daban, pero lo añadían a su «cuenta» y, a medida que se hundía más y más en su adicción, se hundía más y más en la deuda, hasta que los hombres la obligaron a trabajar todo el tiempo y se avergonzaba diez, doce, catorce veces por noche.

Ya no sentía vergüenza.

No sentía nada en realidad.

Entonces Flor encontró al Señor.

No al Señor católico de su infancia, sino a un Señor cariñoso.

A Jehová.

Una noche, un hombre contrató sus servicios y la llevó a una habitación oscura y sucia, pero, en lugar de tomarla, le preguntó si conocía al Señor.

Le leyó la Biblia y le regaló un libro, el que escribió el líder, un hombre llamado Nazario. Iba a verla cada noche, cuando los hombres no vigilaban, cuando las otras chicas no miraban, y le decía que Jesús la amaba, que el Señor la amaba, que Nazario la amaba, y que, si aceptaba ese amor, volvería a ver a su familia en el Cielo. Leyó el libro y el hombre la llevó a conocer a otras personas, a otros hermanos y hermanas, en una casa en la que viven, en sus propias palabras, como una familia.

Una noche, Nazario se acercó a ella, le subió las mangas, vio las marcas de pinchazos y, afectuosamente, le dijo: «No necesitas esto, hermana». Era la verdad y le creyó. Él la enseñó a creer.

Que, aunque su cuerpo sea esclavo, su alma es libre.

Dejó la heroína.

Esta noche, Flor se encuentra al final del callejón y oye algo en el contenedor. Piensa que es una rata, pero entonces ve a un muchacho saliendo de dentro, un niño. Parece sorprendido al verla y echa a correr, pero ella le pregunta:

—¿Tienes hambre?

El niño asiente.

—Espera aquí —dice Flor.

La chica va a la cocina del restaurante y pide unas sobras al cocinero —un poco de carne, un poco de pollo, una tortilla de maíz— y las saca al callejón.

El niño sigue ahí y le ofrece la comida.

Engulle igual que un perro famélico.

—¿Cómo te llamas? —pregunta Flor.

—Pedro —miente él.

—¿Tienes donde dormir? —dice ella.

Chuy sacude la cabeza.

—Puedo llevarte a un sitio —le dice—. Jesús te ama.

Es así como Chuy se une a la Familia Michoacana.

Ahora Chuy vive en una vieja casa con unas veinte personas, la mayoría de ellas jóvenes, la mayoría de ellas sin hogar. Algunas son chicas, o incluso chicos, que trabajan en la calle. Otros venden dulces, flores o periódicos en las isletas.

A Chuy le encomiendan otra labor: repartir comida a orfanatos, refugios para vagabundos y clínicas de desintoxicación. Se monta en una furgoneta o una camioneta por la mañana y se pasa el día descargando cajas de arroz, pasta, leche en polvo, cereales, grandes ollas de sopa, galletas y dulces, todo ello con la etiqueta «Con amor de la Familia».

En las clínicas de rehabilitación entregan algo más aparte de comida: ejemplares del libro *La palabra de Nazario*. A veces, un adulto se queda en la clínica para hablar con los adictos sobre Jehová, Jesucristo y Nazario. A medida que transcurren las semanas, Chuy se da cuenta de que algunos pacientes a los que ha visto en la clínica se instalan en la casa o trabajan en los camiones de reparto.

Por la noche, Chuy cena en casa y luego asiste a la reunión, en la que hablan de la Biblia y del Libro, y en ocasiones va al restaurante situado cerca de la manzana en la que trabaja Flor o se queda en casa y lee el Libro con dificultad, porque nunca se le ha dado bien leer, ni en español ni en inglés. Pero, con ayuda de Flor, lo termina y memoriza algunos pasajes fundamentales. Su favorito es: «Un hombre de verdad necesita una causa, una aventura y una buena mujer a la que rescatar».

Los domingos por la mañana todo el mundo va a la iglesia y, en ocasiones especiales, el propio Nazario asiste para predicar la buena palabra de Jehová y Jesucristo y cómo vivir adecuadamente y hacer lo correcto, y Chuy ve que a Flor se le iluminan los ojos al mirar a Nazario. Después del oficio hacen cola para recibir su bendición y Chuy está entusiasmado como no lo estaba desde que conoció a Ochoa, lo cual parece que fue hace una vida entera, porque ahora tiene una vida nueva. Ama a Jehová y a Jesucristo. Ama a Nazario.

Ama a Flor.

Pero los Zetas siguen formando parte de su nueva vida.

Son parte de la vida de todos.

Cuando Chuy deambula por la ciudad, ve a sus pistoleros en la calle. Los ve entrar en los bares y las discotecas, en los prostíbulos y las *tienditas*, y ve que recaudan dinero por proteger a todo el mundo.

Los Zetas controlan Michoacán.

—¿No lo sabías? —le pregunta Flor una noche.

—Yo pensaba que eran solo narcos —dice Chuy.

—Ahora lo controlan todo —le explica ella—. Fueron ellos los que me sacaron del tren, me trajeron aquí y me pusieron a trabajar. Todo el dinero que gano es para ellos. Todas las chicas les pagan o te dan una paliza. Puede que incluso te maten.

Conoce a chicas que han desaparecido como si nada.

Los Zetas gobiernan Michoacán como si fuera una colonia.

Así que, mientras trabaja, Chuy agacha literalmente la cabeza. Cuando viaja en furgoneta por toda la ciudad, o incluso por los pequeños pueblos del campo en los que la Familia entrega comida y agua potable, cava pozos y construye centros de atención diurna, permanece atento a la presencia de Zetas.

Sabe que, si lo reconocen, lo matarán.

Y no será rápido.

Pero, aparte de eso, la vida es agradable. Le gusta vivir en la casa con sus nuevos amigos. Le gusta pasar sus ratos libres con Flor e incluso ha descubierto que le gusta ir a la iglesia, cantar los himnos y oír a Nazario predicar.

Uno de los dichos de Nazario es: «Solo estás tan enfermo como tus secretos», y Flor anima a Chuy a que vaya a hablar con uno de los consejeros, el hombre que la introdujo en la Familia, para someterse a una «purificación», porque es maravilloso y se sentirá mejor.

—Me encuentro bien —dice.

—Tienes pesadillas —responde Flor—. Te despiertas llorando. Si te purificas, las pesadillas se acabarán. A mí me pasó.

Unas noches después, Chuy se somete a la purificación. Entra en una pequeña habitación con el «consejero», un hombre de cuarenta y tantos años llamado Hugo Salazar.

—Cuéntame tus pecados —dice Hugo—. Sácalos de tu alma.

Chuy se resiste. No media palabra.

—No puedes escalar una montaña con un saco de basura a la espalda —dice Hugo.

—He hecho cosas malas.

—Dios ya sabe todo lo que has hecho y todo lo que harás —responde Hugo— y te ama de todos modos. Esto no es una confesión, es una liberación. Las pesadillas no pueden vivir a la luz del día.

—He matado a gente.

—Pareces un niño.

Chuy se encoge de hombros.

—¿A cuánta gente? —pregunta Hugo.

—¿A seis?

—¿No lo sabes?

—Estoy bastante seguro de que fueron seis.

—¿Eran gente inocente? —pregunta Hugo—. ¿Mujeres? ¿Niños?

—No.

—¿Cómo llegaste a matar? —le pregunta.

—Trabajaba para los narcos.

—Entiendo —dice Hugo—. ¿Algo más?

Chuy quiere contarle su pesadilla, lo que hizo aquella noche con Ochoa, pero le da demasiada vergüenza y tiene miedo. Los Zetas podrían estar buscándolo y, si habla, podría ser identificado, porque solo los Zetas hacen esas cosas.

—Sí —dice Chuy. Mira al suelo—. Maté a mi mejor amigo.

—¿Por qué, mi joven hermano?

—Porque iba a matarme.

Hugo le pone una mano en el hombro.

—Nazario dice que este mundo está lleno de maldad y que por eso no debemos formar parte de él de una manera plena, sino poner siempre un ojo en el siguiente. En un mundo maligno, a veces tenemos que hacer el mal para sobrevivir y Dios lo entiende. La cuestión es que intentemos hacer lo correcto con un corazón puro. Ahora vuelve, hermano, y haz lo correcto.

Chuy se va y encuentra a Flor en la calle.

—¿Ha sido maravilloso? —pregunta ella con una sonrisa—. Me alegro mucho de que lo hayas hecho.

«Ha estado bien», piensa Chuy.

Se siente más ligero.

Sigue teniendo pesadillas, pero con menos frecuencia, y sabe que el motivo por el cual sigue teniéndolas es que no purificó lo que hizo con Ochoa aquella noche. «Puede que algún día tenga el valor de contarlo», piensa.

Tres días después de la purificación se le acerca Hugo.

—Tenemos un nuevo trabajo para ti, hermanito.

La Familia necesita guerreros.

Porque la Familia Michoacana trafica con drogas.

Nazario es el *chaca*, el jefe.

Pero a las órdenes de los Zetas. Al igual que los Zetas controlan Michoacán, también controlan a la Familia. Pero la Familia tiene un negocio de tráfico propio, sobre todo cristal, y está reportándole grandes cantidades de dinero.

La Familia paga un impuesto a los Zetas, así que les permiten existir. Nazario era un buen amigo de Osiel Contreras, que enviaba a los Zetas a entrenar a sus pistoleros. Entonces los Zetas tomaron las riendas.

A Chuy no le gusta la idea de volver a trabajar para Forty, aunque sea indirectamente, y le dice a Hugo que los Zetas son malvados.

—En un mundo maligno —le explica Hugo— tienes que hacer el mal para hacer el bien. La droga que mandamos a Estados Unidos sirve para pagar la comida para los huérfanos y el agua para los aldeanos. ¿Lo entiendes?

—Sí.

—Dios necesita guerreros en este mundo —dice Hugo—. Has leído la Biblia.

Chuy no lo ha hecho, pero tampoco lo dice.

—David era un gran guerrero —prosigue Hugo—. Mató a Goliat. La Familia necesita Davids. Como tú.

Chuy lo mira confuso.

—¿Es que no lo ves, hermano? —pregunta Hugo—. Todas esas cosas malas de tu pasado, esas cosas de las que te avergonzabas, Dios las convierte en algo bueno. Cuando luchas para Nazario, luchas para el Señor. Tu alma brilla como la armadura de un caballero.

—Pero estaré luchando para los Zetas —argumenta Chuy.

—La voluntad de Dios es un misterio que los humanos no siempre podemos resolver —responde Hugo—. Ni deberíamos. Solo debemos escuchar su voz y, si escuchas, Pedro, lo oirás llamándote.

Chuy oye la llamada.

Se convierte en un guerrero de Dios.

Cada noche se citan para estudiar la Biblia o hablar del Libro. Los domingos, en lugar de trabajar, asisten a un masivo oficio al aire libre en el que Nazario predica su palabra.

—¡Todo hombre necesita una causa! —declama el líder—. ¡Una causa, una aventura y una buena mujer a la que rescatar!

Sus discípulos lo vitorean y después cantan un himno.

Tras el oficio se celebra una gran cena y llega el tiempo de silencio. Pasan cuatro horas sin hablar, contemplando su alma, su misión, el significado de su vida, la palabra de Nazario. Los domingos por la noche se reúnen en la sala y cantan su palabra una y otra vez.

Ven vídeos, escuchan cintas y aprenden las estrictas normas: prohibido fumar, prohibido beber, prohibido consumir drogas. Una primera falta supone unos golpes. Una segunda falta, una fuerte azotaina. Una tercera, la ejecución.

Tres faltas y estás fuera.

Un día, los líderes llevan ante Chuy a un hombre que han recogido de la calle —un pederasta, lo peor de lo peor— y le ordenan que lo mate.

No hay problema.

Es un guerrero del Señor, así que lo estrangula con sus propias manos.

Ahora Chuy tiene otro trabajo.

Ya no reparte comida.

Su célula, integrada por cinco hombres, patrulla tres manzanas de la ciudad. Vigilan quién entra y quién sale, informan a sus superiores de cualquier sospechoso y procuran que todo esté limpio y ordenado. A cambio de protección, entregan el dinero que obtienen al jefe Zeta local, que se reúne con sus subalternos en un taller de chapa y pintura de la zona.

En lugar de cajas, Chuy lleva una Glock. Percibe un salario. No es gran cosa, pero suficiente para alquilar una pequeña habitación en la que instala a Flor. Consiguen una cama en un desguace, encuentran una pequeña mesa en el vertedero y compran una lámpara en una tienda de segunda mano. Y Chuy tiene un estatus distinto: como guerrero, es digno de un respeto que le otorga derecho a realizar una petición.

—Quiero sacar a Flor de la calle —dice a Hugo—. Que trabaje de camarera.

—No es tu mujer —responde Hugo.

—Será la madre de mi hijo —sentencia él.

Flor le contó, tímidamente y con cierto temor, que tenía dos faltas.

En parte estaba asustado y en parte contento. Chuy la rodeó con los brazos.

—Todo saldrá bien. Yo cuidaré de ti.

—No tienes por qué hacerlo.

—Lo haré —prometió Chuy—. Cuidaré de los dos.

Ahora, Hugo le dice:

—Ese niño podría ser de cualquiera, hermanito.

—Flor es mi mujer, así que es mi hijo —responde Chuy.

Así de sencillo.

—Tendré que preguntar —dice Hugo.

—¿Al jefe de los Zetas?

—Sí.

—No le preguntes —contesta Chuy—. Dile que la madre del hijo de un guerrero no puede ser puta.

La respuesta del jefe de los Zetas llega tres noches después.

Acompañado de otros cuatro sicarios, entra en el restaurante cuando ya ha cerrado. Flor está limpiando las mesas y preparándolo todo para la mañana siguiente.

—Todo el mundo fuera —ordena, y mira a Flor—. Tú te quedas.

Los demás salen rápidamente con la cabeza gacha. Una chica, también exprostituta, va corriendo a buscar a Pedro.

—¿Eres Flor? —pregunta el jefe.

Aterrorizada, Flor asiente.

—Quítate el vestido.

—Ya no hago esas cosas.

—Eres puta —dice él— y harás lo que yo te ordene. Todavía nos debes dinero.

—Os pagaré.

—Claro que sí. Ahora mismo.

El jefe asiente y los cuatro la agarran, le arrancan el vestido y la colocan encima de una mesa.

—¡Pedro! ¡Pedro!

Chuy ve a la chica corriendo hacia él.

—¿Qué pasa?

—¡Es Flor! ¡Ven! ¡Rápido!

Chuy sale a toda prisa.

Chuy levanta el cuerpo de Flor de la mesa y acuna su cadáver en el regazo. Su piel todavía está caliente.

La gente dice que se oyó el grito de Chuy por toda la colonia.

Dicen que nunca podrán olvidar ese sonido.

Chuy se halla frente al *yonke*, el taller donde están los *peces gordos* de los Zetas.

Los oye riéndose dentro.

Tintineo de botellas y vasos.

Chuy, que está bien entrenado, comprueba el cargador de su *erre*. Entonces echa la puerta abajo de una patada y los cose a balazos antes de que tan siquiera puedan moverse.

Chuy se agacha detrás del *chaca* herido y lo agarra del pelo con una mano, como hizo Ochoa con aquel hombre. Saca el cuchillo, igual que el que le entregó el Kaibile aquella noche, tira la cabeza del jefe hacia atrás para que el cuello quede tenso y le hunde el arma en la garganta.

Ha vivido esto una y otra vez.

Más que cuando los chicos le hacían daño, lo violaban y lo convertían en su chica. Más que eso, sus pesadillas son de aquella noche, cuando le dieron el cuchillo y le dijeron qué debía hacer.

Así que ahora lo sabe y, como si fuera un sueño, mueve la cuchilla de un lado a otro mientras el jefe de los Zetas que violó y asesinó a Flor grita, igual que gritaba el hombre aquella noche, y la sangre sale a chorro cuando Chuy cercena las arterias. Entonces, el jefe deja de gritar y tan solo gorjea mientras Chuy corta los cartílagos y el hueso como hizo aquella noche, y el hueso, el cartílago y la piel revientan al arrancar la cabeza.

La deja en el suelo y empieza con los otros cuatro. Dos ya están muertos. Uno intenta huir a rastras, pero Chuy lo agarra del pelo y tira de él. El último grita, babea y suplica, pero Chuy le ordena que cierre el pico.

Chuy está sentado en el suelo con los cinco cuerpos decapitados cuando entra Hugo.

—*Dios mío*, Pedro. ¡¿Qué has hecho?!

—Me llamo Jesús —responde Chuy aturdido. Por encima del hombro de Hugo ve a Nazario y a varios hombres detrás—. Matadme.

Hugo saca la pistola, dispuesto a hacerlo. Las consecuencias que entrañará el hecho de que uno de los suyos haya matado a cinco jefes Zeta serán espantosas. Si al menos pueden presentar un cadáver... Apunta a la cabeza de Chuy.

—¡Para! —grita Nazario, que golpea a Hugo en la mano—. «El ternero y el potro estarán seguros junto al león —cita de las Escrituras— y un niño pequeño los guiará a todos».

Levanta a Chuy del suelo.

—Es la hora —dice Nazario.

Chuy lleva a cinco guerreros de la Familia a la discoteca Sol y Sombra, donde hay muchos Zetas de fiesta.

La música late bajo las luces estroboscópicas.

Con su AR, Chuy dispara una ráfaga al techo.

Cuando los juerguistas se echan al suelo, dos hombres de Chuy abren una bolsa de plástico negra y vierten el contenido.

Cinco cabezas humanas ruedan por el suelo de baldosas blancas y negras.

Chuy lee de una tarjeta.

—¡La Familia no mata por dinero! ¡No mata a mujeres! ¡No mata a gente inocente! ¡Solo a quienes merecen morir, morir! ¡Esto ha sido justicia divina!

Tira la tarjeta al suelo y se marcha.

La revolución —la rebelión de la Familia Michoacana para expulsar a los Zetas de su tierra— da comienzo esa noche. Nazario redacta notas de prensa y publica anuncios en los principales periódicos para explicar que la Familia no es una amenaza pública, sino justamente lo contrario, una organización patriota que está haciendo lo que el gobierno no puede o no quiere hacer: «limpiar» Michoacán de secuestradores, extorsionadores, violadores, traficantes de cristal y opresores extranjeros como los Zetas.

A Chuy no le importa nada de eso.

Ahora, lo único que conoce es el asesinato, y es todo cuanto quiere conocer.

Eddie ve la noticia de la discoteca Sol y Sombra en los informativos.

—Fantástico —dice al esbirro que juega al *Madden* a su lado—. ¿Decapitaciones? ¿En serio? ¿Decapitaciones? Yo pensaba que esa mierda era cosa de musulmanes. De Al Qaeda.

Días después, Eddie se entera de que podrían ser obra de la misma persona que perpetró el ataque en su discoteca.

—Jesús el Niño.

«Supongo que el chaval ha cambiado de equipo», piensa Eddie.

Un cambio a mitad de temporada.

Y algunos narcos dicen que el chaval es realmente un niño de once o doce años.

El equipo escolar.

De repente, Eddie se siente viejo.

Entonces recibe noticias...

... bueno, la orden...

... de ir a hacerse el simpático.

La noticia llega de AB, el Señor, a través de Diego.

Eddie lo entiende: los Zetas han combatido con ellos hasta llegar a un sangriento punto muerto en Tamaulipas, un ojo por ojo en las trincheras que solo promete más de lo mismo. Así que si esos fanáticos de la Familia pueden llevarse tropas de Tamaulipas, perfecto.

Eso no impide a Eddie discutir.

—Son chiflados religiosos. ¿Sabes cuál es el apodo de ese tal Nazario? «El Más Loco».

—Mientras mate Zetas... —dice Diego.

—Es lo que está haciendo —responde Eddie—. También es nuestro mayor competidor en el mercado del cristal estadounidense.

—Será por yonquis —dice Diego.

«Esa es una gran verdad», piensa Eddie. Los mexicanos por fin han encontrado una droga que a los paletos blancos les gusta y pueden permitirse. Y si hay algo que no se agotará nunca son los paletos blancos.

Esa gente se cría sola.

Los engendran en el asiento trasero de un coche de desguace y luego viven en él.

Así que, una semana después, Eddie Ruiz está sentado frente a Chuy en Morelia, Michoacán.

Y, en efecto, es un niño.

Un niño de verdad.

—Tendría que estar muy cabreado contigo —dice Eddie—. El espectáculo de Acapulco fue una gilipollez.

Tiene la sensación de que debería castigarle.

Chuy no responde. Eddie le mira a los ojos y no ve nada. Es como mirar a una serpiente. Tiene que recordarse a sí mismo que ese niño, ese utilero del equipo escolar, decapitó a cinco hombres y echó a rodar las cabezas por la pista de una discoteca como quien juega a los bolos.

«El sentimiento de culpa te paraliza», piensa Eddie.

Pero Diego ha dicho que deben trabajar con esos cristianos renacidos, así que...

—Eh, «Texas para siempre», ¿no? —dice Eddie—. Los pochos tenemos que estar unidos. Vamos a cargarnos a unos cuantos Zetas de mierda.

—Yo mato por el Señor.

—Muy bien —dice Eddie.

En los noventa días posteriores, más de cuatrocientos narcos perecerán en Uruapan, Apatzingán, Morelia y Lázaro Cárdenas.

El nuevo equipo formado por Eddie el Loco y Jesús el Niño es artífice de no pocas muertes.

5

NARCO POLO

Ciudad de México
2006

Keller bebe un sorbo de vino blanco y mira por encima del vaso a la exquisita mujer que le sonríe desde el otro lado del vestíbulo del cine.

Yvette Tapia está deslumbrante con su vestido plateado corto, su media melena morena y su pintalabios de un rojo oscuro y atrevido. Si pretendía evocar los años veinte, a una Zelda Fitzgerald que combina sofisticación y atractivo en un entorno mexicano, ha aprobado con nota. Como una de las inversoras de la película, se mueve con elegancia entre la multitud, sonriendo, conversando y haciendo gala de su encanto.

«Los hombres desesperados —piensa Keller— toman decisiones desesperadas».

Y él está desesperado.

La búsqueda de Adán Barrera se halla en punto muerto, congelada en una tundra en la que no hay pista alguna, atorada en la entropía burocrática. Sus compañeros del Comité de Coordinación Barrera están empantanados en otro lugar, demasiado ocupados intentando lidiar con guerras simultáneas en Baja, Tamaulipas y ahora Michoacán.

Keller debe reconocer que la violencia no tiene precedentes. Incluso en la cúspide (¿en lo más profundo?) de la guerra de Barrera contra Güero Méndez en los años noventa, los enfrentamientos eran esporádicos —breves y repentinos picos de violencia—, no algo cotidiano. Y no se propagaron por tres zonas extensas del país con varios antagonistas interconectados.

La Alianza combatiendo con Teo Solorzano en Baja.

La Alianza combatiendo con el CDG y los Zetas en Tamaulipas.

La Familia (aparentemente con ayuda de la Alianza) combatiendo con los Zetas en Michoacán.

En los noventa, participaban en la guerra unas pocas docenas de combatientes. Ahora los cárteles cuentan literalmente con centenares de hombres, tal vez miles, en su mayoría veteranos del ejército, policías retirados o en activo. En cualquier caso, son soldados entrenados.

La AFI y la SEIDO están intentando ponerles freno.

«A menos que creas a Ochoa —piensa Keller—, en cuyo caso, la alineación parece un poco distinta».

La Alianza y el gobierno federal enfrentándose a Teo Solorzano en Baja.

La Alianza y el gobierno federal enfrentándose a los Zetas en Tamaulipas.

La Familia (aparentemente con ayuda de la Alianza) y el gobierno federal enfrentándose a los Zetas en Michoacán.

Keller se niega a creerlo. ¿Hubo una confabulación oficial en la fuga de Barrera de Puente Grande? Sin duda. ¿Complicidad en sus huidas por los pelos? Probablemente. ¿Una corrupción arraigada que lo protege allá donde esté «escondido»? Indiscutiblemente.

Pero ¿ha habido una campaña federal coordinada para ayudar a Barrera a dominar el tráfico de drogas en todo México? Eso es una loma resbaladiza que Keller no es capaz de escalar.

Pero él y Ochoa sí coinciden en una cosa.

«Empiece por los Tapia».

«No tengo otro sitio por donde empezar», piensa Keller mientras observa a Yvette acercarse a él por el vestíbulo.

Es un incumplimiento directo de su acuerdo de trabajo con la DEA y los mexicanos. «No ha venido a cultivar sus propios recursos, emprender acciones independientes o realizar tareas de vigilancia ni recabar información».

«Sí, bueno —piensa Keller—. Tampoco estoy aquí para sentarme de brazos cruzados mientras vosotros trabajáis en cualquier cosa menos en Barrera. Si no se cambia nada, nada cambia, así que ha llegado el momento de realizar un pequeño movimiento».

Ha utilizado un contacto en la embajada para acceder al estreno de la película, que incluye una invitación a la recepción posterior, en la que todo el mundo anda pensando cosas agradables que decir. Keller busca a Yvette, la halaga por la película y entablan conversación.

—Yvette Tapia —dice ella—. Mi marido, Martín, y yo hemos ayudado a financiar la película.

—Art Keller.

Si le suena el nombre, no lo demuestra.

—¿Y qué hace usted en Ciudad de México, Art?

—Trabajo para la DEA.

Hay que reconocer que ni se inmuta. Sus familiares políticos son unos de los traficantes más grandes del mundo y ni siquiera parpadea. Por el contrario, esboza una sonrisa cautivadora y dice:

—Pues debe de estar muy ocupado.

Hablan un rato de banalidades y luego Yvette se va a atender a los asistentes. Ahora vuelve y le dice:

—Art, vamos a celebrar una posfiesta en casa. Todo muy informal. ¿Quiere venir?

—Estoy solo —responde Keller—. No quiero ir de aguantavelas.

—Habrá otros veinticinco aguantavelas —dice ella. Se acerca su marido y se vuelve hacia él—: Martín, tenemos a un pobre diplomático solitario que está resistiéndose a mi invitación. Haz que venga.

Martín Tapia parece cualquier cosa menos un narco. Lleva un traje azul marino a medida, camisa blanca y corbata, y la palabra que le viene a la mente a Keller es «pulido». Martín le tiende la mano.

—Mi mujer ha invitado a los sospechosos habituales, así que un poco de sangre fresca sería más que bienvenida.

—Siempre me ha gustado ejercer de transfusión —dice Keller—. ¿Dónde...?

—En Cuernavaca —dice Martín.

«Hola, Cuernavaca», piensa Keller al recordar la serie de llamadas telefónicas que provocaron la emboscada en Atizapán.

—No he traído el coche.

—Estoy seguro de que alguien podrá llevarle —dice Martín.

Así que Keller se monta en un coche con un representante cinematográfico y se dirige a una moderna casa situada en una comunidad vallada en las colinas de Cuernavaca.

La pequeña multitud solo puede ser descrita como «centelleante». Literalmente en el caso de las actrices con vestidos de lentejuelas —cree reconocer a una que aparece en películas estadounidenses— y metafóricamente en el de escritores, productores y financieros. Lleva allí unos diez minutos cuando se le acerca Yvette.

—Veamos —dice, escrutando la sala—. ¿Quién sería adecuada para usted? Sofía no. Es una actriz maravillosa, pero está bastante loca...

—Quizás una actriz no.

—Entonces una escritora —dice Yvette—. Ahí está Victoria. Es increíble, ¿no le parece? Creo que es periodista especializada en economía, pero juraría que está casada y, en todo caso, vive en Juárez...

—No tiene que hacer de celestina, de verdad.

—Pero me encanta —dice Yvette—. Y no privaría usted a una señora casada y formal de sus pequeños placeres, ¿verdad?

—Por supuesto que no.

—Pues venga —dice, agarrándolo del brazo—. Permítame que le presente a Frieda. Escribe críticas de cine y nos tiene a todos aterrorizados, pero...

En un hábil gesto, Yvette lo deja a solas con Frieda. Keller y la crítica de cine hablan mientras él observa a Yvette ir de un invitado al otro, encandilando a todos.

«Pero está aquí para hacer precisamente eso», piensa Keller.

Y su marido también.

Martín Tapia es un próspero y joven emprendedor en auge y su negocio consiste en hacer contactos de alto nivel. «O el negocio de su hermano», piensa Keller. Los Tapia podrían ser el enlace de Diego con las altas esferas mexicanas. Y si son el enlace de Diego, bien podrían ser el de Adán.

No es gran cosa, pero es lo único que tiene. Sin embargo, Keller reconoce que hay que tener pelotas para colarse en casa de los Tapia y se pregunta qué pensaría Adán si supiera que está allí.

Quizá ya lo sepa.

Keller mantiene una educada conversación con la crítica de cine y se va a buscar otra copa de vino.

—Parece tan perdido como yo.

La mujer que está junto a él es deslumbrante. Tiene un rostro en forma de corazón, pómulos altos, unos ojos marrones resplandecientes, un cabello castaño rojizo que le llega a los hombros y una figura que Keller no puede evitar intuir debajo del vestido negro de corte clásico.

—No sé cómo se siente usted, pero sí; yo me siento perdido —contesta Keller tendiéndole la mano—. Me llamo Art Keller.

—Marisol Cisneros —dice ella—. ¿Estadounidense?

—Trabajo en la embajada.

—La formación de español que dan es mejor que antes —dice Marisol—. ¿La Piedra de Rosetta en versión latinoamericana?

—Mi madre era mexicana —dice Keller—. Aprendí antes el español que el inglés.

—¿Es amigo de los Tapia?

—Los he conocido en el estreno de la película —responde Keller.

—Yo no los conozco de nada. He venido de acompañante.

Keller se sorprende al sentir una ligera punzada de decepción hasta que la oye decir:

—Creo que la ha conocido. ¿Frieda?

—La temible crítica de cine.

—Todos los críticos son temibles —observa Marisol—. Por eso me hice directora de pompas fúnebres.

—No parece usted...

—Soy médico —dice ella—. Es lo más parecido a trabajar en una funeraria.

Keller la ve sonrojarse.

—Lo siento —dice Marisol, riéndose entre dientes—. Es un chiste malo. Creo que estoy nerviosa. Esto es una especie de fiesta de presentación para mí.

—¿Presentación?

—Tras mi divorcio —dice Marisol—. De eso hace seis meses y opté por concentrarme en el trabajo. Frieda me ha traído a rastras. No me siento muy cómoda con la gente guapa.

«Pues tú lo eres», piensa Keller.

—Yo tampoco.

—Ya se nota. —Vuelve a sonrojarse—. Allá vamos otra vez con mi ineptitud social. Me refería a... No sé... No parece...

—¿Gente guapa?

—Lo decía como un cumplido, lo crea o no.

—Así me lo tomaré. —Se quedan allí quietos, incómodos, hasta que a Keller se le ocurre una pregunta—. ¿Vive en Cuernavaca?

—No, en la ciudad. Condesa. ¿La conoce?

—Vivo allí.

—Después del divorcio me fui de Polanco —dice—. Me gusta Condesa. Hay librerías, cafeterías... Uno no se siente tan... patético... yendo a esos lugares solo.

Keller no se la imagina pasando mucho tiempo a solas. Si lo hace, es por voluntad propia.

—La otra noche estaba leyendo mientras cenaba solo en un restaurante chino y el libro hablaba de un hombre tan solitario que va a comer solo a restaurantes chinos.

—¡Qué triste!

—Pues se está riendo.

—Bueno, también es divertido.

—Me levanté y me fui —dice Keller—. Totalmente desmoralizado.

—El último Día de San Valentín —explica Marisol—, pedí una pizza. Me senté en casa y vi *Sabrina* y lloré.

—Es bastante triste.

—No tanto como su restaurante chino.

Se miran un segundo y Keller añade:

—Creo que este es el momento en que yo le pido el número de teléfono. Para poder llamar... llamar...

—Correcto.

Marisol mete la mano en el bolso.

—Lo recordaré —dice Keller.

—¿Seguro?

—Sí.

Marisol le recita el número y Keller lo repite. Entonces ella dice que debe recoger a Frieda y volver a la ciudad. Tiene consultas por la mañana.

—Ha sido un placer conocerla.

—Igualmente.

Cuando se dispone a marcharse, Keller le pregunta:

—¿Anne Hathaway o Audrey Hepburn?

—Audrey Hepburn, por supuesto.

«Por supuesto», piensa Keller.

Por supuesto.

—¿Qué te parece el estadounidense? —pregunta Martín Tapia al salir de la ducha esa noche.

Yvette está sentada delante del espejo, quitándose minuciosamente el maquillaje y comprobando si tiene arrugas en los ojos, unas arrugas tan inevitables como indeseables. «Puede que haya llegado el momento —piensa— de hablar con mi cirujano plástico de Botox o de una operación».

—¿Keller? —dice—. Es bastante agradable.

—No le tomes cariño. Adán lo quiere muerto.

—Es una lástima —dice Yvette—. Podría ser útil.

—¿En qué sentido?

—Déjame preguntarte una cosa —dice Yvette al meterse en la cama—. ¿Confías en Adán?

Keller se pone manos a la obra con Martín Tapia a la mañana siguiente.

A todas luces, el mediano de los Tapia es un próspero emprendedor que hace lo que hacen los prósperos emprendedores.

Casi a diario, Martín sale de casa a media mañana y se dirige al centro. Mantiene reuniones y comidas y después más reuniones aún. Juega al golf en el club de campo de Lomas. Visita bancos y oficinas de empresas. Algunas noches, normalmente con su encantadora mujer del brazo, se deja ver en restaurantes de moda, en el teatro, en el ballet o en la ópera. Otras noches se quedan en casa y disfrutan de una cena tranquila —la piscina, el jacuzzi, la pista de tenis— y se retiran temprano.

Los domingos, él e Yvette van a tomar un *brunch* en el hotel Aristo con otras parejas adineradas. Su lista de amigos, conocidos y socios es un «quién es quién» de la capital. Pero, tras un mes de vigilancia, Keller no ve a Martín citarse con ningún policía o político.

«Quizá esté equivocado —piensa—. Quizá Martín no esté involucrado en los negocios de su hermano. O quizá haya cogido un poco de dinero y lo haya utilizado para empezar un negocio legítimo».

Quizá.

Keller desvía su atención hacia Yvette.

Y, una vez más, a todas luces hace lo que haría la esposa de un próspero emprendedor. Se levanta y practica yoga o natación y asiste a clases de tenis con un profesor privado. Sale a almorzar con otras esposas y participa en comités benéficos.

Juega al golf.

Yvette Tapia se lo toma en serio. Va a jugar al golf dos o tres veces por semana en el club de campo La Vista. Keller no puede seguirla hasta el interior, ya que le impiden el paso en la entrada, pero aparca al otro lado de la calle. Cambiando de coche de alquiler más o menos a diario, se hace una idea de su calendario: cada lunes, miércoles y viernes va al club en su Mercedes blanco, juega nueve hoyos y normalmente se va a casa, a menos que decida tomar algo con sus amigas.

«Quizás esté equivocado», piensa Keller de nuevo.

La tarde siguiente, Keller no sigue a Yvette desde su casa, sino que espera frente al club a que acabe. Esta vez no se va a casa ni a un restaurante, sino a una calle residencial que flanquea el club de golf.

Keller ve el Mercedes blanco detenerse en un camino para vehículos.

Toma nota de la dirección: 123 de Vista Linda.

«Debe de ser una amiga», piensa.

Pasa por delante de la casa y por el retrovisor ve a Yvette salir del Mercedes, sacar una pequeña maleta del asiento del acompañante y acercarse a la puerta principal. Luego él se detiene al otro lado de la calle mientras ella entra utilizando una llave.

«Dios —piensa—. ¿Tendrá una aventura?».

Pero no hay más coches en el camino. Quizás el hombre haya sido prudente y haya aparcado más adelante, o tal vez haya ido caminando. Sintiéndose como un ruin detective privado, apaga el motor y espera.

Si Yvette está teniendo una aventura, no hay mucha pasión, porque sale al momento.

Sin el maletín.

Entre seguir a Yvette o quedarse allí, se decanta por lo segundo.

Una hora después, aparece un Audi azul y un hombre bien vestido de unos treinta y cinco años entra en la casa. Al cabo de unos minutos sale con el maletín y se va.

Keller le da una ventaja de varios cientos de metros e inicia la persecución.

Yvette Tapia no está teniendo una aventura.

Ejerce de correo.

A Keller le vendría bien un poco de ayuda.

La vigilancia no es trabajo para un solo hombre.

Es difícil seguir a un coche y no perderlo o ser descubierto, y todavía más difícil seguirlo por el laberinto del tráfico de la zona metropolitana de Ciudad de México, sobre todo cuando uno es relativamente nuevo en la región y no conoce sus entresijos. Al menos el Audi no intenta darle esquinazo. El conductor parece tranquilo, complaciente, ajeno a que tal vez estén siguiéndolo.

Eso ayuda, pero Keller sabe que una operación de vigilancia exitosa precisa de un equipo: dos o tres coches para seguir una pista, un helicóptero, comunicaciones y apoyo logístico. Podría conseguirlo todo a través de la SEIDO o la AFI, pero...

... no es posible.

Por un lado, se supone que no debe realizar ninguna investigación por su cuenta, y mucho menos una vigilancia activa. Por otro, no sabe en quién puede confiar.

¿En Vera? ¿En Aguilar?

Cada vez —cada vez— que se ha acercado a Barrera, se ha escabullido. Luego estuvo la emboscada de Atizapán. ¿Lo sabían uno u otro? ¿Lo sabían ambos?

Keller podría recabar apoyos en la DEA, pero no puede ir allí porque: *a*) se supone que no está haciendo esto; *b*) querrían saber por qué no está trabajando con los mexicanos, y *c*) no sabe quién es de fiar.

A su juicio, esto podría ser un ardid y el Audi azul podría estar conduciéndolo a una trampa.

«Soy un cebo —piensa Keller—. Puede que ahora me hayan preparado el cebo a mí».

Keller se plantea abandonar la persecución. Tiene la matrícula y seguramente podría realizar una búsqueda a través del EPIC sin llamar demasiado la atención, averiguar quién es el conductor y proceder a partir de ahí.

No es mal plan. Tal vez sea más inteligente que perderle la pista ahora o, peor aún, ser descubierto.

O caer en una emboscada.

El Audi tuerce a la izquierda.

Es una oportunidad para dejarlo.

Keller le sigue.

En el largo trayecto hasta Lomas de Chapultepec.

El hombre lanza las llaves al aparcacoches apostado frente al Marriott y entra con el maletín en la mano.

Ahora es cuando Keller verdaderamente necesitaría un compañero que entrara por él. Si alguien en ese vestíbulo le reconoce, se habrá terminado. Pero no tiene más opción, así que entrega al aparcacoches las llaves y unos cuantos pesos.

—Déjalo cerca.

Keller entra en el vestíbulo y va directo al bar.

Su hombre está sentado con el maletín a los pies.

—Una Cucapá, por favor —dice Keller.

Puede ver a su hombre por el espejo. Pide una copa y el camarero le sirve lo que parece un *gin-tonic*. El hombre apura la bebida, deja unos billetes encima de la mesa y se va.

El maletín sigue allí.

Segundos después, otro hombre —de unos cuarenta y tantos, con un traje de color carbón— se sienta, mira fugazmente a su alrededor, coge el maletín y se marcha.

Keller pagaría por una vigilancia fotográfica.

Abona la cuenta apresuradamente, se dirige a la puerta y ve al hombre sentarse al volante de un Lexus blanco. Es demasiado tarde para llegar hasta su coche y seguirlo, pero anota la matrícula.

A la mañana siguiente, Keller remite ambas matrículas al EPIC. La primera, perteneciente al Audi azul que recogió el maletín en el número 123 de Vista Linda, está registrada a nombre de un tal Xavier Cordunna, un socio júnior de un banco de inversión de Ciudad de México.

La segunda, correspondiente al Lexus que recogió el maletín en el hotel, pertenece a un tal Manuel Arroyo.

Un comandante de la AFI.

Keller marca el número de Marisol Cisneros.

—Empezaba a pensar que lo habías olvidado —dice al responder.

Su voz suena un poco tensa. Esa mujer no está acostumbrada a que la ignoren y te lo hace saber.

—No quería hacerme pesado —dice Keller—. Lo siento, estoy un poco desentrenado en esto de las citas. Ya no conozco las normas.

—Te enviaré el manual.

—¿En serio?

—Otra broma fruto de los nervios. Es una mala costumbre.

—Bien —dice Keller—. Estaba pensando en ir a cenar solo, así que podríamos ir solos juntos.

—Eso ha estado muy bien —dice Marisol entre risas—. ¿Lo has ensayado?

—Un poco.

—Me siento halagada.

—Entonces..., ¿sí?

—Me encantaría.

Ahora su voz es profunda y sincera, cálida, y le provoca un ligero sobresalto.

—¿Dónde te gustaría ir? —pregunta Keller.

—Podríamos volver a tu restaurante chino —propone Marisol— y redimirte ante los camareros.

—Es un tugurio. Podríamos probar un sitio más decente.

Deciden ir a un pequeño restaurante italiano que ambos conocen en Condesa y quedan allí en lugar de que él la recoja.

—Así, si no nos caemos bien —dice Marisol—, nos será más fácil escapar.

No hace falta escapar. Para su sorpresa, la conversación fluye con espontaneidad y descubre que le gusta mucho la doctora Marisol Cisneros.

Mientras comen *linguini* con almejas, servidos al estilo familiar y acompañados de una ensalada de *mozzarella* y una botella de vino blanco, le cuenta que es originaria de Valverde, una pequeña ciudad del valle de Juárez, justo al lado del río Bravo. Su familia lleva allí «toda la vida», o al menos desde la década de 1830, cuando recibieron unas tierras a cambio de luchar contra los apaches, que siempre realizaban incursiones desde el norte.

El clan Cisneros ha mantenido su importancia en la región de Valverde. No es una de las «Cinco Familias» que todavía dominan el valle, pero pertenecen a la clase media-alta, a diferencia de la mayoría de la gente que vive allí. Plantan algodón y trigo al lado del río y tienen ganado y caballos pastando en las mesetas, donde el clima es más seco.

Marisol siempre supo que no quería ser la mujer de un ranchero, así que hincó los codos y obtuvo una beca para la Universidad Nacional Autónoma, en Ciudad de México. Después asistió a la Universidad de Medicina de Boston y realizó las prácticas en el Hospital General de Massachusetts y en el Hospital México Americano de Guadalajara, donde se especializó en medicina interna.

Se casó con un abogado mercantil de Ciudad de México, se mudó aquí y empezó a trabajar con tres socios en la lucrativa Polanco, aunque también ejerce como voluntaria en una clínica de Iztapalapa.

—Un barrio duro —observa Keller.

—La gente cuida de mí —responde Marisol— y es solo los sábados por la mañana. El resto de la semana me ocupo de las pequeñas quejas de los ricos. Pero no he parado de hablar. ¿Y tú qué?

Keller cuenta un poco más que en la fiesta de los Tapia y «confiesa» que la labor que desempeña en la embajada es para la DEA.

—En el valle sabemos unas cuantas cosas sobre la droga —dice Marisol—. La gente de Juárez ha trabajado allí durante años por medio de la familia Escajeda.

—¿Te causa problemas?

—La verdad es que no —responde—. Con los años, ideas un *modus vivendi*. Ya sabes cómo funciona. Les dejas en paz y ellos te dejan en paz a ti.

—Yo trabajo mayoritariamente en cuestiones de política bilateral —comenta Keller.

—Me gusta Estados Unidos —dice Marisol—. Veamos. He estado en El Paso, por supuesto, en San Antonio, en Nueva Orleans y en Nueva York. Viví en Boston. Lo que más me gustó fue Nueva Orleans.

—Nunca he estado allí. ¿Por qué te gustó?

—Por la comida. Los jardines.

El divorcio, le dice a Keller, fue más culpa de ella que de su marido. Él creía saber con quién se casaba y ella también. Para ser justos, él le dio la vida que creía que necesitaba: una familia, una vivienda, con dos empleados, en un barrio de moda, amigos prósperos, cenas en los mejores restaurantes... estatus.

—Era exactamente quien yo quería que fuera —dice Marisol— y le castigué por ello. Al menos eso dice mi terapeuta. Al final me comporté como una cerda. Creo que se sintió bastante aliviado cuando me fui.

»Siempre pensé que Valverde no era suficiente para mí —continúa Marisol—. Y luego resultó que lo que no era suficiente para mí era Ciudad de México. Me aburría y era una persona aburrida, una simple consumidora. Necesito... no sé... aportar algo. ¿Y cuál es tu historia?

—La típica historia del poli —responde Keller—. Estaba más casado con el trabajo que con mi mujer. Lo he visto en un montón de películas. Fue culpa mía. Totalmente.

—Entonces los dos somos unos cabrones, ¿no?

Se terminan los *linguini*.

—¿Quieres huir? —pregunta Keller—. ¿O te apetece tomar postre?

—Me encantaría tomar postre —dice Marisol—, pero también me gustaría dar un paseo para bajar la comida. Podríamos ir a dar una vuelta y buscar algún sitio.

—Me parece fantástico.

Keller paga la cuenta y se alegra de que Marisol no se haya ofrecido a dividirla. Luego se dirigen a la librería El Péndulo. Disfruta viéndola recorrer los pasillos, examinando detenidamente algunos libros.

Le quedan bien las gafas.

—Me encanta pasar la tarde así —dice—. Mirando libros y tomando un café. Está siendo una cita muy agradable, Arturo.

—Me alegro.

Marisol coge un libro de poemas de Sor Juana y se sientan a una mesa del pequeño local y toman café y *pan dulce*.

—En Valverde hay una panadería —dice— donde hacen el mejor *pan dulce* del mundo. A lo mejor te llevo algún día.

—Me gustaría.

Después pasean por la avenida Nuevo León.

—Esto es lo que hacían antiguamente —explica Marisol—. Las parejas iban al paseo por la noche. Por supuesto, las *tías* los seguían de cerca (sin alcanzar a oír la conversación pero dentro de su campo de visión) para asegurarse de que el chico no intentaba robar un beso.

—¿Llevamos alguna *tía* detrás? —pregunta Keller.

Marisol se da la vuelta.

—No.

Keller se acerca y la besa. Está casi tan sorprendido como ella y no sabe de dónde ha sacado el valor para hacerlo.

Los labios de Marisol son suaves, carnosos y cálidos.

Dos días después, Keller coge el teléfono y oye a Yvette Tapia:

—Por favor, dígame que está libre el domingo.

—Estoy libre el domingo.

—Bien —dice—. ¿Y le gusta el polo?

Keller se echa a reír. ¿Polo? ¿De verdad?

—No me lo habían preguntado nunca.

—Juega Martín —dice Yvette— y estamos montando un grupo para ir a verlo y luego haremos una fiesta en casa. ¿Campo Marte a la una va bien?

«Va bien», piensa Keller.

Pero no sabe por qué.

Campo Marte se encuentra en una meseta de Chapultepec. Es un rectángulo de campos verdes con los rascacielos de la ciudad asomando al fondo.

Keller está sentado con Yvette Tapia en las gradas para espectadores de un anfiteatro. Está deslumbrante con un vestido blanco de verano que muestra sus piernas y un sombrero a conjunto que proyecta hacia fuera su cabello, negro como el azabache.

Los alrededor de cien espectadores van igual de acicalados —los ricos, la gente guapa de Ciudad de México—, bebiendo champán o mimosas y mordisqueando *hors d'œuvres* servidos por camareros con uniforme blanco.

—Explíqueme de qué va el polo —dice Keller a Yvette.

—Yo lo entiendo hasta cierto punto —responde—. Martín empezó a practicarlo hace unos dos años, pero creo que es bastante bueno, hándicap uno, signifique lo que signifique eso.

—¿Los caballos son de propiedad o los alquilan como los zapatos para jugar a los bolos? —pregunta Keller.

—Se está riendo de nosotros —dice Yvette—. No pasa nada. Es un poco excesivo, ¿no? Pero a Martín le apasiona y una esposa inteligente nunca le niega las pasiones a su marido si quiere seguir siendo su mujer durante mucho tiempo.

—¿Y un marido inteligente? —pregunta Keller.

—*Lo mismo*. Algunos maridos se compran deportivos —dice Yvette—, aviones o putas. Martín compra caballos, así que estoy de suerte. Los caballos son muy bonitos y conocemos a gente muy agradable.

«Esa es la idea, ¿no?», piensa Keller. El golf y el tenis te sitúan en un círculo social, pero el polo te catapulta a otro estrato completamente distinto.

Keller se acomoda y observa el fluir del juego, un remolino de color formado por los llamativos jerséis verdes o rojos de los jinetes y los propios caballos, de diversos tonos de blanco, marrón y negro. Apenas entiende lo que sucede —cuatro jinetes en cada equipo intentan introducir la pelota en la portería del oponente—, pero es rápido y espectacular.

Y peligroso.

Los caballos se empujan o chocan entre sí en varias ocasiones, ante lo cual se oyen murmullos de la multitud. Parece que uno o ambos vayan a desplomarse.

Martín parece un buen jugador, un jinete elegante y agresivo al perseguir la pelota. Por lo visto, ejerce de «número dos» en el equipo y se encarga de dar pases al goleador y también a la defensa. Es el papel más táctico, dice Yvette a Keller, que no se sorprende.

El marcador muestra un empate a cuatro a la media parte.

Yvette se pone en pie.

—Vamos.

—¿Adónde?

—Es una tradición.

Ambos se dirigen con el resto de los asistentes al terreno de juego para sustituir los terrones de césped que han arrancado los cascos de los caballos. Todo el mundo lo hace para que el campo esté limpio y sea seguro en la segunda parte, pero también para socializar.

Yvette le presenta.

Keller conoce a banqueros y a sus respectivas esposas, a diplomáticos y a sus respectivas esposas, y a Laura Amaro.

Laura e Yvette son buenas amigas.

—¿Dónde está hoy tu marido? —pregunta Yvette.

—Trabajando.

—Pobre hombre.

—El presidente lo tiene ocupado. —Se vuelve hacia Keller—. Mi marido, Benjamín, trabaja en la Administración.

—Ah.

—Apenas le veo ya —añade Laura con un mohín—. Estoy más en casa de Yvette que en la mía.

—¿Puedes venir después? —pregunta Yvette.

—Nada me lo impide —dice Laura—. Quizá Benjamín pueda acompañarnos.

—Llámalo y dile que he insistido —dice Yvette.

—Eso debería asustarlo.

Dan un paseo, sustituyendo terrones y hablando. Entonces Yvette señala a una mujer despampanante que charla con un hombre alto y sonriente ataviado con un traje italiano de corte impecable.

—¿Reconoces a esa mujer? —pregunta Yvette.

—No.

—Es la mujer del presidente. La primera dama.

—¿Quieres acercarte?

Yvette sacude la cabeza.

—Todavía no he llegado a ese nivel. En todo caso, pronto habrá una nueva primera dama, ¿no? Dios quiera que su marido sea del PAN.

Termina el descanso y vuelven a sus asientos.

La segunda parte es más intensa que la primera. La atmósfera se torna más competitiva y el juego más físico. Por un momento parece que el caballo de Martín va a caer e Yvette agarra a Keller de la mano.

La mantiene ahí varios segundos, aprieta y después lo suelta.

El partido va empatado a seis cuando Martín avanza con su caballo gris y bloquea el mazo de su oponente. Lo aparta con el hombro, coge la pelota y cruza el terreno de juego.

Keller ve la intensidad en los ojos de Yvette cuando su marido galopa.

Entre él y la portería se interpone un oponente.

Martín eleva el mazo por encima de la cabeza, lo voltea y, en el último segundo, pasa la pelota a su compañero de equipo, que marca el tanto ganador.

El ajetreado marido de Laura Amaro no asiste a la cena, así que Yvette sienta a Keller junto a ella, como si fuera su «cita».

—Benjamín es el encargado de organizar los viajes del presidente —explica Laura—, así que es un trabajo de siete días a la semana.

—Pero importante —dice Keller.

—Sí, somos todos muy importantes —responde Laura—. Pregúntenos. Por supuesto, es posible que pronto se quede sin trabajo.

—¿Realmente cree que el PRD puede ganar? —pregunta Keller.

El PRD es una coalición de izquierdas que ha sustituido al PRI como el principal partido de la oposición. Su candidato presidencial, Manuel López Obrador, fue alcalde de Ciudad de México y ha perdido el dominio en las encuestas frente a Felipe Calderón, el candidato del PAN.

—Creo que será una victoria ajustada —dice Laura—. Benjamín también lo cree. Si perdemos, sería un desastre para el país. Creo que su gente en Washington opina lo mismo, ¿no?

—Eso creo, sí.

Keller también cree que el centro del tráfico de drogas en México no se concentra en las ciudades fronterizas de Tijuana, Juárez o Laredo.

O ni siquiera en Sinaloa, situada en el centro del país.

Está aquí, en Ciudad de México.

—Estás besando a una cobra —dice Martín Tapia al meterse en la cama junto a su mujer.

—Pero es muy divertido.

—Si Adán se entera de que Keller ha venido invitado aquí...

—Adán, Adán, Adán —dice Yvette—. ¿De qué se alimenta este César nuestro que se ha hecho tan grande?

—Diego le es fiel.

—Lo sé —dice Yvette volviéndose hacia su marido—. Crecieron juntos. El problema de Diego es que no sabe lo que vale.

—Es leal.

—La lealtad debería ser mutua.

—¿A qué te refieres?

—Adán está acercándose cada vez más a Nacho Esparza —dice Yvette—. Primero le cede Tijuana y ahora está coqueteando con su hija.

—Tiene diecisiete años.

—Tener a Keller cerca no nos perjudicará —dice Yvette—. Podría venirnos bien y, si no, siempre valdrá dos millones vivo, ¿no? Por no hablar de la gratitud imperecedera del emperador.

Yvette se desliza por la cama.

—Déjame que te enseñe —dice— lo divertido que es besar a la cobra.

Keller espera frente al Marriott en un coche de alquiler.

Arroyo sale con el maletín y se monta en su Lexus. Recorre el paseo de la Reforma y Colonia Polanco y tuerce por la avenida Rubén Darío, bordeando el parque de Chapultepec.

El Lexus se detiene junto al parque.

Sale una mujer, la puerta del acompañante se abre y ella coge el maletín. No es necesario que Keller se arriesgue a seguirla para conocer su identidad, porque ya ha cenado con ella.

Observa a Laura Amaro alejarse.

«Madre mía —piensa—, Laura le entrega el dinero a su marido, Benjamín, que lo lleva a Los Pinos».

Tres semanas después, la noche de las elecciones, Keller y Marisol se unen a miles de personas que se han dado cita en el Zócalo para esperar los resultados.

El Zócalo es la plaza principal de Ciudad de México, una de las más grandes del mundo. El Palacio Nacional, construido en los terrenos del palacio de Moctezuma, flanquea la plaza al este, y al oeste está el Portal de Mercaderes. Los mundanos edificios de oficinas del Distrito Federal se encuentran en la parte sur, y la parte norte está dominada por la catedral de la Asunción de María, la iglesia más grande de las Américas, cuya construcción empezó en 1573. Dicen que el propio Cortés puso la primera piedra. Sus campanarios gemelos hechos de *tezontle* rojo se yerguen sobre el Zócalo como si fueran centinelas.

La plaza es enorme y está vacía, a excepción del zócalo, la base de una columna que nunca llegó a construirse y que ahora sostiene un mástil con una gigantesca bandera mexicana. Ha sido un lugar de encuentro durante siglos y a Keller le han contado que el centro del universo azteca supuestamente estaba justo al noreste de aquí, en el viejo Templo Mayor.

Cuando uno está en el Zócalo se siente muy pequeño; como estadounidense, tiene la sensación de que su país es muy joven.

Según ha descubierto Keller, Marisol es un animal político, una izquierdista apasionada. Lloró viendo *El laberinto del fauno*, primero por ira hacia los fascistas italianos y después por orgullo de que una película tan bella fuese rodada por un director mexicano, Guillermo del Toro.

A medida que se acercaban los comicios, su conversación fue volviéndose cada vez más obsesiva con la política, al punto de llegar a disculparse, cambiar de tema y volver a la política minutos después.

A Keller no le importaba. Le gustaba su pasión y lo cierto es que no podía evitar compararla con Althea, una liberal convencida para la que Richard Nixon y Ronald Reagan eran figuras demoníacas.

—En Estados Unidos no sabéis lo que es la pobreza —le dijo Marisol una noche mientras cenaban en un restaurante argentino.

—¿Has visto la parte sur del Bronx?

—¿Has visto las *colonias* de Juárez? —repuso ella—. ¿O la pobreza rural del valle de donde yo vengo? Te aseguro que el conflicto entre la izquierda y la derecha en México es diferente, Arturo.

Así que detesta al PAN y es partidaria acérrima del PRD y, la noche antes de las elecciones, propuso a Keller una cita.

Para ver los resultados en el Zócalo.

Keller no es una persona muy política; más bien es cínico tras sus experiencias con Washington. Marisol lo sabía y se alegró mucho cuando aceptó acompañarla al Zócalo, porque era consciente de que lo hacía por ella.

Ahora se encuentran en la enorme plaza pública con una multitud que Keller estima en unas cincuenta mil personas. El ambiente es tenso. Durante todo el día han circulado rumores de fraude electoral: urnas ya llenas, papeletas tiradas a la papelera y pequeñas comunidades rurales amenazadas con la pérdida de gobierno si votan al PRD.

Todo el mundo sabe que será una victoria por la mínima, así que hay electricidad en el aire mientras esperan los resultados del peculiar procedimiento mexicano conocido como «conteo rápido». La comisión electoral toma una muestra de votos de unos siete mil distritos cuando cierran los colegios electorales a las diez de la noche. Si el margen de un candidato supera el 0,6 por ciento, se prevé un ganador; si es inferior, se determina que la victoria es demasiado ajustada hasta que se realiza un recuento completo de los votos.

Aquella noche a las once, el comisionado electoral aparece en televisión para anunciar que el conteo rápido ha arrojado unos resultados demasiado ajustados, pero se niega a facilitar las cifras.

—Nos están robando —dice Marisol mientras se abren paso lentamente entre la multitud del Zócalo—. Todo el mundo sabe que el pueblo quiere al PRD. Van a amañarlo.

—Eso no lo sabes —responde Keller, aunque está preocupado.

Preocupado por que se sienta dolida y decepcionada; preocupado por sí mismo si el PAN gana las elecciones —justa o injustamente— y la red monetaria de los Tapia sigue intacta.

No sabe qué hacer con la información que posee sobre el traslado de dinero que llega hasta Los Pinos.

Si se lo cuenta a Aguilar o Vera, podrían expulsarlo inmediatamente del país.

O, lo que es peor, no sabe si uno o ambos están implicados.

Debería presentar la información a Taylor, dejar que la DEA y el resto de la sopa de letras se encargaran de la investigación y lidiar con sus consecuencias en las más altas esferas.

Pero ¿qué miembro de la DEA va a arremeter contra Los Pinos? La cuestión sería remitida a Justicia y después a Estado, y probablemente sufriría una muerte lenta en los pasillos. Porque Laura Amaro tiene razón: la actual Administración conservadora de la Casa Blanca quiere que el PAN gane estos comicios. No van a marear la perdiz ni a arriesgarse a que las elecciones mexicanas caigan del lado de la izquierda.

Así que lo más inteligente ahora mismo es no hacer nada.

Seguir con la investigación y ocultársela a sus compañeros y superiores hasta después de las elecciones.

Todo depende de ellas.

El recuento oficial da comienzo tres días después.

La comisión electoral recoge todos los paquetes sellados de papeletas de los distritos y los examina en busca de alteraciones. Están presentes representantes de los diversos partidos y pueden plantear objeciones.

Marisol se pasa la noche despierta delante del televisor.

Keller espera con ella en su piso. Toman café y mantienen una agitada conversación a medida que empiezan a llegar las cifras y López Obrador se anota una temprana ventaja.

—Te lo dije —afirma Marisol—. El país quiere al PRD.

Entonces empieza la erosión. Es como ver la orilla de un río desmoronarse bajo una lenta inundación. La ventaja disminuye y finalmente desaparece mientras van llegando los resultados de los distritos septentrionales.

—Esa soy yo —dice Marisol—. Esa es mi casa.

Cuando por fin entran los votos del norte, son mayoritariamente para Calderón.

—No me lo creo —dice Marisol—. Conozco a la gente de allí. Son pobres y no votan al PAN.

A primera hora de la mañana siguiente se anuncian los resultados oficiales.

Calderón ha ganado por solo 243.934 votos.

Un 0,58 por ciento.

«Menudo pucherazo», piensa Keller.

Marisol llora.

Luego se enfada.

Se echan a las calles.

Dos días después del recuento oficial, casi trescientas mil personas se manifiestan en el Zócalo y escuchan a los portavoces del PRD hablar de fraude electoral. Transcurrida una semana, la multitud asciende a medio millón de personas que exigen que los tribunales ordenen un recuento.

Marisol es una de ellas.

Keller otro.

Va para protegerla, pero también porque es todo un espectáculo. ¿Cuándo fue la última vez, si es que ha ocurrido en alguna ocasión, que medio millón de estadounidenses se congregaron para luchar por la democracia? No sabe si las acusaciones de fraude electoral son ciertas o no, pero está impresionado —o más bien conmovido— por que haya tanta gente a quien le preocupa, por que signifique algo para ellos. Há visto un robo electoral en Estados Unidos en el que apenas se oyó alguna queja.

El embajador se cagaría en todo si supiera que Keller está allí. Tim Taylor probablemente tendrá una hemorragia nasal, pero no le importa. Es un momento histórico y no va a perdérselo y, por supuesto, sabe que hay algo más.

Cabe la posibilidad de que esté enamorándose.

Parece inverosímil a su edad y en este momento de su vida. Marisol es veinte años más joven (aunque ella sería la primera en decir que tiene «alma de vieja») y una ciudadana leal a un país del cual pueden expulsarlo cualquier día de estos.

Todavía no se han acostado. Su contacto físico se ha limitado a unos besos, pero la atracción está ahí. Al menos él la siente, y cree que ella también, por la naturaleza de esos besos y por cómo suspira cuando se dan las buenas noches.

Pero es una mujer mexicana de cierta clase, y las mujeres mexicanas de cierta clase no se van a la cama en la primera cita ni en la tercera. Keller sabe que, si ocurre, no será algo banal para ella. Ha pasado por la desintegración de un matrimonio y va a tomarse su tiempo.

Art Keller no es un tonto enamorado ni víctima de una crisis de los cuarenta. Sabe que hay problemas, problemas de los que no le ha hablado. ¿Cómo le cuentas a una mujer que eres reacio a implicarte porque eso la pone en peligro? ¿Cómo le das la melodramática y surrealista noticia de que ofrecen varios millones de dólares por tu cabeza, que alguien podría intentar cobrarlos en cualquier momento y que no quieres que esté en el radio de alcance de una bala perdida?

Es surrealista, como tantas otras cosas en el mundo de los narcos. Y, sin embargo, como tantas otras cosas en el mundo de los narcos, es demasiado real.

Así que Keller sabe que no debería verla.

Ni a ella ni a nadie.

Pero estar con ella es muy agradable, muy natural, muy «correcto», por utilizar un tópico de la música pop. Le gusta Marisol, la respeta y la admira (de acuerdo, sí, la desea). Puede que esté enamorándose.

Y las posibilidades de que alguien intente cobrar ahora mismo la recompensa de Barrera son remotas. Curiosamente, las disputadas elecciones le brindan cierto grado de protección, porque Adán no va a sacudir una barca en medio de una tormenta.

Aun así, Keller sabe que tener una relación con alguien es mala idea.

Dos semanas después la acompaña a una manifestación aún más multitudinaria, una marcha por el paseo de la Reforma para exigir un recuento. Es imposible calcular el número de manifestantes desde allí; algunos observadores los sitúan en doscientos mil, pero la policía de Ciudad de México estima que ese día salen a la calle casi dos millones y medio de personas para exigir unas elecciones justas.

«Dos millones y medio de personas», piensa Keller mientras camina junto a Marisol, que canta con la multitud. La Marcha sobre Washington de Martin Luther King congregó a unas doscientas cincuenta mil; a una protesta contra la guerra de Vietnam en 1969 asistían unas seiscientas mil.

Aunque intenta resistirse, a Keller le resulta cautivador. «Quien diga que a los mexicanos no les interesa la democracia debería estar aquí hoy», piensa cuando los manifestantes pasan junto a los monumentos a los Niños Héroes y al Ángel de la Independencia, la embajada de Estados Unidos y la Bolsa de Valores.

Es conmovedor.

—¡Ahora van a tener que darnos un recuento! —grita Marisol alegremente, tratando de imponerse a los cánticos—. ¡Tendrán que hacerlo!

La marcha termina en el Zócalo, pero esta vez la gente no se va. Miles de personas inician un *plantón*, una acampada, y se niegan a marcharse hasta que se anuncie un recuento. Keller se opone a que Marisol se quede.

—Es peligroso. ¿Y si la policía intenta desalojaros? Podrían hacerte daño.

—Si no quieres quedarte, vete a casa —responde ella.

—No se trata de eso.

—Al fin y al cabo, no es tu país.

No lo es, pero lo es.

En los últimos veinte años, Keller ha pasado más tiempo en México que en Estados Unidos, y ese tiempo que pasó en «casa» estuvo consumido por México. Ha derramado sangre aquí y tiene amigos que han muerto aquí.

Se queda.

La primera noche que pasa con Marisol Cisneros lo hace en un saco de dormir en el Zócalo, con mil personas alrededor.

Al día siguiente, las cosas empiezan a ponerse feas cuando los manifestantes paran el tráfico del paseo de la Reforma y otras vías importantes. Estallan peleas con los viajeros y la policía practica detenciones. Keller exhorta a Marisol a no intervenir. Tiene una consulta que proteger y pacientes que visitar. Le pide que tenga cuidado, pero ella lo ignora. Cambia la visita a sus pacientes habituales y solo abandona la protesta para cubrir sus horas en la clínica de Iztapalapa. Esa tarde, los jueces dictaminan que hay dudas razonables sobre la legitimidad del voto que justifican un recuento en ciento cincuenta y cinco distritos disputados. El recuento dará comienzo en cuatro días y llevará como mínimo unas semanas.

En el Zócalo estalla una celebración. Suenan guitarras, la gente se abraza y se besa y algunos lloran de alegría.

—¿Ahora te vas a casa? —pregunta Keller a Marisol.

—Solo si vienes conmigo —dice.

—Quiero darme una ducha —dice Marisol cuando llegan a su piso—. Voy hecha un desastre.

Keller espera en un sofá del pequeño salón. El piso es bonito, pero no está elaborado y tiene el aire provisional de una persona divorciada que pasa poco tiempo en casa. A través de las finas paredes puede oír el agua correr. Finalmente cesa y cree que Marisol saldrá, pero tarda una eternidad.

La espera merece la pena.

El cabello rojizo de Marisol le cae por encima de los hombros desnudos y lleva un picardías negro que muestra tentadores atisbos del cuerpo que hay debajo.

—¿Vamos a la cama?

Keller pensaba que Marisol titubearía; de hecho, pensaba que titubearían ambos. Pero sus cuerpos toman las riendas y pronto le demuestra que lo quiere dentro de ella y, cuando lo hace, es sorprendentemente poco recatada.

Más tarde, con la cabeza apoyada en su hombro y el pelo extendido sobre su pecho, Marisol dice:

—Siempre me preocupa que la fantasía sea mejor que la realidad, pero en este caso... no.

—¿Tenías fantasías? —pregunta Keller.

—¿Tú no?

—Sí.

—Eso espero.

Minutos después, Marisol suspira.

—Hacía mucho tiempo.

—Yo también.

—No —dice—. Me refería a que hacía mucho que no amaba a alguien.

Y eso es. *Una locura de amor*, eso es lo que sienten.

—Estoy viendo unas fotos tuyas muy interesantes del servicio de espionaje —dice Taylor por teléfono—. En una manifestación. Algunos no están contentos, Art. Se preguntan de qué parte estás.

—Me importa una mierda quién esté contento —responde Keller—. En cuanto a las partes, estoy de la mía.

—El Keller de siempre.

—No me llames más para hablar de tonterías.

Cuelga.

En Ciudad de México, el mes de agosto es húmedo.

Por la tarde suele llover y muchas de esas tardes se encuentran juntos en la cama, cuando la consulta de Marisol y el trabajo de Keller lo permiten. Se citan en casa de ella y hacen el amor mientras las gotas golpean la ventana del dormitorio. Luego se levantan, preparan café y esperan a que amaine la tormenta para salir.

Las protestas contra el proceso electoral continúan durante el recuento. Hay marchas hasta el aeropuerto y el centro de la ciudad. Se celebran manifestaciones en otras partes del país, entre ellas la querida Juárez de Marisol.

Keller sigue vigilando la maquinaria financiera de los Tapia, que rara vez varía. El dinero llega hasta Los Pinos o al menos hasta sus altos cargos. Y sigue jugando su peligroso juego, socializando con los Tapia, provocando una respuesta.

Los Zetas no vuelven a contactar con él, pero imagina que están haciendo lo mismo que los demás: esperando los resultados electorales, lo cual podría convertir el problema de su gobierno en algo irrelevante.

Todo México está conteniendo la respiración y, el 28 de agosto, la comisión electoral hace público el recuento definitivo. Por un margen ínfimo y prácticamente idéntico a los resultados originales, Calderón es declarado vencedor y el PAN conserva Los Pinos.

Nuevo presidente, mismo partido.

Marisol está hundida.

—Han robado las elecciones —dice a Keller, citando las diversas alegaciones de fraude, intimidación a los votantes, errores en el recuento y no recuentos—. Ha sido un robo.

La confirmación de los resultados electorales también corrobora todo lo que se temía sobre su país: que es desesperadamente corrupto y que el poder siempre protegerá al poder.

La lluvia no deja de caer.

Marisol se deprime. Está malhumorada. Keller ve a una persona que desconocía: callada, poco comunicativa y distante. Su decepción se torna amargura, la amargura se convierte en ira y, sin nadie con quien desahogarse legítimamente, lo hace con él.

Está convencida de que el gobierno «de Keller» está satisfecho de los resultados; puede que incluso sea cómplice. La política de él es un tanto más derechista que la de ella, ¿no es así? Él es un hombre (Keller se declara culpable), y un hombre no puede ser feminista, ¿verdad? ¿Tiene que colgar su camisa en la percha del cuarto de baño? ¿Tiene que leerle los titulares del periódico? Ella también sabe leer, ¿o no? ¿Un estadounidense puede entender de verdad a una mujer mexicana?

—Mi madre era mexicana —le recuerda Keller.

—¿Te recuerdo a tu madre? —desviando deliberadamente el rumbo de la conversación.

—Ni por asomo.

—Porque no quiero ser una figura maternal de...

—Marisol.

—Me has interrumpido.

—A la mierda —respira hondo y añade—: El robo electoral no lo he cometido yo, si es que ha habido robo.

—Lo ha habido.

—No las pagues conmigo.

Marisol es consciente de ello. Es consciente pero no puede evitarlo y no es algo que la enorgullezca. Hizo lo mismo con su exmarido. Lo culpaba de cosas que no estaban en sus manos: de su insatisfacción, de su ira y de la rabia porque la vida no era como debía, aunque ni siquiera ella sabía cómo debía ser.

Y Arturo —este hombre guapo, maravilloso y cariñoso— es tan... estadounidense. No solo es estadounidense, sino un agente de la ley estadounidense, un policía antidroga que hace sabe Dios qué y que ahora ha llegado para personificar su...

... ira.

Intenta ser razonable.

—Lo que digo es que aquí llevamos mil años de historia que vosotros, los estadounidenses, no entendéis, y venís aquí a pasearos con vuestra ignorancia y...

—Vine aquí abajo a...

—¿Aquí abajo? —pregunta—. ¿No te das cuenta del paternalismo y la condescendencia que implica...?

—Por «abajo» me refería al sur.

—El sur de la frontera, camino de México.

—Por el amor de Dios, Mari, deja de ser tan...

—¿Cabrona? —dice ella—. Eso es lo que son las mujeres que expresan sus opiniones, ¿verdad?

Keller se va del piso. Él también está enfadado por las elecciones y por razones que no puede compartir con ella.

Que continúe la administración del PAN lo obliga a enfrentarse al canal financiero de los Tapia. Tendrá que hacer algo —confiar en Aguilar o en Vera— o dar parte a Taylor, que, como es razonable, preguntará por qué no se lo contó antes.

«Y te sacará de México», piensa Keller.

¿Y entonces qué?

¿Le pedirá a Marisol que se vaya con él? Ama a su país y no sería justo proponerle tal cosa. Hasta el momento ha tolerado esa parte secreta de su vida. Es una mujer inteligente e intuye que su labor consiste en algo más que ejercer de «enlace policial». No le pregunta dónde va ni qué hace cuando no está con ella.

Pero no durará mucho; no es vida.

En otra vida, le pediría que se casara con él y cree que le diría que sí. En otra vida, dejaría la agencia y se instalaría en México. Encontraría alguna ocupación, un trabajo en la SEIDO o en una empresa de seguridad privada. Tal vez abriría una librería o una cafetería.

Pero esa sería otra vida.

«Pronto hará dos años que andas en esto y no estás más cerca de atrapar a Barrera que cuando empezaste. Adán está más afianzado que nunca en el poder.

»Y aún hay más: la validación de los resultados dará libertad a Barrera para que vaya a por ti.

»Te buscará en Estados Unidos o en México o allá donde vayas, y no es justo pedirle a Marisol que soporte eso.

»Uno no le desea eso a la persona que ama».

Keller sabe qué debería hacer y sabe que debería hacerlo pronto. Las vacaciones no tardarán en llegar y es cruel romper una relación en ese momento. Será cruel de todos modos —para ambos—, pero no tiene elección.

Esa noche, en la casa de Marisol en Condesa, dice:

—Marisol, tengo que hablarte de una cosa.

—Yo también. —Lo lleva al sofá y le ayuda a sentarse. Luego se sienta a su lado—. No creo que sea el mejor momento, pero quiero decirte que me mudo.

—¿Dónde?

—A Valverde —dice Marisol—. He decidido volver a casa.

Aquí se siente inútil, confiesa, tratando a pacientes ricos cuando hay tanta pobreza y necesidad en su región. Allí podría hacer algo, significar algo para la gente, formar parte de la lucha en lugar de limitarse a hacer gestos simbólicos en marchas de protesta. No puede seguir viviendo así.

—Podemos seguir viéndonos —añade—. Yo puedo venir aquí y tú ir a Juárez...

—Claro.

Son las cosas que se dicen las personas cuando en realidad saben que no va a suceder.

—Arturo, entiéndeme, por favor —dice—. Tengo la sensación de estar viviendo una mentira. De que estamos viviendo una mentira.

Keller lo comprende.

Sabe qué es vivir una mentira.

Adán decide firmar la paz en el Golfo.

El CDG y sus Zetas han resultado un enemigo sorprendentemente duro y resistente, aun con Osiel Contreras en la cárcel. Ya se han cometido setecientos asesinatos en Tamaulipas y otros quinientos en Michoacán, y la ciudadanía mexicana empieza a cansarse de la violencia.

—¿Crees que se sentarán a la mesa? —pregunta Magda. Conoce su papel, que no es otro que hacer de abogado del diablo para poner a prueba las ideas de Adán, así que añade—: ¿Crees que firmarán la paz?

—Ahora podemos conseguir lo que queramos —dice él.

—¿Y la Familia? Han sido buenos aliados y nunca firmarán la paz con los Zetas.

Ha oído la historia de la muerte de la joven prostituta y el joven que la amaba.

Es casi romántico.

—Los Zetas pueden quedarse con Michoacán —responde Adán—. No lo quiero.

Magda sabe lo que quiere Adán.

Eddie va sentado con Diego y Martín Tapia en la parte trasera de un Cessna 182 de camino a la reunión con el CDG y los Zetas. Tras unas largas negociaciones, los sinaloenses habían aceptado citarse en un rancho propiedad de Ochoa entre Matamoros y Valle Hermosa.

—Déjame que te explique lo que me enseñó mi madre —le dice Diego—. Si mantienes la boca cerrada, nadie puede meter la polla.

—Tu madre no te enseñó eso, Diego —responde Eddie.

—El mensaje es que en esta reunión cierres la puta boca —remacha Diego.

Eddie contempla por la ventana el paisaje marchito que se extiende a sus pies.

—Si crees que voy a quedarme ahí sentado sin hacer nada con la gente que torturó a mi mejor amigo hasta la muerte...

—*Sí, m'ijo*, creo que lo harás —dice Diego—. De lo contrario, coge tu dinero, vuelve *al norte* y abre un Sizzler's o lo que te dé la gana.

—Quizás un Souplantation —farfulla Eddie.

—Anímate —dice Diego—. A lo mejor las cosas se ponen feas y podemos matar a todo el mundo.

De fuego van sobrados. Y no han venido a iluminar precisamente. Han traído cuatro aviones cargados de rifles automáticos, pistolas, lanzagranadas y la gente que los utiliza. Si es una trampa, no estarán indefensos.

—Recuerda: de Forty y Ochoa me encargo yo —dice Eddie.

Gordo Contreras, alias Jabba el Jefe, le importa una mierda, aunque fue Eddie quien empezó la broma: «¿Qué pasó cuando el Gordo se hizo con el control del Golfo?». «Que el nivel del agua subió un metro».

Martín ha advertido a Eddie que, si quiere contar chistes, busque una noche de micrófono abierto en un club para cómicos, pero que no pruebe su material en la mesa donde han de negociar la paz.

El avión aterriza en una pista situada al oeste del rancho de Ochoa. Eddie mira por la ventana y ve una docena de todoterrenos, tres de ellos con ametralladoras apuntando al avión, y a Forty en estado de alerta.

—Sí, se nota el amor que hay aquí —dice.

—Si esa es tu idea de cerrar la puta boca, no está funcionando —replica Martín.

La hacienda tiene tejado de baldosa y un porche amplio y cubierto en el que han montado una larga mesa con jarras de agua y té con hielo y botellines de cerveza. Ochoa, que parece un galán de película antigua, baja del porche y se dirige a Adán cuando este se apea del todoterreno.

Adán sabe que es un momento clave. Todo el mundo es consciente de que las cosas podrían torcerse y acabarían desenfundando la pistola. Mira a Ochoa de arriba abajo y dice:

—Eres tan atractivo como decían. Si fuera de la otra acera, me casaría contigo.

Se hace el silencio unos instantes y Ochoa suelta una carcajada.

Todos se ríen de camino al porche.

Gordo Contreras —el hermano pequeño y ahora jefe putativo del CDG— está sentado a la mesa. No se ha molestado, observa Adán, en levantar su culo gordo de la silla. Suda profusamente; es desagradable, sobre todo cuando mira a Magda con lascivia.

—Si hubiera sabido que las *segunderas* estaban invitadas —dice Gordo—, habría traído a la mía.

Adán está a punto de intervenir, pero Magda se le adelanta:

—Las parejas estaban invitadas, Gordo. Tu *segundera* puede quedarse en casa, que es el lugar que le corresponde.

La expresión del Gordo no tiene precio: boquiabierto y furioso al mismo tiempo. Mira fijamente a Magda, pero ella le devuelve una mirada fría hasta que él cede.

«Ventaja para Magda», piensa Adán.

Toman asiento y Adán y Ochoa se sitúan uno frente al otro al extremo de la mesa. Sirven bebidas y Nacho dice:

—Creo que deberíamos limitar la discusión a cómo avanzar. Dudo que nos beneficie hablar del pasado.

—Esta guerra no la empezamos nosotros —dice el Gordo.

—Tu hermano intentó matarme en Puente Grande —responde Adán pausadamente—. Lo consideré una declaración de guerra.

—Pasaron años hasta que tomaste medidas —dice el Gordo, a quien ya le cuesta respirar. Bebe un trago de agua con hielo.

—Tengo la mecha larga —responde Adán encogiéndose de hombros.

—¿Podemos centrarnos en cómo acabar con la guerra? —pregunta Nacho.

—Claro —dice el Gordo—. Retiráis a toda vuestra gente de Tamaulipas y, si queréis utilizar la plaza de Laredo, nos pagáis el impuesto. Y queremos... ¿Cómo se llama eso?... Compensaciones.

—Estás loco —dice Magda.

Adán se percata de que Ochoa no ha mediado palabra. El exsoldado está recostado en la silla, dejando que sea el Gordo quien exponga las absurdidades preliminares. «Como me enseñó Tío —piensa Adán—, el que menos habla es el más *chingón*».

A propósito de absurdidades, Vicente Fuentes interviene con un galimatías inducido por la cocaína.

—Los beneficios son la flor de la planta de la paz. Mientras regamos los campos con sangre, deberíamos...

Vicente prosigue y Ochoa observa a Adán, que se pregunta si verdaderamente está viendo lo que ve. La sonrisa de Ochoa es sutil, casi indetectable, pero está ahí y, entonces, hace sobresalir levemente la mandíbula en dirección a Vicente.

Es una pregunta.

Adán asiente disimuladamente.

Sí.

Han cerrado el verdadero acuerdo de la reunión: Juárez es un objetivo legítimo y el CDG no interferirá. Adán se levanta.

—No vamos a retirarnos de Tamaulipas y, por descontado, no vamos a pagar compensaciones. Pero haremos lo siguiente...

Se iniciará un alto el fuego inmediato y ambos bandos conservarán los territorios que han conquistado.

El CDG se quedará con todo Tamaulipas a excepción de Nuevo Laredo, que será una ciudad abierta. Además, contará con Coahuila, Veracruz, Tabasco, Campeche y Quintana Roo.

La Alianza moverá producto en Laredo sin pagar impuestos. Controlará todos sus viejos territorios —Sonora, Sinaloa, Durango, Chihuahua, Nayarit, Jalisco, Guanajuato, Querétaro y Oaxaca, además de Acapulco— y adquirirá, tal como ha insistido Diego a Adán, San Pedro Garza García, un suburbio de Monterrey y el municipio más rico de México.

Los territorios de Nuevo León, Distrito Federal, Estado de México, Aguascalientes, San Luis Potosí, Zacatecas y Puebla serán neutrales.

El Gordo se pone en pie con esfuerzo.

—Barrera se ofrece muy cortésmente a darnos lo que ya tenemos. Esto es una pérdida de tiempo.

—Siéntate —dice Ochoa en voz baja.

El Gordo lo mira fijamente.

Pero se sienta.

«Una demostración de poder asombrosa —piensa Adán—, que Ochoa no se ha molestado en disimular y quería que yo viera. Gordo Contreras se aferrará al poder mientras Ochoa quiera; ni un momento más».

Entonces, Ochoa añade:

—Estoy seguro de que Barrera no ha terminado con su oferta y estaba a punto de decir algo sobre Michoacán.

«Ochoa domina más el juego que antes —piensa Adán—. Pero todavía no es Osiel Contreras. Osiel jamás habría mencionado activamente Michoacán, porque así pone de manifiesto su máxima preocupación».

—Yo no controlo a la Familia —dice Adán—. Son balas perdidas. Pero seríamos neutrales en ese conflicto.

—Tus amigos del gobierno no son neutrales —responde Ochoa.

—Si firmamos la paz, nuestros amigos serán vuestros amigos —precisa Adán—. O al menos no serán vuestros enemigos. Puede que el gobierno decida concentrar sus esfuerzos en la Familia.

—¿Y qué nos costarían esas «amistades»? —pregunta el Gordo. Groseramente.

—Yo no invito a la gente a cenar —responde Adán— y luego les paso la factura.

Ochoa observa al Gordo unos instantes, como si quisiera preguntarle: «¿Entiendes la importancia de todo esto? Lo que nos ofrece es más valioso que un territorio». Vuelve a mirar a Adán y dice:

—Aun así, ¿serás tan amable de dejarnos recoger el cheque de vez en cuando?

Adán asiente.

Tiene que ceder en ese punto, no solo por el orgullo de Ochoa y para recompensarlo. Adán sabe que el jefe de los Zetas también quiere entablar relaciones con Ciudad de México.

Es un problema, pero lo solventará.

—Al mismo tiempo —dice—, si no colaboramos en una rebelión

contra vosotros en Michoacán, esperamos que no ayudéis a los rebeldes que se enfrentan a nosotros en Tijuana.

—De acuerdo —dice Ochoa.

—¿Hemos terminado? —pregunta Adán.

—Todavía no —responde Ochoa, que mira a Eddie—. Este hombre tiene que abandonar Nuevo Laredo. Su presencia allí es un insulto.

Eddie mantiene la boca cerrada, cosa difícil, porque está pensando: «Mierda, yo conquisté Laredo y, ahora que lo tenemos, ¿he de irme?». Le cuesta porque, al mirar a Ochoa, ve la cara de Chacho, lo oye gemir en su agonía, huele su piel quemada. Lo que quiere es levantarse y meterle a la «estrella de cine» una bala entre los ojos, pero no dice nada.

—De acuerdo —dice Adán.

Se levantan todos.

La guerra del Golfo ha terminado.

Adán ha sembrado la paz entre los narcos y ha dividido el país en plazas.

Se ha convertido en su tío.

Después montan una fiesta por todo lo alto.

Adán y Magda se han marchado de inmediato, lo cual hace que la celebración sea aún mejor, porque el Patrón es extremadamente conservador con estas cosas. Pero ahora que Barrera se ha ido, todo se desata. El champán, la hierba, la coca y las putas se prolongan hasta la mañana siguiente.

Eddie se siente especialmente cautivado por las Panteras, el contingente femenino de los Zetas. Son chicas guapas que realizaron la misma instrucción que los hombres y que cuando terminaron eran una pasada. Hasta sus nombres son sexis. Eddie se acuesta con la líder de las Panteras, Ashley (en serio, una mexicana que se llama Ashley), conocida como la Comandante Bombón, que lleva una Uzi rosa, cosa que a Eddie le encanta. Le gusta sostenerla mientras cabalga y lo amenaza:

—Veamos si se va primero la Uzi o tú.

Eddie ha estado con muchas mujeres, pero follarte a una que se ha cargado a un tipo te provoca un placer sexual único. Como si fuera, literalmente, un coño asesino. Tirarte a una tía que sabes que te liquidaría si se lo ordenaran añade un poco de picante al asunto.

La Comandante Bombón... joder.

Eddie tiene pensado matar a Forty y Ochoa, pero ha de reconocer que los Zetas saben organizar una buena fiesta.

—Ruiz se ha comportado —dice Nacho a Adán en el vuelo de regreso a Sinaloa.

—Sí —coincide Adán—. Diego va a ascenderlo y le dará San Pedro Garza.

—Lo hará bien.

—Nacho —dice Adán—. Quiero preguntarte una cosa.

Pero está mirando a Magda en lugar de a Nacho.

Ella arquea una ceja en un gesto de curiosidad y Adán se vuelve hacia Nacho.

—Ahora que hemos firmado la paz con el Golfo, quiero pedirte la mano de tu hija.

Magda fuerza una sonrisa.

Pese a la increíble crueldad de pedir la mano de otra mujer delante de ella. Sabe que es una venganza por haberse acostado con Jorge —o no, como bien podría ser— y lo acepta como tal.

Pero incluso Nacho —el sereno e imperturbable Nacho— se sorprende un poco y titubea:

—Si me acepta —añade Adán.

—Estoy seguro de que sí.

«Ha llegado la hora de formar otra familia», piensa Adán.

—Hay algo más —dice.

—Lo que sea.

—No quiero oír que ahora no es momento, que políticamente es demasiado arriesgado ni nada por el estilo —asevera Adán a ambos—. En cuanto el nuevo presidente ocupe su cargo, quiero a Keller muerto.

También ha llegado ese momento.

Ya hace tiempo.

Yvette Tapia invita a Keller a su casa el día de la cena de inauguración.

—¿Está contenta del resultado? —pregunta Keller.

—Por supuesto —dice Yvette—. Seis años más con el PAN significan seis años más de prosperidad, de crecimiento económico y de salida de la pobreza. Una democracia auténtica.

—¿Aunque lo decidió un tribunal federal?

—¿Como su Tribunal Supremo? —pregunta Yvette—. Venga a cenar y podemos hablar de Florida, de pucherazos y de fraude electoral.

Podría ir y continuar su peligroso cortejo a los Tapia, ahora aún más peligroso dado que el PAN mantendrá la presidencia. Todavía está por ver si el dinero de Barrera seguirá llegando a través de los Tapia hasta el nuevo presidente, si Vera y Aguilar conservarán su cargo y si el cambio de administraciones, que no de partidos, afectará a la situación de la droga.

Los enfrentamientos en Tamaulipas terminaron tan abruptamente como empezaron y corren rumores de una reunión de paz entre la Alianza y el CDG. Podría ser cierto, porque, al parecer, Barrera ha retirado a sus hombres de Michoacán y los Zetas han cesado sus protestas públicas sobre los prejuicios del gobierno hacia ellos.

La información privilegiada que llega de Nuevo Laredo es que Barrera puede utilizar la ciudad sin pagar el *piso*. La idea imperante es que «perdió» la guerra contra el CDG y tuvo que «conformarse» con Laredo, pero Keller sabe que la idea imperante es una tontería.

Barrera, como siempre, ha conseguido exactamente lo que quería.

Laredo.

Una plaza.

A su vez, la guerra en Tijuana parece decantarse del lado de Barrera y cuentan que pronto arrebatará el control de la ciudad a Teo Solorzano, si es que no lo ha hecho ya.

«Ya han caído dos —piensa Keller—. Solo falta uno.

»Y yo.

»Ahora Adán querrá saldar cuentas conmigo.

»Al menos Marisol está lejos de todo esto».

Está en Valverde. Compró una casa y abrió una clínica. La ayudó a hacer las maletas y a dejar el piso de Condesa. Se comportaron civilizadamente y prometieron visitarse cuando Marisol estuviese instalada.

Pero todavía no lo han hecho.

Keller la echa de menos.

Hablan por teléfono, pero las llamadas son breves e incómodas y Keller intuye que anda muy atareada con el trabajo.

Lo cual está bien, piensa mientras pone rumbo a Cuernavaca.

Es lo correcto.

La cena en casa de los Tapia es concurrida, ruidosa y festiva, una reunión de los nuevos empresarios ricos de México: corredores de Bolsa, directores de fondos de cobertura, productores de cine y algún que otro actor, cantante y artista para dar color a la velada.

Laura Amaro ha asistido y, en esta ocasión, incluso su marido ha encontrado tiempo para acompañarla.

—No tiene trabajo —declara Laura alegremente—. Está en paro.

Benjamín se encoge de hombros.

—Pero no hay que preocuparse —añade—. Le han prometido algo que todavía le robará más tiempo para estar en casa.

—Laura...

—Es una victoria para los negocios —tercia Martín, levantando la copa de champán en dirección al nuevo presidente—, una victoria para la estabilidad, el crecimiento y la prosperidad.

—¿Incluso para los pobres? —pregunta Keller, incapaz de contenerse.

—Especialmente para los pobres —dice Martín—. ¿De qué les sirvieron setenta y cinco años de socialismo? De nada. En los últimos seis años hemos empezado a crear una clase media. En los próximos seis, esa clase media se solidificará y ampliará. Seremos nosotros quienes buscaremos mano de obra barata a vuestro lado de la frontera.

—Nos vendría bien el trabajo —responde Keller.

Después del postre y los cafés, Yvette dice:

—Vamos a la piscina.

—¿Dónde está Martín?

—¿Ha visto a ese actor joven y atractivo? —pregunta Yvette.

—Sí.

—Pues Martín también.

—Ah.

—Tenemos un pacto —explica Yvette—. No somos tan provincianos con estas cosas como los del norte, que son unos bárbaros. Martín hace lo que le apetece y yo igual.

—Yvette...

—Relájese —dice ella—. No es esa clase de seducción.

Cuando llegan a la piscina, Yvette se sienta en el borde, se quita los zapatos y sumerge los pies en el agua. La piscina emana un hermoso brillo azul bajo las luces filtradas. Keller se sienta a su lado y pregunta:

—¿De qué clase de seducción se trata?

—En primer lugar —dice Yvette—, ¿podemos dejar de fingir? Sabemos quién es usted y usted sabe quiénes somos nosotros. El baile ha sido divertido, pero en algún momento la mascarada termina y enseñamos la cara.

—De acuerdo.

«Bien —piensa Keller—. Allá vamos».

—Podríamos ser amigos suyos —dice Yvette—. Amigos influyentes que podrían proporcionarle información relevante. Esa es su divisa, ¿no? Tenga en cuenta, por favor, que no le he insultado ofreciéndole dinero.

—¿Cómo sabe que me sentiría insultado?

—Es demasiado católico —responde—. No podría vivir con el sentimiento de culpa. No, habría que convencerlo de que es por un buen propósito.

—¿Lo sería?

—Ya sabe usted lo que hay ahí fuera —dice Yvette—. Quizá no seamos un buen propósito, pero sí el menor de los males.

«Si soy tan católico como usted dice —piensa Keller—, debería saber que creo que el mal es un absoluto, sin gradaciones». Sin embargo, pregunta:

—¿Qué quieren a cambio?

—Amistad —responde Yvette—. Jamás le pediríamos que traicionara a un colega, que revelara una fuente o algo parecido. Solo acudiríamos a usted cuando nuestros intereses se alinearan. Podría ser solo una «oreja», alguien que representara un punto de vista en Washington...

—¿El punto de vista de quién? —pregunta Keller—. ¿El de usted? ¿El de Martín? ¿El de Diego? ¿El de Adán Barrera?

Para él es inconcebible que sea Barrera quien le tienda una mano, sondeando una posibilidad de paz. Hay demasiada sangre entre ellos. Pero los Tapia son criaturas de Adán, sus funcionarios, sus embajadores en el mundo exterior.

¿O tal vez no?

—Martín y yo en realidad somos socios —precisa Yvette—. Lo compartimos todo. ¿Y Diego? Diego es un encanto y lo quiero como si fuera un hermano, pero es un dinosaurio. Sigue creyendo que esto es una cultura, una forma de vida. Sigue creyendo que todo se reduce a la droga.

—¿Y a qué se reduce?

—Al dinero —dice Yvette—. Finanzas. Poder. Contactos. Hablo por mí y por Martín.

—¿Y Adán?

—Si representáramos el punto de vista de Adán —responde Yvette—, su cabeza ahora mismo estaría en una caja de hielo camino de Sinaloa y seríamos dos millones de dólares más ricos. Pero, sin ánimo de ofender, dos millones de dólares son calderilla.

«¿Hay desavenencias entre los Tapia y Barrera? —se pregunta Keller—. ¿Lo suficientemente grandes para que yo entre en juego? ¿Para que consigan las pruebas que necesito sobre Vera? ¿O Aguilar? ¿O Los Pinos? ¿Lo suficiente para meter a Barrera entre rejas?».

«Sí —reflexiona—. Esta es otra clase de seducción».

—Entenderá —dice Keller— que, si nos hacemos «amigos», esa amistad no podrá incluir nunca a Adán.

—En realidad contaba con ello. —Yvette le tiende la mano—. Es un mundo complicado. En un mundo complicado, todo el mundo necesita amigos.

Keller le estrecha la mano.

—Amigos.

Yvette se levanta.

—Deberíamos volver. Las sodomías de mi marido son apasionadas pero breves.

A la mañana siguiente, Felipe Calderón toma posesión del cargo.

El mismo día nombra a Gerardo Vera comandante de todas las fuerzas federales en México.

Benjamín Amaro será el enlace de Vera con Los Pinos.

Luis Aguilar conserva su puesto como director de la SEIDO.

Doce días después, el nuevo presidente lanza la Operación Michoacán y envía a cuatro mil soldados y cien agentes de la AFI a la zona, lugar de nacimiento de su esposa, para que acaben con la Familia.

Transcurridas tres semanas, la Operación Baja California destina tres mil trescientos escuadrones a Tijuana.

Tres semanas después, Osiel Contreras es extraditado a Estados Unidos.

Es el comienzo de la Guerra contra la Droga en México.

TERCERA PARTE

BUENAS NOCHES, JUÁREZ

Esto no es una ciudad, es un cementerio.

PEGGY CUMMINS en el papel de Laurie Starr,
en *El demonio de las armas*

1

GENTE NUEVA

> Y el que estaba sentado en el trono dijo: he aquí, yo hago
> nuevas todas las cosas.
>
> Apocalipsis 21,5

Ciudad de México
Mayo de 2007

La *trajinera*, llamada *María*, está decorada con motivos vistosos. Han pintado el puente de azul, rojo y amarillo, y en la proa, que recuerda a la de una góndola, han esparcido flores frescas de primavera.

Keller e Yvette van sentados en la parte delantera para que no pueda oírlos el remero que guía el barco por el canal, bordeado de *ahuejotes*. Los estrechos canales son todo cuanto queda del que fuera el gran lago de Xochimilco, donde los aztecas cosechaban en las *chinampas*, los jardines flotantes.

Durante los últimos cinco meses, Keller e Yvette Tapia han estado viéndose en secreto. Se han reunido en el Zócalo, en el museo del castillo de Chapultepec y en el Palacio de Bellas Artes, junto a los murales de Orozco. Cada vez que iba, Keller se preguntaba si le habría tendido una trampa. Siempre que volvía a casa sano y salvo, se sorprendía un poco.

En dos ocasiones, Yvette le advirtió de un ataque inminente. «No vayas a ese restaurante italiano que te gusta»; «Esta noche cambia de ruta para ir a casa». Era arriesgado. Adán empezaba a impacientarse, le dijo ella a Keller. Se sentía frustrado por los intentos fallidos y empezaba a desconfiar.

También era arriesgado para Keller. Cada encuentro con Yvette aumentaba las posibilidades de que Aguilar o Vera averiguaran lo que se traía entre manos. En el mejor de los casos, lo expatriarían; en el peor, si uno o ambos eran corruptos, acabaría con cualquier posibilidad de atrapar a Barrera.

Luego estaba el gran peligro físico y el estrés de volver a ser un hombre en busca y captura. Su vida era cada vez más limitada y su mundo más pequeño. Iba de casa a la oficina y a algún encuentro ocasional con Yvette, además de las reuniones en el edificio de la SEIDO o la AFI.

Antes de conocer a Marisol nunca se había sentido solo. De hecho, se deleitaba en su soledad. Cuando se fue, hablaban por teléfono cada pocos días. Había abierto una clínica; era la única doctora a tiempo completo para las veinte mil personas que poblaban el valle y estaba felizmente atareada. Hablaban de encuentros —de que ella fuera a Ciudad de México a pasar el fin de semana y él a Valverde—, pero a Marisol siempre le surgía algún imprevisto y Keller no se sentía bien exponiéndola al riesgo que entrañaba estar con él.

Las llamadas empezaron a espaciarse a una por semana, después una cada diez días y al final una al mes.

Y no estaba avanzando con Barrera.

Tan solo perseverando, acechando, esperando un respiro.

Yvette le facilitaba información que sabía que había sido aprobada y saneada por Martín. Era información mayoritariamente «suave». Diego estaba involucrándose más en la zona de Monterrey, Eddie Ruiz estaba ganando popularidad y Nacho tenía una amante nueva. La información «dura» que le procuraba versaba especialmente sobre Solorzano —pisos francos, envíos de droga, qué policías y fronteras controlaba— con la esperanza de que se la pasara a la DEA.

También criticaba a Diego. Incluso Martín Tapia estaba hartándose de las excentricidades de su hermano. Diego se instaló durante semanas en la casa de Cuernavaca, y los millonarios vecinos empezaron a quejarse del volumen de la música, de los hombres extraños que entraban y salían a todas horas del día y de la noche, de las nubes de hierba que se elevaban por encima de los muros y del aparente escuadrón de prostitutas que llegaban por la noche y se iban por la mañana.

Alberto Tapia era aún peor, con sus pistolas con joyas incrustadas y su ropa de norteño, haciendo ostentación de su dinero en joyerías, clubes nocturnos, restaurantes y discotecas. Hubo incidentes —peleas en bares, tiroteos, presuntas violaciones—, y solucionarlos costaba dinero y favores. Además, corrían rumores de que Alberto había participado en el secuestro de hijos de empresarios adinerados. Si continuaban, no podrían solventarlo. Los ricos no lo tolerarían mucho tiempo.

Así que Yvette ofrecía cotilleos sobre la familia, que a su manera resultaban útiles, pero ninguna información de enjundia.

Keller sabía que estaba siguiendo un bonito doble juego: darle lo suficiente para avivar su interés pero nada que pudiera perjudicar a los Tapia o tan siquiera a Barrera; mantenerlo interesado por si las cosas se ponían feas con Adán y necesitaban a un aliado con voz en Washington.

Keller jugaba a lo mismo con ella. Le daba chismorreos de la DEA, información similar acerca de Solorzano, cotilleos sobre sus aliados, los Zetas, y análisis generales de las tendencias en la política antidrogas en Estados Unidos.

—¿Qué hay de la Iniciativa Mérida? —le preguntó en una ocasión—. ¿La aprobarán?

La Iniciativa Mérida era una propuesta de paquete de ayudas por valor de 1.400 millones de dólares para luchar contra el tráfico de droga en México: dinero, material y entrenamiento.

—No lo sé —respondió Keller—. Es controvertido.

—¿Por la corrupción?

—En parte.

Incluso las preguntas que se formulaban eran arriesgadas, porque ambos trataban de discernir la razón que se ocultaba detrás de cada pregunta, lo cual también podía desvelar información. ¿Por qué interesaba Mérida a los Tapia? ¿Por qué quería saber Keller dónde compraba la ropa Adán? ¿Dónde estaba Magda Beltrán? ¿Por qué quería saberlo Keller?

Keller empieza a cansarse del juego. Se le acabará la cuerda. Aguilar o Vera lo descubrirán, o tal vez Adán, y entonces se habrá terminado, y tiene que obtener algún rédito antes de que eso ocurra. Así que hoy, mientras el barco se desliza por las aguas verdes del canal, presiona.

—Dame algo que me sirva.

Yvette lleva un vestido blanco corto y una pamela, y el efecto resulta cautivador y un tanto anacrónico, como si fuesen personajes de un cuadro de Monet un domingo a orillas del Sena.

—De acuerdo —dice él—. Adán se casa.

—¿En serio?

—Con la hija de Nacho Esparza —responde con un atisbo de nerviosismo.

«El matrimonio acercará a Adán y Esparza —piensa Keller—. ¿Preocupa el tema a los Tapia? ¿Pensarán que están perdiendo influencia, que Adán está distanciándose de ellos?».

—La chica tiene solo dieciocho años —dice Yvette con desdén—. Es una reina de la belleza, por supuesto.

—Es su tipo.

—Eso parece.

Keller mantiene el tono informal.

—¿Cuándo es la boda?

—Nos han dicho que reservemos tres días: el 1, el 2 y el 3 de julio —dice Yvette.

—¿Dónde?

—No lo sabe nadie.

—Mientes.

No es posible. Diego es sin duda el encargado de la seguridad y Keller así se lo hace saber.

—No nos lo ha dicho —insiste Yvette—. Nos informarán del lugar el día antes.

«Típico de Adán —piensa Keller—. Una mezcla embriagadora de paranoia y arrogancia. Adoptará todas las precauciones posibles, pero su ego le dice, y probablemente con razón, que es intocable».

Aunque alguna agencia intentara organizar una redada durante la boda, no podría llevar a cabo un asalto de esa envergadura con veinticuatro horas de margen. Diego protegerá el lugar con varios anillos de seguridad que incluirán a policías locales y estatales. Quien quiera acercarse allí sin invitación tendrá que abrirse paso a tiros, e incluso eso es dudoso.

Pero menuda lista de invitados.

Es una boda monárquica: los Barrera uniéndose a los Esparza en un matrimonio dinástico. Adán sabe que tiene que poner toda la carne en el asador, invitar a todos los grandes narcos con los cuales no esté en guerra activa y hacer gala de su riqueza y confianza.

Y los invitados saben que deben ir para no ofender a la pareja real. Una redada en la boda supondría la detención de casi toda la lista de los más buscados en México y Estados Unidos.

«Es una quimera», piensa Keller.

Pero incluso las quimeras tienen su utilidad.

Keller analiza los encargos que reciben las docenas de floristerías de Sinaloa y Durango. Todas ellas muestran un gran aumento de pedidos para el 1, 2 y 3 de julio. Barrera ha encargado flores en todo el Triángulo de Oro.

Ocurre lo mismo con los servicios de catering. Todos los restauradores importantes de la zona han sido contratados.

«De modo que Barrera va a montar una gran fiesta —piensa Keller—

con todos los narcos más importantes del país y no podemos hacer nada al respecto».

Keller convoca una reunión del comité.

—Si averiguo el lugar con veinticuatro horas de antelación —dice Keller—, ¿entraréis?

—Sí —responde Vera.

—No —tercia Aguilar—. No habría tiempo para planificarlo como es debido. Nos meteríamos en la boca del lobo, por no hablar de la posibilidad o, mejor dicho, la probabilidad de que hubiera bajas civiles.

—Con un contingente selecto de mis hombres... —dice Vera.

—Os arriesgaríais a un baño de sangre —afirma Aguilar—. ¿De verdad queréis que todos los informativos emitan imágenes de una masacre en una boda? La ciudadanía no lo respaldaría y es comprensible. Imaginaos que una bala perdida alcanza a la novia. El riesgo no compensa.

—¿Capturar a Barrera? —pregunta Keller.

—Capturar a quien sea —dice Aguilar—. No derrotamos a los narcos convirtiéndonos en ellos y, por cierto, ni siquiera los narcos han atacado durante una boda.

—Quién iba a decir que eras tan sentimental... —observa Vera.

—No soy sentimental, soy correcto —replica Aguilar con desdén—. Una boda es un sacramento sagrado.

—En este caso demoníaco —dice Vera.

—¿Por qué crimen ha sido condenada Eva Esparza o tan siquiera acusada? —pregunta Aguilar.

—Ya estamos otra vez —dice Vera.

—Sí, ya estamos otra vez —dice Aguilar—. Hay maneras correctas de hacer las cosas y maneras incorrectas, y yo voy a seguir insistiendo en hacer las cosas correctamente.

—Entonces perderemos —responde Vera, que se vuelve hacia Keller—. ¿Cómo podrías conseguirnos la localización con veinticuatro horas de antelación?

—Por el tráfico de los teléfonos móviles —explica Keller—. Tendrán que comunicárselo a la gente y, si captamos un incremento en una zona concreta, podría ser un indicador.

—Por tanto, no tienes una fuente —dice Aguilar.

—¿Y cómo voy a tener una fuente?

—Buena pregunta —dice Aguilar—, porque no me gustaría nada pensar que estás violando nuestro acuerdo laboral.

—Sería capaz de violar a mi hermana si eso nos pusiera a Barrera en bandeja —sentencia Vera.

—Muy bonito —dice Aguilar—. Gracias.

—¿Y qué les digo a los de Washington? —pregunta Keller—. ¿Que no queréis aprovechar esta oportunidad para dar caza a Barrera?

—Bueno, ha habido una advertencia —dice Vera—. ¿Alguien ha mencionado la Iniciativa Mérida?

—¿Qué sabe Washington de todo esto? —pregunta Aguilar.

—Por mi parte nada —afirma Keller—, pero estoy seguro de que el EPIC ha interceptado alguna comunicación. Y si queréis vigilancia por satélite, tengo que decirles algo.

—Diles que es un asunto interno de México —contesta Aguilar.

—No es un asunto interno si están enviándonos más de mil millones de dólares en armamento, aviones y tecnología de vigilancia —dice Vera—. Si somos aliados, somos aliados.

—Si vamos a actuar contra Barrera en esta situación —contesta Aguilar— y, repito, sigo oponiéndome a ello, tendríamos que obtener permiso de las más altas esferas.

«Que es lo mismo que acabar con esa posibilidad», piensa Keller.

Pero indicativo.

Se celebran consultas «de alto secreto» en las que participan la oficina del fiscal general mexicano, el secretario de Interior, un representante de Los Pinos, el jefe de la DEA y el Departamento de Justicia de Estados Unidos.

La decisión llega a México. La SEIDO y la DEA deben hacer cuanto esté en sus manos por averiguar la hora y el lugar de la boda de Barrera, pero hay que considerarlo una «oportunidad para recabar información» y no un «mandato operativo».

«Barrera tiene razón», piensa Keller.

Es intocable.

Hace tiempo que Keller opina que hay que ser afortunado para ser bueno, pero no hace falta ser bueno para ser afortunado.

Aunque a veces la suerte está de tu parte.

No tiene nada que ver con lo que hayas hecho o no hayas hecho, y puede llegar de los lugares más inesperados.

Ahora la suerte está de la otra parte.

Gracias a la fuente más inverosímil.

Sal Barrera está de fiesta en el Bali.

No es tan divertido como el auténtico Bali, pero es la discoteca más de moda de Zapopan y él y sus colegas han podido acceder a la zona VIP porque son *buchones*. Sal es el sobrino de Adán Barrera, por supuesto; César es hijo de la última amante de Nacho Esparza, y el padre de Edgar es un pez gordo de la organización de este último.

Así que se sientan en el centro de la discoteca, una zona elevada con una decoración al estilo indonesio, y escrutan el talento que los rodea.

—Hoy no está muy lleno —dice César.

Es un chico atractivo, delgado y con el cabello negro y ondulado. La camisa Perry Ellis negra y unos vaqueros personalizados le dan un aire elegante.

—Con una me basta —responde Sal, que está observando la zona donde se encuentra la plebe.

Sal también se ha vestido para ligar: camisa de batik, vaqueros blancos y mocasines de Bruno Magli. Ha ido a que le saquen brillo a la verga como mínimo. Necesita descargar, porque Nacho le ha hecho trabajar como un burro.

Adán cumplió su palabra. Sal obtuvo el título y acudió a su tío.

—Has hecho todo lo que te he pedido —dijo Adán.

—Te lo prometí —respondió Sal.

—No creas que no lo he notado —dijo Adán—. Así que quiero que seas aprendiz de Nacho Esparza durante un año. Asistirás a reuniones importantes y conocerás el negocio familiar. Si sale bien, y espero que así sea, te convertirás en mi lugarteniente en Sinaloa. Sé una esponja, absorbe todo lo que te enseñe Nacho.

Sal se ruborizó ante la inesperada noticia.

—*Sí, patrón.*

—*Tío* —corrigió Adán—. Soy tu tío.

—*Sí, tío.*

—Para empezar —dijo Adán—, te daré cinco kilos de cocaína. Véndelos a través de Nacho. Él te ayudará a sacar unos buenos beneficios y afianzarte en el negocio.

—Gracias, *tío.*

—*Sobrino* —dijo Adán—, te esperan días interesantes... y peligrosos... Delegaré cada vez más en la familia. ¿Me entiendes? En la familia.

—Es un honor, tío Adán.

—Cuando veas lo que supone quizá no lo sea tanto —respondió Adán.

Para Sal ha sido una revelación lo aburrido que resulta el negocio de la droga. Sí, hay mujeres, fiestas y discotecas, pero lo fundamental son los números.

Columnas infinitas de números.

Y no solo el dinero que entra, sino también el que sale, cosa que Nacho vigila atentamente. El precio de los precursores químicos, gastos de envío, costes de gestión de los muelles, material, transporte, mano de obra, seguridad... La lista es interminable.

Sal se pasa la mayoría del tiempo verificando cifras que algún peón ya ha comprobado, pero, cuando protesta por la redundancia de esa «labor tan absorbente», Nacho le dice que está aprendiendo el negocio, y el negocio son los números.

Luego están las reuniones.

Las putas reuniones.

Todo el mundo tiene que sentarse. Hay que servir café o cerveza a todo el mundo, hay que ofrecer comida a todo el mundo. Luego todos deben hablar de su familia, de sus hijos, de los hijos de sus hijos y de sus problemas de próstata. Finalmente llegan a los tediosos detalles. Quieren un *piso* más bajo, quieren que alguien les pague un *piso* más alto, tal o cual está pagando en exceso a los camioneros y reventando el mercado a los demás, un químico de Apatzingán la está cagando con la receta del cristal...

No se acaba nunca y llega un momento en que Sal quiere tragarse la pistola.

Al menos tiene eso.

Al menos Nacho le deja llevarla y sentirse un narco en lugar de un contable. Sal lleva una Beretta 8000 Cougar metida en los vaqueros.

Todos los *buchones* la llevan. La pistola al cinto es un accesorio tan esencial como la cadena de oro al cuello. Uno no es un *buchón* si no lleva *pistola*. Sería como no tener polla.

Observa a la multitud y ve a una chica sentada a una mesa tomando una bebida de frutas.

Está con dos tíos.

Ningún problema. Tienen pinta de pardillos. Llevan ropa barata y no tienen estilo. Y ninguno de los dos es Salvador Barrera.

—Voy para allí —dice a César.

—Va acompañada.

—Son unos don nadie —responde Sal.

Sirve una copa de champán en la barra libre, baja a la pista y se acerca a la mesa de la chica.

—He pensado que te apetecería una bebida como Dios manda —dice—. Es cristal.

—Estoy bien —responde ella.

—Me llamo Sal.

—Brooke.

—Qué nombre más bonito —dice Sal ignorando a los dos chicos sentados allí como si fueran muñecos. Parecen molestos, un tanto perplejos y ligeramente asustados. Ambos son mexicanos. Saben qué está ocurriendo—. ¿De dónde eres, Brooke?

—De Los Ángeles —responde ella—. Bueno, de Pasadena. Del sur de Pasadena.

Es guapa. Ojos azules, pelo color miel, nariz respingona y unas buenas tetas debajo de la blusa blanca.

—¿Qué te trae por México? —pregunta Sal—. ¿Vacaciones de primavera?

Brooke sacude la cabeza.

—Estudio en la UAG.

La Universidad Autónoma de Guadalajara, allí mismo, en Zapopan.

—Estudiante. ¿Y qué estudias?

—El curso introductorio para entrar en Medicina.

Se la ve nerviosa porque un chico está intentando ligar con ella delante de sus amigos, así que Sal trata de zanjar la cuestión.

—¿Te gustaría subir a la zona VIP? Es mejor.

—Estoy con unos amigos —dice—. Celebramos el cumpleaños de David.

—*Feliz Navidad*, David —dice Sal al pardillo al que señala Brooke—. Podéis venir los tres. No pasa nada.

Se miran unos a otros como buscando consenso. Pero Sal se percata de que David no quiere. ¿Esos plebeyos lo van a rechazar? Increíble. Pero Brooke está mirando a David, que hace un leve gesto. Brooke levanta la cabeza y dice a Sal:

—Gracias... pero es que... estamos celebrando el cumpleaños. Gracias.

Sal se enfada.

—¿Qué tal más tarde? Cuando te deshagas de estos pringados, quiero decir.

David comete un error.

Se levanta.

—La señorita ha dicho que no.

—¿Eso es lo que ha dicho la señorita? —pregunta Sal—. ¿Qué eres tú? ¿Un tipo duro?

—No. —Le tiembla un poco la voz, pero aguanta el tipo delante de Sal—. ¿Por qué no nos dejas en paz y vuelves a la zona VIP?

—¿Ahora me vas a decir lo que tengo que hacer? —pregunta Sal.

—Por favor —tercia Brooke.

Sal le sonríe.

—Tienes que ser retrasada mental si no puedes hacer el curso en Estados Unidos. Pero no pasa nada. Aun así te follaré hasta que grites mi nombre y te corras.

David le da un empujón.

Sal intenta propinarle un puñetazo, pero los vigilantes de seguridad se interponen entre ellos, y César y Edgar se lo llevan.

—Has cometido un grave error, cumpleañero —advierte Sal a David.

Edgar es corpulento y se lleva a rastras a Sal hacia la puerta.

—Venga, hermano. Esa *chiflada* no merece la pena.

Lo sacan afuera. En la acera, Sal dice:

—Esto no ha terminado.

—Sí, sí ha terminado —responde Edgar—. Nacho...

—A la mierda Nacho. —Se montan en el BMW rojo de Sal, pero no arranca—. Vamos a esperar.

—Venga, tío —dice César.

—Marchaos si queréis.

—Tienes que llevarme tú.

Se sientan a esperar, pero Sal se calienta cada vez más. A la hora del cierre, las cuatro de la madrugada, está ardiendo.

—Ahí vienen —dice Edgar.

Brooke, David y su otro amigo salen del club, entran en el aparcamiento y se montan en una camioneta Ford.

—Es un campesino —comenta Sal con desprecio.

—Déjalo correr, le vas a hacer daño —dice Edgar.

—Me la suda.

Sal pone el coche en marcha y sigue a la camioneta. Entran en la autopista y pisa el acelerador hasta que roza el parachoques del Ford. La camioneta acelera, pero es imposible que deje atrás a un BMW.

Sal se echa a reír.

—¡Qué divertido!

Se sitúa junto a la camioneta.

Circulan a ciento treinta kilómetros por hora.

—Vamos a joderlos —dice Sal.

—Venga, 'mano —dice César—. Ya basta. Déjalo.

—No puedo dejarlo —responde Sal—. ¿Crees que podemos permitir que la gente nos falte al respeto en público de esa manera? Si se corre la voz de que no hemos hecho nada, nos tomarán por unos pringados.

Saca la Beretta y baja la ventanilla.

—¿Estáis conmigo o sois unas nenazas?

Ambos cogen su arma.

—Agáchate —ordena a César.

Sal abre fuego.

César y Edgar también.

La camioneta recibe veinte balazos antes de caer en la cuneta.

David y Brooke están muertos.

El otro amigo, Pascal, está herido de gravedad, pero sobrevive.

Identifica a los tres pistoleros ante un policía del estado de Jalisco lo bastante inteligente como para saber qué tiene entre manos y lo suficientemente honesto para saber qué debe hacer. El agente llama a la SEIDO y espera hasta que Luis Aguilar se pone al teléfono.

—Tenemos a Salvador Barrera bajo custodia —anuncia.

—¿Por qué? —pregunta Aguilar, que da por hecho que es un tema de drogas.

No lo es.

—Doble homicidio —responde el policía de Jalisco.

Sal Barrera se comporta como si le diera todo igual, como si todo *le vale madre*, pero Keller sabe que está asustado.

Y con razón.

La policía de Jalisco tiene testigos de la pelea y la tercera víctima puede identificar a los pistoleros. Sal tiró el arma por la ventanilla, pero lleva sus huellas y coincide con ocho de las balas. La prueba de la parafina ha dado positivo.

Sal la ha cagado.

Aguilar y Keller embarcan de inmediato en el avión de la SEIDO y se dirigen a Guadalajara. Keller observa a través del cristal mientras Aguilar interroga a Sal.

—Quiero a mi abogado —dice Sal.

—Un abogado es lo último que necesitas —responde Aguilar, que repasa todas las pruebas que hay contra él—. Has matado a una rubia rica de California, Salvador. No vas a salir airoso de esta, sea quien sea tu tío. Déjame ayudarte.

—¿Y cómo puedes ayudarme?

—Podemos llegar a un acuerdo para que los cargos sean menos —dice Aguilar—. Puedes cumplir diez años en lugar de veinte. Todavía serás joven cuando salgas.

—¿Qué tengo que hacer?

—Entregarnos a tu tío —dice Aguilar.

Sal menea la cabeza.

—Va a casarse, ¿verdad? —dice Aguilar—. Con Eva Esparza. Podemos detenerlo cuando termine la boda. Nadie tiene por qué enterarse de que fuiste tú.

—Se enterará. Me matará.

Aguilar se apoya en la mesa.

—Te matará igualmente. Le has puesto en una situación muy difícil. Si tan siquiera sospecha que has cantado, puede que sienta la tentación de... eliminar esa posibilidad. No podemos protegerte para siempre. Sin embargo, puedo conseguir que te extraditen a Estados Unidos.

—¿Crees que mi tío no conseguiría que me mataran en Estados Unidos? —pregunta Sal.

—Entonces ayúdame a arrestarlo —insiste Aguilar—. Sálvate.

Sal vuelve a sacudir la cabeza y mira al suelo.

—Piénsatelo. Pero no tardes mucho. —Aguilar se levanta y se dirige a la sala de observación—. ¿Y bien?

—Creo que es el hijo de Raúl —dice Keller—. Se ha cerrado en banda.

—¿Realmente crees que Barrera ordenaría su asesinato? —pregunta Aguilar—. ¿Solo por si habla?

—¿Tú no? —dice Keller.

Nacho se encuentra en el estudio de un disgustado Adán.

—¡Tenías que cuidar de él! —grita Adán—. ¡Enseñarle!

—Y lo hice. Iba bien.

—¿A esto le llamas *bien*? —dice Adán. Se toma unos instantes para recobrar la compostura y pregunta—: ¿Qué puede contarles?

290

—Mucho —responde Nacho—. Me dijiste que lo metiera en el negocio, que lo educara. Y lo hice.

—Mierda.

—Y conoce este lugar, Adán —añade Nacho—. Podría traerlos aquí. Tendrás que volver a huir.

—¿Tengo que recordarte que voy a casarme con tu hija dentro de una semana? —pregunta Adán. Suena el teléfono y comprueba la identidad de la persona que llama—. Me cago en la puta.

Vacila, pero lo coge.

Sondra está sollozando.

—¡No lo mates, Adán! ¡Es mi hijo! ¡Te lo ruego, no lo mates!

—Nadie ha dicho eso, Sondra.

—¿Es verdad? ¿Lo hizo?

—Eso parece.

Empieza a sollozar otra vez.

—¿Cómo es posible? Es un buen chico. ¡No lo entiendo!

«Yo sí —piensa Adán—. Es arrogante y joven y cree que el mundo es suyo, incluida cualquier mujer a la que desee. Su padre era igual. Y en parte es culpa mía. Debería haber sido más inteligente. No debería haberlo metido en el negocio».

—¿Sondra? Tengo al abogado por la otra línea. He de colgar.

—Adán, por favor. No le hagas daño. Ayúdale. Haré lo que sea. Lo que sea. Puedes quedarte con todo el dinero, con la casa...

—Te llamaré en cuanto sepa algo —dice Adán.

Cuelga y mira a Nacho.

—Estoy abierto a sugerencias.

Nacho tiene una.

Suena el teléfono de Aguilar. Escucha un momento, cuelga y pregunta a Keller.

—¿Conoces a un abogado estadounidense llamado Tompkins?

—¿Ben el Mínimo?

Hace años que Keller no visita San Diego.

Se crio allí, en Barrio Logan, hasta que un día reunió valor para presentarse en el despacho que tenía en el centro su padre, que los había abandonado, y exigirle dinero para ir a la universidad. Asistió a UCLA, donde conoció a Althea, y luego vinieron Vietnam y la CIA y después la DEA —Sinaloa y luego Guadalajara— antes de regresar a San Diego como Señor de la Frontera y dirigir al Cuerpo Especial del Sudoeste desde su oficina.

Se le hace raro volver.

Él, Aguilar y Vera volaron hasta Tijuana y cruzaron el puente peatonal en San Isidro, donde los espera Ben el Mínimo.

Keller conoce bien a Ben Tompkins de cuando era el Señor de la Frontera, una época en que jugaron al gato y al ratón en docenas de casos relacionados con la droga. Ahora está sentado en el Mercedes de Tompkins —los dos mexicanos en la parte trasera, él en el asiento del acompañante— porque no quieren ser vistos y nadie reconocerá jamás que esta reunión se ha producido.

Desde el principio, Tompkins es Ben el Mínimo en estado puro.

—Para empezar, Salvador Barrera tiene que ser absuelto.

—Llámanos cuando estés sobrio —dice Keller abriendo la puerta del coche.

Tompkins extiende el brazo y la cierra.

—Cuidado con la luz.

—Si Salvador puede entregarnos a Adán Barrera —dice Aguilar—, aceptaría una declaración de culpabilidad por la que no cumpliría más de diez años.

—¿Estás pidiendo que Adán cambie su vida por la de Salvador? —pregunta Tompkins.

—Yo no estoy pidiendo nada —responde Aguilar—. Me parece perfecto que condenen a Salvador por doble homicidio y que lo metan en la cárcel de por vida. Eres tú quien me ha llamado. Si no tienes nada serio que ofrecer, me gustaría irme a cenar.

—Lo que estoy a punto de decir no debe salir de aquí —empieza Tompkins—. Y si abrís una investigación criminal, el informador soy yo.

—Continúa —dice Keller.

—No puedo entregaros a Adán...

—Nos vemos, Ben.

—Pero sí a los hermanos Tapia.

«Mierda —piensa Keller—. Es un movimiento magistral, la típica manipulación de Adán. Entregó a Garza para librarse de una cárcel estadounidense, y ahora entregará a los Tapia para sacar a su sobrino de una cárcel mexicana».

Tompkins inicia la venta.

—Si repasáis los números reales, los Tapia, y no Adán Barrera, son los mayores traficantes de México. Por tanto, sería una negligencia que no aceptarais este trato. No estáis negociando a la baja, sino al alza.

—Estamos hablando del asesinato brutal y sin sentido de dos jóvenes inocentes —insiste Aguilar.

—Lo entiendo —dice Tompkins con parsimonia—. Por otro lado, ¿a cuántos han matado los Tapia? A más de dos.

Keller se percata de que Vera no ha mediado palabra, cosa infrecuente en él.

—Tenemos que hablarlo —dice Aguilar.

—Por supuesto —responde Tompkins—. Tomaos vuestro tiempo. Voy a buscar café.

Sale del coche, cruza la calle, entra en el Don Félix Café y se acomoda en una mesa situada junto a la ventana.

Keller nota un escalofrío que le recorre todo el cuerpo.

Porque ahora lo ve, lo ve más claro que nunca: el agujero en el muro de piedra de Barrera.

La medida de Adán para lanzar a los Tapia debajo del autobús es brillante y despiadada. Hay problemas entre él y los Tapia, tal como se temía Yvette, y quiere eliminarlos. Entonces su sobrino mata a dos personas inocentes, es detenido y Adán ve la oportunidad de matar dos pájaros de un tiro.

Típico de Adán.

Normalmente ve todo el tablero de ajedrez, varios movimientos por anticipado, pero esta vez no se da cuenta de que ha sufrido un jaque mate.

Tampoco se dan cuenta Aguilar y Vera de que, si trabajan para Barrera, para los Tapia o para ambos, se verán en una situación vulnerable, como unos peones que han avanzado demasiado deprisa.

Y el castillo de Adán, una estructura cuidadosamente construida, se desmoronará.

Después del castillo cae el rey.

Pero Keller finge estar en desacuerdo e interpreta el papel que esperan de él.

—¿Vais a permitir que Adán Barrera manipule todo vuestro sistema legal y que su sobrino se vaya de rositas después de matar a dos personas?

—Pero tú le dejarías libre a cambio de Adán —responde Aguilar—. Tenemos que afrontar los hechos. Salvador no va a entregar a su tío, pero

Tompkins no ha venido con las manos vacías. Es una oferta muy seria; capturar a los Tapia sería un gran golpe que desmantelaría durante meses el tráfico a Estados Unidos y sacaría toneladas de droga de vuestras calles.

—¿Por qué iba a entregar Adán a su más viejo amigo? —pregunta Keller, aunque conoce la respuesta.

—Porque Salvador es familia —dice Vera—. Es el hijo de su difunto hermano. Tiene tres opciones: cambiarse por él, matarlo o liberarlo. ¿Tú qué harías?

—Pero ¿por qué los Tapia?

—¿Qué otra cosa puede ofrecer? —pregunta Vera—. Nacho Esparza será su suegro. No puede hacer eso. Los Tapia son su única opción.

—Tenemos a dos jóvenes asesinados por nada —dice Keller—. Tenemos a dos familias destrozadas. ¿Qué les vamos a decir? ¿Que tenemos un acuerdo mejor y que deben entenderlo?

—Diego y Alberto Tapia han matado a mucha más gente —responde Aguilar.

—Ahora pareces Tompkins.

—Hasta un abogado defensor estadounidense puede tener razón —afirma Aguilar—. A veces suena la flauta. Yo creo que deberíamos aceptar esta oferta.

«Si eres corrupto —piensa Keller—, estás de parte de Barrera».

—Si puedo votar —dice—, mi respuesta es no. Un no rotundo.

Ambos miran a Vera.

—Caballeros —dice—, nosotros trabajamos con el arte de lo posible. Eliminar a los Tapia significa terminar con un tercio del cártel de Sinaloa y, lo que es más importante, con el brazo armado de Barrera. Yo creo que la DEA estaría encantada. Lo siento, Arturo, pero creo que no debemos dejar escapar esta oportunidad.

«Si estabas en la nómina de los Tapia —piensa Keller—, has cambiado de bando.

»Y ahora estás jodido».

—Esto es un error —dice.

—Pero ¿lo apoyarás? —pregunta Aguilar.

Keller sabe lo que le preocupa. Una de las víctimas es ciudadana estadounidense. Si Keller filtra este acuerdo, se desatará un escándalo en Estados Unidos que podría acabar con la frágil Iniciativa Mérida.

Necesitan que lo refrende.

Keller guarda silencio unos instantes y dice:

—No lo sabotearé.

«Dales coba, suelta sedal. El anzuelo está preparado y lo recogeré cuando sea el momento apropiado».

Tres horas después, Salvador Barrera y sus amigos salen de la cárcel. Libres.

A los padres de David Ortega y Brooke Lauren les dicen que las fuerzas del orden están haciendo todo lo posible por encontrar a los asesinos de sus hijos.

Sinaloa
2 de julio de 2007

Eva va de blanco.

Es una novia de primavera, virginal.

Preciosa y tradicional, lleva velo, vestido y una chaquetilla con capullos de rosa blancos. La madrina, Chele Tapia, ha cosido los tres lazos de la lencería: amarillo para la comida, azul para el dinero y rojo para la pasión.

Adán espera que haya pasión pese a la diferencia de edad.

Chele intentó convencerlo de que se pusiera pantalones ajustados, pero últimamente ha cogido unos kilos y su vanidad le hizo negarse. En lugar de eso lleva una camisa guayabera de estilo *presidencial* con bordados delante y detrás y unos pantalones anchos con cordones y sandalias, el atuendo tradicional para un novio del campo.

Ahora espera a la novia.

A Eddie, Eva le parece un verdadero monumento y no le importaría disfrutarla un rato. Se le ocurre la posibilidad de preguntar a Esparza si tiene más hijas, pero el día de la boda de Adán Barrera no es momento para tonterías y Esparza se toma muy en serio la virginidad de sus niñas.

Adán va a desflorar a una niña esta noche.

En cualquier caso, la boda está llena de objetivos. Hay más dieces de Sinaloa de los que puedas tirarte. Al menos la mitad son reinas de la belleza, anteriores o actuales Miss Loquesea: Miss Guava, Miss Papaya, Miss Metanfetamina...

«Si no te acuestas con ninguna en esta boda —piensa Eddie—, eres un maricón. Eso o no tienes dinero. Esas nenas llevan más oro en la muñeca y el cuello del que encontró el viejo Cortés en México; de eso no hay duda».

Hay mucho dinero en esta fiesta.

Cualquiera que tenga un nombre en el mundo de los narcos está aquí, y Eddie sabe que su presencia supone una gran mejora para su estatus.

Evidentemente, Nacho está aquí con su mujer, la que engendró a la preciosa Eva. Diego ha venido con su esposa, Chele (enseñando mucha teta; es toda una MQMF), su hermano Alberto y el monumento de su señora, y su hermano Martín y su mujer, otro monumento, un iceberg con el que a Eddie no le importaría chocar.

La familia de Adán, o lo que queda de ella, ha hecho acto de presencia.

A Eddie le parece reconocer a la hermana de Adán, Elena —Elena *la Reina*—, la expatrona de Tijuana. Ahí están su sobrino, Sal, un verdadero capullo, y su madre, que parece que haya estado chupando limones. «Después hay algunos narcos de segunda fila —piensa Eddie—. Como yo». Y también han venido políticos.

El director regional del PAN.

Un senador del PAN.

El alcalde de la ciudad.

En la boda del hombre más buscado de México, una persona a la que los gobiernos estadounidense y mexicano juran que no pueden encontrar. «Es curioso —piensa Eddie—. Estos tipos tienen miedo de ser vistos en la boda de Adán Barrera, pero tienen aún más miedo de no ser vistos en ella».

Y, por supuesto, el pueblo entero está abarrotado de hombres de Diego y Eddie. Policías del estado patrullan las carreteras de entrada y salida y sobrevuelan la zona varios helicópteros, que solo se alejan para que las aspas no interrumpan el intercambio de votos.

Podría haber aún más seguridad, Eddie lo sabe, pero están viviendo una paz relativa y solo se producen enfrentamientos con los chicos de Tijuana, que en estas circunstancias no van a venir a intentar matar a Adán.

«La paz es buena —piensa Eddie—, aunque significara tener que dar besitos a esos soplapollas de los Zetas». Pero, de momento, es agradable no tener que andarse con mil ojos, aunque uno tarda un poco en acostumbrarse. Es bueno no tener que preocuparse de una bala o una granada o de acabar quemado vivo.

Y es agradable volver a ganar dinero.

Es agradable estar sentado al lado de una mujer atractiva, un auténtico diez de Sinaloa, aunque él ejerza de tapadera.

Magda Beltrán también considera atractiva a Eva Esparza.

La zorrita gilipollas.

«Eso no es justo —piensa—. Estoy segura de que es una niña simpática y agradable y, sinceramente, es lo que necesita Adán en este momento». Pero, aun así, una mujer no puede evitar estar un poco celosa.

Debe reconocer que el hecho de que Adán haya metido a Nacho en la familia ha sido un movimiento inteligente. Estalla la paz y el rey se dedica a buscar una reina y a engendrar unos cuantos príncipes.

Un final de cuento básico.

Muy Walt Disney.

Solo faltan unos pájaros cantando.

Pero Adán siempre consigue lo que quiere. Quería Nuevo Laredo y tuvo Nuevo Laredo. Cuenta con un puerto seguro desde el que enviar la cocaína que ella le ha conseguido, un puerto independiente de Diego y de su nuevo suegro, y liberado del costoso *piso*, que ahora puede cobrar a otros.

Y, con la ayuda de Magda, poco a poco, discretamente, Adán ha reclutado una fuerza propia independiente de las de Nacho y Diego. La Gente Nueva, en su mayoría policías federales retirados del cuerpo o en activo, solo profesa lealtad a Adán.

Así que tiene suministro de cocaína y unas fuerzas armadas de su propiedad.

Tiene Laredo, y Nacho está ganando terreno en Tijuana, ahora conectado de nuevo a Adán por lazos familiares.

—¿Qué tal tu pequeña virgen? —le preguntó Magda la última vez que se vieron para resolver unos detalles de costes y precios.

—Ahora es mi prometida.

—Pero ¿sigue siendo virgen? —dijo Magda—. ¿Sí? ¿No? Da igual. Un caballero no habla de esas cosas. Pero sabes que Nacho estará atento por si alguien cuelga de la ventana unas sábanas manchadas de sangre.

Adán ignoró la pulla.

—Mi matrimonio no tiene por qué cambiar nada entre tú y yo.

—¿Lo sabe tu pequeña virgen? —preguntó Magda.

—Se llama Eva.

—Ya sé cómo se llama. —Al momento añadió—: ¿La amas?

—Será la madre de mis hijos.

—Las mujeres mexicanas... —dijo Magda con un suspiro—. Somos vírgenes, madonas o putas. No hay más opciones.

—¿Amante? —aventuró Adán—. ¿Socia? ¿Amiga? ¿Asesora? Tú eliges. Mi preferencia es que lo elijas todo.

—Puede —respondió Magda. Desde luego es su socia. En cuanto a lo demás, no está segura. Lo que sí sabe a ciencia cierta es que quiere conseguir un mejor precio—. Quiero que me invites a la boda.

Fue divertido ver a Adán desconcertado, aunque fuera solo por un instante.

—¿No crees que sería incómodo? —preguntó él.

—Si me consigues un acompañante aceptable, no.

Así que ahora Magda está sentada con un atractivo joven estadounidense, muy cariñoso y atento, aunque se le va la vista con todas las mujeres guapas que han asistido a la boda, y hay muchas. A Magda no le ofende. Da por hecho que, como mujer de Adán, es intocable. Adán se tendría bien merecido que se acostara con él. Quizá lo haga, pero probablemente no. Magda no puede evitar mofarse un poco de él.

—Me han dicho que tienes apodo.

Eddie el Loco.

—No me gusta.

A Magda le resulta gracioso que responda con un mohín.

—Me comentan que te llaman Narco Polo por tu guardarropa —dice Magda.

Eddie se echa a reír.

—Eso sí me gusta.

Diego Tapia ha estado ocupado.

La seguridad de la boda ha sido una tarea brutal.

Primero hubo el problema de las múltiples fechas y lugares. Ayer mismo, la gente de Diego utilizó toda una red de teléfonos móviles a lo largo y ancho del país para llamar a los invitados e indicarles el lugar real.

Entonces y solo entonces, Diego distribuyó a sus *sicarios* en círculos concéntricos alrededor del pueblo, con especial atención a las carreteras de entrada y salida. Desplegó a más hombres en las pistas de aterrizaje para que recibieran a los numerosos invitados que llegaban en aviones privados y los condujeran al lugar de la ceremonia.

Todos los móviles y cámaras tuvieron que ser confiscados educada pero firmemente, y educada pero firmemente informaron a todos los invitados de que bajo ninguna circunstancia debían hablar de la boda o tan siquiera mencionar que habían asistido.

Adán es estricto: no quiere fotos, vídeos, grabaciones ni cotilleos. La lista de invitados sería un tesoro para la DEA y otros enemigos.

Se registran los coches que llegan a las afueras del pueblo. En las colinas permanecen ocultos varios francotiradores y hay hombres fuertemente armados en vehículos que bloquean las carreteras en toda la periferia.

Nadie va a salir ni entrar del pueblo sin el conocimiento y la autorización de Diego.

Tampoco esperan problemas ahora que han firmado la paz con el Golfo. La única amenaza posible es la Familia, muy enojada porque Adán los ha abandonado. Pero están demasiado ocupados enfrentándose al ejército y los *federales* y, además, ni siquiera Nazario está tan loco como para asaltar las nupcias de Adán Barrera en pleno corazón de Sinaloa.

Puede que el *jefe* de la Familia esté loco, pero no es un suicida.

Ahora, al ver a Nacho llevar a Eva al altar, Diego se siente intranquilo. Nacho se ha quedado con Tijuana y ahora será el suegro de Adán. Es como si a Diego le hubieran cerrado una puerta con tela metálica en la cara. Puede ver a través de ella, pero desde fuera.

«No debo preocuparme —se dice a sí mismo—. Soy primo de Adán. Más bien un hermano. Hemos sido amigos desde que nos salieron pelos en los huevos. Y Nacho también es un amigo y aliado. Tenemos intereses comunes. No ha cambiado nada.

»Pero, entonces, ¿por qué tienes la sensación de que sí que han cambiado las cosas?».

—Me gustaría que te encargaras de nuestra relación con Ochoa —dijo Adán a Diego tras la reunión de paz con el CDG—. Consigue que sea amigo nuestro.

—Ahora te escucho.

—Y reúnete con nuestros amigos de Ciudad de México —dijo Adán—. Asegúrate de que ahora el CDG cuenta con nuestra protección en Michoacán y Tamaulipas.

—Así lo haré —respondió Martín.

—Quiero a Diego allí —dijo Adán—, para que sepan que habrá consecuencias en caso de traición.

Martín tiene el guante y Diego el puño dentro.

—Iremos los dos —terció Diego.

La reunión con los gilipollas del gobierno en Ciudad de México fue divertida. Se sentaron allí mientras Martín Tapia les explicaba exhaustivamente cómo iba a ser el nuevo mundo.

—Cueste lo que cueste, siga con su campaña en Michoacán —dijo Martín—. La Familia es una peligrosa amenaza para la seguridad ciudadana. Son unos lunáticos y, por supuesto, los mayores proveedores de metanfetamina del país.

—¿Y los Zetas?

—Ahora están bajo nuestra protección.

A Diego le pareció increíble. Los *federales* habían hecho la vista gorda con la Familia y apaleado a los Zetas como si fueran mulas de carga, pero ahora ni parpadeaban cuando les decían que sucedería lo contrario.

Pero así funcionan las cosas en este negocio.

Enemigos un momento y amigos al siguiente.

Por desgracia, también sucede a la inversa.

Ahora Chele lee la mente a su marido: «No te preocupes. Nos han elegido a nosotros como *padrinos*».

Los *padrinos* son una pareja que ejercen de mentores de los recién casados desde el compromiso y durante todo su matrimonio. Diego sabe que es un honor, en su caso más simbólico que práctico, ya que Adán lógicamente no ha pedido consejo matrimonial.

Eva, en cambio, ha acudido a Chele para consultarle algunas cosas que esta no revelará y que Diego solo puede intuir. No creía que las chicas modernas formularan semejantes preguntas, pero, por las sonrisas pícaras de Chele, deduce que Eva lo ha hecho.

—Simplemente le he explicado cómo hacer feliz a su hombre —le dijo Chele.

—¿Y cómo se hace?

—Luego, *marido*.

Chele no mencionó nada a la chica, pero la triste realidad es que Eva no necesita tener contento a Adán en la cama —su espectacular amante se ocupará de ello—, tan solo en la sala de partos.

Eva tendrá que engendrar a un hijo que se unirá a las organizaciones de Barrera y Esparza, lo cual convertirá a los Tapia, aunque sea involuntariamente, en forasteros. Si Chele tuviera una hija en edad casadera, la habría llevado sin reparos a la cama de Adán. Pero su hija es demasiado joven y, en todo caso, heredó los genes de su padre. Así pues, es improbable que sea tan hermosa como la espléndida y joven Eva.

Ahora Chele observa a la chica recorriendo el pasillo entre hileras de sillas blancas.

Nacho, enfundado en una torera negra y pantalones ajustados, es un padre orgulloso mientras la acompaña hasta el altar, satisfecho de las miradas de envidia que suscitan la belleza de su hija y su buena suerte.

«Suerte los cojones», piensa Chele. Nacho ha educado a la niña para este momento desde que salió de entre las piernas de su madre.

A Adán le rompe el corazón entregar a su viejo amigo.

Sin embargo, tiene motivos para creer que Diego Tapia lo ha delatado. No a las fuerzas de la ley, cierto, pero sí a los Zetas.

«Es culpa tuya —piensa Adán mientras espera a la novia—. Prácticamente metiste a Diego y Ochoa juntos en la misma cama; los presentaste y le pediste a Diego que se hiciera "amigo" de los Zetas».

Efectivamente, eso hizo. Los informadores de Adán aseguran que Diego ha aumentado su actividad en Monterrey, que se ha instalado en el barrio de Garza García y que acogerá a los Zetas en la ciudad.

Donde venden drogas y cometen numerosas extorsiones y secuestros.

A Adán le parece una estupidez conformarse con calderilla, cosa que interferiría en la riada de dinero que llega desde Estados Unidos y le granjearía la enemistad de la policía, los políticos y los poderosos industriales de Monterrey que, a fin de cuentas, los controlan.

Es una estupidez y demuestra poca visión de futuro.

Es casi igual de perjudicial su comportamiento ostentoso, ya que hacen gala de su riqueza y su poder como si fueran *chúntaros* y no los empresarios multimillonarios que son.

A Adán le dolió saber que su viejo amigo está consumiendo su propio producto; que, al igual que Tío años atrás, ha empezado a esnifar cocaína. Si es cierto, es una mala noticia y, desde luego, la conducta reciente de Diego confirma las sospechas. Ha organizado grandes fiestas en los lugares equivocados, como Cuernavaca y Ciudad de México, donde no pasan desapercibidas a los poderes fácticos.

«¿Cuándo aprenderemos? —se pregunta Adán—. Es posible que tengamos a policías y políticos en nómina; es posible que los empresarios sean socios en negocios legítimos; es posible que hagan la vista gorda con otras actividades nuestras, pero no podemos restregárselo por la cara.

»Es estúpido y excesivo. No se pueden hacer esas cosas en un barrio así. Tenemos de todo, todo lo que el dinero puede comprar. Podemos hacer lo que se nos antoje, pero sutilmente».

Hay habladurías aún peores sobre Diego, habladurías que Adán se niega a creer. Dicen que ha empezado a seguir a la Santa Muerte, una secta que está arrasando entre los miembros más jóvenes del narcotráfico con sacrificios de sangre y sabe Dios qué más.

Menuda tontería.

Cuando era joven, Adán hizo una promesa de sangre con el santo Jesús Malverde, el mártir del tráfico de drogas sinaloense que se convirtió en una especie de figura religiosa con un templo propio en Culiacán.

Adán se ruboriza al recordar su estupidez de juventud.

Pero Diego no es un niño. Es un hombre con mujer e hijos y responsabilidades adultas. Es el jefe de la organización de traficantes más grande de México y está comportándose como un idiota.

Es ridículo.

Y peligroso.

Pero no tanto como su coqueteo con los Zetas para formar una alianza.

Adán lo entiende: Diego se siente amenazado por el ascenso de Nacho. Le entregó Tijuana y se casará con su hija.

Adán consideró la posibilidad de tender una mano a Diego y arreglar las cosas. Sentarse y hablar como los viejos amigos que son, solucionarlo. Disculparse por cualquier posible desliz o negligencia, pero ahora ya es tarde.

Diego es el precio a pagar por la vida de Salvador, un chico idiota e indisciplinado. Y Adán llega a la conclusión de que es lo mejor. Los Tapia deben desaparecer. Debe afrontarlo, aceptar que habría tenido que hacerlo de todos modos, y los problemas de Sal son un pretexto muy oportuno.

Todo está listo.

Ataques simultáneos contra Alberto y Diego en Badiraguato. Acabarán con los dos de una tacada.

A Martín lo dejarán tranquilo por ahora.

Tiene demasiados contactos. «Otro error tuyo —piensa Adán—, haber permitido que los Tapia cosecharan tanta influencia política». Podrá negociar con él. Será razonable.

Siempre y cuando no haya muertes.

Adán ha insistido en que Alberto y Diego deben ser apresados con vida. Son sus amigos, sus hermanos, sangre de su sangre sinaloense.

El altar ha sido construido debajo de una enramada de ficus. Las sillas están colocadas sobre un césped verde esmeralda cortado esa misma mañana y bordeado de flores frescas.

Adán se halla junto al sacerdote. Sonríe a Eva cuando Nacho le suelta el brazo, la besa en la mejilla y la conduce al altar.

Luego abre una pequeña caja de madera y vierte trece monedas de oro —por Cristo y los doce apóstoles— en las manos de Eva. Entonces deposita la caja encima. Las monedas simbolizan el juramento de cuidar de ella y el compromiso de Eva de dirigir la casa concienzudamente.

Se vuelven hacia el sacerdote, que les envuelve los hombros con el lazo, símbolo de que ahora están unidos el uno al otro. Llevan el lazo durante toda la ceremonia, que incluye una misa y los votos nupciales y, finalmente, el sacerdote los declara marido y mujer.

Eva se arrodilla en la pequeña capilla dedicada a la Virgen de Guadalupe y realiza una *ofrenda* floral.

Entonces, ambos vuelven a recorrer el pasillo y los invitados los siguen hasta el lugar donde se celebrará la fiesta de recepción. Detrás de ellos, los mariachis, con sus mejores galas negras y plateadas, tocan música de *estudiantina*.

Salvador Barrera ha sido discreto durante la ceremonia.

Tras el desafortunado incidente en Zapopan, Adán le ordenó que volviera a Sinaloa y lo sometió a un doble periodo de prueba.

—Si no fueras mi sangre —le dijo cuando lo sentó en su despacho—, ya estarías muerto.

—Lo sé.

—No —repuso Adán con una expresión cada vez más agresiva—. Nunca sabrás, nunca en la vida, lo que me ha costado tu libertad.

—Gracias, *tío*. Lo siento mucho.

Luego tuvo que sentarse y soportar durante veinte minutos un discurso de Adán sobre el respeto a las mujeres y a la gente inocente, un discurso del mismo hombre que había invitado a una prostituta a su propia boda, que ordenó que le cortaran la cabeza a una mujer y se la enviaran a su marido en una caja como si fuesen unos dulces, y que ordenó arrojar a dos niños por un puente. Venga, hombre. ¿Ese tipo va a sermonearle sobre valores familiares?

Pero Sal sabe que está bajo vigilancia.

A la postre espera que su tío le perdone y le permita volver al negocio.

Eva coge a Adán de la mano y lo lleva hasta el centro de la zona de recepción, un espacio vacío en mitad de las mesas del banquete.

Ha llegado el momento de *lanzar el ramo*.

Como dicta la tradición, los invitados no forman un círculo, sino un corazón alrededor de los novios. Todas las solteras se reúnen y Eva lanza hacia atrás el ramo, que cae en las manos de Magda. Sin embargo, esta vuelve a lanzarlo al aire y lo atrapa una de las damas de honor de Eva.

Luego sacan una silla. Eva se sienta y Adán —con Diego, Nacho y Salvador detrás— se arrodilla delante de ella y, entre procaces comentarios de los invitados, se sube el vestido y desliza la liga por la pierna.

A Adán le resulta extraño tocar su suave piel, porque, hasta el momento, apenas han hecho nada más que besarse, y esto le parece íntimo. Adán se levanta, tira hacia atrás la liga y, al volverse, ve a Salvador atrapándola.

Los hombres se abalanzan sobre Adán y empiezan a darle empujones y a bailar con él la música funeraria («¡Tu vida se ha acabado!») que interpreta la banda. Al terminar, Salvador y la dama de honor bailan juntos, después lo hacen Adán y Eva y, por último, se les unen todos los invitados. Mientras danzan, algunos matrimonios se acercan a los novios, hablan un poco y clavan sobres en el vestido de Eva, un dinero que luego donarán a la beneficencia, puesto que Adán Barrera y la hija de Nacho Esparza apenas necesitan dinero para empezar su vida de casados. Finalmente bailan *La víbora del mar*. Los invitados se cogen de las manos y se mueven como una serpiente debajo de Adán y Eva, quienes, subidos a una silla, tienen los brazos extendidos.

Magda encuentra a Adán solo en el dormitorio cambiándose de ropa para irse de luna de miel.

—Qué oportuno —dice Magda.

—¿El qué?

—Bueno —responde mientras se arrodilla delante de él—, no queremos que decepciones a tu nueva esposa dejando que ese chochito virgen te haga correrte demasiado rápido. La pobre se espera una noche de pasión incontrolable y resistencia juvenil.

—Magda...

—No seas tan egoísta —dice Magda bajándole la bragueta—. Yo solo pienso en ella.

—Eres muy considerada.

—Además —añade—, cuando se ponga gorda, esté llena de manchas y proteste por todo, recordarás que puedes acudir a mí. Procura no mancharme el vestido. Hay que guardar las apariencias.

Magda lo lleva hasta el clímax y para.

—Bien mirado —dice al levantarse—, decepciónala.

—¡Magda!

—Ven aquí. ¿Creías que iba a dejarte así?

Magda se lo termina y la invade cierta melancolía.

«Podría haber sido yo —piensa—. Tal vez habría sido bonito llevar una vida doméstica con él, coger unos kilos en las caderas y ver a mis hijos corretear por el suelo.

»Sé feliz con lo que tienes.

»No hace tanto te contentabas con una manta.

»Y ahora eres rica y pronto lo serás aún más, sin necesitar a ningún hombre, incluido Adán. Podrás tener a otros hombres y follar con él cuando venga, y tener tu propia casa y ganar dinero.

»Eres una *narca*, una *chingona*.

»Una mujer hecha y derecha».

Magda sabe que a la mujer de Adán la llaman Reina Eva I. Quienes tienen mayor conciencia cultural la conocen como Evita (no llores por mí, Sinaloa). También sabe que a ella la llaman de otra manera.

La Reina Amante.

Hay cosas peores.

La comida ha sido fantástica —pollo y cerdo, patatas y arroz, pasteles de tres leches y almendras, champán, vino y cerveza— y ahora los asistentes se reúnen para ver a los novios irse de luna de miel.

Diego se acerca a Eddie.

—Nos marchamos en breve.

—¿Volvéis a Monterrey?

—No —responde Diego—. Pasaremos la noche en la casa de Badiraguato. Ven si quieres.

—Me quedaré a esperar *la tona borda* —dice Eddie—. Hay demasiados chochitos como para retirarse ahora que van todas borrachas.

Ha echado el ojo a una de las damas de honor, y luego está la Reina Amante. Cuando estaba sentado a su lado...

—Vigila qué haces y con quién —le advierte Diego—. Ahora estás en el campo. Estos paletos de pueblo te pegarán un tiro. Y tampoco te vayas con la mujer del patrón.

—Acaba de casarse, por Dios.

—No seas imbécil —insiste Diego.

Adán y Eva se dirigen al helicóptero que los llevará de luna de miel a un destino no desvelado. Pasan por delante de los invitados, estrechándoles las manos y repartiendo besos.

Adán se acerca a Diego.

—Gracias, *primo* —dice, y le da un beso en la mejilla—. Gracias por todo.

—De nada, *primo*.

Diego se siente mejor.

Porque Adán lo aprecia.

Van de luna de miel a una casa que Adán tiene en Cabo.

Adán se planteó ir a Europa, pero hay órdenes de búsqueda y captura de la Interpol en casi todos los países.

México es su cárcel.

Pero no pasa nada; todo lo que quiere está aquí.

Cuando llegan a la casa con vistas al Pacífico, Eva se excusa y entra en el baño. Sale media hora después con un picardías azul que resalta sus ojos.

Es mucho más revelador de lo que Adán imaginaba. Le cae el pelo por encima de los hombros. Preciosa, se presenta ante él, pero mira al suelo de parqué pulido.

Adán se acerca y le levanta la barbilla.

—Quiero hacerte feliz —dice Eva.

—Lo harás —responde él—. Ya lo haces.

Ambos se muestran tímidos en la cama; ella por su juventud y él por su edad. Pasa mucho tiempo tocándola, acariciándola, besándola en las mejillas, en el cuello, los pechos y la barriga. Su cuerpo de dieciocho años responde pese a los nervios y, cuando Adán cree que está preparada, la toma, agradeciendo en silencio a Magda la ayuda que le ha prestado antes mientras Eva se retuerce debajo de él. Su energía no desbancará la experiencia de Magda, pero Adán lo agradece.

Es la primavera de su otoño.

«Qué movida más rara», piensa Eddie mientras observa a Diego arrodillarse delante de la estatua de un esqueleto con una túnica púrpura y cabello humano insertado en el cráneo. En una mano lleva un globo terráqueo y en la otra una guadaña.

La Santa Muerte.

La conocen por muchos nombres: la Flaquita, la Niña Blanca, la Dama Poderosa... «Joder, si parece poderosa», piensa Eddie cuando Diego restriega sangre de cabra (y espera que sea sangre de cabra) por la cara de la estatua.

Están en una habitación situada en la parte trasera del piso franco de Diego en Badiraguato y Eddie acaba de volver de la fiesta posterior a la boda. Está hecho polvo y adormilado, pero hambriento. Mientras tanto, Diego da una profunda calada a un porro y echa el humo a la cara de la Flaquita. Ya ha depositado regalos en el pequeño altar que ha construido en casa, como ha hecho en todas sus viviendas: dulces, cigarrillos, flores, fruta fresca, incienso, tres cuartos de litro de whisky puro de malta, cocaína y dinero.

«Esa delgaducha —piensa Eddie— se lo monta mejor que las *segunderas* de Diego».

Este enciende una vela dorada.

—Es para la riqueza —explica.

«Pues parece que está funcionando —piensa Eddie—. Diego tiene más dinero que Dios». Corren rumores de que gana más que Adán Barrera, lo cual no debe hacerle muy feliz. Y en determinados círculos tiene un nuevo apodo, el Jefe de Jefes, que tampoco debe de sentar bien en La Tuna.

Diego enciende otra vela.

Negra.

«Como las que uno compra en Party City para Halloween», piensa Eddie. «Si eres un memo».

Pero escucha mientras Diego deposita la vela negra sobre el altar y reza a la Santa Muerte para que le ayude en la venganza contra sus enemigos y proteja sus envíos de droga. «Quizá debería comprar más de una vela», piensa Eddie. Tiene la esperanza de que haya terminado, pero entonces Diego coge una vela blanca.

—Protección —dice.

«Sí, fantástico».

A Diego le vendría bien un poco de protección, porque está hecho una mierda. El Jefe está consumiendo coca, no hay duda. Diego murmura otra oración, se levanta y se dirigen al salón.

—Adán ha llamado antes —dice Diego.

—¿Para qué?

—Para decirme que ha llegado bien a Cabo.

Eso activa el radar de Eddie. Barrera solo acostumbra a hablar de negocios. No es de darle a la lengua. Cuando llama, te da la sensación de que está leyéndote su agenda, anotada en una ficha de papel.

No le gusta que Barrera llame supuestamente para charlar media hora como si fuera un ama de casa con ganas de matar el tiempo antes de su clase de yoga. Y no le gusta que Diego Tapia, que antes era tan sumamente avispado, parezca indiferente y aburrido.

Diego solía tener respuestas para todo. Ahora ni siquiera conoce las preguntas. ¿La Dama Poderosa? No me jodas.

—Eh, Diego —dice Eddie—. Vámonos de aquí.

—¿Adónde?

—No sé —responde Eddie—. A tomar el aire o a papear algo. Me apetece desayunar unos burritos.

—Son las dos de la madrugada.

—¿Y?

—No tengo hambre.

—Yo sí —dice Eddie—. Venga.

Alberto Tapia vuelve del piso de su *segundera*. Aprovechó la boda para hacer contactos.

Lleva el Navigator lleno.

Chófer y dos guardaespaldas. La seguridad es necesaria cuando uno se pasea a las dos de la mañana con dos maletines que contienen novecientos cincuenta mil dólares y otro con relojes de lujo valorados en cien mil.

A Alberto le gustan los Rolex y los Patek.

Tal vez por eso lleva un AK-47 en el regazo. No parece necesaria en Badiraguato, que es territorio del cártel de Sinaloa, pero la paranoia no es tan mala en este negocio. También lleva al cinturón su 45 con incrustaciones de diamantes; las joyas forman la leyenda «Sé libre». Tiene un poco de sueño tras una larga noche de sexo, así que va con los ojos cerrados y la cabeza inclinada hacia atrás cuando la situación se complica.

De repente aparecen cuatro todoterrenos y bloquean la carretera. Alberto despierta, pone el AK en modo automático y oye:

—¡Policía federal! ¡Salgan del vehículo con las manos en alto!

¿*Federales* arrestándolo en Sinaloa? O es una broma o esa *bola de idiotas pendejos* no ha recibido el aviso. Cuando Alberto se dispone a bajar del coche para decírselo, uno de los guardaespaldas pregunta:

—¿Y si son gente de Solorzano?

Porque es posible; ya ha ocurrido en otras ocasiones: pistoleros vestidos con uniformes de la AFI. Alfredo ve muchos cañones de rifle apuntándolo desde esos coches.

—¡Salgan ahora mismo!

Alberto baja la ventanilla y recurre a una frase normalmente asociada a las estrellas de Hollywood que no consiguen mesa para cenar:

—¿Es que no saben quién soy?

—¡Salga del vehículo!

—¡Soy Alberto Tapia!

Como diciendo: «¿Saben ustedes cuánta comida pongo en su mesa?».

—¡No volveremos a advertírselo!

Sí, y él tampoco.

—Será mejor que hablen con su jefe y le pregunten...

La bala le atraviesa la frente.

Pronto se desencadena una andanada, tras la cual lo único que queda intacto en el Navigator son dos maletines llenos de dinero y otro con relojes caros.

Todavía en funcionamiento.

Eddie ve los coches llegando a toda velocidad al piso franco.

Agentes de la AFI salen y avanzan, rifle al hombro, hacia la casa en formación militar. Lo ha visto en televisión, cuando detuvieron a Contreras en Matamoros.

Diego observa con los ojos abiertos como platos, para variar.

—*Madre mía* —dice.

«No metas a tu madre en esto», piensa Eddie. Tira el envoltorio del burrito a la papelera y dice:

—Será mejor que nos larguemos de aquí.

Se lleva a Diego de la terraza de la cafetería. Por suerte, los *federales* están concentrados en la casa. Eddie los oye gritar:

—¡Diego Tapia, está rodeado! ¡Salga con las manos en alto!

Eddie se encuentra a una manzana de distancia cuando Diego dice:

—¿Ves? La vela blanca me ha protegido.

«Sí —piensa Eddie—. Ha sido la vela blanca. Desde luego».

Adán espera junto al teléfono.

Cuando suena por fin, desearía que no lo hubiera hecho.

Alberto y tres de sus hombres han perecido. Adán monta en cólera. Había ordenado que no hubiera víctimas y ahora Alberto está muerto. El hermano de Diego está muerto.

Espera la siguiente llamada.

No tarda en llegar.

Si la primera llamada ha sido un desastre, la segunda es catastrófica.

Los *federales* han perdido a Diego. Han registrado cuatro pisos francos y no han dado con él. ¿Cómo han podido fallar esos imbéciles? Y ahora Diego Tapia está en la calle: triste, encolerizado y, con toda probabilidad, loco por vengarse.

Cosa que conseguirá.

Adán empieza a evaluar los daños.

—Tenemos que encontrarlo —dice a Nacho por teléfono.

Incluso Nacho parece agitado.

—Ha huido, Adán.

—Búscalo.

No será necesario. Diego llama a Adán.

—Alberto está muerto. Esos cabrones nos han delatado. Han matado a Alberto.

Está llorando.

—Diego, ¿dónde estás?

—Han matado a Alberto.

—Tienen que llevarte a un lugar seguro —afirma Adán—. Dime dónde estás. Enviaré a gente.

«Es un riesgo tremendo —piensa Adán—. Diego tiene personal más que suficiente para trasladarlo, ocultarlo y protegerlo y, si pensara con claridad, sabría que yo lo sé y desconfiaría de la oferta».

—Los quiero muertos —dice Diego—. A todos. Muertos.

—¿Dónde estás?

—A buen recaudo, primo. Pero me quiero morir.

—No hagas ninguna locura, Diego.

—Los quiero muertos.

Diego cuelga.

Keller recibe una llamada de Aguilar.

—Menuda cagada. Gerardo está cabreadísimo.

Es una debacle, continúa Aguilar. Alberto Tapia está muerto, Diego y Martín han huido. El hecho de que no se hayan practicado detenciones es una vergüenza. Han privado a dos familias de justicia. Es vomitivo.

«Está funcionando», piensa Keller cuando cuelga el teléfono.

Esta «debacle» es un barril de dinamita con mecha corta situado a los pies de Adán, los Tapia, las fuerzas de la ley mexicanas e incluso Los Pinos. Solo hace falta una cerilla para prenderlo y hará saltar por los aires todo el sistema que Adán ha construido tan concienzudamente.

Keller sale del edificio y utiliza su teléfono personal para contactar con Yvette Tapia.

—Llamo como amigo. Hay algo que debes saber.

Enciende la cerilla.

—Adán Barrera delató a tu familia —asegura.

—Adán no tiene hermanos —protesta Diego.

«Este tío está fatal —piensa Eddie—. Hasta arriba de coca y no ha dormido desde que murió su hermano pequeño». Están de vuelta en Monterrey, un lugar relativamente seguro, y el tema de conversación es la venganza. Diego quiere revancha por la muerte de Alberto, pero el problema es... bueno, lo dicho anteriormente.

El funeral de Alberto fue ridículo, una muestra de hipocresía que habría hecho sonrojar a un telepredicador de Luisiana. Adán y la Reina Eva I hicieron acto de presencia, abrazaron a Diego y entregaron a la viuda un grueso sobre; Diego les correspondió con un abrazo fingiendo que no sabía nada.

El ruin de Nacho también estaba allí, mostrándose triste y comprensivo, como si no hubiera incitado a Barrera a hacerlo.

Todos los grandes narcos fueron a presentar sus respetos, aunque, a decir verdad, a nadie le caía muy bien Alberto. Era un auténtico dolor de muelas, un bocazas ostentoso que ladraba a todas horas, como esos perros pequeños que las mujeres llevan a los restaurantes para incordiar a todo el mundo.

Lo único bueno de Alberto es su mujer —ahora viuda—; la de los pechos de ingeniería hidráulica.

«No sabe nada —pensó Eddie cuando la vio aceptar las condolencias y el dinero de Adán—. Ninguna estríper es tan buena actriz». La familia no le había contado que el hombre que le entregó el sobre había vendido a su marido.

Al menos Barrera no le metió el sobre en las bragas.

Los Tapia cuidarán de ella, Eddie lo sabe. No permitirán que vuelva a la barra de estriptis. Pero es una lástima, porque es algo que a Eddie le encantaría ver.

No tanto como le gustaría ver a Yvette Tapia sin el vestido negro que llevó al funeral. Está convencido de que debajo lleva sujetador y bragas negras. Con solo mirarla sabe que su marido, que se encuentra junto a ella, no está entregándole los pedidos con la regularidad que corresponde.

«Ven con un vaquero, cariño. Déjame sacarte de paseo. Duraré mucho más de ocho segundos, te lo aseguro».

Incluso los Zetas, que odiaban a Alberto, aparecieron, y ahí están, ayudando a Diego a diseñar la batalla contra el Imperio del Mal. Es complicado, porque Barrera tiene en el bolsillo a policías federales y políticos. Antes los tenían todos en el bolsillo —eran una gran familia feliz—, pero eso se acabó.

Martín dice:

—Antes de que podamos ocuparnos directamente de Adán, hay que preparar el terreno. Debemos deshacernos de ciertos enemigos poderosos que tenemos en la policía.

—¿Eso no pondrá sobre aviso a Adán? —pregunta Ochoa.

«Ahora son aliados —piensa Eddie—. El viejo *quid pro quo* está en marcha. Los Tapia han permitido a los Zetas refugiarse en Monterrey; a cambio, los Zetas han aceptado participar en una guerra contra Barrera.

»Esto es solo el comienzo —concluye—. Todos los cárteles se realinearán y las relaciones con la policía y los políticos cambiarán. Volverán a mezclar la baraja y quién sabe dónde acabarán los ases y los reyes, los policías y los políticos. Desde luego, ahora mismo parecen estar en manos de Barrera».

Eddie se percata de que Martín ha tomado las riendas de la reunión. Diego sigue siendo el jefe titular, pero es Martín quien plantea la estrategia.

Martín y Ochoa.

—Lo venderemos como una venganza por la muerte de Alberto —dice Martín—. Es mejor que Adán piense que creemos que fue la policía quien nos traicionó. Cuando se dé cuenta, habremos eliminado a algunos de sus principales aliados y estaremos preparados para actuar directamente contra él.

«Sí —piensa Eddie—. Eso es muy fácil decirlo, pero no son meros policías locales; se trata de agentes federales con mucho poder y servicios de seguridad propios, hombres que no llegaron donde están por ser tontos o descuidados».

Pero no hay más opción y Eddie lo sabe. Los federales atacaron a Diego y fallaron, así que tendrán que intentarlo de nuevo. Deben atraparlos antes de que lo hagan los otros, pero ello requerirá una buena planificación y una evaluación de sus agendas, hábitos y seguridad.

Una guerra conlleva mucho trabajo.

Y Eddie tiene la sensación de que, en adelante, no habrá más que guerra.

Roberto Bravo, el director de espionaje de la AFI, aparca el todoterreno frente a su casa, situada a las afueras de Ciudad de México. Mañana tiene el día libre e irá a Puerto Vallarta, así que da descanso a su guardaespaldas. Cuando baja del coche, se le acerca un hombre y le descerraja dos disparos en la cabeza.

Transcurridas menos de veinticuatro horas, el director administrativo de la Policía Preventiva Federal, José Aristeo, está hablando con una vecina delante de su casa en el exclusivo barrio de Coyoacán. Dos hombres se aproximan e intentan meter a Aristeo en su coche, pero se resiste y le disparan en el cuello y el pecho.

A las dos y media de la madrugada siguiente, Reynaldo Galvén vuelve a su casa en el conflictivo barrio de Ochoa, en Ciudad de México. Eligió la zona porque se halla cerca de la comisaría central y Galvén está consagrado a su labor. Cuando uno es un comandante de la AFI con servicio de seguridad propio, no le preocupan demasiado los atracadores.

El comandante Galvén, el federal número dos por debajo de Gerardo Vera, va un poco ebrio tras una húmeda noche en su club, pero no pasa nada, ya que va flanqueado por dos guardaespaldas, que lo acompañan hasta la puerta, esperan a que meta la llave en la cerradura y vuelven al coche.

No deberían.

Cuando Galvén abre la puerta, un hombre le apunta con una pistola Sig Sauer .380.

Galvén no se convirtió en un mando de la policía porque fuera un hombre débil. El primer disparo le atraviesa la mano derecha, pero, aun así, consigue agarrar al pistolero de la muñeca y arrebatarle el arma.

El atacante saca una segunda pistola, le descerraja ocho disparos en el pecho y el estómago y se va a toda prisa. Los guardaespaldas echan a correr, reducen al pistolero y llaman a una ambulancia, pero ya es demasiado tarde.

Galvén muere minutos después de llegar al hospital.

El artífice, un expolicía de Ciudad de México de treinta y dos años, declara durante el interrogatorio que el motivo fue un robo.

Nadie le cree.

Galvén lideró la operación que acabó con la vida de Alberto Tapia.

Sal Barrera quiere que los mecánicos espabilen de una vez.

Son casi las ocho y, por absurdo que parezca, tiene toque de queda. Adán lo ha atado en corto, pero ¿qué va a hacer? No solo es su única fuente de ingresos, sino también el *patrón* de la familia, y, si Sal abriga la esperanza de volver al negocio algún día, tiene que tragarse la mierda de Adán y sonreír.

Por tanto, Adán lo ha sometido a una especie de arresto domiciliario, pero su tío está fuera tirándose a su joven esposa y Sal ha podido ir a la ciudad con el pretexto de hacer recados.

Uno de ellos es recoger la nueva camioneta de Adán para que pueda recorrer su *finca* como un viejo *gomero*, y Sal espera tener tiempo para pasarse por una discoteca y divertirse un poco antes de regresar a La

Tuna. Solo falta que le pongan un puto brazalete en el tobillo. Finalmente, *finalmente*, los monos del taller bajan la camioneta del elevador hidráulico.

Sal se sienta al volante, Edgar en medio y César cierra la puerta.

—¿Dónde vamos? ¿Al Mandalay? ¿Al Bilbao? ¿A Shooters?

—Vamos al Bilbao —propone Sal.

La madre de César es la propietaria, así que les saldrá todo gratis. Es temprano, probablemente demasiado, para que haya llegado alguna belleza, pero todavía dispone de un par de horas antes de que el Lobo se convierta en calabaza, y a algunas chicas de Culiacán les gusta el aspecto *norteño* de la camioneta.

Sale del taller.

Cuando Eddie dejó a Diego en el piso franco de las afueras de Cuernavaca, todo resultó muy extraño.

—Ven conmigo a ver a la Santa Muerte —dijo Diego.

—Paso.

—Te traerá suerte —persistió Diego—. Te dará la bendición por el éxito de tu misión.

Diego insistió, así que entraron en el pequeño santuario para besar el huesudo culo a la Flaquita. Pidió a Eddie que le ofreciera un billete de veinte y luego tuvieron que arrodillarse mientras encendía velas de colores como para llenar una caja de Crayola. Entonces, Diego hundió las manos en un cuenco y las sacó empapadas de sangre.

—Es sangre humana —dijo Diego.

—¿Qué? ¿De dónde la has sacado? —preguntó Eddie, aunque en realidad no quería saberlo.

—De un enemigo.

«Me alegro de que al menos no sea de un amigo», pensó Eddie mientras Diego restregaba la sangre por la cara de la Flaquita y después por la suya y empezaba a farfullar cosas raras de vudú o lo que fuera. Luego intentó tocarle la cara a él, pero Eddie se apartó.

—No, gracias.

—Tu misión saldrá bien —dijo Diego.

«Eso ya lo sé —piensa ahora Eddie—, y no porque haya dejado propina a la Flaca, sino porque he traído a quince de mis mejores hombres para asegurarme de que la puñetera misión salga bien».

Ahora ve a Sal Barrera montarse en la camioneta. Un chaval mata a dos personas inocentes —entre ellas una chica— y a cambio consigue un coche nuevo.

Debe de estar bien ser un Barrera.

Eddie aprieta el gatillo de la bazuca.

El proyectil impacta en la parte delantera de la camioneta y estalla.

El Lobo salta por los aires.

Al principio, Sal no sabe qué ha ocurrido.

Su cabeza choca contra el techo de la cabina y luego ve la cara de Edgar atravesando el parabrisas. El motor escupe llamas y humo. César se agita como si estuviera conectado a un cigüeñal y Sal ve balas impactando en la ventanilla y la puerta.

Sale del coche, echa a correr hacia el taller y entonces ve todas las armas que están apuntándole.

—¡Noooo! —grita—. ¡Mamaaaaaá!

«¿Mamá?», piensa Eddie.

Nenaza.

Coge su rifle automático y apunta a Sal Barrera. Solo lo hace porque prometió a Diego que se ocuparía él mismo, pero en realidad no queda gran cosa de Sal, que cae al suelo e intenta levantarse y huir porque su cuerpo no ha recibido un mensaje que su cerebro ya conoce.

Vuelve a desplomarse y yace inmóvil, con un brazo extendido hacia delante y la sangre formando un charco a su alrededor.

La gente grita, algunos sueltan las bolsas de la compra y echan a correr, y los mecánicos se agazapan junto a los coches y observan incrédulos. Eddie se alegra de comprobar que sus hombres siguen disparando —al aire— para ahuyentar a posibles testigos.

Por si eso no bastara, la camioneta estalla.

Adán coge el teléfono y oye los gritos de Sondra.

Una y otra vez.

Menudo día.

Adán ha tenido gente al teléfono a todas horas para aplacar a los periodistas y reiterar que los asesinatos de los policías eran obra de los Tapia. Al principio, las informaciones apuntaban al cártel de Sinaloa y, a medida que pasaban las horas y el estado de ánimo de la nación cambiaba, tuvo que cerciorarse de que las noticias mencionaran específicamente a Diego Tapia.

Los traficantes de drogas, al igual que las guerrillas, «nadan en el mar del pueblo», recurren a él para conseguir protección e información, y Adán no puede permitirse un escarnio público.

Así que se suceden las llamadas de «fuentes no identificadas» con «información de primera mano» que ofrecen la verdadera historia de los asesinatos, esto es, que fue una venganza de los Tapia por el asesinato de Alberto, que Adán Barrera no tuvo nada que ver en ello y que, de hecho, está furioso con Diego, al punto de que podría causar un enfrentamiento permanente en la organización.

Y también hubo que llamar a los políticos para recordarles sus obligaciones y las responsabilidades que recaían sobre ellos. Ellos también tendrían que elegir bando, y elegir el bando que obviamente ganará.

Sin duda, algunos piensan que serán los Tapia.

Al fin y al cabo, son la organización más grande, y tienen más dinero y más *sicarios*. Diego y Martín siguen huidos y Ochoa no responde a las llamadas de Adán, lo cual no es buena señal. Es probable que los Zetas se alineen con los Tapia.

¿En qué situación le deja eso?

—Necesito que vayas a Michoacán —dice Adán.

—No puedo dejar a Carla ahora —responde Nacho.

—Es tu amante, no tu mujer.

—Ya sé quién es, Adán. Gracias.

—Será solo un día —insiste—. Reúnete con Nazario y renueva el pacto con la Familia. Necesitamos más hombres y él puede proporcionárnoslos.

—Nazario te considera un traidor —dice Nacho—. El diablo, en realidad.

—Haría un pacto con el diablo si ello significara derrotar a los Zetas —responde Adán.

«Si Nazario pudiera separar sus emociones de sus intereses —piensa Adán—, se uniría al resto hasta que me hubieran chupado toda la médula

317

ósea y luego llevaría a cabo su venganza contra los Zetas. Pero no puede. Cree estar librando una guerra santa contra ellos, así que volverá a aliarse conmigo.

»El Más Loco, qué duda cabe».

Adán convence a Nacho de que vaya a Morelia y sube al piso de arriba a hablar con Eva. Como es natural, su joven esposa se muestra confusa por el asesinato del hijo de la amante de su padre y profundamente triste por Salvador.

Sabe a qué se dedica su padre, pero es la primera vez que la afecta de forma directa y ahora Adán debe decirle que han de abandonar la *finca*, la segunda casa que ha conocido, para mudarse a otra parte del estado.

Evidentemente, Diego sabe dónde está esa casa y conoce el sistema de seguridad, ya que fue él quien contrató a la mitad de los guardias, aunque Adán los ha sustituido ya por miembros de Gente Nueva. Pero no es un lugar seguro y se dirige al dormitorio para decírselo. Ha estado llorando. Tiene los ojos rojos e hinchados.

—¿Cuánto tiempo? —pregunta cuando le da la noticia.

—No lo sé.

—¿Días? ¿Semanas?

—Te he dicho que no lo sé —le dice Adán, pero lamenta haber utilizado ese tono cuando ve su mirada de dolor. Nunca le ha hablado bruscamente y debe recordarse que tiene dieciocho años y que todo esto es nuevo para ella—. Solo quiero asegurarme de que estés a salvo.

Está cansado. Lo que le apetece es una ducha fría, un whisky suave y acostarse, porque al día siguiente deben irse muy temprano. Una caravana de policías estatales los acompañará hasta la próxima *finca*, de la cual Diego no tiene conocimiento. Lo que no quiere es explicar a su mujer las realidades de la vida en la que nació.

Adán se sirve una bebida, se quita la ropa, se mete en la ducha y se sienta en el banco de azulejo. Bebe un trago y disfruta de la acumulación de vapor que relaja su tensa musculatura.

Apura el whisky y se sitúa debajo del chorro.

Cuando sale y entra en el dormitorio, ve que Eva ha malinterpretado por completo su estado de ánimo y sus necesidades, y está tumbada en la cama con un picardías azul, dispuesta a ofrecerle alivio sexual.

No puede evitar pensar que Magda lo habría entendido mejor.

Le habría servido el whisky y habría fingido que dormía cuando saliera de la ducha. Pero Magda no está allí. Ahora vive en Ciudad de México.

Es rica, independiente e insiste en pagarle el *piso* para mover toneladas de cocaína en Laredo. Es muy distinta de la chica traumatizada a la que conoció en Puente Grande. Ha ido dos veces a Culiacán y se han visto en una casa por las tardes para mantener encuentros amorosos, pero la echa de menos.

Ahora Eva se sentirá dolida, una incompetente, si no hacen el amor, pero últimamente ha sido más una obligación. Está desesperada por quedarse embarazada y a Adán el esfuerzo le parece otra tarea más de su jornada.

—Eva, cariño, tenemos que levantarnos antes de que amanezca.

—Creía que estabas estresado...

«Y lo estoy —piensa él—. Vaya si lo estoy».

—... y que esto ayudaría —dice Eva.

—Estoy triste. Y de luto —responde él.

Lo cual ha sido una estupidez y una crueldad, porque ahora no solo está cohibida, sino también avergonzada.

Eva se da la vuelta.

Adán apaga las luces y se mete en la cama.

—No pasa nada —dice abrazándola—. Te quiero y todo saldrá bien.

No está seguro de que Eva se crea ninguna de las dos cosas.

«Puto Salvador —piensa—. Traicionar a los Tapia para conseguir la libertad de Sal fue un error grandísimo y, al final, inútil. Ahora Salvador está muerto, mi viejo amigo se ha convertido en mi peor enemigo, estoy en guerra con el mundo entero y es muy probable que pierda. Todo pende de un hilo. Si Ciudad de México se vuelve contra mí...

»¿Me habrán engañado? ¿Me utilizó Nacho para deshacerse de lo que percibía como un rival? ¿Y quién desveló el acuerdo a los Tapia? ¿Quién les dio el soplo?

»¿Aguilar?

»¿Vera?».

Entonces cae en la cuenta como si le hubieran dado un puñetazo en el estómago.

Claro.

Adán se maldice por su estupidez y su falta de previsión.

«Se lo he puesto en bandeja —piensa—. Se lo he puesto a Keller en bandeja de plata».

Keller observa a la guardia de honor que flanquea los tres ataúdes cubiertos con la bandera en los que descansan los policías asesinados.

Los miembros de la AFI lucen sus uniformes azules, chalecos antibalas con POLICÍA FEDERAL escrito en letras blancas, gorra azul marino y botas de combate negras como si estuvieran de servicio, listos para la batalla.

Detrás de ellos se encuentran el presidente, el secretario de Interior, los secretarios de la Armada y Defensa, el fiscal del estado y Gerardo Vera con uniforme de gala.

Los tres agentes eran amigos suyos, hombres a los que nombró para su puesto, y él está dirigiendo personalmente la investigación sobre su asesinato con el apoyo de la SEIDO y Keller ejerciendo de enlace.

Aguilar lidera la investigación sobre Salvador Barrera. Ahora se halla al lado de Keller. Sin apartar la vista de los ataúdes, Aguilar dice en voz baja:

—Quien filtrara la información a los Tapia tiene las manos manchadas de sangre.

—¿Adónde quieres llegar? —pregunta Keller, aunque lo sabe perfectamente y tiene razón.

«La filtré yo —piensa—, y es algo con lo que tendré que vivir».

Tres policías muertos.

Sal Barrera le importa una mierda.

Los medios no han indagado en el acuerdo que lo desencadenó todo. Su interpretación es que Adán Barrera y Diego Tapia han discutido porque este ordenó el asesinato de cuatro policías en represalia por la muerte de su hermano.

«Hasta podría tener gracia —piensa Keller—, esa imagen de Adán Barrera como un paladín de la ley y el orden moralmente indignado cuyo pobre sobrino ha pagado el precio de los principios morales de su tío. Pero no la tiene».

El cártel de Sinaloa ha iniciado una guerra civil en la que Nacho Esparza se ha alineado con Adán, su yerno. Los Tapia buscarán alianzas, pero ¿con quién? ¿Con los Zetas y el Golfo? ¿Con Fuentes en Juárez? ¿Con la Familia? ¿Con Teo Solorzano?

Barrera también lo hará. Solorzano está fuera, pero los Zetas, el CDG y Juárez podrían sentarse a la mesa, al igual que la Familia.

Algunos de los periódicos más nefastos están haciendo apuestas como si se tratara de una carrera hípica y los entendidos afirman que, si todas las demás organizaciones se alían con los Tapia o incluso se mantienen neutrales, podríamos estar a punto de presenciar el fin de Adán Barrera.

A Keller le parecería bien, pero no apostaría por ello. Ni siquiera está jugando a eso.

Él está jugando a algo mucho más profundo.

—Esto es lo que querías, ¿no es así? —pregunta Aguilar—. Como no podías llegar hasta Barrera, conseguiste que los Tapia lo hicieran por ti.

Keller no responde. Que se acerque, que presione, que cometa un error.

—¿Fuiste tú quien filtró nuestro acuerdo a los Tapia? —añade Aguilar sin rodeos.

—¿Eso es una pregunta o una acusación? —responde Keller, y ahora sabe que Aguilar no estaba en la nómina de los Tapia.

Pero quizá sí en la de Barrera.

—Ambas cosas —afirma Aguilar.

Al recibir la orden, los guardias de honor se apoyan los rifles en el hombro. El sonido es nítido.

—Supongo que desconfiamos el uno del otro —dice Keller.

Aguilar se pone colorado de ira.

—¿Estabas pensando en eso cuando te sentaste a la mesa con mi familia?

«Bien —piensa Keller—. Ahí está».

—La verdad es que sí.

Se oye el restallido de los rifles.

Calderón pronuncia un discurso.

—Hoy reitero mi promesa de no cejar en la búsqueda de un México en el que predomine el orden. Todos los hombres y mujeres mexicanos debemos decir «basta». Nos hemos unido para enfrentarnos a este mal. No podemos aceptar esta situación. Nuestra lucha es frontal. Las capacidades del estado mexicano se alinearán para romper las estructuras de cada uno de los cárteles. Estamos decididos a recuperar las calles que nunca deberían haber dejado de ser nuestras.

Gerardo Vera se levanta y dice:

—No permitiremos que nos intimiden.

—Eres corrupto —dice Aguilar a Keller cuando se van—. Eres un hombre y un policía corrupto y pienso acabar contigo.

«Lo mismo digo», piensa Keller.

Los Barrera vuelven a casa por Navidad.

Adán tiene nuevo sistema de seguridad con la Gente Nueva, el gobierno está acosando intensamente a los Tapia y, aunque la guerra está prolongándose, huyen más ellos que él.

Los asesinatos de tres altos mandos de la policía han conmocionado a la nación. La campaña publicitaria ha funcionado; personas de sectores demográficos muy distintos coinciden en que los Tapia deberían ser cazados como si fueran perros rabiosos.

Para Adán, los Tapia han hecho un gran favor al gobierno. Es un cambio de juego. Hasta ahora, la ciudadanía se ha mostrado indiferente hacia la guerra antidroga de Calderón y algunos incluso han protestado en la calle contra ella. Pero el disgusto por los asesinatos ha despertado un sentimiento patriótico y un apoyo al gobierno que no se había visto en mucho tiempo.

Los Tapia han dado un mandato a Calderón.

Y, a juicio de Adán, a él también.

Eva se alegra de estar en casa.

Decora la *finca* de La Tuna con las tradicionales flores de Pascua, ajena a que simbolizan una nueva vida para los guerreros caídos. Sinaloa tiene una gran influencia alemana, así que ella y Adán colocan un gigantesco árbol de Navidad en la parte delantera para que vayan a verlo los niños del pueblo, pues Eva quiere iniciar una nueva tradición.

Organizan una *posada*, un desfile infantil desde el pueblo hasta la *finca*, para la cual Eva ha gastado miles de dólares en un árbol con ornamentos de madera tallada importados de Alemania y en una escena de la Natividad con figuras de cerámica de Tlaquepaque.

Los niños, dos de los cuales encarnan a María y José montados en burro, desfilan hacia la escena de la Natividad, donde Eva ha colgado de una rama de ficus una enorme piñata en forma de estrella y llena de caramelos y juguetes.

Después, Adán y Eva celebran un banquete para el pueblo con *buñuelos*, *atole*, *tamales* y ponche caliente aderezado con canela y vainilla.

Todos cantan *villancicos*.

Adán está un poco sorprendido, pero satisfecho, de lo tradicional que es Eva. Por Nochebuena, insiste en que deben asistir a la Misa del Gallo en la iglesia del pueblo y disfruta de los fuegos artificiales después del oficio.

A media noche ofrecen una cena, esta vez el tradicional *bacalao* seco con salsa de tomate y cebolla —que Adán no soporta pero tolera porque a Eva le recuerda a su infancia— y *revoltijo de romerita*, gamba en salsa *pepito*, que sí le gusta.

Pasan el día de Navidad tranquilamente. Duermen hasta tarde y al levantarse comen sobras.

Tres días después llega el Día de los Santos Inocentes, que conmemora a los niños que mató Herodes en su fútil búsqueda de Jesús. Dicta la tradición que cualquier cosa que se pida ese día no tiene que ser devuelta, y Nacho llama para solicitar la plaza de Laredo. Adán se la niega, hablan unos minutos de cosas insustanciales y antes de colgar se desean lo mejor para el nuevo año.

En México, el Día de los Santos Inocentes también se gastan las consabidas bromas, que incluyen falsas noticias en los periódicos. Una de ellas anuncia que Adán Barrera, pese a los rumores de que está muerto o de que trabaja como ayudante del jefe de cocina en Los Pinos, presentará *El precio justo*. Eva le esconde el periódico, pero cuando lo ve, Adán se echa a reír y la divierte con una imitación pasable de Héctor Sandarti con acento guatemalteco.

A Adán no le apetece salir en Nochevieja, pero a Eva sí y no quiere que piense que se ha casado con un viejo cascarrabias, así que vuelan hasta Puerto Vallarta, donde sus hombres entran primero en el club, requisan todos los teléfonos móviles, se disculpan e indican a los allí presentes que permanecerán encerrados hasta que el Patrón se vaya. Luego entran Adán y Eva y se unen a las festividades. Ella está maravillosa con un vestido rojo corto y una simpática diadema de Nochevieja, e incluso ha convencido a Adán para que se ponga esmoquin con la promesa de que después lo convencerá de que se lo quite.

Eva baila como una loca y Adán intenta seguirle el ritmo, si bien debe reconocer —para sus adentros— que ya tiene ganas de que llegue la medianoche, cuando tomarán las doce uvas y se desearán buena suerte para el próximo año.

Se van poco después y devuelven los teléfonos móviles a sus propietarios, que ya tienen una nueva historia que contar.

El día de Reyes es la siguiente festividad del calendario litúrgico. La noche del 5 de enero, Eva, tal como hacía cuando era niña, deja un zapato delante de la puerta, ya que los Reyes Magos entrarán a saludar a Jesús. Esa tarde, los niños del pueblo introducen mensajes en unos globos de helio que les han regalado Adán y Eva. En ellos explican si han sido buenos o malos ese año y qué les gustaría que les trajeran, y después los sueltan muy esperanzados.

Y esa noche, cinco miembros de Gente Nueva armados con potentes rifles y gafas de visión nocturna matan a sendos lugartenientes de Vicente Fuentes en Juárez.

Las vacaciones son duras para un hombre solitario.

El soltero, el viudo y, quizá más que ninguno, el divorciado, para quienes la soledad se ve agravada por la amarga especia del remordimiento.

Marisol invitó a Keller a Guadalupe por Navidad, pero rehusó ir. Aunque la amenaza contra él ha disminuido —es improbable que ningún bando mate a un agente de la DEA e incline la balanza—, prefiere estar solo con su angustia. Volver a empezar con Marisol no solventará los problemas de fondo y no tiene sentido prolongarlo.

Han sido seis meses desoladores.

Luis Aguilar ha librado una guerra burocrática contra Keller, haciendo todo lo posible para que lo devolvieran a Estados Unidos.

—¿Has andado jodiendo con el acuerdo laboral? —le preguntó Taylor por teléfono hace unas semanas—. ¿Has actuado a espaldas de Aguilar y te has buscado tus propias fuentes? ¿El pasado es un prólogo, Art? Dime que no mantienes ningún tipo de relación con los Tapia.

—He sido un buen chico.

—Dice Aguilar que estás recibiendo dinero, Art —respondió Taylor—. Dice que los Tapia te tienen en su nómina.

—Por Dios, Tim.

—¿Pasarías la prueba del polígrafo?

—¿Y él?

—¿Qué? ¿Tienes pruebas? —preguntó Taylor.

—No.

«No, todavía no —pensó Keller—, pero sé que las tendré».

—Ponme a prueba e intervendré.

«En este momento no es una gran amenaza».

—Echa un vistazo a la cinta de vídeo —respondió Keller, y citó el historial: Osiel Contreras en una cárcel de máxima seguridad en Houston, Alberto Tapia bajo tierra y el cártel de Sinaloa hecho añicos—. No tendría que estar suplicando por mi vida. ¿Qué coño pasa, Tim? ¿Crees que estoy implicado?

Oyó a Taylor suspirar.

—No, claro que no. Eres muchas cosas, la mayoría de ellas malas, pero no estás implicado. Sin embargo, juegas siempre al límite y eso no nos ayuda a mantenerte ahí. Si no fuera por Mérida, no tendría influencia. Pórtate bien, Art. ¿De acuerdo? Si tu grado de gilipollez normalmente es un diez, intenta, no sé, dejarlo en un cinco. ¿Sí?

No es fácil ahora que Aguilar lo ha apartado de todo y que Vera está tan obsesionado con los Tapia que no presta atención. A ello hay que sumarle el hecho de que Aguilar lo tiene sometido a vigilancia; los agentes de la SEIDO lo siguen constantemente. Keller da por sentado que le han pinchado el teléfono.

Consciente de que está regodeándose en la autocompasión, Keller mete en el microondas una ración de pavo Swanson con su pequeño tubo de salsa de arándano y celebra una parodia de una cena de Navidad. Con la comida en el regazo y bajándola con whisky, ve la televisión mexicana y recuerda las Navidades de épocas mejores, cuando los niños eran pequeños, la familia estaba unida y nunca pensó que se distanciaría.

Le tienta llamarlos, pero se lo piensa mejor. No quiere teñir su día de melancolía. Quizás estén con su madre o con sus amigos. Puede que Althea los haya llevado a algún lugar especial, a Utah a esquiar o a Hawái a tumbarse al sol. Puede que estén con la familia de Althea en California.

«Y yo aquí —piensa Keller—. Como don Quijote embistiendo a los molinos de viento, como Ahab persiguiendo a la gran ballena blanca, solo con mi obsesión. Tan enganchado como un yonqui en una narcosala o una prostituta consumidora de crack haciendo la calle.

»Mi guerra personal contra la droga, mi propia adicción».

Dos whiskies después, llama a Marisol.

—*Feliz Navidad.*

—*Feliz Navidad* a ti también —responde ella—. ¿Estás teniendo un buen día?

—La verdad es que no.

—¿Vas borracho?

—No —dice Keller—. Un poco a lo mejor.

Marisol guarda silencio unos instantes y dice:

—Te pedí que vinieras aquí.

—Lo sé.

—Te echo de menos.

—Yo también —dice Keller. Entonces, desoyendo al sentido común, añade—: ¿Quieres pasar aquí el Fin de Año?

—Me encantaría —contesta Marisol—, pero estoy muy ocupada. Por desgracia, también es temporada de violencia doméstica. ¿Puedes venir tú?

Sabe que está comportándose como un capullo, pero responde:

—¿Para la temporada de violencia doméstica? Creo que paso.

Si pretendía hacerla enfadar, lo ha conseguido.

—De acuerdo.

—De acuerdo. Bueno... Supongo que ya hablaremos.

—Muy bien. Adiós, Arturo.

«Adiós, Marisol», piensa.

Esa noche, Keller se emborracha por primera vez en muchos años. A la mañana siguiente, se da una ducha, se afeita y se obliga a ir a la oficina. En vacaciones, la embajada está prácticamente vacía, inquietantemente tranquila.

Se sienta a su mesa y empieza a repasar informes de espionaje, hojas de datos y análisis.

La guerra civil de Sinaloa (una guerra que, se recuerda, ha provocado él) ha esparcido cadáveres por toda Sinaloa y Durango, mientras que los combates en Michoacán siguen sin final a la vista y la trampa que Keller puso todavía no ha servido de nada.

Pero la intensa presión a la que están sometidos los Tapia lo acelerará, piensa. Tiene que hacerlo, porque se le acaba el tiempo.

Al revisar los datos, Keller intenta anticipar el siguiente movimiento de Barrera.

Ya tiene Laredo.

Pronto recuperará Tijuana.

Ya solo queda un gran objetivo, la joya más grande de la corona del contrabando mexicano.

Juárez.

2

PERIODISTAS

Those were truly golden years my Uncle Tommy said,
But everything's gone straight to
Hell since Sinatra played Juarez.

TOM RUSSELL,
When Sinatra Played Juarez

Ciudad Juárez, Chihuahua
2008

Pablo Mora tiene una de esas resacas con las que cuando te ves en el espejo te suenas de algo.

El espejo no es amigo suyo esta mañana. Va sin afeitar, tiene la cara hinchada, lleva el pelo enmarañado, necesita ir a la peluquería urgentemente y tiene los ojos inyectados en sangre. Se cepilla los dientes —hasta eso resulta doloroso—, busca un frasco de aspirinas en el armario de los medicamentos y se toma dos. Después vuelve al dormitorio, coge su camisa más limpia de encima de la cama, se enfunda como puede los vaqueros y se sienta a ponerse los calcetines y los zapatos. Olisquea los calcetines —aceptables por los pelos— y ve que los zapatos necesitan un abrillantado que no van a recibir.

La cama lo llama, pero tiene noticias que investigar y Óscar se enfadará si incumple otro plazo.

Y Ana, que bebió tanto como él, le diría que es una nena.

Preparar café le parece demasiado trabajo —y tampoco está seguro de que quede algo— y la idea del desayuno le resulta literalmente nauseabunda, así que decide ir al centro y sentarse en la cafetería situada enfrente de las oficinas del periódico.

Ricardo, el propietario, es comprensivo con los periodistas resacosos.

«Por la cuenta que le trae —piensa Pablo—. Somos medio negocio».

Pablo sale de su apartamento y baja los dos pisos con cuidado. Hay ascensor, pero no confía del todo en él y, en cualquier caso, no está seguro de que pueda soportar el estruendo de las puertas cerrándose.

«Puto Jaime's», piensa Pablo cuando sale a la calle esa fría mañana de enero. Dejó que Ana lo convenciera de ir a tomar una cerveza después del trabajo, aunque ambos sabían cómo acabaría. Había empezado en Jaime's con una Modelo; después se decantó por una Indio tostada. En algún momento se les unió Giorgio y pidió tequilas y, cuando creyeron que sería divertido ir a Fred's, dieron el salto a un whisky más añejo que la abuela de Pablo.

Cosa que, piensa ahora, no podían permitirse ni física ni económicamente.

En México, los periodistas ganan una mierda, y en el caso de los de Juárez es aún peor: alrededor de cien dólares semanales que perciben los viernes. Y, aunque el alquiler es barato, tiene que pagar la pensión de su hijo e intenta recordar si este fin de semana estará con Mateo.

Tampoco es que importe. Ve a su hijo casi cada día. Mateo está a punto de cumplir cuatro años y ha llegado ese momento en que sus bromas son divertidas. Victoria no pone trabas para que lo vea y Pablo suele pasar a recogerlo por la guardería.

Así que su exmujer se lo pone fácil.

En otras cosas no tanto.

A fin de cuentas, es una periodista especializada en economía.

Un mundo totalmente diferente.

Se monta en su Toyota Camry del 96, equipado con el material básico del periodista: dos vasos de café casi vacíos, varios envoltorios de burritos de El Puerco Loco (el logotipo del cerdo le sonríe con escarnio), un plano de la ciudad que no necesita, un teléfono Nextel (proporcionado por el periódico) que sí necesita y un localizador de radio que constituye la banda sonora de su vida laboral.

El Camry no tiene mucho mejor aspecto que Pablo. No está resacoso, por supuesto, pero necesita una mano de pintura para disfrazar las abolladuras que Pablo ha infligido a los cuatro guardabarros al meterse en algún que otro embrollo. La ventanilla trasera la rompió de una pedrada un borracho disgustado en Anapra, la goma del parabrisas se derritió hace tiempo bajo el sol estival y una fina capa de polvo atenúa el azul original del vehículo.

—¿Por qué no te compras un coche más decente? —le preguntó Victoria hace una semana.

—No quiero un coche más decente —dijo Pablo, aunque lo cierto es que no puede permitírselo.

Además, un coche decente es solo un lastre en su trabajo. Los residentes de los barrios más pobres que frecuenta se ponen envidiosos y desconfían cuando ven un vehículo caro. Además, no hay tantas posibilidades de que le roben su viejo *fronterizo*, aunque en Juárez el hurto de coches es una epidemia.

Lo curioso del robo de vehículos en la región es que aparecen por sí solos —normalmente el mismo día—, lo cual era un misterio para la policía hasta que periodistas como Pablo averiguaron que los narcos de ligas menores los utilizaban para cruzar la frontera cargados de droga y los abandonaban a su regreso.

Pablo pone en marcha el Camry y se dirige al periódico.

A Pablo le encanta Juárez.

Es un juarense auténtico. Nació aquí, se educó aquí y jamás viviría en otro sitio. Juárez es sorprendentemente fría en invierno e insufriblemente calurosa en verano, y uno tiene la esperanza de que la primavera o el otoño caigan en fin de semana para poder disfrutarlos. La ciudad es más conocida por sus tormentas de arena que por su belleza escénica, y más por sus bares que por su arquitectura. Su invento más famoso es el margarita, pero Pablo ama su ciudad como un marido ama a su esposa, tanto por sus defectos como por sus virtudes, después de muchos años de matrimonio.

También actúa un poco a la defensiva en lo que a la ciudad respecta.

Tal vez sea porque Juárez siempre ha sido considerada un lugar de paso. Incluso su nombre original, Paseo del Norte, proclamaba que era el punto desde el cual se cruzaba el río Bravo hacia el norte, pero a Pablo le gusta recordar a la gente —en especial a los estadounidenses— que la misión de Nuestra Señora de Guadalupe se fundó en 1659, cuando Washington DC era todavía un barrizal de malaria.

Finalmente, se cambió el nombre por el de Ciudad Juárez en honor al viejo demócrata que expulsó a los franceses de México, y vivió su auge a finales de la década de 1880 bajo el liderazgo de las cinco familias —los Ochoa, los Cuarón, los Provencio, los Samaniego y los Daguerre—, cuyos descendientes siguen dominando la ciudad. Ellos crearon el distrito central de negocios, la vieja calle del Comercio (ahora Vicente Ochoa) y la avenida Dieciséis de Septiembre, que conmemoraba la independencia.

Sin embargo —y Pablo está orgulloso de ello—, Juárez siempre ha sido un bastión revolucionario. El viejo Pancho Villa pasó una temporada allí tras llegar a la ciudad con ocho hombres, un kilo de café y quinientas balas, pero a la postre se convirtió en gobernador de Chihuahua tras vencer a Díaz e incluso invadió Estados Unidos. No obstante, los combates destruyeron Juárez. En 1913 quedaban los cimientos chamuscados y las Cinco Familias tuvieron que reconstruir la ciudad entera, lo cual explica su atmósfera de principios del siglo xx.

La catedral neoclásica se edificó en los años cincuenta.

Esa fue la época dorada de Juárez. La vieja Zona Turística (ahora conocida con el espantoso nombre de PRONAF, Programa Nacional Fronterizo) era el lugar al que acudían las celebridades en busca de diversión.

La gente se pone sentimental —y, a juicio de Pablo, tonta— con el *Juárez de ayer*: la ciudad despreocupada con corridas de toros, burdeles y clubes nocturnos a los que Sinatra y Ava Gardner iban a emborracharse. A sus treinta y cuatro años, no está seguro de haber llegado a conocer la vieja Juárez, pero la ciudad en la que se crio es suficiente para él.

Aunque ha cambiado.

Enormemente y en dos oleadas; primero en los años setenta, cuando las *maquiladoras* —las fábricas de las empresas estadounidenses— llegaron para aprovechar la mano de obra barata mexicana, y de nuevo en los noventa, cuando se marcharon para buscar mano de obra aún más barata en China.

La primera oleada dio lugar a gigantescos barrios de chabolas a medida que iban llegando en tropel ciudadanos de todo México, pero sobre todo del sur rural, una región pobre. La ciudad no podía asumir el auge demográfico y las *colonias* poseían escasa o ninguna infraestructura; no había viviendas decentes, ni electricidad, ni agua corriente ni sistema de canalización. Y, puesto que los directores de las *maquiladoras* preferían a las mujeres, ello confinaba a miles de hombres —avergonzados y amargados— en las chabolas, donde no hacían nada salvo beber cerveza barata y, cada vez más, consumir drogas.

Las *colonias* eran un mal lugar. Cuando las *maquiladoras* se fueron para cosechar unos márgenes de beneficios todavía mayores, empeoraron.

Ahora, la mayoría de la gente, tanto hombres como mujeres, está en paro.

Y las *colonias* —Anapra, Chihuahuita y las demás—, unas zonas desesperadamente pobres, bordean la ciudad como un collar de cuentas desgastadas a lo largo de la frontera con El Paso, justo al otro lado del río.

Juárez tiene alrededor de millón y medio de habitantes y El Paso más o menos un tercio de esa cifra, pero esta última se ha apoderado de casi toda la riqueza, a menos que contemos los «socios» mexicanos que se hicieron ricos con las *maquiladoras* (la mayoría de los cuales ahora viven en El Paso) o, por supuesto, los narcos de Campestre y sus nuevas McMansiones, casi una parodia del sueño del ascenso social en Estados Unidos.

Y eso, le guste a Pablo o no —y no le gusta—, es el hecho fundamental de la existencia de la ciudad. Juárez y El Paso están inextricablemente unidas y, en muchos sentidos, forman una comunidad dividida por una línea arbitraria.

Una persona fuerte puede arrojar una piedra desde el centro de Juárez hasta el de El Paso y, sea cual sea la orilla del río en la que se halle uno, si mira a la otra ciudad, es otro país y otra cultura. Pero muchos habitantes de ambas ciudades poseen la doble nacionalidad. Casi todos tienen familia o amigos en el otro lado. Al fin y al cabo, El Paso es un ochenta por ciento hispano y la gente va y vuelve por rutina.

De modo que las estructuras más importantes de la ciudad no son sus bares y discotecas, sus tiendas y sus edificios de oficinas, ni siquiera la vieja plaza de toros o el estadio de *fútbol* (el querido estadio de Pablo, hogar de Los Indios). Las estructuras centrales son los puentes.

Hay cuatro.

Más de dos mil camiones y treinta y cuatro mil coches los cruzan a diario; cada año circulan por ellos cuarenta mil millones de dólares en productos de comercio legal. Y entre uno y medio y diez millones de dólares (a Pablo le llama la atención tan abultada horquilla) de drogas ilegales pasan por los puentes cada día.

El dinero vuelve.

«Bueno, el dinero y las armas», piensa Pablo. Pero eso es otra historia. Literalmente, miles de millones de dólares en efectivo —denominados *nuevo dinero* en Juárez— regresan por esos puentes y gran parte de ellos se invierten en empresas y negocios inmobiliarios de la ciudad.

Pablo no era ni rico ni pobre. Sus padres —ambos profesores universitarios— lo criaron en un refinado y cómodo desaliño de clase media y, en el fondo, siempre se han sentido frustrados por que no ingresara en el mundo académico.

Es vagamente izquierdista, como la mayoría de los periodistas (aunque Victoria no; como periodista de finanzas, cree en el mercado libre y piensa que el PAN será la salvación del país; sus diferencias políticas simbolizaban los otros problemas que aquejaban a su matrimonio).

Ana también es de izquierdas, pero no tanto como Giorgio, que, con su pelo largo y su barba deslavazada, es un comunista acérrimo y se presenta como un Che moderno, si no fuera porque, tal como le ha mencionado Pablo, el fotógrafo carece de la seriedad de Guevara. Giorgio es incapaz de dejar una botella llena o una mujer atractiva sin follar, y esas actividades suelen entorpecer la senda de la revolución.

Pablo espera que Giorgio no se haya tirado a Ana, aunque sospecha que no lo ha hecho porque, si bien ella acostumbra a hablar con bastante franqueza de su vida amorosa, en este caso no lo ha hecho.

A Ana le gustan los hombres guapos.

«Y yo —conjetura Pablo cuando el autobús llega a la plaza del Periodista— desde luego no lo soy.

Nunca. Y especialmente esta mañana».

El tema de que él y Ana se acuesten se ha planteado en varias ocasiones y estuvo a punto de ocurrir un par de veces, aunque llegaron a la conclusión de que eran demasiado amigos para arriesgarse, pero la atracción (puede entender la suya hacia ella, pero no a la inversa) es mutua y siempre está ahí.

Y, al parecer, es perceptible, porque Victoria lo utilizó como arma arrojadiza en varias discusiones, mencionando que Ana, y no ella, era el verdadero amor de Pablo.

Eso y el alcohol (dependiendo del día que tuviera Victoria) y perseguir noticias sórdidas (ídem) sobre una degenerada vida callejera que solo podía atraer a unos lectores degenerados. ¿Por qué no podía cubrir noticias importantes (con lo cual se refería a economía o política internacionales, cosas que a él le aburrían soberanamente)? A Pablo le encanta escribir sobre el anciano que vende flores en la rotonda, sobre los chavales que pintan murales o sobre las mujeres que luchan por sacar adelante a su familia en las *colonias*.

Escribe sobre todo acerca del crimen, aunque, si puede convencer a Óscar, el director, también hay artículos «coloristas», asuntos de interés humano, historias sobre viajes, críticas cinematográficas y alguna que otra reseña de restaurantes —porque ello supone una comida gratuita y por lo general buena—, y todas esas noticias extra le procuran unos pesos más. Si Óscar está de buenas, lo manda a cubrir los partidos de sus queridos Indios en el estadio Benito.

Pablo escribe artículos sobre Estados Unidos para su periódico —haciendo el tedioso trayecto hasta El Paso, al otro lado de la frontera, en busca de material— y ofrece historias que en realidad son rumores reciclados sobre el narcomundo a la prensa estadounidense, que parece tener un apetito insaciable por las noticias aterradoras sobre la amenaza que constituye México. A Adán Barrera suele venirle bien para pagar una factura de servicios atrasada. («A nuestra manera —piensa ahora—, todos sacamos provecho de la *pista secreta*».)

Pablo pasa junto a la estatua de los repartidores de periódicos (reconoce que le pone sentimental), deja el coche en el aparcamiento de la empresa y cruza la plaza en dirección a la cafetería, donde Ana está apoyada en la repisa de zinc situada junto a la ventana, curándose la resaca con unas tazas de café.

Se deja caer encima de un taburete y Ana farfulla un «hola». Su rostro denota malestar, pero, por lo demás, tiene buen aspecto. En realidad, siempre lo tiene. Ana es meticulosa y lleva ropa pulcra, elegante y siempre planchada.

Es una mujer delgada y menuda que a veces se compara a sí misma con un pájaro. Nadie diría que es hermosa: tiene un pico por nariz y la boca grande pero con labios delgados, y no se aprecia en ella «figura» alguna («Si te van las tetas, tendrás que buscar en otra parte», dice a sus posibles amantes), pero lleva el pelo muy corto, cosa que a Pablo le gusta, y sus ojos marrones destilan calidez (aunque esta mañana no; parece que le duelan) e intensidad.

Ana tiene un aspecto interesante y Pablo nunca se cansa de verla; en cambio, sí puede llegar a cansarse de escucharla, ya que puede ser un fastidio y expresarse con intensidad, demasiada, sobre todo en cuestiones de política, que cubre con una energía y devoción que a Pablo le resultan incomprensibles y un tanto demoníacas.

Ahí es donde convergen sus mundos profesionales, porque, por desgracia, cubrir el delito y la política en México a menudo es la misma cosa, así que echan mano de la experiencia del otro y suelen compartir fuentes. Con Giorgio, que pone imágenes a sus palabras, constituyen lo que Óscar denomina —inevitablemente— los Tres Amigos.

Ricardo deja un café con leche al lado de la mano de Pablo y se retira tan silenciosamente como ha llegado.

—Eres un santo —dice Pablo, que se sirve azúcar del envase de cristal que hay encima del mostrador.

—Eso no beneficiará a tu cintura —observa Ana.

Pablo sabe que le iría bien perder quince kilos —de acuerdo, veinte— y que su tono muscular tiene la consistencia de un flan, pero no piensa empezar hoy. Lo que sí debería hacer es recuperar sus tres sesiones nocturnas de fútbol a la semana en el parque.

Eso es lo que debería hacer.

—Esto es culpa tuya, por cierto —dice Pablo.

—Ya eres mayorcito —responde Ana mirando la taza con inexpresividad—. Podrías haber dicho que no.

—En el tema de la tentación, estoy con Oscar Wilde.

«Pues pareces bastante capaz de resistirte a mí», piensa Ana con amargura, pero no tarda en atribuir su súbito resentimiento a la intensa resaca. La víspera lo invitó a salir con la intención de seducirlo, pero el alcohol tomó las riendas.

«Probablemente fue intencionado», piensa.

Pero se pregunta si lo habría hecho aunque hubiera podido. ¿Habría llegado hasta el final o se habría amilanado como otras veces?

Probablemente esto último, concluye. Aun así, habría estado bien que le diera la oportunidad, aunque seguramente es mejor que no ocurriera. Hay amantes para dar y tomar, pero las buenas amistades escasean. No tiene sentido joder esta, literalmente.

Además, a Pablo le gustan guapas. Solo hace falta ver a su mujer, una sinaloense alta, delgada y rubia con un cuerpo esculpido en el gimnasio. Bravo por su disciplina, en cualquier caso. Pablo se enamoró y la persiguió con la implacabilidad que normalmente destinaría a una buena noticia, y lo único que podrían haberle dicho sus amigos (desde luego lo hablaron entre ellos) era que no funcionaría, que Victoria era emocionalmente inestable, que intentaba encontrar en él lo más afable de sí misma y que él carecía de la ambición que ella acabaría necesitando en un compañero.

A Ana le cae bien Victoria. Es una periodista excelente y muy simpática, e incluso divertida, una vez que atraviesas la capa de hielo. Es una madre maravillosa para Mateo y ha demostrado una gran generosidad con Pablo en el régimen de visitas.

No se llevaban bien, eso es todo.

La carrera de Victoria está subiendo como la espuma, y la de Pablo...

Bueno, Pablo escribe sobre poetas itinerantes que dejan fragmentos de sus versos debajo de los limpiaparabrisas. Escribe sobre los vendedores ambulantes. Eso es lo que lo hace tan entrañable, como un perro grande y feo al que no eres capaz de prohibirle que se suba al sofá.

—¿Quieres venir esta noche? —pregunta—. Haré paella y vendrá gente.

—Puede que tenga a Mateo.

—Tráelo —dice Ana—. A Jimena le encantaría verlo. Vendrán ella y Tomás. Probablemente Giorgio también. Primero iremos a Cafebrería para la lectura de Tomás.

Cafebrería es un lugar que suele frecuentar Pablo, una librería y cafetería en la que se dan cita los artistas e intelectuales de la ciudad. Pablo pensaba asistir de todos modos a la lectura de Tomás, las paellas de Ana gozan de una merecida fama y puede que Jimena lleve unos *polvorones* de su panadería en Valverde.

—Traeré una botella de vino —dice Pablo.

—Tú trae solo a Mateo —responde Ana. Da un último sorbo de café y consulta el reloj—. Será mejor que no hagamos esperar al Búho.

Pablo apura el café, arrepentido de no haber reservado un poco de tiempo para comer. Deja el dinero encima del mostrador y él y Ana cruzan la calle y entran en las oficinas de *El Periódico*.

Óscar Herrera es el decano del periodismo mexicano.

El Búho, el último de los directores de la vieja escuela, escruta la sección de local en busca de la carne roja de un error factual, el aroma de un pecado estilístico o el tufo de la pretenciosidad literaria.

A Pablo siempre le ha parecido que su apodo es perfecto. Las gafas de montura gruesa del Búho le agrandan los ojos, parpadea a lentos intervalos y el pelo que tiene en la parte superior de las orejas le hace parecer..., eso, un búho.

Pablo ha pasado de un terror absoluto hacia el Búho cuando era un periodista joven a, diez años más tarde, sufrir una leve ansiedad en su presencia. También siente una gran admiración y respeto. Óscar Herrera —el doctor Óscar Herrera, para ser más exactos— es una figura valiente y honrada que ha plantado cara a presidentes, generales y señores de la guerra que intentaron influir en la cobertura de sus respectivas y, lamentablemente, entrelazadas actividades.

Hace nueve años intentaron matarlo.

Unos narcos (aunque Pablo siempre ha sospechado que fue el ejército actuando en nombre del PRI, y los compañeros de Óscar bromeaban que fueron sus propios periodistas) le tendieron una emboscada en un semáforo, mataron a su chófer y le metieron tres balas en la pierna izquierda y la cadera.

Ahora camina con bastón, que blandió ante las cámaras de televisión al salir del hospital mientras se quejaba de la incompetencia de los malos tiradores. Luego volvió a la oficina y editó brutalmente los artículos sobre el ataque, corrigiendo errores triviales y sintaxis.

Óscar no es solo un tipo duro.

Ha publicado tres libros de poesía, así como una reseña crítica de las novelas de Elmer Mendoza, y Pablo sabe que su ritual de los sábados por la mañana es ir a desayunar y después sentarse en el salón a escuchar las sinfonías de Mahler en vinilo.

Ahora tiene la rígida pierna apoyada en la mesa, al lado del bastón, y mira a Pablo.

—¿Y por qué piensas que esa historia sobre músicos itinerantes que tocan en paradas de autobús podría interesar a nuestros lectores?

—Me interesa a mí —responde Pablo con sinceridad.

Óscar parpadea. Tiene sentido. Cuando a un periodista le interesa el tema, la documentación es más exhaustiva y el texto más apasionado.

—Pero escribirás sobre una música que nuestros lectores no podrán oír.

—Pueden hacerlo en la edición digital —tercia Giorgio—. Podríamos grabar una canción y colgarla en MP3.

Óscar frunce el ceño. Entiende la tecnología, forma parte de su trabajo, pero eso no significa que le guste. Ha cedido con renuencia a la amalgama de videoclips que pueblan la edición digital del periódico, pero cree que, si la gente quisiera ver la televisión, lo haría. Pero los directores del periódico insistieron, así que ahora ofrecen vídeo y archivos de audio.

Óscar prefiere la palabra impresa en papel.

Y bonitas fotografías que ayuden a contar la historia.

Imágenes memorables y no pasajeras.

—¿Podrías filmarlo? —pregunta a Giorgio.

Para alivio de Pablo, Giorgio responde:

—Podría filmarlo todo. Puedo traerte unas fotos y unos vídeos increíbles si quieres.

«Giorgio es un espécimen asombroso», piensa Pablo mientras lo observa. Tiene las mejillas rubicundas y una voz firme, y su aspecto no está mal si consideramos que bebió más que nadie. De hecho, parece que acabe de llegar de pistas tras una mañana esquiando.

Su amigo irradia energía esa mañana —Pablo sospecha que una mujer tiene algo que ver con eso— y es desagradable.

Óscar vuelve a pestañear.

—Ocho horas. Ni un minuto más. Pasando a temas más sustanciosos, la situación de la droga...

Pablo gruñe.

No va atrasado en los pagos del alquiler ni la pensión del niño, así que una noticia sobre narcos es simplemente un ejercicio tedioso. La verdad es que, por lo común, los narcos son matones lerdos y brutales y, una vez que has escrito sobre uno, has escrito sobre todos.

Y, de todos modos ¿a quién le importa?

Por lo visto a Óscar.

—¿Algún problema, Pablo?

—¿Por qué dedicar tinta a esos cabrones?

—¿Porque cinco policías de Juárez han sido asesinados? —pregunta Óscar—. Yo diría que es motivo suficiente. Quiero saber qué dice la calle.

Pablo cubrió los asesinatos.

Hace algo más de dos semanas, unos tiradores armados con potentes rifles mataron a cinco hombres en varios puntos de la ciudad. Dos de ellos, Miguel Roma y David Baca, eran policías de Juárez.

Dos días atrás, Julián Chairez, un capitán de la policía de Juárez, recibió veintidós disparos mientras patrullaba en la esquina entre la avenida Hermanos Escobar y la calle Plutarco Elías.

Ayer por la mañana, el comandante Francisco Ledesma, el tercer policía de mayor rango en la ciudad, salía de casa para dirigirse al trabajo cuando se le acercó una furgoneta Chevy blanca. De ella bajó un hombre, que se dirigió tranquilamente hacia el coche de Ledesma y le disparó cuatro balas de 9 milímetros a través de la cerradura.

Ledesma murió antes de que llegaran los servicios de emergencia.

Su asesinato conmocionó a la población. Tenía solo treinta y cuatro años, era carismático y popular, y dirigía una unidad llamada Los Pumas, el grupo antibandas de la ciudad.

En Juárez hay unas ochocientas bandas —en su mayoría en las *colonias* pobres que rodean a las *maquiladoras*—, con un total de catorce mil miembros aproximadamente. Estas bandas reclutan efectivos para las «grandes» que gestionan el tráfico de drogas bajo el dominio del cártel de Juárez: los Aztecas, los Mexicles, los Aristos Asesinos y la Línea.

Ledesma perseguía a esos grupos y Pablo imagina que fue eso lo que lo mató.

Pero los detalles le inquietan.

Los pandilleros disparan ráfagas, pero aquello fue un ataque profesional. Los *sicarios* experimentados disparan a través de la cerradura porque las balas entran muy juntas, cosa de la que se enorgullecen.

Cinco policías de la ciudad: Chairez, Baca, Romo, Gómez y Ledesma.

A Pablo no le extraña que Óscar quiera la noticia.

El Búho se vuelve hacia Ana.

—Averigua qué piensan las autoridades. Hoy, el gobernador vendrá a la ciudad para reunirse con el alcalde. Consigue declaraciones.

—¿Imágenes? —pregunta Giorgio.

—Si Ana obtiene una entrevista con el gobernador —responde Óscar.

—Cuando Ana obtenga una entrevista con el gobernador —corrige ella.

Pablo se dirige a Galeana, un barrio de clase trabajadora, para reunirse con Víctor Abrego, un policía de Juárez al que conoce de los malos tiempos.

Algo que Pablo ha sido incapaz de explicar a sus directores estadounidenses (porque, a su juicio, es inexplicable) es la intrincada estructura de los organismos mexicanos de la ley y el orden.

Al igual que en Estados Unidos, hay básicamente tres niveles de policía —municipal, estatal y federal—, pero el parecido termina ahí. Lo que distingue a México es que la policía municipal no investiga delitos. Su papel es eminentemente preventivo: patrullas, controles de tráfico y relaciones con la comunidad. Son los primeros en responder a un delito —ayudar a las víctimas y acordonar la zona—, pero ahí cesa su actividad.

La investigación de un delito queda en manos de la policía estatal y la fiscalía. Un policía de Juárez que responda a un aviso de asesinato en su región traspasa la investigación a un fiscal o un policía estatal.

A menos que se trate de un delito federal.

En ese caso —se alega crimen organizado o tráfico de drogas a partir de cierto peso—, la investigación recae en la policía y la fiscalía federales.

Así que un asesinato relacionado con el narcotráfico en Juárez lo investigan, a menudo de forma solapada, la policía municipal, la fiscalía y la policía estatales, fiscales y agentes federales, y un batiburrillo de agencias de espionaje de la ciudad, el estado y el gobierno nacional.

No es de extrañar, medita Pablo mientras busca aparcamiento en Galeana, que se resuelvan tan pocos crímenes.

México es muy buen lugar para ser delincuente.

En Juárez interviene otro factor y todo el mundo lo sabe.

La mayoría de los juarenses temen a la policía.

Y con razón. No solo puede ser arbitraria e impredeciblemente violenta, sino que muchos de ellos trabajan para dos superiores: el jefe de policía y la Línea.

La Línea era, al menos hasta hace poco, el principal brazo ejecutor del cártel de Juárez. Integrado exclusivamente por policías municipales o estatales en activo o jubilados, la Línea controla el tráfico de drogas. Si alguien intenta transportar un cargamento sin pagar el *piso*, la Línea lo cobra. Si alguien pierde un envío y aduce que se lo han requisado los agentes de aduanas, La Línea averigua si es cierto e imparte justicia. Si alguien supone un problema crónico o es un competidor sin licencia, la Línea lo «recoge» y lo hace desaparecer.

¿Y a quién pides ayuda?

¿A la policía?

Pablo no diría que todos o tan siquiera la mayoría de los mil quinientos policías de Juárez trabajan para la Línea, pero está seguro de que una masa crítica sí, de que quienes pertenecen a ella intimidan a los que no y de que quienes no pertenecen a ella se esfuerzan en mantener una buena relación si quieren conservar su trabajo o incluso sobrevivir.

Supongamos que dos de los jefes de distrito —hay seis en Juárez— forman parte de la Línea. Ellos deciden los destinos y pueden enviar a policías de la Línea donde los necesiten en ese momento o trasladar a otra zona a agentes limpios u ordenar su despido. Supongamos que un investigador estatal de homicidios pertenece a la Línea. ¿Con qué empeño investigará el asesinato de un narco que ha entrado en conflicto con el cártel de Juárez, un asesinato que probablemente ha cometido la Línea? ¿Facilitará pruebas esenciales a los *federales* o las perderá en algún momento del proceso?

En Juárez es un secreto a voces que los policías pasan al cártel las llamadas realizadas al 066, el teléfono que permite aportar pistas anónimamente. Así que, si un ciudadano intenta colaborar en una investigación, es probable que se convierta en objeto de la siguiente.

Pero ahora las últimas víctimas son policías.

Pablo entrega al *parquero* de la esquina una moneda de cinco pesos para que no le robe los neumáticos y echa a andar hasta que encuentra a Abrego. Lleva el uniforme azul claro con un chaleco antibalas azul marino y POLICÍA MUNICIPAL en letras blancas.

A Pablo no le importaría llevar también chaleco.

—Estoy ocupado, Pablo —dice Abrego cuando lo ve acercarse.

—Siento lo de tu gente —dice Pablo.

—Sin comentarios.

—Venga —insiste Pablo—, el acuerdo de siempre. Fuente anónima. ¿Qué está pasando?

Es complicado hacer preguntas a un policía tras la muerte de un compañero. Se enfadan, están sensibles y se ofenden con facilidad, y Abrego no es distinto.

—¿Que qué está pasando? Que un narco de mierda ha matado a un jefe de policía.

—¿Y por qué motivo? —pregunta Pablo—. ¿Alguna pista?

—Supongo que Ledesma estaba presionando demasiado y alguien se cabreó —dice Abrego.

—¿Vicente Fuentes?

Abrego sacude la cabeza.

—No eran de aquí.

—¿Cómo lo sabes?

A Abrego le irrita la pregunta.

—Porque me habrían llegado voces.

Pablo no sabe si Abrego pertenece a la Línea o no. Supone que no, pero tampoco va a indagar más.

—Si no eran de aquí ¿quiénes eran?

—Vete a Sinaloa y pregunta.

—¿Adán Barrera?

Abrego titubea y dice:

—Algunos policías han recibido llamadas a sus teléfonos personales. O han contactado con ellos otros polis...

—¿Diciendo qué?

—Que va a llegar la Gente Nueva —responde Abrego—. La gente de Sinaloa. Y ahora será mejor que te montes en el autobús.

«Si está en lo cierto —piensa Pablo—, al menos cinco hombres perdieron el autobús».

—Lárgate, Pablo —dice Abrego—. Tengo que trabajar y luego he de asistir a un funeral.

Pablo invita a comer a un investigador de homicidios del estado de Chihuahua.

Sánchez no se deja engañar por el gesto social: en México, como en el resto del mundo, los almuerzos gratis no existen. Así que, después de dejar limpio un plato de excelentes *camarones*, mira a Pablo y dice:

—¿Y bien?

—¿Qué está ocurriendo en Juárez?

—¿Por qué me lo pregunta a mí?

—¿Usted también recibió una llamada? —dice Pablo.

—¿De quién?

—De la Gente Nueva.

—¿Quién le ha hablado de eso?

Pablo no responde.

Entonces, Sánchez dice:

—La verdad es que recibí una llamada en mi teléfono privado. ¿Cómo consiguieron ese número? Nos han dicho que hablaron con jefes de división y les ofrecieron dinero. Imagino que Ledesma no lo aceptó.

—¿Le apetece otra cerveza? Creo que a mí sí. —Pablo hace una señal al camarero y se vuelve hacia Sánchez—: ¿Estaríamos hablando de una invasión?

—Dígamelo usted, que está tan bien informado.

—De acuerdo —responde Pablo, que empieza a estar molesto con el juego—. ¿Adán Barrera está recomponiendo su imperio?

—Era usted un niño en aquella época —afirma Sánchez.

—Me contaron las historias.

El camarero deja dos *cervezas* frías sobre la mesa y, con una mirada de Sánchez, se aleja.

—Hágase un favor —dice Sánchez—. No escuche más historias.

—¿Qué significa eso?

—Ya sabe lo que significa.

—Oh, vamos.

La comida y la cerveza han mejorado el estado general de Pablo, pero todavía tiene dolor de cabeza y ese estúpido subterfugio lo empeora. Todo el mundo conoce a Adán Barrera: ha habido libros, novelas, películas y programas de televisión. Los narcos son una franquicia mediática, por el amor de Dios, la versión de la mafia en esta generación.

—Eso eran los viejos tiempos, ¿no? —dice Pablo—. Los cárteles, los *patrones*... Todos están muertos o encerrados. Incluso Osiel Contreras está en la cárcel.

—Pero Adán Barrera anda suelto.

Pablo está molesto y ansioso por concluir la entrevista.

—Entonces, ¿qué me está diciendo? ¿Habrá una guerra? ¿Barrera entrará en Juárez?

—Le estoy diciendo que será mejor que no escuche más historias —responde Sánchez, que coge la cuenta.

Esto es nuevo para Pablo.

Nunca había visto a un policía pagar la cuenta.

Pablo tarda tres horas en localizar a Ramón, pero finalmente encuentra a su antiguo compañero de clase en el Kentucky, cerca del puente de Santa Fe, que lleva a El Paso.

Pablo se sienta en un taburete al lado de Ramón.

—¿Qué pasa?

—*Nada*.

«Nada los cojones», piensa Pablo. Si Ramón está cerca de la frontera es por algún motivo: hay un cargamento en marcha. Lo cual cuenta otra verdad sobre Juárez: todo el mundo conoce a alguien que se dedica al negocio de la droga.

El Kentucky es típico de la vieja Juárez. Fue inaugurado semanas después de la llegada de la ley seca a Estados Unidos para que los *gringos* pudieran ir a beber. Sinatra lo frecuentaba, al igual que Marilyn Monroe, y cuenta la leyenda, aunque Pablo no se la cree, que Al Capone lo visitó en una ocasión tras cerrar un acuerdo sobre whisky de contrabando.

Pero, por encima de todo, el bar es famoso por ser el lugar de nacimiento del margarita.

«Así somos —piensa Pablo—. Nos conocen por el contrabando de otros, por las estrellas de cine de otros países y por bebidas afrutadas».

Pide una Indio.

—Cuánto tiempo sin verte, 'mano —dice Ramón con un atisbo de resentimiento.

Es cierto, piensa Pablo. En el instituto eran amigos, estaban juntos a todas horas, pero sus vidas tomaron caminos diferentes. Pablo andaba ocupado con el trabajo y otros amigos y Ramón entró en prisión.

Lo descubrieron robando coches y cumplió tres años en el CERESO de Juárez, un centro con una fama merecida.

Si uno quería sobrevivir allí, se unía a los Aztecas.

Ramón quería sobrevivir.

La banda se formó en prisiones estadounidenses, donde es conocida como Barrio Azteca, pero, cuando Estados Unidos empezó a deportar prisioneros que también eran inmigrantes ilegales, el grupo se expandió rápidamente a las cárceles mexicanas.

Y después a la comunidad.

En Juárez hay unos seiscientos Aztecas, pero utilizan a niños de muchas bandas más pequeñas, y dicen que cada vez controlan más actividades del cártel de Juárez. Con la Línea, dominan el tráfico de drogas en la zona noreste de la ciudad, mientras que los Mexicles y los Aristos Asesinos dominan el sudoeste.

Pablo ha oído historias de cómo ejercen su control, de cómo celebran grandes fiestas, y todo el mundo anima cuando propinan una paliza a un prisionero. Luego cavan un agujero, lo llenan de ramas de mezquite, arrojan dentro a la víctima y enciende una cerilla. Pablo no se las cree del todo y tampoco que Ramón pudiera hacer algo así, pero es cierto que, a cambio de esos favores, el cártel de Juárez ofrece a los Aztecas un descuento en la cocaína que pasan por la frontera.

La banda gana mucho dinero.

Los Aztecas se rigen por una estructura militar —generales, capitán y tenientes— y lo último que sabía Pablo es que Ramón era teniente e iba en ascenso. Tiene todo el aspecto de un Azteca: pelo rapado con pañuelo azul, camiseta blanca sin mangas y tatuajes hasta el cuello.

Ramón mira a Pablo de arriba abajo.

—Vaya mala pinta tienes, hermano.

—Ha sido una noche dura.

—Más bien parece que haya sido un mes —dice Ramón—. ¿Necesitas dinero?

—No, gracias.

—¿Cómo está Mateo?

—Bien, gracias. ¿Y los tuyos?

—Isobel es una brujita sobre ruedas —responde Ramón—, pero eso ya lo sabías. Dolores ya casi camina y Javier juega al *fútbol*.

—No jodas.

—Deberías venir alguna vez —dice Ramón.

—Lo haré.

—Podemos ver un partido en televisión y comer unos bistés...

—Suena genial.

Ramón pide al camarero que le llene el whisky y pregunta:

—¿Qué te trae por aquí?

—Se han cargado a un teniente de la policía —contesta Pablo.

—«Cargado» —repite Ramón—. Escúchate, tipo duro.

Pablo se ríe de su propia pretenciosidad.

—¿Quién lo hizo?

Ramón apura su bebida de un trago y dice:

—¿Quieres unas rayas?

—Tengo que recoger a Mateo —responde Pablo.

Es cierto, como también lo es que Pablo no consume drogas desde hace años. Quizás un poco de *hierba* de vez en cuando, pero es cada vez más infrecuente.

—Bueno, sal conmigo de todos modos —dice Ramón. Dirigiéndose al camarero, añade—: *Narizazo*.

Es hora de esnifar.

Pablo lo sigue hasta el callejón trasero. Ramón saca un vial de coca del bolsillo de los vaqueros, se sirve un poco sobre la uña y la inhala.

—Dicen que tienes problemas cuando empiezas a consumir tu producto, pero últimamente estoy agotado. Por las tardes necesito un poco de energía. En fin. ¿Qué me preguntabas?

Pablo lo capta. Sí, han salido aquí para que Ramón pueda esnifar, pero también para alejarse de los oídos del camarero.

—Los polis muertos. Ledesma.

—No fuimos nosotros, hermano.

Pablo presiona.

—¿Ledesma trabajaba para la Línea? ¿Y los demás?

—Eso no importa —responde Ramón—. Sinaloa quiere su plaza, así que tienen que neutralizar a los polis. Polis limpios, polis sucios. Si no colaboran con Sinaloa, Sinaloa los quita de en medio.

«Allá va mi noticia —piensa Pablo—. El cártel de Sinaloa ha emprendido una invasión sistemática y ha empezado con una campaña estratégica contra la fuerza más importante del cártel de Juárez: la Línea».

Han debido de planificarlo durante meses, recabar toda la información y llevar a cabo las infiltraciones necesarias para conseguir los teléfonos de los agentes, su dirección y sus hábitos y rutas diarios. Han tenido que vigilar, pinchar teléfonos, contar con informadores...

Ramón saca un poco más de coca y dice:

—¿Seguro?

—Sí —dice Pablo—. De modo que habrá una guerra.

—¿Habrá? —pregunta Ramón—. ¿A esos cuerpos cómo les llamas tú? Hay una guerra. Ya está en marcha.

—¿Los Aztecas intervienen?

—Es el precio que debemos pagar, tío —dice Ramón—. No nos dan coca barata por guapos. Hasta el momento teníamos que ocuparnos de unos cuantos *malandros*, pero ahora serán profesionales de Barrera. Bateadores de primera división. Pero hay que hacer lo que hay que hacer y toda esa mierda.

Guardan silencio unos segundos y Ramón añade:

—Siempre he estado orgulloso de ti, hermano, cada vez que veo tu nombre en el periódico. Te lo has montado bien.

Pablo no sabe qué decir.

Entonces, Ramón lo coge del codo.

—No te acerques demasiado a este mundo. Si necesitas información, ven a mí. No hagas muchas preguntas. A la gente no le gusta.

Se despiden y hablan de citarse el próximo domingo, pero ambos saben que no va a ocurrir. Pablo vuelve a la oficina, escribe el artículo y va a recoger a Mateo.

Pablo espera delante de la guardería.

En su opinión, Mateo era demasiado pequeño para empezar el colegio, ya fuera preescolar o de cualquier índole, pero se impusieron los argumentos de Victoria (por supuesto, todos los argumentos de Victoria acaban imponiéndose), según la cual, nunca es demasiado pronto para empezar, sobre todo si querían que entrara en una escuela de primaria decente.

Pablo sospecha que la verdadera motivación era tener más tiempo libre para trabajar. Como gana más dinero que él, Pablo estuvo a punto de dejar su puesto en el periódico, trabajar por libre y ejercer de padre en casa durante un año, pero se lo impidió un último vestigio de machismo.

De todos modos, no cree que Victoria hubiera aceptado, aduciendo que, con su padre, los días de Mateo no habrían estado suficientemente organizados. Lo cual es cierto, piensa Pablo mientras observa a los niños salir por la puerta. Habrían sido maravillosamente desorganizados.

Mateo es la combinación perfecta de su unión.

Tiene el pelo negro como el azabache y los ojos azules penetrantes (uf) de Pablo. Posee la inteligencia y la cordialidad de su madre. La incesante curiosidad la ha heredado de ambos.

Pablo no es objetivo, claro está, pero es muy evidente que Mateo es el niño más guapo de la escuela. Y el más inteligente y afectuoso y, por supuesto, el que mejor juega al *fútbol*. Todo su futuro se irá al traste si no entra en la escuela primaria adecuada, según Victoria.

Mateo se acerca corriendo y Pablo lo abraza. Le resulta increíble no cansarse nunca de esa sensación.

—¿Cómo estás, papi?

—Muy bien, *m'ijo*. ¿Y tú?

—Hemos pintado cebras.

—¿De verdad? —pregunta Pablo—. ¿Y no se movían?

Mateo estalla en carcajadas.

—¡Papi!

—¿Qué?

—¡Eran cebras de papel!

—¿Cebras de papel? No sabía que existían.

—¡Son dibujos de cebras!

—Ah, ahora lo entiendo.

—¡Qué tonto, papi!

Pablo lo coge de la mano y se dirigen a la parada de autobús. Esa actividad simple y normal supone un gran alivio respecto de la locura del «narcomundo», como él lo llama.

—¿Dormiré en tu casa? —pregunta Mateo.

—Sí.

—¿Cuántos sueños?

—¿Qué? Ah, sí. Dos sueños.

—¡Bien! —Lo agarra con más fuerza y pregunta—: ¿Qué hacemos?

—Si quieres —dice Pablo—, podemos ir al parque a jugar al balón. Luego tío Tomás leerá su libro. ¿Te gustaría ir?

—¿Puedo llevar colores?

—Claro —responde Pablo—. Después tía Ana dará una fiesta. Irá la tía Jimena. ¿Quieres que vayamos?

—¿Estará el tío Giorgio?

—Probablemente —dice Pablo.

«Todo el mundo quiere a Giorgio —piensa—. Yo también».

—A lo mejor me deja hacer una foto —dice Mateo.

—Seguro que sí. Y si te cansas, puedes dormir en la cama grande de tía Ana.

—¿Podemos ir al zoo? —pregunta Mateo.

—¿El sábado?

—Bueno, hoy no.

—Sí.

—¡Bien!

—¿De qué color has pintado las cebras? —pregunta Pablo.

—Naranja y azul.

«Bien», piensa Pablo.

Los narcos son una estupidez. Lo único importante es que su hijo quiera pintar las cebras de naranja y azul.

Los dos rectángulos —uno amarillo y otro terracota— de Cafebrería se encuentran en el Círculo José Reyes Estrada, justo enfrente de la plaza de las Américas y cerca de la universidad, y constituyen el epicentro de la vida intelectual de la ciudad.

Representa todo lo que a Pablo le encanta de Juárez.

Para él, la Cafebrería, una cafetería, librería, galería, centro teatral y lugar de reunión para quienes estén interesados en las ideas, el arte y la comunidad, es casi literalmente el corazón de la ciudad.

Va allí a ver a amigos, a conocer a gente nueva, a descubrir ideas interesantes, a participar en debates (que a veces degeneran en discusiones, pero nunca en peleas), a escuchar música y lecturas y a comprar libros que no puede permitirse pero a los que tampoco se puede resistir, por no hablar de tomarse una buena taza de café que no provenga de una gran cadena y sentarse en un rincón tranquilo a leer.

Ahora está sentado en una silla plegable metálica mientras Mateo pinta felizmente en el suelo (en esta ocasión, un tigre magenta y turquesa) y escucha a Tomás leer su última novela. Es un libro hermoso y una bonita lectura, como solo cabría esperar de Tomás Silva, a quien Pablo considera un tesoro nacional.

Una cosa que le encanta de las lecturas de Tomás es que no destilan ironía. El autor se toma en serio su trabajo y lee con solemnidad. Sus tristes ojos relucen detrás de las gafas y aprieta su fuerte mandíbula como si estuviera reconsiderando las palabras al pronunciarlas.

Ana está sentada en la misma fila con los ojos cerrados, bloqueando cualquier estímulo visual para concentrarse en la sonoridad de las palabras. Giorgio se queda a un lado, haciendo fotos a Manuel sin la distracción de un flash.

Óscar tiene apoyada la pierna mala en la silla contigua y el bastón colgado en la de delante. Él y Tomás se conocieron en la universidad —siguen siendo íntimos— y Pablo estaba convencido de que el Búho no se perdería el recital.

En realidad, gran parte de la intelectualidad de Juárez ha asistido al acto: escritores, poetas, columnistas y diversos lectores serios que nunca se pierden este tipo de actividades. Pablo reconoce a algunos políticos locales, que están allí para demostrar que tienen cerebro y, supuestamente, alma, aunque pone en duda ambas cosas.

Victoria no ha venido, aunque le encanta Tomás, tanto en lo profesional como en lo personal.

«Probablemente estará trabajando», piensa Pablo.

Victoria siempre está trabajando.

La lectura termina y llega el turno de preguntas. Hay muchas, algunas de ellas legítimamente curiosas; otras son más afirmaciones que interrogaciones y pretenden hacer ostentación de los conocimientos de quien las formula o expresar un dogma. Tomás es paciente y meticuloso con cada una de ellas, pero se le nota aliviado cuando todo acaba.

Luego sirven café y vino y, como de costumbre, la gente entabla conversación, pero Pablo cree que su hijo de cuatro años ya ha agotado las reservas de paciencia y lo lleva al parque para que corretee y juegue un rato antes de ir a casa de Ana.

Cuatro horas después, Pablo está sentado en los escalones de la cocina que conducen al patio vallado del pequeño bungaló de Ana en Mariano Escobedo. Ha pasado muchas noches agradables allí, sentado en esos mismos escalones o en una silla de madera, o ayudando a Ana a cocinar en la pequeña parrilla de carbón.

Hoy la casa está abarrotada.

Ana, por supuesto, acabó invitando a todos los que asistieron a la lectura y la mayoría hicieron acto de presencia. Tampoco importa. Ha cocinado paella para un regimiento y muchos de sus invitados han ido a cenar antes de pasar por la fiesta.

Casi todos han traído vino o cerveza, como también lo ha hecho Pablo, para no suponer una carga económica para la anfitriona. Es lo que se espera en las reuniones en Juárez, sobre todo en un grupo mayoritariamente comunista o al menos socialista.

Ahora Pablo bebe cerveza y escucha a Tomás y el Búho, que va levemente borracho, debatir apasionadamente sobre el lirismo romántico de Efraín Huerta mientras Giorgio habla del Banco Mundial con una atractiva mujer a la que Pablo no conoce.

—La política fiscal como preliminares —observa Jimena al situarse junto a Pablo, que le hace sitio.

Es alta y delgada, toda ella ángulos torpes y bordes marcados. Tiene ocho hermanos y hermanas y en su familia han sido panaderos en el valle de Juárez durante generaciones. Asimismo, Jimena es activista. Tiene poco más de cincuenta años y dos hijos que ya son adultos jóvenes, y cada vez invierte más tiempo en causas sociales, que a menudo la llevan a Juárez.

Se conocieron cuando Pablo estaba cubriendo los *feminicidios*, como empezaron a llamarse las desapariciones y asesinatos de cientos de chicas.

«Trescientas noventa, para ser exactos», piensa Pablo.

Investigó al menos cien casos. Vio los cuerpos, si es que llegaban a encontrarlos, entrevistó a las familias y asistió a funerales y oficios conmemorativos. Parece que ha acabado con menos respuestas que cuando empezó. Pero Jimena, que perdió a una sobrina, ayudó a crear una organización —Nuestras Hijas Vuelven a Casa— para presionar a la policía y a los políticos a fin de que ahondaran en la cuestión.

Ahora observa irónicamente a Giorgio realizar sus movimientos.

—Tiene cierto encanto —dice Jimena—. ¿Y tú? ¿Algún romance en tu vida?

—Últimamente no —responde Pablo—. Entre el trabajo y el niño...

—Mateo se está haciendo mayor.

—Cierto.

—Es muy buen chico.

«Y quiere a su tía Jimena», piensa Pablo. Mateo fue hacia ella en cuanto entraron en la casa, se le subió al regazo y mantuvieron una seria conversación sobre cebras, tigres y otros animales.

Luego, Jimena fue a buscar un cuenco de paella para Mateo y, con permiso de Pablo, unos *polvorones de canela*. Más tarde lo llevó a la cama de Ana y le leyó un cuento hasta que se durmió.

—¿Qué tal está Victoria? —pregunta.

—Es Victoria —dice Pablo—. Conquistando el mundo.

—Pobre mundo —se atusa el pelo—. Pobre Pablo, nuestro cachorrito desgreñado. ¿A quién está seduciendo ahora Giorgio?

—Creo que es abogada.

—¿Lo está consiguiendo?

—No estoy seguro.

—Es cuestión de tiempo.

Pero Giorgio interrumpe el cortejo y va a sentarse con ellos. La abogada entra en la casa.

—Es una tortillera neofascista —dice Giorgio.

—Cuidado, cuidado —advierte Jimena.

—Las lesbianas de izquierdas son totalmente naturales —responde Giorgio—, pero una lesbiana de derechas es, no sé... casi estadounidense. Como de Fox News.

La televisión de El Paso emite en Juárez, y Giorgio padece una adicción masoquista a Fox News, que lo pone a la vez histérico y cachondo.

—Dime que no quieres tirarte a esas mujeres de Fox News —comenta Jimena.

—Dime que no quieres tirártelas tú —replica Giorgio—. Por supuesto que sí. Quiero convertirlas a través del poder subversivo del orgasmo.

—Conque sería un acto político... —dice Jimena.

—Estoy dispuesto a sacrificarme por la causa —responde Giorgio.

—¿Cómo ha llegado a esta fiesta? —pregunta Pablo.

—Es discípula de Tomás —explica Giorgio—. Se cree importante.

—Lo es —tercia Jimena—. Y que apoye al Banco Mundial no la convierte necesariamente en fascista, igual que resistirse a tus dudosos encantos tampoco la convierte en tortillera.

—No me imaginaba despertándome a su lado —dice Giorgio—. ¿De qué íbamos a hablar?

—¿De lo increíble que estuviste en la cama? —aventura Jimena.

—Desde luego, pero aburre cuando te lo han dicho unas cuantas veces —responde Giorgio.

—*Pobrecito*. Qué problemas.

—Deberías ir a por ella, Pablo —dice Giorgio—. Es tu tipo.

—Pero yo el suyo no —contesta Pablo.

—Pablo ha renunciado al amor —dice Jimena.

—¿Quién habla de amor?

—¿Qué pasa con el amor? —pregunta Ana cuando sale por la puerta. Se sienta en el regazo de Jimena.

—¿Por qué a las mujeres les encanta hablar de amor? —pregunta Giorgio.

—Más bien por qué no les gusta a los hombres —responde Ana.

—Puedes amar —dice Pablo— o hablar de amor. No puedes hacer las dos cosas.

Ana lanza un hurra y después un aullido.

—Óscar, ¿sabías que tienes a un joven Hemingway trabajando en tu plantilla?

Óscar parpadea con la mirada perdida —está demasiado sumido en el debate sobre poesía—, pero sonríe educadamente y se da la vuelta para seguir hablando con Tomás.

—Voy un poco borracho —reconoce Pablo.

—Pero has dicho algo importante —añade Giorgio.

—¿Eh? —dice Ana—. Así que, Giorgio, ¿puedes hacer el amor o hacer fotografías, pero no ambas cosas?

Por su tono de voz, Pablo está seguro de que se han acostado.

—Tendrías que haber visto a Ana con nuestro querido gobernador —observa Giorgio, cambiando de tema—. Lo puso contra las cuerdas.

Ana se echa a reír y hace una imitación bastante buena del gobernador del estado de Chihuahua.

—«Sobre el tema de lo que denominamos cártel de Juárez, no ha existido ni ahora ni nunca y, además, mi Administración ha hecho excelentes progresos en combatirlo si existe o ha existido, cosa que, por supuesto, no ha pasado, a menos que puedan aportar pruebas, en cuyo caso llego tarde a una reunión muy importante». Nuestro gobernador es un idiota redomado, pero muy bien educado. Me besó la mano.

—No será verdad —dice Jimena.

—Lo es —responde Ana—. Me puse colorada.

—Mentira.

—En serio. Pero no me gustó tanto como imaginé. Hacía mucho que un hombre no me besaba la mano.

Pablo se inclina y le besa los dedos.

—Qué mono, Pablo —dice Jimena.

Ana lo mira con curiosidad, pero se recupera y comenta:

—Desde luego, hay noticias más importantes ahora que el PAN nos introducirá en el nuevo mundo de la economía del mercado libre mientras todos los puestos de trabajo se van a China y Bush mata a todo musulmán que se mueva.

—Bush habla español. ¿Lo sabías? —dice Giorgio.

—Ese es su hermano —corrige Ana—. El de Florida.

La conversación pasa de los hermanos Bush a la guerra en Irak, los derechos emergentes de las musulmanas, el posfeminismo, el cine actual —mexicano, estadounidense, europeo (a Giorgio le vuelve loco Buñuel) y de nuevo mexicano—, la relativa superioridad del taco de gambas respecto de cualquier otro y la excelencia de la paella de Ana, la infancia de Ana y después la de Jimena, el papel cambiante de la maternidad en un mundo posindustrial, la escultura, la pintura, la poesía, el béisbol, la (para Pablo) inexplicable afición de Jimena por el fútbol americano (es seguidora de los Dallas Cowboys) en detrimento de (para Pablo) el *fútbol* de verdad, su pasión adolescente por el juego, las tribulaciones sobre la propia adolescencia y revelaciones sobre la pérdida de la virginidad y por qué la llamamos *pérdida* y, ahora, Óscar y Tomás están abrazados y entonan poesía; luego Giorgio coge una guitarra y empieza a tocar, y ese es el Juárez que a Pablo le encanta, esta es la ciudad de su alma: la poesía, los debates apasionados (Ana plantea sus argumentos apagando el cigarrillo como una histérica; las palabras de Jimena emanan como una suave ola en la arena de la playa; Giorgio sopla el saxofón y Pablo toca el bajo; son un grupo de jazz de la discusión), las ideas fluyen con vino y cerveza, la música tintinea en una noche oscura. Este es el suave ritmo del México que adora, las risas, el sutil perfume de las flores del desierto que crecen en callejones junto a la basura, y ahora todo el mundo canta.

> México está muy contento,
> dando gracias a millares...

Y esta es su vida. Esta es su ciudad. Estos son sus amigos, sus queridos amigos, esta gente. Y si esto es todo cuanto hay y habrá, será suficiente para él. Su mundo, su vida, su ciudad, su gente, su triste y hermosa Juárez...

> Empezaré por Durango, Torreón y Ciudad Juárez...

Pablo canta en la noche templada.

Los domingos son lo peor.

Siempre lo son, pero especialmente cuando tiene que llevar a Mateo con su madre. Y Mateo también se pone triste. Pablo se pregunta si serán sus propios sentimientos o si está contagiando su melancolía al niño.

Pablo prepara un sencillo desayuno a base de cruasanes, mermelada y mantequilla (Mateo bebe leche y él café manchado) y luego van al parque a jugar al balón. Intentan bromear y reír, pero ambos saben que están matando el tiempo, posponiendo la tristeza y, al rato, Pablo pregunta a Mateo si está listo para irse a «casa» y este dice que sí.

Así que Pablo llama a Victoria y le informa de que están de camino. Cogen un autobús y después van caminando hasta el piso. Es una comunidad vallada, pero Pablo conoce el código de seguridad y, de todos modos, el guardia lo reconoce y los deja entrar.

Victoria está esperando en el umbral.

Abraza y besa a Mateo, y dice:

—Cariño, entra y prepárate para el baño, por favor. Mami quiere hablar con papi.

Mateo abraza a su padre y entra con desgana.

—Está cansado —dice Victoria—. ¿Le dejaste acostarse tarde?

—Se acostó en casa de Ana —responde Pablo un poco a la defensiva—. A la hora habitual.

—Bueno, Ana tiene un poco de sentido común —sentencia Victoria.

Ella también parece cansada y lleva ropa formal. Pablo está convencido de que ha aprovechado el domingo libre para trabajar un poco. Cansada o no, está guapa, y a Pablo le molesta sentir la misma agitación de siempre.

—Pablo, me han ofrecido un nuevo trabajo. Un ascenso —anuncia Ana.

—Fantástico. Felicidades.

—Es *El Nacional*. En Ciudad de México.

A Pablo se le para el corazón.

—No pensarás aceptar...

—Sí, lo haré —responde—. ¿Un periódico nacional? ¿Directora de la sección de economía? Por favor.

—¿Y Mateo?

Tiene la decencia de mostrarse un poco avergonzada.

—Viene conmigo, por supuesto.

—Es mi hijo.

—Eso ya lo sé.

La ira se acumula en su interior.

—Entonces también sabrás que tengo ciertos derechos como padre.

—Esperaba que fueras razonable.

—¿Que yo fuera razonable? ¡Estás hablando de llevarte a mi hijo a dos mil kilómetros de aquí!

—Por favor, baja la voz.

—¡Grito si me da la gana!

—Qué maduro.

—No me alejarás de Mateo.

—No pienso quedarme en esta... ciudad fronteriza —le espeta— cuando tengo la oportunidad de ir a otro lugar. Y piensa en Mateo: mejores escuelas, mejores amigos...

—Su escuela y sus amigos están bien.

—Tu problema...

—Ah. ¿Hoy solo es uno?

—Uno de tus problemas —corrige Victoria— es que eres incapaz de ver más allá de este páramo. Aquí no pasa nada, Pablo. Aquí nadie toma decisiones sobre lo que sucede, porque toda la gente con poder vive en otro sitio. Esto es una *colonia* y tú eres un colono sin esperanza. No quiero eso para Mateo y no quiero eso para mí.

Es un buen discurso y Pablo está seguro de que lo ha ensayado minuciosamente.

—Pero no te importa que crezca sin un padre.

—Eres un padre maravilloso, pero...

—No es una frase que normalmente vaya seguida de un «pero».

—... no tienes ambición y Mateo se da cuenta. —Baja la mirada y se obliga a volver a levantar la cabeza—. Puedes venir los fines de semana...

—No puedo permitírmelo.

—... o lo traeré yo —dice Victoria—. Cuando sea un poco mayor podrá viajar en avión él solo...

—¡Tiene cuatro años!

—Los auxiliares de vuelo cuidan muy bien de los niños —dice Victoria—. Lo veo constantemente.

—Eso no va a pasar —replica Pablo.

—Ya he aceptado el puesto.

—Sin hablar primero conmigo.

—Ya ves lo que pasa cuando intentamos hablar —dice Victoria—. No atiendes a razones. Te pones emocional...

—¡Pues claro que me pongo emocional si voy a perder a mi hijo!

—¡No vas a perderlo!

—Pues entonces déjale quedarse aquí conmigo —dice Pablo—. Este es el único hogar que conoce.

—Eso es parte del problema. No puede vivir contigo, Pablo. Te pasas media noche fuera de casa, cubriendo noticias, bebiendo y sabe Dios qué más.

—¡Cuando estoy con él siempre voy sobrio!

—Sí, lo sé.

—Eres tú la que se marcha, no yo —dice Pablo—. No es justo.

—Pareces un crío.

—Ya veremos si parezco un crío en los tribunales.

—Lo parecerás —dice, aunque ha intentado contenerse—. Esperaba no tener que llegar a eso, pero he hablado con una abogada...

—Por supuesto que lo has hecho.

—... y me ha dicho que no tendré problemas para conservar la custodia de Mateo cuando explique que esto mejorará su calidad de vida...

—Eres una zorra.

—Siempre puedes mudarte a Ciudad de México —sugiere Victoria—. Buscar trabajo allí. Estarías cerca de él. Podría hablar con gente...

—Hay miles de periodistas en Ciudad de México —responde—. Nativos. Conozco Juárez. Yo informo sobre Juárez.

—Y eso es lo único que quieres.

—Es lo único que he querido siempre.

—Y ahí estamos.

Victoria se da la vuelta y lo deja allí solo.

Victoria entra y se permite llorar un minuto antes de llamar a Mateo para el baño.

«Pobre Pablo —piensa—. Está perdido, a la deriva en un mar de tristeza».

Nunca fue el mismo después de los *feminicidios*, nunca fue el mismo y ni siquiera lo sabía. Día tras día —o, más bien, noche tras noche, amanecer tras amanecer—, llegaba a casa deprimido, enfadado, cansado y triste.

Iban desapareciendo mujeres y su querida ciudad se convirtió en un matadero. Nunca llegó a entenderlo; nunca se lo explicó —ni a sí mismo ni a sus lectores— y, cuando los asesinatos fueron desvaneciéndose, parecía que él se hubiera desvanecido con ellos.

Su ímpetu, su ambición, su intenso amor por la vida.

Atenuados o inexistentes.

Intentó hablar con él, pero se negaba. Se enfadaba incluso si sacaba el tema. Salía continuamente en busca de respuestas y, si ella protestaba, entonces era una zorra sin corazón.

Los *feminicidios* mataron su matrimonio.

Mataron, en cierta medida, a la mujer que llevaba dentro de ella.

Porque nunca pudo entender, y todavía no puede, cómo Pablo podía amar una ciudad en la que sucedían esas cosas.

Si los domingos son lo peor, los domingos por la noche son menos que cero, un número negativo en «calidad de vida», sobre todo cuando tu exmujer te dice que va a llevarse a tu hijo y decides contratar a un abogado y luchar, pero sabes que no puedes permitirte un buen abogado y que se lo llevará de todos modos.

Y que esa batalla legal destrozará al niño.

Y que no existe una respuesta adecuada.

Se plantea acudir a Giorgio, o a Ana, o incluso a Ramón, en busca de compasión. Tal vez sería bueno salir a beber con Ramón esta noche, porque no lo intelectualizaría. Se limitaría a decir: «Que le den por culo a esa *segundera*» y «nadie puede apartar a un hijo de un hombre» y cosas que Pablo desea oír.

Pero no llama a Giorgio, ni a Ana (a lo mejor se acostarían esta triste noche; él necesita consuelo y ella necesita ofrecérselo) ni a Ramón. Va solo de bar en bar por el centro del viejo Juárez y toma un whisky en cada uno de ellos, aunque sabe que no ayudará en absoluto a su situación económica. Se emborracha por completo pero al menos logra contenerse y no llamar a Victoria para suplicar.

Llega a casa, se desploma en la cama y solloza.

—Tienes un aspecto horrible —dice Ana a la mañana siguiente en la cafetería.

—¿Tanto? —pregunta Pablo.

—¿Puedo preguntar qué...?

Le cuenta lo de Victoria y Mateo.

—Es terrible, Pablo. Lo siento mucho.

Pablo asiente.

—Escucha —dice Ana—, Óscar tiene muy buenos contactos en los medios nacionales. Estoy segura de que puede hacer unas cuantas llamadas. Seguro que no quiere perderte, pero...

—No nos engañemos, ¿de acuerdo? —responde Pablo—. Al menos no empecemos por ahí.

Una semana después, Pablo se encuentra frente al monumento a los agentes caídos que hay en la esquina entre Juan Gabriel y la avenida Sanders.

El policía de bronce reza con los ojos cerrados; a sus pies tiene la gorra de un compañero. A su lado, apoyado en una roca, un cartón con grandes letras escritas en rotulador negro: PARA QUIENES NO CREÍAN: CHAIREZ, ROMO, BACA, GÓMEZ Y LEDESMA.

Los cinco policías de Juárez asesinados ese mismo mes.

Otro cartel dice: PARA LOS QUE SIGUEN SIN CREER, y cita los nombres de otros diecisiete agentes de Juárez.

—¿Lo tienes? —pregunta Pablo.

Giorgio está demasiado ocupado haciendo fotos como para dar la respuesta obvia, pero, sin apartar el ojo del visor, dice:

—¿Quién crees que lo ha puesto?

—La Gente Nueva —responde Pablo—. Están diciéndoles a los policías de Juárez, concretamente a diecisiete de ellos, que o se suben al autobús del cártel de Sinaloa o este los atropellará.

—Eso confirma tu noticia —dice Giorgio.

Así es, piensa Pablo. Su artículo sobre los policías asesinados y el cártel de Sinaloa había causado cierto revuelo. Algunos se lo creyeron y otros pensaban que era pura fantasía paranoide, una invención de Pablo Mora.

«Al parecer no», piensa mientras anota los nombres en su libreta.

El sexto de la lista es su antigua fuente de los malos tiempos, Víctor Abrego, que unos días antes le había mandado a paseo.

«Mierda», piensa.

Los carteles, que han aparecido de la noche a la mañana, han atraído a una multitud de curiosos, así como a los medios de comunicación: un camión de televisión y locutores de radio. Óscar querrá que envíe rápidamente el artículo.

Ello planteará al Búho un dilema ético, medita Pablo: ¿debe publicar los nombres de los agentes de policía a los que han amenazado para que elijan entre cooperar o morir, la vieja disyuntiva de «plata o plomo»?

«Sin embargo, en cierto sentido —piensa Pablo—, la Gente Nueva ya ha publicado los nombres, ¿no? Es el nuevo rostro de la guerra entre bandas de narcotraficantes. Están convirtiéndose en expertos en medios de comunicación. Antes ocultaban sus crímenes; ahora los publicitan. Parece que han aprendido de Al Qaeda. ¿Qué sentido tiene cometer una atrocidad si nadie se entera?

»Puede que ese sea el titular de mi noticia: "Los crímenes que antes acechaban en la sombra ahora buscan la luz del día". ¿O queda demasiado novelístico?

»Óscar decidirá».

Pablo va a Galeana a hablar con Abrego. «Pero ¿qué coño voy a preguntarle? —piensa Pablo—. ¿Te preocupa la amenaza que pesa sobre tu vida? ¿Te amenaza el cártel de Sinaloa porque eres un policía honesto que les causa problemas o porque perteneces a la Línea?». Son preguntas estúpidas que Abrego no responderá de todos modos. Pero puede que le dé un contexto general.

Si no fuera porque Pablo no lo encuentra.

No está en la esquina, ni en la calle, ni en ninguno de los restaurantes, cafeterías o bares que frecuenta.

Abrego se ha esfumado.

Por costumbre, Pablo consulta el reloj para ver si es hora de recoger a Mateo, pero recuerda que ya no está allí, sino en Ciudad de México con su madre.

Ha pasado un mes, y el día que Victoria se llevó a su hijo duele tanto como una puñalada.

—¿Me recogerás en el cole, papi? —preguntó el niño.

—No, *m'ijo* —respondió Pablo, arrodillado delante de él—. Cada día no.

—¿Quién me recogerá?

—Tendrás una niñera muy simpática —dijo Victoria.

—Yo no quiero una niñera —contestó Mateo entre lágrimas—. Yo quiero a mi papi.

Pablo lo abrazó con fuerza. Cuando volvió a dejarlo en el suelo, susurró a Victoria al oído:

—Te odio por esto. ¿Me oyes? Te odio y espero que te mueras.

—Sé un poco elegante, Pablo.

Luego acomodó a Mateo en el asiento del Jetta y se fue.

Mateo se despidió con la mano.

Le rompió el corazón.

Le rompió el puto corazón.

Mateo ha vuelto a Juárez en una ocasión, un niño asustado bajando del avión de la mano de una auxiliar de vuelo. El fin de semana con él fue maravilloso, pero Pablo se pregunta si merece la pena o si está siendo egoísta, porque la despedida del domingo fue muy difícil para Mateo, que empezó a sentir ansiedad por la mañana. Tenía el estómago revuelto y no quiso desayunar y se pasó la tarde llorando.

Pablo ha llegado a detestar las palabras «Papá te verá pronto».

Ha dejado el piso; ese dinero va destinado al abogado de la custodia y a las visitas a Ciudad de México. Duerme en el sofá de Giorgio o, si el fotógrafo está «entretenido» en casa, en el sofá del salón de Ana, a quince metros y dos mil kilómetros de su dormitorio.

Suena el localizador de radio de la policía:

—Motivo 59.

—Mierda —dice Pablo.

«Motivo 59» es el código de asesinato. Escucha un segundo más y oye al emisor añadir:

—Dos 92.

Dos varones.

Va a la dirección indicada.

Los dos cuerpos están en Colonia Córdoba Américas, en plena vía Río Champotón, con las manos atadas a la espalda con cinta adhesiva.

—Me está entrando nostalgia de los días en que fotografiaba a gente viva —comenta Giorgio.

—¿Tenemos algún nombre? —pregunta Pablo.

Óscar siempre quiere nombres. («No vamos a ceder al recurso barato de los "muertos anónimos"», dice siempre.)

—Yo soy solo el fotógrafo.

Pablo consigue los nombres por medio de los policías que recogieron sus carteras y carnés de identidad. Se llamaban Jesús Durán y Fernando González, de veinticuatro y treinta y dos años respectivamente.

—Son sinaloenses —dice Pablo a Giorgio—. Gente Nueva.

—Ya no —responde Giorgio, que protesta por lo difícil que es conseguir nuevos planos.

«Dímelo a mí», piensa Pablo al oír al emisor:

—Motivo 59. Un 92.

El último cuerpo se encuentra en la parte trasera de una camioneta en Galeana.

Es Abrego.

Tiene las manos atadas con plástico, lleva un trapo sucio metido en la boca y le han disparado en la nuca. Lo que un escritor no tan bueno como Pablo denominaría «estilo de ejecución».

Dos días después, Pablo cubre una incursión militar en una casa del barrio de Pradera Dorada, donde los soldados se incautan de veinticinco rifles de asalto, cinco pistolas, siete granadas de fragmentación, 3.494 balas, chalecos, ocho radios y cinco vehículos con matrícula de Sinaloa.

Al día siguiente, el ejército registra otra casa, detiene a veintiún hombres y decomisa diez AK-47, 13.000 dosis de cocaína, 2,1 kilos de pasta de cocaína, 760 gramos de marihuana, 401 balas, uniformes del ejército mexicano y la AFI, y tres vehículos.

Y un helicóptero.

A la mañana siguiente, Pablo se halla en la sección de local cuando Óscar anuncia que han recibido una nota de prensa del Departamento de Policía Municipal de Juárez.

—La policía no atenderá más llamadas —dice—, pero permanecerán en las comisarías.

—De modo que la gente a la que pagamos para que nos proteja —observa Ana— no puede protegerse a sí misma.

Pero el repliegue a las comisarías no sirve de mucho. El día después de la nota de prensa, dos policías de Juárez son secuestrados en sendos incidentes. Transcurridos dos días, un jefe de policía local recibe un disparo en la cabeza en la ciudad de Chihuahua.

Al día siguiente, Óscar envía a Pablo y Giorgio a la calle Cocoyoc.

La casa del barrio de Cuernavaca fue registrada hace tres semanas y el ejército encontró casi dos toneladas de marihuana en su interior. Después, una llamada anónima les indicó que buscaran debajo del patio.

Cuando Pablo llega allí, siente náuseas y ha de reprimir el vómito.

En el césped hay una hilera de cuerpos sin brazos ni piernas.

Junto a ellos ve dos cabezas cercenadas.

Durante una larga jornada, los soldados descubren un total de nueve cuerpos desmembrados debajo del cemento.

—Empiezo a sentirme un pornógrafo —comenta Giorgio mientras hace fotos.

«El porno de la violencia», piensa Pablo. Se pregunta si Óscar incluirá esas imágenes en las páginas del periódico.

Muchos lo hacen. Se ha convertido en un nuevo sector, la *nota roja*, diarios sensacionalistas con fotografías de los muertos —cuanto más sangrientas, mejor— que venden los repartidores en esquinas e isletas. Uno puede ganar mucho dinero haciendo fotos para la *nota roja* y Pablo no sabe si a Giorgio le tienta.

Ahora trata de conseguir las identificaciones de los fallecidos, pero los soldados lo toman por loco. Ni siquiera han emparejado las cabezas y los cuerpos, cosa que, según averigua Pablo, el forense intentará cotejando las marcas de los cortes en el tronco y el cuello.

—¿Decapitaciones? —pregunta esa noche Pablo a Ana mientras toman una copa (de acuerdo, unas copas) en San Martín—. ¿Cuándo empezamos a cortar cabezas?

—No es nada nuevo —responde ella—. ¿Recuerdas lo de Michoacán el año pasado? Rodaron cinco cabezas en una discoteca.

—Pero eso es Michoacán —puntualiza Pablo—. Son tarados religiosos.

—Por así decirlo.

—No hace gracia.

—Lo siento.

«No es divertido —piensa Ana—. Es espantoso, desagradable y traumático». Le preocupa Pablo. Desde que Victoria se llevó a Mateo, se comporta como un refugiado: se pasa media noche fuera de casa, bebe demasiado y duerme en cualquier sofá.

«Incluido el tuyo», se recuerda Ana a sí misma. Se ha planteado salir e invitarlo a su cama, pero es mala idea. Pablo es una bomba de relojería. Ahora mismo sería autodestructivo montarse en el Mora Exprés. Pero tiene sentimientos hacia él y le preocupa, al igual que le preocupa su ciudad y, bueno, ella misma.

«Reconócelo —piensa—. Tienes miedo».

Ya han muerto periodistas en Nuevo Laredo y ahora la guerra ha llegado hasta allí, y la invade una sensación amenazante de la que no consigue desprenderse. Es molesto. Ella es una reportera dura de la vieja escuela y ha visto y documentado muchas cosas.

Pero esto es distinto.

La policía escondida en las comisarías...

Cuerpos decapitados y desmembrados debajo de los patios...

Es surrealista, como uno de esos sueños que tienes después de haber tomado demasiado alcohol seguido de comida picante.

La diferencia en este caso es que el despertador no parece sonar.

Pero, a la mañana siguiente, Pablo prorrumpe en carcajadas.

La misma nota de prensa en la que la oficina del alcalde de Juárez anuncia que han muerto noventa y cinco personas en los primeros dos meses de 2008 habla también de una gran ofensiva contra las personas que crucen con el semáforo en rojo.

Entonces entra el ejército. El alcalde de Juárez no los quería en la ciudad, pero no tenía otra opción. Dada la disfuncionalidad del departamento de policía, carecía de hombres y no solo se acumulaban los asesinatos, sino que los delitos callejeros «corrientes» estaban fuera de control.

Así que firmó un acuerdo con el gobierno federal: Los Pinos enviará tropas a cambio de una reconfiguración completa del departamento de policía de la ciudad. El gobierno lanza la Operación Chihuahua y envía cuatro mil efectivos, ciento ochenta vehículos blindados y un destacamento aéreo que incluye un helicóptero de combate.

Al principio no sirve de mucho.

Una agente municipal recibe treinta y dos balazos cuando abre la puerta de su casa. Un jefe de policía de la pequeña población de El Carrizo, situada en la frontera de Texas, es asesinado en su coche cuando entra en el camino de casa. El ejército debe hacerse con el control de la ciudad porque, después de eso, todos los policías han renunciado a su puesto o han huido.

Cuando la policía traslada a cuatro traficantes a un hospital de Juárez, acuden otros narcos y los ejecutan en sus camillas. El personal médico se pasa tres horas llamando a la policía, pero no aparece nadie.

La situación empeora por momentos.

Una chica de veinticuatro años muere en un fuego cruzado en el lavado de coches en el que trabaja. Dos policías de Juárez son tiroteados cuando van a dejar a sus hijos al colegio. Una niña de doce años muere cuando los narcos la utilizan como escudo humano en un enfrentamiento armado.

El alcalde de Juárez declaró a Ana en una entrevista que sabía que se aproximaba «la temporada de asesinatos», que le habían informado de que empezaría en enero y de que era solo un conflicto entre dos bandas rivales.

El gobernador anuncia que, de las quinientas personas —quinientas— asesinadas en Chihuahua en lo que va de año, «solo cinco» eran «inocentes» según el alcalde.

«Solo cinco», piensa Pablo.

¿Cuenta el bebé que llevaba la joven en su vientre?

Esos asesinatos, esas muertes, le enfurecen.

Le enfurece que sea eso por lo que los conocen ahora, por los cárteles de la droga y las matanzas. Esta es su ciudad de la avenida Dieciséis de Septiembre, el Teatro Victoria, las calles adoquinadas, la plaza de toros, La Central, La Fogata, más librerías que en El Paso, la universidad, el ballet, *garapiñados*, *pan dulce*, la misión, la plaza, el Bar Kentucky, Fred's... Ahora es conocida por esos matones imbéciles.

Y su país, México, tierra de escritores y poetas: Octavio Paz, Juan Rulfo, Carlos Fuentes, Elena Garro, Jorge Volpi, Rosario Castellanos, Luis Urrea, Elmer Mendoza y Alfonso Reyes; tierra de pintores: Diego Rivera, Frida Kahlo, Gabriel Orozco, Pablo O'Higgins, Juan Soriano y Francisco Goitia; de bailarinas como Guillermina Bravo, Gloria y Nellie Campobello, Josefina Lavalle y Ana Mérida; de compositores: Carlos Chávez, Silvestre Revueltas, Agustín Lara, Blas Galindo; de arquitectos: Luis Barragán, Juan O'Gorman, Tatiana Bilbao, Michel Rojkind, Pedro Vásquez; de cineastas maravillosos: Fernando De Fuentes, Alejandro Iñárritu, Luis Buñuel, Alfonso Cuarón, Guillermo del Toro; de actores como Dolores del Río, la *Doña* María Félix, Pedro Infante, Jorge Negrete y Salma Hayek. Ahora los nombres son narcos «famosos», nada más que asesinos sociópatas cuya sola aportación a la cultura han sido los *narcocorridos* que cantan sicofantes sin talento.

México, la tierra de las pirámides y los palacios, de los desiertos y las junglas, de las montañas y las playas, de los mercados y los jardines, de los bulevares y las calles de adoquín, de las extensas plazas y los patios escondidos, ahora es conocido como la tierra de las matanzas.

Y ¿para qué?

Para que los estadounidenses puedan colocarse.

Justo al otro lado del puente se encuentra el gigantesco mercado, la insaciable máquina de consumo que trae la violencia hasta aquí. Los estadounidenses fuman la hierba, esnifan la coca, se inyectan la heroína y toman el cristal, y luego tienen el valor de señalar al sur (hacia abajo, por supuesto, en el mapa) y hablar del «problema de la droga en México» y de la corrupción mexicana.

El problema de la droga no es mexicano, piensa ahora, sino estadounidense.

En cuanto a la corrupción, ¿quién es más corrupto? ¿El vendedor o el comprador? ¿Y hasta dónde llega la corrupción de una sociedad cuando sus ciudadanos necesitan colocarse para evadirse de la realidad a costa del derramamiento de sangre y el sufrimiento de sus vecinos?

Corrupta hasta la médula.

En su opinión, esa es la gran historia.

Esa es la historia que alguien debería escribir.

«Puede que lo haga yo. Y nadie la leerá».

Pablo lo sobrelleva bastante bien hasta el asesinato de Casas.

El capitán de policía Alejandro Casas también era mencionado en el cartel. Está saliendo de su casa para ir al trabajo y, de camino, deja a su hijo de ocho años en el colegio, cuando cinco hombres armados con AK asaltan su camioneta Nissan.

Casas muere al instante.

Una docena de balas del calibre 7,62 acribillan el brazo izquierdo del niño.

Los servicios médicos llegan con rapidez, pero se desangra en la ambulancia.

Pablo vuelve de urgencias, teclea diligentemente la noticia y abandona la oficina con la intención de emborracharse mucho. Ya en la acera, un hombre al que no conoce se le acerca y le desliza un sobre en el bolsillo interior de su desgastada chaqueta caqui.

—¿Qué hace? —pregunta Pablo totalmente desconcertado—. ¿Quién es usted y qué está haciendo?

—Acéptalo —dice el hombre.

Tiene cara y cuerpo de policía. Pecho fuerte y unos hombros anchos que apenas le caben en el abrigo gris. Pablo ha conocido a docenas de polis, pero a este no.

—¿Qué es esto? —repite.

—*El sobre* —dice el hombre.

—No lo quiero.

La sonrisa del desconocido se vuelve amenazadora.

—No te estoy preguntando si lo quieres, *m'ijo*. Te estoy diciendo que lo aceptes.

Pablo tiene intención de devolverle el sobre, pero el hombre le sujeta la muñeca contra el pecho antes de que pueda cogerlo.

—Acéptalo. Habrá otro igual cada lunes.

—¿De quién?

—¿Acaso importa? —pregunta el hombre.

Se marcha.

Pablo abre el sobre.

Es el triple de su salario semanal.

En efectivo.

Es suficiente para contratar a un abogado decente, si decide hacerlo. Suficiente, si saca la cuenta total, para coger un vuelo a Ciudad de México dos veces por semana y alquilar una habitación modesta. Suficiente...

Recuerda un viejo *dicho*.

Cuando llega el diablo, lo hace sobre las alas de un ángel.

3

POLIS ALEGRES DESFILANDO

Oh, they look so nice
Looks like angels have come down from Paradise.

RANDY NEWMAN,
Jolly Coppers on Parade

Ciudad de México
2008

Keller recorre el pasillo central en dirección al Altar del Perdón.

«Como si eso fuera posible», piensa.

El altar se llama así porque las víctimas de la Inquisición eran conducidas hasta él para pedir la absolución antes de ser ejecutadas.

Yvette Tapia está arrodillada con la cabeza cubierta con un velo.

Keller se arrodilla junto a ella.

Ha llamado hace una hora.

No con su habitual voz firme, sino algo distinta. Estresada, bajo presión. No es de extrañar, teniendo en cuenta que huye de Barrera y de la policía.

—¿Podemos vernos?

La Catedral Metropolitana de Cuernavaca tiene varios siglos de antigüedad. Las obras comenzaron en 1562, casi sesenta años, piensa Keller, antes de que los peregrinos pisaran Plymouth Rock. Las piedras se obtuvieron del templo destruido del dios azteca Huitzilopochtli, de modo que, en cierto sentido, es aún más antigua. La catedral no se terminó hasta 1813 y ha sobrevivido a inundaciones, incendios y terremotos.

No hablan. Keller simplemente nota que extiende la mano y deposita algo en la suya. Se lo guarda en el bolsillo.

Yvette se persigna, se levanta y sale.

Keller espera el tiempo suficiente para murmurar una oración decente y se somete a la pantomima de una confesión con un sacerdote mexicano.

«Perdóneme, padre, porque he pecado —piensa—. He mentido, he sido falso y he desatado una guerra que ya se ha cobrado vidas y se cobrará aún más. Resumiendo, he inspirado a hombres para que asesinen y abrigo odio en mi corazón».

No lo dice, sino que confiesa pensamientos impuros sobre las mujeres y recibe una penitencia de media docena de avemarías, que recita frente al altar antes de abandonar la catedral.

De nuevo en la calle Madero, resiste la tentación de llevarse la mano al bolsillo para tocar lo que le ha dado Yvette. Lo ha visto centenares de veces en vendedores o compradores callejeros, ese indicio culpable que delata dónde se produce el contrabando. En lugar de eso, se detiene en un puesto y compra una bolsa de papas con salsa picante y se las come mientras escruta la calle en busca de cualquier forma de vigilancia que le haya procurado Yvette. Las grasientas patatas están buenas. Arruga la bolsa, la tira en una papelera y vuelve a Ciudad de México.

Cierra la puerta.

Es una cinta de casete.

Keller se pone unos auriculares y la escucha.

«Cueste lo que cueste, siga con su campaña en Michoacán. La Familia es una peligrosa amenaza para la seguridad ciudadana. Son unos lunáticos, por no decir los mayores proveedores de metanfetamina del país».

Keller reconoce la voz. Es Martín Tapia.

«¿Y los Zetas?».

Keller cree reconocer también esa voz.

Es Gerardo Vera.

Los guardias cortan el paso a Keller delante de la casa de Aguilar.

Es tarde, pasadas las diez, y son cautelosos. Cachean a Keller, pero no encuentran nada, y están preguntándole qué hace allí cuando aparece Lucinda.

—¿Arturo?

—Siento molestarla —dice Keller—. ¿Está Luis en casa?

—Pase, por favor.

Cuando invita a Keller a entrar, Aguilar sale de su guarida y lo mira socarronamente.

—¿Tienes un momento? —dice Keller.

—¿Sabes qué hora es?

—Quería esperar a que los niños estuvieran acostados.

Aguilar lo mira unos instantes y dice:

—Diez minutos. Pasa al estudio.

—¿Quiere un café? —pregunta Lucinda—. ¿Un vaso de vino?

—No —le espeta Aguilar.

Keller lo sigue hasta el estudio. Aguilar se sienta y lo mira como diciendo: «¿Y bien?».

—He venido a pedirte disculpas —dice—. Mis sospechas sobre ti eran infundadas.

Aguilar parece sorprendido, pero no le convence.

—Gracias, pero eso no cambia mi opinión sobre ti. ¿Eso es todo?

Keller saca la cinta de casete del bolsillo y la deja sobre la mesa.

—¿Qué es eso? —pregunta Aguilar.

—Ponla.

Aguilar se levanta e introduce la cinta en un reproductor. Se sienta de nuevo y escucha. «Cueste lo que cueste, siga con su campaña en Michoacán. La Familia es una peligrosa amenaza para la seguridad ciudadana. Son unos lunáticos, por no decir los mayores proveedores de metanfetamina del país».

—Martín Tapia —dice Keller.

—Bueno, tú lo sabías —responde Aguilar—. Y no me lo contaste porque sospechabas que yo era cómplice.

No es una pregunta, sino una afirmación, y Keller no contesta.

—¿Se lo has dicho a Vera? —continúa Aguilar.

—No.

Aguilar vuelve a poner la cinta en marcha.

«¿Y los Zetas?».

Keller ve cómo el rostro de Aguilar palidece y cómo aprieta la mandíbula al rebobinar la cinta y volver a escuchar.

—No puede ser —dice antes de pararla.

Keller no media palabra.

—¿De dónde lo has sacado?

Keller sacude la cabeza y vuelve a pulsar PLAY.

«¿Y los Zetas?».

«Ahora están bajo nuestra protección».

«Por "nuestra protección" se refiere a...».

«A nosotros y Adán».

«Lo ha especificado él...».

«Adán nos ha enviado para que le informemos de esto específicamente, sí».

«¿Hay algún problema?».

Keller detiene la cinta.

—No sé, pero creo que se trata de Diego.

Aguilar asiente y vuelve a reproducir la cinta.

«Modificar de esa manera la política del gobierno... costará más dinero».

«Le pagaremos medio millón al mes».

Keller tiene la sensación de que a Aguilar se le va a romper la mandíbula.

«No es para nosotros».

Se hace el silencio y entonces Martín Tapia añade:

«Estamos dispuestos a ofrecer un extra razonable además del pago normal si eso ayuda a limar asperezas».

«Estoy seguro de que ayudaría».

«Pensaba que les gustaría perseguir a la Familia. No se pueden hacer negocios con fanáticos religiosos».

Aguilar para la cinta.

—¿De quién hablan? ¿A qué niveles llega todo esto?

«Es el momento», piensa Keller.

De decidir si confía en ese hombre o no. Si Aguilar está limpio, trabajará con él. Si es corrupto, esa cinta desaparecerá y será hombre muerto. Respira hondo y desvela a Aguilar la vigilancia que ha realizado a Yvette Tapia y cómo esta condujo a los Amaro y, por inferencia, a Los Pinos.

Aguilar asimila la información, consciente de que su más estrecho colaborador tiene las manos manchadas, y guarda silencio. Keller observa a ese hombre, que parece estar estudiando un tablero de ajedrez.

Es enormemente complicado, Keller lo sabe. Aguilar ignora en qué medida alcanza la corrupción a las altas instancias o lo extendida que está. Su jefe, el fiscal general, fue nombrado por el presidente. ¿Está limpia la SEIDO, su organización? No sabe si puede confiar en la gente para la que trabaja ni en la que trabaja para él. No es solo una puñalada burocrática por la espalda. Es la posibilidad de perder un trabajo o incluso una carrera profesional.

Es un asunto de vida o muerte.

Podrían matarlo.

—Luis —dice Keller—, tienes mujer e hijos. Si quieres alejarte de esto, todo el mundo lo entenderá.

—Yo no lo entendería —responde Aguilar.

Se levanta y Keller lo oye decirle a Lucinda que va a salir y no sabe cuándo volverá.

Se hallan en una habitación cerrada en el edificio de la SEIDO y reproducen la cinta una y otra vez.

Se distinguen seis voces en la reunión.

La de Martín Tapia es fácil, pero, aun así, la pasan por un programa de reconocimiento de voz y la cotejan con sus llamadas telefónicas desde Cuernavaca. Coincide.

Aguilar encuentra una vieja cinta de vigilancia de Diego y la compara.

Luego analizan la voz que ninguno de los dos quiere analizar.

«Modificar de esa manera la política del gobierno... costará más dinero». «No es para nosotros». «Estoy seguro de que ayudaría».

Aguilar lo introduce en una pista. En la otra se reproduce lo siguiente:

«O se rinden o morirán. Es su única opción. Los malos no van a dirigir México».

Keller observa la oscilación de las líneas en la pantalla de reconocimiento de voz.

Coincide.

Es Gerardo Vera.

Aguilar ni siquiera detiene la cinta y sigue trabajando con las otras voces. Le lleva horas, pero encuentra grabaciones de Bravo realizando un interrogatorio, de Aristeo ofreciendo una rueda de prensa cuando salió elegido y de Galvén pronunciando un discurso ante un grupo comunitario.

Bravo, Aristeo y Galvén coinciden con unas voces que hablan de banalidades durante la reunión.

—Bueno —dice Aguilar pausadamente, como si estuviera comentando un problema teórico en la facultad de derecho—, tenemos una tesis: los Tapia eran los pagadores del cártel de Sinaloa. Vera y los otros estaban en nómina, al igual que miembros destacados de la Administración. Entonces Barrera llegó a un pacto con nosotros para traicionar a los Tapia a cambio de su sobrino. Por alguna razón —mira fijamente a Keller—, los Tapia lo descubrieron y se creó una ruptura en el cártel. Los Tapia asesinaron a tres agentes de policía y a Salvador Barrera en represalia por Alberto y para mejorar su posición en una guerra contra Barrera. No llegaron o no podían llegar hasta Vera y tampoco previeron que la reacción ciudadana fortalecería al gobierno, que consideran un aliado de Barrera, así que filtraron una cinta que incriminaba a los policías muertos y a Vera.

«Parece acertado», piensa Keller.

La cuestión es qué hacer al respecto.

El primer instinto de Aguilar es detener a Vera, pero es un movimiento temerario, y la temeridad no figura en su manual de operaciones. Gerardo se ha rodeado de seguridad tras los asesinatos y podría estallar un tiroteo entre los hombres de la AFI y los de Aguilar.

Además, la palabra de Gerardo cuenta mucho para el presidente.

Se impone el fiscal que Aguilar lleva dentro. La cinta no basta para pescarlo; podría aducir que la voz es suya y que, en efecto, asistió a la reunión para «tender una trampa» a los Tapia. La prueba sería que ordenó las redadas contra Alberto y Diego, y ¿por qué iba a hacer tal cosa si estaba en su nómina?

—No lo está —dice Keller—. Está en la nómina de Barrera.

—Demuéstralo —replica Aguilar.

Necesitan testigos, alguien que lleve micrófono. Necesitan una investigación completa sobre las finanzas de Gerardo.

—Y eso solo nos lleva hasta Vera —dice Aguilar—. ¿Qué hay del despacho del presidente?

Poseen información que podría derrocar a un gobierno. Y ese gobierno no va a investigarse a sí mismo.

Lo cual invita a formular otra pregunta.

—¿Tienes intención de informar a la DEA de todo esto? —dice Aguilar.

—Es lo que se supone que debo hacer.

—Yo no te he preguntado eso.

«Es complicado», piensa Keller. Él trabaja para la DEA, no para la SEIDO; para Estados Unidos, no para México. Tiene en su haber información crucial que afecta a las operaciones e investigaciones de su organización, e incluso puede que a la seguridad de los agentes encubiertos si la DEA está facilitando a Vera información que este podría remitir a Barrera.

«Sin duda —piensa Keller—, Vera ha dado información sobre ti».

Y la DEA podría hacer lo que la SEIDO no puede: llevar a cabo una investigación independiente del gobierno mexicano. Cuenta con tecnología de vigilancia y puede piratear ordenadores, descifrar códigos e interceptar comunicaciones. La SEIDO puede hacerlo hasta cierto punto, pero

¿sin ser descubierta? ¿Quién sabe qué virus han sido implantados en su maquinaria?

Así que la DEA puede hacerlo y, si ella no puede, la CIA o la NSA sí, pero ¿lo hará?

Están enamorados de Vera. Si fueran una mujer, se casarían con él, y sus partidarios en Washington —y son legión— argumentarán que está obteniendo resultados. Puede que ni siquiera les importara que esté obteniendo esos resultados gracias a Adán Barrera siempre y cuando acabe con el cártel de Tijuana, el cártel de Juárez y, ahora, el Golfo, los Zetas y la Familia. Keller ya se imagina a Taylor diciendo: «¿Que Vera está sacándose medio millón al mes por detener narcos? Bien. Nosotros no podíamos pagarle tanto».

«Estás siendo demasiado cínico», se dice Keller.

¿Que uno de los hombres que dirigen operaciones antidroga es corrupto? Por supuesto que la DEA quiere saberlo. ¿Que el despacho del presidente está implicado? Eso es cosa de la Casa Blanca. Están considerando la posibilidad de inyectar miles de millones de dólares en un gran programa de ayudas para combatir el tráfico de drogas.

Pero sabe qué le está preguntando Aguilar y por qué. El jefe de la SEIDO es un patriota extremadamente protector con su país, y ahora se siente avergonzado. Y lo estaría todavía más si el Gran Hermano estadounidense interviniera para solucionarlo y condenaría la corrupción mexicana. Es la peor de sus pesadillas.

—Saldrá a la luz, Luis —afirma Keller—. Y lo sabes. Si no actuamos nosotros, los Tapia encontrarán quien lo haga.

«Qué gran desafío —piensa—. Al entregarme la cinta, el cártel de Tapia en realidad está pidiendo ayuda a Estados Unidos».

—Dame unas semanas —dice Aguilar—. Déjame hacer lo que pueda para completar la investigación. Si puedo recabar las pruebas que necesito, me reuniré con tus superiores. Iremos juntos.

Keller cierra el acuerdo.

Tres de los hombres que asistieron a la reunión están muertos.

Pero había otra voz en la cinta.

Una voz que no han identificado.

Que no dice gran cosa. En ocasiones, cuando Martín Tapia comenta algo, se oye esa voz dándole la razón: «*Chido, chido*».

Consiguen los historiales de todas las personas contratadas por Vera para la AFI y, desde su ascenso, para cualquier puesto en la policía federal, y descubren que tienen algo más en común: todos sirvieron como policías de barrio en la dura *colonia* de Iztapalapa en los años noventa.

Galvén estaba allí.

Bravo y Aristeo también.

Encuentran a otros tres altos mandos: Igor Barragán, Luis Labastida y Javier Palacios. Todos ellos trabajaron con Vera en Iztapalapa y fueron contratados cuando fundó la AFI.

Ahora Barragán es coordinador de Seguridad Regional de la AFI.

Labastida es el director de Espionaje.

Palacios es director de Operaciones Especiales.

Todos bajo el paraguas de Vera. Todos superaron la prueba del polígrafo que validaba su integridad.

«Vera los hizo ascender a todos con él —piensa Keller—, pero ¿a quién llevó a la reunión con los Tapia? Con toda probabilidad fue uno de estos, que debe de vérselas venir ahora que otros tres han sido asesinados.

»¿O habrá cambiado de bando y se habrá unido a los Tapia?

»En todo caso, podría ser el testigo que necesitamos».

Buscan grabaciones de voz de alguno de los tres, pero no encuentran nada.

Hay una cosa que Keller ha aprendido con los años: si la respuesta no está en el presente, normalmente está en el pasado.

Uno huele un barrio de chabolas antes de verlo.

Keller tenía un profesor de universidad que aseguraba que el pilar de la civilización eran las tuberías. Que, básicamente, la infraestructura para traer agua limpia y sacar agua sucia era la que permitía que grandes poblaciones se congregaran en residencias permanentes y crearan ciudades y culturas. De lo contrario, las personas tendrían que ser nómadas, literalmente para escapar de su propia mierda.

En La Polvorilla, el peor barrio de chabolas de Iztapalapa, no existe tal infraestructura. El olor a agua estancada es lo de menos; el hedor a orina y mierda —de perro, de burro, de cabra, de pollo y de humano— es un ataque a los sentidos. Las calles de tierra son esencialmente sumideros de porquería y *agua de tamarindo*, llamada así por su color marrón.

La falta de agua potable canalizada exige una labor diaria que solo sirve para que al menos las mujeres vivan en la pobreza. Cada día esperan durante horas a que lleguen los camiones y, a veces, esos camiones no llegan porque han sido secuestrados en otros barrios de Iztapalapa antes de poder desplazarse a la zona.

La mayoría de las «casas» son chozas y barracas con paredes de contrachapado y «techos» de cartón. Por la noche salen del parque manadas de perros callejeros en busca de comida. Casi siempre es basura o algún pollo descuidado, pero se sabe que los perros se han llevado a niños.

El barrio es especialmente famoso por la droga, los carteristas, las prostitutas y una representación anual de la Pasión que atrae a decenas de miles de personas. «Supongo que la gente nunca quiere perderse una crucifixión», piensa Keller.

Las calles están llenas ahora mismo.

Pequeños traficantes, prostitutas y bandas de niños. Observan a Keller con desconfianza. No es de allí, no es su lugar. Tan solo se ha adentrado en La Polvorilla a buscar mujeres o a comprar heroína y coca.

O quizá sea poli.

Keller recorre una calle e ignora las imprecaciones de las trabajadoras y los niños que venden *mota* frente a las hileras interminables de chabolas con tejados de hojalata o viejas vallas publicitarias que hacen las veces de techos.

Se detiene frente a una cabaña cuya puerta es un raído cartel de Coca-Cola y entra.

En la única habitación hay un colchón y una silla de mimbre recogida de la basura. Hay un hornillo conectado a un viejo ladrón. Este y la única bombilla que cuelga del texto se alimentan de una fuente ilegal en la calle.

Ella es esa infrecuente criatura, una *jaladora* vieja.

Una prostituta adicta al crack.

«La mayoría no viven tanto tiempo», piensa Keller, si bien es difícil determinar la edad de una persona enganchada al crack. Los de veinte aparentan cuarenta, los de treinta, setenta, y los de cuarenta —si es que viven tanto— adoptan el aspecto indeterminado de los muy longevos. La barbilla marchita, la boca desdentada y la mirada vacía, que ahora le dedica inexpresivamente.

—¿Ester? —dice Keller.

Ha oído historias sobre ella. Ha tardado días en localizarla.

Ester da unas palmadas al colchón. Es una invitación. Le ofrece una mamada y sexo vaginal y un completo y, al ver que no responde a las opciones más caras, una paja.

—Ester —dice Keller—, a veces cuentas una historia sobre la policía, de cuando eras joven y muy guapa.

—Era guapa.

—Estoy seguro de ello —responde Keller—. Y ahora también. ¿Podrías contarme la historia?

—Un *diablito* —dice, exigiendo un cigarrillo cargado de crack.

—Cuando cuentes la historia —repone Keller.

Ester suspira.

Por aquel entonces era hermosa y no se dedicaba a la prostitución.

Melena negra, ojos oscuros y pestañas largas.

(«Hay una rosa en La Polvorilla», piensa Keller al escucharla.)

Tenía quince años y era virgen cuando el policía la encontró. Iba con su prima a la carnicería a comprar cabrito para su madre, porque era la primera comunión de su hermano pequeño e iban a celebrar una cena especial. Llevaba su vestido blanco. Tenía las piernas morenas y los tobillos manchados de polvo de la calle.

—*Ven aquí, chola* —dijo el policía desde el coche.

—No soy una *chola* —respondió Ester, y siguió caminando.

Muchas chicas de La Polvorilla eran miembros de las bandas, pero ella no pensaba entregar su amor y su cuerpo a un chico que pronto estaría muerto.

—Te contagiarán una enfermedad o te dejarán embarazada —le advirtió su madre—. Te meterán en la droga y te obligarán a hacer la calle.

Su madre lo sabía bien, pensaba Ester sin mala fe.

Esa había sido la vida de su madre.

Pero no sería la suya.

Era bonita y lo sabía. Veía cómo la miraban los chicos, cómo la miraban los hombres. Se observaba en el espejo roto de la cabaña que era su hogar cuando los demás dormían. Se escrutaba los pechos, la barriga y la cara y sabía que los hombres la deseaban. Una noche, mientras se miraba, vio a su hermano mayor fingiendo estar dormido y supo que él también la deseaba.

Al vivir en La Polvorilla había oído esas cosas.

Ester era virgen, pero no tonta. Lo sabía todo sobre el sexo. Se había tumbado en el colchón y había oído a su madre con los hombres que llevaba a casa. Oía los gemidos de su madre y los gruñidos de los hombres y las palabras susurradas. Se había tocado y conocía el placer. Había hablado con chicas que lo habían hecho, intercambiaba bromas y pullas con los chicos, pero sabía que no quería un chico, sino un hombre.

—¿Dónde vas, *mamacita*? —preguntó el policía, que circulaba lentamente a su lado.

Sabía que era policía porque, en La Polvorilla, solo ellos llevaban coches como aquel.

—A buscar cabrito —dijo, y ella y su prima se echaron a reír.

El policía también se rio y fue entonces cuando empezó a gustarle.

—¿A ese ladrón? ¿El carnicero de ahí? —preguntó él.

—No es un ladrón.

—Todos los carniceros son ladrones —dijo—. Déjame acompañarte para que no te engañe.

—Haz lo que quieras —respondió Ester, porque una chica guapa puede decir cosas como esas a los hombres sin consecuencias.

—¿Quieres que te lleve? —preguntó.

—¿En un coche de policía? —dijo Ester—. ¿Qué pensarían los vecinos?

—¡Que eres una chica afortunada!

—Lo dudo —respondió ella—. Pensarían que ando metida en líos o que estoy contando historias.

—¿Qué historias podrías contar?

—Te sorprenderías.

En ese momento se hallaban enfrente de la carnicería. El policía bajó del coche y su compañero se sentó al volante y lo aparcó. Entró y esperó mientras Ester pedía un kilo de cabrito. Cuando el carnicero puso la carne en la balanza, el policía dijo:

—Aparta el dedo de ahí, *'mano*.

El señor Padilla, a quien Ester conocía de toda la vida, frunció el ceño pero no medió palabra hasta que anunció el precio.

—Envuélvelo y dale mi precio —ordenó el policía.

El señor Padilla volvió a fruncir el ceño, pero tampoco dijo nada. Envolvió la carne en papel marrón y se la tendió a Ester. Cuando se disponía a entregarle el dinero que le había dado su madre, el señor Padilla meneó la cabeza y lo rechazó.

El policía se acercó al mostrador.

—Una vez por semana, cada viernes, le darás mi precio. ¿Entendido?

—Entendido.

—*Chido*.

Ya en la calle, el policía preguntó:

—¿No piensas darme las gracias?

—Gracias.

—¿Eso es todo?

—¿Qué quieres?

—*Un besito.*

Le dio un beso en la mejilla.

Su compañero se echó a reír e hizo sonar la bocina.

—¡Tenemos trabajo que hacer, donjuán!

—¿Cómo te llamas? —preguntó el policía.

—Ester.

—¿No vas a preguntarme cómo me llamo yo?

—Si quieres... —dijo ella—. ¿Cómo te llamas?

—Me llaman Chido —respondió—, porque es una palabra que digo mucho. Disfruta de la cena. Espero volver a verte, Ester.

Al alejarse, su prima dijo:

—¡Ester, tiene treinta años por lo menos!

Ester lo sabía.

Fue a casa y celebraron la fiesta. Cuando Ester devolvió el dinero y su madre le preguntó por qué no le había cobrado Padilla, dijo que era un regalo por la comunión de Ernesto. Su madre la miró extrañada pero no hizo más preguntas. Cuando Ester se tocó aquella noche, pensó en Chido.

La invitaba a cenar, la llevaba a discotecas, la sacaba a bailar. Le presentó a sus amigos policías y salían todos juntos, ella, Chido, los otros policías y sus novias.

Chido le compraba ropa para que estuviera guapa («Tu ropa debe ser tan bonita como tú») y una de las novias la acompañó a buscar maquillaje y le enseñó a utilizarlo y a peinarse.

Cada viernes iba a la tienda y Padilla le envolvía el paquete en papel marrón y se lo entregaba. Ella llevaba a casa el cabrito, o el pollo e incluso cerdo. En una ocasión compró bisté. Y, tres veces por semana, iba un hombre a su casa con grandes botellas azules de agua potable.

Sin coste alguno.

—¿Ya te lo has tirado? —preguntó su madre.

—No, mamá.

—Cuando lo hagas, asegúrate de que usa algo o de que se corre encima de la barriga —aconsejó su madre—. Si te quedas embarazada no te querrá.

Un mes después de conocerse, la llevó a lo que denominaba su «pensión», un piso que compartía con sus compañeros.

—Venimos aquí de día para huir del calor —explicó Chido—. No se puede trabajar todo el tiempo; necesitamos relajarnos.

La llevó al dormitorio.

Estaba limpio, con bonitas sábanas en la cama.

La tumbó y le desabrochó la blusa. Ester dejó que la besara y él deslizó la mano y la tocó donde solo se había tocado ella. Aquellos labios rozaron levemente sus pechos y después su barriga, y pronto empezó a pronunciar su nombre, Chido, Chido, y él la penetró.

Era agradable, era muy agradable. Lo rodeó con las piernas para que se quedara allí para siempre, pero cuando estaba a punto de terminar, salió. Después fue al baño y volvió con un trapo húmedo y le limpió la barriga. Era una sensación fresca y placentera.

—Tendrás que tomarte la píldora —dijo—. Odio los condones.

—He manchado las sábanas de sangre.

Chido se encogió de hombros.

—Ya compraremos otras.

Tenían una mujer que iba una vez por semana a limpiar.

Chido volvió a levantarse y regresó con dos cervezas y se quedaron tumbados en la cama, contemplando la soleada calle por la ventana. Se bebieron las cervezas, se quedaron dormidos, despertaron e hicieron de nuevo el amor.

Cuando llegó a casa esa noche, su madre la miró y no dijo nada, pero lo sabía, porque las mujeres lo saben.

Ester estaba en una fiesta en el piso cuando descubrió que Chido era un hombre casado. Llevaban un año juntos y ella se encontraba en el cuarto de baño maquillándose con Silvia, la novia de Gerardo, cuando esta mencionó como si tal cosa a la mujer y los hijos de Chido. Entonces vio la expresión de Ester en el espejo y añadió:

—Lo sabías, ¿no?

Ester sacudió la cabeza.

—*Sobrina* —dijo Silvia—, están todos casados.

Ester volvió a la fiesta y actuó como si nada hubiera ocurrido, pero, cuando habló con Chido de camino a casa, este repuso:

—¿Y qué? Llevas una buena vida, ¿no? ¿Acaso no cuido de ti y de tu familia? ¿No te compro cosas bonitas? ¿No te llevo a buenos sitios?

Hubo de reconocer que todo eso era cierto, pero añadió:

—Creía que algún día nos casaríamos.

—Eso no va a pasar —respondió Chido—. Si quieres seguir haciendo cola para conseguir agua y comiendo *pozole*, adelante, cásate con un barrendero. Te mandaré un buen regalo de boda.

Ester entró y se tumbó en el colchón, sabiendo que no era su novia, sino su *segundera*, su amante.

—Me tratas como a una puta —le dijo a Chido un día.

Chido le dio una bofetada, la agarró del pelo, la levantó del sofá y, sosteniéndole la cara, dijo:

—Si quieres que te trate como a una puta, lo haré. Te pondré a hacer la calle y entonces sabrás lo que es sentirse como una puta. Ahora vístete e intenta parecer decente para variar. Vamos a salir y no quiero que me pongas en evidencia.

Aquella noche, Ester se quedó dormida en el piso y él la dejó allí porque tenía turno de noche. Le dijo que se fuera a casa y ella respondió que lo haría, pero cerró los ojos un minuto y se durmió. La despertaron unos gritos y, al abrir la puerta del dormitorio, vio a Chido, a Gerardo, a Luis y a un cuarto hombre, un ladrón de coches de la zona al que conocía.

Era el cuarto hombre quien gritaba. Tenía la ropa rasgada y la cara cubierta de moratones y de sangre. Cuando Luis lo obligó a sentarse en una silla, oyó a Gerardo preguntar:

—¿Por qué lo habéis traído aquí?

—No pasa nada —dijo Chido—. No nos ha visto nadie.

—Ahora necesitaremos un piso nuevo —respondió Luis.

—Pues vale —dijo Chido—. Igualmente ya estoy harto de este.

El hombre de la silla gritaba y Ester vio cómo le caía orina por la pierna.

—Ahora sí que vamos a necesitar piso nuevo —dijo Chido.

—¿Cuántas veces te hemos dicho que tienes que pagarnos? —preguntó Gerardo al hombre.

Ester quería cerrar la puerta, pero tenía miedo de hacer ruido.

—Lo siento —respondió el hombre—. Lo haré, lo haré.

—Demasiado tarde —dijo Gerardo.

Ester observó a Chido mientras agarraba al hombre de la muñeca para que le quedara la mano extendida sobre la mesa. Entonces, Gerardo cogió un martillo y le golpeó. El hombre se puso a gritar y Ester pensó que iba a desmayarse cuando vio que le asomaban los huesos a través de la piel.

—Ahora intenta robar coches —dijo Gerardo.

El hombre volvió a gritar.

—Cállate, joder —le exhortó Chido.

Pero no se callaba. Vociferaba. Chido miró a Gerardo, que asintió. Entonces, Chido cogió el martillo y golpeó al hombre en la cabeza.

Una y otra vez.

Luego levantaron al hombre y, cuando se disponían a sacarlo de allí, Chido se dio la vuelta y vio a Ester.

—Ahora bajo —dijo.

Metió a Ester en el dormitorio de un empujón, cerró la puerta y le preguntó qué había visto.

—Nada.

—Eso es —dijo Chido—. No has visto nada.

Después de aquello, Chido no dio señales de vida en tres semanas.

Aquel primer viernes fue a la tienda de Padilla a buscar el paquete y, cuando le dijo cuánto costaba, ella respondió que no tenía tanto dinero. Padilla se encogió de hombros y guardó la carne. Al ver que no aparecían las grandes botellas azules, su madre le dijo:

—No me extraña que te haya dejado. Menuda pinta llevas. Vete a esperar a los camiones. Necesitamos agua para vivir.

Dio a Ester un cubo de plástico.

Tres semanas después, fue a buscar a Chido. Sabía qué restaurante frecuentaba los viernes por la noche. Había tomado *viesca* y vino y, al entrar, lo vio sentado a una mesa con Gerardo y Silvia.

Y otra mujer.

Ester se acercó y dijo a Chido:

—¿Puedo hablar contigo?

Él parecía sorprendido, enfadado.

—Lárgate de aquí ahora mismo.

—Solo quiero hablar contigo. —Entonces se vino abajo y rompió a llorar—. Lo siento. Te quiero, te quiero. Lo siento.

—Vas borracha —respondió Chido—. Colocada.

Silvia la cogió del codo e intentó llevársela.

—No te pongas en evidencia, *sobrina*.

Pero, enojada, Ester se zafó, miró a la chica guapa que estaba sentada junto a Chido y preguntó:

—¿Quién es esta zorra?

—Ya basta —dijo Chido.

—Matan a gente, ¿sabes? —dijo Ester a la chica, que se quedó quieta, con los labios pintados de rojo formando una «O»—. Los he visto...

Entonces Chido y Gerardo la agarraron de los brazos y esta vez no pudo soltarse. La sacaron al callejón y vio la cara de Chido, enrojecida y colérica. Vio sus ojos y supo que había tomado coca y, de repente, estaba sobria y tuvo miedo cuando la empujaron contra la pared.

—¿Qué viste? —preguntó Gerardo.

—Nada.

—¿Qué viste?

Como Ester no respondía, Gerardo dijo a Chido:

—Ya sabes lo que tenemos que hacer.

Ester intentó salir corriendo, pero Chido la agarró y volvió a estamparla contra la pared. Entonces vio la botella en el suelo, una botella verde que en su momento había estado llena de vino barato. Chido la rompió y sostuvo el cuello delante de la cara de Ester.

—Te advertí que no habías visto nada —dijo Chido.

—No vi nada.

—Zorra mentirosa —dijo Chido—. Ahora sí que no verás nada.

Hundió el cristal en aquellos ojos oscuros y con la otra mano le tapó la boca mientras ella gritaba y gritaba.

Cuando la soltó, fue deslizándose por la pared hasta caer al suelo. Se llevó las manos a los ojos y solo notó sangre. Entonces oyó a Chido decir:

—No podrá identificar lo que no puede ver. Perfecto.

Los oyó alejarse.

Debieron de llamar a un coche patrulla, porque minutos después llegaron dos policías, la metieron en el asiento trasero y la llevaron al hospital. Los médicos hicieron lo que pudieron, pero no volvería a ver nunca más y se convirtió en la prostituta ciega de La Polvorilla. Como decía su madre, no hace falta ver la polla dura de un hombre para metértela dentro, y acudían a ella por el placer de montárselo con una invidente. Cuando iba a los camiones a buscar agua, algunos, sobre todo los chicos, eran malvados y le hacían la zancadilla para que la derramara, pero la mayoría de la gente era amable y la ayudaba.

Nunca volvió a tener noticias de Chido Palacios.

Pero eso, dice a Keller, fue cuando era joven y no se dedicaba a la prostitución.

Cada día a las cuatro, Javier *Chido* Palacios toma café en el mismo bar, situado a unas pocas manzanas del cuartel general de la AFI.

Si hace buen tiempo, como ocurre esta tarde de mayo, se sienta afuera, se toma un café y contempla el mundo a su paso por el bulevar. Sus tres guardaespaldas se sitúan en varios puntos de la verja de hierro o en la puerta de la cafetería.

Keller lo observa durante tres días.

Tras un largo debate con Aguilar, se decidió que sería Keller quien realizara la primera aproximación.

—Tú no puedes —dijo Keller al fiscal—. Si te rechaza, tu tapadera se va al garete. Además, no tienes nada que ofrecerle en este momento. No puedes protegerlo en México.

Aguilar aceptó a regañadientes y Keller empezó a vigilar a Palacios, tratando de encontrar un momento y un lugar en que estuviera lo bastante solo. Aquella tercera tarde, Keller entra y se sienta a una mesa al lado de la de Palacios. Los guardaespaldas lo ven y observan, pero parecen llegar a la conclusión de que no constituye una amenaza.

Si a Palacios le pone nervioso la situación, no lo demuestra. Lleva un traje a medida, planchado y limpio, y el pelo —negro, con solo unas canas a la altura de las sienes— cuidadosamente peinado hacia atrás. Es elegante y sofisticado, un hombre que lleva las riendas de su mundo.

Keller lo mira. Es Palacios quien habla primero.

—¿Le conozco?

—Debería, Chido.

Palacios se sobresalta un poco al oír su antiguo apodo.

—¿Y por qué?

—Porque puedo salvarle la vida —dice Keller—. ¿Puedo sentarme con usted?

Palacios vacila un segundo, pero asiente. Keller se levanta y los guardaespaldas se aproximan, pero Palacios los ahuyenta con un gesto.

—Apuesto a que creía que Chido se había quedado en La Polvorilla —dice Keller al sentarse.

—No lo oía desde hacía años —responde Palacios pausadamente—. ¿Quién es usted?

—Soy de la DEA.

Palacios menea la cabeza.

—Conozco a todos los hombres de la DEA.

—Por lo visto no.

—¿Decía algo de salvarme la vida? —pregunta Palacios—. No sabía que necesitaba salvación.

—¿En serio? —dice Keller—. Acaba de enterrar a cuatro colegas. Los Tapia quieren matarle. Si no lo hacen ellos, lo hará Adán Barrera. Tiene que saber que figura en la lista de especies en vías de extinción.

—Sus compañeros de la DEA dirían que está usted soltando memeces.

«No puedo perderle ahora —piensa Keller—. No puedo pescar este ejemplar y dejar que se escape, porque, si lo hago, irá directo a Vera». Así que dice:

—La primavera pasada estuvo usted en una reunión con Diego y Martín Tapia. Durante esa reunión aceptó ofrecer protección a los Zetas y atacar a la Familia. También estaban presentes en ese encuentro Gerardo Vera, Roberto Bravo y José Aristeo.

Palacios vuelve por unos instantes a su época en La Polvorilla.

—Es usted un mentiroso de mierda.

—Tengo una grabación, hijo de puta.

Palacios empieza a sudar. Keller ve las perlas de sudor en la frente, justo por debajo de la pulcra cabellera. Sigue presionando.

—Piénselo. Tiene un pie en el muelle de los Tapia y el otro en el barco de Barrera y están separándose. Tendrá que elegir y sus guardias no podrán protegerlo en Puente Grande, que es donde acabará. La única duda es si le darán por culo antes de cortarle el cuello.

—Estaba en esa reunión —dice Palacios— para recabar pruebas contra...

—Ahórreselo —interrumpe Keller—. ¿Cree que Vera le protegerá? Ya sé que son colegas del barrio, pero, si piensa que Vera va a poner en riesgo la vida que lleva ahora por los viejos tiempos, no conoce a su amigo.

—A lo mejor él también aparece en esa cinta.

—A lo mejor —dice Keller—. Así que eso plantea una carrera entre ambos, ¿no es así? Porque el primero que llegue a un acuerdo conseguirá un visado de chivato para Estados Unidos y al otro le darán por culo. ¿Cuál de los dos quiere ser?

Palacios lo mira fijamente.

Keller se levanta.

—He acudido primero a usted porque puede intercambiarse por Vera. Exactamente en veinticuatro horas iré a verle a él, a menos que reciba noticias suyas antes.

Desliza sobre la mesa un papel con un número de teléfono anotado.

—Un bonito día para mirar a las mujeres, ¿eh? —comenta Keller—. Por cierto, Ester Almanza le manda recuerdos, pedazo de mierda.

Keller se lleva el pulgar y el meñique a la cara en un gesto de «llámame», sonríe y se va.

Ahora poco puede hacer más que esperar.

Y prepararse para el peor escenario posible: que Palacios vaya corriendo a hablar con Vera y lancen una contraofensiva que podría adoptar diversas formas, la más probable de las cuales sería un asalto a la SEIDO para hacerse con las cintas incriminatorias, el despido de Aguilar por presiones de Los Pinos e incluso cargos criminales contra él.

Keller no descarta otra posibilidad: un intento de asesinato contra Aguilar.

—No seas ridículo —dice Aguilar cuando Keller se lo comenta mientras toman un coñac en su estudio.

Como ya era habitual en ella, Lucinda ha preparado una excelente cena consistente en un plato de gambas con arroz, y las niñas conversan abiertamente sobre sus clases de ballet e hípica y, tímidamente, sobre los chicos a los que habían conocido en un baile en el que habían participado varios colegios. Keller había olvidado lo agradable que podía ser la vida en familia.

Luego, Aguilar y Keller se retiran al estudio para hablar de negocios. Keller está sentado con el móvil en el bolsillo, esperando a que suene. Lo compró solo para recibir la llamada de Palacios y ahora parece una bomba de relojería que quieres que estalle. Cada segundo que pasa aumenta la posibilidad de que Palacios haya ido a hablar con Vera o, peor aún, con los Tapia.

—No es ridículo, Luis. De hecho, creo que deberías plantearte sacar a tu familia de aquí una temporada.

—¿Y cómo se lo explico sin sembrar el miedo, Art? —pregunta Aguilar.

—Dile que son unas vacaciones —responde Keller—. Os alojamos en Estados Unidos y la DEA os ofrece seguridad.

—No creo que Gerardo llegara al extremo de hacer daño a una familia.

—Pero Barrera sí —replica Keller—. Ya lo ha hecho antes.

—Primero lanzarían una amenaza para que cooperara, ¿no?

—Probablemente —reconoce Keller—, pero nunca viene mal estar a buen recaudo. ¿A las niñas no les gustaría pasar un par de semanas en un rancho turístico de Arizona? Podrían montar a caballo...

—¿En sillas de montar de vaqueros? ¿Para que sus traseros acaben hechos polvo?

—Luis —dice Keller—, Galvén, Aristeo y Bravo fueron asesinados delante de su casa. ¿Quieres exponer a tu familia a esa posibilidad?

—Por supuesto que no.

—¿Entonces?

—Lo pensaré.

Repasan otras posibilidades. Si el jefe de Aguilar, el fiscal general, lo llama y lo destituye, o bien anula la investigación, o ambas cosas, significa que está implicado, en cuyo caso Keller saldrá del país lo antes posible con una copia de la cinta.

El teléfono empieza a vibrar.

Aguilar observa a Keller sacarlo del bolsillo, escuchar dos segundos y colgar.

—Parque México —dice—. Foro Lindbergh. En una hora.

Se reúnen bajo la pérgola situada cerca de las grandes columnas del Foro Lindbergh.

Es una opción inteligente, porque no les ve nadie, pero peligrosa, porque los árboles que se alzan detrás de las columnas ofrecen buena cobertura a un pistolero, sobre todo de noche.

Keller sabe que puede ir encaminado a una trampa. Sin embargo, ya está en una trampa, así que ¿cuál es la diferencia? Con todo, no aparta la mano de la pistola que lleva debajo de la chaqueta.

Palacios se encuentra al fondo de la pérgola.

Al parecer está solo.

—Quiero irme esta noche —dice.

—Eso no va a ocurrir.

En cuanto Palacios cruce la frontera, perderá la mitad de su motivación para hablar. Keller lo ha visto antes: la fuente se sienta en una oficina del otro lado y cuenta chorradas inútiles hasta que todo el mundo se cansa y a otra cosa. No, lo que tienen que hacer es sacarle a Palacios todo lo que puedan antes de trasladarlo. Todo lo que consigan después será un chollo.

Pero deben actuar con rapidez.

—Haremos lo siguiente —dice Keller—. Usted nos facilitará información. Nosotros la verificaremos para ver si cuenta la verdad. Cuando tengamos suficiente para encerrar a Vera, tendrá su billete.

Palacios lo mira fijamente y responde:

—Quiero visados para mí, para mi mujer y para mis dos hijos adultos. Y recibiré inmunidad. Quiero conservar mis cuentas bancarias.

El gilipollas no quiere entrar en el programa y convertirse en recepcionista de un Home Depot a las afueras de Tucson. Quiere vivir a todo tren con los sucios millones que ha recibido del cártel de Sinaloa.

—Eso es cosa de su fiscal —dice Keller.

Es un riesgo que Keller debe correr y puede que ocurra más pronto que tarde. Palacios podría oponerse a la intervención mexicana porque piensa que ha estado tratando exclusivamente con la DEA.

—Hemos terminado entonces —dice Palacios.

—Si se marcha ahora —responde Keller—, no llegará muy lejos. Le detendrán antes de salir del parque. ¿Cree que sus viejos colegas van a esperar para ver si cambia de bando?

Keller conoce el mundillo; sabe que hay momentos en que debe apretar y otros en que debe echar el freno, así que modera el tono.

—Mire, no ha cometido ningún delito en Estados Unidos. Vera tampoco. Así que el Departamento de Justicia solo puede ofrecerle asilo como un gesto de cortesía a la oficina del fiscal mexicano. Lo hacemos a través de la SEIDO y lo mantenemos en secreto.

—¿Luis Aguilar? —pregunta Palacios—. ¿Ese capullo santurrón?

—Es su cuerda de salvamento, Chido.

Palacios se echa a reír.

—¿Dónde está?

—En un coche en la calle Chiapas.

—Vamos.

Al principio se reúnen por la noche en coches y parques, pero más tarde Aguilar se inventa una nueva *segundera* para Palacios, que en realidad es una agente secreta de la SEIDO llamada Gabriela. Es preciosa, con piernas largas y un currículum aún más extenso: licenciada en Derecho, máster en Sociología y una ambición sin límites. Aguilar proporciona a Palacios fotos para que se las muestre a sus colegas («Mirad qué me estoy tirando») y lo organiza todo para que se dejen ver juntos en bares situados en las cercanías de la central de la AFI. Le facilita un piso y se cerciora de que la vean saliendo de allí a trabajar en un banco local y volver por la noche.

Por las tardes se reúnen con Palacios.

El hombre sigue su propio juego, lo que Keller denominaría «esconder el balón», darles un poco de información y proteger la más comprometedora. Tienen que presionar, cotejar, mimar, engatusar y amenazar. Suelta información como un pescador suelta sedal, y ellos hacen lo mismo, y le recuerdan sin demasiada amabilidad que es él quien ha mordido el anzuelo.

—Ya sabrá que lo someteremos al polígrafo —comenta Aguilar.

—Sí, lo he hecho alguna vez —dice Palacios socarronamente—. La mejor prueba que el dinero puede comprar.

—Esta será legítima —responde Aguilar—. Y si miente en algo, el acuerdo queda invalidado. Volvamos a empezar. La huida de Barrera de la cárcel.

—¿Quién estaba al mando de las prisiones? —pregunta Palacios.

—Déjese de jueguecitos.

—Galvén —dice Palacios—. Nacho Esparza entregó quinientos mil dólares a Galvén y lo repartimos.

—¿Vera recibió una parte?

—¿Usted qué cree?

—Aquí el que hace las preguntas soy yo.

—Es una pregunta absurda.

—Ilumíneme —dice Aguilar con un suspiro.

—Vera se llevó la mayor parte, como de costumbre —responde Palacios—. Mi lema es: «Come como un caballo, no como un cerdo». No es el lema de Gerardo.

«Qué majo —piensa Keller—. Sabe que en el piso hay micrófonos y que está actuando para un público que al final incluirá al fiscal general mexicano y a una serie de yanquis de la DEA y de Justicia».

Cuando llegan a las redadas fallidas contra Barrera tras su huida, Palacios se echa a reír. Tienen que insistir una docena de veces hasta obtener lo que consideran toda la verdad, pero Palacios vuelve a reírse y dice:

—¿Os estáis cachondeando de mí o qué? Lo teníamos.

—¿Cuándo? ¿Dónde?

—En Nayarit —responde Palacios—. Cuando se fue en helicóptero. Él y Nacho nos pagaron cuatro millones por la siguiente etapa de la fuga.

—¿Y Vera...?

—¿Si se llevó su parte? Por supuesto. Casi teníais a Barrera en Apatzingán —les dice—. Pero nos lo llevamos aquella noche y metimos a su doble. Después, Barrera volvió a Sinaloa.

—¿Dónde? —pregunta Keller.

—Mi acuerdo es por Vera —dice Palacios—, no por Barrera.

En cualquier caso, afirma que no lo sabe. El Patrón va de *finca* en *finca* en las montañas de Sinaloa y Durango. La policía y los lugareños lo protegen. Ahora tiene a la Gente Nueva, un ejército propio.

—¿Son los que están combatiendo en Juárez? —pregunta Aguilar.

—Eso ya lo sabe.

Las reuniones se suceden. A veces, Palacios se cita con Gabriela en casa de esta y otras la lleva a una suite en un hotel de cinco estrellas, el Habita, el St. Regis, Las Alcobas o el Four Seasons, pero nunca el Marriott. Reservan una suite para que Gabriela pueda esperar en el salón, lejos de oídos curiosos, y marcharse justo antes o después que Palacios.

—Intenta parecer bien follada —le dice un día en el Habita—. Tengo una reputación que mantener.

Gabriela es demasiado disciplinada para responder.

En cada sesión, Palacios juega al escondite, pero Aguilar y Keller son tenaces, como un boxeador que arrincona a su oponente en una esquina. De joven, Keller no era un mal peso medio amateur. Era paciente entonces y lo es ahora. Deja a Palacios que finte y se mueva, pero siempre cortándole el paso y poniéndolo contra las cuerdas en las que se cuenta la verdad.

Palacios les explica cómo ocurrió todo.

Un grupo de policías de barrio liderado por Gerardo Vera formó una red de drogas, extorsiones, secuestros y robo de coches en Iztapalapa que convirtieron en un pequeño imperio vendiendo droga por todo el mundo para Nacho Esparza y los Tapia.

Tenían el monopolio de la zona este de Ciudad de México, que ejecutaban por medio de amenazas y detenciones selectivas y, en caso de que esto no funcionara, de ataques, secuestros y asesinatos.

El cártel de Izta.

Los Tapia aprovecharon su influencia política para introducir a Vera en la vieja policía federal durante el mandato del PRI. Jugó limpio durante años y era la viva imagen del policía incorruptible. El puto Eliot Ness. Poco a poco y con discreción, fue fichando a sus antiguos colegas. Eran los mismos chicos del coro y treparon lo suficiente para prestar un útil servicio al cártel de Sinaloa.

Cuando la nueva Administración decidió reorganizar la vieja y «corrupta policía federal», los sinaloenses se llevaron el premio gordo. Vera transformó la organización de arriba abajo, despidiendo a quien no pudiera controlar y contratando a gente que le mostraba lealtad. Y situó en la cúpula a hombres de su viejo cártel de Izta.

Keller debe reconocer que fue una puta genialidad. Vera utilizaba los polígrafos para deshacerse de los indeseables y luego encubría a los demás para obtener los resultados que quería. Uno podía mentir, pero no a Gerardo Vera. Uno podía aceptar dinero de los narcos, pero debía cerciorarse de que fueran los narcos adecuados. Vera convirtió la AFI en una institución eficiente e incorruptible satisfaciendo los intereses del cártel de Sinaloa.

Sacando a Adán Barrera de la cárcel.

Asegurándose de que ninguna redada conseguía capturarlo.

Eliminando a narcos rivales de Barrera como Osiel Contreras.

Entrando en guerra con los policías del CDG en Nuevo Laredo.

Vera no tenía que preocuparse de investigaciones llegadas desde abajo —su propia gente— o desde arriba, merced a las entregas de maletines que realizaba Yvette Tapia a los Amaro.

Era un sistema espléndido, preciso como una vía ferroviaria alemana, incluso durante las elecciones y con la nueva Administración, que de hecho otorgó a Vera un cargo aún más relevante. Debería haber durado para siempre.

El dinero llegaba a través de los Tapia y, por lo que sabía Palacios, provenía de un fondo colectivo de estos, Esparza y Barrera. Costaba un millón destinar a un jefe de la AFI a una región y un salario mensual de entre cincuenta mil y cien mil dólares, un veinte por ciento del cual era entregado al cártel de Izta.

Quinientos mil mensuales eran para Vera, y había pagos decrecientes para los otros altos mandos —Galvén, Aristeo, Bravo y Palacios— en función de su rango.

—¿Cuánto ganaba usted? —pregunta Aguilar una tarde en el Four Seasons, incapaz de disimular su desprecio.

—Dos millones al año —responde Palacios como si tal cosa.

Los favores especiales —la fuga de Puente Grande, la huida por los pelos después de Nayarit, la detención de Contreras, las redadas contra los Tapia— requerían más dinero, les cuenta Palacios.

En esos casos, era Esparza quien solía realizar los pagos.

—¿De dónde salía el dinero? —pregunta Keller.

—Del Patrón, supongo —dice Palacios—. Yo no hacía preguntas.

—¿A qué altas esferas llega todo esto? —interviene Aguilar.

Palacios se encoge de hombros.

—Yo solo sé lo de Vera. Lo que haga después con el dinero está por encima de mi escala salarial.

—¿A Los Pinos? —pregunta Aguilar—. Sabemos que Benjamín Amaro recibía dinero.

—Entonces ya saben más que yo —le espeta Palacios.

—¿Y el fiscal general? —pregunta Aguilar con rotundidad.

—No lo sé.

En la siguiente reunión, celebrada en el St. Regis, Aguilar dice:

—Háblenos del encuentro con Martín Tapia.

—Háblenme de cuándo iré *al norte*.

—Cuando nosotros digamos —responde Keller.

Pero comprende la ansiedad de Palacios. Cada día es más peligroso para él. Cada día corre el riesgo de ser tiroteado por los Tapia, o incluso por Gerardo Vera. A Keller no le importa que Palacios sea asesinado —adiós a la basura—, pero no quiere que suceda hasta que le hayan sacado todo lo que sabe y testifique.

—Quiero ir a Arizona —dice Palacios—. A Texas no. Me gusta Scottsdale.

—Por lo que sé, podría ser Akron —observa Keller.

—Y un coche —añade Palacios—. Un Land Rover o un Range Rover.

—¿Qué coño se cree que es esto? —pregunta Keller—. ¿*El precio justo*?

—Me gusta ese programa.

—Háblenos de la reunión con los Tapia —repite Aguilar.

—¿Podemos pedir algo? —pregunta Palacios—. No he comido.

Gabriela encarga unos bocadillos al servicio de habitaciones. Masticando una torta, Palacios dice:

—¿Qué cojones quieren saber? Nos reunimos...

—¿Vera estaba allí?

—Lo sabe de sobras.

—¿Lo sabe usted?

—Estaba sentado a mi lado.

—Y...

—Y Martín nos dijo que habían firmado la paz con el CDG y los Zetas

—responde Palacios— y que a partir de entonces iríamos a por la Familia. ¿Qué más nos daba a nosotros? Un narco es un narco.

—Vera mencionó que cierta gente necesitaría más dinero —observa Aguilar—. ¿Qué gente?

—No lo sé.

—¿No?

—Pregúntele a Gerardo.

En la siguiente reunión, Aguilar empieza diciendo:

—Hábleme de las redadas contra los Tapia.

—Cuéntemelo usted.

—¿A qué se refiere?

—Lo único que sé es que Gerardo quería reunirse fuera de la oficina —dice Palacios—. Salimos a dar un paseo. Estaba nervioso. Nunca le había visto así. Ya conocen a Gerardo. Es de hielo.

—¿Y?

—Y me dice que tenemos que ir a por los Tapia —continúa—. Estoy a punto de cagarme en los pantalones. «¿Los Tapia? ¿Estás de coña? ¿Sabes cuánta comida nos han puesto en el plato?». Me dice que son órdenes de arriba.

—Y usted le pregunta cómo de arriba —aventura Keller.

—Y levanta la mano por encima de la cabeza —responde Palacios—. Le digo que a Adán Barrera no le gustará y Gerardo me mira fijamente. Entonces lo entiendo: son órdenes de Barrera. Y le digo: «Me da igual. No pienso hacerlo. Ir a por los Tapia es un suicidio». Y me contesta: «Por eso será mejor que no la jodamos».

—¿Le contó por qué quería Barrera que acabaran con los Tapia?

Palacios les cuenta que Gerardo no le dio detalles, pero que guardaba relación con que Diego estaba amasando demasiado poder y Alberto era demasiado ostentoso. Además, todos ellos andaban metidos en esa mierda de la Santa Muerte y Adán los consideraba un riesgo.

«Lo cual es cierto», piensa Keller, pero sabe que está mintiendo, que Vera le habló de la refriega por el doble asesinato de Salvador Barrera y que Palacios no quiere que Aguilar sepa que conoce el trueque de Tapia por Sal.

Es información muy peligrosa, coincide Keller.

—Pero la cagaron —dice.

Palacios levanta la mano.

—Yo no. Galvén se puso tonto y se llevó por delante a Alberto y no podíamos echarle el guante a Diego.

—¿No podían o no querían? —pregunta Aguilar—. ¿Sigue recibiendo dinero? Al fin y al cabo, está usted vivo.

—Mierda —dice Palacios—. ¿Piensan que los Tapia van a respaldarnos después de matar a su hermano pequeño? ¿Piensan que vamos a traicionar a Barrera? Nos jugamos la vida.

—Toma café a diario en el mismo sitio —dice Keller.

—Cuando no estoy aquí sentado chupándosela a ustedes —responde Palacios—. ¿Creen que estaría haciendo esto si hubiera firmado la paz con Diego? Joder, ¿esa zorra podría acordarse de traer la mostaza para variar? ¿Tan difícil es?

El juego continúa.

Aguilar quiere nombres y números, quiere ver las cuentas bancarias de Palacios, sus registros telefónicos y sus correos electrónicos. Entretanto, Keller sigue su propio juego. Sale a comer con Gerardo Vera, toman unas copas y escucha sus problemas.

En Sinaloa y Durango ha estallado una guerra armada entre Barrera y los fieles a los Tapia.

El martes murieron ocho en un tiroteo. El miércoles otros cuatro.

Doscientos sesenta fallecidos hasta finales de junio.

Ayer mismo, siete agentes de la AFI fueron asesinados al irrumpir en un piso franco de Culiacán que estaba lleno de pistoleros de Diego.

Y esta mañana, en un puente de Culiacán ha aparecido una pancarta que dice: ESTO ES PARA TI, GOBERNADOR VILLA. O FIRMAS UN ACUERDO CON NOSOTROS O LO FIRMAREMOS NOSOTROS POR TI. ESTE GOBIERNO QUE TRABAJA PARA BARRERA Y ESPARZA MORIRÁ.

Empiezan a aflorar pancartas por toda la ciudad con el mensaje: SOLDADITOS DE PLOMO Y POLICÍAS DE PAJA. ESTE TERRITORIO PERTENECE A DIEGO TAPIA.

—Tenemos que irnos —dice Keller a Aguilar después de otra sesión de baile con Palacios—. Esto va a saltar por los aires.

—Tú eres amigo de los Tapia —responde Aguilar con sequedad—. Pídeles que nos den un poco de tiempo.

Entonces Palacios se echa atrás. Se planta y dice que no proporcionará más información hasta que le garanticen asilo en Estados Unidos.

—Lleváis semanas apretándome las tuercas —dice—. Ya basta.

Y sale de la habitación.

Resulta extraño estar de vuelta en Estados unidos. Después de... ¿cuánto? ¿Tres años?

Se le hace raro oír el idioma y ver el feo dinero verde.

Washington es caluroso y húmedo en junio y Keller ya está sudando antes de poder meterse en un taxi rumbo a la DEA. Al menos consiguió un vuelo al National, así que el trayecto no es tan largo como la odisea desde el Dulles.

El anuncio de la recepcionista de Tim Taylor de que un tal Art Keller ha ido a verle es recibido con el entusiasmo que normalmente se reserva a una colonoscopia. Taylor asoma la cabeza en el umbral, comprueba que es tristemente cierto e indica a Keller que entre.

—No me pases llamadas —dice a la recepcionista.

Keller se sienta frente a él.

—Y bien —dice Taylor—. ¿Cómo va la búsqueda de Barrera? No muy bien, ¿eh?

Keller saca la copia de la cinta de Tapia, la introduce en el dictáfono de Taylor y pulsa el PLAY.

—Una de las voces es Martín Tapia. La otra, Gerardo Vera.

Taylor se pone pálido.

—Y una mierda. ¿De dónde lo has sacado?

Keller no responde.

—El viejo Keller de siempre —dice Taylor—. ¿Cómo coño sabes que es Vera?

—Utilicé un programa de reconocimiento de voz.

—Es inadmisible.

—Y un testigo.

—¿Quién? —pregunta Taylor.

No está contento. Y todavía menos cuando Keller le dice que el testigo es Palacios.

—Es el tercer policía de mayor rango en todo México.

Keller menciona a la mafia Izta y el asesinato de los tres policías y resume el posible testimonio de Palacios.

—Y lo tienes todo grabado —dice Taylor.

—Lo tiene Aguilar.

Taylor se levanta y mira por la ventana.

—Me retiro dentro de dieciocho meses. Me he comprado una casa móvil con todo excepto un jacuzzi. Mi mujer y yo recorreremos todo el país. Solo me faltaba esto ahora.

—Necesitaré un visado de informador para Palacios —dice Keller—. Documentación. El paquete completo.

—Vaya sorpresa.

—Si esto llega al sur, puede que también para Aguilar.

—Ya ha llegado al sur —responde Taylor—. ¿Sabes cuánta información hemos llegado a compartir con Vera?

—Puedo hacerme una idea.

—No, no tienes ni puta idea —replica Taylor—, porque le dijimos que te lo ocultara casi todo. Si lo que dices es cierto, todos los agentes que tenemos allí... y unos cuantos aquí... corren peligro. Tendremos que retirar policías, infiltrados...

—Si lo que digo es cierto —responde Keller—, y lo es, todo el sistema de justicia federal de México ha quedado patas arriba.

—Puede que Palacios se haya inventado una historia para conseguir un billete —dice Taylor.

—Es posible —coincide Keller—. Pero ¿por qué iba a necesitar un billete? Si todo esto es mentira, su vida no corre peligro.

Taylor medita unos segundos.

—Tu misión estaba muy clara. Era muy concreta: ayudar en la búsqueda de Adán Barrera. No estás autorizado a iniciar una investigación sobre la corrupción en la policía federal de otro país.

—¿No quieres saberlo? —pregunta Keller—. ¿Querías que me callara hasta que Vera entregara a uno de tus infiltrados para que Barrera lo torturara?

—Por supuesto que no —responde Taylor, que suspira cansado—. Tengo que hablar con los de arriba. Tendrás que venir y hacer la pantomima. Joder. ¡Joder! Creía que por fin... De acuerdo. Déjame hablar por teléfono con el director. Voy a alegrarle la semana. Quédate donde pueda localizarte rápidamente. ¿Necesitas algo más o con arruinarme la vida te basta por hoy?

—Una reserva en un rancho turístico de Arizona.

Taylor lo mira fijamente.

—Para la familia de Aguilar —dice Keller.

—Habla con Brittany.

—¿Puedes pasar el gasto...?

—Sí. Sal de aquí.

Las batallas burocráticas son sangrientas.

Sobre todo porque la sangre que se derrama suele ser ajena. Por tanto, ¿qué más da?

Eso piensa Keller, que está sentado con Taylor, el director de la DEA y representantes de Justicia, Estado, Inmigración y Nacionalización, así como de la Casa Blanca. El tipo sentado en una esquina probablemente sea de la CIA.

El director de la DEA es quien preside la reunión.

—Si la información del agente Keller es correcta, tenemos una crisis entre manos.

—El agente Keller —interviene McDonough, un abogado de mediana edad perteneciente al Departamento de Justicia— tiene una dudosa grabación y un testimonio aún más dudoso. Si de mí dependiera, no pondría en peligro nuestras relaciones con México basándome en las historias de un policía corrupto.

Keller conoce a McDonough, exfiscal del Distrito Este de Nueva York. Ha ganado peso; tiene la cara todavía más roja y las mejillas más hinchadas. Está a una rosquilla de mermelada del triple *bypass*.

—Coincido —dice la representante del Departamento de Estado.

Susan Carling es pelirroja, tiene el cabello rizado, la piel de color tiza y un doctorado en Yale.

—¿Cuál es la procedencia de esta cinta? —pregunta McDonough.

—La cinta me la entregó una fuente de la organización de Tapia. Eso es todo lo que estoy dispuesto a revelar —contesta Keller.

—Agente Keller, no cabe la posibilidad de reservarse la fuente de información —afirma McDonough.

—Despídame —dice Keller.

—Eso sí que es una opción —responde McDonough.

—¿Tiene usted una fuente dentro de la organización de los Tapia? —pregunta el director de la DEA—. Porque no parece que haya abierto un expediente en ese sentido.

—No tengo ningún infiltrado en la organización de Tapia —responde Keller—. Alguien me entregó la cinta y...

—¿Mantiene relación con ellos? —pregunta McDonough—. Porque

396

si no ha abierto expediente, es totalmente inapropiado y lo pone bajo sospecha de...

—¿Podemos hablar del auténtico problema, Ed? —tercia Taylor—. Si acudiera a usted una fuente para informarle de que el número tres del FBI está en la nómina de la familia Gambino, no estaría ahí sentado despedazándolo con defectos de procedimiento. Tengo gente ahí fuera que corre un riesgo tremendo.

—Potencialmente —dice McDonough.

—De acuerdo. Vaya usted a Tamaulipas en una situación de riesgo «potencial» y dígame si tiene tiempo para estas gilipolleces —responde Taylor—. Keller está protegiendo a su fuente. Es un gilipollas, pero es lo que está haciendo. Continúe.

El representante de la Casa Blanca dice:

—El gobierno mexicano es extremadamente sensible a las acusaciones de corrupción, sobre todo si vienen de nosotros. Si investigamos esto, podría sabotear años de diplomacia que por fin están teniendo cierto efecto positivo. Podría desbaratar las operaciones contra el narcotráfico en las que tanto ha trabajado la DEA. Por no hablar del ridículo que haríamos en Capitol Hill.

—Yo no quiero que nadie haga el ridículo —afirma Keller.

—Sea tan irónico como guste —dice el representante—, pero no fue fácil aprobar la Iniciativa Mérida en el Congreso. Es lo que ustedes querían, ¿no?

La Iniciativa Mérida es un paquete de ayudas de mil cuatrocientos millones de dólares repartidos en tres años, en su mayoría destinados a México para combatir el tráfico de drogas. Keller conoce los detalles: trece helicópteros Bell 412EP, once Black Hawk, cuatro aviones de transporte CN-235, además de escáneres de alta tecnología, aparatos de rayos X y equipos de comunicaciones. A ello hay que sumarle la instrucción para la policía y el ejército mexicanos.

«La misma instrucción —piensa Keller— que dimos a los Zetas».

—¿Y ahora qué pretenden que hagamos? —pregunta el representante de la Casa Blanca—. ¿Que volvamos a Capitol Hill y les digamos que se olviden del tema? ¿Que resulta que íbamos a entregar mil cuatrocientos millones de dólares en sofisticados equipos militares a una camarilla de policías corruptos? ¿Que en la práctica íbamos a regalar unos helicópteros Black Hawk al cártel de Sinaloa? No, eso no va a ocurrir.

—No podemos desbaratar la Iniciativa Mérida a estas alturas —dice

Carling—. Faltan tres días para que se apruebe la ley. El perjuicio que ello causaría a nuestra relación con México sería incalculable.

—Entonces, ¿qué opciones tenemos? —pregunta el director—. ¿Dejar que nuestros aliados sigan creyendo que su máxima autoridad policial es honesta cuando sabemos que en realidad...?

—En realidad, no —dice McDonough—. Presuntamente.

—¿... que presuntamente está al servicio de los cárteles de la droga?

—Si no lo saben ya —tercia Keller.

—No queremos provocar un incidente internacional —dice el director—. Solo pedimos un visado de informador para Palacios.

McDonough se inclina hacia delante.

—Este es un asunto interno de México. Justicia solo autorizará medidas si el fiscal general mexicano nos envía una solicitud. En cuanto a Palacios, no podemos aceptar su historia al pie de la letra.

—Tienen la grabación de Vera —dice Keller.

—No hay cadena de custodia sobre esa cinta —dice McDonough—. No conocemos su origen. Pudo haber sido creada por la organización de los Tapia para sabotear a su mayor adversario. No lograron eliminar a Vera, así que intentan que lo hagamos nosotros.

—Es posible que le hayan colado a Palacios como topo —dice Carling a Keller— con el propósito de desmoronar la Iniciativa Mérida.

—Cosa que debe de preocupar muchísimo a los cárteles —tercia el representante de la Casa Blanca.

—Sí, están temblando —dice Taylor.

El director se vuelve hacia McDonough.

—¿Qué necesitan para traer a Palacios aquí?

—Pónganle un micrófono —dice McDonough—. Consigan que Vera se incrimine en una grabación que nosotros podamos controlar y entonces quizá tengamos algo de que hablar.

—¿Puedes conseguir que Palacios se ponga un micro? —pregunta Taylor.

—No lo sé —dice Keller—. Vera es listo. Está asustado...

—Sería una sola vez —precisa el director—, no una operación continuada.

—Inténtelo —dice McDonough—. Si usted nos consigue una cinta de Vera, nosotros le conseguiremos el visado.

Mira a Carling, que asiente.

—¿Y qué pasa con Aguilar? —pregunta Keller—. Necesita protección para él y su familia.

—El director de la SEIDO —dice McDonough— tiene muchos motivos para hablar con sus homólogos de aquí. Si, por alguna razón, decidiera no volver a México, estoy seguro de que podríamos organizar algo.

—No podemos permitir que un agente de espionaje mexicano ande lanzando acusaciones al otro lado de la frontera y concederle la ciudadanía —asegura Carling.

—Pero podríamos buscar una solución, ¿no, Susan? —pregunta McDonough con hastío.

—La alternativa —dice Keller— es que cruce yo la frontera con Luis Aguilar desde Juárez y lo deje en la puerta del *Washington Post*, que estaría encantado de publicar un artículo a doble página contando que esta Administración no moverá un dedo por un fiscal honesto y su familia. Y me cercioraré de que sus nombres están bien escritos.

McDonough mira a Taylor.

—Tenía usted razón. Es un gilipollas.

Taylor se encoge de hombros.

Carling dice:

—Estoy convencida de que ninguno de nosotros quiere hacer política exterior en los medios de comunicación. No quería decir que no fuéramos a acoger al señor Aguilar en el país. Simplemente, que queremos que sea discreto.

—Bien —dice el director—. Solo queda una cuestión: ¿informamos a nuestros homólogos mexicanos sobre esta operación?

—Si lanzamos una operación en suelo mexicano —responde Carling— contra una autoridad del país sin informarlos o, mejor dicho, sin pedir permiso, será un infierno diplomático.

—¿Qué? —pregunta McDonough—. ¿Rechazarán el dinero?

—Probablemente —responde Carling—. Sería un insulto para ellos y creerían que no confiamos en ellos.

—Es que no confiamos en ellos —dice Taylor.

—Es exactamente ese tipo de actitud...

Keller la interrumpe.

—Si los informamos ahora, podríamos poner en peligro la operación.

—Es un riesgo que hay que correr.

—No es usted quien corre el riesgo —dice Keller—. Son Palacios y Aguilar. Ellos y sus familias podrían morir.

—¿No está siendo un poco dramático? —pregunta el representante de la Casa Blanca.

—No —responde Keller—. No enviaré a Palacios, repito, no enviaré a Palacios con un micro si avisan previamente a los mexicanos y mucho menos si les piden permiso.

McDonough mira al director.

—¿Dirige usted la organización o la dirige Keller?

—Como agente sobre el terreno —dice el director—, Keller conoce mejor la situación y a los implicados y confío en su criterio y discreción.

—Pues mande a otro agente —dice Carling.

—Palacios no cooperaría nunca con él —tercia Taylor—. Pero estamos discutiendo por nada. Los mexicanos lo saben. El jefe de la SEIDO está llevando a cabo la investigación y nosotros simplemente estamos cooperando como buenos vecinos. La carga de comunicarse con sus superiores la lleva él, no nosotros. Ahí tienen su escapatoria. Si los mexicanos se ponen a gritar, señalen a Aguilar y háganse los inocentes.

El silencio que se impone en la sala indica que se ha alcanzado un acuerdo. McDonough consulta su reloj, mira a Keller y dice:

—Ya tiene sus órdenes. Meta a Palacios en una habitación con un micrófono.

—Pero dentro de tres días —dice el representante de la Casa Blanca.

Keller lo entiende. En tres días, la Iniciativa Mérida será aprobada.

El estado será feliz.

La Casa Blanca será feliz.

La DEA será feliz.

Los mexicanos serán felices.

Los fabricantes de armas serán felices.

Adán Barrera será feliz, porque tendrá armas nuevas en su guerra contra... bueno... en su guerra contra todos.

Keller se levanta.

—Gracias por su tiempo.

Abandona la sala.

—Cuando esto termine —dice McDonough—, despida a ese tío.

—Váyase a la mierda, Ed —responde el director.

Keller toma un vuelo nocturno a Ciudad de México.

Está tan agradecido como sorprendido del apoyo que le han procurado Taylor y el director. Pero no debería, piensa: ambos creen firmemente en lo que hacen y se preocupan por la seguridad de su pueblo. Y ambos defenderán a su organización si estalla una refriega burocrática en la frontera.

Ello no impidió que le dieran un buen tirón de orejas después de la reunión, pero ahora están plenamente comprometidos con la operación, trazando planes logísticos para trasladar a Palacios al otro lado de la frontera, trabajando con Inmigración en los documentos y organizando una incursión vía satélite para fotografiar la presencia de Vera en el encuentro con Palacios.

—Iniciaremos un análisis forense de las finanzas de Vera —dijo el director.

—Justicia se va a cagar —respondió Keller.

Tendrán que acceder a ordenadores, cuentas bancarias, transferencias monetarias y archivos inmobiliarios.

—Que se caguen —dijo el director—. Lo haré a través de la Agencia Nacional de Seguridad.

Planean tomar medidas preventivas: harán venir a los agentes encubiertos, sanearán los paquetes de información listos para remitir a la AFI y cancelarán o, cuando menos, ralentizarán cualquier operación contra el cártel de Sinaloa.

—¿Necesitas más agentes sobre el terreno? —preguntó Taylor a Keller—. Vigilancia, apoyo, comunicaciones...

—Comunicaciones tal vez —respondió Keller—. Nada más. No quiero actividades extraordinarias que puedan poner sobre aviso a Vera.

—Ten cuidado —le dijo Taylor al dejarlo en la puerta de embarque del aeropuerto—. Recuerda que ofrecen una recompensa de cinco millones por tu cabeza.

—Pensaba que eran dos.

—Barrera la ha subido —contestó Taylor—. Siempre iguala la recompensa que ofrecemos por él. Mantente en contacto.

Aquella noche, Keller tomó un whisky ya de madrugada, cosa que no acostumbraba a hacer, para que le ayudara a dormir, pero no sirvió de mucho. Dormitó un poco, pero estaba completamente despierto antes de que el avión iniciara el descenso sobre Ciudad de México.

Ahora se siente más en casa que en DC, aunque sabe que los policías del aeropuerto han notificado sus idas y venidas a los Tapia o Nacho Esparza, dependiendo del bando en que estén.

Aguilar se encuentra en el aeropuerto despidiendo a su familia.

—Estaré allí en una semana —dice a sus hijas, que parecen tristes y un tanto escépticas sobre el viaje—. Quizá menos.

—¿Por qué no puedes venir ahora?

—Tengo trabajo que terminar —responde Aguilar—. Luego iré. ¿Creéis que estaré guapo con sombrero de vaquero?

—¿Por qué tenemos que ir a un rancho?

—Es más bien un balneario —dice Lucinda—. Hay bañeras, masajes, yoga... Lo pasaréis bien.

Su tono es más una orden que una predicción, y las niñas cesan en sus objeciones y despiden a su padre con un abrazo.

—Serán solo unos días —dice a Lucinda en voz baja—. Una semana como mucho.

—Ten cuidado.

—Claro.

La besa en los labios y observa a su familia mientras pasa el control de seguridad.

Keller permanece a un lado y espera. En el trayecto de regreso a la ciudad, dice:

—Mis jefes quieren que Palacios lleve un micro.

—¿Con Gerardo?

—Sí.

—Es arriesgado.

«Lo es», piensa Keller.

Palacios monta en cólera.

Grita, tira cosas contra la pared, se sienta, se levanta y amenaza con marcharse.

Aguilar conserva la calma.

—Dile a Gerardo que quieres reunirte con él. Dile que te preocupa tu seguridad y pregúntale qué está haciendo al respecto.

—No es idiota —dice Palacios—. Sospechará.

—En cuanto consigas que se incrimine —explica Aguilar—, organizaremos el traslado de tu familia a Estados Unidos.

—No pienso hacerlo.

—Déjale ir —dice Keller a Aguilar—. ¿Quién le necesita?

—¡No podéis dejarme colgado ahora!

—Pues ponte el micrófono —dice Keller.

—Que te den por culo.

—¡No, que te den por culo a ti! —grita Keller—. ¡Llevas sentado en esas habitaciones tres putas semanas, comiendo bocadillos y dándonos lo mínimo posible! Lo mínimo, cojones. ¡Pues lo mínimo no es suficiente! ¡Iré a ver a Vera ahora mismo y le contaré que tenemos un nuevo infiltrado!

—No lo harás.

—¡Ponme a prueba! —dice Keller—. ¡Si no llevas ese micrófono no me sirves para una mierda! ¿Sabes lo que significa que no me sirves? ¡Significa que no mereces un visado, que no mereces una nueva identidad, que no mereces la casa y el coche y que no mereces ni un puto bocadillo!

Arrebata a Palacios la comida que sostiene en la mano y la lanza contra la pared.

—Supongo que no podremos volver al Four Seasons —comenta Aguilar evaluando los daños.

—Tienes dos días —dice Keller más calmado—. Organiza el encuentro con Vera y yo organizaré tu entrada en Estados Unidos. Ponte el micro, consigue lo que necesitamos y desaparece hasta que testifiques.

—No mencionasteis nada de testificar.

—El micro no sirve de nada sin tu testimonio —dice Keller—. ¿Qué pensabas? ¿Que tú y Vera ibais a ser colegas después de esto? ¿Que saldríais a tiraros chicas como en los viejos tiempos? Madura de una vez.

Palacios acepta llevar el micrófono.

—Lo de siempre —le dice Keller—. Haz lo que harías normalmente, nada fuera de lo común. Llámame cuando hayas organizado la cita.

El resto del día fluye lentamente, como un río lleno de fango. Ya es de noche cuando Keller recibe la llamada.

—Mañana a las seis y media —dice Palacios.

—¿Dónde?

—Gerardo tiene un nidito de amor en Polanco —responde Palacios, que facilita la dirección a Keller.

—Nos vemos a las cinco —dice Keller—. En Las Alcobas. Te pondremos el micro allí.

—¿Crees que a Gabriela le apetecería un polvo de despedida? —pregunta Palacios.

—Lo dudo.

Hay mucho que hacer. Aguilar organiza la vigilancia de la SEIDO en casa de Vera para conseguir fotos del jefe de la AFI entrando y saliendo.

Luego se pone a trabajar en el plan de salida: un Learjet 25 de la SEIDO esperará en la 1.ª Base Aérea Militar del Aeropuerto Internacional de Ciudad de México. El plan de vuelo será remitido a la 18.ª Base Aérea Militar de Hermosillo, Sonora, y Aguilar hablará con el personal de la SEIDO destinado allí. En Hermosillo embarcarán en un avión estadounidense de la DEA y volarán al Aeródromo Militar de Biggs en El Paso, Texas. En el EPIC, la DEA lo habrá dispuesto todo para que el avión entre en el espacio aéreo estadounidense y ponga rumbo a un hangar secreto.

Palacios será conducido al EPIC, interrogado y alojado en Fort Bliss bajo fuertes medidas de seguridad.

Aguilar se reunirá con su familia en Arizona y esperará acontecimientos. Si Vera es detenido, Aguilar volverá a México para encargarse de la acusación. Si no, tal vez se quede en Estados Unidos, donde ya le han ofrecido discretamente un cargo en una consultora de Washington DC.

Durante la operación, Keller vigilará desde un coche aparcado a dos manzanas de la vivienda de Vera y el equipo remoto de sensores de audio le permitirá realizar un seguimiento de la reunión.

Llamará a Taylor al EPIC en cuanto Palacios salga.

Palacios recorrerá a pie las dos manzanas y, si no le siguen, se montará en un vehículo de la SEIDO y se dirigirá al aeropuerto. Si le siguen, irá hacia su coche, un Cadillac último modelo, y lo llevarán hasta allí su chófer y su guardaespaldas.

Eso si Palacios consigue grabar todo lo necesario.

De lo contrario, se irá a casa y organizará otra reunión con Vera para intentarlo de nuevo.

El día, que promete ser interminable para Keller, empieza con un desayuno tardío.

Con Gerardo Vera.

Forma parte del plan hacer creer a Vera que todo sigue desarrollándose con normalidad, para que esté tranquilo. Así que un incómodo Keller se sienta con él en la terraza de una cafetería de Coyoacán. Está demasiado nervioso para comer, pero apura un gran plato de *pollo machaca* a la fuerza. Vera se decanta por unos huevos a la benedictina y un Bloody Mary. Se recuesta en la silla, sonríe a Keller y dice:

—Esta va a ser una gran noche.

A Keller se le cierra el estómago. ¿Sabe algo? ¿Está tanteándole?

—¿Ah, sí?

—Una mujer —dice Vera—. Una famosa belleza con la que he estado viéndome. Creo que esta noche iré a «cerrar el trato», como decís vosotros en Estados Unidos.

—¿Cómo es de famosa? —pregunta Keller.

—Un caballero no da nombres —responde Vera con una sonrisa—. Es bastante famosa. Por su belleza y por su... sexualidad.

Está contento como un niño. Keller casi lo lamenta, consciente del viejo dicho de que toda operación exitosa termina en traición. Y, de una manera irracional, se siente culpable al ver la amplia sonrisa de un hombre que ha lastrado todos los esfuerzos por capturar a Barrera, que ha ganado decenas de millones en *cañonazos*, un *matón* que sostuvo a una joven mientras su compañero le sacaba los ojos.

«¿Por qué coño te sientes culpable?», se pregunta.

—¿Y tú? —dice Vera.

—¿Yo qué?

—¿Tienes mujer?

Keller sacude la cabeza.

—Pero antes sí, ¿no? —insiste Vera—. Era médico o algo así, una tía con clase.

A Keller le suena a amenaza.

—¿Cómo lo sabes? —dice Keller moderando el tono de voz.

—Saberlo todo es mi trabajo —responde Vera—. No te ofendas, Arturo; no es nada personal.

—En todo caso, ya se ha acabado.

—Se fue de la ciudad, si mal no recuerdo.

«Sabe dónde está Marisol —piensa Keller—. Y es una amenaza». Keller siente un impulso, profundo, atávico, de levantarse ahora mismo y pegarle un tiro en la frente.

—Fuiste tú, ¿verdad? —pregunta Vera.

—¿Fui yo qué?

—El que les contó a los Tapia lo del acuerdo por Salvador Barrera —dice Vera despreocupadamente—. Yo no fui, seguro, y Luis es incapaz de manipular de esa manera. Solo quedas tú.

Keller no responde.

—No, felicidades —dice Vera—. Si andas detrás de Barrera, ha sido una jugada maestra. Partir en dos su organización y obligar a la gente a elegir bando... Bien hecho, *mi amigo*.

Keller no sabe qué pretende. ¿Adónde quiere llegar con todo esto? ¿Está amenazándolo, poniéndolo a prueba? Tal vez quiera llegar a un acuerdo.

—No sé de qué me hablas —dice Keller.

—Por supuesto que no —responde Vera manteniendo la sonrisa. Levanta un dedo para captar la atención del camarero y señala su copa vacía—. ¿Dónde están?

—Me he perdido.

—Los Tapia —dice—. Si mantienes contacto con ellos, si sabes dónde están, es el momento de decírmelo.

«Me está tratando como a un informador —piensa Keller—. Joder, me está tratando como yo trato a los informadores».

—No mantengo contacto con ellos y no sé dónde están.

El camarero sirve otro Bloody Mary. Vera lo ignora y anuncia:

—Creo que ha llegado la hora de que vuelvas a casa, Arturo. Creo que ha llegado la hora de que salgas de México y te vayas a casa.

Keller sacude la cabeza.

—No lo haré hasta que cace a Barrera.

La sonrisa de Vera desaparece y dice muy serio:

—Eso no va a ocurrir. Escúchame con atención, Arturo: eso no va a ocurrir.

«Dios —piensa Keller—. Solo le falta confesar que está en la nómina de Barrera.

»¿Por qué?».

Vera extiende la mano y la pone encima de la de Keller. En otra cultura, se interpretaría como un gesto homosexual. Aquí es una señal de fuerte amistad entre dos hombres.

—Te respeto —dice Vera—. Te admiro. Pero nunca atraparás a Barrera y ahora tu vida corre peligro. Todo está en marcha y te pido... no, te suplico que salgas del país lo antes posible. Esta noche. Estoy intentando salvarte la vida, Arturo.

«Y yo destruir la tuya», piensa Keller en un nuevo arrebato de culpabilidad.

—Tómate una copa de verdad conmigo —dice Vera—. Brindaremos por la buena lucha. Y, si sigues aquí mañana, haré que te arresten y te deporten. Es por tu bien.

Pide dos whiskies y brindan por la buena lucha.

Keller vuelve a la embajada y espera.

Sobre la mesa deposita un almuerzo que apenas toca, se va temprano, pasea por el parque México y finalmente se dirige al bar de Las Alcobas, donde toma una cerveza antes de subir a la habitación 417.

Aguilar ya está allí con un micrófono G1416 y un rollo de esparadrapo.

Está previsto que Palacios llegue en veinte minutos.

Chido Palacios está sentado a su mesa habitual tomando su café exprés habitual y observa a las mujeres que pasan con sus vestidos cortos de verano.

Son hermosas, delgadas y elegantes, con piernas largas y bronceadas esculpidas en el gimnasio, y lamenta que vaya a ser la última vez que gozará de ese placer, pero sabe que en Scottsdale también hay terrazas y, si no allí, en París, y que en todas partes hay mujeres hermosas.

Está admirando a una morena particularmente deslumbrante cuando un hombre se acerca a la valla y, antes de que los guardaespaldas puedan reaccionar, le vacía el cargador de una Cobra .380 en la cara y sale corriendo.

El café se le derrama en el regazo y se desploma en la silla con unos ojos inertes que miran al cielo azul.

Aguilar cuelga el teléfono.

—Era Gerardo —dice—. Palacios está muerto. Le han asesinado.

«Todo está en marcha», piensa Keller.

Empezaron a preocuparse cuando Palacios no se personó en el hotel y no respondía al teléfono. Keller supuso que se lo había pensado mejor o que había decidido huir por su cuenta, pero...

Gabriela tampoco apareció.

Estaban intentando localizarla cuando llamó Vera.

—Ya están culpando a los Tapia —dice Aguilar—. Mismo *modus operandi*, misma arma. —Se levanta del sofá y guarda cuidadosamente el material de grabación en la caja—. Ya está. Se acabó.

—Gabriela...

—Era el infiltrado —dice Aguilar—. O está muerta o de camino a un país con el que no tengamos acuerdos de extradición —señala Aguilar—. Afróntalo, Arturo. Nos han ganado. Se acabó.

Keller lo sabe.

Se acabó.

Por ahora.

—¿Qué vas a hacer? —pregunta Keller.

—Ir a montar a caballo con mis hijas —dice Aguilar—. Hablar con mi mujer y decidir a qué quiero dedicarme a partir de ahora. Pero sé que a esto no.

Coge el maletín y sale de la habitación.

Keller pasea por Presidente Masaryk cuando suena el teléfono.

—No hemos sido nosotros.

Yvette parece apurada, casi frenética.

—Por favor, Arturo. Reúnase conmigo.

Gerardo Vera abre la puerta de casa y ve a Luis Aguilar.

—¿Cómo me has encontrado aquí? —pregunta Vera.

—¿No piensas invitarme a entrar?

Se citan frente al Palacio de Cortés en Cuernavaca, uno de los edificios más antiguos del mundo occidental.

Cortés lo construyó sobre las ruinas de un templo azteca.

—Creía que había salido del país —dice Keller.

—Y así lo hice. Martín está fuera. Nosotros no matamos a Palacios.

—Lo sé —responde Keller—. Fue Vera.

—Le entregué la cinta hace semanas —dice Yvette—. No ha hecho nada con ella.

—Sin Palacios no vale nada.

—¿Cómo es posible? —Está agitada, asustada—. Ahora no se detendrán. Nos encontrarán y nos matarán.

—Si Martín quiere intervenir y testificar, puedo garantizar su seguridad. Y la de usted —propone Keller.

—¿Y cuántos años pasaremos en la cárcel? —pregunta Yvette.

—Poco tiempo. Tal vez nada.

—Tendría que testificar contra su hermano —dice—. Él nunca haría eso.

—Esto solo puede terminar de una forma y lo sabe —responde Keller—. Puedo meterla en un avión rumbo a Estados Unidos esta noche, Yvette. Allí no hay cargos contra usted. Solo díganos lo que necesitamos saber y...

—Volverán a extraditarme a México —dice Yvette—. No pienso ir a Puente Grande, Arturo. Pensaba que usted nos ayudaría.

—Eso intento.

Yvette sonríe amargamente.

—Siempre ganan, ¿verdad?

—¿Quiénes?

—Los del polo.

—Normalmente sí.

—Laura Amaro ya no me conoce —dice Yvette—. Ninguno de ellos me conoce. Creíamos formar parte del grupo. Pero no, y nunca nos lo permitirán.

—Que colabore Martín.

Yvette lo mira fijamente.

—Ya tiene lo que quería, ¿verdad? Partió por la mitad la organización de Adán para poder destruirla pieza a pieza. Y le da igual cuánta gente salga perjudicada, cuánta gente muera, siempre y cuando atrape a Adán. Dios nos libre de los hombres con integridad.

Yvette se marcha.

Suena el teléfono de Keller.

—Lo tengo.

Es Aguilar.

—¿A qué te refieres? ¿De qué estás hablando?

La voz de Aguilar es intensa y nerviosa.

—Tengo una cinta de Gerardo incriminándose.

—Luis, ¿qué has hecho? ¿Qué has hecho?

—¿Dónde estás?

—En Cuernavaca. Volví.

—Ven al aeropuerto. Deprisa.

—Luis, ¿qué has hecho?

—Tú ven. No podemos esperar mucho tiempo.

—Luis, vete. No me esperes. Vete.

Keller toma la 95 Norte de vuelta a Ciudad de México.

La ruta lo lleva por el Parque Nacional El Tepozteco siguiendo una carretera serpenteante a través de las montañas, bordeando lagos y praderas, que ahora relucen como si fueran metálicos bajo la luz de la luna.

«¿Qué has hecho, Luis?», se pregunta Keller. Entonces cae en la cuenta: Aguilar salió de la habitación, se colocó el micrófono y celebró la reunión con Vera él mismo. Debió de pedírselo, Vera aceptó y Aguilar lo grabó.

Y puede atestiguar su autenticidad.

Sin embargo, Vera es demasiado inteligente para caer en la trampa. Debió de aplacar a Aguilar para ganar tiempo.

Pero actuará.

En el espejo retrovisor destellan unas luces y Keller ve un coche acercándose.

Rápido.

El coche le pisa los talones, lo cual es peligroso en una carretera de curvas. Entonces le hace señales luminosas. Quiere pasar.

—Espera un segundo —murmura Keller.

Encuentra un sitio donde hacerse a un lado y su perseguidor le rebasa a toda velocidad.

—Gilipollas —dice Keller.

Pero el vehículo aminora la marcha. Al principio piensa que el conductor intenta darle una lección, devolvérsela, pero aparecen por detrás dos focos más.

El coche se aproxima como una exhalación e impacta en su parachoques.

Lo tienen enjaulado.

Keller intenta adelantar al coche que circula delante, pero le bloquea el paso invadiendo el carril contrario. Después, la pequeña caravana enfila una curva cerrada con marcadas pendientes a ambos lados que desemboca en una recta.

El primero aminora.

El coche que circula detrás —un Jeep Wrangler— se sitúa en paralelo a Keller, que se agacha cuando oye el restallido del cañón y las balas destrozan la ventanilla.

Gira el volante a la izquierda y embiste al Wrangler, que sale despedido de la carretera y choca contra la pendiente situada al otro lado.

El otro vehículo derrapa, se detiene y bloquea la carretera.

El instinto natural sería pisar el freno, pero lo único que conseguirá el instinto natural es matarlo. Ya alcanza a ver los cañones apuntándole.

Keller pisa el acelerador.

Va directo hacia la puerta del conductor.

El impacto es terrible.

La cabeza de Keller se hunde en el *airbag* y rebota hacia atrás.

Mareado, mete la mano en la guantera y coge la Sig Sauer. Tiene el brazo derecho débil, nota un hormigueo y apenas puede sostener la culata. Con la mano izquierda se desabrocha el cinturón y baja la maneta.

Comprueba aliviado que la puerta se abre y sale del coche.

Tiene la nariz rota y la sangre cae a borbotones.

El conductor del otro coche está muerto; se ha partido el cuello. El pasajero está saliendo por su lado. Al ver a Keller, apoya el cañón de la escopeta en el techo del humeante coche y apunta.

No debería haberse tomado tanto tiempo.

Keller le alcanza dos veces en la cabeza.

Luego vuelve tambaleándose a su coche. Se nota las piernas húmedas y se da cuenta de que está sangrando.

Se desploma sobre la capota.

Aguilar cuelga el teléfono.

Keller no contesta.

«¿Dónde estás, Keller?».

Suena la voz del piloto por el intercomunicador.

—Señor, ya estamos listos para el despegue. No tenemos mucho margen.

Aguilar quiere decirle que espere. Con suerte, Keller llegará en cualquier momento. Pero el material que lleva en el maletín es demasiado valioso para ponerlo en peligro y puede que Vera ya esté en camino.

—Adelante —dice Aguilar, que reclina el mullido asiento.

Se le hace extraño viajar solo en una cabina con capacidad para diez pasajeros. Mira por la ventana mientras el avión se pone en marcha, coge velocidad y despega. Contemplando las luces de la enorme metrópolis que es Ciudad de México, Aguilar no puede evitar preguntarse si volverá algún día.

Adán consulta su reloj.

No ha recibido la llamada telefónica que esperaba, la llamada que iba a anunciar que pronto tendría un cuerpo que ver. Ir a Ciudad de México entrañaba pequeños riesgos, más por los *sicarios* de los Tapia que por la policía, pero vale la pena si puede contemplar el cadáver de Keller.

Art Keller.

El santurrón.

Don Limpio.

El incorruptible.

«Tienes que reconocerle sus méritos —piensa Adán mientras observa a Magda, sentada al otro lado de la mesita—. Estuvo a punto de cazarme. Estuvo a punto de colarse por la fisura que había en mis defensas, una fisura que ha requerido mucho esfuerzo cerrar.

»Pero está casi cerrada.

»Chido Palacios, el último de la Mafia Izta, está muerto. La noticia ha salido por televisión, que ya culpa a Diego Tapia.

»Pronto nos ocuparemos del resto.

»Y, a estas horas, Keller ya debería estar en el infierno».

Consulta de nuevo el reloj y Magda se percata. De hecho, se percata de todo. Es algo que admira en ella. Ha sido una socia poderosa que ha mantenido relaciones con los colombianos, que ha garantizado el buen tránsito de cocaína y que se ha hecho rica por sí sola.

—¿Qué? —pregunta Magda al notar que la está mirando.

—Nada.

Aparte de ella, Adán no tiene amigos.

Nacho es asesor, pero también suegro y socio, además de un posible rival. Adán no teme que Nacho intente matar a su propio yerno, pero sin duda tiene una agenda propia.

Adán no puede relajarse con él. No puede bajar la guardia.

Solo puede hacerlo con Magda, y lo cierto es que ahora prefiere hablar con ella que follar, aunque puede hacer ambas cosas. En su día, Adán rehusaba el viejo tópico de «la soledad del líder». Ahora no. Ahora le parece cierto. Quien no tenga que tomar las decisiones que debe tomar él es incapaz de entenderlo.

Ordenar la muerte de mucha gente.

La lucha por Juárez ha sido mucho más encarnizada de lo que esperaba.

Vicente Fuentes es un mero hombre de paja —escondido en su guarida, puede que incluso en Texas—, pero la Línea ha presentado una dura batalla, al igual que los Aztecas. Los juarenses protegen a los suyos con uñas y dientes.

Luego está la guerra con Diego.

Una guerra que es culpa suya, una situación que ha manejado tremendamente mal; a punto estuvo de dejar toda la maquinaria de protección en manos de Keller. Pero ¿cómo iba a saber que Martín Tapia grababa sus encuentros con la mafia Izta? ¿Cómo iba a saber que Keller trabajaba para los Tapia y que tal vez compartía cama literalmente con Yvette?

«Deja de poner excusas. Deberías haberlo sabido. Tu trabajo es saber.

»Espero que hayas despertado justo a tiempo».

Vuelve a consultar el reloj.

Tantos asesinatos en ambos bandos y tan innecesarios. Es exactamente lo que no necesitaba ahora que estaba a punto de lanzar su campaña en Juárez. Una distracción innecesaria que arrebata recursos a la verdadera batalla. Cuenta con medios para librar conflictos simultáneos contra los Fuentes, los Tapia y el CDG, con sus mercenarios Zetas, pero no puede con tanto como le gustaría.

Y tiene planes más ambiciosos para Juárez, planes que van más allá de la propia ciudad.

Los Zetas son un problema.

Los Zetas serán su principal problema. De todos sus enemigos, Heriberto Ochoa es el mejor: el más inteligente, el más despiadado y el más disciplinado. Hizo lo correcto al alinearse con los Tapia. Fue una buena decisión. Y hace lo correcto manteniéndose al margen de la contienda en Juárez. Adán intuye la estrategia: dejar que él y Fuentes se desangren mutuamente y luego realizar su movimiento.

«Al final —piensa Adán—, quedaremos solo Ochoa y yo».

Magda se sirve una copa de Moët, que Adán sabe que debe poner en hielo para todos sus encuentros.

—Estás pensando en Keller.

Adán se encoge de hombros. Está pensando en muchas cosas.

—Llamarán —dice Magda para tranquilizarlo.

Lo distrae hablando de negocios: precios por kilo, problemas de transporte y decisiones de personal. Últimamente, su relación, aunque sigue siendo sexual, ha virado más hacia la amistad y el compañerismo. Adán confía cada vez más en su consejo y ella tiene ideas nuevas para hacer crecer el negocio.

Magda ha tenido otros amantes, pero menos de los que cabría esperar, ella incluida. Aunque algunos consideran que su riqueza y su poder son un afrodisíaco, con un número sorprendente de ellos surte el efecto contrario, y a ella no le apetece otra noche de mimos, por así decirlo, otra picha blanda, y asegurar a su propietario que «no pasa nada, está bien quedarse a las puertas».

Sí que pasa.

Y no está dispuesta a ir en la otra dirección, a buscar hombres guapos más jóvenes —chicos, en realidad— que la ven como una fuente de dinero, regalos, vacaciones y comidas caras. Están más que dispuestos y capacitados y se ha dado el gusto una o dos veces, pero sabe que su ego es demasiado firme para aceptar el papel de asaltacunas.

Tampoco es una MQMF, donde sobra la M de *madre*, y le sorprende que esto último suponga un motivo de creciente tristeza. No se lo esperaba e imagina que es algo biológico, pero se sorprende pensando en ello, consciente de que se aproxima el momento del «todo o nada», y ve cada vez con más pesimismo la posibilidad de conocer a un hombre que engendre a su hijo.

Para empezar, cuando trabaja tiene muy poco tiempo.

—¿No debería estar ya aquí? —pregunta Adán.

—Vendrá. —Magda sonríe con serenidad—. Le dije que era por negocios, pero seguramente crea que hay algo más.

«Conociéndolo —piensa Adán—, sin duda lo cree».

Es bueno conocer las virtudes de un hombre.

Es mejor aún conocer sus defectos.

El volumen del televisor se intensifica. Es el tono estridente de las últimas noticias, y Adán y Magda se vuelven hacia la pantalla.

Un Learjet 25 en llamas ha caído en el distrito financiero de Las Lomas, en la esquina del paseo de la Reforma y el Anillo Periférico, a apenas un kilómetro de Los Pinos. Se ha estrellado contra un edificio de oficinas y han muerto seis personas, además del piloto, el copiloto y el único pasajero que viajaba a bordo.

Adán no se alegra.

Se mire por donde se mire, Luis Aguilar era un hombre decente.

Con mujer e hijos.

Oye voces en el piso de abajo. Los guardias han dado el alto a alguien y lo conducen al apartamento situado en la segunda planta.

—Te lo dije —observa Magda.

El guardia hace entrar a Gerardo Vera.

Sonríe a Magda y sus ojos se inundan de terror al ver a Adán sentado en el sillón orejero.

—No me esperaba...

—No —dice Adán cordialmente—. Pensabas recibir una asignación de mi mujer sin que yo estuviera presente.

—Era una reunión de negocios.

—No importa —dice Adán meneando la cabeza—. Ese no es el motivo por el que quería verte. Palacios está muerto, Aguilar también y Keller debería estarlo en este momento.

—Entonces estamos salvados —responde Vera.

—No del todo.

Vera parece confuso al principio, pero Adán ve que empieza a entender.

—Las cosas se han ido de madre, Gerardo. Ahora estás en peligro.

—Ya veo. —Vera mira la botella de champán—. ¿Puedo? —Se sirve una copa y bebe un largo trago—. Está bueno. Muy bueno. No suplicaré por mi vida.

—Ya me imaginaba que no lo harías.

—Sabes que tengo hombres fuera.

—Acaban de irse.

—Tú y yo hemos recorrido un largo camino —dice Vera—. Eras un mierdecilla con una camioneta que vendía pantalones vaqueros en Tijuana; yo un poli que patrullaba en un barrio de chabolas. Nos lo hemos montado bien.

—Cierto.

—Entonces, ¿por qué parar ahora?

—Acabas de ordenar la muerte de tu viejo amigo —dice Adán—, y estuviste implicado en la de tu compañero más próximo. Para serte totalmente sincero, Gerardo, no puedo confiar en ti.

Magda se levanta.

—¿Me concederás una cosa? —pregunta Vera. Se inclina hacia delante y le acerca la cara al cuello—. Qué olor más agradable. Los hombres debaten sobre la parte más bonita de una mujer. Para mí es el cuello. El punto en que describe la curva del hombro. Justo aquí. Gracias.

Magda asiente y se va.

Vera intenta desenfundar la pistola que lleva bajo el brazo.

El guardia le vuela la cabeza.

Adán se levanta.

Ahora todo está limpio. No habrá «pistola humeante» que mancille la Administración anterior ni actual del PAN.

Solo le preocupa una cosa.

Todavía no ha recibido la llamada que confirme la muerte de Keller.

Keller se monta en la parte trasera de un Suburban negro con los cristales tintados.

Un médico con ropa civil, pero con un corte de pelo y unas maneras claramente marciales, se emplea eficiente y silenciosamente en limpiarle y vendarle las heridas.

—¿Quién eres? —pregunta Keller.

El médico no responde y se limita a hablar de banalidades para impedir que Keller se duerma. Desesperado por conciliar el sueño, Keller se da cuenta de que debe de haber sufrido una contusión y por eso intentan que siga consciente. Esto se prolonga hasta que llegan a Ciudad de México, donde el coche dobla por el paseo de la Reforma. Keller pensaba que se dirigían a la embajada, pero el coche se detiene en un barrio de bancos y edificios de empresas. Se detienen en la puerta metálica del número 265. El conductor muestra una identificación al guardia, la puerta se abre y el vehículo entra en un aparcamiento.

Tumban a Keller en una camilla y lo trasladan a una sala que parece una pequeña enfermería, donde un médico estadounidense, también de aspecto militar, toma las riendas y lo somete a un examen preliminar y unas radiografías.

—¿Dónde estoy? —pregunta Keller.

—Contusión, nariz rota, hombro dislocado, dos costillas fisuradas y metralla de escopeta —dice el médico—. Es usted difícil de matar.

—¿Dónde estoy?

—¿Dolor interno? ¿Algo que no haya mencionado, señor?

—¿Dónde cojones estoy?

—Vendrá a verle una persona en breve.

Es Tim Taylor.

—Nos llamó Aguilar al ver que no podía localizarte —dice—. Enviamos gente a buscarte. ¿Qué coño estabas haciendo en Cuernavaca?

—Entonces Luis está bien —responde Keller—. En El Paso.

—Está muerto —dice Taylor. Informa a Keller del accidente de avión y añade—: No has respondido a mi pregunta.

—No pienso hacerlo —dice Keller—. Ha sido Vera quien ha derribado ese avión.

—Vera ha sido hallado muerto —contesta Taylor—. El mismo *modus operandi* que los otros policías. Estaba recibiendo una asignación. Como en el caso de Aguilar, su muerte está siendo atribuida a los Tapia.

—No fueron ellos —dice Keller—. Es obra de Barrera.

—Lo sabemos.

«Entonces se acabó», piensa Keller.

Aguilar está muerto y las cintas fueron destruidas en el accidente.

Palacios está muerto.

Vera también.

Barrera ha limpiado la porquería.

—¿Has venido para llevarme a casa? —pregunta Keller.

—¿Puedes caminar?

—Creo que sí.

Keller se baja de la camilla y el esfuerzo le provoca un intenso dolor en las costillas. Le tiemblan las piernas por la conmoción y los medicamentos, pero consigue seguir a Taylor por el pasillo y entran en un ascensor que los lleva a la sexta planta. Cuando salen, Keller ve más militares, enfundados, eso sí, en ropa civil, y gente con pinta de locos de la informática y contables.

No hay carteles en ninguno de los despachos.

Todas las puertas están cerradas.

—Lo que ves aquí no existe —dice Taylor—. Oficialmente es una oficina de contabilidad para garantizar que el dinero de los contribuyentes que se inyecta en la Iniciativa Mérida se utiliza adecuadamente. En realidad, los percheros de este edificio están bastante llenos: FBI, CIA, nosotros, Alcohol, Tabaco y Armas de Fuego, Hacienda, Seguridad Nacional, Oficina Nacional de Reconocimiento, NSA, Agencia de Inteligencia de la Defensa... Puedes hacerte una idea.

Abre la puerta de una sala en la que hay una docena de técnicos sentados delante de sus respectivos ordenadores.

—Aquí todo es alta tecnología —explica Taylor—. Equipos de encriptado, equipos de contraencriptado, vigilancia por satélite, pinchazos telefónicos, comunicaciones seguras... De todo.

Llegan a una puerta cerrada situada al fondo del pasillo. Taylor se sitúa delante de un escáner de retina y la puerta se abre. El lugar parece una especie de salón con muebles cómodos, cafetera y una barra.

En uno de los sofás, un hombre que parece un poco más joven que Keller está tomando una cerveza. Tiene el pelo negro y corto. Mide algo menos de dos metros, su pecho es voluminoso y está tieso como un palo. Cuando los ve entrar se levanta y tiende la mano a Keller.

—¿Arturo Keller? Roberto Orduña.

—El almirante Orduña —dice Taylor— es el comandante de las FES mexicanas, las fuerzas especiales, más o menos el equivalente a nuestros SEAL.

—Permítame decir primero lo mucho que siento lo de Luis Aguilar —afirma Orduña—. Era un buen hombre. ¿Le apetece tomar algo? ¿Un café? Este edificio es de ustedes, pero está en mi país, así que creo que debo ser un buen anfitrión.

«Ya has hablado —piensa Keller—. ¿Qué quieres?».

Los tres toman asiento.

—Estamos perdiendo la batalla —dice Orduña sin más preámbulos—. La droga es más abundante, potente y barata que nunca a este lado de la frontera. Los cárteles tienen más influencia que en ningún otro momento; se han apropiado de importantes instrumentos de poder y amenazan con convertirse en un gobierno en la sombra. La guerra entre ellos intensifica la violencia a niveles espantosos. Lo que hemos hecho hasta el momento no funciona.

Keller lo sabe.

La estrategia del decomiso de drogas es como intentar barrer el océano con una escoba. La estrategia de detener traficantes a cualquier nivel solo genera oportunidades laborales que numerosos candidatos están ansiosos por aprovechar.

—Tenemos que hacer algo distinto —afirma Orduña—. El modelo policial no está funcionando. Debemos emplear un modelo militar.

—Con el debido respeto —dice Keller—, su presidente ya ha militarizado las acciones contra el narcotráfico y solo ha empeorado las cosas.

—Porque está utilizando el modelo equivocado —responde Orduña—. ¿Conoce usted el debate entre las doctrinas contrainsurgencia y antiterrorismo?

—Solo vagamente.

Orduña asiente.

—La contrainsurgencia, el modelo para combatir el terrorismo durante los últimos treinta años, ponía el acento en la defensa: impedir ataques a la vez que se entablaban relaciones políticas con los lugareños para que no apoyaran a los terroristas. Es más o menos análogo a lo que nosotros, y ustedes, hemos estado haciendo con el tráfico de drogas, si es que uno puede afirmar que el traficante de drogas es análogo al terrorista.

—Lo son cada vez más —dice Keller.

—Al Qaeda mató a tres mil estadounidenses —tercia Taylor—. Quizá suene insensible, pero es una fracción del daño que causan las drogas cada año. Y gastamos decenas de miles de millones en interdicciones y encarcelamientos.

—Exacto —dice Orduña—. La contrainsurgencia es cara, consume mucho tiempo y, en última instancia, resulta estéril. Esa es la razón por la cual su ejército ha evolucionado recientemente hacia la doctrina antiterrorista, que pone énfasis en la ofensiva: pequeños ataques dirigidos a objetivos de relevancia.

»En las circunstancias actuales, detenemos al líder de un cártel, Contreras, por ejemplo, y otro ocupa su lugar. Existe una gran motivación para conseguir el trabajo, pero pocos elementos disuasorios.

—Lo que hemos observado —apostilla Taylor— es que cada vez hay menos yihadistas que intentan acceder a los cargos de responsabilidad, porque hemos convertido los ascensos en sentencias de muerte. Si ocupas el trono, te lanzamos un misil a la cabeza o las fuerzas especiales te sacan de allí.

—Me pregunto —dice Orduña— quién querría ser el jefe del cártel de Sinaloa, por ejemplo, si sus dos antecesores hubieran sido asesinados. El mensaje es: «Adelante, gana miles de millones, pero no vivirás para gastarlos». Eso es lo que pretendemos, abandonar la contrainsurgencia y adoptar el antiterrorismo.

—Está hablando de un programa de asesinatos selectivos —dice Keller.

—Detenerlos si no queda más remedio —precisa Orduña—. Matarlos cuando podamos.

Keller sonríe con aire de suficiencia.

—Sé lo que está pensando —añade Orduña—. Ya lo ha oído antes y toda la información que usted facilitó a Vera llegó directamente a las manos del cártel de Sinaloa. La AFI fue comprada y pagada, pero mi unidad no.

—Eso dijo Vera.

—Mi unidad no —repite Orduña.

Sus hombres no pueden solicitar el ingreso en la unidad, explica; deben ser elegidos, descubiertos, escogidos entre el coro.

Luego reciben formación.

Primero en un campamento secreto en las montañas de la Huasteca Veracruzana durante año y medio. Allí aprenden armamento, tácticas —emboscadas y contraemboscadas—, conducción evasiva, rápel, explosivos y supervivencia.

Si superan esa fase, son enviados a otro campamento secreto en Colombia para recibir instrucción contra el tráfico de drogas: cómo infiltrarse en los ejércitos privados de los cárteles, identificar un laboratorio, encontrar almacenes, saltar desde helicópteros y combatir en la jungla y la montaña.

Los hombres que superan ese curso asisten a una tercera escuela antiterrorista en Arizona, donde aprenden a «neutralizar y destruir» amenazas terroristas, espionaje, contraespionaje, supervivencia y métodos de captura e interrogatorio. Se ven sometidos a una intensa presión física y psicológica y, si sobreviven, se les enseña a infligirla: técnicas de interrogatorio «suaves» y «duras».

Después vuelven a México, donde perciben un salario de treinta mil pesos mensuales y veinte mil extra por cada operación arriesgada, cosa que reduce sobremanera la posibilidad de que acepten sobornos de los narcos.

Otro incentivo son, hablando claro, los saqueos.

Los marines de las FES pueden quedarse con parte de lo que requisan: relojes, joyas y dinero. Los policías lo han hecho siempre, por supuesto. La genialidad de Orduña radica en convertirlo en algo legal y alentarlo.

Sus hombres no aceptan sobornos. Simplemente cogen.

—Cualquiera de mis hombres que acepte un soborno —dice Orduña— sabe que no será detenido, juzgado y enviado a la cárcel. Desaparecerá en el desierto.

«Orduña ha creado una unidad especial concebida para librar una guerra sucia —piensa Keller—. Lo sepa o no, ha formado su propia versión de los Zetas».

—Tenemos una lista de treinta y siete objetivos —explica Orduña.

—¿Figura Barrera en ella?

—Es el número dos.

—¿Quién es el número uno?

—Diego Tapia. Entenderá que es lo que espera la ciudadanía, que no sabe nada del escándalo del cártel de Izta. Nuestro honor lo exige. Pero le juro que, si trabaja conmigo, le ayudaré a matar a Adán Barrera. —Orduña sonríe y añade—: Con suerte, antes de que consiga matarle él a usted.

—La operación es totalmente independiente —señala Taylor—. No guarda relación con las actividades normales de la DEA. Esas se realizarán como de costumbre, en colaboración con el gobierno mexicano. Esta nueva unidad trabajará desde aquí y solo con los marines mexicanos. El dinero se ha desviado de Mérida, así que no hay partidas presupuestarias ni comité de supervisión. Ni Estado ni Justicia; solo la Casa Blanca, que negará su existencia.

—¿Y dónde encajaría yo? —pregunta Keller.

—Tú dirigirías la parte estadounidense —responde Taylor—. Te instalarías aquí y en el EPIC. Solo vuelos militares en ambos sentidos. La seguridad la proporcionarán miembros de las FES vestidos de civil. Carta blanca, acceso de alto nivel.

—Voy por libre —dice Keller—. Trabajo solo. Ni superiores ni espías en la oficina.

—Solo recibirás el apoyo logístico que solicites —afirma Taylor.

—Y si este programa sale a la luz, me crucifican.

—Llevo los clavos en la boca.

«Joder —piensa Keller—. Me está ofreciendo el puesto de jefe de un programa de asesinatos».

Como en sus viejos tiempos en Vietnam.

Operación Phoenix.

Pero esta vez, él está al mando.

—¿Por qué yo? —pregunta Keller—. No eres precisamente el presidente de mi club de fans.

—Eres un hombre solitario y amargado, Art —responde Taylor—. Eres el único hombre que tengo que posea determinación y que esté lo bastante enfadado y tenga cualidades para hacer esto.

«Es honesto», piensa Keller.

Y Taylor tiene razón.

Acepta el trabajo.

Recuerda lo que oyó decir en una ocasión a un sacerdote.

Satán solo puede tentarte con lo que ya tienes.

4

EL VALLE

> Por tanto, he aquí que vienen días —declara el Señor—
> cuando no se dirá más Tofet, ni valle del hijo de Hinón, sino
> el valle de la Matanza.
>
> Jeremías 7,32

Valle de Juárez
Primavera de 2009

Salen de Juárez y toman la carretera federal número 2 en dirección este.

La vía de dos carriles discurre en paralelo a la US I-10, que se encuentra a solo unos kilómetros al otro lado de la frontera.

Ana ha insistido en conducir ella misma el Toyota, ya que no confía en Pablo al volante (y menos aún en su vieja carraca) y dejar que Giorgio haga todas las fotos que quiera. Óscar los ha enviado al valle de Juárez para que cubran la noticia de la creciente violencia.

Hace dos meses, Calderón mandó al ejército allí, una columna de tropas con vehículos blindados y helicópteros, para que intentara contener los enfrentamientos entre los cárteles de Sinaloa y Juárez que han convertido la zona en un campo de batalla.

Pablo mira por la ventana y contempla el cinturón verde que flanquea el río Bravo. Antes eran mayoritariamente campos de algodón —y algo de trigo—, pero las *maquiladoras* se llevaron buena parte de la mano de obra y las plantas de algodón se marchitaron hace mucho tiempo.

«Esta es tierra de bandidos y siempre lo ha sido», piensa Pablo, que observa la sierra marrón que se alza al sur. La mayoría de las familias del valle, controladas largo tiempo por la familia Escajeda, que emigró hacia el Sur cuando Texas obtuvo la independencia, eran refugiados que huían de la invasión estadounidense.

Los Escajeda se dedicaban a lo mismo que tantas otras familias de la frontera: criaban ganado y participaban en la ancestral tradición de las incursiones transfronterizas. Lucharon primero contra los comanches y después contra los apaches, y se pasaron al algodón cuando el fin de la esclavitud en el norte generó oportunidades.

A principios de siglo traficaban con marihuana y opio y, más tarde, durante la ley seca, con whisky y ron. Los Escajeda se hicieron ricos con el contrabando de alcohol, pero mucho más cuando la Guerra contra la Droga de Nixon convirtió *la pista secreta* en un negocio sumamente provechoso. Se puede llegar a Texas en coche o incluso a pie desde las pequeñas poblaciones del valle y, si bien el grueso de la droga sigue pasando por Juárez, el valor de este territorio para el narcotráfico no es nada desdeñable.

Hasta hace poco, dos hermanos Escajada, José el Rikin y Óscar la Gata, controlaban el narcotráfico en la zona y mantenían una paz frágil entre Sinaloa y Juárez, lo cual permitía a ambos cárteles utilizar la plaza por cierta suma de dinero.

Así que reinó la «paz en el valle», incluso mientras Juárez se desmoronaba, hasta hace dos meses, cuando el ejército detuvo a la Gata y el cártel de Sinaloa lo interpretó como una señal para entrar. La invasión sinaloense obligó al Rikin a elegir bando y se decantó por el equipo local, el cártel de Juárez.

Ahora es una zona de combate.

—No me contrataron como corresponsal de guerra —comenta Pablo—. Deberían pagarnos más.

Giorgio, por supuesto, está encantado. Le habría gustado ser reportero de guerra y, con su camisa verde, sus pantalones caqui con bolsillos y su chaleco a juego, lo parece. Fotografía un convoy de tres vehículos blindados del ejército que circulan en dirección contraria.

Pablo se fija en cómo agarra Ana el volante. Le pone nerviosa compartir carretera con camiones agrícolas y caravanas militares. Uno nunca sabe cuándo un vehículo puede ir lleno de *sicarios* de un bando u otro o cuándo puede verse atrapado en un fuego cruzado, incluso a tres bandas.

Se siente aliviado cuando llegan al control militar, un puesto improvisado hecho con sacos de arena, alambre de espino y contrachapado a las afueras de Valverde. Hace calor; de hecho, el ambiente es sofocante fuera de la sombra protectora del cinturón verde, y Pablo está sudando profusamente cuando Ana detiene el coche y se aproximan los soldados.

Pablo sabe que no es solo el calor opresivo el que hace que el sudor empape la delgada tela de su camisa blanca; está asustado. Los militares, vengan de donde vengan, siempre le han puesto nervioso, sobre todo cuando se los ve tensos. Este lleva pantalones de camuflaje, casco de combate y un grueso chaleco protector, y no puede estar feliz con ese calor.

Ana baja la ventanilla.

—¿Qué hacen aquí? —pregunta el soldado.

—Somos periodistas —dice Ana.

—Dígale que no me haga fotos —ordena.

—Giorgio, por el amor de Dios —murmura Pablo.

Giorgio deja la cámara en el regazo.

—¿Identificación? —añade el soldado.

Le entregan los carnés de periodista y los estudia minuciosamente, aunque Pablo duda que sepa leer. La mayoría son chavales de campo que se alistaron en el ejército para huir del hambre y el arduo trabajo, y casi todos son analfabetos.

—Salgan del coche —les indica.

«Noooo —piensa Pablo, consciente de la norma sagrada cuando uno se enfrenta a policías o soldados—. Nunca salgas del coche». Una vez que lo has hecho, solo pueden pasar cosas malas. Cuando sales del coche, estás en sus manos: pueden llevarte a una zanja y darte una paliza o robarte. Pueden meterte en la caseta o en la parte trasera de una camioneta y llevarte a dar un paseo hasta la base, y uno de los motivos por los que Óscar los mandó a cubrir la noticia es lo que le sucede a la gente que es trasladada a la base.

Ahora ve a otros dos soldados que se levantan y se dirigen al coche. Uno de ellos se descuelga el rifle de asalto del hombro y se acerca a la ventanilla del acompañante.

—¡Salgan del coche! —grita el primer soldado, que se apoya el rifle en el hombro y apunta a Ana.

—¡No, no, no! —exclama Pablo levantando las manos—. ¡No pasa nada! ¡Somos periodistas! ¡Periodistas!

Giorgio desliza a Ana un billete de diez dólares estadounidenses.

—Dáselo.

A Ana le tiembla la mano cuando entrega el billete al soldado, que baja el rifle, se lo guarda en el bolsillo del pantalón, observa los carnés unos segundos más y se los devuelve. A un gesto suyo, otro soldado levanta la barrera.

—Adelante.

—Dios mío —dice Pablo.

La pequeña población de Valverde tiene unos cinco mil habitantes y consiste en alrededor de veinte manzanas dispuestas en una rejilla rectangular en pleno desierto. Las casas son pequeñas, en su mayoría hechas con bloques y algunos ladrillos, y están pintadas en llamativos tonos de azul, rojo y amarillo.

La panadería de la familia Abarca se encuentra en la céntrica avenida Valverde, una prolongación de la autopista 2 que es además su vía principal.

La panadería no solo se halla en el centro en un sentido puramente físico: durante tres generaciones, el edificio rosa ha sido lugar de encuentro y centro social para la gente que tiene algún tipo de problema.

«*Id a ver a los panaderos*», es un viejo dicho del lugar.

Si el casero te presiona para que pagues un dinero que no tienes, un Abarca irá a hablar con él. Si necesitas redactar un documento y no sabes escribir, lo hará por ti un Abarca. Si tu hijo tiene problemas en el colegio, un Abarca visitará al profesor. Si tres soldados se han llevado a tu hijo, un Abarca irá a preguntar por él a la caseta.

Ha pasado mucho últimamente.

Jimena les está esperando.

—¿Habéis tenido problemas para llegar hasta aquí? —pregunta cuando bajan del coche.

Lleva un delantal amarillo encima de unos vaqueros desteñidos, ambas prendas manchadas de harina.

—No —miente Ana.

Pablo espera que los invite a entrar. Aunque tiene calor y sigue muy nervioso, el aroma que emana de la panadería es tentador. Puede oler el *pan dulce*, el característico jengibre de los *marranitos*, el anís de las *semitas*, y le parece detectar empanadas.

Es casi la hora del almuerzo, pero lo que le apetece de veras es una *cerveza* bien fría.

Jimena acaba rápidamente con ambas esperanzas.

—Marisol nos espera —dice.

Siguen a Jimena hasta el edificio más grande del municipio, el ayuntamiento, una construcción de dos plantas, y se reúnen con la concejala en el piso de arriba.

Marisol Salazar Cisneros o, mejor dicho, la doctora Marisol Salazar Cisneros, es concejal de Valverde. Cuando Jimena comentó que se reunirían con ella, Pablo hizo los deberes por Internet. Cisneros nació en el seno de una familia de hacendados de clase media a las afueras de Valverde, se marchó a buscar trabajo a la capital y regresó para abrir una clínica en su localidad de origen.

«Impresionante», pensó Pablo, totalmente preparado para odiar a la estudiante sobresaliente y bienintencionada.

Para lo que no estaba preparado es para su belleza. Marisol Cisneros es simplemente hermosa, al punto de que casi se siente intimidado al estrecharle la mano. Los invita a sentarse a la mesa. Giorgio empieza a hacerle fotos al instante y Pablo siente una punzada de celos irracionales pero, aun así, intensos.

—Son ustedes amigos de Jimena —dice Marisol.

—Nos conocemos desde los *feminicidios* —responde Ana—. Pablo trabajaba muy estrechamente con ella por aquel entonces.

—Es probable que haya leído sus artículos —le dice Marisol.

—Gracias —contesta Pablo, que se siente estúpido y desearía haber pasado por la peluquería o al menos haberse afeitado.

—Y gracias a usted por hablar con nosotros —dice Ana—. El alcalde se negó.

—Es buen hombre —comenta Marisol—, pero tiene...

—¿Miedo? —aventura Ana.

—Digamos que es reticente —responde Marisol.

—¿Ha recibido amenazas? —pregunta Pablo titubeante.

—No lo sé.

—Pero usted sí —afirma Pablo.

Hace un mes, les cuenta, volvía de Práxedis G. Guerrero, más al este del valle, donde estaba realizando el seguimiento a varias mujeres embarazadas, y un todoterreno sacó su coche de la carretera. Estaba aterrada, sobre todo cuando se bajaron tres hombres con pasamontañas y dispararon sus AK-47 por encima de su cabeza.

—¿Está segura de que eran AK? —pregunta Pablo.

—Bastante —dice Marisol—. Lamentablemente, nos hemos convertido todos en expertos en armas por estos lares.

Los hombres le advirtieron que la próxima vez no tendría tanta suerte y que debía aprender a mantener «sus piernas de zorra abiertas y su boca cerrada».

—¿Qué había dicho? —pregunta Ana.

—No es tanto lo que dijera —responde Marisol— como lo que preguntaba. Cuando entra una persona tras otra en la clínica con moratones, fracturas de cráneo causadas por culatas de arma y señales de tortura por descargas eléctricas, haces preguntas. Exigí respuestas a los oficiales al mando.

—¿Y qué le dijeron? —pregunta Pablo.

—Que me metiera en mis asuntos —contesta Marisol—. Les dije que mis asuntos son justamente la gente con lesiones.

—A lo que ellos respondieron...

—Que hacer cumplir la ley es el suyo —contesta Marisol— y que agradecerían enormemente que no interfiriera en su labor.

Les dijo que, mientras su trabajo consistiera en hacer daño a gente inocente, su deber —como médico y como autoridad municipal— era interferir.

—La teoría del ejército —precisa Jimena— es que las personas inocentes no existen. Nos acusan a todos de trabajar para los Escajeda y el cártel de Juárez.

Irrumpen en casas buscando narcos, drogas, armas y dinero, les dice Jimena. Roban todo lo que encuentran y, si se oponen... acaban en la clínica de Marisol.

—Con suerte —añade Jimena—. En caso contrario, te vendan los ojos, te meten en una furgoneta y te llevan a la base de Práxedis. Ahora mismo hay ocho chicos jóvenes de Valverde allí y ni siquiera sabemos cómo se encuentran.

—¿Han acudido a un juez? —pregunta Ana.

—Por supuesto —responde Marisol—, pero la ley normal no es aplicable en un estado de emergencia. El valle se encuentra sometido a la ley marcial, así que el ejército puede hacer prácticamente lo que quiera.

«Eso sí que es verse atrapado en un fuego a tres bandas», piensa Pablo. La gente del valle de Juárez vive en un triángulo mortal. El cártel de Juárez les exige lealtad, el de Sinaloa que cambien de bando y el ejército constituye una fuerza en sí mismo. Así que, en caso de que los locales no se vean atrapados literalmente en un fuego cruzado, acribillados por narcos que intentan matarse entre sí, los acosan por tres flancos.

Jimena no coincide con ese análisis.

—No hay tres bandos —dice—. Hay dos. El ejército y los sinaloenses son lo mismo.

—Esa es una acusación grave —dice Ana mientras toma notas.

—Esto funciona de la siguiente manera —responde Jimena—: El ejército registra una casa con el pretexto de que allí hay drogas o armas. Destrozan cosas y a veces detienen a gente, pero esto último no suelen hacerlo. Sin embargo, esa noche, o la siguiente, vendrán los de Gente Nueva y matarán a todos sus ocupantes.

—¿Está diciendo que los soldados son los perros de caza del cártel de Sinaloa? —pregunta Pablo—. ¿Que olisquean a la gente de Juárez y luego van los narcos a disparar?

—A veces los asesinos llevan pasamontañas negros, como los *federales* y el ejército —dice Marisol.

—El ejército va a por la gente de Juárez —añade Jimena—. Los Escajedo, los Aztecas y lo que queda de la Línea. Están exterminándolos. No veo que vayan a por los sinaloenses.

—Parece unilateral —tercia Marisol.

Dan un paseo por el pueblo.

Las calles, incluso a mediodía, están prácticamente vacías. A la sombra de un *gazebo* están sentados algunos ancianos y niños, y unos cuantos soldados observan desde una barrera hecha con sacos de arena. Pablo tiene la inquietante sensación de que lo vigilan desde las ventanas. Algunos edificios están tachonados de agujeros de bala o explosiones de granada.

Pablo ve un sorprendente número de casas vacías. En algunas solo queda la estructura exterior y otras conservan todos los muebles dentro, como si sus ocupantes se hubieran ido de vacaciones.

—No van a volver —dice Jimena—. Han sido amenazados por uno u otro cártel o, más probablemente, por el ejército.

—¿Por qué iba a amenazarlos el ejército? —pregunta Ana.

—Para poder robarles las casas —responde Jimena— y sus tierras.

Ve la mirada escéptica de Pablo.

—Oh, vamos —dice Jimena.

Ponen rumbo a Práxedis, situado más al este.

Jimena los acompaña y Marisol se queda en Valverde para cubrir sus horas en la clínica. Hace un día precioso. El azul del cielo es casi imposible, resaltado por cúmulos de un blanco puro.

No obstante, el trayecto es tenso a medida que se adentran en el desierto y en territorio de bandidos. Pasan otro control militar (diez dólares más, pero al menos esta vez no les han apuntado con un arma) antes de llegar a la pequeña ciudad que lleva el nombre del viejo mártir revolucionario. Es aún más pequeña que Valverde.

Sin embargo, se parecen: soldados en las calles, edificios tiroteados y algunos abandonados. Pablo ve que la pequeña tienda de alimentación está cerrada con tablones.

—Los narcos mataron a una persona ahí dentro —explica Jimena—. El propietario se asustó y cerró la tienda.

—¿Dónde va la gente a comprar comida? —pregunta Ana.

—A Valverde.

La base militar ocupa un antiguo instituto. Ahora el edificio está rodeado de alambre de espino, sacos de arena y una puerta metálica con una caseta de seguridad delante.

—No te acerques demasiado —advierte Jimena.

Aparcan a una manzana de distancia y se dirigen a la caseta.

—He venido a ver al coronel Alvarado —dice Jimena.

El guardia la conoce. Viene casi todos los días pidiendo lo mismo.

—Está ocupado.

—Esperaremos —responde Jimena—. Dile que vengo con tres periodistas de un diario de Juárez. En serio, *m'ijo*. Se cabreará contigo si no se lo dices.

El guardia coge el teléfono.

Minutos después sale un sargento y los conduce a una oficina improvisada con una mesa y varias sillas plegables. Alvarado deja el cigarrillo en un cenicero, aparta la mirada de unos documentos y con un gesto les indica que tomen asiento.

—Señora Abarca, ¿qué puedo hacer hoy por usted?

«Qué elegancia», piensa Pablo. Inmaculadamente acicalado, con el cabello rubio peinado hacia atrás y unos ojos azul claro que parece que vayan a atravesarte, es la clase de persona a la que Pablo ha detestado —y, de acuerdo, sí, temido— toda su vida.

—Todavía tiene a ocho jóvenes de mi ciudad bajo custodia —dice Jimena, que empieza a enumerarlos: Velázquez, Ahumada, Blanco...

—Le he dicho por activa y por pasiva que son cosas del ejército y que no está en posición de...

Ana se identifica y pregunta:

—¿Esos hombres han sido acusados de algo? En caso afirmativo, ¿de qué?

Alvarado observa las cámaras de Giorgio.

—Díganle que no me haga fotos.

—No le hagas fotos —dice Ana—. ¿Esos hombres han sido acusados de algo? En caso afirmativo, ¿de qué?

—Esos hombres todavía están siendo entrevistados —dice Alvarado.

—¿Entrevistados o interrogados? —pregunta Pablo.

—¿Y usted quién es?

—Pablo Mora. Del mismo periódico.

—¿Hacen falta tres personas?

—Cuantos más, mejor —dice Pablo—. Disponemos de información de que en estas instalaciones se tortura a gente.

—Eso no es cierto —replica Alvarado—. Es pura propaganda que difunden los traficantes, y algunos periodistas son tan tontos que la repiten.

—Entonces —dice Ana— no le importará que hablemos con esos hombres.

—¿He dicho «tontos»? —comenta Alvarado—. Tal vez debería haber dicho «corruptos».

—¿Qué significa eso?

—Que algunos periodistas están en la nómina de los cárteles —afirma Alvarado.

Pablo se ruboriza y espera que los demás no se percaten o lo atribuyan al calor.

Jimena dice:

—El médico de Valverde...

—¿Cisneros?

—Sí. Ha solicitado examinar a esos hombres en quince ocasiones —dice Jimena— y no ha obtenido respuesta.

—Aquí tenemos personal médico perfectamente cualificado.

—Su doctora es ella.

—¿El doctor Cisneros es una mujer? —pregunta Alvarado.

—La ha visto al menos diez veces —dice Jimena.

—¿Podemos ver a los prisioneros de Valverde sí o no? —pregunta Pablo.

—No.

—¿Por qué no?

—Sus declaraciones o lo que ustedes escriban podrían poner en peligro una investigación en curso —responde Alvarado.

—¿Las investigaciones criminales normalmente no son cosa de la policía? —pregunta Ana.

—Son otros tiempos.

—¿Le preocupa que la policía local también esté en la nómina de los cárteles? —pregunta Pablo—. De ser así, ¿de qué cártel?

Alvarado no contesta.

—Supongamos —dice Ana— que solo vemos a los prisioneros pero no los entrevistamos.

—Entonces ¿de qué podrían informar? —pregunta Alvarado.

—De que no han sido torturados —dice Ana.

—Pero tienen mi palabra. ¿Con eso no basta?

—No —sentencia ella.

Alvarado la mira con el odio que siente un macho por una mujer arrogante.

Así que Pablo reúne coraje e interviene con preguntas rápidas: «¿Tienen intención de acusar a esos hombres? En caso afirmativo, ¿de qué? ¿Cuándo? Si no, ¿cuándo tienen intención de ponerlos en libertad? ¿Por qué no lo hacen ya? ¿Qué pruebas, de haberlas, tienen contra ellos? ¿Por qué no han tenido acceso a un abogado? ¿Quién es usted? ¿Cuál es su historial? ¿Dónde sirvió antes de llegar a la 11.ª Zona Militar?».

Alvarado levanta la mano.

—No pienso someterme a un interrogatorio.

—¿Es una tortura para usted? —pregunta Pablo.

—No tengo comentarios que hacer a su periódico.

—Entonces, podemos publicar que se ha negado a responder —dice Ana.

—Publique lo que le dé la gana. —Alvarado se levanta—. Y ahora, si no les importa, tengo trabajo que hacer.

—Me he puesto en contacto con la Cruz Roja y Amnistía Internacional —tercia Jimena.

—Este es un país libre.

—¿Lo es? —pregunta ella.

—Sí, a menos que sea usted un delincuente —dice Alvarado—. Usted no lo es, ¿verdad, señora Abarca?

La amenaza es clara.

Alvarado garrapatea un pase y se lo tiende a Ana.

—Con esto llegarán a Juárez sin dificultades. Yo les recomendaría que se quedaran allí. Últimamente esas carreteras pueden ser muy peligrosas.

—¿En serio? —pregunta Ana—. Pues de camino nos hemos cruzado con muchas patrullas del ejército.

—Esas dos mujeres son muy valientes —dice Ana cuando emprenden el camino de vuelta a Juárez.

—Desde luego —coincide Pablo.

—Y la doctora te la ha puesto dura —añade.

—¿Y a quién no? —pregunta Giorgio desde el asiento trasero.

—A mí —dice Ana.

—Te habría pasado si te fueran las tías —dice Giorgio—. No te gustan, ¿verdad? No eres bisexual, ¿no?

—No quiero arruinar tus fantasías adolescentes con una negativa —responde Ana.

—Me distraen de algunas cosas —dice Giorgio.

—¿De qué cosas?

—De todo —contesta—. De los asesinatos, de la corrupción, de la opresión, de la enervante monotonía de todo. Del hecho de que hayamos vivido no sé cuántas revoluciones y terminemos con la mierda de siempre. Pero mirad esto.

Se inclina hacia delante y les muestra la pantalla de su cámara.

Es un hermoso primer plano del coronel Alvarado.

—¿Cómo lo hiciste? —pregunta Pablo.

—Mientras tú le disparabas, yo también lo hacía.

—¿La publicará Óscar?

—¿Con qué? —pregunta Ana—. ¿Qué noticia tenemos? ¿«Coronel niega que torture a prisioneros»? Eso no es una noticia, es lo contrario a una noticia. Una noticia sería: «Coronel reconoce que tortura a prisioneros».

—Sí, pero hay una historia más grande aquí —dice Pablo—. Si aceptamos la versión de Abarca y Cisneros, el ejército está aliado con el cártel de Sinaloa para aniquilar al de Juárez y, no solo eso, sino también para expulsar del valle a los ciudadanos de a pie. Si es verdad, el cártel de Sinaloa y el ejército son la misma bestia.

Esa noche, Ana sale al escalón trasero, se sienta junto a Pablo y se enciende un cigarrillo.

—¿Desde cuándo has vuelto a fumar? —pregunta él.

—Desde que empecé a ir de nuevo a los depósitos de cadáveres, creo —responde Ana.

Pablo sabe a qué se refiere: el tabaco ayuda a perder el olfato. No del todo, porque nada lo consigue, pero ayuda.

—¿Qué opinas de lo de hoy? —dice Pablo.

—Es una historia increíble.

—¿La publicará Óscar?

—Las especulaciones no —responde Ana—. Publicará el hecho de que el ejército está reteniendo a prisioneros en Práxedis sin tener en cuenta sus derechos legales.

Permanecen un rato en silencio, disfrutando de la templada noche y del sonido amortiguado de la música *norteña* que emana de una radio al fondo de la calle. Entonces, Ana dice:

—Pablo, ¿puedo hablarte de una cosa?

—Claro.

—Es muy incómodo —dice Ana— y no puedes mencionárselo ni a Giorgio ni a Óscar.

—*Dios mío*, ¿estás embarazada?

—No —dice con un resoplido—. No... Es solo que... cuando te has ido... se me ha acercado un hombre delante de la oficina y me ha dado un sobre.

A Pablo se le encoge el estómago.

—¿Un sobre?

—Sí.

—¿Un soborno? —pregunta Pablo, que se atraganta por su propia hipocresía—. ¿Y qué has hecho?

—Bueno, no sabía quién era —dice Ana—. Un poli, el títere de algún político, un narco...

—¿Y qué has hecho?

—¿Qué iba a hacer? —responde Ana—. Se lo he devuelto y le he dicho que no me interesaba.

Pablo intenta contárselo, pero la vergüenza se lo impide. «Ana siempre ha sido mejor que yo», piensa. Cada lunes, tal como prometió (más bien «amenazó»), el hombre se persona delante de la oficina y entrega (¿impone?) el sobre a Pablo. No sabe qué hacer con el dinero, así que lo guarda en la mochila dentro de un sobre beis cada vez más abultado.

«Podrías darlo a la beneficencia —se dice—. A los pobres o a los sin techo (mierda, el sin techo soy yo). Podrías dárselo a la Iglesia si no se te ocurre nada mejor.

»Entonces. ¿por qué no lo haces?

»La respuesta es: porque podrías utilizar ese dinero. Para viajes y costes judiciales».

Hasta el momento no lo ha hecho, pero ahí está. Es un fondo que va creciendo.

Y lo curioso es que todavía no le han pedido nada. No le han exigido que escriba un artículo, ni que elimine otro, ni que les facilite una fuente. Tan solo vienen cada lunes, tan inevitablemente como la resaca de después de dejar a Mateo, y le entregan el sobre.

Todavía no sabe quiénes son. ¿El cártel de Juárez? ¿El cártel de Sinaloa? ¿Otros?

Pablo incluso tuvo la tentación de hablar con Óscar, pero temía su posible reacción: desprecio y desdén, tal vez un despido inmediato, y Pablo no puede permitirse perder su empleo.

Así que mantuvo la boca cerrada.

Y el dinero guardado.

Las traiciones empiezan así, con mentiras ocultas en las sombras del silencio.

—¿Vas a dormir en mi sofá esta noche? —pregunta Ana.

—Si no te importa...

—Giorgio probablemente esté camino de Valverde para tirarse a la doctora.

—Giorgio no es su tipo.

—Oh —responde Ana, divertida y un poco molesta por la fácil aseveración, y piensa: «Lamento tener que decirte eso, pero Giorgio es el tipo de todas las mujeres». Se levanta, apura la cerveza que le queda y apaga el cigarrillo en el escalón—. Nos vemos por la mañana.

Pablo se queda allí a disfrutar un rato del silencio. Luego se tumba en el sofá y se permite una breve y fútil fantasía con Marisol. «Perdóneme, doctora Marisol Cisneros —piensa—. Joder, incluso mi imaginación sabe que no está a mi alcance».

Él y Ana van a la oficina por la mañana y proponen la noticia a Óscar. Este escucha con atención y les pide que escriban un artículo descriptivo sobre el valle: cómo es, cómo suena, las patrullas militares, los controles, los edificios acribillados a balazos.

Óscar dice:

—Ana, encárgate del artículo sobre los hombres retenidos en Práxedis. Menciona que el coronel declinó hacer comentarios y llama a las autoridades de esas ciudades para ver si tienen gente retenida.

—¿Y lo que nos contaron Jimena y Marisol?

—Muy de fondo —dice Óscar—. No utilicéis sus nombres. Solo escribid que algunos ciudadanos del valle creen que el ejército está favoreciendo al cártel de Sinaloa en la batalla o algo similar.

Los tres artículos se publican esa semana.

Juárez es un espectáculo de horror.

El cártel de Juárez y sus aliados, los Zetas, colgaron pancartas en las que prometían matar a un agente de policía cada cuarenta y ocho horas hasta que el nuevo jefe —un exoficial del ejército— presentara su renuncia.

Cuando murieron los dos primeros, el jefe de policía abandonó el cargo. Después, los Zetas enviaron un mensaje al alcalde de Juárez: «Si nombras a otro gilipollas que trabaje para Barrera, también te mataremos a ti». Circularon carteles por toda la ciudad que prometían decapitar al alcalde y a su familia. Se llevó a su mujer e hijos a El Paso, pero, contrariamente a lo que decían los rumores, él se quedó en Juárez, aunque con fuertes medidas de seguridad las veinticuatro horas del día.

La Administración envió cinco mil soldados más a Juárez.

El nuevo jefe de policía era otro antiguo general y el alcalde disolvió la policía de la ciudad al completo y anunció que el ejército se haría cargo de las labores de la policía municipal.

A efectos prácticos, Juárez se rige por la ley marcial.

El verano quema la primavera.

Lo sofocante se torna abrasador.

Y la violencia en Juárez y alrededores continúa.

El primer día oficial del verano mueren dieciocho personas en la ciudad. Pablo, Ana y Giorgio saltan de un lado a otro como restos de grasa en una sartén. Uno de los cuerpos, hallado en Anapra, una *colonia* desesperadamente pobre situada junto a la frontera, aparece decapitado y desmembrado; es solo un tronco con una camiseta ensangrentada.

Pablo se alegra de haber sido él y no Ana quien atendió la llamada.

A finales de semana mueren tres personas más, aunque el titular de portada es que la Iniciativa Mérida, con sus mil cuatrocientos millones de dólares, ha entrado en vigor.

En julio, el propio comandante de policía al cargo de las operaciones antisecuestros es víctima de un rapto, y el jefe del sistema de prisiones de

Juárez es acribillado en su coche junto con su guardaespaldas y tres personas más.

Llegado el mes de agosto, Pablo cree haberlo visto todo cuando recibe una llamada para que se dirija a la *colonia* conocida como Primero de Septiembre, en la zona sudoeste de la ciudad, y más concretamente a un lugar denominado CIAD #8.

Centro de Integración para Alcohólicos y Drogadictos.

Es una clínica de rehabilitación.

Son las 19.30 de un miércoles. Todavía hay luz suficiente para ver la sangre que salpica la acera situada frente al pequeño edificio recién encalado. La puerta metálica que conduce a un patio está abierta. Hay policías por todas partes.

Pablo cuenta siete cuerpos en el patio y tiene experiencia suficiente para saber que esos hombres —drogadictos y alcohólicos en fase de recuperación— fueron arrastrados hasta allí, empujados contra la pared y ejecutados de un disparo en la nuca.

Levanta la mirada.

Un cuerpo inerte —presenta agujeros de bala en la espalda— sigue agarrado a los peldaños de una escalera de incendios.

Los escandalizados vecinos están ansiosos por contar la historia. Un camión del ejército se detuvo al final de la manzana. Al momento llegó otro vehículo, según algunos un Humvee, según otros un Suburban, y empezó a disparar.

Los vecinos pidieron ayuda, llamaron a los servicios de emergencia y corrieron hacia el camión militar a suplicar. El camión no se movió, los soldados no ayudaron y los servicios de emergencia no llegaron nunca. Los supervivientes y los vecinos cargaron por turnos a los veintitrés heridos en la vieja furgoneta del centro hasta que, por fin, una ambulancia de la Cruz Roja acudió a llevarse al resto.

Pablo examina algunos casquillos antes de que se los lleve la policía. No le preocupa alterar las pruebas. Ahora ya sabe que no habrá detenciones, y mucho menos juicios.

Como la mayoría de los periodistas juarenses, Pablo se ha convertido en un semiexperto en materia forense. Los casquillos son de 9, 7,62 y 5,56 milímetros. Los de 7,62 podrían ser de AK —la predilecta de los narcos— o armas militares. Los de 5,56 coinciden con varias de las armas de la OTAN que emplea el ejército mexicano. Los de 9, con armas de mano Glock o Smith and Wesson.

Pablo ve a un policía al que conoce de... ¿Quién sabe de qué asesinato reciente?

—¿Algún sospechoso?

—¿Tú qué crees?

—Había soldados a cincuenta metros de distancia y no hicieron nada —dice Pablo.

—¿Seguro?

«Es cierto», piensa Pablo. Bloquearon la calle. Quizás eran vigías o quizá disuadieron a la policía y los servicios médicos de que se acercaran.

—¿Por qué iba a querer alguien matar a unos pacientes en fase de rehabilitación? —pregunta Pablo.

—Porque los cárteles los usan para esconder a pistoleros —dice el policía—. O porque tienen miedo de lo que pueda confesar un expistolero limpio y sobrio. No lo sé. A menos que tengas respuestas para mí, Pablo, sal del puto medio. Tengo que recoger pruebas que nunca se utilizarán.

—Las armas podrían ser militares.

—Pablo, vete a tomar una cerveza, ¿vale?

Pablo se toma ocho. Va por la novena cuando recibe una llamada de Ana.

El ejército se ha llevado al hijo mayor de Jimena Abarca.

El sargento de guardia no les permite entrar a ver al coronel Alvarado.

Pero, cuando insisten en que no se marcharán hasta que puedan hablar con él y en que pronto llegarán los camiones de la televisión, el coronel hace aparición.

Al principio niega saber nada de Miguel Abarca.

—Al menos diez personas vieron a unos soldados meterlo en un camión del ejército —asegura Jimena.

—Por desgracia —dice Alvarado—, los narcos a veces utilizan uniformes y vehículos militares robados.

—¿Me está diciendo que son tan descuidados con su material que permiten que lo robe la misma gente a la que supuestamente controlan? —presiona Ana—. ¿Llevan un inventario de esos vehículos desaparecidos?

Alvarado no piensa confirmar ni desmentir que su unidad tiene retenido a Miguel.

—Pero puede comprobarlo —dice Pablo—. Imagino que llevará un control más adecuado de las personas que del material.

Alvarado mira a Pablo y envía a un teniente a comprobar la documentación del día. El subordinado regresa con un informe que asegura que tienen bajo custodia a un tal «Abarca, Miguel» de veintitrés años.

—¿Cuáles son los cargos? —pregunta Jimena.

—Sospecha —responde Álvarez.

—¿De ser hijo mío? —dice ella.

—De colaboración con traficantes de estupefacientes.

—Eso es ridículo —responde Marisol—. Miguel es panadero.

—Osiel Contreras era vendedor de coches —dice Alvarado— y Adán Barrera contable.

—Quiero verle —dice Jimena.

—Eso no es posible.

—Como miembro del gobierno municipal de Valverde —dice Marisol— exijo tener acceso a Miguel Abarca.

—Usted aquí no tiene autoridad.

—Pues en calidad de médico suyo.

—Tal vez si su madre no estuviera tan ocupada yendo a manifestaciones y pasara más tiempo supervisando a sus hijos, no estaría en esta situación —responde Alvarado.

—¿De eso se trata? —pregunta Jimena.

—¿No? —pregunta Alvarado—. ¿No anda buscando publicidad? Por lo que veo, ha traído con usted a los medios.

—Son amigos míos.

—Exacto.

Pablo mira a su alrededor y ve que la conmoción delante de la puerta ha atraído a unos cuantos curiosos. En unos minutos se corre la voz, la gente empieza a caminar por la calle sin asfaltar en dirección al puesto y se congrega una multitud. Los ciudadanos de Práxedis conocen a los Abarca y Marisol Cisneros es su médico.

Alguien insulta a los soldados.

Alguien tira una piedra.

Luego, una botella impacta contra la valla.

—¡No hagáis eso! —grita Jimena.

—¿Lo ve? —dice Alvarado—. Está provocando un incidente.

Pablo nota que los soldados se están poniendo nerviosos. Descuelgan los rifles del hombro y calzan las bayonetas.

—¡Por favor, no tiréis nada! —exclama Marisol.

Los misiles cesan, pero uno de los lugareños empieza a gritar «¡Miguel! ¡Miguel! ¡Miguel!», y el resto se une al cántico: «¡Miguel! ¡Miguel! ¡Miguel! ¡Miguel!».

—Esta gente no le está haciendo ningún favor a tu hijo —dice Alvarado.

Pero el cántico persiste —¡Miguel! ¡Miguel! ¡Miguel!— y se acerca más gente por la calle. Empiezan a verse teléfonos móviles: se realizan llamadas y se toman fotografías y vídeos. Pronto estará sobre aviso el valle entero.

—Voy a despejar esta calle —dice Alvarado a Jimena— y la haré responsable de cualquier altercado civil.

—Le haremos responsable a usted de los altercados —dice Marisol.

Cuando Giorgio empieza a hacer fotos de la multitud, Alvarado grita a Ana:

—¡Dígale que pare!

—Nunca he podido controlarlo.

—Libere a mi hijo —dice Jimena.

—Yo no respondo a amenazas.

—Yo tampoco.

Con los brazos extendidos, Jimena y Marisol hacen retroceder a la multitud unos veinte metros, pero aparece más gente y se cuentan ya doscientas personas bajo la duradera luz de la tarde estival.

Llegan dos camiones de televisión.

—Hoy aparecerá en las noticias de Juárez —dice Marisol a Alvarado—. Y en las de El Paso por la mañana. ¿Por qué no lo suelta? Conozco a Miguel. Ni siquiera está metido en política.

—Si la señora Abarca acepta meterse en sus propios asuntos de ahora en adelante —responde Alvarado—, quizá pueda hacer algo.

—Entonces, Miguel es un rehén.

—Eso lo ha dicho usted, no yo.

—Llamaré al gobernador —dice Marisol—. Llamaré al presidente si es necesario. Yo también tengo influencia.

—Desde luego, está usted fuera de su entorno social, doctora Cisneros.

—¿Se refiere a que no soy *india*?

—De nuevo, eso lo ha dicho usted —responde Alvarado—. Yo solo digo que la veo más en un salón de Ciudad de México que en una calle polvorienta de la Chihuahua rural.

—Mi familia vive aquí desde hace generaciones.

—Como hacendados —afirma Alvarado—. Como *patrones*. Tal vez debería plantearse actuar como tal.

—Lo haré, coronel.

A un lado, lejos del gentío, Jimena se viene abajo en brazos de Ana.

—Le harán daño. Lo matarán, lo sé.

—No, no lo harán —dice Ana—. Ahora no. Hay demasiada gente mirando.

Pablo recibe una llamada de Óscar:

—¿Estáis bien? ¿Todo en orden?

—Sí, estamos bien.

—¿Qué tal está resistiendo Jimena?

—Como cabría esperar.

—Dile a Giorgio que necesito sus fotos.

—Lo haré.

—¿Crees que lo pondrán en libertad?

—No —responde Pablo con franqueza—. Ese tal Alvarado quedaría en ridículo.

La situación troca en asedio.

Cuando finalmente se hace de noche, aparecen las velas y da comienzo la vigilia.

Marisol llama al gobernador y le dicen que «sin duda estudiará la cuestión». Luego toma la humillante decisión de pedir ayuda a su exmarido. Este llama a un amigo, que a su vez llama a otro amigo, que habla con alguien en Los Pinos, que promete «estudiar la cuestión».

No ponen en libertad a Miguel esa noche ni a la mañana siguiente.

La multitud se disgrega, pero se organizan de manera que siempre haya alguien junto a la puerta con pancartas exigiendo la liberación de Miguel.

Y Jimena Abarca inicia una huelga de hambre.

La huelga de hambre de Jimena Abarca no aparece en las noticias internacionales.

Ni siquiera en las nacionales.

Pero Óscar... Óscar la convierte en titular a diario y dice a su personal:

—Si no estamos aquí para cubrir algo como esto, no estamos aquí para nada.

Durante tres días seguidos lo publica en portada e incluye noticias firmadas por Ana y Pablo sobre la injusticia que impera en el valle, sobre la suspensión de los derechos humanos y sobre el trato vejatorio que dispensa el ejército.

Pablo está allí cuando empiezan a llegar las primeras llamadas. Al principio son oficiales; el general al mando quiere saber por qué Óscar está tomando partido.

—No estamos tomando partido —dice con cierta falta de sinceridad—. Estamos dando una noticia.

—No están reflejando nuestra versión.

—Nos encantaría hacerlo —dice Óscar—. ¿Cuál es su versión? Puede contármelo por teléfono o puedo mandar a Ana ahora mismo. Conoce a Ana, ¿verdad?

—En este momento no concedemos entrevistas.

—Si esa es su versión de la historia —responde Óscar—, la publicaré.

Un portavoz de la oficina del gobernador llama para formular la misma pregunta y señalar que los otros periódicos no están publicando la noticia en portada.

—Yo no soy el director de otros periódicos —replica Óscar—. Soy el director de este, hace tiempo que lo soy y, por mi experiencia, esto es noticia de portada.

Cuelga, da unos golpecitos con el bastón en el lateral de la mesa y dice:

—El próximo en llamar será el editor. Pero no lo hará hasta después del almuerzo, cuando crea que me he ablandado con una copa de vino y el estómago lleno.

La llamada se produce a las dos y cinco de la tarde, diez minutos después de que Óscar haya vuelto a la oficina. El Búho escucha sus quejas, entiende que haya tenido que soportar llamadas del Departamento de Defensa, del despacho del gobernador e incluso de Los Pinos, y responde amablemente que no piensa cambiar nada, salvo añadir un editorial indignado en la edición de mañana.

Conecta el altavoz del teléfono para que Pablo y Ana puedan escuchar.

—Una cosa es un artículo —dice el editor— y otra un editorial.

—He basado mi vida profesional en ese principio —responde Óscar sonriendo a Pablo—. Me alegra que estemos de acuerdo en eso.

—Así que pretende que este periódico denuncie que el ejército está cometiendo atrocidades en Práxedis.

442

—En todo el valle de Juárez —corrige Óscar.

—No sé si la junta lo aceptará.

—Entonces será mejor que me despidan —responde Óscar.

—Óscar, nadie ha dicho nada de...

—Mientras sea el director de este periódico —advierte—, lo dirigiré yo y, por definición, el director es quien escribe los editoriales.

Es Óscar en estado puro —firme, decisivo, autoritario—, pero Pablo nota que ha envejecido. El brillo travieso de sus ojos se ha apagado un poco, sus pestañeos son más frecuentes, parece dolerle más la cadera y Pablo sabe que los acontecimientos de Juárez le han afectado. Como a todos, imagina.

Dos días más de huelga de hambre y el cáustico editorial de Óscar desencadena las otras llamadas.

Las anónimas.

Las amenazas.

«Déjalo si sabes lo que te conviene».

«No creas que no te pueden ocurrir desgracias».

—Sé de sobras que me pueden ocurrir desgracias —dice Óscar—. Por el amor de Dios, me metieron tres balazos en el cuerpo.

—Entonces deberías haber aprendido.

—Por desgracia, aprendo lentamente —dice Óscar—. En el colegio, los profesores se desesperaban conmigo.

—¿Quiénes son? —pregunta Pablo, que se siente culpable por los sobres que recibe.

—¿Narcos? —dice Óscar—. ¿El gobierno?

—¿Acaso hay alguna diferencia? —pregunta Ana.

—Hasta que podamos demostrar lo contrario, sí —responde Óscar.

Les dice que se anden con cuidado, que se cubran las espaldas, y extrema la seguridad en torno a la oficina. Pero no deja de publicar noticias sobre Jimena Abarca.

Los primeros tres días, explica Marisol, el cuerpo consume energía de la glucosa acumulada. Es doloroso, como sabe cualquiera que haya experimentado la hambruna, pero no letal.

Pero, al cabo de tres días, el hígado empieza a consumir grasa corporal, un proceso conocido como cetosis, que es peligroso y puede causar daños permanentes. Si la huelga de hambre se prolonga tres semanas, el cuerpo empieza a «comerse» sus propios músculos y órganos vitales. Se pierde médula ósea.

Esto se llama modo de hambruna.

Entonces, Marisol les expone el criterio aproximado del «4-4-40» para la supervivencia humana: cuatro minutos sin aire, cuatro días sin agua, cuarenta días sin comida.

Van por el séptimo día.

Por suerte, Jimena ha aceptado beber agua, pero no toma vitaminas ni otros suplementos. Duerme en casa de una amiga en Práxedis, cerca del puesto militar, y cada día está más débil. Ya es delgada de por sí, pero ahora está demacrada.

El ejército no muestra intención alguna de poner en libertad a Miguel y exige que, si es preciso, Jimena sea arrestada y alimentada a la fuerza.

—¿Vamos a permitir que se suicide lentamente? —pregunta Ana.

Se ha turnado con otras mujeres del «movimiento» para hacer compañía a Jimena. Hay más gente fuera para asegurarse de que, si el ejército intenta apresarla, no les resulte fácil y quede todo grabado.

—Eres médico —dice Ana a Marisol—. ¿No tienes obligación de intervenir? No puedes asistir un suicidio.

—No pienso alimentarla a la fuerza —responde Marisol—. Es una tortura.

—¿A diferencia de morir de hambre? —pregunta Pablo.

Manteniendo conversaciones con Jimena y Alvarado, Marisol intenta arrancar un compromiso a la desesperada. ¿Abandonará Jimena la huelga de hambre si Alvarado le permite ver a Miguel? Ambos se niegan. ¿Y si el ejército entrega a Miguel a la policía del estado de Chihuahua? Jimena acepta, pero Alvarado se niega. ¿Y si queda bajo custodia de la AFI? Alvarado acepta, pero Jimena se niega.

Entonces, ambos se plantan.

Jimena no parará hasta que Miguel sea liberado incondicionalmente y Alvarado no lo pondrá en libertad.

Se convierte en un desalentador asedio de voluntades.

Y de tácticas. El octavo día, llega una nota de Miguel, pidiendo a su madre que cese la huelga.

—No me lo creo —dice Jimena.

—Es su caligrafía —responde Ana.

—Le han coaccionado.

—¡No quiere que su madre muera!

—Su madre tampoco —dice Jimena, sonriendo mientras apoya de nuevo la cabeza en la pequeña almohada—. Su madre tampoco.

Ese mismo día, ponen a Miguel al teléfono.

—Mamá, estoy bien.

—¿Te han hecho daño?

—Mamá, come, por favor.

—¿Te han obligado a hacer esta llamada?

—No, mamá.

Le arrebatan el teléfono. Julio, el hijo menor de Jimena, le pregunta:

—Mamá, ¿ya estás satisfecha? Déjalo, por favor.

—No lo haré hasta que lo dejen en libertad.

—Miguel dice que no le han hecho daño.

—¿Y qué va a decir? —pregunta Jimena—. Si cedo ahora, ganan ellos.

—Esto no es un juego —afirma Ana.

—No, es una guerra —responde Jimena—. La misma guerra de siempre.

Pablo lo entiende. Es la guerra entre los poseedores y los desposeídos, entre los poderosos y los desamparados. Los poderosos tienen poder para infligir sufrimiento; los desamparados solo pueden soportarlo.

Su única arma es la vergüenza, si es que los poderosos saben lo que es eso.

La gente del «movimiento» hace lo que puede. Se celebran protestas diarias frente al puesto del ejército y la oficina del gobernador y algunos aliados de Ciudad de México incluso organizan piquetes en Los Pinos. La gente de las pequeñas poblaciones rechaza a los soldados, que ni siquiera pueden comprar una chocolatina, una cerveza o un sello en el valle de Juárez.

A Pablo le llegan rumores de que algunos están hablando de medidas más oscuras. «Si el ejército se alinea con el cártel de Sinaloa, ¿por qué no vamos a unirnos nosotros a la gente de Juárez? La Familia michoacana ha atacado puestos militares, los Zetas han atacado cárceles y liberado a presos. Si el ejército nos ve como el diablo, llevémoslos al infierno de verdad». La conversación pasa de la resistencia pasiva a la revolución, una vieja tradición en Chihuahua.

Los rumores llegan a oídos de Jimena y los ataja.

—No les ganaremos siendo como ellos —afirma.

Otros no están tan seguros.

Marisol utiliza las armas de las que dispone —su físico y su encanto—

y atrae literalmente a los medios de comunicación. La cámara la ama, como se suele decir, y lo aprovecha conscientemente para plantarse delante de ella con su bata blanca y su porte de doctora y describir en términos gráficos pero asequibles lo que está experimentando el cuerpo de Jimena Abarca.

Sabe exactamente lo que hace: convertir el tormento de Abarca en un culebrón, con la esperanza de que sea breve y con final feliz.

Marisol se convierte en la Médica Hermosa. La gente sintoniza los noticiarios para verla y el caso de Jimena empieza a despertar interés en toda la nación.

—Es odioso —dice Marisol a Pablo y Ana en privado—, repulsivo y degradante, pero quizá sea la única manera de salvarle la vida a Jimena.

Luego están las fotografías de Giorgio.

«Fue una idea genial —piensa Pablo—, que Giorgio hiciera una foto cada día al rostro de Jimena para que los lectores pudieran ver la progresión de su estado».

Día tras día, la gente compra el periódico para ver a esa mujer muriéndose de hambre. Y las fotos son preciosas, esmeradas y artísticas, compuestas a la media luz de la pequeña vivienda. Cada una de ellas constituye una piedad, una madre que llora a su hijo.

La tirada del periódico aumenta.

Se convierte en conversación de pasillo. «¿Ha visto a Jimena hoy?», gritan los repartidores de periódicos desde las medianas. «¿Ha visto a Jimena hoy?». Las amas de casa hablan de ello a la hora del almuerzo. «¿Has visto a Jimena hoy?».

Un donante anónimo paga una valla publicitaria a los pies del Puente Internacional Lincoln para que la gente que llega de El Paso lea la pregunta: «¿Ha visto a Jimena hoy?».

El hecho de que nadie tenga que preguntar qué significa dice mucho de la efectividad de las fotos.

El ejército contraataca con otra campaña publicitaria. El comandante de la 11.ª Zona Militar convoca una rueda de prensa en la que afirma:

—Esta mujer no es Juana de Arco. No es más que una herramienta de los cárteles.

Ana está allí para formular preguntas.

—¿Posee información que vincule a Jimena Abarca con el tráfico de drogas? De ser así, ¿por qué no la ha hecho pública?

—Podría poner en riesgo investigaciones en curso.

—Si tiene esa información en su haber —insiste Ana—, ¿por qué no la ha remitido a la fiscalía para que pueda presentar cargos?

—Lo haremos en su debido momento.

—¿Cuándo será su debido momento?

—Cuando estemos preparados.

—¿Estarán preparados antes o después de que Jimena Abarca se muera de hambre? —pregunta Ana.

—No somos nosotros quienes estamos matando de hambre a la señora Abarca —responde el general—. Lo está haciendo ella. No nos dejaremos acosar ni intimidar por esas tácticas.

A la mañana, aparece una foto del general, bien nutrido y con su uniforme de gala, junto a la macilenta Jimena y el titular: ¿ACOSADOS E INTIMIDADOS?

Al día siguiente, un importante periódico de Texas publica un editorial bajo el título de: ¿ES ESTO LO QUE PAGAN LOS MILLONES DE MÉRIDA? Un congresista demócrata por California se pone en pie en la Cámara y plantea el mismo interrogante. Esto propicia una llamada del Ala Oeste a la DEA para preguntar qué coño está pasando allí abajo y exigir que, sea lo que sea, la DEA se ocupe de ello.

Se acercan elecciones, serán muy reñidas y el candidato del partido gobernante proviene de un estado fronterizo con muchos hispanos. McCain estuvo en Ciudad de México el mes pasado, por el amor de Dios, alabando la Iniciativa Mérida como un paso importante, y lo último que necesita es la percepción de que el paquete de ayudas que solicitó está siendo utilizado para torturar a madres mexicanas.

El director de la DEA llama a un colega del Departamento de Defensa mexicano, que escucha y dice:

—No podemos permitir que nos derrote una mujer. ¿Qué clase de mensaje transmitiríamos?

—¿Que son ustedes inteligentes? —aventura el director—. Hagan lo que quieran, pero les recomiendo que, si quieren que sigan llegando helicópteros y aviones, encuentren la manera de resolver este asunto.

Es axiomático que en cierto momento de todo conflicto ambos bandos crean que están perdiendo. Ocurre en guerras y batallas, en contenciosos legales y en huelgas. Está ocurriendo ahora. Los partidarios de Jimena no saben nada de las llamadas que llegan desde Washington y no son conscientes de la inmensa presión a la que está sometido el ejército.

Lo único que ven es que el ejército no mueve ficha.

Y que Jimena está fracasando.

Una noche, Ana se viene abajo.

—No lo soporto —dice a Pablo, que la estrecha entre sus brazos—. No soporto la idea de que pueda morir.

—No morirá —le asegura Pablo sin demasiada convicción—. Cederán antes de que ocurra.

—¿Y si no lo hacen?

Pablo no tiene respuesta.

Adán ve a la Médica Hermosa por televisión.

—Qué guapa es —dice Magda.

—Supongo.

Adán conoce lo suficiente a las mujeres para esquivar un bache muy obvio. Pero la mujer que aparece en pantalla es deslumbrante. Y efectiva. No es de extrañar que se haya convertido en una estrella de los medios.

—Y efectiva —añade Magda.

Están tumbados en la cama del piso que tiene Magda en Badiraguato, al que acude cuando siente la necesidad de estar con él, cosa cada vez menos frecuente, según ha observado Adán.

—¿Tú crees? —pregunta.

—Afróntalo, *cariño* —dice Magda—. El mundo ha cambiado. Cada guerra que libras tiene tres frentes: una guerra armamentística, una guerra política y una guerra mediática. Y no se puede ganar una sin la otra.

«Tiene razón —piensa Adán—. Tiene toda la razón».

Adán sale de la cama y telefonea a Nacho.

—¿Quién es ese tal Miguel Abarca? Nunca he oído hablar de él. ¿Está con Fuentes? ¿Con los Aztecas? ¿Con la Línea?

—No es nadie —responde Nacho—. Es hijo de un panadero.

—Pues ahora ya es alguien —dice Adán—. Y su madre también. El ejército los ha convertido en estrellas.

Está agotado de tanta estupidez interminable e innecesaria. ¿Cómo es posible que el ejército haya convertido un simple incidente en algo desproporcionado?

Adán tiene planes para el valle de Juárez, y estos no incluyen crear una *cause célèbre*. Está ganando la guerra contra el cártel de Juárez y ahora una panda de gilipollas uniformados ha encontrado la manera de estropearlo todo.

—No quiero leer más artículos —dice Adán—. No quiero ver más a esa doctora en televisión. Esto ha de tener un final rápido y feliz.

—Estoy de acuerdo.

—Y necesitamos controlar mejor a los medios —añade Adán—. Por lo que pagamos, cabría esperar que...

—Estamos trabajando en ello.

«Como en todo —piensa Adán al colgar, y va a darse una ducha—. Se está trabajando en los medios, se está trabajando en la búsqueda de Diego, se está trabajando en la persecución de los Zetas, se está trabajando en el asesinato de Keller. No quiero que se trabaje en algo. Quiero que se termine algo».

El teléfono de Marisol la despierta a altas horas de la madrugada.

Se asusta, porque al principio piensa que se trata de Jimena, que su cuerpo ha sufrido una crisis.

Y se trata de Jimena, pero es el coronel Alvarado.

—Tengo una propuesta —dice.

Óscar entra en la sección de local.

—Acabo de recibir una llamada anunciando que han puesto en libertad a Miguel Abarca.

Cuando Pablo, Ana y Giorgio llegan al valle, Miguel y Jimena ya se encuentran en su casa de Valverde. Marisol está administrándole cuidadosamente alimentos sólidos.

—Lamento no haberos informado —dice la doctora—, pero ese era el acuerdo: nada de prensa en la liberación de Miguel. No querían que lo grabaran siendo recibido por una multitud triunfal.

—Lo entendemos —dice Ana.

—Espero que también entendáis que no podemos dejaros entrevistar a Miguel ni hacer fotos —añade Marisol.

—¿Por qué no? —pregunta Giorgio.

—Está en una camilla en mi clínica —dice Marisol—. Tiene la nariz rota y dos costillas fracturadas, y presenta heridas en las plantas de los pies que coinciden con la *chicharra*: quemaduras con cables eléctricos. Pero está vivo, y Jimena también.

Vuelven a Juárez y presentan un sencillo artículo que afirma que Miguel Abarca ha sido puesto en libertad sin cargos y que Jimena ha puesto fin a su huelga de hambre. La noticia obvia las lesiones de Miguel. La edición del día siguiente incluye una imagen de Jimena tomando un batido de proteínas y la Médica Hermosa realiza la que, según declara a los periodistas, es su última aparición en los informativos nocturnos, y califica el estado de su paciente de estable.

La historia de los Abarca desaparece de los titulares, ya que los Zetas arrojan granadas en una celebración del Día de la Independencia en Morelia, Michoacán, y acaban con la vida de ocho personas.

Y en Juárez, la agotadora guerra de atrición continúa.

Pablo cubre el asesinato de un comandante de policía tiroteado en el aparcamiento de un hotel, once personas asesinadas en un bar, otras seis en una fiesta familiar y seis más puestas en fila delante de una tienda de alimentación y ejecutadas contra la pared.

Escribe un artículo sobre trescientos treinta y cuatro policías municipales de Juárez despedidos por no superar la prueba del polígrafo y análisis de drogas.

Nada de eso supone un problema para el hombre que le entrega el sobre.

—Ya le dije —insiste Pablo— que no quiero esto.

—Y yo ya te dije —responde el desconocido— que nadie te está preguntando. Si no quieres el dinero, dáselo a la beneficencia, pero tienes que aceptarlo.

La siguiente llamada que recibe Pablo es para cubrir la noticia de un cuerpo decapitado y colgado por los pies en el puente de los Sueños con un narcomensaje que dice: YO, LORENZO FLORES, SERVÍA A MI JEFE, EL FOLLAPERROS BARRERA.

—¿Follaperros? —pregunta Giorgio mientras intenta sacar un buen plano—. Eso es nuevo.

—Han sido los Zetas —dice Pablo.

—¿Cómo lo sabes?

—Las decapitaciones son cosa suya.

La cabeza aparece más tarde en la plaza del Periodista.

Solo Keller conoce la identidad de la informadora que responde al nombre en clave de María Fernanda.

Durante el aciago año de 2009, mientras la violencia y los baños de sangre se extendían por México como un virus imparable, Keller permaneció en el búnker de Ciudad de México y, fiel a su palabra, se concentró en acabar con Diego Tapia.

Pero uno no puede matar lo que es incapaz de encontrar.

No sería porque no lo intentó.

Con las FES no hubo misiones de cara a la galería. Orduña cuenta incluso con un sistema de vigilancia por satélite, que compraron a los franceses y que gestiona la Agencia Espacial Europea.

No lograron localizar a Tapia.

Tampoco lo hicieron los paquetes de información de los espías estadounidenses.

Keller tiene cuanto necesita en materia de espionaje.

Taylor procura que sea así.

—Que se sepa desde este mismo momento —dijo Taylor—: No hay ninguna unidad secreta actuando en Ciudad de México y obtendrá lo que necesite de vosotros. Si Keller os pide algo, no preguntaréis por qué. Preguntaréis cuándo. Si Keller quiere una pizza familiar bañada en helado de chocolate, patatas fritas y una cereza encima, se la llevaréis más rápido que Domino's y sin hacer preguntas. Si tenéis dudas, acudid a mí, pero no las tendréis. ¿Alguna pregunta?

No las hubo.

Keller sabía que ello obedecía en gran medida a que la nueva Administración de Washington tiene una marcada propensión antiterrorista. Corre el rumor de que la Casa Blanca posee una «lista de objetivos» conformada por yihadistas relevantes y que esa estrategia ha desembocado en la Guerra contra la Droga.

«No se trata de que ahora definamos a los narcos como terroristas —reflexionaba Keller—, sino de que se ha producido una filtración psicológica de la guerra contra el terrorismo a la Guerra contra la Droga. La batalla contra Al Qaeda ha redefinido lo que es imaginable, permisible y factible. Al igual que la guerra contra el terrorismo ha convertido las funciones de los organismos de espionaje en acciones militares, la Guerra contra la Droga ha militarizado a la policía. La CIA está llevando a cabo un programa de drones y asesinatos en el sur de Asia; la DEA está ayudando al ejército mexicano a localizar a grandes narcos en unas "detenciones" que con frecuencia son ejecuciones».

México ha formalizado la militarización de la Guerra contra la Droga; Estados Unidos está avanzando en esa dirección.

«Desde luego —pensaba Keller—, mi Guerra contra la Droga ha cambiado con los años. Antes todo eran redadas y detenciones, el perpetuo juego del gato y el ratón para sacar la mierda de las calles, pero ahora apenas pienso en las drogas en sí.

»El narcotráfico es casi irrelevante.

»Ya no soy un agente antidrogas. Soy cazador».

Renunció a su retiro para cazar a Barrera. Si tiene que acabar con otros narcos por el camino, que así sea. Cualquier cosa por seguir la pista a Barrera, aunque sea indirectamente. La otra razón es que le cae bien y confía en Roberto Orduña. Keller, todavía llorando la muerte de Luis Aguilar y furioso por la traición de Gerardo Vera, no quería una relación laboral estrecha, y menos aún una amistad.

Pero eso es lo que tiene, una suerte de amistad basada en la comprensión mutua.

La venganza.

Surgió durante una larga velada de copas tras un día buscando sin éxito a Diego Tapia. Un whisky puro de malta muy caro rebajó las inhibiciones y provocó revelaciones.

Keller se enteró de que Orduña provenía de una familia inmensamente rica («Esa es la razón por la que soy inmune a los sobornos») y de que tenían algo en común.

Resentimiento.

Felipa Muñoz.

A sus diecinueve años, Felipa, una modelo y animadora del equipo de fútbol de Tijuana, al parecer mantenía amistad con un joven asociado a los Tapia.

Su cuerpo decapitado fue hallado en el terreno de juego: el tronco en dos bolsas de plástico negras y la cabeza en otra. Le habían machacado los pies y le habían cortado los dedos de la mano, la tortura habitual para un chivato, aunque la torpe naturaleza de las heridas indicaba que se trataba de aficionados. Los dos autores —el «amigo» de Felipa, de veintidós años, y un socio suyo de cuarenta y nueve— fueron detenidos por exceso de velocidad y la policía descubrió un vídeo de la tortura en su teléfono móvil. Al parecer, se habían enterado de que estaba pasando información a un policía y se les ocurrió matarla para ganarse el favor de sus jefes.

Felipa Muñoz era la ahijada de Orduña.

La había tenido en brazos cuando era niña y entregó su alma a Dios.

—Odio a los narcos —dijo a Keller aquella noche—. A Tapia, a Contreras, a Ochoa, a Barrera, a todos.

Brindaron.

Era algo personal, Keller lo entendía.

Él sabía lo que era tomarse las cosas como algo personal, así que empezó a confiar en Orduña.

Trabajaron duro para encarcelar a Diego Tapia.

Al final, se reducía a lo de casi siempre.

Un soplón.

«La relación —piensa Keller cuando acude a la cita con María Fernanda en un cine de Ciudad de México— entre un informador y un "responsable" es de seducción mutua, aunque solo sea en los términos más básicos, porque ambos intentan joder al otro».

Pero es algo más profundo.

Hay que atraer al informador, convencerlo de que tu cama es más cálida y segura que aquella en la que está durmiendo. Hay que ser amigable, pero no demasiado; hay que hacer promesas, pero ninguna que no puedas cumplir. Hay que ofrecer seguridad a tus informadores, pero no dudar en ponerlos en un peligro mortal. Hay que demostrarles que hay futuro más allá de esto, cuando sabes que probablemente no lo haya.

Al mismo tiempo, el informador te seduce a ti. Te enseña un poco de pierna, un atisbo debajo de una blusa desabrochada, prometiendo que hay más. Un informador es un espléndido calientabraguetas, sabedor de que su valor desaparece en cuanto entrega todo el producto. Se resiste, se hace el tímido, el inalcanzable.

Keller deja muy clara su postura a María Fernanda cuando se sienta detrás de ella en una sesión matinal apenas concurrida.

—Se acerca la Navidad —dice Keller—. Quiero a Diego sobre mi mesa con el pavo.

—Eso es muy fácil decirlo.

—Yo no he preguntado si era fácil —responde Keller—, y me da igual. Me has dado simples aperitivos. Ahora quiero sentarme a comer.

—Te he facilitado más de cincuenta detenciones.

«Eso es cierto», piensa Keller. Gracias a la información de María Fernanda, las FES han capturado a numerosos soldados de Tapia, además de armas, dinero y drogas. Está bien, pero eso hace que la detención de Diego sea aún más urgente, porque cada arresto acorta la vida del informador y Keller así lo expone.

—Yo no querría ser tú cuando Diego averigüe quién eres. Tienes que quitarlo de en medio.

—No sé dónde está.

—Quiero a Diego —insiste Keller.

Vuelve a la oficina pensando que se acerca el mejor momento de echar el guante a Diego Tapia.

Los narcos se toman muy en serio las vacaciones. Los peces gordos tienen que organizar elaboradas fiestas o pierden prestigio. Y ninguno puede perder prestigio, no este año con unas lealtades y alianzas que en cualquier momento pueden caer del otro lado. «Diego organizará una fiesta y será mejor que María Fernanda me invite».

María llama dos semanas después.

—Ahuatepec. 1158 de la avenida Artista. Esta noche.

Keller abre una foto de la dirección, una casa grande en una comunidad de acceso restringido situada a las afueras de Cuernavaca.

—Es un hijo de puta arrogante —dice Orduña cuando Keller le reproduce la llamada telefónica.

Diego ha invitado a docenas de personas y ha contratado a veinte de las prostitutas más caras de Ciudad de México y a Ramón Ayala, uno de los músicos norteños más conocidos del país, para que actúe en la fiesta.

—No queremos un baño de sangre —dice Orduña.

Ambos conocen la realidad política. Un tiroteo en un barrio acomodado y en una *colonia* pobre son dos cosas bien distintas. Tal vez por eso Diego se siente seguro.

—Ahora sabemos dónde está —responde Keller—. No podemos perderle otra vez.

Keller llama a María Fernanda.

Luego se acomoda y observa la fiesta desde la distancia.

Eddie espera que sea cabrito.

Diego le exigió que asistiera a su fiesta y él alegó que estaba ocupado. Diego le dijo: «Me la trae floja, *m'ijo*. Tienes que venir». Así que Eddie fue y allí estaban los de siempre: los guardaespaldas, algunos Zetas y el escuadrón de prostitutas, y todos consumieron coca hasta que sirvieron la cena.

Estaban sentados a la mesa comiendo chili verde y Diego empezó a hablar de Manuel Espósito, un viejo *sicario* del cártel de Sinaloa —un auténtico tipo duro y asesino impasible— que se puso del lado de los Barrera. Todos se preguntaban qué había sido del viejo Manuel, y Diego, con una sonrisa extraña, dijo:

—A lo mejor os lo estáis comiendo.

Todo el mundo se echó a reír. Sí, les parecía muy divertido, hasta que Diego se puso serio y dijo:

—A lo mejor os lo estáis comiendo de verdad.

Eddie dejó la cuchara en la mesa.

Diego añadió:

—Dicen que uno debe comerse lo que mata, ¿no es así? Además, la carne de un enemigo fuerte te hace fuerte a ti también.

Eddie pensaba que iba a vomitar encima de la mesa. No comió más chili y probablemente Diego bromeaba. Pero con Diego últimamente ya no se sabe. Eddie estaba enfadado. ¿Acababa de hacerle sentir como un puto caníbal?

Eso no está bien.

Eso puede volver loco a una persona.

Convertirla en vegetariana.

En todo caso, Eddie no tiene tiempo para esas gilipolleces.

Tiene un negocio que dirigir y ha vuelto a casarse.

Bueno, más o menos, porque no llegó a divorciarse. Pero encontró a otra tex-mex, la hija de uno de los grandes traficantes de coca, así que los «casó» en Acapulco un sacerdote que no se puso tonto con el papeleo y que tal vez ni siquiera era sacerdote.

La luna de miel la pasaron allí mismo y se quedó preñada. Como un embarazo de microondas. Así que ahora hay un bebé en camino. ¿Quién tiene tiempo para esas tonterías del culto a la muerte de Diego y de la posibilidad de ser un caníbal?

Luego están esas muestras de obediencia que tiene que dar cuando Diego solicita su presencia en uno de sus numerosos pisos francos en la zona metropolitana de Ciudad de México, que se niega a abandonar.

Las visitas a Diego son arriesgadas, porque a los *federales* se la pone muy dura Tapia, y además son un tostón, porque el Jefe siempre está tocándole los huevos y preguntando por qué no mata a más gente de Barrera, por qué no lleva más peso en la guerra.

«Para empezar, ese peso no me corresponde —piensa Eddie—. La guerra con el Señor no la empecé yo. Yo solo hice lo que me pidieron y me cargué al sobrino. ¿Y ahora está en juego mi trasero? ¿Mi negocio?».

Eddie no quiere participar en la guerra, ni en Sinaloa ni en Juárez. Porque ¿qué significa Juárez para él? Aunque ganen, no recibirá parte de la plaza, así que a la mierda. Por eso se ha mantenido un poco al margen. Ha permitido que sus hombres hicieran un poco aquí y un poco allá si estaban ansiosos por demostrar su valía, pero eso es todo.

Así que, cada vez que va a ver a Diego, sale el tema.

Y Diego se pone loco cuando toma coca, cosa que, al parecer, hace cada vez con más frecuencia. Coca, alcohol, putas y la Flaquita, y todo resulta sumamente extraño.

«Todo se ha ido de madre. Matar policías. Antes no lo hacíamos. Antes no llevábamos así el negocio. Esas cosas nuevas, la extorsión, los secuestros, por el amor de Dios. Esa mierda al estilo de los Zetas que le interesa ahora a Diego.

»No está bien.

»No está bien y nos van a joder vivos».

Y Eddie ahora mismo no puede permitir que le jodan vivo. Sí, está embolsándose más de cien millones al año en ventas de coca al norte de la frontera y otros veinte en Monterrey. No es una cuestión de dinero. Es una cuestión de calidad de vida.

La DEA ofrece dos millones por su cabeza y el gobierno mexicano otros tantos. ¿Y quién sabe qué poli está a sueldo de quién? Ahí fuera reina el caos, por no hablar de que la facción de Barrera lo tiene en su lista de prioridades por hacer que la reserva del joven Sal quedara cancelada.

De modo que se ha puesto en marcha y reparte su tiempo entre pisos y apartamentos de Acapulco y Monterrey. No solo tiene que hacer negocios en ambos lugares, sino también mover el trasero para no recibir un disparo.

Pero Eddie debe reconocer que la fiesta es genial al mirar a la rubia de mil dólares jugando a coger la manzana en su regazo. Nunca le ha gustado la música norteña. Le interesa más Pearl Jam y cosas por el estilo, pero está bien escuchar a un puñetero premio Grammy cantando *Chaparra de mi amor*. Le recuerda un poco a cuando Johnny Fontane actuaba en la boda de Connie en la primera entrega de *El padrino*, pero mejor, porque incluye una mamada.

Incluso Diego está de buen humor y se pasea entre los invitados jugando a Santa Claus, regalando relojes caros, joyas y sobres con los *aguinaldos*, la paga extra anual. También reparte boletos para una rifa de coches y casas; así se tiene contentos a los empleados. Y las mujeres que ha traído son fantásticas, salidas directamente de la edición mexicana de *Playboy*. Vaya diferencia con las fiestas de Barrera, donde se invitaba a las esposas pero no a las amantes. En este guateque, las esposas están prohibidas.

«Lo que ocurre en Ahuatepec —piensa Eddie— se queda en Ahuatepec».

Lo cual está bien, porque hay tíos tirándose a mujeres al aire libre, corre el alcohol como si fuera agua y hay coca por todas partes y mesas llenas de comida (Eddie espera que el pollo de las fajitas realmente sea pollo).

Es como un parque de atracciones para narcos.

El monumento mexicano acaba el trabajo, se sube la cremallera y vuelve a unirse a la fiesta. Se le acerca Diego y le entrega una caja envuelta en papel de regalo.

Es un Audemars Piguet con incrustaciones de diamante.

Eddie calcula que el precio del reloj rondará el medio millón de dólares.

—Me siento mal, Diego —dice.

Él le compró unas botas Lucchese Alligator hechas a medida. Es cierto, le costaron ocho mil y Diego las lleva con orgullo ahora mismo, pero aun así...

—Me trajiste a Salvador Barrera —dice Diego, que da a Eddie un abrazo de oso y le susurra al oído—: Te quiero, *m'ijo*.

Ahora Eddie se siente aún peor por las botas.

Se quedan cinco largos días en casa de Diego.

Mientras Ciudad de México es el hervidero de actividad habitual por esas fechas, Keller y Orduña siguen atrincherados, controlando los movimientos de Diego Tapia y esperando que vaya a algún lugar donde puedan atraparlo. Tienen que ser prudentes: el gobierno no tolerará otra baja civil y ellos tampoco tienen mucho estómago para eso.

El dispositivo de seguimiento se concentra en Diego, pero también hace varias llamadas a María Fernanda, a la que también han controlado.

Entretanto, Diego limita sus movimientos a los pisos francos de la zona de Cuernavaca. Uno se encuentra cerca de una escuela; mal asunto. Otro está próximo a una concurrida calle comercial; lo mismo. Finalmente, se instala dos días en un piso de uno de los cinco bloques de quince plantas del barrio de Lomas de Selva, en Cuernavaca.

—Complejo Elbus. Edificio Altitud —dice Orduña—. Pero no sabemos el piso.

Treinta minutos después, llama María.

—¿Dónde te habías metido? —pregunta Keller—. Si estás haciendo un doble juego...

—Aquí nadie está jugando.

—Está en el edificio Altitud —dice Keller—. Lomas de Selva. ¿En qué planta?

—Segunda. 201.

Diego está planeando una cena con un general y tres altos mandos de la 24.ª Zona Militar. Puede que esta vez no se acobarde.

Ellos no tienen ninguna intención de hacerlo.

Las FES son las tropas de élite que Keller quería en los primeros estadios de la caza de Barrera. Esto no es un torpe ataque frontal de la AFI, sino una operación muy profesional y bien planeada.

Agentes de las FES vestidos de paisano se dispersan frente al complejo de viviendas e informan de que los cuarenta *sicarios* de Tapia forman tres círculos concéntricos, dos alrededor del edificio y un tercero en el vestíbulo. Han entrado otros seis hombres en el piso y los puestos de escucha situados delante del Altitud confirman la presencia de siete voces diferentes, además de la de Diego Tapia.

Los mejores tiradores de las FES toman posiciones en los tejados de los edificios colindantes, con vistas a todas las salidas y permiso para disparar si Diego hace aparición.

Orduña no va a correr el riesgo de sufrir bajas civiles. A partir de mediodía y a lo largo de cinco horas, los agentes empiezan a desalojar con discreción a los residentes de los otros edificios y los conducen a los sótanos.

Otros retiran a la seguridad de Diego de la calle. Se acercan con cuchillos y pistolas y se los llevan, se ponen su ropa, los sustituyen y les requisan los teléfonos. El anillo exterior de seguridad de Diego es ahora el anillo exterior de seguridad de Orduña.

Y tres altos mandos de la 24.ª Zona Militar son detenidos cuando van camino de la cena.

Doscientos FES aguardan a un kilómetro de distancia en vehículos blindados. Otros se desplazarán en helicópteros Mi-17. Dos tanques M1A2 Abrams, que forman parte del paquete Mérida, esperan.

Orduña no está para bromas.

Diego está cabreado por la incomparecencia de sus invitados.

«A lo mejor les han llegado voces de los ingredientes del menú anterior», piensa Eddie, que está sentado a una mesa con Diego esperando la comida. Cinco *sicarios* vigilan alrededor del piso y hay más en el vestíbulo.

—No creo que vengan —comenta Eddie.

—¿Por qué? —pregunta Diego.

Está estresado, y Eddie lo entiende. El ejército es su protección. Si se han pasado al bando de Barrera, está de mierda hasta el cuello. Y ahora los militares no han hecho acto de presencia y no cogen el teléfono.

—A la mierda —dice Eddie—. Yo me largo de aquí.

—¿Te vas?

—No sé, tío —responde Eddie—. Esto me da mala espina.

—Cálmate —dice Diego—. Tengo cuarenta hombres ahí fuera. ¿Qué te preocupa?

—Tengo cosas que hacer, Diego —contesta—. Tengo a la chati dando por saco con que vayamos a comprar un moisés y ropa de bebé... Y a dos traficantes de Monterrey que necesitan un correctivo...

—Pues vete —le espeta Diego—. Pírate de aquí.

—Diego...

—¿Qué te parece el reloj que te regalé? —pregunta Diego—. Te gusta, ¿eh?

—Sí, es bonito. Todavía llevas las botas, ¿eh? —Da un beso a Diego en la mejilla y se levanta—. Nos vemos luego, tío.

—Hasta luego.

Eddie coge el ascensor y sale a la plaza.

Keller oye la llamada por radio del helicóptero.

—Objetivo localizado.

—Esperad —dice Orduña—. Repito, esperad. Dejad que se marche.

Tras cinco largos minutos, Keller le oye decir:

—Adelante.

El helicóptero despega, sobrevuela el barrio de Lomas de Selva y aterriza en el tejado del edificio Altitud. Una vez asegurado el tejado, algunos FES evacúan a los inquilinos de las plantas superiores mientras Keller y los demás bajan por las escaleras hacia el segundo piso.

Entonces, los vehículos blindados se aproximan a toda velocidad a la parte delantera del edificio y acribillan el vestíbulo con sus ametralladoras del calibre 7,62 y sus rifles M-16, y liquidan a los *sicarios* de Tapia antes de que puedan reaccionar. Los marines irrumpen en el edificio, inmovilizan a los heridos y se dirigen a la segunda planta.

Cuando los soldados llegan al pasillo, uno de los hombres del apartamento 210 lanza una granada. Otros *sicarios* disparan desde las ventanas del segundo piso a las tropas apostadas fuera del edificio, mientras otros presentan batalla en las escaleras.

Keller está descendiendo detrás de un teniente cuando una granada repiquetea en los escalones. El teniente sufre buena parte de la explosión y varios fragmentos de metralla de la granada le alcanzan en el cuello por encima del chaleco antibalas. Keller se agacha para tomarle el pulso, pero no lo encuentra. Una arteria rota lo desangra rápidamente.

Keller desenfunda y dispara hacia la parte baja de las escaleras mientras se acercan otros FES por detrás. Están bien entrenados, alternando cobertura y movimiento, y obligan a los *sicarios* a resguardarse en el apartamento.

Diego y sus cinco hombres se guarecen allí y convierten la operación en un sitio. A través de los auriculares, que controlan el tráfico telefónico, Keller oye a Diego llamar a Eddie Ruiz el Loco.

—¿Dónde estás, *m'ijo*? Nos están jodiendo vivos aquí. Están a punto de cogernos.

—Ríndete, Diego. No puedo hacer nada.

—Y una mierda. Voy a luchar. Ven aquí con unos cuantos hombres.

—No servirá de nada, tío. Hay cientos de hombres ahí fuera. Helicópteros. Tanques. Ríndete.

Se impone el silencio unos segundos y oye a Diego decir:

—De acuerdo. Ocúpate de mis hijos, ¿vale? Voy a llevarme a unos cuantos *pendejos* conmigo. La última bala será para mí.

Resisten tres horas más.

Parapetados detrás de una mesa y unos sofás que han volcado, consumen la mayoría de la munición de los AK y los AR-15. Solo les quedan granadas. Los soldados de las FES, ya furiosos por la muerte de su amado teniente, no tienen prisa por sufrir más bajas. Se limitan a mantener la presión, apretar la soga y obligar a los narcos a gastar munición.

A las nueve de la noche, cuando todo está relativamente tranquilo, Orduña da la orden de poner fin a todo aquello.

Una pequeña carga de dinamita hace saltar por los aires la puerta del apartamento.

Tres FES entran M-16 en ristre y matan a sendos *sicarios* con un par ráfagas en el pecho. Keller ve a uno de los hombres de Diego meterse la pistola en la boca y apretar el gatillo. El último salta por la ventana. Una ráfaga lo alcanza en plena caída y está muerto antes de impactar en el patio de cemento.

Keller ve a Diego salir por una puerta trasera y dirigirse a un montacargas.

«Parece que al final ha decidido no luchar hasta el final», piensa Keller cuando sale tras él.

La puerta del montacargas se abre.

Los dos FES que hay dentro le disparan balas de 5,56 milímetros en el pecho. Vuelve a entrar tambaleándose en el apartamento y cae al suelo.

Pero sigue respirando. Todavía está vivo.

Orduña llega desde el pasillo. Se sitúa junto a Diego y mira a Keller.

Keller se da la vuelta y oye dos disparos. Cuando se vuelve de nuevo, Diego tiene dos agujeros limpios de bala en la frente. El Jefe de Jefes, la Barba, está muerto.

Ya parece un anacronismo: la melena y la barba; el cuerpo largo, en su día musculoso, ahora parece el de una bestia tullida que ha muerto de hambre durante un largo y duro invierno.

Diego Tapia pertenece a otra época y esa época ya pasó.

Orduña se va.

Keller se agacha y le quita las botas a Diego.

Extrae el dispositivo de seguimiento de la bota izquierda y se lo guarda en el bolsillo.

Lo que ocurre a continuación no debería haber pasado.

Dentro del apartamento, la disciplina de las FES se desmorona. Ya sea por venganza o por la adrenalina, o tal vez por el embriagador alivio de haber sobrevivido, algunos soldados le bajan los vaqueros negros a Diego hasta los tobillos y le suben la camisa hasta el cuello para que se vean las

461

heridas. Después cogen billetes de peso y dólar que encuentran en el apartamento, los arrojan encima del cadáver, hacen fotos y vídeos y empiezan a enviar mensajes y publicar en Twitter.

Cuando un furioso Orduña llega para impedirlo, el daño ya está hecho.

Las imágenes están en Internet.

Keller abandona Lomas de Selva y sale en busca de María Fernanda.

Eddie el Loco espera en el Zócalo, a la sombra de los fresnos. Parece tranquilo, y el polo de color ciruela, los vaqueros blancos y los mocasines le dan un aspecto pulcro.

«Narco Polo», piensa Keller. Se acerca a Eddie y dice:

—Está muerto.

Eddie asiente.

—Diego no era mal tipo, ¿sabes? Las drogas lo jodieron. Y la Flaquita. No podía hundirme con el barco.

—Tienes una deuda conmigo —dice Keller—. ¿Por qué no la saldas ahora? Puedo ofrecerte seguridad.

—¿«Que el hombre de la camioneta te lleve»?

—No sé qué significa eso.

—Es una vieja canción sobre rodeos —dice Eddie—. No, todavía no he terminado el viaje.

—Estás en la lista, Eddie.

En realidad, acaba de subir un puesto.

—Correcto —responde Eddie—. Porque a eso os dedicáis ahora, ¿no? A matar gente.

—No tiene por qué acabar así —dice Keller.

—Los Zetas —dice Eddie—. Esos son a los que tendríais que perseguir. Son pura maldad, tío.

—Gracias por el consejo.

—Que te den por culo. —Eddie contempla el Zócalo un segundo y dice—: ¿Sabes? Siempre habrá alguien que quiera vender esta mierda. Puede ser alguien que no mate mujeres y niños. Si alguien va a hacerlo, podrías dejar que lo hiciera alguien como yo.

Keller le deja que se vaya. Podría haberle detenido allí mismo, pero no formaba parte de su acuerdo.

Adán observa las fotos del cuerpo acribillado de su primo y dice a Nacho:

—Pensaba que me alegraría más.

—Antes éramos todos amigos.

—Pienso en Chele y los niños.

Nacho no tiene respuesta para eso. Le tiene cariño a Chele. Todos se lo tienen.

—Haz llegar el mensaje —dice Adán.

Hablan de negocios durante unos minutos. Puede que Martín Tapia siga luchando, pero será, a lo sumo, un incordio. Eddie Ruiz no recogerá el testigo de Diego. Fundará una organización propia y, siempre que no participe en la guerra, Adán está dispuesto a dejarle en paz. La venganza por Sal puede esperar hasta que el conflicto haya terminado.

Cuando Nacho se va, Adán entra en su dormitorio. Eva ya duerme, o al menos finge hacerlo.

«Es raro —piensa Adán—. La vida resulta cada vez más solitaria».

A la mañana siguiente aparecen los cuerpos de dos *sicarios* golpeados y atados colgando del cuello de un puente de Culiacán con una pancarta que dice: ESTE TERRITORIO YA TIENE PROPIETARIO: ADÁN BARRERA.

Heriberto Ochoa mira las fotos de Diego y está furioso.

Y preocupado.

Finalmente, el gobierno se ha dado cuenta de que para luchar contra fuerzas especiales necesitas fuerzas especiales. Nadie se lo esperaba y nadie —ni Diego, ni Martín, ni siquiera Barrera— sabían de la existencia de esta nueva unidad y mucho menos lograron infiltrarse en ella o sobornarla.

Y las FES son muy, muy buenas.

Un desafío directo para los Zetas.

Ochoa, un veterano de operaciones especiales, sabe exactamente qué ha sido la redada de Lomas de Selva. No se trata de una operación policial, sino de una ejecución.

Buen trabajo.

«Pero esto —piensa mientras contempla las fotos que pueblan Internet— no era necesario. Desnudar a ese hombre y reírse de él, jactarse de que lo has matado y colgar las fotos en la Red.

»Hay que dar una lección a las FES.

»Enseñarles a no comportarse así.

»Enseñarles que no vamos a dejarnos intimidar.

»Enseñarles que somos nosotros quienes intimidamos».

Es él quien da las órdenes.

Keller se hace a un lado cuando seis FES con uniforme de camuflaje y chalecos azules con ARMADA escrito en letras blancas sacan el ataúd del teniente Angulo Córdova, cubierto con una bandera, de la funeraria de Ojinaga, su pequeña ciudad natal, situada en la orilla sur del río Bravo a su paso por Chihuahua.

Suenan las trompetas y los tambores de una banda militar mientras el ataúd es trasladado entre una multitud de familiares, amigos y vecinos que aplauden. Gentes de clase media o pobres, según advierte Keller, se han puesto sus mejores galas: las mujeres vestidos sencillos, los hombres vaqueros y camisas blancas. Están hundidos y muestran respeto. Algunos lloran en silencio y a Keller le sorprende una vez más la diferencia entre estadounidenses y mexicanos. Los estadounidenses se hacen fuertes en la victoria; la fortaleza de los mexicanos radica en su capacidad para sufrir la pérdida.

Una de esas personas es Marisol.

Ella y Keller se miran por encima del ataúd.

Alcanza a ver sus ojos debajo del velo negro.

Keller se sitúa al lado de Orduña cuando la multitud empieza a seguir al coche fúnebre hasta el cementerio, sito a las afueras. Una guardia de honor integrada por marineros vestidos de blanco desfila detrás y la banda interpreta una música fúnebre.

«Al menos no deja mujer e hijos», piensa Keller. Pero hay una madre destrozada a la que literalmente sostienen la hermana, el hermano y la tía de Córdova.

Marisol va detrás de ellos.

Los adornos navideños que hay en la calle infunden a la comitiva fúnebre una emotividad añadida.

Orduña pronuncia un discurso junto a la tumba. Habla del carácter de Córdova, de su valentía, de su servicio, de su sacrificio. Una vez ha terminado, un anciano con un chaleco harapiento y un gorro de lana levanta la mano y pide permiso para hablar.

—Conozco a este hombre desde que era niño —dice el *viejo*—. Fue un buen muchacho y un buen hombre. Enviaba dinero a su familia. Murió por nuestra república. Nuestra república. No podemos entregar nuestra república a traficantes de drogas y delincuentes. Siento que este hombre haya muerto, pero lo ha hecho luchando contra esos animales. Es todo lo que tengo que decir.

Orduña le da las gracias y hace un gesto a la guardia de honor. Los soldados se apoyan los M-16 en el hombro y disparan tres salvas al aire. Luego, siguiendo la orden de Orduña, calzan las bayonetas y se ponen firmes. Dos marines retiran la bandera mexicana del féretro, la doblan y se la entregan a la madre de Córdova.

Suena una trompeta mientras bajan el ataúd a la tierra.

Después de la ceremonia, Keller no sabe si debe acercarse a Marisol o no. Es una situación incómoda. Hace mucho que no hablan.

Marisol resuelve el dilema por él.

—Me alegro de verte.

—Yo también —dice Keller—. Imagino que conoces a la familia.

—Desde que era niña —responde ella—. Ahora soy su médico. ¿Qué relación tienes con ellos?

Keller vacila antes de responder.

—Trabajaba con él.

—Ah.

La pregunta obvia está allí mismo, en sus ojos, pero Keller no la responde. Por suerte para él, la hermana pequeña de Córdova se acerca.

—A mi madre le gustaría que vinieran a casa.

—No quiero molestar —dice Keller.

La noche antes del funeral hubo una vigilia en la casa y los amigos fueron a ver el cuerpo y a presentar sus respetos. Normalmente, las horas posteriores al entierro se reservan a la familia.

—Vengan, por favor —dice la hermana.

La casa es modesta y está limpia y bien conservada. Las tías han servido comida y la madre de Córdova se encuentra en un rincón, sentada en una silla tapizada. Irma Córdova es una mujer atractiva y de una elegancia sobria. Lleva una chaqueta negra y pantalones a juego y el pelo gris recogido en un moño. Keller ya sabe de dónde sacó la fuerza Angulo. La mujer le indica que vaya.

—Estaba usted con mi hijo cuando murió... —dice Irma.

—Sí —responde Keller—. Fue rápido. No sufrió nada.

Irma le coge la mano y cierra los ojos.

—Su hijo era un hombre valiente —dice Keller—. Debe estar muy orgullosa de él.

—Lo estoy —contesta ella. Abre los ojos—. Pero dígame: ¿ha valido la pena?

465

Keller le aprieta la mano.

Se queda un par de horas hablando con la familia Córdova. Han asistido algunos primos, además de Orduña, y finalmente comienzan a hablar de Angulo cuando era niño y adolescente. Entonces empiezan las historias divertidas, las risas contenidas y más lágrimas. Está anocheciendo cuando Orduña decide emprender el largo trayecto hasta el aeropuerto y el vuelo de regreso a Ciudad de México.

Marisol mira a Keller y dice:

—Yo voy en coche.

—¿A Valverde?

Es un largo camino. Horas de peligrosas carreteras en un peligroso país.

—Sí.

—¿Sola? —pregunta Keller.

Se lo piensa unos segundos y dice:

—No me vendría mal un poco de compañía.

Keller se acerca a Orduña para decirle que no volverá con él. Este sonríe.

—¿La Médica Hermosa? No se lo voy a reprochar.

—Nos conocemos desde hace tiempo.

—Lo sé todo, Arturo.

—¿Le supone algún problema?

—Solo envidia —dice Orduña—. Vayan con Dios.

Cuando Keller y Marisol se disponen a marcharse, Irma insiste en acompañarlos hasta la puerta.

—Gracias por venir —dice.

—Ha sido un honor —responde Keller.

Vuelve a coger a Keller de la mano.

—Arturo, uno no venga un asesinato matando. Lo venga viviendo.

Son ciento cincuenta kilómetros de trayecto por la carretera 2 hasta Valverde. Cada coche, cada camioneta, puede ir lleno de narcos, puede ser mortífero, y los controles militares son igual de peligrosos. Los soldados conocen a Marisol y tienen ganas de ponérselo difícil, pero se muestran confusos con el *gringo* que va al volante, sobre todo cuando les muestra la identificación de la DEA.

—Te tienen miedo —dice Marisol cuando se alejan del control situado a las afueras de Práxedis.

Keller se encoge de hombros.

—En el valle no tenemos muy buen concepto del ejército —añade.

Le cuenta toda la historia: las tierras requisadas, las detenciones, las torturas. Si no fuera Marisol, pensaría que exagera, que se trata de una paranoia liberal. Pero a Marisol la cree, incluso cuando concluye:

—El ejército no lucha contra los cárteles. El ejército es un cártel.

Keller intenta asimilarlo todo.

Entonces, Marisol pregunta:

—¿Qué hacías con las FES? Creía que eras una especie de analista político.

—Eso no es cierto —responde Keller.

—No, no lo es —dice ella—. Solo tenía la esperanza de que fuera así.

—No puedo hacer esto contigo, Marisol.

—¿Hacer qué?

—Montar la escenita del poli que no puede hablar con su chica de su trabajo —contesta Keller—. Ya lo hice una vez y no funcionó.

—Pues habla —dice—. Cuéntamelo.

Sabe que es uno de esos momentos. O no contesta o pergeña alguna evasión medianamente inteligente que ella no se creerá y su relación habrá terminado para siempre. O se lo cuenta y su relación... ¿qué?

—Persigo a narcos —dice Keller—. Y los mato.

—Entiendo.

Frialdad.

—Y no pararé hasta que encuentre a Barrera.

—¿Por qué a él en particular?

Cuando Keller empieza a hablar no puede parar. Se lo cuenta todo: su amistad con el joven Adán Barrera y cómo este torturó y mató a su compañero Ernie Hidalgo. Le cuenta que Barrera mató a dos niños arrojándolos desde un puente. Le cuenta que Barrera ordenó el asesinato de diecinueve hombres, mujeres y niños inocentes para castigar a un informador inexistente que Keller se inventó para proteger al auténtico.

—Así que te culpas a ti mismo —dice Marisol.

—No, le culpo a él —responde Keller—. Nos culpo a los dos.

—Y por eso quieres dedicarte a esto.

—Mató a gente a la que amaba —dice—. Es malvado. Sé que es un concepto anticuado, pero yo también lo soy. La verdad es que él también quiere matarme y por eso no puedo estar contigo.

Guardan silencio hasta llegar a Valverde. A Keller le asombra el estado de la pequeña población: casas y tiendas tapiadas con tablones, estuco acribillado a balazos y patrullas militares recorriendo las calles en camiones verdes con focos que realizan barridos laterales.

Marisol le da indicaciones para llegar hasta su casa, una vieja vivienda de ladrillo situada a las afueras, y se detiene en un camino de gravilla. Sale del coche, le abre la puerta y pregunta:

—¿Dónde está el hotel?

—¿Prefieres el Hilton o el Four Seasons? —dice ella—. Otro chiste malo. No hay hotel... Creía que dormirías conmigo.

—No quiero que pienses que esperaba eso —dice Keller.

—Por el amor de Dios, Arturo, pasa. Y si mencionas siquiera que dormirás en el sofá, te estrangulo.

Keller la sigue hasta la casa y después hasta el dormitorio, donde Marisol empieza a desabrocharse el vestido negro.

—Ya estoy harta de muertes por hoy. Estoy cansada de muertes. La señora Córdova tenía razón. Uno se venga viviendo.

Se quita el vestido y lo cuelga en el armario.

—Te quiero dentro de mí —dice—. Ya me preocuparé mañana del mañana.

Esa misma noche, unos pistoleros Zetas irrumpen en casa de la familia Córdova.

Su tía, su hermano y su hermana están dormidos en los sofás del salón y son los primeros en morir. Luego entran en la habitación y acribillan a Irma Córdova.

Antes de marcharse, hacen fotos de los cuerpos y las cuelgan en Internet con el mensaje: ESTO ES POR FALTAR AL RESPETO A NUESTRO AMIGO DIEGO, HIJOS DE PUTA DE LAS FES. ATENTAMENTE, LA COMPAÑÍA Z.

Por la mañana, mientras absorben la trágica noticia, Keller y Marisol llegan a un acuerdo tácito, el reconocimiento de que el mal existe y de que el término entraña horrores que no podían ni imaginar.

Ahora hay una resolución no verbal entre ellos.

Que harán frente a esos horrores juntos.

Y que vivirán.

CUARTA PARTE

LA JOTA DE PICAS Y LA COMPAÑÍA Z

Gather up your tars,
Keep'em in your pocket.

THE BAND PERRY,
If I Die Young

1

ASUNTOS DE MUJERES

> Si eso es cuanto te inquieta, coge mi velo, envuélvete la cabeza con él y calla. Coge también esta cesta; ponte una faja y dedícate a cardar lana y a mascar habas. La guerra será asunto de mujeres.
>
> ARISTÓFANES,
> *Lisístrata*

Ciudad Juárez
Enero de 2010

La droga impregna el algodón y Keller la succiona en el interior de la aguja hipodérmica. Tiene preparadas trescientas ampollas de cocaína, conocidas como *colmillos*.

Enseña la aguja a Mikey-Mike Wagner, un traficante de cristal afiliado a los Zetas originario de Horizon City, Texas, situada al sudeste de El Paso.

Mikey-Mike está aterrado, y con razón.

El día después de la matanza de la familia Córdova, Orduña formó una nueva unidad dentro de las FES, un cuerpo secreto incluso para la Armada integrado por los mejores de los mejores. Se llaman los Matazetas y sus hombres van vestidos de negro.

El propio nombre indica cuál es su único cometido.

Matar a los Zetas.

Keller firmó al instante.

La primera misión consistía en localizar a los Zetas que perpetraron los asesinatos de los Córdova.

Así que Keller se desplazó a Juárez y, utilizando su pase SENTRI —Secure Electronic Network for Travelers Rapid Inspection—,* cruzó el puente en un Express Line para reunirse con un agente encubierto de la DEA que le indicó Taylor. Parecía un adicto al cristal, con una melena sucia, barba y flaco como un palo, pero, debajo de la mugrienta gorra

---

* Red Electrónica Segura para Inspección Rápida de Viajeros. (*N. del t.*)

roja, Keller reconoció al hombre que acompañaba a Taylor hace unos años cuando fueron a advertirle sobre Barrera.

—Jiménez, ¿verdad? —dijo Keller.

—Sí.

—¿Sabes qué estoy planeando?

—Sí.

—¿Y te parece bien?

—Me parece estupendo.

—Sabrás que esto puede delatarte —dijo Keller.

—¿Saberlo? —respondió Jiménez—. Cuento con ello. Estoy deseando alejarme de estos hijos de puta.

Así que se dirigieron al monte a comprar un kilo de cristal a Mikey-Mike Wagner. Jiménez llevaba una bolsa de viaje con cincuenta mil dólares y se reunieron con Wagner entre unos viejos bloques de cemento agrietado que antes albergaban un autocine y ahora dan cobijo a las liebres.

Del suelo brotaban postes torcidos, como si fueran obstáculos en una cabeza de playa. El puesto de aperitivos, descolorido por el viento y el sol, seguía allí. El techo había cedido, pero en un viejo cartel se distinguía aún un envase de cartón rebosante de palomitas.

Wagner llegó en una furgoneta Dodge.

«Pues claro que es una furgoneta», pensó Keller.

«Yonquis».

En su día, el cristal era un negocio local, cocinado en bañeras y vendido sobre todo a bandas de moteros. Entonces, los cárteles vieron que podían sacar rédito y empezaron a crear superlaboratorios en México, a enviar el producto al norte y a apoderarse del menudeo. Todavía quedan algunos agentes libres, pero, en gran medida, el tráfico sigue dominado por los cárteles, y Wagner tiene un buen acuerdo con los Zetas, a quienes vende armas a cambio de un descuento en el cristal.

Al ver a aquel hombre rollizo apearse de la furgoneta, Keller pensó si habría proporcionado a los Zetas las armas que utilizaron para matar a los Córdova.

A Wagner no le gustó ver a una segunda persona allí.

—¿Quién es este? —preguntó.

—Mi socio —respondió Jiménez.

—No mencionaste a ningún socio.

—No podía pagar los cincuenta mil yo solo —dijo Jiménez.

—¿Quieres hacer esto o no? —preguntó Keller.

—No quiero vender droga a un narco —dijo Wagner mirándolo de arriba abajo.

Wagner llevaba una vieja camisa negra y vaqueros, y no cabía duda de que estaba enganchado al crack.

—Pues que te den por culo —repuso Keller—. Ya se lo compraremos a otro.

—Venga, Mikey —terció Jiménez—. Tengo cincuenta de los grandes en efectivo. ¿Crees que ha sido fácil reunir el dinero? ¿Hemos venido hasta aquí para nada?

—¿Y cómo sabemos que esta mierda es buena? —preguntó Keller.

—¿Queréis probarla?

—Pues claro, joder —dijo Jiménez.

Wagner fue a la furgoneta y volvió con una bolsa de medio kilo. Sacó una navaja del bolsillo, la abrió y rasgó el plástico.

Keller vio que el cristal era de un bonito color azul —transparente, no turbio—, unas buenas esquirlas irregulares.

—Si quieres un chute, adelante —dijo Wagner.

—No, prefiero un tiro —contestó Keller.

—Pues coge la pipa —dijo Wagner, hurgando en el paquete para sacar una roca.

—Sí.

Keller fingió que buscaba la pipa de cristal en el bolsillo de la chaqueta, pero, en lugar de eso, sacó una jeringuilla y se la clavó a Wagner en el hombro. Este empezó a tambalearse inmediatamente y Keller y Jiménez lo sostuvieron, lo llevaron hasta el coche y lo metieron en el maletero. Wagner intentó salir, pero solo acertaba a farfullar «tengo mis derechos».

Keller cerró el maletero.

Más tarde, dejó a Jiménez en El Paso.

—Si esto se tuerce, nos pueden caer treinta años a cadena perpetua —dijo Keller cuando Jiménez salía del coche.

—Tranquilo —respondió este—. No hay cárcel en Estados Unidos donde yo dure más de una semana.

Keller cruzó la frontera —«nada que declarar»— y se dirigió a un almacén situado a las afueras de Juárez en el cual se habían instalado las FES. Ataron a Wagner a una silla de madera y esperaron a que volviera en sí.

Ahora Keller está explicando a Mikey-Mike que en realidad no tiene ningún derecho, que está en México y que los hombres con pasamontañas negros son soldados de las FES que están muy enfadados por el asesinato de la familia Córdova a manos de los Zetas.

—Si te entrego a ellos —dice Keller—, te desollarán vivo, y no lo digo figuradamente. Déjame traducírtelo, Mikey-Mike: te van a arrancar la piel.

—Es un farol —responde Wagner—. Eres poli. No puedes matar a gente así como así.

—Aquí abajo puedo hacer lo que me salga de los huevos —afirma Keller.

Lo cierto es que no sabe qué hará si Wagner le provoca. Parte de él no va de farol; parte de él sabe que llegará hasta el final. No ha sentido tanta ira, tanto odio, desde que asesinaron a Ernie Hidalgo. Suficiente ira, suficiente odio, para secuestrar a un ciudadano estadounidense y llevarlo al otro lado de la frontera.

—Matar a una familia que estaba de duelo la misma noche del funeral... No se puede caer más bajo.

—Yo no tuve nada que ver en eso —dice Wagner sacudiendo la cabeza, todavía un poco grogui por la inyección.

—Pero tú les vendiste las armas, ¿no? —responde Keller—. O conoces a alguien que conoce a alguien que conoce a quien lo hizo y me lo vas a contar.

—Los cojones —dice Wagner mirando la aguja.

—Esto funciona así: será como las fiestas de 1999. Empezaré a pincharte *colmillos*. Con los dos primeros chutes te sentirás genial, mejor que en toda tu vida. Después de unos cuantos empezarás a tener muchas ganas de vomitar. Muchas. Delirarás y verás cosas que no están ahí. Y esa es la parte buena, porque luego empezarás a sudar y a sentir una ansiedad extrema y te entrará el pánico.

»Lo cual está bien, porque con los siguientes chutes los vasos sanguíneos se te pondrán rígidos, te empezará a latir el corazón con fuerza, luego irá a toda pastilla y tendrás la sensación de que se te va a salir del pecho. Y no es del todo mentira, porque te explotará, pero dentro del pecho. Y luego morirás.

»Después llevaré tu cuerpo al otro lado de la frontera y lo tiraré en algún sitio y la policía creerá que has timado a los Zetas y que son ellos quienes te han hinchado a cocaína, pero no les importará una mierda, porque es solo un traficante de crack menos.

Keller le clava la primera aguja.

—Solo tienes que decidir en qué parada de tren quieres bajarte.

Clava a Wagner dos agujas más.

—Coca pura. «Rolex». Se la cogí yo mismo a Diego Tapia. Está buena, ¿eh?

Wagner deja caer la cabeza hacia atrás de puro placer cuando la droga pasa por los lóbulos frontales y alcanza el cerebro primitivo.

—¿Quieres contármelo ahora que estamos todos contentos? —pregunta Keller.

—Los Zetas me matarán —responde Wagner entre carcajadas.

—Hijo de puta —dice Keller—. Te voy a matar.

—Me vas a matar de todos modos —dice Wagner cuando Keller le clava dos agujas más.

—Pero podrás irte feliz —observa Keller con una sonrisa.

Wagner también se ríe.

—Eso es verdad.

—Te voy a contar lo que haremos —dice Keller—. Si me das lo que quiero, te soltaremos, colocado pero vivo.

—Me mataréis para que no hable —contesta Wagner.

—¿Hablar de qué? —pregunta Keller—. ¿De que unos tipos te han llevado a México y te han drogado? Nadie te creerá y, si lo hacen, les dará igual.

Dos agujas más.

—Joder, qué bueno.

—Bueno es ahora...

Keller debe reconocer que Wagner tiene aguante. Cabalgan directos al precipicio hasta ver quién se raja antes. Resiste durante la euforia y las risas, resiste cuando empieza a sufrir temblores, pero entonces empieza a tener visiones.

—¡Paradlo! —grita.

«Sabe Dios qué estará viendo», piensa Keller.

—Puedes pararlo tú —dice—. Dame un nombre.

Mikey aguanta. Se agarra con fuerza a los reposabrazos de la silla, se le ponen los nudillos blancos y agita la cabeza hacia delante y hacia atrás.

Keller le administra tres pinchazos más. No quiere, pero se obliga a recordar las fotos de Irma Córdova despedazada por las ametralladoras, y eso le facilita el trabajo con ese cerdo.

«¿Crees ver cosas, Mikey?

»¿Quieres ver lo que yo veo?

»Porque lo mío es muy real».

Wagner empieza a sudar. Primero aparecen pequeñas perlas en la frente y luego el sudor cae como si fuera lluvia en una ventana durante una tormenta tropical. Mikey mueve los pies descontroladamente, taconeando sobre el suelo de cemento, y sacude los muslos. Al poco está temblando como una vieja tartana en la autopista y suplicando a Keller que pare.

—No te vas a encontrar mejor, Mikey —dice.

Le administra otro pinchazo.

—¡Me cago en la hostia!

Se le pone la cara roja, se le hincha el pecho y, por un segundo, Keller teme perder a su posible fuente. Le toma el pulso en el cuello y dice:

—Esto no tiene buena pinta. Ciento diez. Estás desbocado.

—¡Para, hijo de puta!

—Dame un nombre.

—No puedo.

—Ciento cuarenta, Mikey —dice Keller—. Y cuando llegaste aquí estabas a un Big Mac del infarto, así que no sé yo...

Keller le administra otra dosis.

Lleva más de cien pinchazos.

No durará mucho.

«Pero ¿lo harás? —se pregunta Keller—. ¿Eres capaz de hacerlo?».

Le clava tres agujas más.

Se le pone la cara escarlata, las venas se abultan y se le hincha el pecho como en uno de esos bodrios de ciencia-ficción.

—La taquicardia está en camino —dice Keller, que sostiene una ampolla delante de la cara de Wagner—. Puede que esta rebase el límite.

—No... lo... harás.

—No me pongas a prueba.

—No... lo...

Keller se encoge de hombros y se dispone a hundir la aguja en la vena de Wagner.

—¡Carrejos! —grita—. ¡José Carrejos! ¡Lo llaman el Chavo!

—¿Le vendes armas? —pregunta Keller, empujando todavía la aguja—. ¿Le vendiste armas, hijo de puta?

—¡Sí!

Keller retira la jeringuilla.

—¿Dónde podemos encontrar a Carrejos?

—¡No lo sé! Por favor, dadme algo...

Keller le desata la mano izquierda y le devuelve el teléfono que le requisó. Ya han descargado todos los números y contactos.

—Llámale.

—¿Qué... le... digo?

—Me da igual. Tú entretenlo.

Wagner busca el teléfono.

—Chavo, soy yo, Mikey... No, no estoy bien. Voy hasta arriba, no pasa nada... Hasta arriba, hermano. ¿Necesitáis más material? Acabo de mover esos... esos... dos kilos y... y...

El técnico de las FES levanta el pulgar.

Tienen la ubicación de Carrejos.

Keller le arrebata el teléfono y cuelga. Se vuelve hacia el médico.

—Ocupaos de él. Calmadlo.

El médico lo mira extrañado, pero obedece. Media hora después, Mikey-Mike Wagner duerme profundamente en el asiento delantero del coche de Keller y cruzan la frontera. Al llegar a la estación de El Paso, Keller lo sacude.

—Despierta.

Wagner está soñoliento.

Keller le entrega un billete de autobús.

—Chicago. Es territorio del cártel de Sinaloa. Los Zetas no pueden hacerte nada. Si vuelves por aquí, la Compañía Z te matará. Si no lo hacen ellos, lo haré yo. Y ahora lárgate.

—Gracias.

—Que te follen. Muérete.

Cuando se aleja suena el teléfono. Es uno de los hombres de las FES, que ya han dado con Carrejos y está hablando.

A Keller no le cabe la menor duda. Tienen a un ciudadano mexicano en su propio territorio y nada les impedirá hacer lo que tienen en mente: encontrar a los hombres que mataron a la familia de su compañero.

Sacarán a Carrejos todo lo que sabe y, si está de suerte, le pegarán un tiro en la nuca y se desharán de su cuerpo en el desierto.

A Keller no le importa. Él solo quiere la información, aunque sabe que la caza de asesinos Zetas le aleja todavía más de la búsqueda de Barrera. Todo sigue el mismo principio que los ríos: si se desvía tan solo un centímetro en su nacimiento, el río emprende un nuevo curso, cada vez más alejado de su origen.

Ahora va a ver a Marisol.

Asistirán a una fiesta de Nochevieja.

Resulta que no es un bar o un restaurante, sino la cafetería de una librería. Y Marisol tiene razón, Cafebrería rezuma ese aire de punto de reunión, de centro cultural, de refugio de la locura que ha impregnado buena parte de esta ciudad.

Marisol le presenta a la gente. Sus amigos son simpáticos, pero se siente fuera de lugar, un extraño, un gringo, un funcionario del gobierno estadounidense y, por tanto, una curiosidad y, en cierta medida, una amenaza entre una multitud de escritores, poetas, activistas y personas que se proclaman intelectuales sin ironía alguna.

Pero, aunque se queda en la periferia, ese círculo desprende una calidez que no ha visto ni sentido en mucho tiempo. El afecto es palpable y auténtico y el humor más moderado del que imperaba en Cuernavaca, y no parece haber más agenda que la amistad y una causa común, aunque crea que esa causa es demasiado rudimentaria y poco práctica para que algún día pueda llegar a materializarse.

Una periodista amiga de Marisol los invita a su casa y, como parece que a ella le apetece, Keller acepta.

Son los sospechosos habituales —intelectuales, activistas, escritores, poetas—, vino barato y cerveza aún más barata, y Keller tiene la sensación de que circularían porros si él no estuviera allí. Les diría que no le importa, pero no sabe cómo abordar el tema.

Se encuentra en el pequeño patio trasero cuando se le acerca un hombre un tanto rechoncho, con melena oscura y barba de un día.

—Pablo Mora.

—Art Keller.

—Escribo para *El Periódico* —dice Pablo. Es obvio que ha tomado más de una cerveza—. Hemos estado hablando unos cuantos y el consenso es que eres una especie de espía —añade—. Si es el caso, ¿qué clase de espía eres?

—Trabajo para el gobierno —responde Keller—, pero no soy espía.

—Qué decepción. Sería más divertido que fueras espía —dice Pablo—. ¿Y qué haces aquí?

—Me lo pidió Marisol.

—Queremos a Marisol —dice Pablo—. Todos la queremos. Amo a Marisol. En serio, la amo.

—No me extraña.

—En cambio, lo tuyo a mí sí —dice Pablo—. ¿Cómo puede amar a un gringo?

—Bueno, solo soy medio gringo —replica Keller—. Medio gringo y medio *pocho*.

—*Pochingo*.

—Supongo.

—Acabo de inventarme la palabra —dice Pablo—. Yo soy juarense. Nacido y criado aquí.

Marisol acude al rescate.

—Pablo, veo que has conocido a Arturo.

—El espía *pochingo*.

—¿*Pochingo*? —pregunta Marisol.

—Luego te cuento —dice Keller.

—Eres majo, *pochingo* —observa Pablo—. Voy a por otra cerveza. ¿Quieres una?

—No, gracias.

—Vale.

Pablo se va.

—Creo que ha tomado demasiados refrescos —comenta Keller.

—Lo de Pablo es una historia triste.

—Me cae bien —dice Keller—. Le gustas.

—Un poquito solo —precisa Marisol—. Si tuviera cerebro estaría enamorado de Ana. ¿Lo estás pasando bien?

—Sí.

—Mentiroso.

—No, en serio.

—Vamos a hablar con Ana —dice Marisol—. Me encantaría que os hicierais amigos.

Se sientan en los escalones con Ana, una mujer menuda de cabello negro que mantiene un intenso debate con un hombre de mediana edad con gafas y bastón. Keller deduce que es el famoso Óscar Herrera, el eminente periodista al que Barrera intentó asesinar tiempo atrás.

—Dime por qué es diferente, Óscar —está diciendo Ana—. Dime por qué no es un ejército de ocupación.

—Porque es el ejército de nuestro país —responde Óscar.

—Aun así, es la ley marcial.

—Eso no te lo discuto —dice él—. Discuto la idea de que es un ejército de ocupación y también pregunto qué otras opciones hay. Tenemos un contingente policial que no puede o no quiere hacer cumplir la ley, que se niega a salir de las comisarías por miedo a morir. ¿Qué se supone que debe hacer el gobierno municipal? ¿Rendirse a la anarquía?

—Esto sí que es anarquía.

—Lamento interrumpir —dice Marisol—. Quería presentaros a mi amigo. Óscar Herrera, este es Arturo Keller.

—*Mucho gusto.*

—El gusto es mío.

—Estábamos hablando del triste estado en que se encuentra nuestra ciudad —dice Óscar—, pero me alegro de que nos hayan interrumpido. Es usted estadounidense, ¿verdad, señor Keller?

—Art, por favor. Y sí.

—Pero hablas muy bien el español —dice Óscar—. ¿También lo lees?

—Sí.

—¿Qué lees?

Keller menciona a Roberto Bolaño, Luis Urrea y Elmer Mendoza, entre otros.

—¡Doctora Cisneros! —exclama Óscar—. ¡Lo has conseguido! ¡Has encontrado a un estadounidense civilizado! Siéntate, Arturo, siéntate a mi lado.

Óscar aparta el bastón para hacer sitio a Keller y hablan de *Los detectives salvajes*, *La hija de la chuparrosa* y *Balas de plata* hasta que el periodista se levanta y anuncia que la noche es cosa de jóvenes.

Marisol lo acompaña a buscar un taxi.

Ana no se anda con rodeos.

—Está enamorada de ti. ¿Lo sabes?

—Eso espero —responde Keller.

—No sé si eres el hombre que habría elegido para ella —dice Ana—. Estadounidense y... Bueno, bromeamos con que eres espía, pero no va tan errada la broma, ¿verdad?

Keller no responde.

—Sé bueno con ella —añade.

—Lo seré —contesta Keller—. ¿Y tú y Pablo?

Mira al joven, que está riéndose con Giorgio.

—No sabía que hubiera un «yo y Pablo».

—Parece un tipo majo.

—A lo mejor ese es su problema —dice Ana—. Es un tipo majo con un corazón blando y está perdidamente enamorado de su exmujer, de su hijo y de Marisol.

—Solo le gusta.

—Ah —dice ella—. Está tan fuera de su alcance que no es divertido. No, el problema entre Pablo y yo es que trabajamos juntos y tal vez nos conocemos demasiado.

—No es mala base para una relación.

Ana se pone seria.

—Si ejerces alguna influencia sobre Mari, sácala de la política. Es demasiado peligroso.

—Iba a pedirte lo mismo.

—No escucha.

—A lo mejor si seguimos intentándolo los dos...

—Trato hecho.

Se estrechan la mano. Marisol vuelve a salir.

—¿Por qué os dais la mano?

—Por una nueva amistad —responde Keller.

—Muy bien —dice Marisol—. Eso esperaba.

En lugar de correr riesgos volviendo de madrugada a Valverde, lo acompaña al Candlewood Suites de El Paso, donde la DEA le ha reservado habitación. Es un hotel para largas estancias; no hay lujos, pero tampoco es excesivamente deprimente. Cuando entran, Marisol pregunta:

—Por cierto, ¿qué es un *pochingo*?

—Medio *pocho* y medio gringo.

—Entiendo. ¿Y a qué mitad le gustaría hacerme el amor?

Al parecer, a ambas.

El Año Nuevo de 2010 es el día más sangriento de la historia de Juárez.

Veintiséis personas asesinadas en veinticuatro horas.

Sesenta y nueve en todo México.

Keller da un beso de despedida a Marisol y parte hacia Nuevo Laredo.

A cazar Zetas.

Carrejos lo reconoció todo.

«Sí, fui yo quien compró las armas a Wagner y las entregó al equipo Zeta al que se ordenó matar a los Córdova. Sí, Heriberto Ochoa, Z-1, el Verdugo, ordenó personalmente los asesinatos para dar ejemplo. Sí, yo iba al volante, pero no entré. Lo juro por mi madre, no participé en los asesinatos. Yo solo conducía. ¡Por favor, parad, no volváis a hacerlo!».

Confesó incluso los nombres del «escuadrón de la muerte».

José Silva.

Manuel Torres.

Y el comandante, el hombre que estaba al mando: Braulio Rodríguez, alias *Z-20*. Le llaman el Gigante.

Keller sabe que el apodo Z-20 significa que Rodríguez era uno de los Zetas originales, miembro del primer grupo que Ochoa reclutó entre las fuerzas especiales. Por tanto, es importante, un líder, así que el asesinato de la familia Córdova era una misión de máxima prioridad.

Rodríguez figuraba en el amplio informe de espionaje de las FES. Había servido con Ochoa en Chiapas, así que matar mujeres no era nada nuevo para él.

Carrejos facilitó incluso la localización del equipo.

Silva y Torres estaban en Nuevo Laredo.

Rodríguez en Veracruz.

«¿Qué hace en Veracruz?», se preguntaba Keller. La ciudad portuaria está muy lejos de la acción, en un territorio que desde hace mucho tiempo se ha convertido en un bastión de los Tapia y que supuestamente será controlado en adelante por Eddie Ruiz el Loco.

Transmitió la pregunta a través de los hombres de las FES, que estaban finalizando el interrogatorio a Carrejos, y este les dio la mejor respuesta que pudo. Era un ascenso, dijo, una recompensa para Rodríguez por la misión de los Córdova. Si podía arrebatar la plaza a Ruiz, Veracruz sería suya.

Los puertos son importantes para los cárteles no tanto por el producto que envían como por el producto que traen, los precursores químicos necesarios para aprovisionar sus superfábricas de metanfetamina, las nuevas *maquiladoras*. Mazatlán, que está en manos del cártel de Sinaloa; Lázaro Cárdenas, que se disputan los Zetas y la Familia Michoacana; y Matamoros, controlado por el CDG, son entradas importantes para los precursores, que llegan mayoritariamente de China. Y ahora Veracruz, que Eddie está utilizando para abastecer sus operaciones allí, pero también en Monterrey y Acapulco, mientras intenta reorganizar el negocio de Tapia bajo su tutela.

La Compañía Z tiene otros planes: quieren el puerto para ellos. Y Rodríguez, Z-20, el Gigante, lidera la ofensiva.

«Pero lo primero es lo primero», piensa Keller.

José Silva ha sido visto en Nuevo Laredo, el antiguo territorio de Eddie Ruiz antes de que los Zetas lo conquistaran para sus jefes del CDG. Se dedica a la trata de blancas con inmigrantes centroamericanas en Boy's Town. El pequeño burdel ocupa la segunda planta de un edificio situado en la esquina de Front Street con la calle Cleopatra.

Keller tiene toda la pinta de gringo borracho de mediana edad que cruza la frontera para acostarse con alguna mujer. Polo amarillo, vaqueros, gorra de golf blanca y peste a alcohol. Sale de la parada de taxis, pasando por delante de hileras de prostitutas que trabajan por libre, y encuentra la Casa las Nalgas, que cuenta con una barra andrajosa en la que toma una cerveza hasta que salen las chicas a formar cola.

A esta hora de la tarde hay solo cuatro. Keller elige a una que debe de rondar los diecisiete años y lleva un picardías negro que no es de su talla y apenas cubre sus pequeños pechos. La chica parece drogada y conduce a Keller por unas escaleras estrechas hasta una mugrienta habitación que es poco más grande que un armario. Hay un colchón encima de un viejo somier con una sola sábana.

Sobre la cama hay un botón.

Keller se ha percatado de la mirada que ha cruzado la chica con Silva en la barra. Cierra la puerta, pero no con pestillo.

—El dinero, por favor —dice la joven.

—No.

Parece sorprendida y asustada.

—Por favor.

—No he pagado por esto en mi vida —dice Keller arrastrando las palabras. Saca un guante de látex del bolsillo de los vaqueros y se lo pone—. Ven aquí.

La chica se aparta de él y pulsa el botón.

Keller saca de debajo de la camisa la Beretta con silenciador que le facilitaron las FES y oye pasos en las escaleras. Se abre la puerta y entra Silva, que parece molesto:

—Oye, *pendejo...*

Le descerraja dos disparos en el pecho.

La chica se pone a gritar.

Keller se sitúa encima de Silva, le pega otro tiro en la nuca, saca una jota de picas del bolsillo —la tarjeta de visita de los Matazetas— y la deposita sobre el cuerpo. Tira la pistola, baja las escaleras y sale a Front Street, donde lo recoge un coche de las FES.

Manuel Torres se atrinchera.

Sin duda se ha enterado de lo de Silva, de que el maltrecho cuerpo de Carrejos fue hallado en una zanja a las afueras de la ciudad con una jota de picas clavada a la camisa y de que las FES lo andan buscando. Saben que está en Nuevo Laredo, pero no dónde, y no está utilizando ni el móvil ni el ordenador. No establece contacto con sus compañeros y no hay manera de encontrarlo.

Pero a su madre sí.

Dolores Torres tiene ochenta y siete años y no goza de buena salud. Vive en el barrio de El Carrizo, en el centro de la ciudad, y cada día va al mercado que hay en su misma calle utilizando el bastón.

Esta mañana se encuentra en la acera cuando se detiene una ambulancia con la sirena encendida. De ella salen dos enfermeros y, agarrándola de los codos, la llevan lentamente a la parte trasera del vehículo.

—Todo irá bien —dice uno de los enfermeros—. La llevamos bien sujeta.

—Pero si no me encuentro mal...

—Esté tranquila. Nosotros cuidaremos de usted.

La ayudan a subir a la ambulancia y la tumban en la camilla. Al menos cincuenta personas presencian los hechos y ven el vehículo partir hacia el Hospital General. Al menos tres llaman a Manuel Torres para decirle que su querida madre se ha caído en la acera y ha sido trasladada al hospital.

Keller espera en una furgoneta aparcada en la calle Maclovio Herrera, frente a la entrada de urgencias. Pasan veinte minutos y aparece un Chevrolet Suburban a toda velocidad. Al volante va un Zeta y en el asiento del acompañante viaja un guardaespaldas.

Torres va en la parte de atrás.

El coche no se ha detenido del todo cuando Torres abre la puerta y baja de un salto.

Los dos hombres de las FES lo tienen a tiro. Utilizando rifles M-4 con silenciador, acribillan la cabeza y el pecho de Torres.

Una jota de picas ondea desde la ventanilla del coche antes de arrancar.

El viento, frío y arremolinado, impulsa la basura contra los neumáticos del coche de Pablo, que está desayunando en el aparcamiento de S-Mart.

Oye la llamada del escáner de la policía.

—*Motivo 59.*

Otro asesinato.

—*Un 91.*

Es una mujer.

Pablo arranca, tira el envoltorio del burrito al suelo y se dirige al lugar de los hechos, un restaurante situado cerca de la universidad en el que ha comido algunas veces. Giorgio ha llegado antes que él, pero no está haciendo fotos. Se encuentra junto al coche de la víctima con la cabeza gacha.

El cuerpo de Jimena Abarca yace al lado de la puerta del conductor, con el brazo derecho extendido sobre un charco de sangre y las llaves del coche en la mano.

Ha recibido nueve disparos en la cara y el pecho.

Aparecen dos fotógrafos más buscando instantáneas para la *nota roja*. Giorgio se interpone entre ellos y el cuerpo de Jimena.

—No.

—¿Qué coño te pasa, Giorgio?

Este le da un empujón.

—¡Os he dicho que no hagáis una puta foto! *¡Píntate!* ¡Largaos de aquí!

Ambos se retiran.

Pablo vuelve al coche, respira hondo y llama a Ana.

Entierran a Jimena en Valverde.

Acuden centenares de personas de Juárez y de todo el valle, y Marisol cree que habrían sido miles de no haberse ido tantos al otro lado del río. Algunos tienen miedo de ser vistos y fotografiados y de convertirse en el próximo cadáver.

Hay un gran número de militares por si se desata una protesta violenta y para fotografiar a los asistentes.

—Son ellos los que deberían estar aquí —dice Marisol entre dientes cuando trasladan el ataúd desde la panadería hasta el cementerio—. La mataron ellos.

—Eso no lo sabes —responde Keller.

—Lo sé.

Los testigos que había en el restaurante aseguraron que cuatro hombres se aproximaron a Jimena cuando se dirigía al coche, de modo que habían estudiado sus hábitos y sabían que desayunaba cada mañana en el mismo lugar. Una mujer que tuvo que agacharse dentro de su vehículo oyó a uno de los hombres decir a Jimena:

—Te crees muy lista.

Jimena opuso resistencia y los atacó con las llaves del coche.

—Pues claro —dijo Marisol cuando se enteró—. Pues claro que opuso resistencia.

Una mujer con unas llaves de coche contra cuatro hombres armados. Su cara había quedado tan maltrecha que tuvieron que velar el cuerpo con el ataúd cerrado.

—La mató el ejército porque no se callaba —sentencia Marisol.

Ella tampoco lo hará.

—Jimena Abarca era amiga mía —dice en el oficio funerario— y de todos los habitantes de este valle. Todos los que acudían a ella en busca de ayuda la obtenían, todos los que buscaban bondad la recibían, todos los que buscaban apoyo lo encontraban. Vivió con dignidad, valentía y metas... Y ellos...

Para espanto de Keller, Marisol señala a los soldados.

—... la mataron por eso.

Hace una pausa y los mira fijamente a todos, incluido el coronel Alvarado, que palidece de furia.

—Jimena murió igual que vivió —continúa Marisol—. Luchando. Ojalá podamos decir eso mismo de todos nosotros. Espero que lo digan de mí. Adiós, Jimena. Te quiero. Siempre te querré. Que Dios te acoja en sus brazos de mujer.

Ahora el sacerdote también parece enfadado.

«Marisol está consiguiendo enfurecer a todo el mundo», piensa Keller.

Esa noche discuten sobre ello.

Keller se queda con ella en Valverde e intenta convencerla de que se vaya.

La ciudad es un armazón, le dice. La mitad de las casas están tapiadas con tablones de madera y solo hay una *tiendita* abierta, y muy de vez en cuando. No hay gobierno municipal: el alcalde y los concejales han huido y nadie acepta el puesto. La policía también ha escapado, y Keller lo entiende. No es solo Valverde. Todas las poblaciones pequeñas de la frontera se hallan en la misma situación.

—Esto no es seguro para ti —dice Keller—, sobre todo ahora que te has convertido a ti misma en objetivo.

—Mi clínica está aquí, y son ellos quienes me han convertido en objetivo —corrige Marisol.

Se miran unos segundos y Keller añade:

—Ven a vivir conmigo.

—No pienso irme a El Paso —dice Marisol—. No lo haré.

—Ese puñetero orgullo, Mari... De acuerdo. Vuelve a Ciudad de México. Puedes abrir una consulta...

—Aquí me necesitan.

—... en Iztapalapa, si eso te hace sentir mejor.

—No se trata de mis sentimientos, Arturo. Son hechos. Soy la única médica del valle. Esta es mi casa...

—Aquí podrían matarte. Eso también es un hecho.

—No pienso escapar.

De hecho, hace justo lo contrario.

La tarde siguiente, Marisol celebra una reunión en la clínica. Asisten unas treinta personas del valle, en su mayoría mujeres, lo cual es lógico, ya que muchos hombres están muertos o en la cárcel o han cruzado el río.

Es lo que pretende demostrar Marisol.

—Lo que no pueden o no quieren hacer los hombres —dice— tienen que hacerlo las mujeres. El papel de la mujer siempre ha sido crear y preservar el hogar. Ahora nuestros hogares se ven más amenazados que nunca. El ejército y los narcos quieren echarnos de nuestras casas. Si no les plantamos cara nosotras, nadie lo hará.

La reunión se prolonga tres horas.

Al finalizar, dos mujeres de Valverde se han ofrecido voluntarias para el ayuntamiento. Otras tres se convierten en alcaldesas y concejalas de otras ciudades fronterizas. Una estudiante de derecho de veintiocho años será la única policía de Práxedis y otra será la solitaria ocupante de la comisaría de Esperanza.

Y Marisol es desde ahora la nueva alcaldesa de Valverde.

Organiza una rueda de prensa. La Médica Hermosa no tiene problemas para despertar interés y mira directamente a las cámaras.

—Este es nuestro anuncio para los políticos, el ejército y los cárteles criminales. A vosotros, los matones que acabasteis con la vida de Jimena Abarca, a vosotros, los cobardes Zetas que asesinasteis a los miembros de la familia Córdova mientras dormían en sus camas, he venido a deciros que no sirvió de nada. Estamos aquí. Estaremos aquí. Y seguiremos trabajando para los pobres del valle que cada día se dejan el alma para alimentar a sus hijos. No os tenemos miedo, pero vosotros sí debéis tenérnoslo a nosotras. Somos mujeres que luchamos por nuestras familias y nuestros hogares. Nada es más poderoso.

La Revolución de las Mujeres, espoleada por el asesinato de Jimena Abarca, se ha adueñado del valle de Juárez.

Solo queda un cargo vacante.

Valverde no tiene policía.

Dos agentes fueron asesinados y los demás huyeron a Estados Unidos. Keller está con Marisol en su despacho de alcaldesa mientras pondera ese problema.

Está furioso con ella.

No solo no ha abandonado Valverde, sino que se ha situado directamente en el punto de mira. Keller se irá esa misma mañana, así que intenta convencerla de que al menos lleve arma.

—Te conseguiré una —dice—. Una Beretta pequeña. Te cabrá en el bolso.

—No sé utilizarla.

—Yo te enseñaré.

—Si llevo un arma de fuego —dice Marisol—, les dará un pretexto para dispararme, ¿no?

Keller está fraguando un argumento cuando alguien llama a la puerta.

—¡Adelante! —exclama Marisol.

Se abre la puerta y aparece una joven en el umbral. Es alta, probablemente de metro ochenta. Lleva una larga melena oscura, no está gorda en absoluto, pero tampoco delgada, y tiene caderas y huesos anchos.

—Erika, ¿verdad? —pregunta Marisol.

La joven asiente.

—Erika Valles.

—Trabajas para tu tío Tomás.

Su tío es un agente inmobiliario del valle.

—No hay casas para vender —dice Erika mirando al suelo.

—¿Qué puedo hacer por ti? —pregunta Marisol.

Erika levanta la cabeza.

—He venido a solicitar el puesto.

—¿Qué puesto? —pregunta Marisol.

—El de jefe de policía.

Keller está consternado.

Marisol sonríe.

—¿Cuántos años tienes, Erika?

—Diecinueve.

—¿Educación?

—Fui un semestre al ITCJ —dice Erika en referencia al centro de estudios superiores de la localidad.

—¿Estudiaste algo relacionado con los cuerpos de seguridad? —pregunta.

Erika sacude la cabeza.

—Informática.

Ahora es Keller quien sacude la cabeza. Una niña de diecinueve años sin formación y un semestre o dos de informática en un centro de estudios superiores quiere ser el único agente de policía del municipio. Menuda tierra de locos.

—¿Por qué quieres ser jefa de policía, Erika? —pregunta Marisol.

—Es un trabajo —dice—. Nadie más lo quiere. Creo que se me dará bien.

—¿Por qué?

—Porque soy dura —responde Erika—. Me he peleado unas cuantas veces. Juego al fútbol con los chicos.

—¿Eso es todo?

Erika vuelve a mirar al suelo.

—Soy lista.

—Estoy convencida de ello —dice Marisol.

Erika alza la vista.

—Entonces, ¿el puesto es mío?

—¿Tienes antecedentes penales?

—No.

—¿Drogas?

—Fumé un poco de *mota* cuando era joven —dice Erika.

«¿Cuando eras joven?», piensa Keller.

—Pero ya no —apostilla la chica.

—Erika —dice Marisol—, sabrás que hay gente que ha muerto desempeñando esta labor.

—Lo sé.

—¿Y quieres el puesto igualmente?

Erika se encoge de hombros.

—Alguien tiene que hacerlo.

—Y sabrás que no hay nadie más en el cuerpo —dice Marisol—. Al menos de momento, serías tu propia jefa.

—Suena bien —dice con una sonrisa.

—De acuerdo —concluye Marisol—. Te tomaré juramento.

«¿Estás chiflada?», piensa Keller, que lanza una mirada a Marisol que expresa exactamente esa idea. Ella lo observa con irritación y busca en la mesa el juramento de jefe de policía.

Una vez que han terminado, Erika pregunta:

—¿Llevaré pistola?

—Hay una... ¿Cómo se llama?... Un AR-15 —responde Marisol—. Pero ¿sabes usarla?

—Todo el mundo sabe.

«Dios mío», piensa Keller.

—Muy bien —dice Marisol—. ¿Cuándo puedes empezar?

—¿Esta tarde? —pregunta Erika—. Tendría que hablarlo con mi madre.

—Ha tenido que ir a contárselo a su madre —dice Keller cuando Erika se marcha—. Esto es una locura, Mari.

—Todo es una locura, Art —responde Marisol—. No investigará asesinatos ni detendrá narcos. Serán multas de tráfico y patrullas rutinarias contra robos en viviendas... ¿Por qué no puede hacerlo?

—Porque los narcos no quieren policía de ninguna clase por aquí —explica Keller—. Ni a ningún gobierno.

—Pues aquí estamos —responde Marisol.

Keller menea la cabeza.

—Pero aceptaré esa pistola —añade.

Semanas después empiezan a aparecer mensajes en el valle.

De las paredes cuelgan sábanas blancas con los nombres de los próximos ejecutados pintados con espray. En los cables telefónicos hay pancartas que dicen: TENÉIS CUARENTA Y OCHO HORAS PARA IROS.

Unos panfletos amenazan con matar a la policía y a las autoridades municipales.

El nombre de Marisol figura en la lista.

El de Erika también.

Aparecen asimismo los de las regidoras de Valverde y las agentes de policía de las otras poblaciones.

Durante la Semana Santa se lanzan folletos desde la parte trasera de unas furgonetas advirtiendo a la población de Porvenir y Esperanza que disponen de unas horas para abandonar el lugar.

El Día de Viernes Santo alguien arroja una bomba incendiaria en la iglesia del Porvenir y se quema la vieja puerta de madera.

Comienza el éxodo.

La gente se marcha a Juárez o con familiares que viven más al sur o intenta cruzar la frontera.

Keller exhorta a Marisol a que sea uno de ellos. Se presenta en su despacho tras conducir desde el EPIC y le habla de las amenazas.

—¿Cómo te has enterado de esto? —pregunta.

—Yo me entero de todo.

La hipérbole no lo es tanto. Keller recibe informes diarios de todas las fuentes de espionaje relevantes y no puede evitar indagar en lo que está sucediendo en el valle.

—Pues, si lo sabes todo —objeta Marisol—, dime: ¿es el ejército o el cártel de Sinaloa? Si es que hay alguna diferencia...

Keller lo sabe.

El CDG y los Zetas están expandiéndose hacia el Oeste por la autopista 2, pasando por Coahuila y después por Chihuahua.

Hay indicios de que el proceso ya ha empezado y Adán Barrera no correrá ningún riesgo a este lado de la frontera. Ya está trasladando a sinaloenses a las tierras que ha dejado vacías la gente a la que obligó a marcharse.

Adán Barrera no solo está despoblando el valle de Juárez.

Lo está colonizando.

Es una extraña repetición de la historia que trajo a tantas de esas familias al valle como «colonos militares» para combatir a los apaches. Pero, esta vez, los apaches son los Zetas. Estos y el CDG están haciendo algo similar en el norte de Tamaulipas, una zona rural, echando a sospechosos de sus tierras y sustituyéndolos por gente fiel.

—Es Sinaloa —dice Keller a Marisol—, pero el ejército no moverá un dedo para impedírselo.

—Por decirlo de alguna manera.

—Mari, tienes que irte —insiste Keller—. Admiro lo que intentas hacer, lo admiro de la hostia, pero no es posible. ¡Tú y media docena de mujeres no podéis enfrentaros al cártel de Sinaloa!

—Porque los que supuestamente han de protegerme —responde— son los mismos que van a matarme.

—Sí, vale. De acuerdo.

—No, de acuerdo no. Si cedemos a la intimidación...

—¡No tenéis elección!

—¡Siempre la tenemos! —afirma Marisol—. Yo elijo quedarme.

Keller se acerca a la ventana y contempla la ciudad devastada y medio desierta. En el parque hay unas cuantas mesas plegables debajo de una carpa que hace las veces de tienda de comestibles y la basura revolotea por las calles. ¿Por qué quiere luchar y morir por este páramo?

—Mari —dice—, el lunes tengo que volver a Ciudad de México. Te lo ruego. Ven conmigo, por favor.

Erika elige ese momento para entrar. Lleva vaqueros y una sudadera con capucha y el AR-15 colgado del hombro.

—Erika —dice Marisol—, Arturo cree que deberíamos huir.

—No sería ninguna vergüenza —dice Keller—. Nadie tendría peor opinión de vosotras.

—Yo sí —replica Erika.

Marisol dedica a Keller una sonrisa de suficiencia.

—Esto no es una película de Hollywood —dice— en la que los valientes se juntan, cantan *Cumbayá* y hay final feliz. Esto es...

Al ver la mirada de Marisol, se arrepiente al instante de sus palabras.

—Sé de sobra que no es una película, Art. He visto cómo asesinaban a mi mejor amiga, la ciudad donde me crie está destruida y la gente con la que crecí coge lo poco que tiene y echa a andar por la carretera como si fueran refugiados.

—Lo siento. Ha sido una estupidez.

La luz del sol, filtrada por el polvo, es hermosa, de un rojo dorado oscuro, cuando se dirigen a casa de Marisol al anochecer. Pasan por delante de la panadería Abarca, que está cerrada a cal y canto, y de la *tiendita*, también cerrada, ya que sus propietarios ahora viven en Fabens, al otro lado de la frontera.

Tres soldados, situados detrás de un puesto hecho con sacos de arena y alambre de espino, los observan.

—Saben quién eres —dice Marisol a Keller—. El importante gringo de la DEA.

A Keller no le apasiona el hecho de ser conocido, pero es una concesión que está dispuesto a hacer si brinda a Marisol cierta protección cuando él está allí. Erika camina cinco pasos por detrás con el rifle en la mano.

Está entregada a Marisol.

Entregada a su trabajo.

—Gracias, Erika, estamos bien —dice Marisol cuando llegan a su casa.

Se besan en las mejillas y la chica echa a andar calle abajo.

La casa de Marisol es un viejo edificio de ladrillo restaurado con un tejado rojo nuevo. Es pequeña pero cómoda, y sus gruesos muros la protegen del frío y del calor. En las ventanas ha instalado barrotes y pantallas antigranadas por insistencia de Keller.

Marisol se quita la chaqueta blanca y queda a la vista la funda con la Beretta Nano. Luego sirve dos copas de vino y ofrece una a Keller. Se alegra de que lleve el arma. La compró para ella y la llevó al desierto para que aprendiera a utilizarla.

Marisol tiene una puntería sorprendentemente buena.

Ahora se desploma en la vieja butaca del pequeño salón, se quita los zapatos, apoya los pies en un escabel y dice:

—Madre mía, vaya día.

—Viernes Santo —dice Keller.

—Lo había olvidado —responde ella—. No ha habido procesión. No había nadie disponible.

A Keller le duele. Las tradicionales representaciones que se hacían por Viernes Santo del camino de Cristo hasta el Calvario han hallado réplica en las procesiones de refugiados que abandonan sus hogares por todo el valle.

—¿Quieres ir a la iglesia esta noche?

Marisol menea la cabeza.

—Estoy cansada. Y, si quieres que te sea sincera, estoy perdiendo la fe.

—No me lo creo.

—Si lo piensas, es una respuesta curiosa —dice—. No dejes que te retenga. Pero a mí lo que me apetece es otra copa de vino, una cena tranquila en casa y acostarme temprano.

Y eso hacen.

Keller encuentra un poco de pollo en la nevera y prepara para cenar *arroz con pollo*, que acompaña con una ensalada verde, mientras Marisol se da una larga ducha. Cenan viendo un programa de televisión estadounidense y se van a la cama.

Marisol duerme toda la mañana del sábado y Keller le lleva café al dormitorio.

Le gusta poco cargado y dulce.

—Eres un ángel —dice cuando coge la taza.

—Es la primera vez que me dicen eso.

Marisol se toma su tiempo para arreglarse y Keller la acompaña a la oficina para aprovechar la relativa calma de la Semana Santa y ponerse al día con algunos documentos. Se ha llevado el ordenador portátil y repasa los informes clasificados.

Un dosier de alto secreto redactado por analistas de la DEA y la CIA opina que el cártel de Sinaloa ha ganado la guerra por Juárez y que lo tiene casi todo bajo control. La Línea ha sido prácticamente aniquilada y los Aztecas, aunque siguen luchando, han visto diezmada su cúpula y están sumidos en el caos.

Keller tiene sentimientos encontrados. Detesta que Barrera haya ganado, pero la victoria podría poner fin a la atroz violencia. «A eso ha quedado reducido —piensa con tristeza—. A eso podemos aspirar ahora mismo, a una victoria de una banda de asesinos sobre otra».

El memorándum adjunto al informe solicita sus comentarios y Keller escribe que, si bien el cártel de Juárez parece estar acabado en la ciudad, sus aliados Zetas podrían estar activándose en la frontera, a la altura de Chihuahua, y el cártel de Sinaloa adoptando medidas defensivas.

Entonces lee una serie de correos electrónicos entre la DEA y la SEIDO que especulan sobre el paradero de Eddie Ruiz. ¿Está en San Pedro, en Monterrey, en Acapulco? Otro informe asegura que ha sido visto en Veracruz. Todos coinciden en que está huyendo de los Zetas y de Martín Tapia.

Tapia ha vuelto al país y trata de reunir los vestigios de la organización de sus hermanos para crear algo denominado cártel del Pacífico Sur. Casi todos los analistas coinciden en que no le está yendo especialmente bien. La mayor parte de los actores de Tapia se han alineado con Ruiz, quien, en cualquier caso, parece haber reclutado a los mejores asesinos. Y existen informes de que Martín, tal vez por la tristeza que le causó la muerte de su hermano, ha adoptado el culto a la Santa Muerte y cada vez pasa más tiempo con sus prácticas religiosas, lo cual no tiene contenta a su mujer.

Se rumorea que Martín está en Cuernavaca y que Yvette vive en algún lugar de Sonora.

Keller sigue leyendo informes.

La CIA advierte que la presencia de los Zetas en Centroamérica es cada vez más fuerte, sobre todo en provincias del norte de Guatemala como Petén y la ciudad de Cobán. El informe indica asimismo que los Zetas están buscando abiertamente más Kaibilies, pero también reclutan a miembros de la banda MS-13 en los barrios de chabolas de El Salvador.

«Tiene lógica —piensa Keller—. Los Zetas están combatiendo en cinco frentes y necesitan tropas».

El «frente Zeta» de Keller está empantanado. Saben que Rodríguez, Z-20, está en la zona de Veracruz, ya que afloró como el líder de un equipo Zeta que lanzó granadas incendiarias en la casa de un director de operaciones policiales.

La estructura de madera fue pasto de las llamas. Para curarse en salud, Rodríguez y sus hombres esperaron fuera para tirotear a quien lograra escapar.

Nadie lo hizo.

El comandante de policía, su mujer y sus cuatro hijos perecieron en el incendio.

Esa noche, Keller y Marisol van a misa, aunque solo sea porque la gente de Valverde espera que su alcaldesa esté presente en los oficios del Sábado de Gloria. La iglesia está medio vacía, ya que muchos se han ido de la ciudad. Por tradición, la estatua de la Virgen María es vestida de luto, y el obvio simbolismo no pasa desapercibido a nadie.

«El valle entero está en la cruz», piensa Keller.

Marisol no toma la comunión y él tampoco. Mientras están sentados en el banco nota la vibración del móvil en el bolsillo y sale de la iglesia. Es un técnico informático del EPIC.

Han detectado tráfico telefónico entre Rodríguez y su primo en Veracruz y tienen una dirección.

Keller llama a Orduña. Si se apresuran, pueden capturar a Z-20.

El plan era que Keller durmiera allí y pasara la Semana Santa con Marisol en Juárez, donde cenarían con Ana y el grupo. Luego iría a Ciudad de México y Marisol regresaría a Valverde para reunirse con los alcaldes y regidores del valle. Cuando sale de la iglesia, Keller le dice que tiene que marcharse y vuelven a casa a recoger sus cosas.

—Vete a El Paso —le dice.

—No puedo. Tengo cosas que hacer —responde Marisol—. No pasa nada. Iré a una fiesta de Semana Santa en la ciudad con esa gente.

—*Te quiero, Mari.*

—*Yo también te quiero, Arturo.*

Marisol y Ana abandonan la fiesta de Semana Santa en coches separados y vuelven a Valverde para la reunión de la mañana siguiente. La idea es que Ana duerma en casa de Marisol esa noche y regrese después de la reunión. Sigue a Marisol por la carretera 2.

Ana escribirá un artículo sobre el encuentro a modo de crónica sobre la Rebelión de las Mujeres en Chihuahua. En el valle, en Juárez y en pequeñas poblaciones de todo el estado las mujeres se están rebelando, ocupando cargos en el gobierno y la policía y exigiendo responsabilidades, transparencia y respuestas.

Marisol está cansada y habría preferido quedarse en Juárez, pero la reunión es a las ocho de la mañana y, además, no le gusta dejar a Erika sola mucho tiempo. La joven ha hecho un buen trabajo, pero solo tiene diecinueve años.

La fiesta fue divertida —buena comida y buena compañía—, pero a Marisol le habría gustado que Arturo estuviese allí. Se alegra de que le caigan bien sus amigos y viceversa. De lo contrario, la relación habría resultado terriblemente incómoda.

Hace una fría noche juarense y lleva un jersey grueso y bufanda. La pistola que le dio Arturo está dentro del bolso en el asiento del acompañante. Piensa en su relación con Keller. Le ama, eso lo sabe, más de lo que nunca amó a su marido, probablemente más de lo que haya amado nunca a nadie. Es un hombre maravilloso —inteligente, divertido, bondadoso, buen amante—, pero los desafíos de la relación son formidables.

«Tiene que entender... Bueno, de hecho lo entiende. Tiene que aceptar —piensa Marisol— que yo estoy tan entregada a mi trabajo como él. Y si estoy amenazada, él también. En ese sentido, Arturo es de la vieja escuela: estar en peligro es cosa de hombres, no de mujeres».

Y es mucho más estadounidense de lo que cree. Tiene esa creencia tan estadounidense de que todo problema tiene solución, mientras que un mexicano sabe que eso no es necesariamente cierto.

Sintoniza una emisora de El Paso especializada en country-western, su pasión oculta.

«Yo y Miranda Lambert», dice entre risas.

Pese a los cuatro balazos, Rodríguez resiste con ayuda de una máscara de oxígeno. Tumbado en la camilla, respira entrecortadamente mientras la ambulancia atraviesa Veracruz a toda velocidad en dirección al hospital.

Keller piensa que sobrevivirá. Llegaron al piso franco de Rodríguez en Veracruz justo antes del amanecer e irrumpieron por sorpresa. En la redada lo atraparon y se incautaron de cinco coches blindados, equipos de radio y su famosa pistola, una M-1911 recubierta de oro y con incrustaciones de diamantes que forman su apodo.

Ahora, uno de los Matazetas, con la cara cubierta con un pasamontañas negro, mira a Keller y pregunta:

—¿Este es uno de los *pendejos* que mató a la familia del teniente Córdova?

Keller asiente.

El Matazeta se vuelve hacia el enfermero que maneja la botella de oxígeno.

—Date la vuelta, amigo.

—¿Qué?

—Que te des la vuelta, amigo —repite.

El técnico de emergencias duda, pero hace lo que le ordenan. El Matazeta mira a Keller, que no media palabra, y le quita la máscara de oxígeno a Rodríguez. Z-20 empieza a convulsionar. Le entra el pánico y jadea:

—Quiero un sacerdote.

—Vete a la mierda —dice el Matazeta, que le deposita una jota de picas encima del corazón.

Marisol ve luces en el espejo retrovisor y no entiende por qué Ana quiere adelantarla de noche en una carretera de doble sentido.

Al volver la cabeza, ve que se baja la ventanilla y asoma el cañón de un arma.

Entonces, el fogonazo la ciega y nota un impacto en el pecho. El coche se sale de la carretera.

Un vehículo oficial sin identificar recoge a Keller delante del hospital en el que Rodríguez ingresa ya muerto y lo lleva al aeródromo de La Boticaria. Su presencia en Veracruz es un secreto, al igual que su participación en esta o cualquier otra misión. Embarca en un Learjet 25 cortesía de Mérida y regresa a Ciudad de México.

Orduña viaja a bordo.

—Tengo entendido que Rodríguez no lo consiguió.

—Murió por complicaciones de camino al hospital —dice Keller.

Lo cual es cierto, imagina. Es un acuerdo tácito. Ninguno de los artífices de los asesinatos de la familia Córdova llegará vivo a una comisaría o a un hospital. Rodríguez lo sabía, y por eso sacó su pistola dorada e intentó emprenderla a tiros.

Así que ahora han asesinado a todos los Zetas que participaron en la masacre de la familia Córdova.

Misión cumplida.

Pero no del todo.

Ahora tienen que encontrar a los hombres que la ordenaron.

Keller se sienta y se sirve un whisky. Cuando despegan, Orduña le tiende la revista *Forbes*.

—Esto te va a gustar.

Keller lo mira inquisitivamente.

—Página ocho —dice Orduña.

Keller abre la revista y lo ve. Adán Barrera figura en el puesto sesenta y siete de la lista anual de las personas más poderosas del mundo.

—*Forbes* —dice, y tira la revista al suelo.

—No te preocupes. Le atraparemos.

Keller no lo tiene tan claro.

Se sirve dos dedos de whisky con hielo y se relaja durante el vuelo. Cuando aterrizan, suena el teléfono.

—Keller, soy Pablo Mora.

Parece nervioso. Puede que incluso esté llorando.

—Es Marisol.

Marisol no sobrevivirá.

Eso dicen los médicos a Keller.

Ha recibido disparos en el estómago, el pecho y la pierna, y tiene dos costillas y el fémur rotos, además de una vértebra fisurada por el accidente que sufrió tras el ataque. Estuvieron a punto de perderla tres veces de camino al hospital y dos más en la mesa de operaciones, donde tuvieron que extirparle parte del intestino delgado.

—Ahora el problema es la sepsis —le dicen—. La doctora Cisneros tiene mucha fiebre, está muy débil y, francamente, *señor*, es improbable que salga del coma.

Aunque lo haga, hay posibilidad de que padezca daños cerebrales.

Keller fue directo a Juárez en un vuelo militar. Cuando llegó al Hospital General de Juárez, Pablo Mora estaba en la sala de espera con Erika.

La chica lloraba.

—No la protegí, no la protegí.

Mora contó a Keller lo que sabía.

Acababan de pasar un control militar dos kilómetros antes cuando apareció un coche a toda velocidad, adelantó a Ana y se situó junto a Marisol. Ana recuerda que vio destellos desde la ventanilla del acompañante. El coche de Marisol se salió de la carretera y cayó en la cuneta. El vehículo atacante se detuvo y dio marcha atrás.

Ana pisó el freno y se agachó sobre el asiento del acompañante.

Los atacantes huyeron.

Ana presentaba laceraciones en el brazo debido al roce con el volante. Consiguió meter a Marisol en su coche y puso rumbo a Juárez. Una ambulancia de la Cruz Roja las recogió en la autopista, donde los técnicos de emergencias se hicieron cargo de ella.

Pero Marisol había perdido mucha sangre.

Traen a un sacerdote para que le administre la extremaunción.

Cuando se va, entra Keller. Marisol tiene la piel blanca, teñida de un tono verdoso, y la cara sudada. Respira a través de un tubo, y muchos otros que lleva conectados a los brazos bombean medicación contra el dolor y antibióticos. Una herida en la barriga, un enorme y obsceno agujero rojo, sigue abierta para impedir que la infección empeore.

En la frente se aprecia la marca de aceite consagrado.

Marisol sobrevive ese día y la noche siguiente.

De madrugada se le vuelve a parar el corazón, pero los médicos consiguen reanimarla y la llevan al quirófano para frenar la hemorragia interna. Se sorprenden al comprobar que sigue viva cuando sale el sol. Resiste todo el día, esa noche y el día siguiente.

Se monta un puesto de vigilancia en el pequeño vestíbulo que hay delante de su habitación. Keller está ahí, y Ana también; Pablo Mora va y viene. Óscar Herrera pasa horas allí y mujeres de todo Juárez y el valle mantienen la vigilia.

Se sabe de pistoleros que han entrado en hospitales de Juárez para rematar a los heridos y no van a permitir que eso ocurra.

Orduña desde luego que no.

La primera noche aparecen dos agentes de las FES vestidos de paisano y se van turnando las veinticuatro horas del día.

Nadie llegará hasta Marisol Cisneros.

Sin embargo, Erika se niega a marcharse.

La tercera mañana llega la noticia de que Cristina Antonia, una de las concejalas de Valverde, ha sido asesinada en su tienda delante de su hija de once años. Marisol sobrevive dos días más, pero la otra concejala, Patricia Ávila, es tiroteada delante de casa.

Keller mantiene una conversación con Erika.

—Tienes que dejarlo. Te conseguiré un visado para ir a Estados Unidos.

—No me iré.

—Erika...

—¿Qué pensaría Marisol?

Keller está a punto de responder que Marisol está en coma.

—Querría que vivieras. Te diría que te fueras.

Erika es testaruda.

—No pienso huir.

El coronel Alvarado llega para presentar sus respetos. El comandante del distrito militar del valle trae flores.

Keller le impide entrar en la habitación.

—Estaba a menos de dos kilómetros de un control militar cuando sufrió el ataque —dice Keller.

—¿Qué insinúa?

—No insinúo nada —responde Keller—. Estoy afirmando que sus tropas dejaron pasar dos veces a un coche lleno de hombres armados. Y su gente permitió que murieran dos mujeres más en Valverde.

Alvarado se pone pálido de ira.

—Conozco su reputación, señor Keller.

—Me alegro.

—Esto no ha terminado.

—Puede contar con ello —dice Keller—. Y ahora lárguese.

El tercer día, Ana convence a Keller de que se vaya a casa y se dé una ducha, se cambie de ropa y duerma un poco. Se percata de que dos soldados de las FES lo siguen todo el día y se atrincheran delante de su edificio en El Paso.

Keller acaba de salir de la ducha cuando suena el teléfono.

—No cuelgue —dice Ben el Mínimo.

—¿Qué quiere?

—Alguien desea hacerle saber que no fue su gente quien atacó a su amiga —dice Ben.

—Dígale a ese alguien que lo mataré.

—Piénselo —dice Tompkins—. Ya tiene todo lo que quiere allí. ¿Por qué iba a ponerlo en peligro matando a unas cuantas mujeres?

«Tiene sentido», piensa Keller. Barrera ya ha ganado en Juárez y prácticamente se ha apoderado del valle. Pero dice:

—Marisol Cisneros lo desafió en televisión.

—También desafió a los Zetas —responde Tompkins—. Nuestro amigo me ha pedido que le diga que no ha cambiado nada entre ustedes, pero que él no fue a por su mujer.

Tompkins cuelga.

«A Barrera no le importa una mierda lo que yo crea que ocurrió», reflexiona Keller. Pero siempre ha sido muy consciente de su imagen pública. El asesinato de las mujeres y el ataque a una celebridad como la Médica Hermosa sería mala publicidad.

Por otro lado, los Zetas fueron al valle a dar una lección cuando mataron a la familia Córdova. Su idea de publicidad es la intimidación y el terror. Por más que le gustaría sumar el ataque contra Marisol al historial de Barrera, la explicación de los Zetas tiene sentido.

Está de nuevo en la habitación de hospital cuando Marisol abre los ojos.

—¿Arturo? —pregunta débilmente—. ¿Estoy muerta?

—No —dice él—. Estás viva.

«Gracias a Dios, gracias a Dios, gracias a Dios, estás viva».

La recuperación de Marisol es larga, dolorosa e incierta.

La someten a otra operación para cerrar la herida del estómago y le practican una colostomía.

Pasan semanas hasta que Keller la saca del hospital en silla de ruedas, pero, aun así, la mete en una ambulancia privada para recorrer el corto trayecto hasta El Paso, al otro lado del puente.

—No voy a ir a El Paso —dice ella—. No puedo.

—La documentación ya ha llegado.

Le ha conseguido un visado. Al principio hubo objeciones, hasta que Keller advirtió a Tim Taylor y a los poderes fácticos que o bien Cisneros obtenía el visado, o bien el programa de asesinatos de las FES estaría en la CNN por la mañana.

—Con esto no estamos haciendo amigos —advirtió Taylor.

—Yo no quiero amigos.

Emitieron un visado para Marisol.

—Todo eso está muy bien —dice ella ahora—, pero nadie te pidió que solicitaras ninguna documentación. Voy a volver a Valverde.

—Marisol...

—Quiero irme a casa, Arturo —insiste—. Por favor. Quiero irme a casa.

Con renuencia, indica al chófer que van a Valverde. El chófer se muestra igual de reacio.

—¿Ve el coche que llevamos detrás? —pregunta Keller—. Son marines de las FES. Ahora, vaya a Valverde.

Se instalan en casa de Marisol.

Keller se convierte en su enfermero, cocinero, fisioterapeuta y guardaespaldas, aunque frente a la casa hay soldados de las FES que se turnan para vigilar. Lo limpia todo, le prepara la sencilla comida que los médicos le permiten ingerir y la ayuda a ir dejando paulatinamente los analgésicos.

Tiene un dolor casi constante y los médicos han dicho que deberá «gestionarlo», ya que no se recuperará plenamente. Pero, poco a poco, se levanta de la cama y aprende a caminar con muletas y después con bastón. El primer día que puede salir a su pequeño jardín y volver por sí sola le parece una victoria y está feliz.

A Keller le irrita que los Zetas, a quienes buena parte de la prensa culpa del ataque, lo nieguen y lancen su propia campaña publicitaria. Organizan una fiesta del Día de la Infancia en un estadio de fútbol de la ciudad con grupos de música, payasos, castillos inflables y centenares de regalos caros. Del tejado cuelga una pancarta que reza: LOS REGALOS NO BASTAN. LOS PADRES DEBEN AMAR A SUS HIJOS. EL VERDUGO OCHOA Y LA COMPAÑÍA Z.

Celebran una fiesta del Día de la Madre en Ciudad Victoria, regalan neveras y lavadoras y cuelgan pancartas que dicen: AMAMOS Y RESPETAMOS A LAS MUJERES. FORTY Y EL VERDUGO.

Sus periodistas afines han empezado a escribir artículos en los que aseguran que la Médica Hermosa se vio envuelta en un accidente tras salir ebria de una fiesta y que sus lesiones han sido exageradas por la prensa amiga.

Dos semanas después, Marisol anuncia a Keller que está lista para volver al trabajo.

—¿Qué? —pregunta.

—Al trabajo.

—En la clínica...

—En la clínica y en el despacho de la alcaldesa —dice Marisol.

—Es una locura.

—Que sea lo que Dios quiera.

—Han estado a punto de matarte —afirma Keller—. Tienes suerte de seguir viva.

—Entonces no debo desperdiciar el regalo que me han hecho, ¿no te parece?

—¿Es una cuestión de ego? —pregunta Keller—. ¿O complejo de mártir?

—Mira quien fue a hablar.

—No eres Juana de Arco.

—Y tú no eres mi jefe —responde ella.

No consigue disuadirla. Esa noche, ya en la cama, le pregunta:

—Arturo, ¿puedes amarme estando así?

—¿A qué te refieres?

—Entendería que no pudieras —dice Marisol—. Las cicatrices, la barriga, esa bolsa repugnante... La cojera. No soy la misma mujer de la que te enamoraste. Has sido maravilloso y fiel y ahora entendería que quisieras marcharte.

Le acaricia la mejilla.

—Eres preciosa.

—Ten la decencia de no mentirme.

—¿Quieres la verdad?

—Por favor.

—No quiero vivir sin ti.

Dos días después le pide que la ayude a ponerse sus mejores galas. Invierte más tiempo del habitual en el pelo y se maquilla impecablemente. El efecto es deslumbrante. Pese al bastón y la cojera, está preciosa con el vestido negro corto, una prenda sexy y poderosa.

Luego se dirige a la rueda de prensa. Ante todas las cámaras, se baja la cremallera y levanta el brazo para mostrar sus secuelas: las cicatrices irregulares y todavía rojas que tiene debajo del brazo y junto al pecho y la herida amoratada del estómago.

—Quería enseñaros —dice— mi cuerpo herido, mutilado y humillado porque no me avergüenzo de él, porque es el testimonio viviente de que soy una mujer completa y fuerte que, pese a sus heridas físicas y mentales, se mantiene en pie.

Marisol vuelve a subirse el vestido y continúa:

—Los que me hicisteis esto, los que asesinasteis a mis hermanas, sabéis que habéis perdido. Yo y otras mujeres valientes no permitiremos que su sacrificio sea en vano. Ya hay otras ocupando su lugar. Si me matáis, otras ocuparán el mío. Nunca nos derrotaréis.

Entonces anuncia que vuelve a la oficina a trabajar y que todo el mundo sabe dónde encontrarla.

Keller la observa alejarse cojeando por la calle polvorienta con Erika a su lado, pasando por delante de los edificios desvencijados de aquel pueblo fantasma.

Tiene la sensación de que es lo más valeroso que ha presenciado en su vida.

2

¿QUÉ QUERÉIS DE NOSOTROS?

¡Callaos! ¡No oímos a los mimos!

JACQUES PRÉVERT,
Los niños del paraíso

Ciudad Juárez
31 de diciembre de 2009

Pablo responde con desgana a otro «*Motivo 59*».

Es casi medianoche y este es en Villas de Salvárcar, un barrio de clase obrera muy unido que se halla embutido entre fábricas en la zona sudeste de la ciudad. Muchas casas están vacías, ya que numerosos trabajadores abandonaron el barrio con las *maquiladoras*.

Hace frío y la calefacción del *fronterizo* de Pablo no vale una mierda, así que está temblando cuando enfila la calle Villa del Portal, una de las dos vías que desembocan en Salvárcar. Está cansado y quería tomarse la noche del sábado libre. Ayer fueron catorce cuerpos, más de los que podía absorber, y había ido de un lado a otro de la ciudad para informar de todos los que pudiera, aunque los asesinatos ya no son noticia.

Noticia sería que no los hubiera.

El escáner no especificaba si era un hombre o una mujer ni cuántos, solo que se había cometido un crimen. Pablo se detiene en el número 3010 de Villa del Portal esperando la no noticia de siempre.

La calle está llena de gente. Algunos gritan, otros lloran y otros se abrazan buscando consuelo. Hay muchos periodistas y fotógrafos, e incluso camiones de televisión.

Algo grave ha ocurrido en el 3010 de Villa del Portal.

Llegan ambulancias y un coche lleno de *federales* y la gente empieza a lanzarles improperios. «¡Han pasado cuarenta minutos! ¿Dónde estabais? ¡Cobardes! ¡*Pendejos*!».

Pablo sale y resbala con un charco de sangre que hay en la acera. Encuentra a Giorgio haciendo fotografías desde el exterior.

—¿Qué ha pasado? —pregunta Pablo.

—Unos adolescentes de la zona estaban celebrando una fiesta de cumpleaños aprovechando que la casa estaba vacía —explica Giorgio—. Por lo visto, aparecieron varios coches llenos de pistoleros. Entraron y empezaron a disparar. Algunos chavales se fueron corriendo a la casa de al lado, pero los *sicarios* los persiguieron hasta allí. La gente pidió ayuda, pero no vino nadie.

Pablo recuerda que hay un hospital a dos minutos de distancia.

—Los pistoleros volvieron a sus coches y se fueron —dice Giorgio—. Luego han llegado los *federales*, claro.

—¿Cuántos han muerto? —pregunta Pablo.

Giorgio se encoge de hombros.

Finalmente son quince.

Cuatro adultos y once adolescentes.

Hay otros quince heridos.

En los dos días posteriores Pablo consigue más datos. Los niños estaban celebrando una fiesta con el conocimiento de sus padres y el permiso de los propietarios de la casa.

Entonces llegaron los *sicarios*. Los supervivientes oyeron la orden de que los mataran a todos. La mayoría murieron en el salón y sus cuerpos quedaron amontonados. Otros saltaron por la ventana y huyeron a la casa de al lado, donde los encontraron los pistoleros.

En quince minutos había terminado todo.

La pregunta es: ¿quién lo hizo?

¿Y por qué?

Pablo encuentra a Ramón en un bar de Galeana.

El teniente de los Aztecas está sentado a una mesa claramente ebrio. Mira a Pablo con sus ojos enrojecidos y este se sienta.

—¿Qué quieres, *'mano*?

—Villas del Salvárcar.

—Vete a la mierda.

—Todos vivimos allí, ¿no? —dice Pablo, que deja el vaso encima de la mesa—. ¿Qué coño ha pasado, Ramón? ¿Quién ha sido?

Ramón sacude la cabeza.

—¿Quieres morir, Pablo? Porque yo no. Bueno, sí, pero tengo hijos.

—¿Gente Nueva? ¿La Línea?

Ramón mira a su alrededor, se inclina hacia delante y dice:

—Fue un error, 'mano. La información que tenían era equivocada.

—¿Quiénes?

Ramón se da unos golpes en el pecho.

—Nosotros, los Aztecas.

—Dios, ¿fuisteis...?

—No, 'mano. Iré al infierno, pero no por eso. —Su cabeza se desploma, pero se recupera, alza la mirada y añade—: Fueron otros. Cumplían órdenes. Les dijeron que era una fiesta de AA.

—¿De Alcohólicos Anónimos?

—Noooo, AA, Aristos Asesinos —responde Ramón—. La banda que trabaja para Barrera. Pensaban que esos chicos eran AA.

—Pues no lo eran.

—Ahora lo sé —dice Ramón.

—¿Quién dio la orden?

Ramón se encoge de hombros.

—¿Y quién coño lo sabe? Ya no hay nadie al timón. Nadie sabe... nada. Alguien que está por encima de ti te dice que mates a alguien y lo matas. No sabes por qué ni para quién. Entonces, el tipo que está por encima de ti muere y ponen a otro.

—¿Fue Fuentes?

—¿Esa nenaza? —pregunta Ramón—. Se ha ido. Escapó. Ya no le interesa. Ni a mí tampoco, joder. A nadie le interesa esta mierda ya.

Ramón se echa a llorar y dice:

—Será mejor que te vayas de aquí, 'mano. Esto no es seguro. Nos están matando a todos, tío. La Línea, los Aztecas, nos están liquidando a todos.

—¿Quién?

—La Gente Nueva —dice Ramón—. Son los recién llegados, ¿verdad?

Pablo apura la bebida y se levanta.

—Pasa por casa algún día a tomar una cerveza y ver el fútbol —añade Ramón.

—Eso haremos.

Pablo sale del bar.

Al día siguiente, Pablo se encuentra en la sección de local con Ana y Óscar cuando el presidente ofrece una rueda de prensa desde Suiza para comentar la masacre de Villas de Salvárcar.

—La hipótesis más probable —comenta Calderón— es que los ataques estén relacionados con la rivalidad entre organizaciones dedicadas al narcotráfico y que los jóvenes estuvieran vinculados de algún modo a los cárteles.

—¿Acaba de decir eso? —pregunta Ana.

—En efecto —responde Óscar—. Vamos a publicarlo.

Las declaraciones de Calderón enfurecen a Juárez y a miles de ciudades de todo el país. Llegan peticiones de dimisión desde todas las instancias, en especial de las familias de los asesinados.

Óscar Herrera escribe un cáustico editorial en el que exige la renuncia del presidente.

Este y los miembros de su gabinete van a visitar a las familias, se disculpan, ofrecen sus condolencias y anuncian una inyección de más de doscientos sesenta millones de dólares en nuevos programas sociales para la ciudad.

No sirve de mucho.

A duras penas apacigua a los juarenses.

El día después de la visita de Calderón alguien cuelga una *narcomanta* en una de las principales vías de Juárez: ESTO ES PARA LOS CIUDADANOS. DEBEN SABER QUE EL GOBIERNO FEDERAL PROTEGE A ADÁN BARRERA, QUE ES RESPONSABLE DE LA MASACRE CONTRA GENTE INOCENTE... ADÁN BARRERA CUENTA CON LA PROTECCIÓN DEL PAN DESDE QUE LO PUSIERON EN LIBERTAD. EL ACUERDO SIGUE VIGENTE A DÍA DE HOY. ¿POR QUÉ ASESINAN A GENTE INOCENTE? ¿POR QUÉ NO SE ENFRENTAN A NOSOTROS CARA A CARA? ¿CUÁL ES SU MENTALIDAD? INVITAMOS AL GOBIERNO A QUE LUCHE CONTRA TODOS LOS CÁRTELES.

Al día siguiente se dan cita centenares de personas en la base de Puente Libre para protestar por la violencia relacionada con las drogas.

Villas de Salvárcar pasa a encarnar la oposición a la guerra del gobierno contra el narcotráfico, un símbolo de confusión y futilidad.

Es un momento crucial en dicha guerra.

En breve llegará otro.

La Tuna, Sinaloa
Febrero de 2010

El CDG y los Zetas se han escindido.

La guerra sigue.

Volverán a mezclar la baraja de alianzas entre cárteles.

Adán sabía que no dudaría mucho, que a la postre los Zetas se rebelarían contra sus señores del CDG, pero no puede creerse que haya sucedido tan pronto y de manera tan espectacular.

Baja a la cocina a preparar el desayuno. Se ha convertido en uno de sus pequeños placeres; le gusta la soledad de primera hora de la mañana y la simplicidad que entraña el cocinar un huevo y calentar café él mismo.

Es una buena hora, un momento tranquilo para pensar antes de una jornada de demandas incesantes.

Adán calienta un poco de aceite de colza y casca un huevo en la sartén. Ha cogido unos kilos y tras su última revisión médica le advirtieron que tenía el colesterol un poco alto, así que ha reducido a la mitad la ingesta matinal de huevos. Observando la comida crepitar, piensa en el Gordo Contreras, el jefe putativo del CDG.

El Gordo cometió un grave error.

Algunos de sus hombres secuestraron y mataron en Reynosa a un alto mando de los Zetas, que además era íntimo de Forty.

Este montó en cólera y dio a Gordo una semana para entregar a los autores.

El Gordo se hallaba en una situación delicada. Si entregaba a su propia gente, estaba acabado como jefe del CDG y se convertía en una zorra de Forty; si no lo hacía, entraba en guerra con los Zetas. El Gordo cuenta con unas fuerzas armadas propias, los Escorpiones, pero no son rival para los Zetas.

Adán coge una espátula y sirve el huevo en el plato. En lugar de sal, que Eva ya no le deja comer, vierte un poco de salsa de tabasco encima y se sienta.

El Gordo no entregó a los asesinos.

A consecuencia de ello, Forty secuestró a dieciséis *sicarios* del CDG y los torturó hasta la muerte en un sótano.

Adán hace una apuesta consigo mismo sobre quién le llamará primero. Sería inteligente por parte de los Zetas que se ofrecieran a retirarse de Juárez a cambio de su ayuda contra el CDG.

Pero Ochoa y los Zetas han cometido estupideces últimamente.

Han cambiado.

Su cuadro original de exmiembros de las fuerzas especiales se ha visto diezmado por las detenciones y el arrepentimiento, y ahora tienen que reclutar a hombres con poca o ninguna experiencia y entrenarlos. Algunos de los que van por ahí llamándose a sí mismos «Zetas» no forman parte de la organización y «Zeta» se ha convertido en una especie de nombre de marca, igual que Al Qaeda.

Adán se pregunta si Ochoa también está deteriorándose. La decisión de matar a la familia de ese marine después del funeral fue de tal estupidez que todo el mundo se quedó atónito. La ciudadanía reaccionó con predecible indignación, y las FES están cobrándose su venganza y machacando a los Zetas.

Con la ayuda de los servicios de espionaje estadounidenses.

Por supuesto, Keller habrá encontrado la manera de ingresar en el grupo de asesinos de élite. Es una evolución natural; la cabra tira al monte. Y ahora que las FES están persiguiendo implacablemente a los Zetas, Adán no es tan presuntuoso como para llamar su atención matando a Art Keller.

«No, que mate él por mí. Ya me encargaré de él más tarde».

Pero es frustrante. La paciencia es una virtud, pero, como la mayoría de las virtudes, es también una carga.

Pero si Ochoa pensaba que iba a ganarse a la gente asesinando a la familia de un héroe mientras dormía, se equivocaba. Puede que intimide a los ciudadanos de a pie, pero no intimidará a Orduña y a sus hombres, que están más que dispuestos a librar un combate a muerte.

Y los Zetas siguen cometiendo actos que les granjean la enemistad de la población, principalmente secuestros y extorsiones. Ahora ganan tanto dinero gracias a esas actividades como con el narcotráfico, pero, aunque la ciudadanía no hace demasiado caso de esto último, le molesta sobremanera que la retengan para cobrar un rescate.

«Todo esto me beneficia —piensa Adán mientras deja los platos en el fregadero—. Los Zetas nos hacen dar buena imagen o al menos nos hacen parecer el menor de los males. Después de los asesinatos de los Córdova, nadie se opone a que el gobierno convierta a los Zetas en su prioridad.

»Así que Ochoa y sus chicos están luchando contra mí en Juárez y Sinaloa, Eddie Ruiz en Monterrey, Veracruz y Acapulco, la Familia en Michoacán, los marines en todas partes y ahora el CDG en Tamaulipas».

No obstante, los Zetas están expandiéndose, y eso es preocupante.

La expansión más inquietante no está produciéndose en México, sino en Guatemala.

Los Zetas llevan tres años asentándose en ese país. Se ganaron el favor de la familia Lorenzana matando a su máximo rival, Juancho León, y a diez más en una emboscada durante una supuesta reunión de paz.

En los últimos meses han librado —exitosas— batallas contra soldados de las fuerzas especiales guatemaltecas para defender aeródromos utilizados para traer cocaína, y a Adán le han llegado voces de que hay más de cuatrocientos Zetas en el país, concentrados en Ciudad de Guatemala y Petén, la provincia que linda con México, y que han anunciado en emisoras piratas de radio que están buscando exsoldados.

Un significativo setenta por ciento de la cocaína que pasa por México entra por Guatemala.

Todos los cárteles han utilizado Guatemala durante años.

Ello se remonta al viejo Trampolín Mexicano de los años ochenta, ya que los vuelos que partían de Colombia necesitaban un lugar donde repostar antes de poner rumbo a Guadalajara. Con la actual Guerra contra la Droga, Guatemala ha cobrado aún más importancia como mercado y como lugar de transbordo. La cocaína que llega a Petén puede transportarse a México y después pasar al otro lado de la frontera. Ahora los Zetas están echando a los campesinos de sus tierras para poder utilizarlas como bases.

El gobierno guatemalteco ha enviado mil tropas, amén de vehículos blindados, helicópteros y equipos de vigilancia, a Petén, que siempre ha sido territorio neutral, seguro y quiescente. Y ahora Ochoa, al intentar controlarlo, ha llamado la atención del gobierno, por no hablar de la DEA.

Adán no se lo puede permitir. Sus importaciones de cocaína dependen de El Salvador y Guatemala, y no puede ceder ante los Zetas.

Adán sale de la cocina y recorre el amplio tramo de césped en dirección a una arboleda de *fresnos* que se alzan al final de la cuesta. La mañana es fresca y tranquila, y empieza a oírse el canto de los pájaros con la salida del sol.

Ajeno a los *sicarios* que lo siguen a una discreta distancia, Adán se adentra en la arboleda. Allí todo está en calma, alejado de los conflictos y las luchas que habitan el resto de su vida.

Eva está bien, pero no se ha quedado embarazada.

Lo cual parece ser la prioridad de la chica.

Si el sexo con una hermosa mujer de veinte años puede considerarse una tarea, se ha convertido en eso, en una tarea. Eva corre de un lado a otro con un termómetro en la boca, consultando calendarios y relojes, invocándolo a actuar en el momento adecuado y proponiendo nuevas posturas, no por diversión, sino por la eficiencia de la física.

Eva está frustrada y tiene miedo de que la deje, pese a que él le ha asegurado que no lo hará.

Y es incansable.

Adán lo entiende.

La vida en una *finca* remota no es precisamente idónea para una vivaz chica de su edad. Adán comprende que se sienta como una prisionera a pesar de la piscina, del gimnasio, de los caballos, de la antena parabólica y de Netflix. A veces va de compras a Badiraguato y Culiacán, pero Adán sabe que le gustaría ir a las discotecas de Mazatlán y Cabo. Intenta satisfacerla, pero es difícil, y a ella no le agrada la planificación que exige una mera salida rápida de la *finca*.

Echa de menos a sus amigas y las invita de cuando en cuando, pero cada visita constituye un peligro potencial para la seguridad y, con dos guerras en marcha y las FES causando estragos en el contingente narco, no pueden permitirse riesgos innecesarios.

A modo de concesión, lo ha organizado todo para que pase unos días en Ciudad de México cada pocas semanas, y se marcha esa misma mañana, pero Adán sabe que es un respiro temporal.

El hecho es que está aburrida, no sabe qué hacer con su tiempo y se niega a crecer. Algunas mujeres permiten que las vicisitudes de esta vida las conviertan en personas duras y amargadas, pero Eva ha tomado la dirección opuesta: es ingenua por voluntad propia, conscientemente ajena a todo y casi desafiantemente infantil; siempre está animada, es perpetua e irritantemente dicharachera. En la cama sigue siendo la novia virgen: entusiasta, enérgica y poco diestra.

Lo más cruel de todo es que Eva ha fracasado en la única tarea que le había sido encomendada: engendrar un heredero.

—Te ha dado un niño —dijo Magda durante una de sus reuniones en Badiraguato—. Ella misma.

—Muy graciosa.

—En serio, ¿qué piensas hacer?

—¿A qué te refieres?

—A buscar una nueva esposa. —Dejó que la idea calara un segundo y añadió—: Oh, vamos, tú no la quieres. No irás a decirme que la quieres.

—Le he tomado cariño.

—Y yo le tengo cariño a mi *golden retriever* —repuso Magda—. Eva es una niña y cada día es más joven. Casi da miedo. De verdad, no sé cómo anda de salud mental. ¿Tú?

—Esta vida es dura para una mujer.

—Gracias por mencionarlo. No tenía ni idea.

«¿Cómo reaccionaría Nacho si me divorciara de su hija? —se pregunta Adán—. ¿Lo aceptaría o lo utilizaría como pretexto para disolver la alianza? No, eso es demasiado directo para Nacho. Fingiría que lo acepta y luego utilizaría la base de poder que le di en Tijuana para actuar contra mí. Volvería con sus antiguos aliados de Juárez e instigaría una rebelión, aunque lo negaría en todo momento».

A Adán se le pasa momentáneamente por la cabeza que debería matarlo ahora mismo. Sería muy fácil culpar a los Zetas. Después, cuando Nacho estuviera bajo tierra y se guardara un duelo razonable, enviaría a Eva, con dinero suficiente, claro está, a vivir de la manera en que la tiene acostumbrada.

Vuelve a la casa.

Eva no se ha levantado todavía y, por alguna razón, eso le molesta. Le gustaría despertarla con la excusa de que va a perder el vuelo, pero, siendo propietarios de dos Learjet con sus respectivas tripulaciones, no funcionaría.

La observa mientras duerme.

«Magda tiene razón —piensa—. Es una niña».

Como cualquier guerra civil, el conflicto entre el CDG y los Zetas ha sido extraordinariamente despiadado.

Solo se lo puede calificar de guerra.

Mientras que las bandas de *sicarios* acostumbraban a moverse de manera encubierta, ahora circulan camiones con centenares de hombres armados por las carreteras del norte de Tamaulipas mientras estallan enfrentamientos con ametralladoras y granadas en Nuevo Laredo, Reynosa y Matamoros, además de las pequeñas ciudades fronterizas situadas a lo largo de la Frontera Chica entre Matamoros y Laredo.

La Frontera Chica es estratégicamente importante por tres motivos.

Uno, porque se halla entre los dos bastiones del CDG y los Zetas, Matamoros y Nuevo Laredo, respectivamente.

Dos, porque se encuentra en la lucrativa frontera del tráfico de drogas con Estados Unidos.

La tercera razón no tiene nada que ver con la droga, sino con esa otra mercancía tan preciada en el siglo XXI.

La energía.

La Frontera Chica contiene la cuenca de Burgos, que es rica en gas natural. Pemex, la empresa nacional de energía de México, ha estado explorando y perforando la zona durante años y ahora existen casi ciento treinta plantas de gas natural bombeando, a falta de otras mil por explotar. Las compañías petroleras estadounidenses están ansiosas por invertir y empezar las perforaciones. Desde hace mucho tiempo, los cárteles quieren entrar en el negocio energético y la Frontera Chica es el lugar perfecto para hacerlo.

Por tanto, pequeñas poblaciones como Ciudad Mier, Camargo y Miguel Alemán se convierten en campos de batalla.

Todo comenzó en Mier, cuando quince camionetas con el logo del CDG irrumpieron en la ciudad, descendieron los *sicarios* y acribillaron la comisaría de policía con sus ametralladoras. Luego entraron y se llevaron a seis agentes que desaparecieron sin dejar rastro.

El CDG levantó barricadas, acordonó la ciudad y empezó la ejecución de fieles a los Zetas, a los que obligó a alinearse contra una pared de la plaza. Los muertos fueron decapitados y sus cabezas amontonadas en una esquina. Un joven, acusado de ser vigía de los Zetas, gritaba mientras le cortaban el brazo con una sierra y lo colgaban de un árbol.

Los combates se prolongaron seis días.

Los Zetas contraatacaron y la pugna se convirtió en una batalla de francotirador contra francotirador en Mier, Camargo y Miguel Alemán. A efectos prácticos, el norte de Tamaulipas podría equipararse con Irak, Gaza o Líbano cuando las facciones rivales se enfrentaban en las calles, quemaban tiendas y casas y echaban a la gente de sus hogares.

Levantaron barricadas.

Las ciudades se convirtieron en lugares fantasma.

Ochoa no llama.

Gordo Contreras sí.

—Me debes cien dólares —dice Adán a Magda.

—Yo habría jurado que llamaba Ochoa.

—Es demasiado arrogante.

—Sabes que el CDG perderá —dice Magda—, y no te importa. Les prestarás ayuda suficiente para seguir adelante hasta que ambos bandos se desangren. Entonces te apoderarás de Tamaulipas. Matamoros, Reynosa, Laredo... De todo.

Adán se encoge de hombros. Como de costumbre, los ha leído a él y a la situación perfectamente.

—¿Has pensado un precio? —pregunta Magda—. Gordo cree que te contentarás con tener un aliado contra Ochoa, pero podríamos conseguir algo más. Podríamos utilizar gratuitamente sus puertos. Sería una ruta más fácil al mercado europeo.

—¿Todavía sigues con eso?

—Y tú también deberías —responde ella.

«Tiene todo el sentido del mundo», medita Magda. Un kilo de cocaína cuesta unos veinticuatro mil dólares en Estados Unidos y más del doble en Europa. Aun repartiendo dinero entre los socios europeos y pagando los sobornos habituales, el margen de beneficio es demasiado bueno para ignorarlo. Si Adán no quiere participar, ella lo hará de todos modos, aunque su paraguas protector sería de utilidad.

—Me estás hablando de la 'Ndrangheta —dice Adán en referencia a la mafia italiana que domina el tráfico de drogas en buena parte de Europa—. Están con el CDG.

—Porque no lo hemos intentado —responde Magda—. Si fuera allí, estoy convencida de que podría convencerlos de que trabajaran con nosotros.

No por su indudable atractivo sexual, sino porque para la 'Ndrangheta es una ventaja el contar con más de una fuente de suministro. Y el mercado europeo, en especial el de cocaína, está creciendo con rapidez. Gran parte de la heroína sigue llegando de Afganistán y Pakistán a través de Turquía, y la marihuana del norte de África vía Marruecos, pero el monopolio de la cocaína que ostenta el CDG podría verse desbaratado. Si puede comprar a cinco mil quinientos dólares y vender a cincuenta y cinco mil, basta con hacer cálculos.

Además, le gustaría volver a ver Europa a través de sus ojos y no como una ingenua embelesada bajo la tutela de Jorge. Además de hacer negocios, podría visitar algunos museos y galerías y quizás ir de compras. De hecho, no le vendrían mal unas vacaciones; ahora entiende por fin las disciplinadas y ajetreadas jornadas de Adán en Puente Grande, los mil y un detalles que conlleva el regentar una empresa multimillonaria.

Es la Reina Amante, desde luego.

—Pero si no te interesa, lo haré yo sola. Tú quítame de en medio al CDG. Por cierto, ¿ya le has dado la patada a tu reina?

—Sé agradable.

—Lo estoy siendo —dice Magda.

—Todavía no.

—Dicen que la postura del perrito...

—Por el amor de Dios, Magda.

—No recuerdo esa actitud puritana en Puente Grande —le espeta Magda—. Vamos a echar un polvo. A cambio te daré tus cien dólares.

—¿En su propia casa?

—Hay otras camas, si te pones remilgado —responde Magda—. Si vas a ir de maridito casero, mejor déjalo.

Adán la agarra.

Esa noche, Gordo acepta que Adán utilice gratuitamente sus puertos de Matamoros y Reynosa y que participe de su red de narcotráfico en Europa.

Adán accede a algo que pensaba hacer de todos modos: seguir luchando contra los Zetas.

Eva entra en el piso de Bosques de las Lomas y se deja caer en la cama.

Miguel, su guardaespaldas, le lleva la bolsa.

—¿Dónde pongo esto?

—En la cama —dice Eva—. Y tú con ella.

Miguel sonríe. Deposita la bolsa a los pies de la cama y se tumba encima de Eva, que baja la bragueta de sus vaqueros ajustados.

—Esto es lo que quiero, ahora mismo. Date prisa. Creía que el vuelo no se acabaría nunca.

Eva se la pone dura con la mano, aunque no hace falta demasiado. Utiliza la otra para desabrocharse los vaqueros y se los quita. Ya está mojada y Miguel se desliza dentro con facilidad.

—Qué bueno —dice Eva—. Qué bueno.

Miguel tiene veinticinco años y es fuerte, flexible y musculoso. Está impaciente por obtener placer, pero a ella le gusta. Quiere que la tome y, cuando nota que está a punto de alcanzar el clímax y se dispone a sacarla, lo agarra de los hombros, lo retiene y dice:

—No pasa nada, puedes correrte dentro.

—¿Estás segura?

—Estoy tomando la pastilla.

Luego se tumba a su lado y se echa a reír.

—¿Qué? —pregunta Miguel.

—¿Sabes qué le haría mi marido a esa polla tan bonita si supiera dónde acaba de estar?

—No quiero ni pensarlo.

—Pero se supone que eres tú quien debe contarle estas cosas —dice Eva—. Eres su espía, ¿no? ¿Se lo contarás?

—No.

—Bien —dice ella—, porque me gusta esa polla tan bonita ahí donde está.

Eva se la mete en la boca.

—Puedes hacerlo otra vez, ¿verdad? —pregunta al incorporarse.

—Si sigues haciendo eso...

Eva sigue haciendo eso.

Necesita un bebé.

Ciudad Juárez
Septiembre de 2010

Pablo se termina la *torta* y se limpia los restos de aguacate de los labios con el dorso de la mano.

La *torta* —pollo, piña y aguacate en un bollo de pan— era una de las cosas que más le gustaban de vivir en Juárez, una de las pequeñas alegrías locales que hacen de una ciudad una ciudad. Ahora apenas saben a nada. Es comida barata para mantener el cuerpo en marcha.

Lo necesita, está cansado.

Exhausto, en realidad.

Si alguien preguntara a Pablo cómo se encuentra, cosa que nadie hace, diría que está física, mental y emocionalmente agotado.

Y puede que moralmente también, si es que existe el agotamiento moral.

Llega a la conclusión de que sí existe.

Uno empieza siendo idealista, moralmente fuerte, si se quiere, pero entonces la roca de tu fortaleza moral se va desgastando poco a poco hasta que ya no puedes más y haces cosas que nunca pensaste que harías. O no haces cosas que siempre pensaste que harías.

O algo así.

Uno cree que puede haber un punto de inflexión —un momento decisivo—, pero no hay un solo momento o acontecimiento del que pueda estar seguro. No, no es tan dramático. Es el aburrido y monótono proceso de erosión.

Tal vez fue el día en que fueron asesinadas veinticinco personas en una sola tarde y alguien colgó una de esas tediosas *narcomantas* junto a los cadáveres: ADÁN BARRERA, ESTÁS MATANDO A NUESTROS HIJOS. AHORA MATAREMOS A VUESTRAS FAMILIAS.

Tal vez fue la siguiente matanza en una fiesta de cumpleaños: catorce personas acribilladas con ametralladoras. O los dos cuerpos decapitados de los pistoleros descubiertos al día siguiente.

O tal vez sea la predecible monotonía de todo ello, el hecho de que lo raro se haya convertido en la norma, como los juarenses esquivando cadáveres de camino al trabajo sin inmutarse.

Las incesantes llamadas por radio han dado un giro aún más perverso, ya que los cárteles han empezado a reproducir *narcocorridos* en la frecuencia de la policía para celebrar el asesinato de un agente rival. Así que ahora uno sabe qué bando ha cometido el crimen en función del himno que suene.

En esa extraña normalidad, los cárteles comenzaron a hacer sonar las canciones antes de los asesinatos para sembrar el terror entre las posibles víctimas.

Tal vez fueron los rituales que ahora formaban parte de la cobertura informativa de los crímenes. Los periodistas eran los primeros en llegar, pero, si los narcos estaban esperando por la zona a que la víctima muriera, debían hacer tiempo. Si la víctima estaba muerta, los narcos daban luz verde para que publicaran la noticia e hicieran fotos o les prohibían que lo hicieran. A veces, los asesinos dejaban una nota encima del cadáver indicando a los periodistas qué podían y no podían escribir.

Los siguientes en llegar a la escena eran los directores de las funerarias con la intención de hacer negocio, vestidos de negro igual que cuervos carroñeros en una carretera.

Después cabía la posibilidad de que llegara la policía, dependiendo de la identidad de la víctima, y más tarde los servicios médicos, que solo acudían cuando sabían que las fuerzas del orden ya estaban allí. En más de una ocasión, Pablo había esperado con los técnicos de emergencias mientras los asesinos los retenían a punta de pistola hasta que la víctima se desangraba. Entonces, los narcos los despedían diciendo: «Id a recogerlo». Otras veces, los narcos captaban la frecuencia de los servicios de emergencias y ordenaban a los médicos que no acudieran a ayudar a determinadas víctimas.

Tal vez fue el triste hecho de que ya no era capaz de sentir nada cuando veía a la esposa, a la madre, a la hermana o al hijo gritar y llorar. O de que ya no sentía conmoción o tan siquiera repugnancia al contemplar los cuerpos destrozados, desmembrados o decapitados. Cabezas y extremidades esparcidas por esta ciudad como despojos, perros en las colonias más decrépitas huyendo con los carrillos llenos de sangre y mirada de culpabilidad.

Seis cuerpos...

Cuatro cuerpos...

Diez cuerpos...

El ejército detuvo a cuatro miembros de la Línea que confesaron un total de doscientos once asesinatos.

La «Nueva Policía», cuidadosamente evaluada e interrogada, llegó a Juárez con gran ostentación. Una agente fue tiroteada en un autobús cuando se disponía a empezar su primera jornada laboral.

Al día siguiente murieron once personas más.

Ocho al día siguiente.

Al parecer, todo iba tan bien en Chihuahua que el fiscal general fue ascendido y se convirtió en el nuevo zar federal antidroga de México.

«Erosión», piensa Pablo.

Erosión de la moralidad.

Erosión del alma.

Lo cual plantea la pregunta: ¿por qué?

No en un sentido existencial y grandilocuente —Pablo es consciente de que nunca obtendrá respuesta a tales preguntas—, sino como una cuestión práctica.

Al fin y al cabo, se supone que la guerra ha terminado.

Eso les han dicho los políticos: sus operaciones han sido tan fructíferas que han retirado al ejército de la ciudad y la han dejado en manos de la «Nueva Policía». Entonces, si la guerra ha terminado, ¿por qué continúan los asesinatos?

Aun cuando se recurre a la explicación más realista sobre por qué ha terminado la contienda, esto es, que el cártel de Sinaloa ha ganado y ahora controla la plaza de Juárez, ¿por qué no cesan las matanzas? ¿Por qué no pasa un solo día sin que se cometan asesinatos?

¿Y por qué la mayoría de las víctimas son los pequeños: los pobres, los traficantes callejeros, los vagabundos, la madera a la deriva?

Pablo conoce la respuesta.

Pero la detesta.

No tiene nada que ver con el tráfico de drogas en la frontera, sino con el mercado interno. Ya no vale con culpar al mercado estadounidense. La venta de drogas en Juárez es nimia si la comparamos con el volumen que cruza la frontera, pero aun así es cuantiosa.

Gran parte de los asesinatos que se cometen ahora tienen como propósito controlar el mercado nacional, sobre todo el de heroína y cocaína. No es que Barrera quiera o necesite el dinero; para él es calderilla. Es que no puede permitir que se lo queden los vestigios del cártel de Juárez. Si se les permite seguir dominando la venta de droga en El Centro, La Cima y las otras *colonias*, el dinero podría ser una fuente de poder que a su vez podría alimentar un retorno.

Barrera no lo permitirá.

Cuando te tiene el pie en el cuello, no lo levanta.

De modo que los asesinatos son una operación de limpieza.

Y el pequeño, el *puchador* que se dedica al menudeo en la calle, se ve atrapado entre los Aztecas y Sinaloa; si vende para uno, el otro lo mata. Los *picaderos*, los diminutos puestos de venta, se ven en la misma tesitura. Incluso los adictos están atrapados: si compran a un sinaloense, los juarenses los matan; si le compran a un juarense, los de Gente Nueva los aniquilan. Los chavales que ejercen de vigías en las esquinas, los borrachos y los sin hogar, los mendigos y los músicos callejeros son asesinados si ayudan al otro bando.

¿Y la poli? «Les importa una mierda», piensa Pablo. ¿Desde cuándo se preocupa alguien por esos pobres desgraciados? No, la poli, los políticos y los empresarios casi lo ven como una oportunidad para limpiar las calles de indeseables y achacarlo a las «guerras entre cárteles».

A los medios tradicionales les encanta: trazan precisas líneas de batalla con zonas coloreadas e indican qué plaza o colonia controla cada cártel. Así es más sencillo. Claro, bonito y fácil de entender. Uno incluso puede animar a un bando u otro. Pero todo es mentira, al menos en Juárez.

Lo cierto es que ya no existen líneas claras.

Cuando Barrera, los federales y el ejército destruyeron a la Línea y los Aztecas, también acabaron con el control sobre centenares de *cartelitos*, las pequeñas bandas callejeras de la ciudad, unas bandas que lucharán para vender drogas y practicar extorsiones de poca monta, exigiendo la *cuota* a tenderos, conductores de autobús y taxistas o incluso a mujeres, niños y ancianos por el derecho a caminar por la calle.

La mitad de los asesinatos que se producen en la ciudad son obra de niños pobres que ni siquiera saben para qué cártel trabajan. Reciben una orden de un jefe situado un nivel por encima y cumplen esa orden si quieren vivir. Ese jefe puede ser un juarense, un Azteca, un sinaloense e incluso un Zeta. Puede ser uno un día y al día siguiente otro.

Los asesinatos no tienen por qué estar relacionados con la droga. El caos de violencia encubre muertes que pueden obedecer a una vieja reyerta, a los celos, a un triángulo amoroso, a una *cuota* impagada o a cualquier cosa.

Así que salen y matan, y luego mueren, y se vengan, y el asesinato cobra vida propia, y la triste verdad es que no hay generales en salas de mando clavando chinchetas de colores en un mapa al tiempo que dirigen una gran estrategia.

El hecho es que los *chacalosos*, los grandes jefes, han perdido el control.

No podrían pararlo aunque quisieran y a Barrera le da igual. Él tiene sus puentes y la violencia está barriendo a las bandas locales de las calles. Así que a la mierda la ciudad. Él sería igual de feliz si no quedara nada excepto sus puñeteros puentes.

No le importaría que la ciudad muriera.

Cosa que ha ocurrido ya.

Esto es un caos y lo pagan los mismos de siempre, los que menos pueden permitírselo: los pobres, los desvalidos, los que no pueden encerrarse en comunidades de acceso restringido o viajar a El Paso.

Nadie lleva las riendas.

El asesinato provoca más asesinatos, porque nadie sabe hacer otra cosa. Esa es la verdad que a Pablo le gustaría contar, que le gustaría gritar al país, a Estados Unidos, al mundo.

Pero no puede.

No se lo permiten.

Ayer por la mañana, el hombre que le trajo el sobre traía también una orden.

—El ataque a la Médica Hermosa —le dijo.

—Eso fue hace meses.

Pablo estaba aterrorizado.

—Escribirás que los Zetas están detrás.

—Eso no lo sé —dijo Pablo, que notaba el temblor en su voz.

—Sí lo sabes —repuso el hombre—. Te lo acabo de decir.

Pablo sabe por qué les interesa. El reportaje fotográfico de Giorgio sobre las heridas de Marisol causó un gran clamor en todo el país, tal vez incluso más que el propio ataque. Y ahora sabe quién le da el dinero: los sinaloenses, la Gente Nueva.

Pablo reunió todo el valor que tenía.

—¿Tiene pruebas?

—El dinero en tu cuenta bancaria —repuso el hombre— es toda la prueba que necesitas.

—No me lo he gastado —dice Pablo—. Lo devolveré.

—¿Qué crees que es esto? —le pregunta—. ¿Las canicas? ¿Un juego de niños? Aceptaste el dinero y no lo puedes devolver. Por mí como si te lo metes por el culo. Me da igual si se lo metes por el culo a tu amiga. Lo hicieron los Zetas, esa es la verdad. Porque quieres escribir la verdad, ¿no?

—Sí.

Empujó a Pablo contra la pared.

—Déjame preguntarte una cosa. ¿Tú quieres a tus amigos, a tus compañeros de trabajo?

—Sí, claro que sí.

—Pues, si los quieres, haz lo que tienes que hacer.

El hombre lo soltó y se fue.

Pablo se quedó allí temblando. Tenía la sensación de que las piernas iban a ceder. Se dirigió al bar más cercano y pidió un whisky y después otro. Le daba vueltas todo.

«¿Qué voy a hacer? —se preguntaba—. ¿Qué voy a hacer?».

Cuando Pablo presentó la noticia, en la que afirmaba que había sabido por fuentes no identificadas que los Zetas eran responsables de los ataques contra las mujeres de Chihuahua, Óscar lo llamó a su despacho.

—¿Fuentes no identificadas? —preguntó el Búho.

Pablo asintió.

—¿Quiénes son? ¿Tus contactos Aztecas?

—Sí.

Óscar golpeó el suelo con el bastón.

—Necesitamos algo más. Sal a buscarlo.

Ramón lo encontró esa noche tomando una cerveza en Fred's. El Azteca se sentó a su lado en la barra.

—No tengo mucho tiempo, así que iré directo al grano. ¿Estás trabajando en un artículo sobre esos tiroteos en el valle?

—Puede.

—No te pongas tonto conmigo —le espetó Ramón—. He venido a decirte que, si escribes algo, que sea que fueron esos gilipollas sinaloenses.

—A mí me han contado otra cosa.

—¿Sí? ¿Qué te han contado? ¿Qué te han contado, 'mano?

—Que fueron los Zetas.

—¿Quién te lo ha dicho?

Pablo negó con la cabeza.

—Estás aceptando dinero de Sinaloa —dijo Ramón—. De acuerdo. A nadie le importaba un carajo. Hasta ahora. Ahora nos importa y mucho.

—¿«Nos»? ¿Ahora trabajas para los Zetas?

—Los Zetas se están adueñando de todo —respondió Ramón—. Todos trabajamos para la empresa Zeta, tú incluido.

Ramón lo agarró del hombro.

—Me envían ellos, 'mano. Me han enviado a decirte que escribas lo que ellos quieren. Si tengo que venir a verte otra vez, no será para hablar. No me obligues a hacerlo, por favor.

Ramón dejó unos billetes encima de la mesa y se fue.

Pablo pensó que iba a mearse encima.

Estaba atrapado entre el cártel de Sinaloa y los Zetas. Salió del bar y encontró a Ana y Giorgio en el Kentucky.

Para ser un hombre que acababa de cosechar un triunfo profesional, Giorgio estaba inusualmente apagado. Con todo, ver las heridas de Marisol resultaba descorazonador. Una mujer tan hermosa, una persona tan buena, desfigurada y dolorida. Así que Pablo consideró que era un gesto de buen gusto que Giorgio no lo celebrara.

Quizás albergaba cierta sensibilidad después de todo.

—Esta noche estás callado —dijo Ana a Pablo.

—Solo cansado.

—¿Eso es todo?

—Eso es todo.

Tomaron unas copas y Giorgio se fue a El Paso a dormir con su actual novia, una socióloga estadounidense que estaba realizando su tesis doctoral sobre «el fenómeno de la violencia en Ciudad Juárez».

—¿Eso es lo que somos? —preguntó Ana—. ¿Un fenómeno?

—Por lo visto sí —respondió Giorgio.

—¿Puedes utilizar fotos en una disertación?

—Soy una especie de informador sobre el terreno —respondió Giorgio—. Nos vemos mañana.

Aquella noche, Pablo no durmió. No parecía haber escapatoria a la trampa en la que se hallaba. Cuando entró en la oficina, Óscar le preguntó si había hecho progresos con el artículo. Pablo respondió con evasivas y, cuando fue a buscar el coche, encontró una nota en el asiento: «¿Dónde está nuestro artículo? No intentes jodernos, cabrón».

«Estoy menguando igual que mi ciudad», piensa Pablo mientras arruga el envoltorio de la *torta* y lo tira al suelo del coche. El *mercado*, en su día próspero, está casi desierto porque los turistas ya no van; los bares y clubes famosos cierran uno tras otro; incluso el Mariscal, el barrio rojo, situado justo al lado del puente de Santa Fe, ha cerrado porque los hombres no se arriesgan a visitarlo, ni siquiera en busca de prostitutas.

Ahora se obliga a salir del coche para ver otro cadáver. Un *malandro* más, otro resto de basura que ha barrido *la limpieza*.

Giorgio suele llegar antes que él al escenario de los hechos, pero probablemente siga en la cama con la estadounidense.

Entonces lo ve.

Es Pablo quien se lo anuncia a Ana.

Entra en la sala de local, la abraza con fuerza y se lo cuenta. Ella se pone a gritar, le fallan las rodillas y Pablo se ve obligado a sostenerla. Está a punto de decirle: «Es culpa mía. Es culpa mía. Si se lo hubiera dicho, a lo mejor...».

«Pero no lo hiciste —piensa Pablo—. Y sigues sin hacerlo.

»Porque eres un cobarde.

»Y porque estás avergonzado».

Óscar escribe un editorial sobre el asesinato de Giorgio, el típico artículo del Búho, lleno de indignación moral y tristeza mezcladas con erudición.

El funeral de Giorgio es un espectáculo de los horrores.

Toda la comunidad periodística de Juárez está allí, además de Cisneros y Keller. El oficio en el cementerio discurre como de costumbre, pero Pablo divisa un coche aparcado a la entrada.

Se dirige hacia él.

Sobre la capota hay una cabeza cercenada con la boca esbozando una macabra sonrisa.

Y el editorial de Óscar clavado al cuello.

Esa noche celebran una melancólica reunión en casa de Ana. Están

Pablo, Óscar, Marisol y la estadounidense. Hay otros. «Un grupo reduci-do —piensa Pablo—, con el alma encogida».

La gente bebe con tristeza, huraña.

Varios intentan contar historias divertidas sobre Giorgio, pero no lo consiguen.

Se dispersan temprano. Marisol, que parece cansada y dolorida, dice que tiene que volver a Valverde y los demás aprovechan la oportunidad para escapar.

Cuando todos se han ido, Ana, que está ebria, dice:

—Hazme el amor. Llévame a la cama.

—Ana.

—Fóllame, Pablo.

El sexo es salvaje y, cuando terminan, Ana se echa a llorar.

El día después del entierro de Giorgio, Óscar muestra a Pablo y Ana un editorial que tiene intención de publicar.

—*Señores* de las organizaciones que se disputan la plaza de Ciudad Juárez —lee—, desearíamos poner en su conocimiento que somos perio-distas, no adivinos. Por tanto, nos gustaría que nos explicaran qué quie-ren de nosotros, qué quieren que publiquemos o nos abstengamos de pu-blicar. En este momento, son ustedes las autoridades en funciones de esta ciudad, puesto que los gobernantes legalmente establecidos no han sido capaces de hacer nada para impedir que cayeran nuestros compañeros pese a las peticiones reiteradas en sentido contrario. Y es por ese motivo que, ante esta realidad incuestionable, les planteamos la pregunta, porque lo que menos deseamos es que caiga otro de nuestros compañeros.

»Esto no es una rendición por parte nuestra, sino una oferta de tregua. Necesitamos saber, como mínimo, cuáles son las normas, porque, incluso en una guerra, las hay.

El editorial copa los titulares de todo el mundo y toca la fibra sensible de la comunidad periodística de México, ya que han muerto numerosos compañeros en Chihuahua, Tamaulipas, Nuevo León y Michoacán.

Los Zetas en especial han impuesto un silencio casi absoluto gracias al terror en las zonas que controlan. Los medios de comunicación de Nuevo Laredo y Reynosa han dejado de publicar noticias sobre el tráfico de estu-pefacientes. La gente de a pie tiene miedo incluso de pronunciar su nom-bre y se refiere a ellos como «la última letra».

El periódico recibe centenares de cartas y correos electrónicos.

Sin embargo, no obtienen respuesta de los cárteles.

No hay normas ni expectativas.

Pablo sabe cuáles son. No necesita un reglamento para conocerlas: «Escribe lo que te digamos y solo eso, o te mataremos. Acepta el *sobre*, o te mataremos. Véndenos tu alma, o te mataremos».

Es una amarga lección. Uno cree que puede alquilar su alma, pero es siempre una venta, y toda venta es definitiva.

Esa noche, el hombre del sobre sale al encuentro de Pablo en la calle.

—Mañana, *pendejo*. O vemos ese artículo o... —Sonríe, apunta con dos dedos como si fueran una pistola y aprieta el «gatillo».

Ana está en la cama cuando vuelve Pablo. No quiere despertarla, así que duerme en el sofá. O lo intenta sin mucho éxito. Piensa en escribir a Mateo una carta de despedida, pero conjetura que es demasiado melodramático.

Decide redactar el artículo sobre Sinaloa.

Después el de los Zetas.

Luego ninguno de los dos.

Por la mañana irá a la oficina y presentará su renuncia a Óscar.

Y entonces cruzará el puente.

Por la mañana, Pablo busca la manera de contarle a Ana lo que piensa hacer.

Pero no encuentra las palabras.

«O, afróntalo —piensa—, el valor».

Quizá sea esa la manera. Decirle que tiene miedo, que no quiere terminar como Armando o Giorgio. Su concepto de él empeorará, pero no lo odiará como lo haría si supiera que ha aceptado dinero.

Solo debe decirle que tiene miedo.

Le creerá.

Intenta abrir la boca cinco veces, pero no le sale nada. Prueba de nuevo de camino a la oficina. Es como si viajara en una cinta transportadora que conduce inexorablemente a las cuchillas de un matadero, pero no puede gritar para frenarla.

Llegan a la oficina, aparcan el coche y cruzan la calle para tomar un café.

Pablo se imagina la mirada de profunda decepción del Búho.

Pensó en redactar su renuncia y enviarla por correo electrónico, pero llegó a la conclusión de que sería un acto de cobardía. Óscar se merece una explicación cara a cara, y una disculpa y, por alguna razón, Pablo cree que él también se la merece. Merece ver el dolor en los ojos de Óscar y recordar su expresión. Merece oír las palabras de decepción de Óscar y reproducirlas mentalmente. Merece salir de la oficina avergonzado, recoger su mesa, notar las miradas en la nuca y después (intentar) explicar las cosas a Ana.

«¿Y luego qué? —piensa tomando un sorbo de café con leche y contemplando el edificio de oficinas que es el único hogar profesional que ha conocido—. Estás acabado en el mundo del periodismo. No te contratará ningún periódico decente. Como mucho puedes aspirar a trabajar por tu cuenta para *la nota roja*, sobrevolando la ciudad como un buitre, mordisqueando sus huesos».

Una criatura que se gana la vida con los cadáveres.

No puede hacerlo.

No puede y no lo hará.

Sin embargo, puede que no tenga esa posibilidad. Puede que se convierta en uno de esos cadáveres si los narcos se enfadan porque han malgastado su dinero en él y deciden hacer algo al respecto.

«Afróntalo, no tienes futuro en el periodismo y no tienes futuro en Juárez

»Ni en ningún lugar de México.

»Tendrás que cruzar el puente.

Convertirte en *pocho*».

—No estás muy comunicativo esta mañana —dice Ana.

—Ya.

—Eso está mejor.

Deja la taza encima de la mesa y se levanta.

—Voy a la oficina.

—Te acompaño.

Cruza la calle y muestra su identificación a los agentes de seguridad, que lo conocen de todos modos. Al entrar en el ascensor, sabe que podría ser la última vez y está a punto de cambiar de opinión, pero sabe que no puede.

Tiene que decir algo ahora mismo, antes de entrar en el despacho de Óscar.

—Ana...

—¿Qué?

—Yo...

Óscar aparece en el umbral y anuncia que quiere ver inmediatamente a toda la plantilla en la sala de reuniones.

—Ya no estoy dispuesto a poner en riesgo la vida de unas personas de las que soy profesional y personalmente responsable —dice una vez que están todos— para informar de una situación en la que ni siquiera los mejores periodistas, y eso es lo que sois, no pueden influir. No hablaremos más de la situación de la droga.

Ana se opone. Con la cara enrojecida, a punto de llorar, pregunta:

—¿Vamos a ceder? ¿Vamos a dejar que nos pisoteen? ¿Vamos a permitir que nos intimiden?

Óscar también tiene lágrimas en los ojos. Da golpecitos en el suelo con el bastón y le tiembla la voz al responder:

—Creo que no tengo ninguna alternativa viable, Ana.

—Pero ¿cómo lo haremos? —pregunta Pablo—. Supongamos que se comete un asesinato. ¿Simplemente no hablamos de ello?

—Informáis de un aparente homicidio —responde Óscar—. Pero ahí se queda. No se establece ningún vínculo con la situación de la droga.

—Eso es absurdo —interviene Ana.

—Coincido —dice Óscar—. Sin embargo, nuestra vida como ciudadanos se ha convertido en una absurdidad. Esto no es una sugerencia, es una instrucción. Editaré los artículos exhaustivamente y borraré cualquier cosa que pueda poner en peligro la seguridad de algún trabajador de este periódico. ¿Entendido?

—Entiendo que es la muerte de un gran periódico —sentencia Ana.

—Que yo enterraré con mucho gusto —dice Óscar— antes de enterrar a uno de vosotros. Anunciaré nuestra nueva política en la edición de mañana para que los narcos tengan constancia de ello.

—¿Y qué hay de Giorgio? —insiste Ana.

El Búho arquea una ceja.

—¿Lo investigaremos o la cosa quedará así? —pregunta Ana.

«Porque la policía lo ha dejado correr», piensa Pablo. De los más de quinientos asesinatos cometidos en Juárez desde el inicio de la guerra de los cárteles, no se ha dictado una sola condena. Todos conocen la realidad: nadie ha investigado la muerte de Giorgio y nadie lo hará. Y ahora Óscar anuncia que ellos tampoco.

Ese hombre, ese héroe que en su día recibió un balazo de un narco y no permitió que eso lo detuviera, ahora está apoyado en su bastón, parece cansado y viejo y dice con su silencio que él, y ellos, han sido acallados.

Ana no.

Esa noche están bebiendo en el Óxido, uno de los clubes que siguen abiertos en la zona PRONAF, y ha tomado un par de copas más de lo habitual.

—Podría haber aceptado el dinero —dice.

—¿A qué te refieres? —pregunta Pablo.

—Los narcos me ofrecieron un soborno —responde Ana—. Debería haberlo aceptado. Ahora son nuestros jefes, ¿no? Pues deberían pagarnos.

Pablo apura su cerveza.

—No pienso dejarlo correr —afirma Ana—. Han matado a nuestro amigo y compañero y no voy a dejarlo correr.

—Ana, ya has oído a Óscar. ¿Qué vas a hacer?

—Presionar —responde Ana—. Presionar a las autoridades hasta que actúen.

—¿Como actuaron con el asesinato de Jimena? —pregunta Pablo—. ¿Como actuaron con el ataque contra ti y Marisol? ¿Y esas dos mujeres del valle? ¿O las docenas de asesinatos que vemos cada semana? ¿Son esas autoridades a las que acudirás?

—Los avergonzaré —dice Ana.

—Ana, no tienen vergüenza.

Está asustado. Si sigue adelante, ella podría ser la siguiente.

—Pues yo sí —farfulla Ana—. Yo sí tengo vergüenza.

—Óscar no publicará tus artículos.

—Ya lo sé —responde.

Al rato, Pablo mete a Ana en un taxi y la lleva a casa. Una vez allí, la acuesta y vuelve a salir.

Pablo no es un héroe nato.

Es consciente de ello y no le supone problema alguno. Pero esta noche sale de nuevo porque debe hacer algo para impedir que Ana vaya directa al borde del precipicio. «Si puedo obtener una respuesta —piensa— sobre quién mató a Giorgio y por qué, tal vez consiga publicar la noticia en un periódico estadounidense utilizando algún pseudónimo. Quizás eso satisfaría a Ana o incluso presionaría a la policía para que hiciera algo».

Pablo tampoco tiene precisamente aspecto de héroe y lo sabe. Lleva una camiseta negra con manchas debajo de una camisa negra con manchas, una cazadora fina y una gorra roja de los Indios, y sabe que le cuelga la barriga por encima del cinturón.

Llama al timbre de Ramón. Al cabo de unos minutos se encienden las luces y abre la puerta con la cadena puesta.

—Ramón, soy yo.

Ramón abre la puerta del todo y apunta a Pablo a la cara con una pistola.

—*Mierdito, 'mano, ¿qué coño pasa?*

—Tengo que hablar contigo.

Ramón le deja entrar.

—No despiertes a los niños, ¿vale?

Ambos pasan a la cocina. La casa es una McMansión en miniatura situada en el nuevo extrarradio y parece el hogar genérico de un directivo de nivel medio.

—No he visto el puto artículo, Pablo —empieza Ramón.

Pablo le confía la decisión de Óscar.

—Entonces, imagino que estás salvado —dice Ramón—. Eso está bien. Nos ahorra a los dos mucho dolor.

—¿Por qué mataron a Giorgio Valencia?

—Joder, acabas de salir de un marrón...

—¿Por qué?

—Por hacer las fotos equivocadas.

—¿Qué fotos equivocadas?

—Las de la *chocha* esa, Cisneros —responde Ramón—. ¿Te la estás tirando, Pablo? La conoces, ¿verdad? Joder, me encantaría follármela. Bueno, ya me entiendes, antes de quedar tarada. Pablo, a caballo regalado no le mires los dientes. Podrías haber sido tú.

—¿Y por qué no fui yo? —pregunta Pablo.

—Porque no estabas en la nómina de los Zetas.

Pablo no entiende nada.

—¿Qué estás diciendo?

—Tu chico, Giorgio, estaba *sucio* —contesta Ramón—. Como tú. Pero él recibía dinero de los Zetas y los jodió haciendo esas fotos en los que la tipa enseñaba las cicatrices. ¿Quieres ver las mías, tío? Tengo algunas bellezas.

—¿Tienes algún nombre? ¿Quién lo hizo?

—Hostia, ¿quieres que nos maten a los dos? —pregunta Ramón.

Entonces se calla, porque oye a Karla bajar por las escaleras. Su mujer entra en la cocina y mira adormilada a Pablo.

—Eh, Pablo.

—Hola, Karla. Me alegro de verte.

—Yo también.

Mira extrañada a Ramón.

—Vuelve a la cama, cariño —dice este—. Subo en unos minutos.

—Ven a cenar a casa —responde ella.

—Lo haré.

Vuelve al piso de arriba.

—¿Nombres? —dice Ramón—. ¿Nombres? Empieza a comportarte como un adulto. ¿Qué coño cambiaría eso? Son todos los mismos. En serio, Pablo, déjalo ya. Déjalo ya. Yo he decidido largarme de aquí. Karla está embarazada otra vez. Tengo dinero ahorrado para irme *al otro lado*. Me ocuparé de unas cosas aquí y me voy. Y tú deberías hacer lo mismo.

—Yo soy juarense.

—Eso está muy bien —dice Ramón—. Pero Juárez ya no existe. El Juárez que conocías ha desaparecido.

Cuando Pablo llega a casa, Ana sigue despierta.

—¿Dónde has ido?

—No estamos casados, Ana.

—Solo preguntaba.

—Ana, deja este asunto de Giorgio, ¿vale?

—¿Qué sabes?

—Tú déjalo correr.

«Te romperá el corazón, si es que no te mata antes», piensa.

—Pablo, ¿qué sabes?

—Sé que Sinatra no va a volver.

—¿Qué significa eso?

No responde.

No hay respuestas.

Victoria, Tamaulipas
Octubre de 2010

Don Pedro Alejo de Castillo oye alboroto fuera de su hacienda y va a ver qué ocurre.

Su cocinera, Lupe, parece aterrada, y a don Pedro no le gusta que la gente moleste a Lupe. Lleva más de tres décadas con él. Es la única mujer que hay en su casa desde que Dorotea, su esposa, falleció hace seis años.

Don Pedro tiene setenta y siete años, es alto y todavía conserva una espalda recta. Sale a la puerta y ve a unos hombres pasando por delante de la casa en camionetas y todoterrenos, disparando al aire con sus AK-47 y AR-15, haciendo sonar la bocina y gritando obscenidades.

A don Pedro tampoco le gusta eso.

Solo un *malandro* dice obscenidades delante de una mujer.

Tres hombres se bajan de un todoterreno y se dirigen al porche. Van vestidos como *vaqueros*, pero al instante se da cuenta de que no han trabajado un solo día en un rancho.

El suyo tiene doscientas hectáreas, lo cual no es mucho para la zona, pero es perfecto para él. Además, se encuentra a orillas de un hermoso lago con patos, ocas y buena pesca. Casi todas las mañanas va allí antes de que amanezca.

—¿Es usted Alejo de Castillo? —pregunta uno de los hombres.

Con brusquedad.

—Soy don Pedro Alejo de Castillo, sí.

—¿Este rancho es suyo?

—Sí.

—Somos los Zetas —anuncia, como si eso fuera a asustarlo.

Pero no.

Don Pedro tiene una vaga idea de que los Zetas son una especie de banda de narcotraficantes que han causado problemas en las ciudades, pero no tiene miedo. Mantiene poca relación con las ciudades, y menos aún con las drogas.

—¿Qué quieren? —pregunta.

—Vamos a confiscar esta propiedad —dice el hombre—. Tienen veinticuatro horas para evacuarla.

—No lo creo.

—No se lo estamos preguntando, viejo. Se lo estamos diciendo. Tiene tiempo hasta esta noche o le mataremos.

—Lárguense de mis tierras.

—Volveremos.

—Les estaré esperando.

Don Pedro tiene unos modales y un porte aristocráticos, pero no lo es. Su padre regentaba un aserradero y, de pequeño, Pedro trabajó muy duro. Convirtió un aserradero en dos, después en cinco, después en doce y a la postre se hizo rico. Don Pedro no heredó el rancho, se lo ganó igual que se ganó el título de *don*: con el sudor de su frente.

Y no piensa dárselo a nadie.

Construyó la hacienda con sus propias manos y con la ayuda de otros lugareños, y supervisó con cariño hasta el último detalle. La vivienda tiene dos plantas, con gruesas paredes de adobe de color barro y ventanas saledizas.

La puerta principal, hecha de madera maciza, queda a la sombra de un hondo portal sostenido por *zapatas* talladas a mano provenientes de sus aserraderos.

En el interior, unas largas *vigas* de madera recorren todo el salón y están unidas a la pared con ménsulas talladas artesanalmente. En el techo hay delgadas *latillas* entrecruzadas. Los suelos son de baldosas de terracota pulidas, con alfombras indias y una chimenea de arcilla en un rincón.

La casa es hermosa, modesta y digna.

El atuendo de don Pedro es impecable, como de costumbre. Dorotea siempre fue bien acicalada; era una señora, y él no la decepcionaría jamás no vistiendo como un caballero. Cuando va a llevarle flores a la tumba, situada en un terreno consagrado en una loma con vistas a su querido lago, lleva traje y corbata.

Hoy luce una cazadora de *tweed*, corbata de punto, pantalones caqui y botas de caza. Don Pedro es miembro fundador del Club de Caza y Pesca Manuel Silva, que heredará el rancho cuando muera, a condición de que Lupe y Tomás, que han trabajado para él durante treinta y ocho años, puedan vivir allí toda su vida.

No tiene hijos a los que legar sus tierras. Cuando Dorotea intentó disculparse una vez por no poder darle descendencia, le puso el dedo en los labios y dijo:

—Tú eres la alegría de mi vida.

Ahora Lupe está llorando.

Debe de haberlo oído todo, y a don Pedro no le gusta, porque no le gusta ver llorar a una mujer y ello le hace sentir todavía menos respeto por esos Zetas, porque los caballeros no hacen negocios delante de una mujer.

—Creo —dice Pedro— que deberías ir a la ciudad a pasar el fin de semana con tus nietos.

—Don Pedro...

—No llores. Todo irá bien.

—Pero...

—Tengo ese pato delicioso que me preparaste anoche —dice don Pedro—. Lo calentaré para cenar. Vete a preparar tus cosas.

Encuentra a Tomás en el establo, limpiando los faros del nuevo tractor John Deere del que ambos se sienten tan orgullosos.

—¿Quiénes eran esos hombres? —pregunta Tomás.

—Unos *malandros*, unos idiotas.

Pide a Tomás que lleve a Lupe a Victoria y que él también se quede allí, en el hotel en el que don Pedro tiene cuenta.

—Yo me quedo con usted —responde Tomás. Tiene el pelo blanco y sus fuertes manos están retorcidas a causa de la artritis—. Sé disparar.

—Lo sé. —Probablemente lo oyó todo. Pero una cosa son los pichones y los patos y otra los hombres. Ni siquiera los ciervos son hombres—. Necesito que te ocupes de los demás. Ellos también se irán.

—Se quedará solo, don Pedro.

«Esa es la idea», piensa este.

—Un anciano necesita un poco de soledad de vez en cuando.

—No le dejaré —dice Tomás—. Hace treinta y ocho años que trabajo para usted...

—Pues ahora no es momento de desobedecer —responde don Pedro. Pero sabe que tiene que preservar el orgullo de ese buen hombre—. Llévate mi escopeta. La buena, la Beretta. Cuento contigo para que todo el mundo llegue sano y salvo a la ciudad. Ahora ve a lavarte. No es un viaje para hacer de noche.

Se mete en su estudio y se sienta en la vieja butaca de piel agrietada a leer, su costumbre vespertina. Hoy toca *El Buscón*, de Quevedo: «Yo, señor, soy de Segovia. Mi padre se llamó Clemente Pablo...».

Don Pedro se duerme leyendo.

Se despierta cuando entra Tomás y anuncia que están preparados para partir. Don Pedro sale y ve a Lupe en el asiento delantero del viejo International Harvester, con su pequeña maleta en el regazo, y a Paola y Esteban en la parte de atrás.

Todos lloran.

Esteban es joven y tonto, un chaval de diecinueve años tan holgazán como todos los de su edad, pero aun así vale por cien Zetas. Cuida bien de los caballos y algún día será un buen hombre.

Paola es una criatura encantadora, una doncella completamente desesperada que debería casarse con un joven enamorado y tener unos hijos hermosos.

Ninguna de esas entrañables personas debería estar aquí esta noche.

—Pasad buen fin de semana y portaos bien —les dice—. Os veo el lunes a primera hora. No os retraséis.

—Don Pedro... —dice Paola.

—Ahora marchaos. Nos vemos pronto.

Observa al coche alejarse por la vieja carretera.

Cuando han doblado la curva, se dirige al lago. Cómo le gustaba a Dorotea. Recuerda cuando se tumbaban en un lecho de lilas silvestres y el aroma que desprendían las flores debajo de ella.

El sacerdote que los casó vadeó el río Bravo a lomos de un burro y se cayó al agua, así que llegó una hora tarde, mojado y malhumorado como una gallina vieja, pero no importaba.

Don Pedro contempla la puesta de sol sobre el lago.

Ve a los patos nadar hacia la espesa maleza de la orilla.

Luego vuelve a casa.

Abre el arsenal y elige cuidadosamente un Krag .30-40, un Mannlicher-Schönauer, el Winchester 70, el Winchester 74 y el Savage 99.

Cada uno de esos excelentes rifles le trae un recuerdo distinto.

El Savage, aquel fabuloso viaje a Montana con Julio y Teddy, dos viejos amigos ya difuntos, y los whiskies que tomaban junto a la hoguera para soportar mejor el frío por las noches.

Los Winchester, las largas caminatas en Durango.

El Mannlicher le recuerda el viaje a Kenia y Tanganica y las lentas tardes bajo un toldo con Dorotea, ella sentada fuera de la tienda leyendo o pintando, y el viejo cocinero africano que preparaba mejor el cabrito que ellos en México.

El Krag... El Krag fue un regalo de cumpleaños de Dorotea y estaba muy contenta de que le hubiera gustado tanto...

Don Pedro apoya cada uno de los rifles en los alféizares tallados en las gruesas paredes de adobe. Luego deja una caja de munición al lado.

Calienta el pato que queda y se sienta a cenar con una botella de vino fuerte. El pato lo mató él mismo, al igual que hace con el pichón, que Lupe prepara tan bien con arroz salvaje.

Después de la cena sube al piso de arriba y se da un largo baño, frotándose la piel hasta que adquiere un brillo rosado, y luego se afeita poco a poco y con esmero y se perfila el fino bigote, porque es importante mostrar su mejor aspecto a Dorotea.

Se pone una camisa blanca con mangas francesas y los gemelos que Dorotea le regaló por su décimo aniversario. Después se enfunda una cazadora de *tweed*, pantalones de lana y una corbata de seda de un intenso tono borgoña que a ella le gustaba especialmente.

Satisfecho con la imagen que le devuelve el espejo, baja de nuevo, se sirve dos dedos de whisky puro de malta y se lo bebe mientras lee a Quevedo hasta que se queda dormido en la butaca.

Lo despiertan bocinas, gritos y risas, y consulta el reloj que hay sobre la repisa de la chimenea. Son algo más de las cuatro de la mañana, poco antes de su hora de levantarse. Se acerca a la ventana en la que tiene apoyado el Savage y mira hacia fuera. Los idiotas conducen en círculos como los indios en una mala película del Oeste estadounidense, ululando, disparando al aire y profiriendo más obscenidades.

Finalmente se detienen y el hombre con el que habló antes se encarama al techo de su vehículo y exclama:

—Alejo de Castillo, hijo de p...

El disparo de don Pedro le alcanza de lleno en la frente.

Don Pedro se dirige a la siguiente ventana.

Los coches y las camionetas están parados y sus ocupantes se apean. Don Pedro apunta a uno de ellos, que se acerca corriendo; recuerda que debe darle menos margen que a un ciervo y lo derriba de un único disparo con el Krag. Se va a la otra ventana y, al volverse, ve balas entrando por la ventana que acaba de dejar vacía.

«Esos idiotas se creen que todo el mundo es tan tonto como ellos», piensa.

Se apoya el Mannlicher en el hombro, apunta al Zeta que parece ser el segundo al mando y le dispara entre los ojos. Luego se dirige a la ventana contigua.

Uno de los idiotas tiene cerebro suficiente para echarse a tierra y deslizarse como una serpiente hacia la puerta principal. Don Pedro nunca ha disparado a una serpiente con un rifle, aunque ha matado a muchas cascabel con pistola, pero el principio es el mismo y lo despacha con una bala del Winchester 70. Entonces ve a otros dos Zetas acercándose presurosos hacia la puerta.

Sujetando aún el Winchester 70, coge el 74 y se sitúa a tres metros de la entrada con un rifle en cada mano.

Se oye un pequeño estallido, la puerta se abre y don Pedro dispara los dos rifles y alcanza a ambos en la tripa.

Se retuercen, gritando de agonía y manchando de sangre la madera, que ahora habrá que pulir con arena, cosa que molestará al holgazán de Esteban y requerirá supervisión.

Don Pedro vuelve a la primera ventana y ve a los Zetas buscando cobijo detrás de los vehículos.

Los oye hablar y entonces ve los tubos asomando. Sabe que son lanzagranadas y eso le irrita, porque Lupe no tendrá casa a la que volver. Pero ha dejado un testamento a Armando Sifuentes con instrucciones claras de qué hacer si se produce un incendio, y está seguro de que el abogado se ocupará de ello.

Don Pedro también sabe que no estará allí para ver la reconstrucción de la casa y se entristece un poco, pero sobre todo siente una honda felicidad porque pronto se reunirá con Dorotea y se alegra de haberse afeitado.

Cuando empieza el incendio, no le llega olor a ceniza, sino a lilas silvestres.

Cuando llegan Keller y la unidad de las FES, la hacienda de don Pedro es una ruina humeante. Delante de la casa yacen cuatro cadáveres y dos Zetas heridos se retuercen en posición fetal en el porche.

Tomás, el hombre de don Pedro, llamó al puesto de los marines en Monterrey y se desplazaron en helicóptero lo más rápido posible, pero Keller se siente consternado al comprobar que llegan demasiado tarde.

Tomás encuentra el cuerpo de don Pedro y, entre lágrimas, se arrodilla a su lado.

Espoleándolos un poco, los Zetas heridos cuentan lo sucedido. Según ha podido averiguar Keller, ninguno de los dos participó en el ataque a Marisol, pero uno de los fallecidos sí.

«Le debo una, don Pedro», piensa Keller.

Debía de ser un hombre increíble. Los Zetas le tenían tanto miedo que dejaron atrás a sus muertos y ni siquiera se acercaron a los escombros de la casa para recuperar a los heridos.

Keller sabe que nunca volverán.

—¿Dónde están ahora? —pregunta un marine.

El Zeta herido no quiere desvelarlo.

—Hice un juramento.

—También juraste no dejar nunca atrás a un compañero herido —dice Keller—. ¿Qué ha pasado con eso? ¿Crees que cumplirán la promesa de cuidar de tu familia? Esos días ya pasaron. Dinos dónde están y os llevaremos al hospital. No sé si sobreviviréis, pero al menos no moriréis agonizando.

—Tenemos morfina —dice uno de los FES.

El otro Zeta herido gime.

—Están en un campamento a una hora de aquí, más al norte. A las afueras de San Fernando.

El marine coge uno de los Winchester de don Pedro y mete un balazo a cada uno en la cabeza.

Morfina.

—Don Pedro mató a seis —dice el marine a Keller.

—Era un hombre extraordinario —tercia Tomás—. Deberían haberlo conocido.

«Me habría encantado», piensa Keller.

México es un país que genera leyendas exuberantes, y Keller sabe que se cantarán canciones sobre don Pedro Alejo de Castillo, no *narcocorridos* de pacotilla, sino *corridos* auténticos.

Una canción para un héroe.

Keller se despierta sudando.

Marisol lo mira.

Sabe que no es tonta. Lee los periódicos y ve la televisión, y se hace una idea de cuáles son sus actividades cuando no está con ella. No hablan del tema, su pacto no incluye tal cosa, pero sabe que es consciente de ello.

Keller volvió hecho un desastre: sucio, agotado y estresado.

Y callado.

¿De qué podía hablar?

«Ella también tiene sus preocupaciones —piensa Keller—. Dolor constante, inquietudes constantes, miedos constantes, lo reconozca o no. Lo último que necesita es hacer de enfermera a un caso perdido».

Así que se lo guarda para él.

Marisol lo mira y dice:

—Si quieres, puedo subir el aire acondicionado.

—Está bien así.

Sale de la cama y se da una ducha.

«Vas a tener sueños así —se dice—. Seguro». Sigue soñando con los asesinatos de El Sauzal, y eso fue hace trece años. Diecinueve personas puestas en fila y acribilladas con ametralladoras.

Fue un momento crucial.

Un horror inimaginable.

Ahora es una cifra de muertos que apenas concitaría la atención de los medios. Incluso el Canal 44 de Juárez, la «Cadena de la Agonía», ha reducido su programación sensacionalista. «Puedes apagar el televisor —piensa Keller—, pero no puedes apagar el cerebro, sobre todo cuando duermes. Así que los sueños llegarán y es probable que siempre lo hagan. Tendrás que aceptarlo».

Marisol tiene el desayuno preparado cuando sale.

Le gustaría que no lo hiciera. No quiere que haga esfuerzos, pero ella le dice que deje de tratarla como a una niña. Cuando se sienta a la mesa, Marisol pregunta:

—¿Crees que deberías ir a ver a alguien?

—¿A qué te refieres?

—Ya sabes a qué me refiero —responde, sentándose lentamente, y deja apoyado el bastón en la mesa—. Yo no quiero ser tu madre o tu terapeuta, así que tienes que ver a alguien.

—Estoy bien.

—No, no lo estás —replica ella.

—No empieces.

—Estrés postraumático

—Eso es empezar.

—Lo siento.

Intenta comerse las uvas, desiste y las lleva al fregadero.

«¿Un consejero? ¿Un terapeuta? ¿Un loquero? ¿Y qué podría contarle? Todo lo que guardo en la mente es confidencial. ¿Y qué diría aunque pudiera?

»El otro día torturé a una persona. Lo conecté a una batería hasta que confesó las cosas terribles que había hecho. Ah, sí, una vez me di la vuelta para que un compañero pudiera ejecutar a un prisionero. Me entristece un poco. También le pegué un tiro a un hombre en una casa de putas y a otro después de secuestrar a su anciana madre. Bueno, y luego está la fosa común...».

Un dron estadounidense localizó el campamento Zeta tras el asesinato de don Pedro.

El hecho de que Estados Unidos está enviando drones a México para averiguar el paradero de los narcos es alto secreto. La Casa Blanca lo sabe. Keller lo sabe. Taylor lo sabe. Orduña lo sabe.

Las FES encontraron el campo, un viejo rancho, justo antes del amanecer.

Prepararon la tumba con una excavadora, y los cuerpos, que debieron de morir hace semanas según los cálculos de Keller, fueron arrojados descuidadamente.

Un prisionero les contó lo sucedido.

Los Zetas dieron el alto a un autobús en la ruta 1 a su paso por las afueras de San Fernando. La mayoría de sus ocupantes eran inmigrantes centroamericanos que viajaban a Estados Unidos. Los Zetas se subieron y comprobaron los teléfonos de todos los pasajeros para ver si habían realizado llamadas a números de Matamoros. Sospechaban que el autobús transportaba a reclutas centroamericanos del cártel del Golfo.

Para cerciorarse, los mataron a todos.

Ochoa dio la orden. Forty la ejecutó.

Llevó dos días recuperar todos los cuerpos y clasificar los restos de los esqueletos. Aun así, obtuvieron una cifra aproximada.

Cincuenta y ocho hombres y catorce mujeres.

Los marines no esperaron el recuento, sino que se dedicaron a seguir la pista. Durante los tres días posteriores, atacaron cinco ranchos que reveló el prisionero y mataron a veintisiete Zetas.

Los tres Zetas capturados murieron a causa de las heridas que habían sufrido.

«¿Trastorno de estrés postraumático?», piensa Keller ahora.

Para empezar, no cree en eso y, por otro lado, si existe, no tiene nada de *post*. «Nada ha terminado, nada es pasado. Convivimos con esta mierda a diario. ¿Trastorno? Trastorno sería si no estuviéramos estresados».

—Marisol está especializada en medicina interna, no en psicología —refunfuña.

«Así que me pongo a sudar.

»Estoy un poco callado.

»Bebo un poco más de lo que debiera.

»De vez en cuando miro hacia atrás.

»Eso no tiene nada de locura. Es cordura dadas las circunstancias.

»Es increíble la capacidad humana, tal vez nacida de la necesidad, para imponer una sensación de normalidad en las condiciones más anormales».

Viven en lo que prácticamente constituye una zona de guerra, bajo una amenaza constante, y aun así siguen las pequeñas rutinas de la vida normal.

Preparan la cena, pero con una pistola en el cinturón o cerca de ellos. Se sientan a hablar de lo que ha pasado ese día, aunque ello incluya un recuento de cadáveres en Juárez. Ven la televisión y a veces dormitan, con pantallas antigranadas en las ventanas y tres cerrojos en la puerta.

La mayoría de las noches va a verlos Erika, y ni Keller ni Marisol tienen que mencionar lo obvio: que es lo más parecido que experimentará Marisol a tener una hija. Erika nunca llega sin algún tipo de ofrenda: latas de sopa, un poco de fruta, una flor o un DVD. Últimamente se queda a dormir en la pequeña habitación libre, así que a menudo está allí cuando Keller se levanta por la mañana.

Marisol prepara un sencillo bistec con arroz, Erika aporta una ensalada y Keller ha comprado un par de botellas de tinto decente en el camino de vuelta. Comen, beben y se sientan a ver *Modern Family* en una cadena de El Paso.

A Erika le encanta la serie y Keller se da cuenta de que es casi cinco años más joven que su hija. Cinco años más joven que Cassie y ha puesto en peligro su vida, tanto como si se hubiera ofrecido voluntaria para servir en Irak o Afganistán.

No, más. Mucho más.

Aquí está en inferioridad armamentística y numérica. Se apoltrona en el sofá con unos vaqueros y una sudadera. Ha dejado el AR-15 apoyado en la pared junto a la puerta. Se ríe y mira a Marisol para que le confirme que lo que está viendo verdaderamente es divertido.

Es un caso agudo de idolatría hacia ella.

Marisol lo sabe.

—¿Crees que debería proponerle un cambio de imagen? —preguntó a Keller hace unas semanas.

—¿Un qué?

—Un cambio de imagen —dijo Marisol con impaciencia—. Como en la tele. Pelo, maquillaje, ropa...

—¿Por qué no? —respondió Keller, que no acababa de entender de qué hablaba Marisol.

—No sé, podría ofenderse —dijo Marisol—. Es guapa, pero esa ropa y ese pelo... Parece una *cejona*, un marimacho. Con un poco de maquillaje decente y cinco kilos menos... le saldrían pretendientes por todas partes.

Keller estaba convencido de que Erika era homosexual.

—No —respondió Marisol—. De hecho, le gusta uno de los técnicos de emergencias de Juárez. Es muy mono. Simpático y cariñoso.

—Seguro que, viniendo de ti, cualquier sugerencia será bienvenida.

—No lo sé. A lo mejor le saco el tema —dijo—. Pensaba ir un día a El Paso y hacer cosas de chicas. Peluquería, balneario, ir a comer...

—¿Qué os pasa a las mujeres con eso de ir a comer?

Ahora repara en que, si bien no se aprecia un gran cambio de imagen, Marisol ha ejercido cierta influencia. Erika, que lleva una larga melena lisa, no se la ha cortado, pero se ha peinado y parece detectar un poco de perfilador de ojos.

Erika es una buena chica y, si al principio la gente se tomaba a broma que hubiera aceptado el puesto de policía, ahora ya no. Cabría esperar que se produjeran saqueos en una ciudad en la que la mitad de las casas están cerradas con tablones, pero Erika los ha mantenido en niveles mínimos y su obsesión con hacer cumplir la normativa de aparcamiento se ha convertido casi en un motivo de orgullo perverso en la localidad.

«Diréis lo que queráis de Erika —comentan algunos—, pero hace su trabajo».

Incluso los soldados han empezado a tratarla con desganado respeto y ya no le silban ni se burlan de ella al pasar. Según Marisol, ello obedece en gran medida a que un soldado llamó a Erika *marimacha* y ella se detuvo, se dio la vuelta y le dio un puñetazo tan fuerte en la cara que lo tumbó. Sus compañeros se rieron de él y nadie volvió a llamarla lesbiana ni ninguna otra cosa desde entonces.

Cuando termina la serie, Erika se levanta del sofá.

—Tengo que irme.

—Quédate a ver otro —dice Marisol.

—No, mañana madrugo. Pero ¿puedo ayudaros a recoger?

—No, para eso tengo a Keller.

Erika besa a Marisol en las mejillas.

—Gracias por la cena.

—Gracias por la ensalada.

—¿No te importa ir a casa caminando? —le pregunta Keller.

—Para nada.

Erika se cuelga el rifle del hombro, les da las buenas noches y se va.

—¿El cambio de imagen incluye un arma distinta? —pregunta Keller.

—A algunos hombres les gustan esas cosas.

Más tarde, en la cama, Marisol dice:

—No hemos hecho el amor desde...

—No quería hacerte daño.

—Pensaba que a lo mejor te... disgustaba.

—No, por Dios. No.

—Si me tumbo de costado dándote la espalda.

Le acerca el trasero. Keller la coge de los hombros, le acaricia el pelo y se mueve suavemente, incluso cuando ella retrocede como pidiendo más. Cuando Keller termina, Marisol le dice:

—Muy bonito.

—¿Y tú?

—La próxima vez. ¿Puedes dormir?

—Creo que sí. —No está seguro de querer hacerlo—. ¿Y tú?

—Sí, claro.

Keller se duerme.

Las pesadillas son sangrientas.

Ciudad Juárez
Otoño de 2010

El blog aparece por primera vez la víspera del Día de Muertos.

Antes de Nochevieja es toda una sensación.

Pablo descubre *Esta Vida* una mañana en la oficina y llama a Ana.

—¿Has visto esto?

Esta Vida ha publicado fotografías de la masacre de San Fernando. Es macabro, brutal, franco y pregunta en Times New Roman tamaño catorce: «¿Quiénes son los Zetas y por qué matan a gente inocente?».

—Dios mío —dice Ana—. Qué gráfico.

Los periódicos no podrían ni querrían publicar algo así aunque siguieran cubriendo las narcoguerras. Calaveras, partes de esqueletos y trozos de ropa asoman en la tierra roja. El artículo que acompaña las imágenes ofrece detalles sobre el asesinato masivo que solo podía conocer la policía, y está firmado por el Niño Salvaje.

—¿El Niño Salvaje? —pregunta Pablo.

Al día siguiente aparece una noticia. Con el título de «Terror en Tamaulipas», es un análisis en profundidad de la guerra entre el CDG y los Zetas.

—Sea quien sea el Niño Salvaje —comenta Pablo—, sabe de qué habla.

—Es el nuevo periodismo —opina Óscar, que observa la pantalla detrás de ellos y se estremece por lo gráfico de las fotografías—. Algunos lo llaman democratización del periodismo y otros anarquía. El problema es que no se puede responsabilizar a nadie. Además de que los artículos son anónimos, no hay proceso de edición para distinguir hechos de rumores. Será ventajista, pero creo que los directores todavía deben desempeñar su papel en los medios.

Otro artículo, publicado al día siguiente, les resulta más cercano.

«¿Quién mató a Giorgio Valencia?» es periodismo de investigación clásico. Hay fotos de Giorgio trabajando, haciendo fotos, imágenes de su cuerpo en la escena del crimen e incluso una imagen de la calavera sonriente que dejaron encima del coche el día del funeral.

—Esto es ofensivo —afirma Pablo.

—Lo que fue ofensivo fue su asesinato —le espeta Ana.

—Joder, Ana...

—A mí no me mires, chaval —dice ella—. Yo no soy el Niño Salvaje.

El extenso artículo pregunta por qué no se ha investigado la muerte de Valencia, vitupera al estado y al gobierno nacional por su «negligencia supina» en la cuestión de los periodistas asesinados, y acusa abiertamente a los Zetas de la desaparición de Valencia, asegurando que intentaron impedir que los medios informaran del ataque a Marisol Cisneros.

La siguiente entrada del blog es lo más duro que se ha visto nunca en *la nota roja* y muestra un cuerpo despedazado y sin extremidades en una calle de Juárez. «La Limpieza» habla del caos de asesinatos en la ciudad, de cómo parece afectar solo a los pobres, y se pregunta en voz alta si al gobierno le importa o si se limita a contemplar cómo los «marginados e indeseables de la sociedad» son expulsados de las calles como si fueran basura.

Refleja de forma directa el parecer de Pablo al respecto, un parecer que ya no puede escribir para su periódico, un parecer que ha expresado a Ana, quien ve el blog y le pregunta sin rodeos:

—¿El Niño Salvaje eres tú?

—Yo soy cualquier cosa menos un niño salvaje.

Ha sido un otoño triste para él. Ha viajado una vez a Ciudad de México para ver a Mateo, una visita incómoda que no hizo sino constatar su paulatino distanciamiento, y tuvo la obligatoria discusión con Victoria, que fue a peor cuando le desveló que está «viéndose con alguien formalmente».

—¿Con quién?

—Es un directivo del periódico.

—¿Mateo lo conoce?

—Bueno, no lo voy a mantener en secreto, Pablo.

—¿Duerme en tu casa?

—Por supuesto que no —dijo Victoria.

—No quiero que Mateo se lo encuentre allí al despertar.

—Somos discretos —respondió ella, y zanjó la discusión frunciendo los labios de aquella manera que en su día excitaba sexualmente a Pablo y que ahora detesta.

La violencia en Juárez no ha cesado. Los ataques a fiestas fueron el tema más popular en el otoño de 2010. Seis asesinatos en una, después cuatro y luego cinco más. Pablo cumplió su deber y escribió unos escuetos artículos que apenas ocupaban un párrafo: el número de muertos, la hora aproximada del ataque y el barrio en el que se había producido. Ni nombres ni direcciones exactas y, por supuesto, tampoco quién lo hizo ni por qué, ya que ello podría molestar a los narcos.

Ha visto a Óscar menguar ante sus ojos.

Casi literalmente. El Búho parece estar encogiéndose físicamente y desde luego es más lento y dependiente de su bastón. Cada vez pasa más tiempo en su casa de Chaveña y rara vez asiste a fiestas o incluso a lecturas.

Su periódico sigue publicando artículos monótonos y diligentes.

Esta Vida no.

La siguiente entrada del blog se titula «Nuestro nuevo vocabulario» e incluye un glosario, acompañado de fotografías, con las palabras que ahora se utilizan para describir a las víctimas de asesinatos:

Encajuelados: cuerpos metidos en maleteros.

Encobijados: cuerpos envueltos en mantas.

Entambados: cuerpos metidos en bidones metálicos, a menudo con ácido o cemento húmedo.

Enteipados: cuerpos envueltos en cinta industrial.

«Este es el nuevo vocabulario —continúa el artículo—, de nuestro periodismo, de nuestra nación. Necesitamos palabras concretas para describir las numerosas variedades de matanzas. Nuestro lenguaje, nuestros antiguos conceptos de la muerte, no bastan. La peste negra nos dio el *Ring Around the Rosie* como juego infantil. La Guerra contra la Droga nos brinda un nuevo cántico para los niños de nuestras colonias: *"Encajuelados, encobijados, entambados, enteipados*, todos caen"».

Pero *Esta Vida* no se limita a Juárez o Chihuahua; habla de la Familia, en Michoacán, de los Zetas, del cártel de Sinaloa, de la policía, de los *federales*, del ejército, de los marines y de los gobiernos municipales, estatales y nacionales.

La entrada «¿Quién elige al ganador?» provoca indignación y debates en todo el país, en la medida en que pueden mantenerse debates en la asediada prensa. Prácticamente acusando al gobierno nacional de alinearse con el cártel de Sinaloa para crear una *pax narcotica*, el artículo efectúa un análisis estadístico: de 97.516 detenciones practicadas por las autoridades federales, solo 1.512 han estado vinculadas al cártel de Sinaloa, y muchas eran personas que se habían ganado la enemistad de Adán Barrera y Nacho Esparza.

Los Pinos responde con furia e indignación en una rueda de prensa televisada en todo el territorio. El presidente aparece ante las cámaras para defender a su policía federal y habla de los sacrificios de sangre, aseverando que este «francotirador verbal cobardemente anónimo» se ha mofado de los mártires.

El resultado es que miles de personas empiezan a seguir *Esta Vida* y se dice que es el único lugar en el que uno puede leer «noticias reales sobre la Guerra contra la Droga».

Al día siguiente, *Esta Vida* difunde una noticia sobre una mujer de Nuevo Laredo a la que los Zetas ejecutaron por denunciar a las autoridades su negocio de extorsión. La foto que acompaña el artículo muestra la cabeza de la mujer colocada entre las piernas y la falda subida. Es tan obscena como cualquier película porno *snuff*, cosa que agrava el *narcomensaje* que dejaron junto al cadáver: «Matamos a esta anciana porque puso a la policía sobre nuestra pista. Esto le ocurrirá a todos los gilipollas negligentes. Atentamente, la Compañía Z».

Al día siguiente se produce un nuevo suceso, y esta vez es Ana quien llama a Pablo para que vea la pantalla.

—Mira esto.

Esta Vida ha colgado una carta remitida por los Zetas al Niño Salvaje. «Gracias por hacernos la campaña publicitaria. Nos estás ayudando a difundir nuestro mensaje al mundo».

Pero la Compañía Z no se muestra tan satisfecha con la siguiente entrada: «Ocho Zetas decapitados», que presenta los cuerpos sin cabeza de ocho Zetas en la parte trasera de una camioneta *pick-up* con el mensaje: «Eso es lo que ocurre cuando apoyas a los Zetas. Aquí están vuestros halcones, cabrones de mierda. Atentamente, el CDG».

El blog desata un acalorado debate en la sección de local. ¿Los narcos están cometiendo atrocidades con el solo propósito de publicitarlas en este blog? ¿Hemos llegado a un punto en que los asesinatos no existen a menos que aparezcan en las redes sociales? ¿Habrá ahora asesinatos en Facebook y Twitter?

Las palabras de Óscar son proféticas, y no es la primera vez que sucede en su carrera. Todo ello se materializa en el otoño de 2010, pero *Esta Vida* es la estrella de Internet, la comidilla en las pausas para el café, si es que existe tal cosa en los tiempos que corren. Periodistas de televisión y seguidores de las redes sociales se preguntan quién es el Niño Salvaje y se convierte en deporte nacional.

Y el Niño Salvaje sigue el juego.

Cada entrada es gráfica, cada entrada es provocadora.

«¿Ejecutan los marines a prisioneros?»; «Algunas familias abandonan Ciudad Mier»; «Don Alejo de Castillo: un héroe de la tercera edad»; «Las mujeres del valle de Juárez plantan cara a los cárteles»; «¿Qué fue de Eddie el Loco?».

Pero empiezan a aparecer *narcomensajes* en puentes, monumentos y esquinas de todo el país: NIÑO SALVAJE, SI VUELVES A ENSEÑAR A NUESTROS MUERTOS, TÚ SERÁS EL SIGUIENTE. ATENTAMENTE, LA COMPAÑÍA Z.

NIÑO SALVAJE, NO SABES CON QUIÉN ESTÁS JUGANDO. LA NUEVA GENTE. CONTENTE, NIÑO SALVAJE.

Y, en un tono ominoso: NIÑO SALVAJE, TE ESTAMOS BUSCANDO Y TE ENCONTRAREMOS.

El Niño Salvaje no recula.

Esta Vida afirma que ciento noventa y un Zetas «desaparecieron cual Houdinis» de una cárcel de Nuevo Laredo y menciona la detención de cuarenta y dos guardias por «facilitar la huida». Asimismo, incluye una foto de dos hombres a los que han arrancado la piel de la cara y han dejado delante de un bar en Acapulco. También cuenta la historia de una fiesta de Navidad en Monterrey en la que entraron unos pistoleros y se llevaron a cuatro estudiantes universitarios de los cuales no se ha vuelto a saber nada.

En Cafebrería celebran una fiesta de Nochevieja, pero a Pablo no le pasa inadvertido que el grupo se ha visto notablemente reducido. Jimena ya no está, Giorgio tampoco, Óscar está desmejorado, Marisol sufre dolores, Ana está triste y él siente... ¿Malestar? ¿Hastío? ¿Depresión?

La reunión es representativa de la ciudad.

En un artículo que Óscar le permitió escribir, Pablo reflejaba que, en otoño de 2010, la cifra de asesinatos en Juárez asciende a 7.000, que han cerrado 10.000 negocios, que se han perdido 130.000 puestos de trabajo y que 250.000 personas se han visto «desplazadas».

«Mi ciudad —piensa Pablo—. Mi ciudad en ruinas. Y mi país desangrándose».

Cuesta creer que 2010, el *annus horribilis* de la guerra mexicana contra la droga, haya tocado a su fin.

El recuento final de muertes relacionadas con el narcotráfico en 2010 se cifró en 15.273.

«Eso es lo que contamos ahora —piensa Pablo—. En vez de contar hasta medianoche.

»Contamos muertes».

3

CADA NUEVA MAÑANA

... cada nueva mañana,
nuevas viudas gritan, nuevos huérfanos gimen, nuevos lamentos golpean el cielo en la cara.

SHAKESPEARE,
Macbeth, acto IV, escena 3

Acapulco, Guerrero
2011

Eddie está cansado.

Cansado de moverse, cansado de correr, cansado de luchar.

El hecho de que esté ganando apenas tiene importancia.

¿Ganar qué? ¿El derecho a moverse, a correr y a luchar más?

«Soy multimillonario —piensa mientras se instala en otro piso franco, en esta ocasión en Acapulco—, y vivo como un vagabundo. Un indigente con veinte casas de lujo».

La semana pasada colgaron de un puente de Cuernavaca los cuerpos decapitados de cuatro de sus hombres con el mensaje: ESTO ES LO QUE LES PASA A QUIENES RESPALDAN AL TRAIDOR DE EDDIE RUIZ EL LOCO.

Iba firmado por Martín Tapia y el cártel del Pacífico Sur. «¿Ese tacaño de mierda no puede comprarse un mapa? —piensa Eddie—. ¿A cuánta distancia está Cuernavaca del océano Pacífico?».

A Eddie le ofende que Martín piense que es el informador que traicionó a Diego. Es cierto, pero Martín no tiene motivos para creerlo, así que no es justo. Tapia siente rencor hacia él, pero sin razones de peso.

Los Zetas también, pero ellos sí las tienen.

Son las mismas razones de siempre.

Quieren lo que él posee.

Primero fue Laredo y ahora Monterrey, Veracruz y Acapulco. También quieren su cabeza clavada en un palo, pero no la van a conseguir.

Vuelve la vista atrás, a hace cinco años, «cuando estaba sentado en un coche con esos mamones. Debería haberles pegado un tiro en la cabeza en aquel momento, pero no llevaba pistola».

Hablando de mamones, está bastante convencido de que Ochoa juega para el otro equipo. «Joder, a mí me gusta arreglarme, pero el tipo, con ese pelo, los productos para la piel y la ropa militar... Si el Verdugo apareciera un día vestido de trabajador de la construcción, de jefe indio, de motero o de poli, no me sorprendería.

»En fin, Heriberto, puedes chuparme la polla.

»Hablando figuradamente.

»Podré conservar Acapulco sin problemas.

»Es probable que Veracruz también.

»Monterrey es un problema por culpa de la política de amplitud de miras de Diego, que invitó a los Zetas a instalarse como si estuvieran en su casa. Y lo hicieron. Ahora probablemente tienen centenares de hombres en la ciudad y el extrarradio.

»Y esos marines de las FES no son ninguna broma. Si acaso, han mejorado desde que le pegaron dos tiros a Diego. Incluso entraron en Matamoros y eliminaron a Gordo Contreras. La batalla más grande que se ha visto en México desde la revolución. Se oían los disparos desde Texas. Y muchas gracias, marines, por matar a ese puto gordo. Ahora los Zetas pueden enviar más hombres aquí.

»Y ese hijo de puta de Keller es el peor.

»Eso sí que es pasar de todo.

»Pero la jota de picas está bastante bien. Ojalá se me hubiera ocurrido a mí lo de la carta de presentación. Jotas de picas con mi cara puesta con Photoshop».

Eddie entra en la cocina y vierte fresas, arándanos, proteína en polvo y agua en la batidora. Los arándanos están llenos de anti-no-se-qué y la proteína en polvo es buena para la masa muscular que intenta ganar.

Los *federales* le pisan los talones desde hace meses, arrestando a su gente, requisando su droga, intentando localizarlo. Es grave, porque lo último que quieren los *federales* es cazar vivo a Eddie Ruiz.

«Podría contar tantas cosas que, si los *federales* me encierran, será debajo de una losa».

Incluso la DEA se ha apuntado a fastidiar a Eddie. Hace una semana se incautó de coca por valor de cuarenta y nueve millones de dólares en un transporte transfronterizo y el mes pasado acusaron de corrupción a sesenta y nueve agentes de aduanas, la mitad de ellos a sueldo de Eddie.

Es preocupante.

A modo de respuesta, ha vuelto a lanzar un mensaje al gobierno a través de una carta a los periódicos: «Siempre habrá alguien que venda eso, así que puedo hacerlo yo. No mato a mujeres, a niños ni a gente inocente. Atentamente, Narco Polo».

Ha utilizado el apelativo de Narco Polo en su correspondencia para intentar acabar con lo de Eddie el Loco.

«Yo no estoy loco —piensa—. Puede que sea el tío más cuerdo que conozco».

Eddie engulle el batido con desgana. Es mejor no perder el tiempo saboreando esa mierda, porque no hay nada que saborear.

Es propietario de cuatro discotecas en tres ciudades y de vez en cuando las cierra para celebrar una fiesta. Rodea el edificio de vigilancia, invita a las mujeres más atractivas, elige una o dos, toma un poco de éxtasis y disfruta. Estuvo saliendo con una estrella de las telenovelas hasta que ella se cansó de la seguridad y a su «gente» empezó a preocuparle su «marca». No importa; estuvo bien mientras duró.

Apura el batido, va al gimnasio que tiene en casa y se pone a levantar pesas. Debería tener a alguien vigilando, pero sería demasiado fácil para el tipo dejar caer la barra e introducirle dos billetes en la garganta.

En este mundo uno solo puede confiar en sí mismo y en nadie más.

Se alegra cuando oye el timbre en el piso de abajo y, tras el registro de seguridad, ve aparecer a Julio.

—¿Quieres un agua? —le pregunta Eddie.

—No me vendría mal.

Cogen agua y salen a la terraza con vistas al océano. «Somos nosotros quienes deberían hacerse llamar cártel del Pacífico —piensa— y no ese yupi del interior». Mira a Julio y pregunta:

—¿Estamos preparados para empezar el guion?

—¿Leíste el tratamiento?

—¿Era un tratamiento o un resumen? —pregunta Eddie.

En realidad leyó hasta la página tres y el resto en diagonal. Había veintisiete páginas en total.

—Una especie de resumen de un tratamiento —responde Julio—. Si lo apruebas, nos encargaremos del tratamiento completo.

—¿Y luego el guion?

—Bueno, un borrador de guion.

A Eddie le encanta el cine. *El padrino*, por supuesto, y *Uno de los nues-*

tros, pero también las películas sobre drogas. *El precio del poder*, *Miami Vice*... Le gustaría aportar algo al género, su propia historia. Un relato realista y crudo de un señor de la droga real. Tal como son las cosas. Nadie ha visto algo así.

Están barajando el título de *Narco Polo* y, atentos, el personaje principal, el señor de la droga, juega al polo. Eddie ha invertido cien mil dólares de su bolsillo con la esperanza de que el guion atraiga inversores.

Si es que ese tío llega a escribir el guion algún día.

Escritores.

—¿Te gustó el resumen? —pregunta Julio.

—Sí —responde Eddie—. Tiene cosas buenas, cosas muy buenas. Pero no puedes hacer que me case dos veces sin divorciarme. Quedaré como un gilipollas.

—Yo creo que te hace interesante.

—Sí —dice Eddie—, pero a Priscilla a lo mejor le parecería demasiado interesante. Ya sabes cómo se ponen las embarazadas con las hormonas y toda esa mierda. Y la escena en la que escapo de la incursión de los marines... Creo que me voy demasiado pronto. Debería salir de allí a tiros, en plan «Te presento a mi amiguita».

—Eso está bien, sí.

—Y al final me matan —dice Eddie.

—Es una convención del género —responde Julio.

Aunque hace un día soleado en Acapulco, Julio lleva vaqueros negros ajustados y zapatos de piel a juego. Eddie cree que es porque fue a la escuela de cine, motivo por el cual lo contrató y por el que, supone, dice cosas como «convención del género».

—Pacino no moría —dice Eddie.

—En la tercera parte sí.

—La tercera no cuenta. Liotta no moría en *Uno de los nuestros*, De Niro no moría en *Casino*...

—Pero no podían acabar bien. Debían recibir un castigo.

—¿Qué insinúas? —responde Eddie—. ¿Que deben castigarme?

Julio se pone aún más pálido, si es posible, y murmura:

—Por tus crímenes.

—¿Por mis qué?

—Por tus crímenes.

—Mis crímenes —repite Eddie—. Si quieres hablar de crímenes, vete a ver al puto Diego, a Ochoa o a Barrera. En esta película yo soy el bueno, el anti...

—Héroe.

—¿Eh?

—Que eres el antihéroe.

—Perfecto. —Eddie pasa un minuto enfurruñado y dice—: ¿Y el reparto?

—¿Todavía tienes en mente a Leo?

—Leo sería fantástico —responde Eddie—. Pero quizás es demasiado adecuado. ¿Me entiendes?

—Más o menos. ¿Qué estás pensando?

—Pienso que iré en otra dirección —responde Eddie contemplando el océano—. ¿Y si me interpreto a mí mismo?

—¿Cómo?

—Hacer de mí mismo. Tiene gancho, ¿no? Es lo nunca visto —afirma Eddie—. *Narco Polo, la historia real de un señor de la droga*, protagonizada por Eddie Ruiz, un señor de la droga real.

Julio bebe un largo trago de agua y pregunta:

—¿Y cómo lo harías exactamente, Eddie? Estás en búsqueda y captura. ¿Cómo irías al plató y harías promoción?

—Sé abierto de mente —dice Eddie—. Podría conceder entrevistas a distancia desde lugares secretos. Vaya truco, ¿eh? *The Today Show, Late Night...*

—¿Sabes actuar?

«Si sé actuar... —piensa Eddie—. Me he sentado a una mesa fingiendo que me caía bien Heriberto Ochoa. ¿Que si sé actuar?».

—No puede ser tan difícil. Es cuestión de decir tus frases con sentimiento. Iré a clases. O contrataré a un puto profesor, yo qué sé.

Deciden aparcar el reparto hasta que tengan un guion. De todos modos, Leo no se comprometería leyendo solo un tratamiento, así que hay tiempo. Eddie termina de darle sus notas y Julio se marcha a replantearse el final.

Tras la marcha de Julio, Eddie sube a la habitación insonorizada. Ha descubierto que resulta muy útil tener una en todas las casas. Puede poner la música tan fuerte como quiera sin recibir atención negativa de los vecinos y, si quiere trabajarse a un invitado, puede hacerlo tranquilamente sin que sus gritos alarmen a dichos vecinos o le despierten por la noche.

Hoy tiene un invitado.

Es una venganza por las cuatro cabezas que aparecieron en una acera de Acapulco con un cartel que rezaba: ESTO ES LO QUE LES OCURRIRÁ A LOS QUE SEAN TAN TONTOS DE PONERSE DEL LADO DEL HOMOSEXUAL DE EDDIE RUIZ.

«Ojalá dejaran de decirme que soy gay —piensa Eddie.

»No lo soy.

»Ochoa sí. Yo no.

»Debe de ser... ¿Cómo lo llama Julio? Proyección».

Sus cuatro exsocios decapitados son los últimos en una serie de asesinatos cometidos en Acapulco y son los taxistas los que están pagando las consecuencias. De nuevo, es molesto, porque utilizar a los taxistas como *halcones* fue idea de Eddie, y muy buena además. ¿Quién controla quién entra y sale de la ciudad o quién está en el aeropuerto o la estación de autobuses mejor que los taxistas? Además, se pasan el día en la calle; conocen los clubes, los bares y los burdeles. Tienen los ojos bien abiertos.

Los Zetas se dieron cuenta y empezaron a contratar a taxistas y a asesinar a los de Eddie.

Así que Eddie tuvo que matar a los taxistas que trabajaban para los Zetas y viceversa, y así sucesivamente. En resumen, que no es buen momento para conducir un taxi en Acapulco mientras Eddie y los Zetas intentan aniquilarse entre sí, y entonces uno se encuentra con cuatro de sus hombres con la cabeza cercenada.

«A quien le encantaba cortar cabezas —piensa Eddie al subir las escaleras— era al puto tarado de Chuy. Ese flacucho sí que sabía. Cortaba cabezas como quien se corta las uñas.

»Pero hay que reconocérselo.

»El *pocho* sabía pelear.

»Si necesitabas a alguien que entrara el primero por la puerta, Chuy no vacilaba. Si querías a alguien que te cubriera las espaldas, podías contar con él. Joder, causamos estragos juntos.

»¿Qué será de él?

»Probablemente siga con la Familia si no está muerto.

»Cortando cabezas en nombre de Dios.

»En fin, tengo que acallar un poco a Martín Tapia y a sus colegas los Zetas. Una cosa es luchar por el territorio, que forma parte del juego, pero esos mensajes de "loco" y "homosexual" tienen que parar».

Osvaldo está sentado delante de la puerta de la habitación insonorizada. Es el nuevo segundo al mando de Eddie y su principal guardaespaldas. En su día era marine y se formó con los Kaibilies en Guatemala, así que a él tampoco le importa arrancar una cabeza o dos si se da el caso. Según él, ha matado a más de trescientas personas, pero Eddie cree que exagera.

—¿Todo bien ahí dentro? —pregunta Eddie—. ¿Óptimo?

—Todo bien.

Sí, Osvaldo no sabe qué significa óptimo. Sabe hacer muchas cosas, pero los crucigramas probablemente no sean una de ellas.

Eddie entra en la habitación.

Incluso atada, la tía está muy buena.

«Quizá precisamente porque está atada», piensa Eddie. Con blusa negra, ropa interior del mismo color y medias, está atada de pies y manos, tumbada sobre un colchón en posición fetal y amordazada (eso sí que es sexy), y se acuerda que debe pedir a Julio que lo incluya en el guion.

Eddie mira a Yvette Tapia.

—Señorita —dice—, ¿qué voy a hacer contigo?

La Doncella de Hielo.

La secuestró para conseguir protección.

No tanto la suya como la de su familia.

De acuerdo, «familias».

Los Zetas tienen fama, y bien merecida, de matar a mujeres y niños. Priscilla se encuentra en Ciudad de México con su madre y vive bastante segura, pero Eddie consideró que tomar como rehén a la señora Tapia sería una buena garantía. Y lo puso muy fácil: salió a pasear por Almeda, ya que al parecer se ha separado de su hombre.

Luego envió un mensaje a Martín: «Tengo a la preciosa y encantadora señorita Tapia. Si no quiere que le envíe en hielo un trozo suyo cada semana, será mejor que deje a mi familia en paz. Por cierto, no soy homosexual. Atentamente, Narco Polo».

El mensaje obtuvo respuesta: «Por favor, no le hagas daño. Tenemos un acuerdo».

Sí, Martín y él tienen un acuerdo. Pero resulta que él y los Zetas tienen otro, porque recibió un mensaje de su amigo Forty: «Nos importa una mierda lo que le hagas. No es nuestra mujer. Tampoco creemos que tengas *los ping-pongs* para matarla, maricón».

Ya estamos otra vez con lo de «maricón».

Es una mala noticia para Martín, porque significa que se ha convertido en un socio de segunda, y no muy valorado, dicho sea de paso, si están dispuestos a dejar morir a su mujer. Y es una mala noticia para ella, porque, si no les demuestra que sí tiene pelotas, podrían ir a por su familia. Lo de *los ping-pongs* es bastante bueno; tiene que decirle a Julio que lo incorpore también al guion.

Eddie se agacha y le quita la mordaza de la boca.

—Haré lo que sea —dice Yvette—. Martín te enviará millones.

—Ya tengo dinero.

—Lo que sea —repite—. Si quieres te la chupo. Te dejaré que me des por culo. ¿Te gustaría? ¿Te gustaría darme por culo?

«Joder —piensa—. A cualquiera».

—Puedes grabarlo —dice ella—. Puedes grabarlo y enseñárselo a todo el mundo, colgarlo en Internet...

—Te estás poniendo en ridículo —responde Eddie— y me sabe muy mal, porque eres una mujer con clase.

—Soy una MQMF —dice—, pero no he tenido hijos. Todavía lo tengo bonito y terso.

—Basta ya.

—Me quedaré contigo —dice Yvette—. Puedo hacer cosas de las que esas jovencitas ni siquiera han oído hablar... ¿Sabes lo que es un beso negro? Te lo haré. Me gustaría hacértelo. Y, cuando te canses de mí, puedes darme puerta. Por favor.

«Es patético», piensa Eddie.

Decide acabar con esto.

—Mira —dice—, debes saber que no fue Martín. Tu marido te quiere. Han sido Ochoa y esa gente. A ellos les da igual, y me han puesto en una situación muy difícil.

Suena el teléfono.

Es su mujer, Priscilla, y está llorando. Eddie sale a atender la llamada.

—¿Qué pasa? ¿Es el niño? ¿Estáis bien?

Está al borde de la histeria.

—Ha venido la policía buscándote.

—¿Qué policía? —pregunta Eddie.

No da lo mismo unos que otros. Se lo ha dicho cien veces.

—Los *federales*.

«Hijos de puta», piensa Eddie.

—¿Estás bien? —pregunta—. ¿Te han hecho daño?

—Me han dado unos empujones —dice un poco más calmada—, pero estoy bien. Dicen que saben dónde estás y que me van a meter en la cárcel... Han destrozado el piso. Dicen que volverán.

—¿Está tu madre ahí contigo? —pregunta Eddie. Cuando la madre de Priscilla se pone al teléfono, le dice—: Id a la casa de Palacio. Enviaré gente. Os llevarán en avión a Laredo.

Priscilla vuelve a coger el teléfono.

—No pasa nada, cariño —le dice él—. No te preocupes. Todo saldrá bien.

«O no», piensa al colgar.

No irá bien. Los *federales* debieron de arrestar a uno de sus hombres y les ha facilitado la localización.

Todo empezará ahí.

Agarra a Osvaldo y vuelve a la habitación con Yvette Tapia, que intenta arrastrarse por el suelo como una serpiente para huir de ellos, pero la agarran. Cuando hacen lo que tienen que hacer, se deshacen del cuerpo en un descampado.

—Me apetece un helado —dice Eddie.

—¿Qué? —pregunta Osvaldo.

—Que me apetece un helado —repite Eddie—. ¿Tan difícil es de entender? Me apetece un puto helado.

Van al Tradicional, el antiguo paseo en el que John Wayne era propietario de un hotel, y Eddie compra su helado.

De fresa.

Se sienta en un banco, mirando a las turistas que bajan de los cruceros, a los ancianos tostándose al sol y a las madres jóvenes con sus niños.

Eddie contempla las montañas y el océano.

A sus cuarenta años, es consciente de que algunos de sus sueños no se van a cumplir. Nunca jugará en la NFL, nunca navegará por Tahití, nunca protagonizará una película.

Ni siquiera matará a Forty y Ochoa.

«Lo siento, *chacho*».

—No deberíamos estar aquí —dice un agitado Osvaldo.

—No me digas —responde Eddie.

La gente de Tapia, los Zetas y los *federales* probablemente ya sepan que está aquí. Hay *halcones* por todas partes. Se levanta y echa a andar por el paseo de madera, saca el teléfono y marca un número.

Lo cierto es que está cansado de la situación.

No es la primera vez que le ocurre.

—Quiero entregarme —anuncia Eddie.

—Adelante —dice Keller.

—En México no —responde Eddie. En una cárcel mexicana no duraría ni cinco minutos. Si la gente de Diego no lo mató, lo harán los Zetas. Si ellos erraron el tiro, Barrera no lo hará. Eso si llega a entrar en la celda, cosa que duda—. Tienes que sacarme de aquí.

—¿Has matado a un ciudadano estadounidense alguna vez? —pregunta Keller.

—Desde que tenía diecisiete años no, y fue un accidente.

—¿Sabes dónde está el consulado de Estados Unidos?

—En el hotel Continental.

—Vete allí —indica Keller—. ¿Llevas algo encima?

—¿Tú que crees?

—Deshazte de todo —dice Keller—. Drogas o lo que sea. Vete directo allí. Utiliza el nombre de Hernán Valenzuela. Haz todo lo que te diga el cónsul. Nos vemos esta noche.

—Keller, antes tengo que contarte una cosa.

—Joder. ¿Qué?

La policía de Acapulco encuentra a Yvette Tapia en un descampado, con las manos y los pies atados, los ojos y la boca vendados, y sucia, pero por lo demás bien.

Lleva un cartel colgado del cuello: ESTO ES PARA ENSEÑAROS A SER HOMBRES Y RESPETAR A LAS FAMILIAS. TE DEVUELVO A TU MUJER SANA Y SALVA. YO NO MATO A MUJERES Y NIÑOS. EDUARDO RUIZ. NARCO POLO.

Eddie el Loco ya no existe.

San Fernando, Tamaulipas
2011

Chuy viaja en un autobús atestado por la autopista 101, conocida como la Autopista del Infierno, y observa por la ventana el polvoriento terreno de Tamaulipas, tan distinto de las montañas verdes de Michoacán.

Ayudó a enterrar a Nazario en una de esas colinas.

Chuy y otros llevaron el cuerpo del Líder a las montañas para inhumarlo en secreto y, en las semanas transcurridas desde entonces, han aparecido santuarios por todo Michoacán. Dicen que Nazario es un santo cuyo espíritu ya ha obrado milagros.

Tomó las riendas un nuevo líder, pero Chuy ha terminado.

Se va a casa.

A Laredo.

Ha habido muchas batallas, y Chuy ha participado en casi todas.

Estuvo allí cuando atacaron el convoy de *federales*. Su unidad mató a ocho policías, pero el convoy logró huir. Y cuando el ejército capturó a Hugo Salazar, Chuy dirigió personalmente a cincuenta hombres en una ofensiva contra la comisaría perpetrada con lanzacohetes y ametralladoras. Tendieron emboscadas a caravanas policiales y militares, y atacaron once ciudades en ocho días.

Pero no pudieron rescatarlo.

No obstante, capturaron a doce *federales* en aquellas incursiones, los torturaron hasta la muerte y tiraron los cadáveres en la autopista que discurre a las afueras de La Huacana.

El ejército envió a más de cinco mil soldados, además de helicópteros, aviones y coches blindados, y la guerra continuó. A veces ganaba la Familia, a veces ganaba el ejército cuando capturaba a más líderes enemigos, pero siempre había otros que ocupaban su lugar.

Unas veces se enfrentaban a los *federales*, otras al ejército y otras a los Zetas y, al cabo de un tiempo, Chuy no siempre estaba seguro de quién era el contrincante y tampoco le importaba. Luchaba por Nazario y luchaba por Dios. No era muy consciente de que había llegado la orden de que siguieran combatiendo a los Zetas, lo cual le parecía bien, porque nunca había dejado de hacerlo.

Nunca dejó de cortar cabezas.

Perdió la cuenta.

¿Seis? ¿Ocho? ¿Doce?

Las dejaba en las cunetas, las colgaba de un puente; lo hacía una y otra vez, como si fuera un sueño.

Algunas cosas las recuerda.

Otras no.

Sí recuerda la emboscada al convoy de *federales*, cuando llevó a doce hombres a un paso elevado en una autopista de las afueras de Maravatío y esperó a que los vehículos terminaran de repostar en una gasolinera. Cuando se acercó el convoy, aparecieron por detrás de la barandilla y abrieron fuego. Mataron a cinco e hirieron a otros siete.

Emplearon el mismo truco un mes después, y en esa ocasión se cobraron la vida de doce personas, pero los *federales* se dieron cuenta de que era mejor enviar helicópteros por delante de los convoyes. Sin embargo, el mismísimo Nazario alabó a Chuy por aquellos ataques.

Recuerda el día que obligaron a seis ladrones a caminar alrededor de una rotonda de Zamora y los azotaron con alambre de espino. Los ladrones llevaban unas pancartas que decían: SOY UN DELINCUENTE Y ESTO ES UN CASTIGO DE LA FAMILIA. Y colgaron una pancarta: ESTO ES PARA TODO

EL PUEBLO. NO NOS JUZGUÉIS. LA FAMILIA ESTÁ LIMPIANDO VUESTRA CIUDAD.

Chuy recuerda cuando Nazario anunció «la Fusión de los Antizetas», una alianza oficial con Sinaloa y el Golfo para erradicar la amenaza Zeta del país, y aquel fue uno de los mejores días, porque sus enemigos habían violado y asesinado a Flor.

Aquella semana cortó la cabeza a cuatro Zetas en Apatzingán.

Y Nazario lo nombró uno de sus doce apóstoles, su guardia personal. Iba a todas partes con el Líder, encargándose de su seguridad mientras él ofrecía préstamos a agricultores necesitados, construía clínicas y escuelas, y cavaba pozos y zanjas de irrigación.

La gente amaba a Nazario.

Amaba a la Familia.

Entonces sucedió.

Nazario estaba celebrando una fiesta de Navidad para los niños de El Alcate, a las afueras de Apatzingán. Era un día de felicidad, y Chuy montaba guardia mientras Nazario repartía regalos, ropa y dulces. Chuy oyó los helicópteros, el rumor grave hendiendo el cielo. Agarró a Nazario del codo y lo llevó corriendo a una casa mientras *federales* y soldados llegaban en camiones y coches blindados.

Una vez que Nazario estuvo a buen recaudo, Chuy y otros prendieron fuego a varios coches y trataron de bloquear las carreteras, pero las tropas llegaron en helicópteros. Las balas alcanzaron a algunos soldados de la Familia, sí, pero también a padres e hijos que estaban de celebración fuera de la casa.

Chuy vio a la adolescente desplomarse y el humo que emanaba de la blusa en el punto donde había impactado la bala. Vio a un bebé morir en brazos de su madre.

Volvió a la casa, rompió una ventana y abrió fuego con su *erre*. Otro hombre telefoneó a unos compañeros de Morelia para que bloquearan las carreteras y atacaran los barracones a fin de impedir que el ejército y la *policía* enviaran refuerzos.

Lucharon toda la tarde, toda la noche y al día siguiente. Chuy dirigió el fuego de cobertura cuando trasladaban a Nazario de una casa a otra y los soldados llegaban con granadas, cohetes y gas lacrimógeno, incendiando viviendas y pequeñas chabolas. Huyeron todos los residentes que pudieron; otros se agazapaban en la bañera o se echaban cuerpo a tierra.

Los compañeros de Morelia informaron de que había dos mil soldados rodeando el pueblo. Utilizando megáfonos, instaban a Nazario a rendirse, pero él se negó, aduciendo que, si aquel era el jardín de Getsemaní, solo Dios podía arrebatarle el cáliz de la mano.

El segundo día por la tarde, las tropas de la Familia se habían quedado sin munición y los seis apóstoles que seguían con vida decidieron intentar abrir una brecha en la línea enemiga y trasladar a Nazario cuando cayera la noche.

Los apóstoles se vieron sitiados cuando la batalla amainó hasta convertirse en un enfrentamiento entre francotiradores. Los seis reunieron munición, dos lanzacohetes y algunas granadas; se atrincheraron en una casa situada en la parte oeste del pueblo, muy cerca de una arboleda, y esperaron a que oscureciera.

Dos habían resultado heridos y se habían vendado con trozos de camisa. Cuando anocheció, Nazario dirigió una oración.

> Padre nuestro que estás en el Cielo,
> santificado sea tu nombre.
> Venga a nosotros tu reino
> y hágase tu voluntad...

Dos camaradas que se ofrecieron voluntarios para quedarse les ofrecieron fuego de cobertura cuando Chuy salió por la puerta con Nazario detrás. Otro compañero agarraba a Nazario del brazo izquierdo y un tercero del derecho.

Un cohete hizo saltar por los aires a los soldados y Chuy echó a correr en esa dirección. Las balas trazadoras silbaban por todas partes. El hombre que iba a la derecha de Nazario cayó y Chuy pasó a ocupar su lugar, disparando el rifle que sostenía en la mano izquierda. Entonces llegaron a la arboleda y Chuy notó que Nazario aminoraba el paso y respiraba con dificultad. Cuando se dio la vuelta, vio el enorme agujero. Era demasiado menudo para seguir aguantando el peso del Líder, y Nazario empezó a tambalearse y se desplomó. Consiguieron acarrearlo, pero a los cien metros había muerto.

Se escondieron en los árboles hasta que llegaron compañeros de Morelia. Después metieron al Líder en la parte trasera de la furgoneta, se dirigieron a las montañas y lo enterraron en un lugar secreto en el que nadie pudiera profanar la tumba.

Sin embargo, tres días después, la gente decía que había visto a Nazario, que se les había acercado y les había dicho que todo saldría bien, que nunca los abandonaría. Pero Chuy no vio a Nazario y no lo oyó decir que todo saldría bien.

Chuy se fue a Morelia.

Encontró una habitación barata en un barrio pobre y durmió dos días seguidos. Cuando por fin se levantó, asumió que todo había terminado.

Flor estaba muerta.

Y ahora el Líder había desaparecido.

Chuy decidió irse. Cogió el dinero que le quedaba y compró un billete de autobús a Uruapan, y de allí a Guadalajara y Nuevo Laredo como destino final. Desde allí pensaba cruzar el puente una vez más y llegar a casa.

No ha visto su hogar en cuatro años.

Tiene solo dieciséis y ya es un veterano de guerra.

Ahora observa el mezquite, la creosota y el nopal y, más allá, los campos de sorgo marrón rojizos.

El autobús va lleno y hace calor.

Deben de viajar unas setenta personas a bordo, tres cuartas partes de ellas hombres, en su mayoría inmigrantes de El Salvador y Guatemala que tratan de llegar al *norte* para buscar trabajo. Chuy va sentado al lado de una mujer y su niño. Supone que es guatemalteca, pero prácticamente no intercambian una palabra.

Chuy parece un adolescente cualquiera.

Vaqueros, camiseta negra y una gorra mugrienta de los L.A. Dodgers.

El autobús hace un alto en la ciudad de San Fernando, donde Chuy compra un refresco de naranja y un burrito y vuelve a su asiento. Se come el burrito, se toma el refresco y se queda dormido.

El chirrido de los frenos lo despierta y se siente confuso. Es demasiado temprano para haber llegado a Valle Hermoso. Mira por el parabrisas y ve cuatro camionetas bloqueando la carretera. Junto a ellas hay varios hombres armados con AR-15 y Chuy sabe que son del CDG o Zetas.

Los hombres se acercan al autobús y uno de ellos grita:

—¡Abre, gilipollas! ¿O quieres que te pegue un tiro?

Lleva uniforme negro, chaleco antibalas y cinturón militar.

Es Forty.

Chuy se baja lentamente la visera para taparse la cara

Si Forty lo reconoce, es hombre muerto.

Tembloroso, el conductor abre la puerta y los hombres se suben al autobús, apuntan a los pasajeros y gritan:

—¡Estáis jodidos!

Forty ordena al conductor que doble por un camino de tierra y, tras un accidentado trayecto de unos quince kilómetros, llegan a un terreno llano e inhóspito en mitad de la nada. Chuy ve varios camiones militares con capota de lona y autobuses viejos con las ventanillas rotas y los neumáticos pinchados.

Los Zetas ordenan a todos que bajen.

Chuy mira al suelo. Fuera hace calor. No hay sombra para guarecerse del abrasador sol estival.

Los Zetas indican a los hombres que se pongan en fila y los clasifican por edad y físico. A los más mayores y débiles los apartan, les atan los pies unos a otros y los meten en uno de los camiones. Chuy ve a los Zetas sacar a las mujeres más atractivas del autobús y subirlas a otro camión sin sus hijos.

La mujer que viajaba a su lado intenta gritar, pero un Zeta le tapa la boca con la mano mientras la aparta de su niño. Chuy sabe que será violada y, con suerte, sobrevivirá y se verá obligada a ejercer la prostitución. Otros Zetas sacan a las mujeres más longevas o feas del autobús y las meten en otro camión.

Chuy también conoce su destino.

Forty se planta delante de los demás y pregunta:

—Muy bien. ¿Quién quiere vivir?

Un adolescente se mea encima. Forty ve la mancha empapándole los vaqueros descoloridos, se acerca a él, saca la pistola y le dispara en la cabeza.

—De acuerdo. ¡Lo preguntaré otra vez! ¿Quién quiere vivir? ¡El que quiera que levante la mano!

Todos lo hacen.

Con la mirada en el horizonte, Chuy levanta la mano.

—¡Bien! —grita Forty—. ¡Pues esto es lo que haremos! ¡Vamos a poner a prueba vuestras habilidades y a comprobar quién tiene cojones!

Con un silbido de Forty, los demás Zetas traen unos bates de béisbol y palos con clavos y los arrojan delante de los hombres. Entonces, el líder dice:

—Elegid un arma, formad pareja con el hombre que tenéis al lado y luchad. Si ganáis, seréis Zetas. Si no... Bueno... Si no, la habéis cagado.

Un hombre mayor situado cerca de Chuy se echa a llorar. Va bien vestido, con una camisa negra y pantalones caqui y, por su acento, parece salvadoreño.

—Por favor, señor, no me obligue a hacer esto. Le daré todo el dinero que tengo. Tengo una casa. Le daré las escrituras, pero, por favor, no me obligue a hacer esto.

—¿Quieres irte? —pregunta Forty.

—Sí, por favor.

—Pues vete.

Forty le coge el bate y el hombre echa a andar. En cuanto pasa a su lado, le golpea en la nuca. El hombre se tambalea y cae al suelo, levantando una pequeña nube de polvo. Forty sigue atizándole hasta que la cabeza es una simple mancha en el suelo. Luego se vuelve hacia los demás y pregunta:

—¿Alguien más se quiere ir?

Nadie se mueve.

Forty grita:

—¡Ahora luchad!

El oponente de Chuy es sin duda un campesino. Tiene las manos y los nudillos grandes, pero no es un luchador; parece asustado. Aun así, le saca quince centímetros y veinte kilos y avanza blandiendo el bate en dirección a su cabeza.

Chuy se agacha y le acierta con el bate de pinchos en la rodilla. El campesino cae de bruces e intenta levantarse, pero Chuy acaba con él asestándole dos golpes en la nuca.

Forty exclama:

—¡Ese flacucho sabe pelear!

Por unos angustiosos instantes, Chuy cree que Forty lo ha reconocido, pero el Zeta desvía su atención hacia otras peleas. La mayoría duran mucho. Esos hombres no tienen destreza para el combate y los enfrentamientos son duros, lentos y brutales.

Finalmente termina.

La mitad quedan en pie, algunos gravemente heridos con cortes, huesos rotos y fracturas craneales.

Los Zetas llevan a los que pueden caminar de vuelta al autobús.

Al resto los ejecutan.

El autobús traslada a los supervivientes hacia el interior y se detiene en un campamento que Chuy recuerda.

La fiesta continúa esa noche.

Mientras Chuy y los demás permanecen sentados en el suelo, oyen los gritos de las mujeres, que llegan del interior de un edificio de acero corrugado. Fuera hay barriles de doscientos litros y, cada cinco minutos, meten un cuerpo —muerto o moribundo— y le prenden fuego.

Chuy oye los gritos.

Y las carcajadas.

Nunca olvidará ese sonido.

Nunca se quitará ese olor de la nariz.

Forty se dirige hacia los once supervivientes y dice:

—Felicidades. Bienvenidos a la Compañía Z.

Chuy vuelve a ser un Zeta.

No lo envían a Nuevo Laredo ni a Monterrey.

Lo envían al valle de Juárez.

Valverde, Chihuahua

Es la llamada del horror.

En la cama, Keller se da la vuelta para coger el teléfono y oye a Taylor decir:

—Uno de los nuestros ha sido asesinado.

A Keller se le encoge el estómago.

Es Ernie Hidalgo una y otra vez.

—¿Quién? —pregunta.

—Lo conoces —le dice Taylor—. Richard Jiménez. Era un buen hombre.

«Sí, lo era», piensa Keller.

—¿Qué ha pasado?

Jiménez y otro agente viajaban de Monterrey a Ciudad de México por autopista. Nadie sabe qué hacían los dos solos en esa carretera en un coche con matrícula diplomática. Lo único que saben es que catorce Zetas armados los obligaron a detener el vehículo, los rodearon y les ordenaron bajar.

Los agentes se negaron e informaron de que eran agentes estadounidenses.

—*Me vale madre* —dijo el líder Zeta.

Me importa una mierda.

Los agentes llamaron al consulado de Estados Unidos en Monterrey y después a su embajada en Ciudad de México. Les dijeron que llegaría un helicóptero federal en cuarenta minutos.

No dispusieron de tanto tiempo.

Los Zetas les vaciaron los cargadores a través de las ventanillas. Cuando el helicóptero tomó tierra, Jiménez había muerto desangrado y el otro agente sufría un *shock* traumático y estaba herido de gravedad, pero pensaban que sobreviviría. Fue evacuado a un hospital de Laredo.

—Ven a Monterrey ahora mismo —dice Taylor.

—¿Qué pasa? —pregunta Marisol.

—Tengo que irme.

Sabe que es mejor no preguntar dónde.

—¿Va todo bien?

—No.

Keller coge de nuevo el teléfono mientras se viste y contacta con Orduña por la línea especial. El comandante de las FES lo coge al primer tono.

—Oído. Estoy de camino. Te espera un avión en Juárez.

Marisol se ha levantado de la cama y se apoya en el bastón para ponerse el albornoz. Lanza a Keller una mirada inquisitiva.

—Uno de los nuestros ha sido asesinado —dice.

—Lo siento mucho —responde ella.

«Es demasiado buena para decir que cada día mueren mexicanos y no se considera nada especial», piensa Keller.

—Sí, yo también.

Marisol se sienta a la mesa y repasa montañas de documentos.

La burocracia necesaria para gestionar un pequeño municipio es interminable y quiere acabar, para poder ir a la clínica y cubrir el turno de tarde. Decide comer allí mismo y llama a Erika para preguntarle si quiere acompañarla, pero se ha ido al campo a investigar el robo de unas gallinas.

«Un robo de gallinas», piensa Marisol.

Se alegra de que impere cierta normalidad.

Tal vez Erika pueda ir a cenar.

—¿Cuál fue el motivo? —pregunta Keller a Orduña ya en el escenario del ataque. El coche se encontraba en la cuneta de la autopista acribillado a balazos como si formara parte del *atrezzo* de una película de Hollywood. Pero la sangre que hay en su interior es demasiado real—. ¿Por qué iban a matar los Zetas a un estadounidense?

Entonces ve la respuesta con claridad.

En el suelo, junto al pedal del acelerador, hay una jota de picas con salpicaduras de sangre de Jiménez.

Los Zetas saben que el espionaje estadounidense ha estado trabajando con las FES, y esto es la venganza.

«No podían cazarme a mí —piensa Keller—, así que cogieron a los primeros agentes que encontraron. Pero ¿qué hacían Jiménez y su compañero en la autopista 57, una carretera peligrosa, en plena guerra entre el CDG y los Zetas?».

Sin embargo, la Guerra contra la Droga está volviéndose muy real para los estadounidenses. En Honduras, un equipo del FAST acaba de participar en un tiroteo con traficantes de cocaína pertenecientes a los Zetas, y varios ciudadanos estadounidenses han sido asesinados recientemente en la zona de Juárez. Pero no había muerto ningún agente estadounidense en México desde Ernie, y Keller sabe que la respuesta será masiva.

Puede que a los Zetas no les importe.

Puede que se crean invencibles.

Hace tan solo una semana fue descubierta otra fosa común cerca de San Fernando, y se dice que los Zetas habían secuestrado otro autobús en la autopista 101 y asesinado a la mayoría de sus ocupantes.

Circulan historias de torturas espantosas y combates forzados a la manera de los gladiadores. Es difícil saber si son ciertas, pero sí es constatable que los Zetas están instaurando un reinado del terror en regiones enteras de México y que los estadounidenses no gozan de inmunidad.

Ese mismo día, mientras Keller, Orduña y las FES peinan la zona en busca de los atacantes, los Zetas dejan meridianamente clara su postura. Heriberto Ochoa emite un comunicado de prensa que desafía directamente a los gobiernos de México y Estados Unidos:

«Ni el ejército, ni los marines ni los organismos de seguridad y antidroga de Estados Unidos podrán con nosotros. México vive y seguirá viviendo bajo el régimen de los Zetas».

La *estaca* de Chuy avanzaba como la bruma matinal.

Recorrieron la carretera 2 desde el Este, salieron del vehículo antes de toparse con el control militar de Práxedis y fueron campo a través, aprovechando la orilla del río como parapeto, hasta que llegaron a las afueras de Valverde.

Ahora esperan.

Chuy duerme una siesta.

Le despierta un ligero codazo en el costado y ve a la mujer saliendo del edificio ayudándose de un bastón.

No hay rastro de la agente de policía de la que le hablaron.

Tampoco está el estadounidense de la DEA.

Forty le dijo a Chuy que lo quitaría de en medio y lo hizo.

Marisol está troceando cebollas en la encimera de la cocina para preparar un estofado. Erika vendrá a cenar y ya llega tarde. ¿Dónde está esa chica?

Vierte un poco de mantequilla y aceite de oliva en la sartén, muele una cabeza de ajo y sube el fuego para dorar el pollo antes de meterlo en la olla. Es uno de los platos favoritos de Arturo y le gustaría que estuviera allí para disfrutarlo. Pero está haciendo lo que sea que haga, así que se lo perderá.

Marisol oye algo fuera.

Un motor de coche. Debe de ser Erika.

Al mirar por la ventana ve pasar unos faros. Por alguna razón, se asusta. Lo considera una tontería, pero, aun así, comprueba que la Beretta sigue encima de la tabla de cortar.

«Así vivimos ahora», piensa.

«¿Y dónde anda Erika? ¿Dónde está esa chica?».

La llama a su móvil, pero salta el contestador.

Keller toma un desvío hacia la carretera 2.

Tras una búsqueda fútil, regresó a Juárez en un vuelo. Al día siguiente se celebrará una reunión de urgencia en el EPIC. Taylor irá desde Washington y Keller supone que podrá disfrutar de una noche con Marisol antes de viajar. Ya se ha ordenado que todo el personal de la DEA y el ICE destinado en México regrese o se instale en los consulados bajo estrictas medidas de seguridad, pero Keller considera que está exento de dichas medidas.

Sobre él pesa una amenaza de muerte desde que llegó, con lo cual ¿dónde está la diferencia? Lleva más tiempo en México —solo en esta última encarnación— del que Estados Unidos estuvo en la Segunda Guerra Mundial. Cuando le preguntas a la gente cuál fue el conflicto más prolongado de Estados Unidos, suele responder que Vietnam o Afganistán, pero no es ninguno de los dos.

La guerra más larga de Estados Unidos es la Guerra contra la Droga.

«Ya dura cuarenta años y subiendo —piensa Keller—. Estaba aquí cuando estalló y aquí sigo. Y las drogas son más abundantes, potentes y baratas que nunca.

»Pero, de todos modos, la cuestión ya no son las drogas, ¿no es así?».

Llama a Marisol para decirle que llegará a cenar. Comunica. Le pidió que activara la llamada en espera, pero es muy tozuda y le parece «descortés».

Llama a Erika.

Salta el contestador.

A Magda le gusta su coche nuevo, un Volkswagen Jetta de color azul pastel que es perfecto para sortear el tráfico del área metropolitana de Ciudad de México y fácil de aparcar, como ocurre ahora en el centro comercial Las Américas, situado en Ecatepec, un barrio de las afueras.

Por más que le gustó Europa y pese al éxito del viaje, se alegra de estar en casa. Y en cierto modo es sintomático del «nuevo México» que la consulta de su ginecólogo se encuentre en un reluciente centro comercial de nueva construcción entre los Nordstrom, los Macy's y los Bed Bath & Beyond.

«Ahora todo es comercio —piensa—, incluso los bebés».

No sabe cómo reaccionará Adán a la noticia que acaban de darle.

¿Debería decírselo siquiera?

Muchas mujeres tienen a sus hijos solas y desde luego posee recursos económicos para criarlo sin ayuda. El hecho de que sea multimillonaria sigue sorprendiéndola, pero desde luego no necesita a un hombre que le traiga leche en polvo, pañales y toda la parafernalia que conlleva un bebé. Si quiere puede contratar a escuadrones de niñeras, y no debe preocuparse para que una empresa le conceda la baja de maternidad.

Después de su misión diplomática en Europa, será aún más rica.

Los italianos de la 'Ndrangheta quedaron encantados con ella y, lo que es más importante, la respetaban, y está convencida de que le facilitarán nuevos clientes, no solo en Italia, sino también en Francia, España y Alemania.

Así pues, cuando se sienta al volante, se pregunta qué buena noticia debería darle antes a Adán. ¿Que va a ganar miles de millones de dólares con clientes nuevos de Europa o que finalmente será papá?

¿Y cómo se lo tomará?

¿Se divorciará de su joven reina para casarse con ella?

¿Quiere ella que lo haga?

Se ha acostumbrado a su libertad e independencia y no está segura de querer atarse a un marido. Al mismo tiempo, el hijo de Adán Barrera —si es que es niño— heredará una gran riqueza y poder. ¿Y si es niña? Que les den a todos. Heredará unas buenas dosis de cambio e influencia.

Su madre es una *buchona*.

Magda sale del aparcamiento del centro comercial y ha recorrido solo un par de manzanas cuando ve luces de sirena detrás.

—Mierda —dice.

Desde la detención que la llevó a Puente Grande tiene miedo a la policía. Es irracional, no hay motivos para temerles, porque Ciudad de México es la plaza de Nacho Esparza y está protegida.

Se detiene, mira por el retrovisor y ve a dos agentes bajarse del coche. Uno de ellos se acerca y Magda baja la ventanilla. El policía lleva media cara tapada con mascarilla, pero no le preocupa. Últimamente, la mayoría van de incógnito. Le dedica su mejor sonrisa de mujer bella y pregunta:

—¿Qué he hecho?

—¿Sabe que lleva una de las luces traseras estropeadas?

—No me...

El otro agente entra por la puerta trasera y la apunta con una pistola en la nuca.

—No te pongas nerviosa y todo irá bien.

El primer policía se sienta al lado de Magda y le ordena que arranque.

—Estáis cometiendo un grave error. ¿Sabéis quién soy?

El policía se quita la mascarilla.

Es Heriberto Ochoa. Z-1.

Ahora Magda tiene miedo, sobre todo cuando Ochoa le da indicaciones y le dice que se detenga en un descampado al lado de unas obras. La siguen apuntando a la nuca, así que obedece.

—¿Qué tal por Europa? —pregunta Ochoa—. ¿Un viaje provechoso?

«Dios —piensa—. Lo sabe».

—Estuvo bien.

—¿Con quién hablaste?

—Ya lo sabes.

—Sí, lo sé —dice Ochoa—. No volverás a hablar con ellos.

—De acuerdo. No lo haré.

—Claro que no. Quítate la blusa.

Le tiemblan las manos cuando se desabrocha el primer botón. Es seda negra. Nueva. Cara.

—Poco a poco —dice Ochoa—. Ponme cachondo.

Magda lo hace.

—Ahora el sujetador.

Se lo quita.

Ochoa le mira lascivamente los pechos.

—Qué bonitos. ¿A Barrera le gusta lamértelos? Te he hecho una pregunta. ¿Le gusta?

—Sí.

—La falda.

Magda baja la cremallera lateral. Es difícil deslizarla sentada al volante, pero lo consigue y la falda le cae hasta los tobillos. Está aterrorizada, pero debajo del miedo asoma la furia. Furia porque los hombres hagan esto, porque puedan hacerlo, porque lo hagan porque pueden. Sabe que no es sexo, sino una humillación, y se siente vejada y la pone furiosa. Entonces ve el cuchillo en su mano.

—No, por favor. Haré lo que me pidas.

—¿Lo que sea? —pregunta Ochoa—. ¿Qué haces por Barrera?

—Todo.

—No me interesan las sobras de Barrera —responde Ochoa.

El hombre que va sentado en el asiento trasero la agarra de los hombros mientras Ochoa le pone una bolsa de plástico en la cabeza. Magda no puede respirar. Intenta coger aire, pero solo consigue aspirar plástico. Mueve las piernas espasmódicamente, arquea la espalda e intenta quitarse la bolsa.

Está casi muerta cuando Ochoa la libera. Magda trata de recuperar el aliento. Cuando puede hablar, dice:

—Por favor... Voy a tener un bebé...

—¿De Barrera? —pregunta Ochoa.

Magda asiente.

Vuelve a ponerle la bolsa.

El dolor es horrible. Su cuerpo se convulsiona violentamente. Se orina encima. Entonces, Ochoa vuelve a quitarle la bolsa.

—El mundo no necesita otro Barrera —dice Ochoa.

Se aparta y el otro hombre aprieta el gatillo.

Dos horas después, la policía responde a una llamada anónima y se dirige a la esquina de la calle 16.ª con Maravillas. Allí encuentran el cuerpo de una mujer en el maletero de un Jetta azul pastel del año 2007.

Le han rajado la barriga y le han marcado una gran Z que va hasta el pecho.

Marisol oye algo.

Se siente sola y avergonzada de tener un poco de miedo. «Es el viento silbando entre los árboles —se dice a sí misma—. No es nada».

Pero se sobresalta cuando suena el teléfono. Es Arturo.

—Llegaré en unos veinte minutos —dice.

—Ah... perfecto.

—¿Estás bien?

—Sí, claro —dice Marisol. Se acerca a la ventana—. Erika tenía que venir pero todavía no ha llegado.

—¿No ha llamado?

Marisol intuye preocupación en su voz.

—Probablemente esté con Carlos.

—Quédate en casa hasta que yo llegue —dice Keller—. ¿Tienes la Beretta?

—Estoy segura de que no es nada. Es...

—¿Tienes la Beretta? Métete en el baño y cierra la puerta.

—Arturo, no seas tonto...

—¡Joder, Mari, haz lo que te digo! Volveré a llamarte en dos minutos.

A Marisol le parece ver gente entre los árboles. «Deben de ser imaginaciones mías —piensa—. Arturo me ha puesto nerviosa».

—¿Qué? —pregunta Keller, que nota la ansiedad de Marisol pese al silencio.

—Nada. Me ha parecido ver gente, eso es todo.

—Métete en el baño ahora mismo.

Marisol va al lavabo y cierra con pestillo.

Chuy ve el coche patrulla pasar lentamente.

Es la hora. Levanta la *erre*.

Nunca ha matado a una mujer.

En su día, eso habría cambiado las cosas, pero ahora ya no. Ni siquiera se plantea esa distinción. No se le ocurre que en la Familia hizo el juramento de amar y proteger a las mujeres.

Ahora ha visto a muchas asesinadas y mueren como todos los demás.

Quieren que esta sufra.

Que se la lleve, la haga sufrir y la trocee.

Será una lección.

Erika se detiene en el ayuntamiento y va corriendo al piso de arriba a coger una sudadera. Luego se monta en el coche y emprende el corto trayecto hasta la casa de Marisol. Podrá recargar el móvil allí.

Keller llama a Erika.

Sigue sin obtener respuesta.

Contacta con Taylor.

—Envía ahora mismo a alguien a casa de Marisol Cisneros en Valverde.

—Keller...

—Ya hablaremos luego. Tú hazlo.

—No tengo gente en...

—Hazlo ahora mismo.

Cuelga y llama a Orduña.

—Necesito a gente en Valverde ahora mismo.

—Los más cercanos están en Juárez.

—Pues llevadlos en helicóptero.

Vuelve a hablar con Marisol.

—Sigue hablando conmigo —dice—. Todo saldrá bien. Sigue hablando conmigo. Llegaré en cinco minutos.

—Oigo algo fuera —responde.

—Seguramente no sea nada —dice Keller con el corazón a mil—. Pero si entran, dispara a través de la puerta. Apunta al estómago, a la altura del pomo. ¿Lo entiendes? Al estómago, a la altura del pomo.

—A la altura del estómago. Arturo... Tengo miedo.

—Llego en cinco minutos.

Chuy ve a la agente salir del coche.

Cuando intenta coger el rifle, los hombres de Chuy ya se han abalanzado sobre ella. Se resiste, pero le arrebatan el arma, abren la puerta trasera del coche y la empujan dentro.

Grita y suelta puñetazos.

Marisol oye a Erika.

Gritando, insultando.

Quiere quedarse allí, taparse las orejas con las manos, cerrar los ojos y esperar la llegada de Arturo. Pero no puede. Se pone en pie ayudándose con el bastón y sale. Oye la voz de Arturo:

—¿Estás bien? Ya casi estoy ahí. Todo irá bien.

—Bien, bien. Estoy bien —dice ella.

Al abrir la puerta de la casa, ve a unos hombres metiendo a Erika en su coche. Temblorosa, levanta la pistola y dispara.

A Chuy le pasa la bala junto a la cabeza y ve a una mujer en el umbral disparándoles con una pequeña pistola. Alza el rifle, dispuesto a acabar con ella, pero recuerda que Forty la quiere viva. Entonces oye un motor y, al darse la vuelta, ve unos faros acercándose y disparos que vienen del vehículo.

Baja el arma, se monta en el asiento del acompañante y dice:

—¡*Vámonos*!

Keller ve a Marisol en la puerta empuñando una pistola.

—¡Tienen a Erika! —exclama, señalando hacia la calle.

Keller los persigue.

Van hacia el campo.

Termina el asfalto y comienza la tierra.

Circulan por la orilla sur del río, por debajo de los álamos. Oye el coche más adelante, pero está tomando ventaja y el sonido del motor se disipa.

Una bala alcanza el parabrisas y hace añicos el cristal.

Keller sigue adelante, pero el francotirador revienta el neumático derecho. El coche empieza a bambolearse y cae a la cuneta. Abre la puerta del acompañante, pero no comete el error de utilizarla como parapeto, porque los *sicarios* profesionales disparan a través de ella. Se tumba en el suelo boca abajo, se aleja del coche y se arrastra hasta el borde de la cuneta.

Oye el coche a lo lejos y sabe lo que ha ocurrido. Han dejado atrás a un tirador para que atajara la persecución.

Le pasa una bala junto a la cara.

El tirador debe de tener mira telescópica nocturna.

Y un rifle de largo alcance.

Keller solo tiene su pistola.

Y se le acaba el tiempo si pretende ayudar a Erika.

Se mueve para hacer un poco de ruido, espera el siguiente disparo y grita de dolor. Luego vuelve a deslizarse hacia la cuneta. Pasan treinta segundos, pero entonces oye al tirador acercándose.

Keller es paciente.

El disparo podría llegar en cualquier momento, pero espera hasta que oye unas hojas crujir bajo los pies del atacante y lo agarra de los tobillos. Nota la quemazón del disparo en la mejilla, pero consigue hacer perder el equilibrio al tirador y se abalanza sobre él, inmovilizándolo con el rifle.

Keller le golpea una y otra vez en la cara con la culata de la pistola hasta que el cuerpo deja de moverse. Le coge el teléfono satelital, pulsa el botón y dice:

—Tengo a uno de los vuestros. Traedla de vuelta o lo mato.

Oye una voz joven y aguda que responde despreocupadamente:

—Mátalo.

La llamada ha terminado.

Keller vuelve al coche e intenta sacarlo de la cuneta, pero no lo consigue. Entonces se acerca al herido.

Está atontado, pero consciente.

Bien. Keller lo quiere consciente.

—¡¿Dónde la habéis llevado?! —le grita.

—No lo sé.

«No tengo tiempo para esto —piensa Keller—. Erika no tiene tiempo para esto». Coge el rifle del tirador y le golpea en la pierna izquierda con la culata. El hueso se rompe y el hombre se pone a gritar.

—¡No lo sé!

Keller lo agarra del pie y empuja hacia arriba hasta que el afilado hueso de la espinilla le atraviesa la piel.

El hombre grita a pleno pulmón.

—Escúchame, hijo de puta —dice Keller—. Te voy a hacer mucho daño. Acabarás suplicándome que te mate. Pero primero vas a decirme dónde se la han llevado.

—¡No lo sé!

Keller golpea el hueso roto con la culata del rifle.

—¡¡¡No lo séeeeeeeeeeeeeeeeeee!!!

Keller agarra un trozo de piel con ambas manos y tira hacia abajo hasta que se lo arranca de la pierna.

El hombre balbucea.

Es un Zeta... No sabe dónde se han llevado a la agente de policía... A algún lugar en el campo... Sí, sabe quién es el líder del equipo... Le llaman Jesús el Niño... Supuestamente tenían que llevarse a la poli y a la Médica...

—¿Dónde está?

Keller le arranca más carne de la pierna.

El hombre vomita.

Grita, gimotea e intenta arrastrarse, hundiendo los dedos en la tierra y dejando un reguero de sangre a su paso.

Buscan toda la noche.

Helicópteros de los marines y el ejército proyectan sus focos sobre el lecho del río. Vehículos militares recorren todas las carreteras y caminos. Ciudadanos corrientes —si es que semejante valor puede ser tildado de corriente— salen en busca de Erika Valles en sus camionetas.

No la encuentran.

Pero sí dan con su coche, que han abandonado en la orilla del río.

Chuy está tumbado en un arroyo y observa la conmoción.

Se deshicieron del coche junto al río y arrastraron a la agente de policía hacia el sur, atravesando los campos de algodón y adentrándose en el desierto.

Ahora la tiene a su lado.

Le cortó la manga de la camisa y se la metió en la boca para que no gritara o, al menos, para que no gritara mucho.

Ahora que los soldados están buscando en el río ha llegado el momento de irse.

Utilizando el arroyo para guarecerse, se lleva a su equipo de allí.

Encuentran a Erika poco después de que amanezca.

Los buitres los han llevado hasta ella.

Keller se agacha y recoge personalmente lo que queda de Erika Valles y deposita con cuidado los trozos en una bolsa para cadáveres.

Se guarda en el bolsillo la jota de picas que encontró encima del pecho de la chica.

Los marines lo acompañan a casa de Marisol.

Ahora hay soldados montando guardia, además de *federales* y la policía de Chihuahua.

Ahora.

El coronel Alvarado está delante de la casa junto a un grupo de soldados. Cuando Keller se acerca a él, dice:

—Siento mucho lo de...

Keller le lanza un puñetazo desde abajo que le impacta de pleno en la boca. Alvarado cae encima de uno de sus hombres. Cuando se disponen a abalanzarse sobre Keller, este saca la pistola.

Encañona a Alvarado en la cara con la Sig Sauer.

En ese momento le apuntan una docena de rifles.

—Adelante —dice Keller—. Deles la orden. Pero le juro por Dios que le mataré aquí mismo. Ya no me importa.

Alvarado se limpia la sangre que le brota de la boca.

—Lárguese. Lárguese de mi país.

—Este país no es suyo —responde Keller—. Usted no se merece este país.

Alguien le agarra del hombro y se da la vuelta, dispuesto a golpearle.

Es Orduña.

—Vámonos —dice este—. Estos cerdos no valen la pena.

Se lleva a Keller al interior de la casa.

Marisol está sentada a la mesa de la cocina con aspecto ojeroso y una taza de té intacta delante.

Alza la mirada cuando entra Keller.

Una mirada que parece pedirle que le devuelva su mundo.

Le encantaría hacerlo. Haría lo que fuera.

Pero sacude la cabeza.

La mirada de Marisol es espantosa. Envejece en un instante. Entonces se levanta.

—Quiero verla.

—No, Mari.

—¡Tengo que ir a verla!

Keller la agarra con fuerza.

—No, te lo ruego. No es agradable.

—Quiero ocuparme de ella.

—Lo haré yo —dice Keller—. Cuidaré bien de ella.

Marisol empieza a sollozar. Finalmente, Keller la convence de que se tome una pastilla y, cuando se queda dormida, sale de la casa.

Los soldados se han ido y han sido reemplazados por miembros de las FES.

—Necesito un vehículo —le dice a Orduña—. Un todoterreno.

—Podemos llevar el cuerpo nosotros —responde.

—Tengo que hacerlo yo.

Orduña indica a un hombre que traiga un todoterreno y los marines ayudan a Keller a cargar el cuerpo en la parte trasera y lo aseguran con correas.

En Guadalupe ya no hay enterrador, una de las ironías más amargas. Keller tiene que desplazarse a Juárez, donde los enterradores se han hecho ricos con el único negocio próspero de la ciudad.

—Cuida de ella —dice a Orduña.

—Aquí estará a salvo.

Keller se monta en el coche y pone rumbo a Juárez.

Respetuosamente, los soldados del control lo dejan pasar y entrega el cuerpo en una funeraria que le ha indicado Pablo Mora. El periodista las conoce todas y él y Ana se reúnen con Keller en la que les ha recomendado.

—¿Cómo está Marisol? —pregunta Ana.

—No muy bien.

—Iré a verla —dice.

—Te lo agradecería.

El director de la funeraria no se sorprende del estado que presenta el cuerpo de Erika. Lo ha visto demasiadas veces. Dice una frase a Keller que resultaría enfermiza si no fuera sincera.

—Recompondremos el cuerpo.

—De acuerdo.

—La dejaremos guapa, ya lo verá.

«Guapa era antes», piensa Keller.

Es muy guapa.

Una mujer de veinte años con la valentía suficiente para ofrecerse voluntaria para un puesto en el que todos los demás habían sido asesinados. Y la mataron por eso, y la trocearon para demostrar a todo el mundo quién manda.

«No —piensa Keller—, para demostrarte a ti quién manda».

Vuelve al todoterreno.

Lo abordan en la calle. Son muy buenos.

Oye los pasos, pero alguien le apunta a los riñones con una pistola

578

antes de que pueda desenfundar. Lo llevan a la furgoneta, lo empujan al suelo, le ponen una capucha y en cuestión de segundos están en marcha.

Keller se percata de que han salido de la ciudad.

Los sonidos urbanos se atenúan y se internan en el campo.

El trayecto dura varias horas. Finalmente, la furgoneta se detiene y Keller intenta prepararse, aun sabiendo que uno nunca está preparado para esto. Oye la puerta abrirse y nota unas manos que lo cogen, lo sacan fuera y guían sus pasos.

Es agradable estar al aire libre.

Oye a alguien dar una orden. Reconoce esa voz; es el coronel Alvarado.

Alvarado trabaja para Adán Barrera y Keller se pregunta cuánto tardarán en ponerlo de rodillas y meterle un balazo en la nuca.

Le quitan la capucha y Keller ve a Alvarado.

Eso se lo esperaba.

Lo que no se esperaba era ver a Tim Taylor.

Adán oyó un gorgoteo en la distancia, pero entonces se dio cuenta de que venía de cerca, de que emanaba de su garganta al recibir la noticia sobre Magda.

Fue Nacho quien se lo comunicó.

Nacho, el heraldo, el cuervo, con el porte discreto y la voz solícita de un director de funeraria. Y, sin embargo, se adivinaba un trasfondo lascivo, un escalofrío de placer al describir lo que le hicieron los Zetas.

—Te llamo más tarde —dijo Adán.

Subió las escaleras tambaleándose.

¿Tenían que hacer eso? ¿Desnudarla, torturarla, descuartizarla y grabarle a cuchillo su tarjeta de visita en la barriga? ¿Tenían que hacerlo?

Fue al cuarto de baño, se arrodilló delante de la taza y vomitó. Vomitó una y otra vez hasta que le dolieron los músculos del estómago y se le irritó la garganta, y luego apoyó la cara sobre los antebrazos.

—Soy yo la que supuestamente ha de tener arcadas matinales —oyó a Eva decir.

Se dio la vuelta y la vio allí, sonriendo.

—Es algo que he comido —dijo—. Supongo que no me ha sentado bien.

—Ya no puedes comer cosas picantes —respondió ella—. Se lo digo continuamente a la cocinera, pero no hace ni caso. Tendríamos que despedirla.

—Haz lo que quieras.

Eva abrió el grifo de agua fría, empapó una toalla y se la puso en la frente. Era su nuevo personaje: maternal, atenta y beatífica. Lo había estado perfeccionando desde que volvió del médico con la noticia de que estaba embarazada. Pasados dos meses, ya desprendía ese famoso brillo, aunque Adán sospechaba que era fruto del maquillaje.

Cuando Eva se hubo ocupado suficientemente de él, volvió a la cama. Adán se cepilló los dientes, se enjuagó la boca y fue al piso de abajo.

«Se ha acabado», decidió.

La excesiva cautela, la sensibilidad con el momento y la situación. Había llegado la hora de enfrentarse a los enemigos, de poner fin a algunas cosas, de rendir cuentas de una vez por todas.

De rendir cuentas con Ochoa.

De rendir cuentas con Keller.

Llamó a Nacho y dictó las órdenes necesarias.

Ahora espera a que le entreguen al hombre.

—¿Cuánto llevas trabajando para Barrera? —pregunta Keller—. ¿Todo este puto tiempo?

—No —responde Taylor.

Se hallan frente a un edificio prefabricado en el campo. Podría ser cualquier lugar del norte, pero, por la duración del trayecto, Keller sabe que probablemente siguen en el valle de Juárez.

—Solo ahora —dice Keller—. Solo estás trabajando para él ahora.

—¡Los Zetas mataron a uno de los nuestros! —grita Taylor—. No se detendrán ante nada... Precisamente tú deberías entenderlo. ¿Crees que me gusta? Me he pasado la vida luchando contra escoria como Adán Barrera, pero es él o los Zetas, y yo le elijo a él.

—Así que has cerrado un trato —dice Keller—. ¿Y qué soy yo? ¿Un daño colateral?

—No es lo que piensas.

—Vete a la mierda.

Alvarado interviene.

—Ustedes, los estadounidenses, están limpios porque pueden. Nosotros nunca hemos tenido esa opción, ni como individuos ni como nación.

Tiene experiencia suficiente para saber que no nos dan a elegir entre aceptar o rechazar el dinero; nos dan a elegir entre aceptar el dinero o morir. Nos hemos visto obligados a elegir bando, así que elegimos el mejor y nos ponemos manos a la obra. ¿Qué quería que hiciéramos? El país se estaba desmoronando, la violencia empeoraba cada día. La única manera de poner fin al caos era elegir al vencedor más probable y ayudarlo a ganar. Y ustedes, los estadounidenses, nos desprecian por ello a la vez que envían los miles de millones de dólares y armas que alimentan la violencia. Nos culpan por vender el producto que ustedes compran. Es absurdo.

«Y conveniente —piensa Keller—. Te alineaste con Barrera y recogiste dinero, tierras y poder con las dos manos».

—Escúchanos —dice Taylor—. Por una vez en tu vida, Keller, haz el favor de escuchar.

Se lo llevan dentro.

Ha envejecido.

Adán Barrera siempre tuvo cara de niño, pero ha desaparecido junto con la mata de pelo negro que siempre le caía sobre la frente. Ahora lo lleva corto y asoman algunas canas y arrugas alrededor de los ojos.

«Ha envejecido —piensa Keller—, pero yo también».

Keller ve a unos guardaespaldas a cierta distancia, pero no puede oírles. «Me ejecutarán delante de él —piensa—. O lo hará él mismo, si es que ahora tiene cojones».

Sea como fuere, es una satisfacción personal para él.

O tal vez no lo ejecuten. Tal vez lo torturen.

Es más lento y satisfactorio.

Aunque intenta contenerse, a Keller le invade un terror absoluto.

Adán sigue llevando traje negro y camisa blanca, observa Keller cuando se sienta delante de él. Es raro, cuando menos, estar tan cerca del hombre al que lleva buscando más de seis años. Pero aquí está Adán Barrera en carne y hueso.

—Tenemos que hablar, Arturo —dice Adán—. Hemos postergado esto demasiado tiempo.

—Habla.

—Mi hija murió ahogada —continúa Adán—. ¿Lo sabías?

—Si vas a matarme, hazlo. No tengo por qué escuchar tus justificaciones.

—Si quisiera matarte —responde Adán—, ya lo habría hecho. No soy un sádico como Ochoa. No necesito ver tu muerte, participar en ella o prolongarla. Le pedí a Taylor que viniera para que supieses que no tengo intención de causarte ningún daño hoy.

—Dejemos las cosas claras —dice Keller—. Yo sí que te quiero mal. Hoy y todos los días.

—Los Zetas mataron a uno de los tuyos —dice Adán—. Precisamente tú deberías saber cómo cambia eso las cosas. Tus superiores no se detendrán ante nada para vengar su muerte, igual que tú no te detendrás ante nada para vengar a tu compañero. Créeme, lo respeto.

—Tú no respetas nada.

—Sé qué piensas de mí —responde Adán con serenidad—. Sé que piensas que soy el mal en persona. Yo opino lo mismo de ti, pero ambos sabemos que hay demonios muy peores ahí fuera.

—¿Los Zetas?

—Estuviste en San Fernando —dice Adán—. Ya viste de qué son capaces. Al parecer, han vuelto a hacerlo.

—Y ahora me dirás que te importa.

—Mataron a un ser querido —contesta Adán—, y a uno de los tuyos.

—¿Qué quieres? —pregunta Keller.

Está harto de tanta cháchara.

—Te he traído aquí para proponerte una tregua —anuncia Adán.

Keller no puede creer lo que está oyendo. ¿Una tregua entre ellos? Llevan enfrentados más de treinta años.

—Firmemos la paz para luchar contra los Zetas —prosigue.

—Tengo odio suficiente para ti y para los Zetas.

—Coincido en que tienes una capacidad ilimitada para odiar —dice Adán—. De hecho, cuento con ello. Sientes mucho odio; lo que te falta son recursos. Y a mí también.

—¿De qué estás hablando?

—Los Zetas están ganando —remacha Adán—. Pronto se harán con todo Tamaulipas, Nuevo León y Michoacán. Están avanzando en Acapulco, Guerrero, Durango e incluso Sinaloa. Más al sur, han enviado efectivos a Quintana Roo y Chiapas para proteger la frontera con Guatemala. Si consiguen dominar Guatemala, se acabó. Ni tú ni yo podremos pararlos. Controlarán el tráfico de cocaína, no solo en Estados Unidos, sino también en Europa. Por si te interesa en el plano personal, también están infiltrándose en el valle de Juárez. No fui yo quien asesinó a Erika Valles ni quien intentó acabar con la doctora Cisneros. Volverán a intentarlo y al final lo conseguirán.

—El gobierno mexicano —tercia Taylor— hará lo que sea para impedir que los Zetas se conviertan en la fuerza dominante. Serían prácticamente un gobierno en la sombra. Pero las FES sumadas al espionaje estadounidense son, con diferencia, el contingente más fuerte para enfrentarse a los Zetas. Podemos aniquilarlos.

—¿Y para qué me necesitáis a mí? —pregunta Keller—. Tenéis al gobierno de vuestra parte, por lo visto, a ambos lados de la frontera.

—Orduña y las FES te profesan lealtad —responde Adán—. La operación que habéis creado juntos es tremendamente eficaz. No quiero que se venga abajo. Además...

—¿Qué?

Adán sonríe con desgana.

—Eres lo mejor que tienen, ¿no? Taylor puede sentarte en el banquillo y enviar a otro, pero, sea quien sea, será el segundo mejor y yo no puedo permitirme al segundo mejor. Y tú tampoco, y yo soy, de largo, la mejor oferta que tienes, el mejor aliado. Me odias, pero me necesitas. Y viceversa.

—¿Y si me niego? —pregunta Keller—. ¿Me llevo un balazo en la nuca?

—Si rechazas mi oferta —dice Adán—, saldrás de esta reunión, tu organización te sentará en el banquillo y todo seguirá igual entre nosotros.

—No pienso ayudarte a recuperar el trono mundial de la droga.

—¿Crees que alguien se toma en serio eso de la Guerra contra la Droga? —pregunta Adán—. Algún policía de la calle, quizá. Algunos cruzados de rango bajo o medio como tú, quizá. Pero ¿en las altas esferas? ¿El gobierno y las empresas?

»La gente seria no puede permitirse tomárselo en serio. Sobre todo desde 2008; después de la crisis, la única fuente de liquidez era el dinero generado por la droga. Si nos hubieran cerrado el grifo, la economía habría iniciado la caída definitiva. Tuvieron que rescatar a la General Motors, no a nosotros. ¿Y ahora? Piensa en los miles de millones de dólares invertidos en propiedades inmobiliarias, acciones y nuevas empresas. Por no hablar de los millones que ha generado la «guerra»: fabricación de armas, aviones y vigilancia. Construcción de cárceles. ¿Crees que las empresas permitirán que se acabe?

»Lo llevaré un paso más allá. Déjame que te cuente por qué Estados Unidos no permitirá que ganen los Zetas: porque los Zetas quieren el petróleo, porque están interfiriendo en las nuevas perforaciones y las empresas petroleras no van a transigir. Exxon, Mobil, BP están de mi parte porque no interfiero en sus actividades y ellos no interfieren en las mías. En resumen: alguien venderá la droga. Será Ochoa o seré yo, y yo soy la mejor opción. Aportaré paz y estabilidad. Ochoa traerá más sufrimiento. Y lo sabes. Y sabes que debes hacer todo lo que puedas por acabar con él o no podrás vivir.

—Pero lo intentaré.

Adán lo mira unos largos segundos.

—Voy a tener un hijo. Gemelos, y quiero que crezcan sin que se sientan perseguidos. No quiero que su vida sea como la mía. Si consumas tu venganza, yo también lo haré.

«Consumar mi venganza», piensa Keller.

Después de todos estos años.

Después de Tío y Ernie.

Los niños del puente, los muertos de El Sauzal.

Es imposible.

Pero piensa en la familia Córdova, en don Pedro Alejo de Castillo, en los cuerpos de la fosa común de San Fernando.

Keller ve el cuerpo destrozado de Erika.

La aflicción de Marisol.

Barrera tiene razón. Los Zetas no consiguieron matar a Marisol, así que tendrán que probar otra vez. No pararán hasta que lo consigan. Y hay algo más, algo desagradable, y tiene que afrontarlo. Barrera también tiene razón en eso: su capacidad de odio es infinita.

Quiere venganza.

Y vendería su alma por conseguirla.

—Los quiero a todos muertos —dice Keller—. A todos y cada uno de ellos.

—Bien.

—Pero tienes que darme tu palabra —tercia Taylor—. Tu venganza contra Adán ha terminado. Se acabó.

—Te doy mi palabra —responde Keller.

—Por nuestras almas inmortales y la vida de nuestros hijos.

Adán le tiende la mano.

Keller se la estrecha.

«¿Por qué no? —piensa—. Ahora todos somos el cártel».

—Es un nuevo día —dice Taylor.

Dicen que el amor lo puede todo.

A juicio de Keller, se equivocan.

El odio lo puede todo.

Puede incluso con el odio.

QUINTA PARTE

LA LIMPIEZA

Las personas no suelen ir por ahí decapitándose unas a otras o cometiendo asesinatos en masa solo porque odien a los de otro grupo. Esas cosas suceden porque unos líderes políticos desalmados pugnan por el poder y utilizan la violencia étnica como herramienta en dicha batalla.

DAVID BROOKS,
«In the Land of Mass Graves»
The New York Times
19 de junio de 2014

1

YIHAD

En los últimos años, el gobierno de Estados Unidos ha librado lo que califica de guerras contra el sida, el consumo de drogas, la pobreza, el analfabetismo y el terrorismo. Cada una de esas guerras cuenta con presupuestos, legislación, oficinas, funcionarios, membretes y todo lo necesario en una burocracia para indicarnos que algo es real.

BRUCE JACKSON,
«Medios de comunicación y guerra»,
Discurso inaugural en la Universidad de Buffalo,
17-18 de noviembre de 2003

Nuevo Laredo
Abril de 2012

Los cuerpos de catorce Zetas despellejados yacen en la parte trasera de unos camiones de basura.

«El simbolismo —piensa Keller— es sumamente oportuno».

Keller contempla los cadáveres desollados —el anuncio de Adán Barrera de que ha vuelto a Nuevo Laredo— y cree que debería sentir más de lo que siente. Hace años, tuvo delante diecinueve cuerpos y se le partió el corazón, pero ahora ni se inmuta. Hace años, diecinueve hombres, mujeres y niños acribillados con ametralladoras eran la peor atrocidad que creía que iba a ver, pero ahora sabe que no es así.

Junto a los cuerpos han dejado un *narcomensaje*: HEMOS EMPEZADO A LIMPIAR NUEVO LAREDO DE ZETAS PORQUE QUEREMOS UNA CIUDAD LIBRE PARA QUE PODÁIS VIVIR EN PAZ. SOMOS TRAFICANTES DE ESTUPEFACIENTES Y NO NOS METEMOS CON LA GENTE TRABAJADORA O LOS EMPRESARIOS HONESTOS. VOY A ENSEÑARLE A ESTA BAZOFIA CÓMO SE TRABAJA EN SINALOA: SIN SECUESTROS NI EXTORSIONES. EN CUANTO A VOSOTROS, OCHOA Y FORTY, NO ME DAIS MIEDO. NO OLVIDÉIS QUE SOY VUESTRO VERDADERO PADRE. ATENTAMENTE, ADÁN BARRERA.

A Keller, el lenguaje paternal le resulta interesante.

Adán vuelve a ser padre. El año pasado, Eva Barrera cogió un vuelo a Los Ángeles y dio a luz a gemelos. Ni la DEA ni el Departamento de Justicia podían hacer nada respecto a su presencia en Estados Unidos. Como ciudadana estadounidense sin antecedentes penales era libre de ir y venir cuando se le antojara. Así que tuvo a sus hijos en la mejor clínica que el dinero podía comprar, descansó unos días y regresó a México, donde «desapareció» en las montañas de Sinaloa o Durango, o incluso en Guatemala o Argentina, según el rumor que uno prefiera.

Dicen que el nacimiento de los gemelos revigorizó a Adán, que tal vez esa haya sido la causa de su invasión total en Tamaulipas. Porque necesita una plaza para cada hijo: Nuevo Laredo para uno, Juárez para el otro, y Tijuana para tener contento a Nacho Esparza. En cualquier caso, el hombre que no lograba engendrar a un heredero ahora tiene dos, que llevan el nombre de sus difuntos tío y hermano.

«Hablando de basura», piensa Keller.

Esta no es la primera incursión de Barrera en el uso de «cuerpos como campaña publicitaria».

Meses antes, unos pistoleros enmascarados pararon el tráfico de una importante intersección del barrio de Boca del Río, en Veracruz, y dejaron allí treinta y cinco cadáveres desnudos y desmembrados, doce de ellos mujeres, con el *narcomensaje*: ¡BASTA DE EXTORSIONES! ¡BASTA DE ASESINATOS DE GENTE INOCENTE! ZETAS DE VERACRUZ Y POLÍTICOS QUE LES PRESTÁIS AYUDA: ESTA ES LA SUERTE QUE CORRERÉIS. GENTE DE VERACRUZ, NO PERMITÁIS QUE OS EXTORSIONEN; NO PAGUÉIS PARA QUE OS PROTEJAN. ESTO ES LO QUE LES SUCEDERÁ A TODOS LOS ZETAS QUE SIGAN ACTUANDO EN VERACRUZ. ESTA PLAZA TIENE UN NUEVO PROPIETARIO. ATENTAMENTE, ADÁN BARRERA.

Mientras la mayoría de los grandes periódicos y canales de televisión se abstenían de informar de los hechos, *Esta Vida* publicaba gráficas fotografías de los cuerpos desnudos y amontonados en la calle como si fueran basura. A los Zetas los encolerizó casi tanto la cobertura como el hecho en sí y amenazaron con cobrarse una terrible venganza cuando encontraran al Niño Salvaje.

Al día siguiente trascendió que los treinta y cinco fallecidos probablemente no tenían relación alguna con los Zetas. Una patrulla urbana enmascarada ofreció una rueda de prensa en la que se disculpó por el error, pero declaró que seguía en guerra con los Zetas.

Durante las tres semanas posteriores, la patrulla urbana mató a setenta y cinco Zetas más en Veracruz y Acapulco. Ambas ciudades habían quedado vacantes tras la destrucción de la organización de los Tapia y la «desaparición» de Eddie Ruiz el Loco. Corre el *susurro* de que los sinaloenses están trasladándose a Veracruz, que quieren utilizar como puerto de entrada de los precursores químicos que necesitan para acceder al mercado de la metanfetamina; otro rumor asegura que el propio Adán Barrera ha sido visto en la ciudad.

Cuerpos de ambos bandos se amontonaban, casi literalmente, en Durango. Once aquí, ocho allá. Después, sesenta y ocho en una fosa común. Al final, la cifra superó los trescientos.

Unos Zetas que pretendían invadir Nayarit se toparon con una emboscada en la autopista y los *sicarios* de Barrera tirotearon a veintisiete. «Da la sensación de que los sinaloenses estaban avisados —piensa Keller—, como si hubieran recibido imágenes de la llegada de los camiones Zeta a través de un satélite estadounidense».

El aparato de espionaje de Estados Unidos en México ha crecido extraordinariamente desde el asesinato de Jiménez. Ahora hay más de sesenta agentes de la DEA, cuarenta de Inmigración y Aduanas, veinte miembros del Cuerpo de Alguaciles y docenas de agentes del FBI, el Servicio Secreto y la Administración de Seguridad en el Transporte, además de setenta personas de la Sección de Narcóticos del Departamento de Estado como respuesta al asesinato de Richard Jiménez.

Gran parte de sus fuentes de espionaje, vigilancia y reconocimiento son transmitidas a las FES a través de Keller.

La unidad de Orduña también ha estado eliminando Zetas: dieciocho durante una batalla de tres días en Valle Hermoso, Tamaulipas, en la que convoyes de hasta cincuenta vehículos llenos de Zetas armados trajeron refuerzos.

Una patrulla de las FES atacó una base de entrenamiento de los Zetas en Falcon Lake, en la frontera con Texas, y acabó con la vida de doce. En Zacatecas se libró otra batalla enconada en la que doscientos cincuenta Zetas se enfrentaron a las FES en un tiroteo que se prolongó cinco horas. Los FES eliminaron a quince Zetas y detuvieron a diecisiete más. En otra acción, soldados de las FES se descolgaron desde los helicópteros y atacaron otro campamento Zeta, donde apresaron a diecinueve más.

Y las FES, con la ayuda del espionaje estadounidense, han machacado a la cúpula de los Zetas, deteniendo a pistoleros, jefes de *plazas* y personal financiero. Más de ochenta Zetas han sido arrestados en relación con la primera masacre del autobús en San Fernando. Seis Zetas, incluido un personaje apodado Piolín, han sido detenidos por el asesinato del agente Jiménez, aunque, si de Keller hubiera dependido, ninguno de ellos habría llegado a pisar una celda.

Durante una semana, una campaña de las FES contra los Zetas de Veracruz se saldó con veintiuna detenciones más y el descubrimiento de una lista de agentes de policía a sueldo. Dependiendo de su rango, recibían entre ciento cuarenta y cinco y setecientos dólares al mes.

Dos exalmirantes de la Armada tomaron las riendas de los departamentos de policía de Veracruz y Boca del Río.

Gracias a un «chivatazo anónimo» (un eufemismo para designar al espionaje estadounidense), las FES capturaron al jefe de la *plaza* de Veracruz, que confirmó que Ochoa había ordenado personalmente el asesinato de Erika Valles.

—¿Por qué no mataron a Cisneros? —preguntó Keller.

—Z-1 dijo que quería dejarla para el final —respondió el jefe de la *plaza*—. Quería que la *chocha* bocazas viera morir a su amiga, pero la cagaron.

—¿Dónde está Z-1 ahora mismo?

El hombre no lo sabía. Gracias a la mejora de las técnicas de interrogación, corroboraron que verdaderamente lo ignoraba. Tampoco sabía dónde estaba Forty.

Tal vez en Monterrey.

La ciudad, en su día la joya de la recuperación económica del PAN, es el símbolo del México corporativo moderno, con brillantes rascacielos y bulevares bordeados de tiendas exclusivas y restaurantes de moda dirigidos por *regios*, los jóvenes prometedores, y se ha convertido en una pesadilla.

Con la policía prácticamente paralizada, el crimen está fuera de control.

Las tiendas y los restaurantes del centro sufren robos con regularidad. Hay enfrentamientos abiertos en las calles. Un hombre fue perseguido, tiroteado y colgado de un puente delante de una multitud horrorizada.

En un restaurante de moda que cometió el error de servir comida sinaloense, unos cien *regios* estaban tomando cervezas y *aguachile* hacia la medianoche cuando entraron siete pistoleros Zetas, ordenaron a todo el mundo que se tumbara en el suelo, les requisaron las carteras y los teléfonos móviles y separaron a los hombres de las mujeres. Después, llevaron sistemáticamente a las mujeres a los lavabos y las violaron.

Temían denunciar los hechos porque sus atacantes se quedaron con sus carnés de identidad por si había que tomar represalias.

La situación fue a peor.

Una celda Zeta que operaba en la ciudad intentó extorsionar a un casino conocido por blanquear dinero del narcotráfico a través de sus cuentas. Los propietarios se negaron a pagar. Keller ha visto las cintas en las que aparecen dos camionetas *pick-up* que se detienen en una gasolinera Pemex y llenan varios barriles de plástico. Otras cámaras de seguridad captaron a los vehículos llegando al Casino Royale un sábado hacia las dos de la tarde. Siete pistoleros se bajan de las camionetas, entran en el vestíbulo del casino y empiezan a disparar. Al salir, los otros Zetas echan a rodar los barriles y les prenden fuego.

Las salidas de emergencia habían sido cerradas con candados y cadenas.

Cincuenta y tres personas perecieron a causa de las llamas, el humo y las toxinas.

Cinco de los atacantes, detenidos aquella misma semana, aseguraron que no tenían intención de matar a nadie, que tan solo pretendían asustar a los propietarios para que pagaran los ciento treinta mil pesos semanales.

Más problemático que Monterrey es el hecho de que los Zetas estén ganando terreno en Guatemala, sobre todo en el departamento de Petén, que linda con México. El año pasado, los Zetas asesinaron a veintisiete campesinos en la provincia y expulsaron a innumerables agricultores de sus pequeñas tierras, y ahora Ochoa está consolidando su poder allí. Si controla Guatemala, se adueñará de la principal ruta de Barrera para la entrada de la cocaína en México.

Y el debilitado CDG (apenas) está resistiendo contra los Zetas en Matamoros. Reynosa vuelve a ser motivo de disputa entre los Zetas y el CDG, y las ciudades fronterizas son una jungla salvaje.

A pesar de las presiones de las FES y Sinaloa, los Zetas controlan (o más bien gobiernan) extensos tramos de México. Dominan numerosas fuerzas policiales estatales y municipales, han silenciado a los medios de comunicación mayoritarios y han impuesto un reinado del terror.

Y ahora Barrera ha llevado la guerra a Nuevo Laredo, un bastión de los Zetas.

Otra vez.

«Pobre ciudad —piensa Keller mientras se aleja de la "exhibición" del camión de la basura—; solo se le puede llamar así, "exhibición".

»Primero Sinaloa se enfrenta al Golfo y los Zetas por ella.

»Luego el Golfo y los Zetas se enfrentan entre ellos.

»Ahora Sinaloa se enfrenta a los Zetas.

»Bueno, a Sinaloa y a nosotros.

»A mí.

»A mí y a mi nuevo mejor amigo, Adán Barrera».

Barrera ha desviado su interés hacia Nuevo Laredo y, por tanto, Keller también. Se ha alojado en un hotel para estancias prolongadas en Laredo, al otro lado del puente. Se mueve entre Laredo y Ciudad de México y realiza alguna parada ocasional en Valverde para ver a Marisol.

«Existe la luz en contraposición a la oscuridad», piensa Keller cuando se monta en el coche para volver a cruzar el puente, y ligereza en contraposición a pesadez, y su relación con Marisol entraña ahora aspectos de un peso oscuro.

El peso de la culpabilidad, para empezar. La culpabilidad de Marisol por haber permitido que Erika aceptara ese peligroso puesto. La culpabilidad de Keller por no haber estado allí para protegerla, por no haberla rescatado.

A eso cabe añadir una sensación de pérdida inmutable.

—Seamos honestos —dijo una noche Marisol, cuyo estado de ánimo era cada vez peor—. Teníamos una familia falsa, ¿no te parece? Un matrimonio falso, una hija falsa. Y entonces se impuso la realidad.

—Pues casémonos de verdad —propuso Keller.

Ella lo miró con incredulidad.

—¿De verdad crees que eso ayudará?

—Podría.

—¿Cómo?

Keller no tenía respuesta.

El resto de su hastío mutuo, deduce, es simplemente acumulativo. Leyó en una ocasión que los puritanos ejecutaban a los herejes poniéndoles piedras encima del pecho hasta que se les partía la caja torácica o se ahogaban. Él se siente un poco así e imagina que Marisol también: el gran peso acumulativo de una muerte tras otra, de una tristeza tras otra, que los aplasta y les roba el aire de su vida.

Pero no se separan. En opinión de Keller, ambos son demasiado tozudos y honorables para incumplir el voto sobrentendido, el acuerdo tácito de que pasarían por esto juntos, llevara donde llevase.

Así que continúan juntos.

Más o menos.

Keller pasa cada vez más tiempo en el búnker de Ciudad de México, en Laredo, participando en ataques de las FES o en algún frente de la Guerra contra la Droga que esté especialmente candente en ese momento. Marisol es lo bastante bondadosa como para fingir tristeza cuando se marcha, pero ambos se sienten (culpablemente) aliviados del peso que se imponen el uno al otro.

La dolorosa verdad es que no pueden mirarse sin ver a Erika.

Pese a la insistencia y a las imprecaciones de Keller, pese a sus enfados, Marisol se ha quedado en Valverde y ha conservado su cargo. En el funeral de Erika se obligó a pronunciar un discurso brillante y provocador, y soportó una rueda de prensa en la que volvió a retar abiertamente al gobierno y los cárteles al tiempo que se las arreglaba para deslizar que entre ambos había poca o ninguna diferencia. Volvió a convertirse en objetivo, como si no pudiera tolerar seguir viviendo cuando tantos otros han muerto.

—Es el sentimiento de culpabilidad del superviviente —le dijo Keller una noche.

—Igual que tú no apreciaste mi psicoanálisis de aficionada —respondió Marisol—, yo no aprecio el tuyo.

—Me da igual que lo aprecies o no.

—Gracias.

—Lo único que me importa es que no cumplas este deseo de morir.

—Yo no deseo morir —dijo Marisol.

—Demuéstralo. Ven conmigo a Estados Unidos.

—Soy mexicana.

—Entonces ven a Ciudad de México.

—No.

Ya había vendido su alma al diablo, así que pagar un extra por ofrecer seguridad a Marisol no importaba. Keller contactó con Adán, que a su vez contactó con el ejército destacado en el valle para informar de que la Médica Hermosa ahora era amiga, la mujer de un aliado importante, y debía ser protegida a toda costa.

—¿Te crees que soy tonta? —preguntó Marisol días después—. ¿Crees que no he visto soldados patrullando la casa, la oficina y la clínica? Nunca habían venido. Y tampoco me habían seguido nunca cuando iba en coche, excepto para acosarme.

—¿Te están acosando ahora? —preguntó Keller, preocupado porque su petición no hubiera sido atendida.

—No. De hecho, son extremadamente educados —dijo Marisol—. ¿Qué has hecho?

—Lo que debería haber hecho tiempo atrás —respondió Keller.

Pero entonces no tenía el poder, la maldita alianza con Adán.

—Qué hombre tan poderoso —sentenció Marisol—. No los quiero.

—Me da igual.

—¿Te da igual lo que yo quiera? —preguntó Marisol arqueando una ceja.

—En este caso sí. —Detestaba discutir, pero era mejor que los largos silencios, las miradas de soslayo, estar juntos en la cama, deseando tocarse o al menos hablar, pero ser incapaces—. Intento protegerte.

—Me tratas como si fueras mi dueño.

«Eso es exactamente lo que estoy haciendo —piensa Keller ahora.

»Ser *patrón*.

»A eso me dedico ahora.

»Catorce Zetas despellejados vivos.

»Y la información que sirvió para localizarlos la proporcioné yo».

Compra la «cena» en una tienda 24 horas antes de volver a su habitación.

Los Zetas contraatacan transcurridas menos de dos semanas y matan a veintitrés hombres de Barrera. Catorce son decapitados y nueve colgados de un puente al lado de una pancarta que dice: ZORRAS DE BARRERA, ASÍ ACABARÁN TODOS LOS HIJOS DE PUTA QUE ENVIÉIS A CALDEAR LA PLAZA. ESTOS HOMBRES LLORARON Y SUPLICARON PIEDAD. EL RESTO SE SALVÓ, PERO TARDE O TEMPRANO LES DAREMOS CAZA. NOS VEMOS POR AQUÍ, MA-MONES. LA COMPAÑÍA Z.

La policía de Nuevo Laredo se apresura a desmentir que el cártel de Sinaloa esté en la ciudad y, ante ello, la gente de Barrera deja frente a la comisaría seis cabezas cortadas en neveras portátiles y el mensaje: ¿QUE-RÉIS PRUEBAS DE QUE ESTOY EN NL? ¿QUÉ NECESITÁIS, LA CABEZA DE LOS LÍDERES ZETAS? SEGUID ASÍ Y OS GARANTIZO QUE RODARÁN MÁS CABEZAS. YO NO MATO A GENTE INOCENTE COMO HACES TÚ, FORTY. TODOS LOS MUERTOS SON PURA BAZOFIA; EN OTRAS PALABRAS, PUROS ZETAS. ATEN-TAMENTE, VUESTRO PADRE, ADÁN.

Una vez más aparecen imágenes sórdidas en *Esta Vida*.

Una vez más, los Zetas juran que encontrarán al Niño Salvaje.

«El problema —piensa Keller— es que no podemos llegar hasta Forty u Ochoa y, si no decapitamos a esa serpiente bicéfala, no aplastaremos a los

Zetas. Podemos acabar con tantos segundones como queramos, pero los Zetas seguirán adelante a menos que capturemos a Forty y Ochoa».

Al parecer, Forty vuelve a estar al mando de la defensa de Nuevo Laredo contra Barrera, pero nunca ha sido visto en la ciudad. La gente de Barrera lo anda buscando, al igual que las FES y el espionaje estadounidense, pero hasta el momento es invisible. Tan solo encuentran su obra, colgada en puentes o arrojada en una cuneta.

Y Ochoa probablemente sea el líder narco más esquivo desde Adán Barrera. Se traslada de un piso franco a otro, en Valle Hermoso o en Saltillo, Coahuila. Dicen que se reúne una vez al mes con Forty en ranchos de Río Bravo, Sabinas o Hidalgo. O salen a cazar cebras, gacelas y otros animales exóticos en cotos privados de Coahuila o San Luis Potosí. A veces van a ver las carreras de caballos desde un coche blindado aparcado cerca del hipódromo y rodeados de guardaespaldas.

En todos los territorios Zeta contratan *ventanas*, esto es, vigías. *Ambulantes*, tenderos y niños del barrio alertan de la presencia de policías o marines utilizando silbatos o teléfonos móviles. Los *tapados* son niños pobres contratados para colgar pancartas y cantar eslóganes a favor de los Zetas y protestar por la presencia del ejército y los *federales*.

El gobierno no encuentra a Ochoa, y este se lo restriega por la cara. A solo trescientos metros de una base situada en la 18.ª Zona Militar financió una iglesia, en la que hay colgada una placa que dice: CENTRO DE EVANGELIZACIÓN Y CATEQUISMO. DONACIÓN DE HERIBERTO OCHOA. Utiliza un teléfono Nextel una vez y se deshace de él. Al igual que Barrera, a Z-1 no le gusta el carácter ostentoso de otros narcos. No frecuenta clubes y restaurantes y no se jacta de su riqueza.

Él solo mata.

Es la nueva versión de la búsqueda de Barrera, pero, en esta ocasión, el gobierno mexicano está invirtiendo ingentes recursos en la campaña. MexSat, el sistema de seguridad nacional, opera dos satélites Boeing 702 HP, con un valor de más de mil millones de dólares, desde estaciones de control de tierra situadas en Ciudad de México y Hermosillo. Ambos equipos rastrean todo el país en busca de alguna señal de Forty y Ochoa, pero no encuentran nada.

Los drones estadounidenses sobrevuelan la frontera como halcones buscando ratones.

Y tampoco encuentran nada.

—¿Y si estamos buscando en la frontera equivocada? —pregunta Keller a Orduña un día en Ciudad de México—. ¿Y si no están aquí? ¿Y si están en Guatemala?

Ochoa tiene conocimientos de historia militar. ¿Y si ha adoptado la clásica estrategia de guerrilla y se ha instalado en un santuario en un país neutral?

Un país en el que Barrera sea relativamente débil y en el que las FES no puedan llegar hasta él. Ni siquiera Orduña cruzaría una frontera internacional. Tiene sentido: los Zetas han sido cada vez más activos en Guatemala y puede que Ochoa haya decidido dirigir su guerra desde allí.

—Aun así, la distancia hasta la frontera es de mil trescientos kilómetros —dice Orduña—. Selva tropical, montañas...

—¿No se produjo un asesinato masivo en Guatemala hace poco? —pregunta Keller—. Veintisiete personas en una aldea... ¿Dónde fue?

Acontecimientos que solían copar los titulares ahora se consideran algo cotidiano. Pero Orduña vuelve a repasar los informes de espionaje y localiza el lugar.

Dos Erres es una pequeña población del departamento de Petén ubicada en una zona densamente boscosa próxima a la frontera.

Orduña solicita un rastreo por satélite.

Dos días después, él y Keller escrutan las fotografías.

El pueblo parece bastante corriente. Un camino de tierra atraviesa una aldea con pequeñas casas y chozas, una iglesia y lo que parece una escuela. Pero al este hay un rectángulo trazado recientemente y algo que podrían ser hileras de tiendas de campaña dispuestas en perfecto orden.

—Es un campamento militar —afirma Orduña—. Un vivac.

—¿De los que construyen las fuerzas especiales? —pregunta Keller.

Organizan otro rastreo por satélite para obtener imágenes a menor distancia. Al estudiar las nuevas fotos, Keller ve claramente a hombres vestidos con uniforme de corte militar alrededor de las tiendas, todoterrenos con ametralladoras, cocinas de campamento y letrinas.

El pueblo parece extrañamente desierto.

En el patio del colegio no hay niños.

Apenas hay nadie alrededor de la iglesia.

Se ven algunos civiles, casi todos mujeres, pero no tantos como cabría imaginar por el número de casas.

—Los Zetas se han adueñado del lugar —dice Orduña—. Han echado a la mayoría de los habitantes y han dejado que se queden los justos para que satisfagan sus necesidades básicas.

«Cocinar —piensa Keller.

»Limpiar.

»Acostarse con los hombres».

—Mira esto —dice Keller señalando unas imágenes de la iglesia y la escuela.

En la parte posterior y delantera de ambos edificios se distingue a varios hombres.

—¿Centinelas? —pregunta Orduña—. ¿Guardias? ¿Forty y Ochoa viven en la iglesia y la escuela?

«El viejo dicho militar —piensa Keller—. Con el rango vienen los privilegios». Los dos máximos dirigentes no viven en tiendas de campaña, sino en los dos edificios más grandes del pueblo.

El siguiente rastreo del satélite es oro.

Keller contempla la foto.

Después embarca en un vuelo a El Paso.

«Fort Bliss es la viva imagen de un nombre inadecuado»,* piensa Keller cuando se dirige a la base, situada en las llanuras semidesiertas que se extienden al este de El Paso.

Apenas ha visto a Eddie el Loco desde que lo sacó de Acapulco en uno de esos helicópteros negros de los que siempre hablan los chiflados de derechas. Dos minutos después de recibir la llamada de Eddie, Keller estaba intercambiando mensajes con Washington a través de una línea satelital segura, una línea a la que ni siquiera sus compañeros mexicanos podían acceder. No se sabía cómo reaccionaría Orduña al apresamiento por parte de Estados Unidos de uno de los hombres más buscados de México.

Una hora después, Keller viajaba en un helicóptero propiedad de una sociedad instrumental de la CIA que lo dejó en el tejado del hotel Continental. Allí lo recibió un agitado cónsul que lo llevó a una pequeña sala de reuniones en la que se encontraba Eddie Ruiz.

«Narco Polo», pensó Keller. Eddie llevaba un polo azul cielo con pantalones de pinzas blancos y sandalias.

Parecía tranquilo pero cansado.

—Iremos en helicóptero a Ciudad Juárez —dijo Keller—. Desde allí, otro helicóptero nos llevará a la base militar de Fort Bliss, en Texas. Si

---

* *Bliss* significa «felicidad» en inglés. (*N. del t.*)

intentas escapar en algún momento, te meteré un balazo en la nuca. ¿Entendido?

—Eso es ir al grano —respondió Eddie.

Los vuelos transcurrieron sin altercados.

Eddie no medió palabra en ningún momento.

Las autoridades estaban esperándolos a su llegada a Fort Bliss. Un abogado del Departamento de Estado le leyó sus derechos, por así decirlo.

—Está usted aquí en calidad de ciudadano estadounidense, bajo custodia protectora basada en una cooperación anterior, presente y futura en unas investigaciones en curso. ¿Lo entiende?

—Claro.

Era una carrera de relevos. Tomó las riendas un fiscal auxiliar federal.

—Ha sido usted acusado conforme a los denominados «Estatutos de narcotráfico», pero no vamos a detenerle en este momento. Si trata de huir o cesa su cooperación, será arrestado y puesto bajo custodia del sistema correccional federal y sometido a juicio. Dicho esto, tiene derecho a un abogado. Cualquier cosa que diga puede ser utilizada en su contra. Si no puede permitirse un abogado...

Eddie se echó a reír. Tiene abogados que le deben dinero.

—... le será asignado uno de oficio. ¿Quiere un abogado?

—No.

—Es altamente probable —añadió el fiscal— que sea juzgado por tráfico de drogas. Sin embargo, su cooperación pasada y futura quedará plasmada en su expediente, y los fiscales lo tendrán en cuenta a la hora de presentar cargos, y el juez a la hora de dictar condena.

—¿Podéis traerme una Coca-Cola?

—Creo que podremos arreglarlo.

—Una cosa más —dijo Eddie—. Quiero ver a mi familia.

—¿A cuál? —preguntó Keller.

—A las dos, gilipollas.

Era complicado traer primero a una de las familias y después a la otra.

El narcomundo mexicano era un hervidero de rumores sobre la desaparición de Eddie Ruiz el Loco. El tráfico en las redes móviles e Internet se había disparado, y tanto los narcos como las autoridades estaban intentando localizarlo.

Algunos decían que había sido asesinado en represalia por el secuestro de la mujer de Martín Tapia; según otros, era mentira, ya que la había puesto en libertad. Otros aseguraban que fue asesinado precisamente porque la había puesto en libertad, que lo mató su propia gente porque temía que fuese una persona débil.

Todos coincidían en una cosa: el día de su desaparición, Eddie fue visto en Acapulco comiéndose un helado de cucurucho en el paseo.

Pero estaban todos buscándolo, o buscando su cuerpo. Puede que estuvieran vigilando también a las familias de Eddie.

Su segunda esposa, una ciudadana estadounidense, había cruzado la frontera y se decía que se alojaba con familiares en la zona, pero estaba embarazada de nueve meses, así que habría viajado a Estados Unidos para dar a luz de todos modos.

Keller hizo ambos contactos personalmente.

Fue complicado.

Las exesposas (en este caso, no era exactamente una exesposa) tienen fama de chivatas, pero Eddie enviaba suficiente dinero a Teresa para vivir bien y sus padres participaban (hasta que fueron detenidos) en operaciones de blanqueo de fondos provenientes de la coca. Por tanto, Keller dudaba que estuviera dispuesta a causar problemas.

Teresa vivía en Atlanta y cuando abrió la puerta y vio a Keller se puso pálida.

—Dios mío.

—Su marido está bien, señora Ruiz.

Cogió a los niños, de nueve y doce años, y embarcó en un vuelo, pero no a El Paso, donde el aeropuerto podía estar vigilado, sino a Las Cruces, en Nuevo México, y desde allí viajó en coche. Keller los llevó a las dependencias de Eddie en el fuerte y les dejó un rato de privacidad. Por la mañana los trasladó de nuevo a Las Cruces.

Con Priscilla fue más complicado.

Su hija Britanny tenía dos años y Priscilla podía dar a luz en cualquier momento. Keller se negaba a llevarla a El Paso, donde había tantos *halcones* como en Juárez. En lugar de eso, pusieron a Eddie un uniforme militar y lo trasladaron a Alamogordo, donde Priscilla, su madre y Brittany se reunieron con ellos en un hotel de carretera. Keller ordenó que las acompañara otro coche desde El Paso para cerciorarse de que no las seguía nadie.

Concedió a Eddie una tarde con su segunda familia y después lo llevó a Bliss, donde se instaló cómodamente en los aposentos de un alto mando custodiado las veinticuatro horas del día por el Cuerpo de Alguaciles de Estados Unidos.

Eddie tenía otras exigencias. Quería un iPod con música de los Eagles,

Steve Earle, Robert Earl Keen y algo de Carrie Underwood. Quería más visitas de sus familiares. Y quería ver la Super Bowl en una pantalla plana HD, preferentemente con un poco de chili decente y cerveza fría.

—Shiner Bock —especificó.

Vio la victoria de los Packers sobre los Steelers en un televisor LED de sesenta pulgadas con dos alguaciles, chili y cerveza.

Keller declinó la invitación de unirse a ellos.

Ahora extiende las fotos de Dos Erres sobre la mesita situada delante del sofá.

—¿Son Forty y Ochoa?

—Sí.

Keller observa las instantáneas, donde aparecen dos hombres frente a la escuela de Dos Erres. Ambos llevan gorras negras, pero se distingue su rostro. Uno tiene la cara rechoncha y lleva un grueso bigote negro. El otro es delgado y aguileño. Atractivo.

—¿Estás seguro? —pregunta Keller.

—Quemaron vivo a Chacho García delante de mí —responde Eddie—. ¿Crees que olvidaría esas caras? Me prometí a mí mismo que mataría a esos hijos de puta.

«Ya tenemos algo en común», piensa Keller.

Deja a Eddie en Fort Bliss y parte en avión hacia Washington.

Keller da un puñetazo en la mesa.

—¡Sabemos dónde están, joder! ¡Tengo información corroborada y sabemos exactamente dónde están!

Señala el montón de fotos esparcidas.

El Representante de la Sección de Narcóticos del Departamento de Estado replica:

—¡Ese es justamente el problema! ¡Están en un país extranjero!

Keller había ido directamente de El Paso a Washington para proponer un ataque contra el campamento de los Zetas en Dos Erres. Las cosas no van bien. La Administración, que se contenta con sus drones en el sur de Asia, no autorizará una incursión en Guatemala, ya sea tripulada o no.

—Ya tenemos marines allí en una misión contra el tráfico de drogas —argumenta Keller.

La Operación Mantillo Hammer ha destinado trescientos marines estadounidenses y equipos FAST a Guatemala para combatir el narcotráfico.

—Están allí estrictamente como asesores —afirma el hombre de Narcóticos—, y solo tienen autoridad para utilizar sus armas si es en defensa propia. No podemos cruzar fronteras internacionales y castigar a quien se nos antoje.

—Eso cuénteselo a Bin Laden —responde Keller—. Ah, no, no podemos. Ya está muerto.

Como la mayoría de los estadounidenses, Keller se quedó hipnotizado por la noticia del ataque contra Bin Laden y rememoró el 11-S, y lo celebró a solas en su habitación con una cerveza.

El presidente parecía tranquilo en todo momento, gastando bromas en la cena ofrecida a la prensa en la Casa Blanca, igual que Al Pacino en el bautizo de *El padrino*, aun sabiendo que estaba ordenando ataques.

—Ese era Bin Laden —dice ahora el representante de Narcóticos.

—Ochoa es igual de malo.

—Cálmese un poco.

—¿Cree que Ochoa no es terrorista? —pregunta Keller—. Defíname *terrorista*. ¿Acaso no es una persona que mata a civiles inocentes, que comete asesinatos en masa y coloca bombas? ¿Qué criterio se nos está escapando?

—No ha cometido ninguno de esos actos en Estados Unidos —responde el representante.

—Ochoa vende drogas en Estados Unidos por valor de millones de dólares —dice Keller—. Trafica con seres humanos, a los que lleva a Estados Unidos. Tiene arsenales de armas y células de hombres armados en Estados Unidos. Ordenó el asesinato de un agente federal estadounidense. ¿Cómo que no es una amenaza terrorista para Estados Unidos?

—Los Zetas no han sido designados oficialmente como organización terrorista —contesta el representante—. Y, aunque así fuera, es más complicado de lo que cree. Incluso en el caso de los yihadistas, autorizar un ataque pasa por la creación de una «junta de asesinatos» para evaluar la necesidad, las ramificaciones legales, la justificación ética...

—Pues créela —dice Keller—. Testificaré.

«Yo os daré justificación ética».

Los horrores continúan sin cesar.

La semana anterior, los Zetas intentaron robar petróleo en un oleoducto de Pemex y provocaron una explosión que se cobró la vida de treinta y seis personas inocentes. Si hubiera sucedido en Estados Unidos, habría sido tratado por los medios durante días y el Congreso habría exigido que se tomaran medidas. Pero, siendo México, no importa.

—Es imposible —dice el representante.

—Hemos invertido meses —insiste Keller— y millones de dólares en la búsqueda de esa gente, y ahora que los tenemos, ¿no vamos a hacer una mierda?

En efecto.

Ochoa ha encontrado un santuario en el que Estados Unidos no puede tocarle.

Porque es un narco mexicano, no un yihadista islámico.

Entonces, a Keller se le ocurre una idea.

Pero necesita un descanso para ponerla en práctica.

Proviene de un rancho de caballos en Oklahoma.

El hermano pequeño de Forty cría caballos en un rancho situado a las afueras de Ada.

Rolando Morales ha tenido mucho éxito y recientemente causó revuelo en el mundo de los caballos cuarto de milla al comprar un potro en una subasta por casi un millón de dólares. A algunos les extraña, ya que antes de adquirir el rancho, los establos y los purasangre por varios millones de dólares, Rolando era albañil. El FBI demostró que sus ingresos anuales más elevados ascendían a noventa mil dólares.

Corren rumores en el mundo del cuarto de milla sobre la procedencia del dinero de Rolando, pero para el FBI son algo más que rumores. Saben que lo obtiene de un hermano mayor que vive en Nuevo Laredo; el rancho situado cerca de Ada es un blanqueador de dinero con patas.

La técnica es simple.

Los Zetas envían dinero a Rolando, que compra un caballo muy por encima de su precio de mercado y luego lo revende a los Zetas por su verdadero valor.

Dinero blanqueado.

Y conservas tu caballo.

Y la participación en una afición cara, el deporte de los reyes. «Es patética —piensa Keller— el ansia de los narcos por gozar de estatus social: polo, carreras hípicas... ¿Qué será lo siguiente? ¿Yates de la Copa América?».

Aquí, los aficionados al polo son distintos de los de Ciudad de México. Aquí hay muchos sombreros de vaquero, botas a medida que cuestan miles de euros, vaqueros y joyas azul turquesa. Esta es la aristocracia del oeste de Estados Unidos, gente con dinero y tiempo libre para jugar con cuartos de milla carísimos.

Hoy, el caballo en cuestión es un potro bautizado, casi con un sentido increíble de la impunidad, Cártel Uno, y la carrera es la All American Futurity, el Derby de Kentucky de los cuartos de milla.

Keller observa al jinete llevarlo hasta la salida.

—¿Tienes algo de efectivo? —le pregunta Miller.

Miller es el agente del FBI que participa en la Operación Furia, que investigará la estafa de los cuartos de milla de Morales. Contactó con Keller porque hubo una bandera roja, una alerta entre departamentos que estipulaba que cualquier cosa relacionada con Forty Morales debía ser puesta en su conocimiento.

—No me gusta el juego —dice Keller.

—Apuesta unos dólares por Cártel Uno.

—Es un ocho a uno.

—Es una apuesta segura —dice Miller.

Los caballos se dirigen a la salida. Cártel Uno arranca lentamente y se ve atrapado contra la valla interior, pero entonces se abre milagrosamente una brecha, el jinete lleva al potro hacia el exterior y se sitúa en tercera posición. Los dos caballos que van en cabeza aminoran la marcha y Cártel Uno gana por una nariz.

Keller mira hacia la pista, donde Rolando, su mujer y sus amigos saltan de un lado a otro, gritando y abrazándose. «Menuda celebración tratándose de una carrera amañada», piensa. Miller ha averiguado que los demás jinetes y entrenadores han recibido decenas de miles de dólares.

La dotación económica de All American Futurity es un millón de dólares.

No está mal por una jornada de trabajo.

Con todo, son migajas para los Zetas, que probablemente han pagado más de un millón por «ganar» ese millón. Lo que quieren son los derechos de ostentación, el estatus. Rolando se parece a su hermano mayor. Tienen la misma constitución fuerte, el mismo cabello negro y rizado e incluso el mismo bigote poblado. Pero él lleva un sombrero de vaquero blanco en lugar de una gorra negra.

—Pensábamos detenerlo en el aeropuerto —dice Miller.

—¿Tienen suficientes cargos contra él?

—Blanqueo de dinero, conspiración para el tráfico de estupefacientes, evasión de impuestos... —responde Miller—. Sí.

—Hágame un favor —dice Keller—. Esperen un poco.

—No podemos esperar mucho. Rolando tiene planeado un viaje a Italia.

—¿Qué? —dice Keller con excitación.

—Se va a Europa —responde Miller—. Empezará en Italia pero hará una especie de Grand Tour: Suiza, Alemania, Francia, España... Hemos accedido a su correo electrónico.

—¿Vacaciones familiares? —pregunta Keller, intentando disimular su alegría.

—No, solo él.

Claro, solo él. Ningún hombre casado se va de «vacaciones» a Europa sin su mujer. Nunca ocurre. Rolando va por trabajo y Keller espera saber qué tipo de trabajo es.

Ruega por que Rolando vaya a Italia como embajador de los Zetas ante la 'Ndrangheta.

La organización criminal más rica del mundo.

La 'Ndrangheta tiene su sede en Calabria, en el sur de Italia, concretamente en el dedo de la bota, y, a su lado, la mafia siciliana, más célebre, parece un primo pobre de pueblo. Un ochenta por ciento de la cocaína que pasa por Europa entra a través del puerto de Gioia Tauro, que domina la 'Ndrangheta. Los ingresos de la organización por el tráfico de drogas se estiman en cincuenta mil millones de dólares anuales, un asombroso 3,5 por ciento del producto interior bruto de Italia.

Son intocables.

El cártel del Golfo mantenía una relación exclusiva con la 'Ndrangheta. Ahora Barrera compite con los Zetas por el mercado europeo. Aparentemente, el motivo que se oculta detrás del sádico asesinato de Magda Beltrán es que había logrado hacer avances con la 'Ndrangheta.

«¿Emprenderá Rolando Morales una misión diplomática para afianzar una alianza entre la 'Ndrangheta y los Zetas?», se pregunta Keller.

Las guerras se libran con dinero y el mercado europeo ofrecería al cártel en cuestión una ventaja económica insuperable con la que comprar armas, materiales, protección y, lo más importante de todo, pistoleros.

Si los Zetas pueden convertirse en los proveedores de la 'Ndrangheta a la vez que cortan la ruta de Barrera en Guatemala, dispondrán de dinero y recursos para derrotarlo en México.

Así que la misión diplomática de Rolando (si eso es lo que es) supone una enorme oportunidad para los Zetas.

También es una enorme oportunidad para Keller.

—Déjenle irse —dice a Miller.

—¿A Oklahoma?

—A Europa —responde Keller.

Lo recogen en el estadio de San Siro de Milán, donde los jugadores rojinegros se enfrentan a sus rivales de la Juventus, vestidos de blanco y negro.

Keller ve el vídeo desde una sala de control en Quantico, supervisado por el FBI, que es comprensiblemente reacio a poner en peligro una operación que les ha llevado años, que cuesta millones de dólares y que se traduciría en condenas y titulares. La DEA también es reacia a dar libertad a un embajador de los Zetas para que salga del país y pueda eludir su detención.

Eso en su propio territorio.

El plan de Keller exige una compleja campaña multinacional en la que no solo participará la Direzione Antidroga italiana, sino también la Interpol, el Einsatzgruppe suizo, el BND alemán, la Sûreté francesa, la Algemene Directie Bestuurlijke Politie belga y el Cuerpo Nacional de Policía español.

Los protocolos, las barreras lingüísticas y las negociaciones son intrincados, y Keller debe adoptar un personaje diplomático que no utiliza desde hace años. Si no fuera por el paraguas común de la Interpol, la operación no se llevaría a cabo, pero, a la postre, todo el mundo acuerda seguir los movimientos de Rolando y no practicar detenciones. Una vez concluida la operación, cada país es libre de actuar como guste respecto de su territorio.

La logística es cuando menos igual de complicada. Varios destacamentos policiales de élite se repartirán las tareas de vigilancia y estarán en contacto, intercambiando vídeos, audio y fotos, y manteniendo un discreto cerco alrededor de Morales, aunque no lo suficientemente estrecho para asustarlo.

Lo utilizarán como una prueba de contraste, permitiéndole que siga el reguero de sangre que deja el tráfico de drogas en Europa.

Su primera parada es Milán, donde es detectado por la Direzione Antidroga, y ahora sus agentes lo someten a vigilancia y envían vídeos a Quantico mientras Rolando habla al oído de un traductor que a su vez se comunica con el *quintino* Ernesto Giorgi, el segundo al mando de la *'ndrine* milanesa (el equivalente a una *plaza* mexicana) de la 'Ndrangheta.

El ruido del estadio —los cánticos y los tambores— es ensordecedor. Así que no hay posibilidad de grabar audio allí. No cabe duda de por qué han decidido citarse allí Rolando y Giorgi. Keller no sabe leer los labios, pero el técnico de la DEA que está sentado a su lado sí. Giorgi era amigo de Osiel Contreras, y Rolando está explicando por qué los Zetas se volvieron contra sus antiguos jefes y por qué la 'Ndrangheta debería ponerse de su parte.

Keller sabe que Giorgi perdonará esa traición; los negocios son los negocios. Lo que no tolerará es perder, y el jefe de la 'Ndrangheta sin duda ha recibido informes sobre las recientes derrotas de los Zetas en Veracruz.

La multitud empieza a jalear al equipo.

Giorgi se levanta de un salto y alza el puño cuando un jugador del AC Milan echa a correr por el césped para celebrar un gol. Cuando vuelve a sentarse, se acerca a Rolando y le dice algo.

Keller mira al traductor.

—Pensábamos hacer negocios con la mujer —dice este—. Con Magda Beltrán.

Keller no necesita intérprete para comprender la respuesta de Rolando en español. Lo dice muy claro.

—*Está muerta.*

Rolando y Giorgi cenan en un salón privado en Cracco.

Dos estrellas Michelin.

Rolando ha pasado la tarde comprando en Milán y ahora luce un traje Armani gris, zapatos Bruno Magli marrones y camisa roja de seda sin corbata. Giorgi es más conservador y lleva una americana de cachemira Luciano Natazzi de color marrón.

Una cámara oculta instalada en un foco halógeno del techo capta las imágenes y, en esta ocasión, el audio es perfectamente nítido y se oye a Rolando aseverar que los Zetas controlan Petén y dominarán el tráfico de cocaína. Giorgio no lo ve claro y plantea otra cuestión.

GIORGI: Barrera tiene al gobierno de su parte.

MORALES: Eso es una exageración.

GIORGI: También tiene al ejército y a la policía federal. No me venda humo.

MORALES: Pero se acercan elecciones. El PAN perderá. El vencedor no llevará adelante la denominada Guerra contra la Droga en beneficio de Adán Barrera. Estará abierto a ofertas.

GIORGI: ¿Tienen ustedes el dinero?

MORALES: Si tenemos su negocio, tendremos el dinero.

«Rolando lleva razón —piensa Keller.

»Peña Nieto, el candidato del PRI, está convirtiendo el final de la Guerra contra la Droga en una plataforma para su campaña. El otro aspirante, López Obrador, del PRD, iría incluso más lejos y rechazaría los fondos de la Iniciativa Mérida y expulsaría a la DEA y la CIA de México. Es el comodín en todo esto. No es de extrañar que Adán tenga prisa por conseguir todo lo que pueda antes de las elecciones de julio y antes de que Peña Nieto pueda ocupar el cargo en diciembre.

»La ironía es que nosotros también la tenemos.

»Debemos eliminar a los Zetas antes de que nos echen».

—¿Quiénes son esos? —pregunta Keller cuando entran dos hombres y se sientan a la mesa.

Ninguno de los allí presentes, ni la gente del FBI ni de la DEA, lo sabe. Keller llama a Alfredo Zumatto, su homólogo en la DAD, que también está viendo el vídeo desde Roma. Zumatto escruta las fotografías de su base de datos. Treinta minutos después llega un mensaje: son el *quintino* y el *vangelista*, el segundo y tercero al mando en Berlín.

—La 'Ndrangheta tiene doscientos treinta *'ndrines* en Alemania —explica Zumatto por teléfono—. Vuestro chico está haciendo unos contactos impresionantes.

«También intenta asegurar a Giorgi que los Zetas no harán negocios en Alemania si no es a través de la 'Ndrangheta», piensa Keller.

Observa a los hombres socializando. El resto de la conversación versa mayoritariamente sobre *fútbol*, caballos y mujeres.

En Milán, Rolando coge un tren a Zúrich, donde se reúne con banqueros y posibles distribuidores; desde allí se desplaza a Múnich para citarse con miembros de la 'Ndrangheta local y algunos ciudadanos alemanes.

Después, Rolando va a Berlín, donde vuelve a reunirse con los dos hombres del restaurante, que lo recogen en su hotel, situado cerca de la Puerta de Brandeburgo. El agente del BND los sigue hasta el barrio de Kreuzberg y, cuando llegan a Oranienstrasse, entran en una discoteca y se citan tres hombres a los que identifica como inmigrantes turcos.

Desde Berlín, Rolando viaja en tren hasta la ancestral ciudad portuaria de Rostock, en el Báltico, donde la 'Ndrangheta tiene una fuerte presencia. Se dirige a un yate anclado en el puerto deportivo, permanece allí dos horas y luego se va a su hotel, en Kröpeliner Strasse. El BND determina que los propietarios del yate pertenecen a una organización de traficantes conocida por distribuir droga en la antigua Alemania Oriental.

Rolando va en tren a Hamburgo. Allí establece contacto con la 'Ndrangheta y con un autóctono y juntos se dirigen al Reeperbahn, una versión lujosa del Boy's Town de Nuevo Laredo, pero con más luces de neón de vivos tonos rosas, rojos, verdes y púrpuras. Rolando y sus escoltas pasan por delante de locales con nombres como la Casa de Muñecas, Safari y el Club de Playa, y finalmente entran en el Club Relax, un prostíbulo habitado por mujeres con máscaras y lencería.

«Rolando no es solo una prueba de contraste», piensa Keller cuando regresa horas después. Es un germen, una bacteria que se propaga por el *corpus narcoticus*. Infecta todo lo que toca, y la infección se extiende como una plaga. En las paredes de la policía de toda Europa hay diagramas que vinculan los contactos de Rolando con los contactos de sus contactos. La metáfora del prostíbulo funciona: Rolando Morales es una enfermedad venérea. Es parte del plan de Keller, y se alegra de que esté funcionando, pero es solo eso, una parte.

Rolando viaja de Hamburgo a París, pero no sale del aeropuerto, sino que conecta con un vuelo interno hasta Lyon, donde la Sûreté recoge el testigo de las labores de vigilancia. Allá donde va, es la misma agenda, reunirse con la organización, con traficantes y financieros, y difundir la palabra de Heriberto Ochoa: los Zetas ganarán en Guatemala y en México, Barrera estará acabado después de las elecciones, así que unid vuestro destino a la prosperidad de los Zetas. Las reuniones se celebran en parques, estadios de fútbol, restaurantes, clubes de estriptis y burdeles.

Rolando recoge los cheques.

Luego se sube a un tren rumbo a Montpellier y, desde allí, cruza la frontera española y se dirige primero a Girona y después a Barcelona.

«Es bueno que Rolando haya ido a España», piensa Keller.

La cocaína que no entra en Europa a través de Gioia Tauro lo hace por España, sobre todo por los pequeños pueblos pesqueros de la costa gallega, pero, cada vez más, por el aeropuerto de Madrid.

España también es un mercado importante, pues presenta el mayor índice de consumo de cocaína de toda Europa. Gran parte llega directamente desde Colombia y, según dicta el acuerdo, la mafia gallega, Os Caneos, se queda con la mitad del envío y lo vende en el país a cambio de permitir que la otra mitad llegue al resto del continente desde su territorio.

Por medio de Rafael Imaz, su enlace en el CNP, Keller se entera de que Rolando celebrará una fiesta en Top Damas, el prostíbulo más exclusivo de la ciudad.

—Ha sido un golpe de suerte —dice Imaz a Keller por teléfono.

—¿Tienen contactos en el prostíbulo?

—Es nuestro —responde Imaz.

Hay cámaras y micrófonos, y Keller e Imaz pueden visualizar a la perfección a los invitados paseándose por el local. Imaz no tarda en identificar a dos funcionarios del puerto de Barcelona.

Keller tiene que escuchar sonidos que preferiría no oír mientras Rolando y sus invitados degustan las especialidades de la casa, pero, cuando terminan, se sientan en una sala trasera para mantener una relajada conversación de negocios.

ROLANDO: La traemos en contenedores, al principio pequeñas cantidades, entre ocho y diez kilos.

FUNCIONARIO DEL PUERTO: ¿Cuánto ofrecen?

ROLANDO: Cinco mil.

FUNCIONARIO DEL PUERTO: ¿Euros o dólares?

ROLANDO: Euros.

FUNCIONARIO DEL PUERTO: ¿Han hablado con Os Caneos?

ROLANDO: ¿Por qué van a participar? Están muy lejos.

FUNCIONARIO DEL PUERTO: (*Risas*) No quieren compartir ustedes la coca con ellos.

ROLANDO: Digamos que estamos barajando otros distribuidores.

FUNCIONARIO DEL PUERTO: ¿Lo han hablado con nuestros amigos italianos? No quiero problemas con ellos.

ROLANDO: Les trae sin cuidado lo que hagamos aquí.

Keller escucha las conversaciones hasta que por fin llegan a una cifra: ocho mil euros por envío de coca que pase por el puerto.

Un agente del CNP ve a Rolando salir del prostíbulo y lo sigue hasta el barrio del Raval. Se comunica por radio con Keller e Imaz mientras el Zeta recorre una estrecha y serpenteante calle del casco antiguo.

Barcelona tiene la población islámica más numerosa de España, en su mayoría paquistaní, pero también marroquí y tunecina. Keller sabe que el consulado estadounidense de la ciudad cuenta con un departamento antiterrorista secreto, preocupado porque Barcelona pueda convertirse en el próximo Hamburgo, una base europea para los yihadistas.

La misión contra Bin Laden tuvo lugar hace menos de un año y todo el mundo está esperando la represalia.

—Se encuentra en la zona paquistaní —dice Imaz.

«Está funcionando —piensa Keller—. Por favor, dejadle ir donde espero que vaya. Por favor, dejadle que caiga en la trampa». Han sido semanas de preparativos, semanas de conversaciones privadas con Imaz, de negociaciones secretas con el CNI, de intercambios de información y activos.

Ahora funcionará o no.

El agente sigue a Rolando hasta un edificio de viviendas. Una vez allí, llama a la puerta, espera unos segundos y entra. El CNI, el Centro Nacional de Inteligencia, ha sometido el lugar a vigilancia, ya que sabe que allí residen los Tehrik-i-Taliban, un grupo vagamente afiliado a Al Qaeda.

Keller escucha la grabación de audio junto a los hombres del FBI, que muestran mucho interés. Saben lo que esto podría significar: que están a punto de perder el caso Rolando Morales, y toda su labor, ante otras organizaciones. Ambos miran mal a Keller o evitan por completo el contacto visual.

ROLANDO: ¿Cómo te llamas?

ALI: Llámame Ali Mansur. Es mi nombre yihadista.

ROLANDO: De acuerdo. Tu inglés es bueno.

ALI: Fui a la universidad en Ohio. ¿Quieres intercambiar biografías o hacer negocios?

ROLANDO: Fuiste tú quien contactó con nosotros.

ALI: ¿Podéis vendernos cocaína?

Tanta como puedan comprar, le asegura Rolando. De gran calidad, traída al puerto de Barcelona. El dinero por adelantado.

«Eso está bien —piensa Keller—. Es excelente. —Pero necesita encajar la otra pieza del rompecabezas—. Vamos, Ali. Hazlo».

ALI: ¿Podéis conseguirme armas?

Keller aguanta la respiración. Entonces oye:

ROLANDO: AR-15, lanzacohetes, granadas. Lo que quieras.

Uno de los agentes del FBI maldice.

ALI: ¿De dónde las sacáis?
ROLANDO: ¿Y a ti qué te importa?
ALI: Me importa que sean buenas.
ROLANDO: Lo son.

Rolando permanece una hora en la casa. El agente de incógnito lo fotografía al salir. Luego coge un taxi para volver al Murmuri, un hotel de cinco estrellas.

—Me debe una —dice Imaz a Keller por una línea privada.

Keller cuelga y se dispone a preparar la trampa. Llama por teléfono al jefe de la unidad antiterrorista secreta del consulado de Barcelona.

—¿Qué sabe acerca de un grupo conocido como Tehrik-i-Taliban? —pregunta Keller.

—Muchas cosas.

La CIA ha vigilado a Tehrik-i-Taliban en Barcelona durante los últimos dieciocho meses.

—¿Por qué? ¿Tienen alguna relación con las drogas?

—Podría haberla —le dice Keller sobre la visita de Rolando a la casa del Raval.

—¿Quiénes son los tales Zetas? ¿Una especie de cártel?

—Por Dios. ¿En qué planeta vive usted? —pregunta Keller.

—En este.

—Pues están a punto de llegar —responde Keller.

—Fantástico. Le agradeceré cualquier información que pueda facilitarnos.

«Ya te he facilitado lo que quería facilitarte —piensa Keller—; la mentira de que Ali mantiene buena relación con Tehrik-i-Taliban y no es un agente provocador, uno de los activos de Imaz, enterrado en lo más profundo del CNI.

»No tienen por qué saberlo. El Departamento de Estado no tiene por qué saberlo, y la CIA, el FBI y Seguridad Nacional tampoco. Lo único que deben saber es que los Zetas están dispuestos a vender armas a los terroristas islámicos».

Cuando uno pronuncia la palabra *narco* en Washington, si no es en los pasillos de la DEA, obtiene un bostezo por respuesta. Pero si dice *narcoterrorismo*, recibe presupuesto. El cártel de Sinaloa jamás ha tratado con algo parecido a un terrorista. Si los Zetas van a hacer negocios con un afiliado de Al Qaeda, caerá sobre ellos toda su estructura antiterrorista.

De modo que Keller sabe que la llamada a Barcelona es veneno, una inyección de mercurio en el flujo sanguíneo de los Zetas. Los memorandos que circulen por la CIA llegarán a la DEA y luego se celebrará un comité de coordinación.

Después, tomarán medidas.

En un mes, los Zetas entregarán veinte kilos de cocaína y una variada selección de armas a lo que creen que es una célula terrorista islámica. El envío será interceptado, los contactos de los Zetas en Europa serán pisoteados como una alfombra barata y la 'Ndrangheta huirá de ellos lo más rápido que pueda.

Barrera se hará con el negocio europeo de la cocaína.

Sinaloa
Mayo de 2012

Adán deja flores y una botella de buen vino tinto en la tumba de Magda. Sabe que es un gesto sentimental, el mismo vino que le regaló en su primera «cita» en la cárcel de Puente Grande hace toda una vida. Reza una oración por si existe Dios y por si su alma necesita una oración.

Ha tenido dos grandes amores en su vida.

Magda.

Y su hija Gloria.

Ella también está en la tumba.

Adán se levanta y se desempolva los pantalones. Ha llegado el momento de dejar el pasado atrás y, con él, la amargura, y pensar solo en el futuro. Ahora tiene hijos, dos niños sanos, y debe construir un mundo para ellos.

Vuelve al coche, donde le espera Nacho.

—No le menciones esto a Eva —dice Adán al entrar.

—Si de algo entiendo es de amantes —responde Nacho.

—No tengo ninguna, por si lo dudabas.

—No lo dudaba —contesta Nacho—. Pero no es asunto mío, siempre y cuando trates bien a mi hija. Y a mis nietos.

Nacho se ha convertido en un abuelo amantísimo. Visita continuamente a Raúl y Miguel Ángel y les lleva regalos que ellos no pueden apreciar ni entender. Su cumpleaños llegará pronto y Adán le tiene pavor, ya que Eva y su familia planean una celebración que es casi monárquica en envergadura y complejidad.

«Y les estás siguiendo el juego —piensa Adán.

»Reconócelo, el amantísimo eres tú».

No pensaba que tener hijos a su edad fuera a cambiarle la vida. Lo hizo más por una cuestión de sucesión en el negocio. Pero en el fondo debe reconocer que quiere a esos niños con una pasión que le resulta casi inconcebible.

Todos los tópicos son ciertos.

Vive por sus hijos.

Moriría por ellos.

Algunas noches sale de la cama y va a su habitación a observarlos mientras duermen. Sabe que en parte obedece a la ansiedad de un padre que perdió a una hija enferma. Pero es un gran placer, una felicidad física que siente con solo mirar a sus niños.

—El PAN perderá las elecciones —sentencia Nacho.

—La Guerra contra la Droga es muy impopular —comenta Adán con sequedad—. ¿Has avanzado algo?

—¿Con la nueva gente? —pregunta Nacho—. Algo, pero no puedo garantizar que sea suficiente.

—Es nosotros u Ochoa —afirma Adán—. El nuevo gobierno nos elegirá a nosotros.

—Es nosotros u Ochoa mientras haya un Ochoa —precisa Nacho—. Cuando los Zetas ya no representen una amenaza... el gobierno podría decidir ir a por nosotros.

—¿A qué te refieres?

—A que quizá lo mejor no sea destruir a los Zetas, sino hacerles daño —dice Nacho—. Dejar un remanente en activo como contrapeso para asegurarnos de que seguimos siendo el menor de los males.

Adán mira por la ventana mientras el coche atraviesa lentamente el cementerio. Tiene a tantos amigos enterrados aquí... Y también muchos enemigos. A algunos de ellos los trajo él.

—Mataron a Magda —dice Adán—. No estarás proponiendo seriamente que hagamos las paces con ellos.

»Los Zetas son animales. Ochoa, Forty y sus secuaces son asesinos salvajes y sádicos. Basta con ver lo que le hicieron a la gente de aquellos autobuses, lo que les hacen a mujeres y niños. Las extorsiones, los secuestros, la bomba en el casino... No es de extrañar que el país esté dando la espalda a los narcos. Los Zetas los han convertido en monstruos y deben ser destruidos.

—No voy a rejuvenecer —dice Nacho—. Me gustaría relajarme y jugar con mis nietos.

—¿Quieres una mecedora también?

—No, pero una caña de pescar a lo mejor sí —responde Nacho—. Tenemos miles de millones, más dinero del que los hijos de los hijos de nuestros hijos podrán gastar en toda su vida. Me estoy planteando dejarlo, ceder el negocio a Júnior. No sé, puede que saque a toda la familia de esto.

—¿Y cómo lo harás? —pregunta Adán—. ¿Lo anunciamos, celebramos una fiesta con brindis y relojes de oro y los Ochoa del mundo nos dejan vivir en paz?

—No, supongo que no —dice Nacho—. Pero si primero firmamos la paz y dividimos las *plazas*...

—Estamos ganando.

—En Guatemala no —responde Nacho— y se nos acaba el tiempo. El nuevo presidente expulsará a nuestros amigos, y a los estadounidenses con ellos.

—En su día mantuvimos buena relación con el PRI y volveremos a tenerla.

—Eran otros tiempos, Adanito.

El diminutivo de su nombre molesta a Adán. Nacho está jugando al abuelito astuto y no le gusta, sobre todo porque tiene razón: eran otros tiempos. «Dirigíamos nuestros negocios y, si las cosas se nos iban de las manos, manteníamos a los civiles al margen. Ahora, el país está harto de la violencia asociada al tráfico de drogas. El caos que, afróntalo, has desencadenado solo en Juárez ha sido catastrófico y no podrías controlarlo aunque quisieras».

Y la guerra con los Zetas: ayer fueron hallados dieciséis de sus hombres decapitados en la autopista de las afueras de Badiraguato.

«Estamos ganando la guerra, pero a un precio horrendo.

»Y Nacho también tiene razón en lo de Guatemala.

»Estamos perdiendo allí y, si perdemos Guatemala...

»No podemos perder Guatemala».

La ironía es amarga.

Ahora todo depende de Art Keller.

—Déjame preguntarte una cosa —dice Tim Taylor—. ¿Estás chiflado?

Se encuentran en la sala de reuniones del EPIC, y Keller lo mira fijamente.

—No, creo que no estoy chiflado, Tim.

—Lo pregunto —dice Taylor— porque parece que acabas de solicitar que permitamos un envío de armamento de Estados Unidos a España.

—Siendo estrictos —responde Keller—, estoy pidiendo que permitamos que un envío de armamento llegue a México y después a España con un cargamento de cocaína.

—¿Nunca has oído hablar de Fast and Furious? —dice Taylor.

—Sí.

Todo el mundo ha oído hablar de la célebre operación de la DEA que se fue al traste. En un esfuerzo por realizar un seguimiento de la venta de armas, la DEA permitió que llegara un cargamento a México y después le perdió la pista. Las armas fueron utilizadas por el cártel de Sinaloa y los Zetas para cometer varios asesinatos, entre ellos el del agente Jiménez. De hecho, se especula que Jiménez y su compañero estaban en esa autopista porque iban a recoger un envío de armas pertenecientes al programa Fast and Furious.

—Porque puedes encender la televisión si quieres —dice Taylor—. Creo que las vistas del Congreso pueden verse en C-Span.

—Correcto.

—Y tú quieres repetir el fiasco, pero en Europa —dice Taylor—. Así que, si pierdes la pista a esas armas, tendremos un incidente internacional.

—Rolando no entregará las armas a los narcos —responde Keller—, sino a nuestros agentes.

—Porque tú, por cuenta propia, has creado una falsa célula terrorista...

—Con la cooperación del espionaje español...

—... para tender una trampa a un ciudadano estadounidense...

—En eso consiste precisamente una operación encubierta —dice Keller—. ¿Qué pasa, Tim? ¿Tender una trampa a los Zetas te plantea problemas éticos? Tenemos suerte de haber podido hacerlo y de que nos vendan las armas a nosotros en lugar de a unos afiliados de Al Qaeda reales.

—Aun así, deberías haber pedido permiso.

—¿Me lo habrían concedido? —pregunta Keller.

—No.

—Lo estoy pidiendo ahora.

—Ahora que estás embarazado de ocho meses.

—El tiempo pasa —dice Keller—. Si el PRD gana las elecciones, nos echarán de aquí a patadas. Si gana el PRI, nos tolerarán, pero no nos permitirán ni a nosotros ni a las FES ir a por Ochoa. Si queremos acabar con los Zetas, tenemos que hacerlo pronto. Sabes igual que yo que si los descubren vendiendo armas a los yihadistas iremos a Pennsylvania Avenue y volveremos con una acusación contra Ochoa, y Estado o Justicia no podrán decir absolutamente nada.

—Menudo pieza estás hecho, Art.

—¿Quieres a Ochoa o no?

—Ya sabes que sí.

—¿Entonces?

Taylor se levanta de la silla.

—No quiero saber absolutamente nada de esto hasta que salga bien.

—Así será.

—Si la cagas —dice Taylor desde el umbral—, hazme un favor: quédate en México. O, mejor aún, vete a Belice. A algún lugar donde no te llegue la citación judicial. Yo me jubilaré en breve y quiero retirarme a una cabaña cerca de un lago, no a la prisión federal.

Hay siete mil armerías a pocas horas en coche de la frontera mexicana.

Casi dos por kilómetro.

La mayoría de esas armas no son para matar ciervos en Minnesota.

Ahora Keller está sentado delante de una de esas tiendas en Scottsdale, Arizona, y ve entrar al comprador de paja.

El gobierno mexicano asegura que un noventa por ciento de las armas que utilizan los cárteles vienen de Estados Unidos, pero Keller sabe que no es cierto. Buena parte de ellas son saqueadas de los arsenales del ejército centroamericano, pero las tiendas que jalonan la frontera están allí por alguna razón, igual que los narcos del otro lado están allí por alguna razón.

En cuanto Keller recibió la autorización de Taylor, pinchó los teléfonos y el correo electrónico de Rolando Morales, lo cual lo llevó a cinco armerías de Scottsdale, Phoenix, Laredo, El Paso y Columbus, en Nuevo México.

Ahora ve al comprador de paja entrar y adquirir tres rifles de asalto AR-15 de fabricación rumana. Más cantidad levantaría las sospechas del AFT. El hombre rellena el formulario 4473, donde se identifica como el verdadero comprador. El propietario del establecimiento sabe perfectamente qué está ocurriendo y para quién son las armas.

Qué oportuno que ese hombre solo esté en la tienda unos treinta minutos y luego meta las armas recién adquiridas en el maletero de su Dodge Charger. Un agente lo sigue hasta su casa de las afueras. Entra, cena, ve la televisión y esa misma noche se dirige a otra casa en el desierto, donde entrega las armas a un Zeta.

Esta transacción se repite por toda la frontera hasta que Morales recoge los cincuenta rifles de asalto que incluirá en el paquete para los «yihadistas».

Se utiliza un proceso similar tanto para las armas que van hacia el sur como para aquellas que viajan hacia el norte. Se cargan en compartimentos en coches y camionetas que cruzan la frontera. La gente de Keller sigue los envíos hasta Veracruz, donde se meten las armas y la cocaína en contenedores que un buque traslada hasta Barcelona.

Rolando compra un billete de avión en primera clase.

Keller ve el vídeo (grabado en el interior de un almacén en el muelle industrial del puerto de Barcelona) y desearía estar allí en lugar de en la sala de control de Quantico.

Pero Rafael Imaz sí se encuentra allí con veinte agentes del CNP fuertemente armados. A varias manzanas de distancia hay más efectivos escondidos en vehículos sin identificar. Observando el monitor de vigilancia, Keller ve al hombre al que conocen como Ali y a tres de sus compañeros yihadistas esperando a Rolando.

La situación es tensa.

Keller cree que han localizado el envío de drogas y armas y que Rolando se citará con Ali. Pero, si se equivocan, si ha habido una filtración, si la impresionante red de espías de los Zetas se ha olido la trampa, Rolando no aparecerá y la droga y, lo que es más importante, las armas, irán hacia otro sitio.

Fast and Furious versión europea.

Rolando lleva dos días en Barcelona disfrutando del sol, de la comida y de las mujeres guapas de la Rambla. Una noche invitó a los dos directivos del puerto a Top Damas, otro motivo por el que Keller cree que el acuerdo con Ali sigue en pie. Pero podría ser todo una maniobra de distracción. Ochoa está muy versado en espionaje militar y Keller no lo descartaría.

El carguero llegó la mañana anterior y empezó a descargar de inmediato, pero, hasta el momento, Rolando no se ha acercado al puerto. Y Ali dejó muy claro que solo trataría con él, sin mediadores ni transferencias bancarias. Ahora Rolando se retrasa ya treinta minutos. Es preocupante; cabe la posibilidad de que el envío se dirija a otro lugar mientras ellos persiguen a Rolando por Barcelona.

Ali lleva un auricular.

—¿Algo? —pregunta Imaz.

—Todavía no.

Entonces se produce una llamada del agente que está siguiendo a Rolando. Él y otros dos hombres han salido del hotel y van en un coche en dirección al puerto.

Esperan.

Una hora después, entra un estibador en el almacén con dos contenedores. Detrás llegan Rolando y sus dos acompañantes.

Rolando está de buen humor.

—*Allahu akbar!*

Ali interpreta su papel.

—Llegas tarde.

—Solo queríamos asegurarnos de que no había más invitados a la fiesta —contesta Rolando.

—La próxima vez, si es que la hay, sé puntual —dice Ali.

—La próxima vez no me hagas venir personalmente.

—¿No te gusta Barcelona? —pregunta Ali—. A mi gente le daba la impresión de que lo estabas pasando bien.

—En Oklahoma también tenemos putas —dice Rolando.

—Déjame ver la mercancía.

Los hombres de Rolando abren uno de los contenedores. Coge un paquete de cocaína y lo sostiene en alto.

Keller observa el monitor. Todo está grabado, con audio.

—¿Quieres probarla? —pregunta Rolando.

—Eres demasiado listo para engañarme con la droga —responde Ali—. Quiero ver las armas.

Abren el otro contenedor.

Ali se acerca a examinar el material.

—Tú mismo —dice Rolando.

Ali coge uno de los rifles y lo sopesa.

—¿Y la munición?

—Un arma no vale mucho sin munición —dice Rolando—. Está ahí.

Ciñéndose al guion, Ali pregunta:

—¿Podéis conseguirme lanzagranadas?

—Lanzagranadas —repite Rolando—. Joder.

—¿Podéis?

—Si los pagáis... —dice Rolando—. Podemos conseguirlos en Guatemala y El Salvador. Hablando de pagar...

Con un gesto de Ali, uno de sus hombres trae cuatro maletines. Los abren y muestran a Rolando los dólares estadounidenses en pulcros fajos.

—¿Quieres contarlo?

—No, confío en ti.

Los hombres de Ali cierran los maletines y los entregan a la gente de Rolando.

—¡Vamos! —dice Imaz por el micrófono.

Los agentes del CNP salen de la sala trasera del almacén. Al mismo tiempo, los hombres apostados fuera se apresuran a bloquear la salida. Son rápidos, muy buenos, y Morales no tiene más opción que levantar las manos.

Keller ve a Imaz dirigirse hacia él.

—Sorpresa, hijo de puta.

—¿Podéis conseguirme lanzagranadas?

—Lanzagranadas. Joder.

—¿Podéis?

—Si los pagáis... Podemos conseguirlos en Guatemala y El Salvador.

El representante de Narcóticos del Departamento de Estado apaga el reproductor de casete y mira a Keller.

Este le devuelve la mirada como diciendo: «¿Y bien?».

—Ya veo —dice el representante—. Pero impidieron la compra y detuvieron a la red. Caso cerrado. Bien hecho.

—¿No cree que volverán a intentarlo? —pregunta Keller—. Acabo de darle pruebas fehacientes de que los Zetas suministraron armas a terroristas islámicos y, por tanto...

—No, ya lo entiendo.

Están presentes los actores habituales: Keller, Taylor, el director de la DEA, la CIA, Seguridad Nacional, Justicia, Estado y la Casa Blanca.

«Resumiendo —piensa Keller—, un desaguisado».

—Sigo sin entender —dice el hombre de la Casa Blanca— por qué no podemos derivar esto a los guatemaltecos y proporcionarles ayuda de los marines que ya están allí.

—Por la misma razón —interviene Taylor— que no podían informar ustedes a los paquistaníes de la misión contra Bin Laden. No saben qué gobernantes tienen acuerdos con los Zetas.

—Los guatemaltecos no están por la labor —añade el jefe de la CIA en Guatemala—. Cada vez que se rebelan contra los Zetas, les dan una paliza. No quieren ni acercarse a ellos.

El representante de la CIA propone un ataque con drones.

—¿En Centroamérica? —pregunta el representante de Seguridad Nacional.

—Tenemos efectivos allí —dice el hombre de la CIA—. Tenemos los drones. Es solo cuestión de adosar un misil.

—Los daños colaterales desencadenarían un conflicto —responde el representante del Departamento de Estado.

—Lo que no puede ocurrir —tercia el representante de Seguridad Nacional— es que los Zetas vuelvan a vender drogas y armas a los yihadistas. Eso no está sobre la mesa.

—Así que debemos actuar sobre el terreno con el ejército —dice Keller.

—El ejército —dice el hombre de la Casa Blanca— es exactamente lo que no queremos. Por el amor de Dios, estamos intentando sacar a los soldados de Irak y Afganistán.

—En la misión contra Bin Laden lo hicieron —espeta Taylor.

—La ciudadanía estadounidense habría aceptado bajas por capturar a Bin Laden —afirma el representante de la Casa Blanca—, pero no por un par de traficantes que ni les suenan. Si los matamos en una misión encubierta en Centroamérica, los republicanos pedirán la destitución.

—Ahora tenemos hombres allí —reitera Keller.

—Como asesores —responde el representante de Narcóticos.

Keller se recuesta en la silla y levanta las manos.

—Al final —dice el hombre de la Casa Blanca—, la única opinión que cuenta aquí es la mía. Hablando en términos estrictos, la DEA no pinta nada en una discusión como esta. La respuesta es no. Si los dos tipos aparecen en México y vuestros chicos de las FES se los pueden cargar, perfecto. Un saludo para ellos. Pero no pienso autorizar una misión en plan Rambo en las junglas de Guatemala. Tema zanjado. Esta reunión nunca se ha producido.

Se levanta y se va.

Aquella noche, Keller se devana los sesos en su habitación de hotel.

«Ochoa y Forty vivirán tranquilamente en Guatemala y nadie los tocará. Desde su refugio, matarán a más gente y causarán más terror y sufrimiento. Y nosotros nos quedaremos a este lado de la frontera, gordos y felices, y les compraremos su droga y financiaremos más asesinatos».

Su teléfono suena.

Es Tim Taylor, que llama para lamentarse. Qué armonía se ha generado entre ellos, piensa Keller mientras Taylor se queja de policías sin agallas y burócratas castrados. Taylor luchó con todas sus fuerzas y perdió, y también debe de sentirlo.

—¿Quieres tomar una cerveza? —pregunta Taylor.

—De acuerdo.

—Voy a tu habitación —dice Taylor—. Traeré a un par de personas.

Cinco minutos después, Taylor aparece con el representante de la CIA que asistió a la reunión y un hombre al que Keller nunca ha visto. Parece tener poco más de sesenta años, lleva un traje gris caro sin corbata y botas de vaquero, y no se presenta.

Toman asiento y Keller saca cuatro cervezas de la nevera.

Toma la palabra el agente de la CIA.

—Mi compañero es del sector energético y ambos coincidimos en que esta misión en Guatemala debe llevarse a cabo.

—Los Zetas están interfiriendo en las perforaciones de petróleo y gas en Tamaulipas —dice su acompañante—, lo cual pone en riesgo miles de millones de dólares. Y, por supuesto, están los aspectos humanitarios.

—Claro —dice Keller.

Le importa una mierda por qué.

—No podemos utilizar a nuestra gente —explica el hombre de la

CIA—, así que tendremos que contratar a una empresa de seguridad privada. La mayoría son soldados de las fuerzas especiales de Estados Unidos ya retirados: SEAL, DEVGRU, Delta Force. Es lo que hicieron en Afganistán e Irak, ¿no? Llegar, cargarse al malo y largarse.

—¿Y la financiación? —pregunta Taylor—. No hay manera de hacer esto a través de la DEA.

—Puedo conseguir el dinero —dice su compañero—, a cambio de ciertas garantías.

—¿Cuáles? —pregunta Keller.

—Bueno, no quiero echar a un grupo de narcos de los campos de petróleo y gas para que entre otro.

—Entonces quiere garantías de Adán Barrera —dice Keller—, que le asegure que no tocará los campos de petróleo y gas.

—Más o menos. ¿Pueden ofrecernos esas garantías? ¿Pueden hablar en nombre de Barrera?

«Qué puto mundo más extraño», piensa Keller.

—Yo sí.

—Usted y él son muy amigos, ¿no?

—Somos la misma persona —dice Keller.

—El dinero no es problema.

Ya han tomado una decisión. La gente del petróleo contratará a una empresa de Virginia. Un contingente privado de soldados antiinsurgencia será desplegado en Petén y eliminará a Heriberto Ochoa y Forty.

—¿Cómo podemos tener la certeza de que estarán allí? —pregunta el hombre de la CIA—. Tendremos que estar seguros de que no pueden moverse.

—Yo me ocuparé —responde Keller—. Por supuesto, yo participaré en la misión.

—Ni de broma —dice Taylor.

—¿Y si le matan? —pregunta el hombre de la CIA—. ¿Cómo lo explicaríamos?

—Me da igual. ¿Debería importarme? —pregunta Keller.

—Estás demasiado implicado —afirma Taylor.

«Tienes toda la razón —piensa Keller—. Ochoa dio la orden de atacar a Marisol y de matar a Erika.

»Tienes toda la razón. Es algo personal».

—O voy o no hay trato —dice Keller.

—Es tu funeral —observa Taylor—. Pero primero presenta tu dimisión. Luego nos ocuparemos de que la empresa te contrate. No quiero que mantengas ningún vínculo con la agencia si las cosas se ponen feas.

—Llevo siete años intentando dimitir, Tim.

—Esta vez es permanente.

«Esta vez lo será», piensa Keller.

—Tengo otra pregunta —dice Taylor—. ¿Qué pasa con la Casa Blanca?

El hombre del sector petrolero hace rechinar la punta de la bota contra el suelo y sonríe.

—Joder ¿quién creen que nos ha enviado?

Keller presentó los papeles y se hizo correr el rumor de que había sido obligado a dimitir por mantener una estrecha relación con la antigua organización de los Tapia, pero que la DEA le había conseguido un aterrizaje suave en una empresa de seguridad privada para evitar otro escándalo.

Después de Fast And Furious, nadie quería otro escándalo.

A Marisol le cuenta la verdad.

Al menos todo lo que puede.

—¿Una empresa de seguridad privada? —pregunta arqueando una ceja.

No es tonta y sabe leer entre líneas.

—Solo para una misión —dice Keller.

—Famosas últimas palabras.

—Menuda pullita —dice Keller—. Después de esto, lo dejo.

Se han visto muy poco en los últimos meses. Él ha estado buscando Zetas con las FES o en Washington. Incluso en el EPIC ha estado atareado y cada vez ha pasado más noches en la casa de El Paso en lugar de desplazarse a Valverde.

Marisol también ha estado ocupada. Sigue dirigiendo lo que queda del gobierno municipal, intentando mantener cierto orden con un solo policía, solicitando más fondos a los gobiernos estatal y federal, y dirigiendo su clínica. La violencia en el valle se ha atenuado un poco y sabe que el ejército la protege a petición de Keller, quien le ha asegurado que eso no cambiará.

Esquivando el puñetazo de Keller sobre su jubilación, Marisol dice:

—Entonces, tu retirada es una farsa. Sigues siendo una potencia en el mundo de la lucha contra la droga. ¿De qué va esta misión?

Keller está cortando verduras para la cena, continúa cortando y no responde.

—Tendrás que matar a más gente, ¿verdad? —insiste Marisol. Keller no contesta, pero ella sigue—: ¿No has tenido suficiente? ¿No hemos tenido suficiente todos nosotros?

—Es Ochoa —dice sin mirarla—. ¿Ya estás contenta?

—¿Crees que eso me haría feliz? —pregunta.

—¡Mató a Erika!

—¡Eso ya lo sé! —Marisol se vuelve hacia él—. Pero no me conoces en absoluto.

—Fantástico. Soltemos tópicos.

—Bien. Vete a la mierda.

Marisol coge el bastón y sale de la cocina cojeando. Keller oye un portazo en el dormitorio. Respira hondo, deja el cuchillo y sale detrás de ella. Cuando entra en la habitación, está quitándose la ropa de trabajo y ve las cicatrices en su cuerpo y la bolsa de la colostomía, y recuerda cómo bromeaba amargamente con lo simbólico que es llevar encima una bolsa de su propia mierda.

—Sí —dice Marisol cuando se quita la blusa y lo ve mirando—. Esto me lo hizo Ochoa. Ochoa ordenó el asesinato de Erika. Pero ¿quién mató a Jimena? ¿Quién mató a la gente del valle? Fue tu nuevo mejor amigo, Adán Barrera. Ahora trabajáis todos juntos, ¿no? Tu gobierno y mi gobierno. Siempre han trabajado con él.

—¿Qué insinúas? —dice Keller—. ¿Que formo parte de la maquinaria?

—Perdona, pero ¿acaso no es así?

—Hice un pacto con el diablo para acabar con los Zetas —dice con manifiesta irritación.

—¿Por mí? —pregunta Marisol sarcásticamente—. ¿Vendiste tu alma para vengarme? Yo no te lo pedí. No quiero que lo hagas. Si lo haces por venganza, responsabilízate tú. No me cargues a mí el muerto.

—¿Qué quieres?

—¡Quiero que se acabe! —exclama—. ¡Quiero que todo esto se acabe!

—Y yo también.

—Pues acábalo —dice Marisol—. Páralo. Si matas a Ochoa, ocupará su lugar otro peor, y lo sabes. Ni siquiera sé a cuánta gente has matado desde que nos conocimos, Arturo. Quizá se lo merecían, no digo que no, pero lo que sí sé es que tú no te lo mereces... y yo tampoco.

—Es la última vez.

—Vete —dice—. Vete y haz lo que consideres que tienes que hacer, pero...

—¿Qué?

Lo mira a los ojos durante lo que parece una eternidad.

—Si haces esto —dice Marisol—, no sé si quiero que vuelvas.

—De acuerdo.

—Art...

—No —interrumpe—. Lo has dejado muy claro. Adiós, Marisol. Solo te deseo toda la felicidad del mundo.

Con el anillo de compromiso que compró en El Paso todavía en el bolsillo, Keller parte hacia su yihad.

2

LA PLAZA DEL PERIODISTA

> *There is no water to put out the fire.*
> Mi canto la esperanza.
>
> CARLOS SANTANA,
> *María, María*

Ciudad Juárez
Junio-julio de 2012

Con sentimiento de culpabilidad, Pablo visita *Esta Vida*.

La entrada de hoy consiste en un vídeo en el que aparecen cinco hombres con el torso desnudo arrodillados en un almacén. Les han pintado la letra Zeta en el pecho y detrás de ellos hay unos hombres con pasamontañas y camisas militares con el logo del CDG.

Fuera de plano se oye a uno de los captores haciendo preguntas a los prisioneros. Uno por uno, los cautivos confiesan que son Zetas y que han cometido crímenes.

Entonces, alguien pone en marcha una sierra mecánica.

La cámara sigue enfocando, pero Pablo vuelve la cabeza. Al mirar segundos después, ve las cabezas cercenadas en el suelo y la voz en off anuncia que esto será lo que le ocurra a «toda la escoria Zeta» que haya en Tamaulipas.

Es aterrador, y no solo por los motivos obvios.

El blog prácticamente se burla de los Zetas al mostrar la ejecución de los suyos. Para empeorar las cosas, la entrada de hoy incluye también una noticia sobre el secuestro de un periodista de *Milenio* en Veracruz. Lo apresaron tres hombres en el aparcamiento de su oficina y lo metieron en una furgoneta. Su cuerpo fue hallado en un parque del centro con el mensaje: ESTO ES LO QUE LES SUCEDE A LOS TRAIDORES Y A LOS QUE VAN DE LISTOS. ATENTAMENTE, LOS ZETAS.

Era el quinto periodista asesinado en Veracruz en los últimos dos meses. Tres fotógrafos de sucesos fueron arrojados a un canal en bolsas de plástico. Una periodista fue golpeada y estrangulada.

Al leer el artículo, a Pablo se le revuelve el estómago. Le gustaría achacarlo a un exceso de cervezas y a un fuerte *aguachile* que tomó la noche anterior, pero sabe que es miedo.

No, miedo no.

Terror.

Cierra rápidamente la pantalla cuando oye a Ana acercarse.

—Ya sabes que el periódico controla las descargas —dice—. Podrían despedirte por entrar en Backdoor Mamacitas.

—Es investigación —responde Pablo.

—Eso dicen todos.

Últimamente, Pablo ha pasado más tiempo en la oficina porque se han cometido menos crímenes en las calles. La violencia en Juárez en modo alguno ha desaparecido, pero parece haberse atenuado.

Algunos lo atribuyen al nuevo jefe de policía, un exoficial del ejército llamado Leyzaola que llegó hace un año después de «limpiar» Tijuana. En su primera jornada laboral, su bienvenida fue un cuerpo atado con cinta de embalar en la puerta de su casa y una nota de los narcos, seguida de la habitual amenaza de que cada día moriría uno de sus hombres hasta que dimitiera.

Pero Leyzaola no vaciló cuando fueron tiroteados los primeros cinco agentes. Ordenó a sus hombres que abandonaran sus casas y los instaló en habitaciones de hotel. Luego celebró una rueda de prensa, donde anunció:

—Al final, el criminal debe ser derrotado. Existe toda una leyenda, una mística, en torno a los narcos, que supuestamente son invencibles, omnipotentes. Tenemos que desmentir esa idea y tratarlos como lo que son: criminales.

Por supuesto, intentaron matarlo. Tendieron una emboscada a su convoy, abrieron fuego y mataron a un agente, pero Leyzaola no sufrió ni un rasguño. Respondió con otra rueda de prensa, en la que aseguró que limpiaría Juárez barrio a barrio, empezando por el centro.

Lo hizo. Puso «agentes sobre el asfalto» y sobrevivieron. Algunos dicen que fue porque los narcos tenían miedo a Leyzaola —las historias sobre sus torturas a narcos y policías corruptos en Tijuana llegaron antes a la calle que sus agentes— y otros que la violencia está disminuyendo porque Adán Barrera ya ha ganado la guerra. Otros iban un poco más allá, afirmando que Leyzaola había firmado la paz con Barrera para calmar Tijuana y que ahora estaba haciendo lo mismo en Juárez, si bien había declarado en público que rechazó un soborno semanal de ochenta mil dólares del Señor.

Pablo era más cínico. Si se cometían menos asesinatos, opinaba, probablemente era porque no quedaba nadie más a quien matar.

Otras teorías conjeturaban que la narcoguerra simplemente había cambiado de frente y ahora se libraba en Tamaulipas, Nuevo León y Veracruz.

A la mayoría no les importaba.

Las muertes, aunque no habían cesado, estaban ralentizándose. Lenta, muy lentamente, las empresas que habían cerrado empezaban a volver al centro y otros barrios. Juárez, «la ciudad más homicida del mundo», daba señales de vida.

Había otros indicios de esperanza.

Un general de Ojinaga fue arrestado y acusado de asesinar y torturar a civiles, lo cual supuso una gran victoria para la Rebelión de las Mujeres en el valle de Juárez, aunque trágicamente póstuma para Jimena Abarca, Erika Valles y las demás.

Pero, aun así, era un signo de esperanza, y la gente empezaba a hablar comedidamente de una «primavera en Juárez».

Incluso Pablo, el cínico y siempre deprimido Pablo, abrigaba en secreto una delicada semilla de esperanza de que lo peor ya hubiera pasado y de que esta ciudad fuera a renacer. No volvería a ser la misma, por supuesto, nunca lo sería, pero afloraría como algo distinto y al menos sobreviviría.

—¿En qué estás trabajando? —pregunta Ana.

—Vendedores de DVD piratas —responde Pablo—. En el centro. Es de interés ciudadano, un artículo colorido. ¿Y tú?

—En las elecciones —dice, como si la respuesta fuera obvia.

Lo es.

Las elecciones están en la mente de todos.

Victoria está encantada con el candidato del PAN.

—Conservadora y mujer —dijo durante la última visita de Pablo a Ciudad de México, un regalo de Óscar para que cubriera un festival literario—. Siempre he intentado hacerte entender que el partido progresista es el PAN, no el PRI o el PRd.

—Te gusta más que nada por el título de su libro —respondió Pablo.

Josefina Vázquez Mota, la candidata del PAN, había escrito un *bestseller* de autoayuda titulado: *Dios mío, hazme viuda por favor.*

—Al menos escribe —dijo Victoria entre risas—. El vuestro ni siquiera sabe leer. ¡Por Dios, Pablo, es Rick Perry!

El candidato del PRI, Enrique Peña Nieto, titubeó cuando un periodista le preguntó cuáles eran los tres libros que más le habían influido. No acertó a nombrar tres y finalmente murmuró algo acerca de la Biblia. Y lleva el pelo acicalado igual que Perry, sin un mechón fuera de sitio. Además, no supo decir a otro periodista cuánto costaba un paquete de tortillas.

—Es un adúltero en serie —continuó Victoria animadamente—. No es padre de uno, sino de dos niños extramatrimoniales, y tuvo una aventura con esa actriz.

—Se casó con ella —respondió Pablo con poco ánimo. Y siente cierta envidia. Peña Nieto se tiró a una estrella de las telenovelas que lleva el apropiado nombre de Angélica Rivera—. En cualquier caso, no es mi tipo.

—No, claro que no —dijo Victoria—. Tú eres más de izquierdas. López Obrador solo se presenta porque cree que la última vez le robaron.

—Es que la última vez le robaron.

—¿Y qué es? ¿Al Gore?

—¿Y tú a quién eliges? ¿A Sarah Palin? Si vamos a jugar a las comparaciones con Estados Unidos...

—Ella es mucho más inteligente que Palin.

—Bueno, el listón tampoco está demasiado alto.

Disfrutaba discutiendo sobre política con Victoria, lo cual denotaba una distensión en su relación. Pablo había aceptado que volviera a casarse, e incluso que Mateo tuviera un «padrastro», que, por lo visto, está ejerciendo una influencia positiva en Victoria. Ahora es mucho más liberal con el régimen de visitas e incluso ha accedido a que Mateo vaya a verlo y puede que también a que vayan de vacaciones a Cabo, Puerto Vallarta o incluso El Paso.

La última opción se ajusta más al presupuesto de Pablo y ya ha empezado a planear el viaje. Recogerá a Mateo en El Paso y lo llevará al Western Playland Park para que monte en el tobogán de agua y la montaña rusa, y después irán de acampada a Big Bend.

No sabe si pedir a Ana que vaya con ellos.

Victoria, con su infalible radar, también había sacado el tema.

—¿Así que tú y Ana tenéis algo?

—No sé qué significa «algo» —respondió Pablo con falsedad.

—Acostarse —aventuró Victoria—. Sexo. No pasa nada, Pablo. Estamos divorciados. Tienes todo el derecho del mundo. Lo entiendo. Y, de hecho, Ana me gusta.

—A mí también.

—Bueno, eso espero. Si te la estás tirando...

—Victoria, por Dios...

—Has perdido un poco de peso, por cierto —dijo Victoria—. Los hombres solo se preocupan de su cintura cuando se están tirando a alguien, aunque conmigo ni te molestabas.

—Cuando nos conocimos estaba delgado.

—Sí, lo estabas.

Victoria siempre insistía en que comiera mejor, bebiera menos y fuera al gimnasio, pero Pablo cree desde hace mucho que ella (apenas) canaliza su fascismo innato con ejercicio y regímenes y recientemente ha empezado a asistir a sesiones semanales de gimnasia en las que probablemente alcanza el orgasmo mientras le grita un instructor avivado por los esteroides.

Ana no le insiste en nada, lo cual es uno de sus numerosos acuerdos tácitos. Pablo reconoce que ambos tienen mentalidad de supervivientes, algo que solo pueden compartir las personas que han convivido en una zona de guerra. La actitud resultante es que, mientras sirva para llegar al final del día, ya vale.

En el caso de Pablo, normalmente es cerveza y comida basura. En el de Ana, vino, tabaco y algún que otro porro. Y el trabajo. Siempre ha sido diligente, pero, el último año, Ana ha insuflado una energía casi demoníaca a sus artículos. Cuando no está sentada a la mesa de la oficina, está consultando el portátil, y a Pablo le resulta cada vez más difícil sacarla a tomar una copa.

Se ven en la sala de local y por la noche en casa de Ana (de acuerdo, la casa de ambos), cuando él llega de los bares y ella vuelve de informar sobre lo que esté informando. Toma una copa de vino, se fuma un cigarrillo, a veces da una calada o dos a un porro y después se acuestan y tienen lo que solo puede describirse como «sexo desesperado».

Victoria era una máquina en la cama. No era para nada la mujer gélida que cabría esperar, sino un mecanismo productor de orgasmos de una eficiencia asombrosa, tanto para él como para ella misma. Ana no es así. En la cama, es un caos. Se acerca al clímax como un caballo desbocado que de repente ve el precipicio pero no puede dejar de correr.

El orgasmo de Victoria normalmente venía precedido de un grito triunfal (otro punto positivo en su lista); el de Ana, de un «oh, no» seguido de lágrimas, y después lo abrazaba desesperadamente como si fuera lo único que le impidiera caer en el abismo.

Es todo lo que parece querer de la relación. No quiere «mejorar» a

Pablo, no le pregunta adónde va todo aquello. Parece contentarse con tener compañía por la noche, con la amistad y el amor, si es que puede denominarse así.

Para Pablo, el sexo es más bien una demora del sueño.

Antes le encantaba dormir, disfrutaba enterrándose debajo de las sábanas.

Ahora lo detesta y lo teme.

Porque con el sueño llegan las pesadillas.

No es positivo para un hombre que ha cubierto miles de asesinatos. No es una cifra al azar ni una hipérbole. Se dio cuenta una noche haciendo números. Ha asistido literalmente a miles de asesinatos. Bueno, no a los asesinatos en sí, aunque algunos se los perdió por una cuestión de minutos. Llegaba después. Los muertos, los moribundos, los dolientes. Los desmembrados, los decapitados, los desollados.

No necesita ninguna página web para ver esas imágenes.

No necesita *Esta Vida* porque esa es su vida y ha reproducido sus propios vídeos dentro de los glóbulos oculares, motivo por el cual odia cerrar los ojos y rendirse al sueño.

Así que Pablo parece perpetuamente cansado, aunque siempre lo ha parecido. Y está intentando ponerse en forma, comer un poco mejor y beber un poco menos y, aunque nunca pondrá un pie en un gimnasio, va un par de veces por semana a jugar a *fútbol* al parque.

Ahora Óscar sale de su despacho, haciendo ruido con el bastón al chocar contra el suelo.

—¿En qué estás trabajando?

—Tenía pensado ir a Ciudad de México a escribir un artículo sobre el peluquero de Peña —responde Pablo—. Las horas, el estrés...

—Será broma.

—Sí.

—No es muy divertida.

—En realidad pensaba hacer el típico estudio en la calle —dice Pablo—. Entrevistas en diversos barrios. Qué piensa la gente, a quién apoya y por qué. Dar el punto de vista juarense.

Las elecciones prometen ser reñidas, al menos entre López Obrador y Peña Nieto. Hace dos semanas, las encuestas otorgaban a Peña Nieto una ventaja de cinco puntos, si bien los otros partidos se han quejado enérgica y ruidosamente de un presunto sesgo mediático a favor del PRI. El PAN lleva una notable desventaja que rondaría el veinte por ciento.

—Vete también a El Paso —dice Óscar a Pablo—. A ver qué piensan *al otro lado*.

—¿Saben siquiera que vienen elecciones? —pregunta Pablo.

—Averígualo —dice Óscar—. Sea cual sea la respuesta, será noticia.

—De acuerdo —responde Pablo con un suspiro.

Odia cruzar la frontera. El tráfico, las colas, las esperas en los controles de carretera...

—Procura escribir con neutralidad, por favor —señala Óscar—. Ni un solo comentario de que un partido u otro tiene preferencia por un cártel.

—Todos los partidos tienen preferencia por Sinaloa —tercia Ana—. De hecho, los Zetas prácticamente se han declarado un gobierno en sí mismos.

—No es necesario que publiquemos esto —dice Óscar.

—Lo hará *Esta Vida* —contesta Ana.

—Pues que lo publiquen —le espeta Óscar—. Es periodismo irresponsable en su peor versión: rumores no verificados e insinuaciones de los instintos más básicos.

Pablo comprende su amargura. El Búho se ha pasado la vida trabajando en periódicos tradicionales ofreciendo periodismo de calidad, creyendo que una prensa libre era el salvavidas de la democracia. Ahora tiene que sentarse a mirar cómo la ciudadanía recurre a páginas web y blogs para obtener información real sobre los narcos.

Tiene que ser mortificante.

—Me gustaría dar al Niño Salvaje una buena azotaina —añade Óscar antes de volver a su despacho.

—Sería una imagen fantástica —dice Ana.

—Si supiéramos quién es el Niño Salvaje —responde Pablo.

—¿Has visto la entrada de esta mañana?

—Horrible —dice Pablo.

Horrible.

Pablo se echa a la calle en su *fronterizo*, que ya suma un año más a sus espaldas. El aire acondicionado está estropeado; es más bien una protesta contra el calor, así que baja las ventanillas y queda empapado en sudor de camino desde el centro a Anapra, Chaveña y Anáhuac.

Es capaz de predecir el candidato predilecto por la relativa riqueza del barrio. Las zonas adineradas de Campestre y Campos Elíseos confiarán sus billeteras al PAN. Las colonias de la clase trabajadora —o la clase desempleada— votarán al PRD, mientras que los barrios más antiguos y refinados, como Colonia Nogales y Galeana, probablemente se decantarán por el PRI.

Algunos barrios ya no existen, piensa con tristeza mientras conduce. Riviera del Bravo, por ejemplo, en su día una próspera zona de apartamentos y centros comerciales, es casi un pueblo fantasma, con casas abandonadas y muros pintados con espray, ya que sus habitantes huyeron de la incesante violencia. El viejo barrio chino de Mariscal ha sido derruido, o limpiado, si se prefiere. La ruta lo lleva por el estadio Benito Juárez, donde antes jugaban sus queridos Indios hasta que la muerte económica de la ciudad llevó a sus propietarios a la quiebra.

«Otra baja de la Guerra contra la Droga», piensa Pablo.

Vuelve al centro, compra una *torta* en un puesto callejero y come en el parque de Chamizal, donde observa a los niños jugar al *fútbol* en el canal seco o mofarse de los agentes fronterizos apostados al otro lado de la valla.

«No tiene sentido posponerlo», piensa Pablo, que se monta en el coche y cruza el puente. La cola del carril rápido no es demasiado extensa y llega a Estados Unidos antes de lo que querría.

No es más que otro juarense de camino a El Paso.

Ahora el alcalde reside allí por motivos de seguridad, al igual que el jefe de policía y los directores de dos periódicos de la ciudad.

«Óscar no», piensa Pablo con cierto orgullo.

No podrían sacar al Búho de su casa de Chaveña ni con una barra metálica, y considera El Paso un páramo de pueblerinos sin vida cultural. Óscar está anclado en Juárez, pero mucha gente que puede permitirse el traslado lo ha hecho y ahora cruza el puente por la mañana y regresa antes de que oscurezca en coches modestos que con suerte no llamarán la atención de posibles secuestradores. Han fundado centros sociales, restaurantes, clubes de campo y escuelas privadas y alimentado el auge inmobiliario de El Paso.

Pablo no puede evitar considerarlos traidores.

Sabe que es una actitud estúpida. El Paso y Juárez están y siempre han estado unidas. El Paso es un ochenta por ciento hispano y buena parte de los habitantes de ambas ciudades tienen familia al otro lado. Muchas mujeres de Juárez dan a luz *al otro lado* de la frontera para que el bebé tenga la doble ciudadanía y más oportunidades. Si uno estornuda en Juárez, alguien en El Paso dice «Jesús», y para mucha gente la frontera no existe como una realidad, sino más bien como un incordio, como un tecnicismo.

Para Pablo, la frontera sí existe.

Como una realidad y como un estado de ánimo.

Para empezar, la realidad es que la frontera es la razón de ser de los cárteles. Si no hay frontera, no hay beneficio ni *plaza*. No hay violencia.

Por otro lado, la frontera es la razón por la que existen las *maquiladoras*. El mercado de consumo más grande del mundo se encuentra dos kilómetros al norte, al otro lado de esa frontera. Con lo cual ¿qué mejor lugar para fabricar esos bienes de consumo?

Ahora es China, pero el afloramiento de las *maquiladoras* cambió el paisaje de Juárez para siempre, creando las grandes *colonias* en las que la gente que puede encontrar trabajo lucha por sobrevivir con un tercio de lo que ganaba antes. Su pobreza los convierte en objetivos del reclutamiento de los narcos, y su desesperación en clientes de su producto.

Y su vida vale poco.

Esa es la realidad.

Y la realidad es que el estado de ánimo al otro lado de la frontera es distinto. Si uno vive en El Paso es un *pocho*, un mexicano americanizado, y nadie puede decir a Pablo que eso no te cambia. Uno compra en centros comerciales en lugar de *mercados*, ve fútbol americano en lugar de *fútbol* y se convierte en otro consumidor en una maquinaria gigantesca que consume consumidores.

«Dios mío —piensa Pablo—, Óscar tiraría esa frase a la basura, pero, aun así, es cierta. En el norte impera otro estado de ánimo. No, es más que eso: es el estado del alma el que es distinto».

Tal como esperaba, en los barrios del extrarradio a nadie le importa una mierda quién será el nuevo presidente y, cuando formula la pregunta en los distritos adinerados del oeste de El Paso, con nombres como Willows y Coronado Hills, la respuesta suele ser «Romney».

«Lo dudo —se dice Pablo—, sobre todo porque el voto latino será casi tan crucial en Estados Unidos como en México». Estar en Estados Unidos siempre lo incomoda ligeramente, como si fuera un invitado a una fiesta en la que todo el mundo desea que se marche. Sabe qué sienten los estadounidenses por los mexicanos, que es exactamente lo mismo que sienten numerosos mexicanos hacia los juarenses.

«Somos los "mexicanos" de México.

»Que les den por culo a todos».

Entra en el barrio El Segundo, el semillero original de los Aztecas, y descubre un bar agradablemente oscuro en el que puede sentarse y tomar una cerveza sin tener la sensación de que está fuera de lugar. La ansiedad que le invade desde que leyó *Esta Vida* por la mañana no le abandona y las tres cervezas frías no sirven para calmarla.

No hace sino empeorar al cruzar de nuevo el puente rumbo a Juárez.

Tal vez sea paranoia, o la inseguridad de hallarse *al otro lado*, pero Pablo no puede evitar la sensación de que alguien le sigue. Mira por el espejo retrovisor y le parece ridículo, pero piensa en los otros periodistas que han sufrido emboscadas estando en el coche delante de casa y de la oficina. Asesinados allí mismo o conducidos a algún lugar para ser torturados y aniquilados, y ahora el sudor no es solo fruto del calor, sino también del miedo, y huele distinto, un detalle que cree que debería incluir en algún artículo.

Pablo se dirige a Las Misiones, el nuevo centro comercial situado enfrente del consulado estadounidense. Transita los suelos de mármol pulido, pasa por delante del nuevo gimnasio y se sitúa delante de las doce salas del flamante cine IMAX para preguntar a la gente por las próximas elecciones. Como era de esperar, la clientela del centro comercial es abrumadoramente partidaria del PAN o el PRI.

«Este es el "nuevo Juárez" —piensa—. Periférico, rico y sin alma, igual que sus homólogas al otro lado del río. Pero esto es a lo que aspiramos. Cogimos ese "nuevo dinero" y construimos un falso Estados Unidos». Se dispone a salir del centro comercial cuando se le acerca Ramón.

—Hola, 'mano.

—Hola, Ramón. ¿Qué haces aquí?

—Buscándote. ¿Estás enfermo, 'mano? Estás sudando como un cerdo.

—No, estoy bien.

—Tenemos un trabajo para ti.

—Sabes que no puedo escribir...

—Nadie te está pidiendo que escribas nada —dice Ramón—. La gente de la última letra del alfabeto está muy cabreada por la entrada del blog de esta mañana. Tienes que decirnos quién es el *Niño Salvaje*.

—No lo sé.

—Averígualo. —Ramón saca el teléfono móvil y muestra a Pablo una foto de Mateo delante de la escuela en Ciudad de México—. Tienes un *hijo* muy mono.

—Hijo de puta.

—Vigila esa boca, 'mano. —Ramón guarda el teléfono—. Sus... ¿Cómo se llaman?... Sus piratas informáticos dicen que el blog lo escriben en Juárez. Es mucha presión para mí, 'mano, así que tengo que presionarte mucho a ti. No eres tú, ¿verdad? Dime que no eres tú, Pablo.

—No soy yo —responde.

—Me alegro —dice Ramón—. Me siento aliviado, pero tiene que ser alguien a quien conozcas, un puto periodista.

—Ya te he dicho que no lo sé.

—Yo no digo que lo sepas —le espeta Ramón—, digo que es alguien a quien conoces. No es lo mismo; presta atención. Averígualo, Pablo, y me lo dices. Si no lo haces, no serás tú el primero a quien hagamos daño. ¿Entiendes? Recibirás las fotos en tu teléfono. Eh, puede que el Niño las cuelgue en el blog.

Pablo ha enmudecido literalmente de miedo.

—Dime que lo entiendes —añade Ramón.

—Lo entiendo —farfulla Pablo.

—Bien —dice Ramón, que apoya una mano en el hombro de Pablo—. 'Mano, no quiero hacerle daño a tu hijo. Es lo último que quiero, así que no me obligues, ¿vale? En una semana o diez días quiero tener noticias tuyas, un nombre.

Se marcha.

El terror recorre el cuerpo de Pablo como un arroyo helado.

Tiene que dejar de temblar.

Pablo se toma dos whiskies en San Martín y sale a llamar a Victoria.

—Escucha, he estado pensando en lo de las vacaciones. ¿Podrías coger un vuelo con Mateo hasta El Paso y nos vemos allí?

—Supongo. ¿Por qué?

—Se me ha ocurrido que deberíais venir tú y Ernesto —dice Pablo—. Podríamos cenar. Tendría que conocerle, ¿no te parece? Si va a ser el padrastro de Mateo...

«Si los narcos no pueden ponerle las manos encima a Mateo —piensa Pablo—, irán a por Victoria». Tiene que sacarla del país y encontrar la manera de explicarle que no puede volver.

Al menos por una temporada.

A diferencia de él.

Él no podrá volver jamás.

—Pablo, ¿estás bien?

—Claro —responde—. Siempre andas pinchándome con que sea más maduro, ¿no? Pues estoy intentando ser más maduro.

—De acuerdo.

—Tenía pensado la semana que viene.

—¿La semana que viene? —pregunta Victoria—. ¿Estás de broma? ¿Con las elecciones?

—Hablamos de un día, Victoria.

—Como mucho podría ir dos días después. Y no puedes llevarte a Mateo de golpe. Tiene sesiones de juego, tutorías...

—No discutamos, ¿vale? —dice Pablo—. Victoria, por favor, necesito que hagas esto.

—De acuerdo —responde ella con resignación.

—¿Sí?

—Sí.

Pablo cuelga y se va a casa. Ana ya está allí, sentada en el escalón trasero tomando vino y fumando un cigarrillo. Se hace hueco a su lado.

—Escucha, voy a llevarme a Mateo de viaje.

—Eso es maravilloso —dice Ana—. ¿Dónde vais?

—Al otro lado del río —responde Pablo tratando de parecer lo más despreocupado posible—. Iremos a algún parque temático en El Paso y luego de acampada a Big Bend.

—Suena bien.

—¿Quieres acompañarnos?

—¿Cuándo será?

—La semana que viene.

Ana se echa a reír.

—Olvidas el pequeño detalle de las elecciones.

—Después de las elecciones.

—Estaré escribiendo artículos de seguimiento, análisis...

—También existe una cosa llamada Internet —dice Pablo—. Podrías escribir tus artículos desde la carretera. Sería divertido.

Ana lo mira con curiosidad. Se ha activado el radar.

—¿Qué está pasando?

—Nada. Simplemente me gustaría que vinieras con nosotros.

—No sé...

—¿Qué?

—¿Mateo está preparado para eso?

—Te conoce de toda la vida —responde Pablo.

—Como su tía Ana —dice—, no como la novia de su padre. Tiene que acostumbrarse a la idea.

—Mateo está habituándose a muchas cosas nuevas —dice Pablo—. A Ernesto, para empezar.

—¿Estás intentando ponerte a la altura de Victoria?

—Eso sería bastante infantil.

—Sí, eso elimina la posibilidad. —Bebe un sorbo de vino y deja la copa—. Pablo, si esta es tu manera de llevar las cosas al siguiente nivel...

—Estoy hablando de unas noches de acampada —contesta—. Moscas, mosquitos, comida asquerosa mal cocinada en una hoguera hecha por ineptos, humo en los ojos, arena en la entrepierna...

—Si lo pintas así de bien, ¿cómo voy a negarme?

—¿Vendrás entonces?

—Me lo pensaré —dice Ana.

«Ven conmigo —piensa Pablo—. Por favor, cruza el río conmigo».

A la mañana siguiente, Pablo se pone sus mejores galas: una camisa azul, unos vaqueros relativamente limpios y un abrigo de «viaje» que supuestamente no debía encoger pero lo ha hecho, y se dirige al consulado estadounidense. Se siente un traidor pergeñando su huida a Estados Unidos como han hecho tantos, como han tenido que hacer tantos.

El funcionario que le atiende no resulta especialmente útil.

—Tiene que estar físicamente en Estados Unidos para solicitar un visado de asilo. De todos modos, tiene un visado de invitado válido por setenta y dos horas. Una vez allí, puede pedir asilo. Si no se lo conceden, puede solicitar asilo defensivo, demostrar por qué no debería ser enviado de vuelta a su país. Si tiene un temor fundado de que está siendo perseguido...

—Lo tengo.

—... por raza, religión u opinión política...

—Soy periodista —dice Pablo repitiéndose— y creo que estoy bajo amenaza. Como sabrá, otros periodistas han sido...

—¿Se trata de una amenaza concreta? —pregunta el funcionario—. ¿O es solo una amenaza general?

—¿Una amenaza general?

—¿Le han amenazado específicamente? —continúa el funcionario con impaciencia—. ¿Alguien le ha amenazado de muerte o se siente amenazado en general como periodista?

—¿Es que acaso hay diferencia?

—Hay una gran diferencia —responde el funcionario—. La sensación de que podría ser asesinado no nos basta para concederle asilo. En cambio, si ha sido amenazado de manera explícita...

—Así es.

—¿Cómo?

—¿Necesita saberlo? —pregunta Pablo.

—Si vamos a evaluar su petición, sí. —El funcionario desliza unos documentos encima de la mesa—. Este es el formulario que le entregarán en Estados Unidos. Exponga la naturaleza de la amenaza, la fecha en que la recibió, el individuo que vertió dicha amenaza, por qué considera que la amenaza es seria...

—¿Hay alguna manera de que pueda acelerar todo esto?

—Sí, cuando rellene usted los documentos.

—Los necesito para otra persona —dice Pablo.

—¿Es familia directa?

—No.

—Entonces deberá ir personalmente la otra persona.

—Personalmente —repite Pablo.

—Sí.

—No tenemos mucho tiempo.

—Entonces...

—Entiende usted que van a matarnos...

—Estoy haciendo todo lo que puedo por usted, señor Mora.

—Gracias.

Pablo sale del consulado y se monta en el coche. La «naturaleza de la amenaza». ¿Qué se supone que debe escribir? Van a matarlo porque...

Suena su teléfono.

—¿Estás pensando en huir, gilipollas? —dice Ramón.

—¿A qué te refieres?

—¿Has ido al consulado? —pregunta—. ¿Te crees que no vigilamos quién entra y sale de ahí? Tenemos *halcones* por todas partes. ¿Quieres ver un vídeo de tu hijo? Tengo uno.

—No. Joder, estoy escribiendo un artículo.

—¿Qué clase de artículo?

—Cada pocos meses —dice Pablo obligándose a mantener la calma—, hacemos un seguimiento de las cifras de inmigración y comprobamos cuánta gente abandona Juárez. Así que hablo con el consulado estadounidense. Eso es todo.

Se impone un largo silencio y luego Ramón dice:

—¿Has hecho progresos en eso otro?

—Un poco. No mucho...

—Ese es el artículo en el que deberías estar trabajando.

Pablo se sienta a su mesa y redacta su artículo sobre las tendencias de voto.

Tiene la sensación de caminar bajo el agua. Pulsar una tecla es como blandir un martillo y comete una errata tras otra.

—¿Qué te pasa hoy? —pregunta Ana.

—Nada. ¿Por qué?

—Tienes la cabeza en otro sitio.

—Estoy de resaca —dice.

Ana no se lo cree. Pablo no bebió tanto la noche anterior y probablemente escribe mejor con que sin resaca. Está haciendo cosas que no son propias de él, como pedir más a su relación. Pablo no es persona de «más»; por lo común busca «menos».

—¿Estás bien? —insiste.

—Estoy bien —dice él—. ¿Te has pensado lo de la acampada?

—Sigo pensando.

—¿Podrías pensar un poco más deprisa? —pregunta Pablo—. Tengo cosas que organizar.

—¿Cuántas cosas?

—Permisos de acampada, número de personas...

—Ah. Te diré algo esta tarde.

Ana vuelve a su mesa, se conecta y no tarda en descubrir que el parque nacional de Big Bend no requiere permisos de acampada individuales.

¿Por qué ha mentido Pablo en algo así? A menos que haya entendido mal, lo cual es improbable, porque es descuidado en lo personal pero inmaculado en lo profesional. Coteja las cosas. Nadie podrá decir que Pablo se hace eco de una noticia falsa.

Ana entra en *Esta Vida*.

La última publicación lleva por título «¿Quién eligió al ganador en Juárez?» y sopesa si el gobierno del PAN, por medio del ejército y la policía, cooperó con el cártel de Sinaloa para ayudar a Barrera a controlar Juárez y el valle. «¿El gobierno es parcial o singularmente inepto a la hora de arrestar a la gente de Sinaloa?», se pregunta el Niño Salvaje.

Es exactamente lo que todos piensan y también la clase de artículo que Óscar ya no les permite escribir.

El siguiente artículo es aún más provocador y aborda las amenazas que recibió el Niño Salvaje cuando publicó fotos de Zetas muertos. El artículo «No seas hiriente si no puedes soportarlo» incluye de nuevo las imágenes, además de fotos y vídeos que los Zetas han colgado en páginas web.

Ana mira a Pablo, que está tecleando su artículo con torpeza.

¿Qué sabe de todo esto?

Chuy contempla el puente de los Sueños.

Lo único que tendría que hacer es cruzarlo. Estaría en El Paso, cierto, no en Laredo, pero solo le separaría de casa un trayecto en autobús.

Su casa.

La palabra apenas tiene significado.

Hace más de cinco años que no va a casa. No ha hablado con su familia. Ni siquiera sabe si siguen viviendo en el mismo lugar. O tan siquiera si siguen viviendo o si ellos saben que sigue vivo, si es que les preocupa.

Después de matar a la agente, su *estaca* recibió órdenes de desaparecer en la ciudad. Viven en un piso franco del centro para poder vigilar las oficinas del periódico. Chuy no sabe por qué ni le importa. Forty tiene una misión para ellos, pero Chuy tiene una misión propia.

Que es lo único que le impide cruzar el puente de los Sueños.

Eddie Ruiz ya está de vuelta en Texas.

Pero está pensando en México.

En su piso de Fort Bliss, sus cuidadores juegan a cartas en la mesa de la cocina mientras él bebe una Dos Equis fría y ve el seguimiento de las elecciones en Univisión.

Eddie sabe que tiene a un perro en esa pelea.

«Afróntalo —se dice—. Te lo juegas todo con el PAN. Toda la información valiosa que posees es sobre políticos del PAN y su policía. Si pierden, como predicen los analistas de televisión, tu valor bajará. La gente a la que vas a delatar se habrá ido de todos modos.

»Los fiscales tienen erecciones pensando en los políticos corruptos que están en el cargo. Una vez que están fuera, su atractivo se disipa como una antigua novia a la que te has cansado de tirarte. Nadie escribe titulares sobre políticos que están acabados y a los fiscales les encantan los titulares igual que a las cabras les encanta la basura».

Eddie se imagina que está mirando una polla fláccida.

Las negociaciones con los fiscales se han prolongado durante meses. Eddie es un buen jugador de póquer que sabía que tenía figuras y las jugó bien. No tenía prisa porque sabía que las apuestas eran quince a treinta y obtendría crédito por el tiempo invertido.

Eddie se limitó a esperar.

Porque ¿qué más da, no? Que los abogados discutan todo el tiempo que quieran.

Podía esperar aquí o en otro sitio.

El fiscal general ofreció quince años, la confiscación de los activos personales de Eddie (pero le importa un carajo, porque está todo a nombre de su mujer) y una multa de diez millones de dólares (que es mucho dinero pero no es mucho dinero). El abogado de Eddie propuso doce años, la confiscación y siete millones.

Eddie lo aceptará. Se pasará al menos cuatro años testificando y ese tiempo será tomado en consideración. La condena quedará en seis, pero en realidad son cuatro de acuerdo con la ley federal. Cuando llegue a prisión, para el narcomundo será cosa del pasado. Después pasará a formar parte del programa y tendrá una nueva vida por delante vendiendo revestimientos de aluminio en Scottsdale o algo parecido.

Sin embargo, el acuerdo todavía ha de ser aprobado por un juez en sentencia firme, pero podrían asaltarle los típicos remordimientos del consumidor si ve que lo que está comprando es una colección de políticos destituidos y policías jubilados (o muertos).

«Soy un coche de segunda mano», piensa Eddie.

La jornada electoral es como esa vieja canción, «Fast Women & Slow Horses», mujeres rápidas y caballos lentos. El candidato del PRI, que parece un muñeco Ken, va en cabeza, seguido de cerca por el viejo llorica del PRD y el PAN... Esa potra está ganando posiciones.

«Ya puedes ir rompiendo el boleto —piensa Eddie—. No cobrarás nada en ventanilla».

Entonces, el puñetero Art Keller entra por la puerta.

Y hace una oferta a Eddie que no puede rechazar.

Adán se aleja del televisor.

Se acabó.

Al menos para el PAN.

No ganará ni Peña Nieto ni López Obrador. Se lanzarán las habituales acusaciones de fraude, se organizarán las preceptivas marchas de protesta y las autoridades electorales harán lo inteligente y dictaminarán que Peña Nieto es el ganador.

Los comicios no son una decepción, ya que se esperaba la derrota del PAN. Peña Nieto no expulsará a los estadounidenses, pero los neutralizará, lo cual habría sido un sueño hace solo unos meses, pero ahora es un problema, ya que son aliados en su guerra contra los Zetas.

«Lo único que quiere el nuevo gobierno es la paz, el fin de la violencia —reflexiona Adán—. Aceptará cualquier pacto para imponer paz y orden. Aceptará un reparto de las *plazas* entre Sinaloa y los Zetas, aceptará una victoria sinaloense, aceptará una victoria Zeta.

»Solo quiere la *pax narcotica*.

»Cinco meses.

»Tenemos cinco meses hasta que el nuevo presidente ocupe el cargo.

»Ciento cincuenta días para destruir a Ochoa. ¿Es factible? ¿O Nacho tiene razón y deberíamos intentar firmar la paz?».

Es un cálculo difícil. Es muy tentador intentar cosechar una victoria. Incluso ahora que los Zetas están a punto de perder su acuerdo con la 'Ndrangheta y, de hecho, perder Europa entera. El mismísimo príncipe de las tinieblas, Arturo Keller, se ocupó personalmente de ello y los Zetas cayeron en su trampa, que también les puso contra el aparato antiterrorista estadounidense.

Pero hay cien cosas que podrían salir mal.

Ochoa todavía goza de ventaja en Guatemala.

Tiene miles de combatientes. Carece de moral, control o escrúpulos. Es un hombre verdaderamente despiadado.

«Y ese es el infierno de todo esto —piensa Adán.

»La realidad sin barnices es que México estaría mejor contigo que bajo el dominio de los Zetas. Tú dirigirías un negocio que no afectaría al día a día de la gente de a pie; Ochoa presidiría un reino del terror».

El gobierno actual lo entiende. El futuro gobierno piensa como una cabra balando «parad ya».

—¿Dónde vas? —le pregunta Eva.

Por alguna razón, está enganchada a las elecciones. Es su intento, a juicio de Adán, de demostrar que es una persona seria con un verdadero interés en la actualidad. Forma parte de su nueva campaña de madurez. Eva ha adoptado el papel de «joven madre preocupada». Ahora lee artículos sobre educación temprana, nutrición orgánica y el cambio climático, el calentamiento global y el aumento del nivel del mar.

—¿En qué mundo van a crecer nuestros hijos? —ha preguntado a Adán en varias ocasiones.

«En el mismo que nosotros —piensa Adán—, pero más caliente».

Y con más propiedades en la playa.

Y, sin embargo, ha llegado el momento del cambio.

Para el país.

Para él mismo.

Para su familia.

Nacho tiene razón. Poseen miles de millones de dólares pero viven como refugiados. Tienen que esconderse, cubrirse las espaldas y preguntarse siempre si ese día será el último.

No es la vida que quiere para esos niños acostados en la cuna.

Si gana, podría volver a ser el Patrón. Pero también podría hacer lo que no ha hecho ningún otro *patrón*.

Irse.

Con una vida y una familia intacta.

Nadie lo ha hecho jamás.

Todos los señores de la droga que le han precedido han acabado muertos o en la cárcel.

Podría reinvertir sus millones en empresas legítimas y sus hijos podrían crecer y vivir como titanes de los negocios.

Podría llegar a conocer a sus nietos.

Es posible.

Sube a la habitación, donde una *abuela* duerme en una silla situada junto a las cunas. Eva ha decorado el dormitorio con «tonos de útero» relajantes y ha pintado letras del alfabeto en las paredes y el techo, pues cree que nunca es demasiado pronto para que empiecen a aprender.

Ambos tienen niñeras, pero Eva es lo que ahora llaman una «madre helicóptero» que les presta atención constantemente y supervisa cada detalle de su ropa, dieta y entorno.

«Bueno —piensa Adán—, sé paciente. Le costó tanto tener un bebé que es natural que sea sobreprotectora una temporada. Lo superará e iniciará una nueva fase. Con suerte, esa fase se llamará "soy sexy aunque sea madre"».

La *abuela* se despierta sobresaltada cuando Adán entra en la habitación, pero le indica con un gesto que no le importa que duerma. Mira a los bebés, que respiran suave y acompasadamente. En la frente se aprecia un leve brillo de sudor.

Son hermosos.

Recuerda a Gloria de niña. Con aquella cabeza deforme, solo era bonita para él.

Para él era preciosa.

Adán observa a sus chicos y de repente no los ve a ellos. Siente calor, un mareo, y ve a dos niños en un puente de Colombia, un niño y una niña; no son bebés, pero sí pequeños. Adán ya ha ordenado el asesinato de la madre, y la niña grita: «*mi mamá, mi mamá*». Él dio la orden y su hombre los tiró por el puente y miró cómo se estrellaban contra las rocas. Ahora ve sus rostros en el de sus hijos y retrocede, se aparta de la cuna. Sus hijos son niños muertos, todos sus hijos son muertos.

Se apoya en la pared tratando de recobrar el aliento.

Entonces se obliga a volver a mirar dentro de la cuna.

Sus niños duermen.

Adán los besa en la mejilla y vuelve al piso de abajo para realizar la llamada que fijará la reunión de paz con Ochoa.

Las elecciones terminan a las ocho de la tarde.

A la mañana siguiente llegan los recuentos:

Peña Nieto consigue el 38,15 por ciento del voto.

López Obrador el 31,64 por ciento.

El resultado para Vázquez Mota es un 25,40 por ciento.

El PAN está acabado. El PRI recuperará Los Pinos, que además obtendrá una amplia mayoría en el Congreso de los Diputados.

Victoria está sumamente decepcionada.

—¿Has llamado para regodearte? —pregunta a Pablo.

—No —responde él—. Solo para confirmar nuestros planes.

—Debería haber ganado ella —dice Victoria—. El país estaría mucho mejor que con este... este...

—Necesito la información de tu vuelo.

—Son los medios de comunicación —persiste Victoria—. Los favoritismos.

—Tú eres los medios.

—Me refiero al resto de los medios.

—Claro.

—Tú, por ejemplo —dice—. Y Ana. Y el Niño Salvaje. ¿Cómo se atreve ese... bloguero... a escribir un artículo la víspera de las elecciones en el que acusa al PAN de respaldar al cártel de Sinaloa?

«A lo mejor porque es verdad», piensa Pablo.

—No lo sé, Victoria. Dime algo: ¿mañana, tarde o noche?

—¿Mañana, tarde o noche qué?

—¿Cuándo venís tú y Mateo? —pregunta Pablo—. ¿Viene Ernesto con vosotros?

—No lo sé. Todavía no lo sé —contesta Victoria—. Pablo, por desgracia tengo artículos que escribir, artículos sobre cómo perjudicarán estas elecciones a la economía. Ahora solo falta que salgan elegidos los demócratas y acabaremos todos vendiendo manzanas.

—¿A qué hora es el vuelo?

—No lo sé. —Parece confusa, impaciente—. Le diré a Emilia que te llame.

—¿Quién es Emilia?

—Mi nueva ayudante.

—Pero vendrás... —dice Pablo.

—Sí.

—Mañana.

—¡Sí!

—Vale. Dile a Emilia que me llame.

—Lo haré.

Victoria cuelga el teléfono.

—¿Está muy decepcionada? —pregunta Ana acercando su silla a la de Pablo—. Lamento que no tengamos una presidenta, pero esa no. Sería nuestra respuesta a Maggie Thatcher.

—Ana.

—Dime.

—No me interesa.

Óscar entra en la sala.

—Ana, escribe el artículo. Una noticia clara, hechos y cifras. Luego comenta los inevitables ángulos del fraude. Pablo...

—El hombre de a pie.

—¿Cómo lo has sabido?

—Lo sabía.

Pablo coge el ordenador portátil, se dirige al aparcamiento y se monta en el *fronterizo*. No tiene intención de entrevistar a la gente corriente porque ya sabe qué le dirá cada uno de ellos en cada calle.

Y tampoco importa.

Abandona el periodismo, abandona el periódico y abandona México. Abandona Juárez.

Pablo se dirige al piso de Ana y mete sus escasas pertenencias en una mochila.

Manuel Godoy se describe a sí mismo como un fanático de la informática.

Se graduó en la Universidad Autónoma de Juárez y es el mejor pirata de la ciudad y puede que de todo Chihuahua.

Ahora le apuntan con una pistola a la cabeza.

Literalmente.

Tres hombres lo pararon cuando salía del campus, lo metieron en un coche, le pusieron una capucha y lo trajeron a este edificio anodino. Lo sentaron en una silla delante de un ordenador, le quitaron la capucha y lo encañonaron con la pistola.

—¿Quieres vivir? —le preguntó el hombre al que llamaban Forty.

—Sí.

—Buena respuesta —dijo Forty—. ¿Conoces *Esta Vida*?

Manuel no sabía qué contestar. No era un examen oral de la universidad ni la defensa de su tesis. La respuesta equivocada podía suponerle un balazo.

—He oído hablar de ella —dijo.

—Lo único que tienes que hacer —añadió Forty— es decirnos quién está detrás. Sabemos que es de Juárez. Dinos quién es y te pagaremos muy bien. Si no lo haces, te mataremos. Es así de sencillo. Venga.

—Con este ordenador no puedo hacerlo.

—¿Por qué no?

—Porque es una mierda.

Forty se echó a reír.

—¿Qué necesitas?

Manuel le dio una lista de material y programas y Forty envió a sus hombres a comprarlo. Cuando regresaron, Manuel montó el ordenador, descargó los programas que necesitaba y se puso manos a la obra.

Ahora está sentado delante de la pantalla y piratea para salvar su vida.

—¿A qué te refieres? —pregunta Pablo a Victoria por teléfono.

—¿Como que a qué me refiero? —responde ella molesta—. Tengo trabajo, Pablo. Tengo artículos que presentar y como pronto no podré ir hasta mañana. Tú y Mateo podéis reuniros con nosotros en El Paso.

Pablo tiene la sensación de que va a vomitar.

—Mateo no puede venir a Juárez.

—¿Por qué no?

—Porque no es seguro.

—Recógelo en el aeropuerto y vete directo a Estados Unidos —propone Victoria—. Ernesto y yo nos reuniremos con vosotros allí. No veo dónde está el problema.

—El problema está en que Mateo no puede venir a Juárez.

—Se muere por verte —dice Victoria—. Cuando le dije que tardaríamos un día o dos se puso a patalear y, créeme, últimamente patalea fuerte.

—Por el amor de Dios, Victoria, dile que no.

—Ya es tarde —responde ella—. Emilia lo ha llevado al aeropuerto.

—Detenla.

—Aeroméxico 765. Llegará a las 20.10. Estate allí.

Victoria cuelga.

«Todo irá bien, todo irá bien —se dice Pablo—. Ana te acompaña a recoger a Mateo y cruzáis la frontera. Pero el aeropuerto está en el sudoeste de la ciudad. Hay un largo trayecto por la 45 de ida y vuelta».

Vuelve la cabeza.

Ve que Ana no está en su mesa.

Pablo sale de la oficina y se dirige a la cafetería. La encuentra en la barra, fumando un cigarrillo y tecleando en su portátil. Cuando lo ve entrar, cierra el ordenador.

—Bueno, ¿vienes con nosotros? —pregunta Pablo.

—Si crees que es buena idea...

—Sí —responde—. Vete a casa y prepara tus cosas. Vamos a González a recoger a Mateo. Ha habido un cambio de planes.

Le cuenta lo de Victoria.

—Lo de Mateo me parece bien, pero eso de ver a Victoria y a su nueva pareja no lo tengo tan claro. La típica escena de las ex que se conocen...

—Conoces a Victoria desde hace años.

—Justamente —dice Ana—. Mira, vete a hacer lo que tengas que hacer con la Dama de Hielo y me reuniré contigo y con Mateo cuando hayáis terminado.

—No.

—¿No?

—Ana, ven conmigo —dice Pablo—. Recogemos a Mateo y nos vamos a El Paso esta noche.

—¿Esta noche? ¿Qué prisa hay?

—Ana.

—Pablo.

Se miran fijamente.

—Nos vamos esta noche —insiste—. Por favor, hazlo por mí.

—Te voy a decir una cosa: soy una mujer, por si lo habías olvidado. Necesito un poco más de tiempo para preparar mis cosas. Vete a buscar a Mateo y pásate por mi casa. Ya estaré preparada y podremos irnos.

—De acuerdo, pero estate preparada.

—Vale, Pablo.

—Tengo que ir a hablar con Óscar —dice—. Nos vemos en tu casa y nos marchamos, ¿de acuerdo?

—Como te he dicho antes, de acuerdo.

Pablo sale de la cafetería.

Chuy lo ve cruzar la calle.

Pablo llama a la puerta de Óscar.

—¡Adelante!

Óscar está sentado en su despacho, con la pierna mala apoyada en una silla y el bastón contra la mesa.

—Óscar, necesito unos días para asuntos propios.

—No hay problema, Pablo. ¿Cuándo?

—Ahora. Esta noche.

—¿Esta noche? —pregunta Óscar.

—Es un tema familiar.

—Lo siento. ¿Mateo está bien?

—Sí, viene a Juárez. Me lo voy a llevar de vacaciones.

—Te agradecería que me avisaras con un poco más de antelación —dice Óscar.

—Lo siento de veras.

—Bueno, no lo sientas mucho —responde Óscar—. Un exceso de contrición es malo para la digestión. Es broma, Pablo. Parece que se te haya muerto tu mejor amigo.

Pablo no dice nada.

—¿Hay algo más? —pregunta Óscar.

—Solo quería darte las gracias —dice Pablo tartamudeando.

—No es nada.

—No, por todo —dice Pablo—. Por todo lo que me has enseñado y... por ser como eres.

El Búho parpadea.

—Bueno, gracias, Pablo. Es muy cortés por tu parte.

Pablo asiente, se da la vuelta y sale del despacho.

Manuel se aparta del teclado.

—Ya lo tengo —anuncia.

La dirección desde la cual se ha publicado un ochenta por ciento de las entradas de *Esta Vida*. El resto las colgaron desde las oficinas de *El Periódico* o desde una cafetería situada justo enfrente.

Forty llama a Ramón y le facilita la dirección.

Pablo recorre la 45 en dirección al Aeropuerto Internacional Abraham González.

El viaje le lleva solo veinte minutos, pero le parecen una eternidad, y tiene la sensación de que le siguen. «Otra vez una paranoia —se dice—. Ya basta. Te han dado un par de semanas.

»Dios, por favor —piensa cuando aparca en la zona de estancias cortas y entra en la terminal—. Que por una vez Aeroméxico sea puntual».

—¡*Papi*!

Mateo ha crecido.

Está delgado. No está desnutrido, pero su cuerpo está volviéndose desgarbado como el de su madre. Pablo lo coge en brazos y lo voltea.

—¡*M'ijo*! ¡*Sonrisa de mi alma*!

—¿Nos vamos de vacaciones? —pregunta Mateo.

—Sí, nos vamos.

—¿Podré tirarme por el tobogán de agua?

—Tantas veces como quieras —dice Pablo.

—¿No soy muy pequeño?

—Si yo no soy muy gordo...

—No estás gordo, *papi*.

—Eres muy bueno, *m'ijo*. —Coge la bolsa de Mateo, se la cuelga del hombro, da la mano a su hijo y echan a andar por la terminal—. ¿Qué tal el vuelo?

—Me he tomado una Coca-Cola. No digas nada.

—No te preocupes.

Salen al exterior.

Esa noche hace bochorno. Pablo deja la bolsa de Mateo en el asiento trasero, abre la puerta del acompañante y lo sienta en la silla.

—¡*Papi*, tienes el coche muy desordenado! —exclama Mateo entre risas.

—Puedes ayudarme a limpiarlo cuando lleguemos a El Paso.

—¿Cuándo nos vamos?

—¿Cuándo? ¡Ahora!

—¡¿Ahora?! —Está encantado.

Los niños pequeños rara vez oyen la palabra «ahora». Normalmente es «más tarde» o «ya veremos».

—Ahora mismo —dice Pablo mientras se sienta al volante—. Primero iremos a recoger a tía Ana. Vendrá con nosotros. Espero que no te importe.

Mateo se pone muy serio.

—¿Tía Ana es tu novia?

—Bueno, es amiga mía —responde Pablo—. ¿Tienes hambre? ¿Te han dado algo de comer en el avión?

—¿Es tu novia? —insiste Mateo.

«Es hijo de un periodista», piensa Pablo cuando pone en marcha el coche y sale del aparcamiento.

El vehículo, un Navigator plateado, se detiene delante de ellos.

Pablo pisa el freno.

Cuando se dispone a dar marcha atrás, aparece otro todoterreno. Entonces ve a Ramón bajarse del coche que tienen delante y dirigirse hacia él. Detrás va un niño esquelético que no puede ser más que un adolescente. Ramón da unos golpecitos en la ventanilla e indica a Pablo que la baje.

—Ese coche está muy bien, 'mano.

—Es solo un *fronterizo* —responde Pablo con voz temblorosa.

—Cuando vi que ibas al aeropuerto pensé que te marchabas de viaje —dice Ramón—, pero solo recogías al pequeño Mateo. Hola, Mateo. Soy tu tío Ramón.

—Hola.

—Qué mono es —dice Ramón.

Pablo no puede respirar. Se le cierra la garganta como si estuvieran ahogándolo desde dentro.

—Ramón, por favor...

—Se te ha acabado el tiempo. Queremos una respuesta esta noche. De lo contrario, iremos a hacerte una visita. —Ramón se inclina hacia delante y sonríe a Mateo—. A lo mejor nos vemos más tarde. ¿Vale, *mi sobrino*?

—Vale.

Ramón sonríe, indica con un gesto a Pablo que lo llame y se va. Cuando el coche se ha alejado, Pablo, con las manos temblando, se incorpora a la carretera.

—¿Quién era ese hombre, *papi*? —pregunta Mateo.

—Un viejo amigo.

—¿Qué quería?

—Saludarme, supongo.

Pablo agoniza de camino a casa de Ana. Ahora no tiene elección.

Debe contarles lo que sabe.

Ana mete una camisa de franela en la mochila.

Incluso en julio, por las noches puede hacer frío en el desierto.

Todavía no está convencida de que deba ir a ese viaje. La idea de una cena incómoda con Victoria y su novio le parece espantosa, y Mateo es un niño demasiado inteligente y sensible para no captarlo y reaccionar, así que todo podría resultar un desastre.

Pero parece que Pablo considera importante que vaya, así que...

Oye cómo se cierra la puerta de un coche y después otra.

«Deben de ser ellos», piensa.

Pablo entra en casa.

Ana está terminando de preparar la maleta y se funde con Mateo en un largo abrazo. Luego se incorpora, lo mira y dice:

—¡Cuánto has crecido!

—Ya lo sé.

—Ya casi estoy lista —dice Ana a Pablo.

—No pasa nada —responde él—. Tengo que hacer una llamada.

Sale al patio donde ha pasado tantas veladas espléndidas. Las fiestas, la música, las conversaciones y las discusiones... «Ana no debería haberlo hecho —se dice—. Nos puso a todos en peligro al crear ese puto blog. Sabía lo que hacía, sabía el riesgo que corría, sabía cómo acabaría esto...».

Saca el teléfono del bolsillo del pantalón y marca el número.

Es su última oportunidad.

Keller no responde. Salta el contestador.

«¿Dónde coño estás? —piensa Pablo—. Eres mi última oportunidad, la última oportunidad de Ana. Tú... estadounidense... podrías sacarnos de esta, llevarnos al otro lado de la frontera y escondernos como escondes a los narcos que cambian de bando».

Los narcos obtienen asilo. Los periodistas que escriben sobre ellos no.

Y ahora es demasiado tarde.

«Solo puedes pensar en Mateo —se dice.

»Haz lo que tienes que hacer por tu hijo.

»Pero Ana...».

Chuy recibe órdenes de Forty.

«Cuando pillemos al Niño Salvaje...

»Que sea largo.

»Que duela.

»Manda un mensaje».

Pablo entra de nuevo en casa.

—¿Dónde está Mateo? —pregunta aterrorizado.

—En el lavabo —dice Ana.

—Mira, ha surgido algo. ¿Puedes hacerme un favor enorme? Llévate a Mateo a El Paso y nos vemos allí mañana.

—¿Por qué no haces lo que tengas que hacer y nos vamos todos? —pregunta ella.

—Ana...

—¿Qué?

—Vete, por favor.

—¿Qué es lo que tienes que hacer? —pregunta Ana—. ¿Puedo ayudar en algo?

—Sí, llévate a mi hijo al otro lado.

—Pablo...

—Ana, no pasa nada.

—Ven con nosotros.

Pablo sacude la cabeza. No serviría de nada. Los estadounidenses los devolverán a México tarde o temprano y, aunque no lo hagan, los narcos la localizarán y la matarán allí.

Solo hay una forma de salvarla.

Y de proteger a Mateo.

—Necesito que te lleves a Mateo. Yo iré mañana. Te lo prometo —dice Pablo.

Mateo sale del baño. Pablo se arrodilla delante de él, le pone las manos en las mejillas y dice:

—*M'ijo*, tengo una bonita sorpresa para ti. Me queda un poco de trabajo que hacer, así que tía Ana te llevará y nos veremos mañana. ¿Vale?

Mateo no lo ve claro.

—Quieres a tía Ana, ¿verdad? —pregunta Pablo.

—Sí.

—Pues lo pasaréis genial. Tía Ana te dejará comprar Coca-Cola en la máquina del hotel.

—Lo pasaremos bien —dice Ana.

—Vale.

Pablo lo abraza con fuerza y nota su suave pecho contra el suyo.

—*Papi* te quiere mucho. Lo sabes, ¿verdad?

—Yo también te quiero.

Pablo le da dos besos.

—Venga, es mejor que os vayáis. Os veré mañana e iremos al tobogán de agua. ¿Te he dicho alguna vez que soy el campeón mundial de tobogán de agua?

—¿Por qué lloras, *papi*?

—Porque te quiero mucho.

Ana coge a Mateo de la mano y se lo lleva fuera. Pablo se queda en el umbral y los ve alejarse.

Se despide con la mano.

Después vuelve dentro y encuentra una botella de Johnnie Walker Black en el armario de la cocina. Se sirve un vaso, entra en el dormitorio y, cuando está lo bastante ebrio para que dejen de temblarle las manos, se sienta delante del ordenador de sobremesa de Ana y empieza a teclear.

—Mira esto —dice Forty a Ramón.

Es la última entrada de *Esta Vida*.

Un artículo firmado por el autor.

—Hijo de puta —dice Ramón.

Le lleva menos de una hora localizar a Pablo en casa de Ana. Él y Chuy salen y, cuando llegan allí, se encuentran a Pablo sentado en el escalón tomando una cerveza y con una botella de whisky vacía a su lado.

Pablo levanta la vista.

—Es hora de irse —dice Ramón.

—Por los viejos tiempos —responde Pablo—. ¿No podéis hacerlo aquí mismo? Tú ya me entiendes...

Con los dedos forma una pistola figurada y aprieta el gatillo.

—Esto no funciona así —dice Ramón—. No sé por qué tuviste que hacer esto.

—Yo tampoco lo sé.

Pablo se agarra a la barandilla y se levanta poco a poco. Le fallan las piernas y Ramón lo coge del codo.

—Vas bastante borracho, 'mano.

—Seguramente será mejor, ¿no?

—Seguramente.

—Tengo mucho miedo, Ramón.

—Sí, bueno...

Lo llevan al coche y se dirigen a una antigua *maquiladora* que lleva tiempo cerrada.

Los barrenderos lo encuentran poco antes del amanecer.

Envoltorios de papel, viejos periódicos y trozos de basura revolotean alrededor de Pablo Mora en la plaza del Periodista.

Sus asesinos se tomaron muchas molestias en colocar los trozos de su cuerpo alrededor de la estatua del repartidor de periódicos: los brazos y piernas amputados de Pablo rodean el tronco, que está obscenamente destripado. La cabeza se encuentra en la base del pedestal y en la boca le han metido los dedos con los que solía escribir. Le han cortado la lengua y se la han introducido en la garganta y las cuencas vacías de los ojos están ensangrentadas.

Del cuello le han colgado un cartel:

AHORA ESCRIBE TUS ARTÍCULOS, NIÑO SALVAJE. LA COMPAÑÍA Z.

Pero, esa misma mañana, parece que todos los mexicanos están leyendo las últimas palabras del Niño Salvaje:

PARA LOS SIN VOZ
por el Niño Salvaje

Hablo por los que no pueden hablar, por los sin voz. Alzo la voz y agito los brazos y grito por aquellos a los que no veis, o quizá no podéis ver, por los invisibles. Por los pobres, por los desposeídos, por aquellos a los que se ha privado del derecho a voto; por las víctimas de la denominada Guerra contra la Droga, por los ochenta mil asesinados por los narcos, por la policía, por el ejército, por el gobierno, por los compradores de drogas y los vendedores de armas, por los inversores en sus torres relucientes que han invertido su «nuevo dinero» en hoteles, centros turísticos, grandes almacenes y viviendas a las afueras.

Hablo por los torturados, los quemados y los despellejados por los narcos, apaleados y violados por los soldados, electrocutados y medio ahogados por la policía.

Hablo por los veinte mil huérfanos, por los hijos que han perdido a uno o ambos progenitores y cuya vida ya no volverá a ser la misma.

Hablo por los niños muertos, tiroteados en fuegos cruzados, asesinados junto a sus padres, arrancados del útero de sus madres.

Hablo por la gente esclavizada, obligada a trabajar en los ranchos de los narcos, forzada a luchar. Hablo por las masas pisoteadas por un sistema económico que se preocupa más de los beneficios que del pueblo.

Hablo por la gente que intentó contar la verdad, que intentó contar la historia, que intentó enseñaros lo que habéis estado haciendo. Pero los silenciasteis y los cegasteis para que no pudieran hablar de vosotros, para que no pudieran mostraros.

Hablo por ellos, pero os hablo a vosotros, a los ricos, a los poderosos, a los políticos, a los comandantes y a los generales. Hablo a Los Pinos y a la Cámara de los Diputados, hablo a la Casa Blanca y al Congreso, hablo a la AFI y a la DEA, hablo a los banqueros, a los rancheros, a los barones del petróleo, a los capitalistas y a los señores de la droga y os digo:

Sois todos iguales.

Todos sois el cártel.

Y sois culpables.

Sois culpables de asesinato, sois culpables de tortura, sois culpables de violación, de secuestro, de esclavitud, de opresión, pero, por encima de todo, yo os digo que sois culpables de indiferencia. No veis a la gente que aplastáis con el tacón. No veis su dolor, no oís sus gritos, no tienen voz, para vosotros son invisibles, y ellos son las víctimas de esta guerra que perpetuáis para manteneros por encima de ellos.

Esto no es una Guerra contra la Droga.

Esto es una guerra contra los pobres.

Esto es una guerra contra los pobres y los desposeídos, los sin voz y los invisibles, que no dudaríais en apartar de vuestras calles como la basura que revolotea alrededor de vuestros tobillos y os ensucia los zapatos.

Enhorabuena.

Lo habéis conseguido.

Habéis llevado a cabo una *limpieza*.

Ahora el país es seguro para vuestros centros comerciales y vuestros terrenos de extrarradio; los invisibles no están a la vista y los sin voz están callados, como deben estar.

Pronuncio estas últimas palabras y ahora me mataréis por ello.

Solo os pido que me enterréis en la *fosa común* con los sin rostro y los sin nombre, sin una lápida.

Prefiero estar con ellos que con vosotros.

Ahora soy un sin voz e invisible.

Soy Pablo Mora.

3

LA LIMPIEZA

Lava del todo mi delito, limpia mi pecado.

Salmo 50

San Diego, California
Octubre de 2012

Según lee Keller, hace mil años, Petén era una de las zonas más pobladas de la Tierra.

Como centro de la civilización maya, las boscosas tierras bajas —selvas tropicales, junglas— albergaban docenas de ciudades con templos de piedra, patios, extensos campos en terrazas regadas con canales y *chinampas*, las granjas flotantes de los lagos.

Entonces entró en declive.

Nadie sabe exactamente por qué, si fue una sequía, las enfermedades o una invasión, pero, cuando llegó Cortés en la década de 1520, la selva había reconquistado casi todas las ciudades y las granjas, y los supervivientes de la viruela vivían de la agricultura de tala y quema en aldeas aisladas.

Aun así, los españoles tardaron casi doscientos años en someter por completo a los descendientes de los mayas en Petén y organizar un sistema de colonización que convirtió a los españoles blancos y a su descendencia mestiza en los señores terratenientes y a los indios mayas nativos en los campesinos sin tierras.

El sistema resistió casi cuatrocientos años, incluso cuando los nuevos imperialistas estadounidenses de la United Fruit Company subieron al poder en Guatemala. Hasta 1944, los «revolucionarios de octubre» no lanzaron reformas liberales, y en 1952 aprobaron el decreto 900, que imponía la redistribución de las tierras.

Los señores reaccionaron.

El dos por ciento de la población que era propietario del noventa y ocho por ciento de las tierras no estaba dispuesto a que su posición se viera alterada y, con el apoyo de la CIA, organizó un golpe de estado que derrocó al gobierno civil.

La izquierda, una difusa coalición de estudiantes, trabajadores y algunos campesinos, formaron el MR-13, un movimiento guerrillero que empezó a combatir al ejército y la policía guatemaltecos. Después de cinco años de enfrentamientos esporádicos, Estados Unidos envió a los Boinas Verdes, sus fuerzas especiales, para que ayudaran a aplastar a las «guerrillas comunistas».

Después sobrevino el denominado «Terror Blanco» cuando la Unidad de Comandos Especiales y los paramilitares de Mano Blanca, que en realidad eran policías y soldados, ejecutaron miles de «desapariciones» de izquierdistas en Ciudad de Guatemala y en el campo. Al declarar el estado de sitio, el presidente guatemalteco, Carlos Arana Osorio, anunció: «Si para pacificar el país es necesario convertirlo en un cementerio, no dudaré en hacerlo».

Siete mil personas «desaparecieron» en tres años.

La izquierda respondió formando el CUC (Comité de Unidad Campesina) en el sur y el este y el EGP (Ejército Guerrillero de los Pobres) en el norte maya, y la guerra civil en Guatemala continuó.

Si alguna vez existió un nombre menos apropiado que el del «problema de la droga en México», ese es el de «guerra civil guatemalteca». Sin duda fue una guerra civil unilateral que consistió eminentemente en la desaparición y asesinato de guerrilleros de izquierdas escasamente armados a manos de un ejército profesional y de unas fuerzas policiales que contaban con abundantes suministros de armas y entrenamiento estadounidenses.

En 1978, las fuerzas especiales conocidas como Kaibiles abrieron fuego contra un grupo desarmado de manifestantes en Panzos y acabaron con la vida de ciento cincuenta. En 1980 ya habían matado a cinco mil.

Keller se dedicó a estudiar la historia de un pueblo guatemalteco de Petén: Dos Erres.

Es una historia trágica.

En octubre de 1982, las guerrillas del EGP tendieron una emboscada a un convoy del ejército cerca de Dos Erres y mataron a veintiún soldados y se adueñaron de diecinueve rifles.

El 4 de diciembre, una unidad integrada por cincuenta y ocho Kaibiles disfrazados de guerrilleros llegó en avión a la zona. Dos días después, entraron en el pueblo a las 2.30 de la madrugada. Sacaron a la gente de sus casas y separaron a los hombres de las mujeres; a ellos los llevaron a la escuela, y a las mujeres y los niños a la iglesia. Registraron la aldea en busca de las armas que faltaban. No encontraron ninguna, ya que los EGP que atacaron a los soldados no provenían de Dos Erres.

No importaba.

Los Kaibiles anunciaron que, después de desayunar, empezarían a «vacunar» a los habitantes del lugar.

Se pusieron frenéticos.

Agarraron a los niños de los tobillos y les golpearon la cabeza contra troncos de árboles y paredes. Puesto que no querían gastar munición, destrozaron la cabeza a los hombres adultos con martillos. Arrancaron los fetos del útero de las mujeres embarazadas y, durante dos días, violaron al resto antes de matarlas y amontonar sus cuerpos encima de los de sus familiares en el pozo del pueblo.

La última mañana de la matanza, quince campesinos mayas llegaron a Dos Erres. Dado que los pozos estaban demasiado llenos, los Kaibiles los llevaron a un kilómetro de distancia y los mataron a todos, a excepción de dos niñas adolescentes, a las que violaron cuando abandonaban la zona y después estrangularon.

La «guerra civil» guatemalteca se prolongó doce años más después de la masacre de Dos Erres. Murieron más de doscientas mil personas, incluidos entre cuarenta y cincuenta mil «desaparecidos». Millón y medio de personas se vieron desplazadas de sus hogares y otro millón emigró, mayoritariamente a Estados Unidos.

Pero el sufrimiento de Petén continúa, esta vez por obra de los cárteles del narcotráfico que anhelan la zona por su proximidad con la frontera. Los Zetas y el cártel de Sinaloa estaban dispuestos a entrar en guerra por Petén hasta que Barrera sentó a Ochoa a la mesa de negociaciones de paz.

Ahora Keller estudia las últimas fotografías por satélite.

El claro que se abre a las afueras de Dos Erres es nuevo, un pequeño rectángulo ganado a la selva tropical. Cuenta el número de tiendas de campaña y los dos pequeños edificios, pero no necesita hacer cálculos de cuántos miembros de Gente Nueva hay. Ya lo sabe: Barrera le dijo que llevaría a cien hombres.

Su equipo de espías ha realizado un cálculo del número de Zetas basándose en las casas, chozas y tiendas de campaña de Dos Erres, además de los vehículos y cualquier imagen por satélite que hayan podido obtener del pueblo en sí. Su mejor cálculo se cifraba en doscientos Zetas, entre ellos unos veinticinco exKaibiles.

«Nosotros llevamos veinte hombres —piensa Keller—. Todos ellos de la élite».

Keller ha podido conocer a los miembros del equipo durante las largas semanas de entrenamiento y le gustan. Es difícil intimar con ellos: son callados, reticentes y no ofrecen datos biográficos. La norma general no escrita es que, cuanto menos sepan unos de otros, mejor, pero Keller ha averiguado que John Downey, D-1, el líder del equipo, era coronel del ejército, un *ranger* con experiencia en Somalia, Irak y Afganistán. Ronda los cincuenta años, tiene constitución de hidrante, es pelirrojo, lleva el pelo corto, tiene la nariz respingona y dotes de mando innatas.

Es el único apellido que le permiten saber. El resto son solo nombres de pila. Keller no tiene ni idea de si son reales o apodos. Lo que sí tienen en común es que son todos profesionales, eficientes, atléticos y cultos. Durante las conversaciones a la hora de la comida o tomando cervezas ha sabido que la mayoría son graduados en historia, sociología o ciencias puras y casi todos son como mínimo bilingües, pero pueden maldecir fluidamente en inglés, español (Downey solo reclutó a hispanohablantes), árabe, kurdo, pastún y darí.

Keller tiene la sensación de conocer Dos Erres todo lo bien que uno puede conocer un lugar en el que nunca ha estado. Ha estudiado fotografías por satélite, mapas y vídeos. Cuando el equipo salió de Virginia y se trasladó a un campo de entrenamiento privado de Sunshine Summit, situado en unas montañas remotas a unos cien kilómetros al norte de San Diego, construyeron una maqueta del pueblo con tuberías de PVC y cuerdas.

Han practicado la operación un centenar de veces.

Sus informaciones más fiables aseguran que Ochoa ha convertido la iglesia vacía en sus aposentos personales, mientras que Forty reside en la escuela abandonada que se encuentra justo al lado, en el extremo oeste del pueblo.

Ambos parecen contar con cuatro guardaespaldas personales que viven con ellos. El resto de los Zetas están acuartelados al este del pueblo en el vivac que detectaron por primera vez durante el reconocimiento por satélite.

Al oeste han abierto un nuevo claro. Es otro rectángulo militar bien delineado con tiendas de campaña y lo que parecen dos contenedores de mercancías reconvertidos en aposentos, con pequeños porches de madera cubiertos con chapa corrugada.

Keller y el equipo han conjeturado que este nuevo campamento es para los invitados sinaloenses y que los contenedores están reservados a Adán y Nacho.

El plan de operación es sencillo pero perfectamente pautado.

Dos helicópteros Black Hawk MH-60 con diez hombres y un piloto cada uno trasladarán al equipo hasta Guatemala. El primero sobrevolará Dos Erres mientras su equipo desciende y se divide en dos «escuadrones de la muerte» compuestos de cuatro hombres cada uno. El Escuadrón de la Muerte F atacará la escuela y eliminará a Forty. El Escuadrón de la Muerte G entrará en la iglesia y acabará con Ochoa. Downey se quedará atrás con un médico que también se encargará de las comunicaciones.

El segundo helicóptero aterrizará en una estrecha franja que media entre la aldea y el campamento Zeta. Sus hombres se desplegarán y protegerán a los otros dos equipos ante cualquier contraataque proveniente del campamento.

Sin embargo, no debería producirse ninguno, ya que será una incursión relámpago, entrar y salir. Entonces, el primer helicóptero tomará tierra, los «escuadrones de la muerte» subirán a bordo y se desplazarán a toda velocidad hasta Campeche, donde las FES los recogerán y los trasladarán a una base militar sita a las afueras de Juárez.

Desde allí se disgregarán en pequeñas unidades, cruzarán la frontera estadounidense y desaparecerán.

El elemento sorpresa será esencial.

Keller formará parte del Escuadrón de la Muerte G con Eddie Ruiz. Los hombres de operaciones especiales no querían a Keller allí; preferían que permaneciera en el helicóptero. Es demasiado viejo, demasiado lento, un combatiente sin demasiada formación, y no hay tiempo para que se ponga al día con la curva de aprendizaje.

Keller los mandó a la mierda.

—Esta operación es mía —les dijo—. Iré, e iré delante o no irá nadie.

Aceptaron a regañadientes, sobre todo cuando averiguaron más sobre Killer Keller, sobre su pasado y sobre sus pérdidas personales. Por el campamento corrían rumores sobre su relación con la Médica Hermosa —que se apresuraron a buscar en Google— y el ataque que sufrió por parte de los Zetas. También se enteraron de la historia de Erika Valles y Pablo Mora y decidieron que, si Keller deseaba venganza, lo acompañarían y le cubrirían las espaldas.

Para las comunicaciones por radio le han dado el nombre de K-1.

Los sorprendió durante la instrucción.

Es lento, sí, pero preciso.

Y está motivado.

Sus informes sobre los Zetas eran exhaustivos: sus hábitos, sus tácticas, su entrenamiento, su armamento e incluso la psicología de los dos objetivos. Las fotografías y vídeos que aportó eran una mina.

Eddie Ruiz aportó algo distinto.

Eddie estaba relajándose en sus aposentos de Fort Bliss cuando entró Keller y echó a los vigilantes.

—Prepara tus cosas —dijo Keller

—¿Dónde voy? —preguntó Eddie.

—Vienes conmigo —respondió—. A matar a Forty y Ochoa.

Eddie silbó.

—Joder, no puede haber sido tarea fácil.

«No lo ha sido», piensa Keller. Hasta el último hombre se opuso a la idea de llevar a Eddie el Loco a la misión en Guatemala, pero él argumentó que era el único que podía identificar a ambos objetivos, que era un combatiente probado y que, a fin de cuentas, Ruiz era un ciudadano libre que podía salir de Fort Bliss cuando le diera la gana.

—Le acusaríamos cinco segundos después y le arrestaríamos —respondió Taylor.

—Se lo prometí —dijo Keller.

—No tenías autoridad para hacer eso.

Keller se encogió de hombros.

—¿Y si escapa? —preguntó Taylor.

—No lo hará.

Keller sabía que acabaría imponiéndose su voluntad. Eddie era mercancía defectuosa ahora que el PAN había perdido las elecciones.

—Tú lo llevas y tú lo traes de vuelta —advirtió Taylor.

—Claro.

Los informes de Eddie, si se los puede denominar así, han sido de un valor incalculable. Ruiz se sentó con los Zetas, comió con ellos, habló con ellos y salió de fiesta con ellos. Sabe cómo hablan, cómo piensan y cómo reaccionan. Junto con Keller, es el único que se ha enfrentado a ellos, el único que los ha matado.

Los que habían sido hombres de operaciones especiales también se mostraron reacios al principio y lo consideraban un cabrón indisciplinado, traficante y asesino. Pero cuando Eddie reconoció abiertamente que, en efecto, eso era así, aflojaron un poco. Y no había duda de una cosa: Eddie el Loco podría arrancarle los huevos a un mosquito de un disparo si los mosquitos tuvieran huevos.

Así se lo dijo, y lo demostró en el campo de tiro.

Keller también.

Pero el entrenamiento físico, reconoce Keller mientras estudia las últimas imágenes recibidas, estuvo a punto de matarlo. Los hombres tienen razón: es demasiado viejo y demasiado lento. Sus piernas y reflejos no hacen lo que les indica su cerebro y eso le pone furioso. Nunca ha estado en mejor forma y, aun así, se siente agotado. Si fueran dos misiones en lugar de una, se vería incapaz. Esta es su última operación.

La espera también lo está matando.

Esperó semanas para ver si Barrera podía conseguir la reunión con Ochoa. Luego varias semanas más para averiguar dónde se produciría esa reunión. Una vez que lo supo, la planificación táctica y el entrenamiento se intensificaron al máximo, pero luego tuvieron que esperar más para averiguar la fecha exacta. Una vez fijada, hubo cinco días más de tensión atroz hasta corroborar que en efecto llegaría a producirse.

«Y así ha sido», piensa Keller mientras estudia las fotos.

Barrera está en Dos Erres.

Está previsto que las reuniones den comienzo al día siguiente a última hora de la tarde.

Se prolongarán hasta bien entrada la noche, momento en el cual habrá una fiesta si todo sale bien. Al día siguiente no se producirán más encuentros, porque, cuando salga el sol, los líderes Zetas estarán muertos.

Adán Barrera será el *patrón* indiscutible.

Y podrá empezar la *pax narcotica*.

Porque ese es el pacto.

Habrá un cártel que venderá droga en Estados Unidos y todos podrán volver al juego perpetuo del gato y el ratón a lo largo de la frontera. Lo de siempre, y las gigantescas maquinarias del tráfico y el antitráfico podrán seguir trabajando. Sin él, piensa Keller.

En dos días, todo habrá acabado.

«Puede que menos —reconoce—, si muero en Dos Erres, lo cual es una posibilidad muy real. Afróntalo, tienen razón: es absurdo que participes en esta misión. Eres la pieza más débil, probablemente el combatiente menos preparado sobre el terreno. Hay muchas posibilidades de que no vuelvas.

»Pero ¿y si lo consigo?

»¿Luego qué? ¿Qué haces con el resto de vida que te queda? No puedes volver con Marisol, no te quiere, así que la feliz jubilación que imaginaste con ella se ha desvanecido. No puedes volver a cuidar de las abejas; el monasterio no te aceptará y, además, ya no eres la misma persona. Esa persona creía en la posibilidad de la serenidad y la fe. Los últimos seis años la han aniquilado.

»Eso no existe.

»Al menos en este mundo.

»Entonces, ¿qué piensas hacer?

»¿Coger tu pensión, buscarte un piso en Scottsdale y convertirte en ese hombre patético de mediana edad que te encuentras en los bares de temática deportiva a las dos del mediodía? ¿Ponerte a jugar al golf? ¿Fabricar cerveza artesanal? ¿Leer libros espléndidos? ¿Andar por ahí hasta la biopsia con mal resultado y, entretanto, convencerte de que no has hecho lo que has hecho ni visto lo que has visto, de que tus pesadillas son fantasías y no solo una interpretación algo más surrealista de tu surrealista vida?

»Puede que haya cosas peores que morir en Dos Erres».

Levantan el campamento de Sunshine Summit y se dirigen a la zona de estacionamiento de San Diego. Luego tomarán vuelos separados a Ciudad de México y Campeche. Entonces cruzarán la frontera en helicóptero para iniciar la Operación XTZ.*

«Eliminar a los Zetas».

En su habitación de hotel, situado junto al aeropuerto, Keller está sentado en la cama con el teléfono en la mano y se plantea llamar a Marisol. Pero ¿qué le diría? ¿Que la echa de menos? ¿Adiós? Nada de lo que diga cambiará las cosas, pero tampoco dirá que ha cambiado de parecer sobre la misión.

Decide no llamar.

Está nervioso, así que sale a pasear por el viejo barrio conocido como Little Italy. Antes venía hasta aquí cuando salía de la oficina para comer una salchicha en el ya desaparecido Pete's o tomar un buen café exprés en un lugar que, según puede comprobar, ahora es un Starbucks.

Dobla por Columbia Street y pasa por Nuestra Señora del Rosario, construida en los años veinte para servir a los pescadores de atún italia-

---

* *XTZ* equivale en inglés a *Cross Out The Zetas*, «tachar, eliminar a los Zetas». (*N. del t.*)

nos que dominaban el barrio. Keller iba a menudo a misa matinal, a confesarse, a tomar la comunión o a contemplar los frescos al fondo del santuario.

La flota de atunes desapareció hace mucho tiempo y, con ella, los pescadores italianos.

Ahora es un barrio moderno con cafeterías, discotecas y nuevos edificios de viviendas, y los restaurantes italianos son caros y suelen estar frecuentados por turistas.

Keller se encuentra frente a la iglesia y piensa en entrar. Es demasiado tarde para la misa, pero puede que haya algún sacerdote que pueda confesarlo.

«Pero ¿de cuánto tiempo dispondría?», se pregunta Keller con remordimiento.

«Perdóneme, padre, porque he pecado y pecado y pecado y pecado...

»Y estoy a punto de cometer otro asesinato.

»Al menos uno».

Keller sigue caminando.

No necesita a Dios y Dios no le necesita a él.

Departamento de Petén, Guatemala
31 de octubre de 2012

Chuy lanza una pelota de fútbol contra los restos de un muro de piedra que ignora si son de origen maya.

La jungla está plagada de ruinas como esas, pero no le importa. Chuy se pasea por las viejas terrazas de piedra que en su día fueron altares sin saber qué está pisando o el vínculo que mantiene con ellas, ajeno a que eran lugares en los que se decapitaba a las víctimas en sacrificios a los dioses mayas de la muerte. Le gustan las cuevas que salpican el bosque, las grietas en el terreno calizo de la jungla en las que puede gatear, esconderse, echar una cabezada o simplemente tumbarse a pensar.

Forty llevó a Chuy y a su *estaca* a Guatemala y era la primera vez que subía en avión. Odiaba el calor sofocante de Ciudad de Guatemala, pero empezó a sentirse mejor cuando se dirigieron al norte y cruzaron los extensos pastos hasta adentrarse en la jungla. Todavía le resulta demasiado asfixiante y verde, pero está acostumbrándose, aunque por la noche tiene un poco de miedo, porque los hombres que llevan allí más tiempo que él le han dicho que hay jaguares, pumas y cocodrilos en los pantanos que rodean el pueblo.

La aldea está bastante vacía, con la salvedad de algunas mujeres y niñas, que los hombres tienen allí para que cocinen y limpien, y de algunos hombres que desempeñan las tareas pesadas. Por lo demás, han matado a los habitantes o los han echado, así que fundamentalmente son Zetas viviendo en un campamento armado.

Los hombres ofrecieron a Chuy una chica para su cama, pero la rechazó, ya que recordó cuando Flor le habló de su infancia en Petén y le contó que los Kaibiles expulsaron a su familia de sus tierras. Así que no quiere una chica porque le recordaría demasiado a ella y porque se despierta por las noches llorando y a veces se mea en la cama. Le gusta dormir solo.

Algunas noches ni siquiera duerme en la tienda de campaña, sino que entra a rastras en una cueva, se pone una sudadera y duerme allí, aunque tiene miedo de los jaguares y los pumas. Sin embargo, lleva un rifle, una pistola y un cuchillo, así que no tiene demasiado miedo y, en cualquier caso, solo duerme a ratos porque ve caras, las caras de los chicos que lo llevaron al reformatorio, la cara del primer hombre al que mató, la cara de Forty y la cara de Ochoa cuando le obligó a cortarle la cabeza a aquel hombre. Ve las caras de los hombres a los que ha asesinado; son como máscaras que flotan en su cabeza cuando cierra los ojos.

Chuy ve el rostro de la agente de policía cuando empezó a cortarle la garganta con una sierra y ahora el del hombre al que secuestraron hace unas semanas, el borracho que tenía mucho miedo y gritaba y lloraba y suplicaba hasta que le metieron la camisa en la boca para que se callara. Y ve el rostro de Forty riéndose, siempre riéndose, diciéndole que lo haga, que no pare, que siga haciéndole daño, que es un mierdecilla.

Y Chuy recuerda su misión.

Chuta el balón contra la pared, rebota y, después de dar dos toques, vuelve a chutar. Quizá debería haber sido jugador de fútbol. Quizá debería haberse dedicado a eso en lugar de lo que hizo y le parece que fue hace mucho tiempo cuando cogió aquella pistola y disparó al aire y lo metieron en la cárcel.

Forty lo trajo aquí para luchar contra los sinaloenses, pero es posible que no luchen porque Chuy ha oído que el mismísimo Barrera vendrá a firmar un acuerdo con Ochoa, y no sabe si eso significa que se quedará en Guatemala o que lo enviarán de vuelta a México o incluso a casa.

«A lo mejor me quedo a vivir aquí —piensa—, en una cueva. Comeré lo que cace y viviré como los de *Supervivientes*. O me iré a Alaska con un programa de esos de la tele. O entraré en un centro comercial o un cine y ametrallaré a todo el mundo.

»Saldré por televisión».

Vuelve a chutar la pelota contra la pared. Es agradable y reconfortante esa acción repetitiva y lo mantiene absorto hasta que oye el grito para que regrese. Vuelve corriendo al centro del pueblo, donde los hombres están formando.

Se corre la voz rápidamente.

Adán Barrera está en Dos Erres.

Adán trae consigo un ejército integrado por cien de los mejores hombres de Gente Nueva, los que han librado la guerra en Juárez, Durango y Sinaloa, y van bien pertrechados con rifles de asalto, lanzagranadas y munición suficiente para lidiar con la situación si las cosas se ponen feas.

Nacho está allí, por supuesto.

Con grandes dificultades, ha contactado con miembros del narcomundo para transmitir a Ochoa el mensaje de que quería hablar de paz. En este momento se antoja una propuesta ridícula dada la carnicería que se han infligido unos a otros por todo México, pero Nacho insistió con su característica paciencia.

También ayudó que Ochoa estuviera motivado. Su reciente debacle en Europa supuso un gran revés. Los combates en todos los frentes se habían estancado y nadie sabía a ciencia cierta cómo procedería el nuevo gobierno.

La mejor baza de los Zetas era su dominio en Petén, y Ochoa insistió en que se reunieran allí y no en México, donde podían intervenir los *federales*, el ejército y las FES que colaboran con Barrera.

Nacho respondió que Petén no era aceptable y que tendrían que encontrar territorio neutral en Colombia o incluso en Europa si se daba el caso, pero Ochoa persistió y Nacho accedió si le aseguraban que los sinaloenses podrían traer a tantos efectivos armados como gustaran.

La imagen en Dos Erres no es especialmente tranquilizadora, piensa Adán cuando se aproximan en un convoy de todoterrenos y camiones. El lugar es la definición visual de un páramo: junglas, pantanos y una aldea prácticamente abandonada.

El calor es asfixiante y la humedad aún más. La jungla es opresiva y la tensión insoportable. Por delante van cincuenta combatientes y otros cincuenta detrás en un camino de tierra custodiado por Zetas con atuendo paramilitar.

Todos los integrantes del desfile son enemigos de sangre del otro bando, con sus rencores, sus venganzas y sus odios profundos. Una mirada fortuita, una palabra inadecuada, un rumor... Cualquier cosa podría prender la llama.

No quiere ni pensarlo.

Nada puede salir mal.

El convoy se detiene.

Adán sabe que se trata solo de un protocolo estricto. No puede reunirse con Ochoa hasta que Nacho se haya reunido con Forty. Su conversación se prolonga solo unos minutos y después el convoy es dirigido a un claro situado más o menos a medio kilómetro de la aldea. Los Zetas han talado el bosque para crear un campamento para sus invitados. Han montado tiendas y dos contenedores de mercancías han sido transformados en aposentos para Adán y Nacho.

Los hombres de Adán son los primeros en entrar en el campamento por si les han tendido una emboscada, y buscan trampas y micrófonos. Cuando informan de que todo es correcto, llega el todoterreno de Adán y toma posesión de su «vivienda», un contenedor con cama, un colchón de verdad, letrina, lavamanos y, gracias a Dios, un aparato de aire acondicionado que funciona con un generador.

Una mujer, sin duda una cautiva maya del lugar, ejerce de sirvienta. Parece aterrada y él sonríe y hace todo lo posible por tranquilizarla mientras uno de sus hombres trae las maletas. Su habitual traje negro desentona en ese lugar y se pone una guayabera blanca limpia, vaqueros y zapatillas de deporte.

Entonces cae en la cuenta de que no se ha puesto una camisa como aquella desde la boda y piensa en Eva y los niños. Por insistencia de Adán, se han ido de vacaciones a Estados Unidos durante su ausencia y ahora deberían estar en una playa de La Jolla. La extraña ironía de que se hallen bajo protección de Art Keller resulta casi dolorosa.

Al igual que saber que su vida podría estar en manos de Keller.

El ataque para asesinar a la cúpula Zeta comenzará mañana por la mañana. La reunión de paz que organizó «fijó al objetivo», por utilizar el término de Keller. Ahora solo es cuestión de que Ochoa y Forty no se muevan, de infundirles complacencia con afables conversaciones de paz en términos favorables.

Si todo sale bien, Ochoa estará muerto antes de que amanezca.

La autopsia dictaminó que Magda estaba embarazada.

«De mi hijo», piensa Adán.

Se tumba en la cama a descansar un rato antes de que empiece el encuentro.

Fuera oye un ruido sordo y extraño.

Rítmico.

No sabe qué es hasta que se da cuenta de que alguien está chutando una pelota de *fútbol* contra una pared de piedra.

Esta vez no hay bromas cuando Adán se cita con Ochoa.

Ni cháchara ni esfuerzo alguno por rebajar la tensión. Se respira solo un odio mutuo, pero también una necesidad mutua, y se sientan tranquilamente a la mesa.

Alrededor de ellos forman un círculo hombres armados que no alcanzan a oír la conversación pero sí los ven. Tienen el dedo en el gatillo y la mirada puesta en el hombre de enfrente. «Esto podría degenerar en un baño de sangre en cualquier momento», piensa Adán.

Ochoa y Forty se sitúan a un lado de la mesa y Adán y Nacho al otro.

A Adán le parece que Z-1 ha envejecido desde la última vez.

Debe de ser el peso del mando. Es igual de atractivo, pero de otra manera y, por primera vez, Adán percibe la psicosis latente en sus ojos. Es desagradable estar sentado tan cerca de él, hablar de paz con un asesino sádico, con un asesino de masas. Ese hombre es Satán y su amigo Forty es aún peor.

—Vayamos al grano —dice Nacho.

Básicamente coinciden en una división este-oeste de las *plazas*, lo cual refleja la realidad sobre el terreno. Adán acepta que los Zetas conserven Nuevo León, Monterrey y Veracruz, además de Matamoros, Reynosa y la Frontera Chica de Tamaulipas. Por su parte, Ochoa acepta que Tijuana, Baja, Sonora e incluso Juárez, incluyendo el valle, queden en manos de los sinaloenses.

El escollo es Nuevo Laredo.

Adán presenta batalla, porque lo contrario levantaría sospechas. Al principio reclama la ciudad, pero luego propone a los Zetas su uso a cambio de un *piso*. Después ofrece un descuento en el *piso* de hasta tres puntos.

Es divertido, un pequeño placer, ver a Ochoa enfadarse; en repetidas ocasiones, Adán lo lleva al borde de cancelar las negociaciones, pero luego lo hace retroceder.

Finalmente, Nacho plantea la propuesta que habían acordado de antemano. Volverán a los viejos tiempos en que los Flores y los Soto se dividían la *plaza* en este y oeste. Los sinaloenses conservarán la zona occidental de Nuevo Laredo y los Zetas la oriental. Una vez solucionado esto, Ochoa saca el tema de Europa y la relación con la 'Ndrangheta.

—No sé cómo puedo ayudaros en eso —responde Adán con sequedad, y lanza una sonrisa a Forty—. La 'Ndrangheta se distanció de vosotros cuando intentasteis hacer negocios con terroristas islámicos.

—Necesitamos parte del mercado europeo —dice Ochoa.

Es un tema arriesgado, el beso de la cobra, porque todos saben que podría salir a relucir el tema del asesinato de Magda Beltrán.

Adán lo pasa por alto.

—Que sea lo que tenga que ser...

—Necesitáis nuestros puertos del Golfo para hacer negocios en Europa —comenta Forty.

—La verdad es que no —contesta Adán.

Pero no es cierto. Sería mucho más eficiente realizar directamente los envíos desde Veracruz o Matamoros. Menciona este punto, pero finge aceptar a regañadientes la propuesta de Nacho de que «gestione» cocaína Zeta con los europeos a cambio de utilizar los puertos del Golfo sin coste alguno.

Hacen una parada para almorzar, una incómoda pausa en la que comen mango y un plato de pollo execrable.

No hay conversaciones banales. Comen en mesas distintas y Adán habla en voz baja con Nacho. Después va a llamar a Eva. Los niños están bien, jugando en la playa. Los ha embadurnado de crema solar y no se acercan demasiado al agua. Y sí, los estadounidenses los vigilan de cerca.

Después del almuerzo abordan el tema de Guatemala.

Sin eso no hay acuerdo, insiste Adán: Ochoa debe compartir Guatemala. Los aviones sinaloenses deben tener libre acceso a las pistas de aterrizaje y deben contar con autorización para transportar su producto a través de la frontera sin interrupciones. Por supuesto, pagarán el porcentaje correspondiente en concepto de protección política y policial.

Ochoa se niega. Guatemala es suya por «derecho de conquista», lo cual resulta llamativo a Adán, y, si los sinaloenses quieren usar el territorio, tendrán que pagar por ese privilegio, y kilo por kilo. Adán se levanta de la mesa.

—Gracias por la comida. La cena no será necesaria.

—Siéntate.

—A mí no me des órdenes.

—Caballeros... —interviene Nacho.

—Si pago por cada kilo que pase por Guatemala —dice Adán a Ochoa— sería lo mismo que trabajar para ti.

—Eso me parecería aceptable —responde Ochoa con una sonrisa.

Adán empieza a cansarse del juego. Pero hay que jugarlo y, por si no se produce el ataque o fracasa, necesita un pacto con los Zetas, así que añade:

—Nos hemos destrozado unos a otros. No tiene sentido sentarse a la mesa de negociación para intentar destrozarnos económicamente. Os estoy ofreciendo un mercado en Europa a cambio de una ruta de suministro en Centroamérica.

Ochoa lo habla con Forty y acaba por aceptar.

Lo que sigue es una larga y tediosa discusión sobre pactos de seguridad hasta el final de la actual Administración. Adán verifica que la AFI y el ejército no actuarán contra los Zetas y que no dispararán contra agentes o soldados.

—¿Y las FES? —pregunta Ochoa.

—Ahí no tengo influencia —dice Adán.

—Entonces, ¿por qué solo nos persiguen a nosotros y a vosotros no?

—A lo mejor porque habéis asesinado a sus familias —aventura Adán. Quizá porque sois animales sin limitaciones de ningún tipo. Quizá porque sois sociópatas y sádicos. Quizá porque dejasteis tullida a la mujer de Keller y destripasteis a una joven a la que consideraba una hija. Quizá porque matasteis a mi hijo no nato—. En eso no os puedo ayudar.

Ochoa parece aceptarlo y pregunta:

—¿Qué pretendéis hacer con la nueva Administración?

—Lo mismo que con todas —responde Adán—. Intentar influir en ella con dinero y razonamientos. Si unimos nuestros recursos y hacemos frente común puede que ganemos algo de terreno. Lo mejor que podemos hacer es dejar de luchar. Creo sinceramente que, si damos paz a este gobierno, nos recompensará.

—¿Y los estadounidenses?

—Los estadounidenses son estadounidenses —responde Adán—.

Harán todo lo que puedan para obligar al gobierno a perseguirnos. El gobierno fingirá hacerlo, pero será ineficaz. Siempre y cuando dejéis de cometer una atrocidad tras otra y de hacer idioteces como desafiarlos con notas de prensa en las que os jactáis de que el país lo gobernáis vosotros, en cuyo caso los obligáis a actuar.

—Pero es que gobernamos nosotros —dice Forty.

—Eso no tiene nada que ver con lo que estoy diciendo —replica Adán. Lo intenta de nuevo—. Podemos tener un negocio. Si lo gestionamos adecuadamente, podemos tener el negocio más provechoso de la historia de la humanidad aparte del petróleo, en el que creo que empezáis a intervenir. O podemos tener un caos que acabe por llevarnos a la ruina.

Las conversaciones continúan, centrándose en detalles sobre cómo disgregar los diversos frentes, cómo anunciar el alto el fuego, cómo ponerlo en práctica y cómo cerciorarse de que ninguna organización se toma la justicia por su mano y rompe la tregua.

Gran parte de ello recae en Forty y Nacho.

Cuando oscurece han alcanzado la *pax narcotica*.

Adán y Ochoa se estrechan la mano.

—Hemos organizado un poco de entretenimiento para esta noche —anuncia Ochoa—, una pequeña fiesta para celebrar la paz y el Día de Muertos. Habrá refrescos y mujeres de Ciudad de Guatemala.

—No te ofendas, pero soy un hombre casado.

—No estás muerto... —dice Ochoa.

—Pero soy fiel —responde Adán.

Vuelve al campamento, se da una ducha caliente utilizando un tanque de lona colgado del techo y se tumba a dormir debajo de la mosquitera que ha abierto la sirvienta encima de su cama.

Sabía que habría una fiesta, pero le preocupa. Más de un narco ha sido asesinado mientras celebraba la paz con sus enemigos, así que solo permite que asistan la mitad de sus hombres. Ordena al resto que se retiren y recuerda a Nacho que deben permanecer relativamente sobrios y completamente alerta.

Adán consulta el reloj, una llamativa y costosa pieza que le regaló Eva y que solo lleva para impresionar a Ochoa, un paleto vulgar que se dejaría impresionar por ese tipo de cosas.

«En doce horas —piensa—, si todo sale según lo planeado, mis enemigos estarán muertos.

»Forty.

»Ochoa.

»Y, con un poco de suerte, Art Keller.

»Si Dios existe, Keller morirá como un héroe, acribillado en un tiroteo contra los Zetas en las junglas de Guatemala. Se organizará una ceremonia privada —secreta, en realidad— en las salas posteriores del edificio de la DEA, puede que incluso en la Casa Blanca, y luego caerá en el olvido.

»Pero cada año ordenaré que el Día de Muertos coloquen amapolas en su tumba.

»Será una broma privada entre él y yo».

Ochoa observa la fiesta.

Es una escena increíble, iluminada por una fogata en mitad del campamento Zeta, hombres y mujeres con máscaras de calavera blancas y negras danzando al son de la bulliciosa música, mujeres mamándosela a los hombres delante de todos o apartándose de la luz para echar un polvo. Lo único que le decepciona es que Barrera haya declinado asistir.

Eso complicará las cosas.

Barrera es un mierda, mucho más tonto de lo que se cree. Ochoa supo que la oferta de paz del Patrón era falsa porque ni siquiera mencionó a su difunta amante cuando prácticamente le estaba invitando a hacerlo. Si hubiera exigido algo, una recompensa o al menos una disculpa, puede que Ochoa le hubiera creído. Ahora Barrera hará lo que hace siempre: fingir que firma la paz y luego comprar al gobierno para hacer la guerra.

Pero esta vez no tendrá la posibilidad. Ochoa contempla la fiesta. La cerveza, el whisky y el champán fluyen generosamente y gran parte de los asistentes esnifan cocaína.

En realidad, los invitados sinaloenses están esnifando cocaína y heroína y las mujeres no son putas, sino de los Panteras.

A Nacho Esparza le está costando tener una erección, y no lo entiende. La coca normalmente se la pone dura como un diamante, ha tomado Viagra y la chica es guapa: tiene un cabello negro y lustroso y tetas grandes, y por debajo de la máscara se aprecian unos labios carnosos creados para hacer mamadas, cosa que está haciendo ahora de rodillas, como a él le gusta.

Inclina la cabeza hacia atrás y le lame el capullo con la lengua como si fuera una serpiente. Con eso basta. Nota cómo se le pone dura. La escena pornográfica de la orgía que se desarrolla a su alrededor ayuda y la chica chupa con fuerza. Nacho se siente aliviado cuando nota la sangre bombeando dentro de él y cierra los ojos de placer.

El dolor es espantoso, inimaginable.

Nacho mira hacia abajo y ve sangre goteando alrededor del cuchillo que tiene clavado en la barriga. Entonces, la chica del pelo lustroso y los labios carnosos sonríe, saca la hoja y la sangre salpica la tierra.

Tambaleándose, Nacho observa la pesadilla que tiene lugar a su alrededor. A la luz roja del fuego, mujeres bien vestidas y elegantemente enmascaradas asesinan a sus amantes con cuchillos y pistolas, con garrotes o con sus propias manos. Los Zetas desenfundan sus pistolas y acribillan a los sinaloenses a quemarropa. Otros demonios salen de las sombras y arrastran a muertos y heridos a la hoguera. Nacho oye sus gritos y nota un dolor agudo en la barriga. Entonces se da cuenta de que va a morir y la hermosa mujer del pelo lustroso con la máscara de calavera lo agarra de la mano y lo acerca a la fogata.

Chuy vigila el campamento sinaloense desde unos arbustos de las afueras.

Los sinaloenses han apostado dos centinelas delante de los aposentos de sus jefes. Probablemente haya más observando desde las tiendas o, como él, entre los arbustos, pero no alcanza a verlos.

Él no bebe, ni toma drogas ni fornica con mujeres, así que, aparte de la música, mariachi *norteño*, que de todos modos no le gusta, la fiesta pagana del Día de Muertos no significa nada para él. Y Forty les ordenó a él y al resto de su célula que se abstuvieran. Habría trabajo más tarde y quería que tuvieran la cabeza despejada.

Chuy se alegra de ello. La escena de la fiesta es satánica y desagradable. Ahora oye gritos provenientes del campamento, observa al centinela apostado delante del contenedor de Barrera y espera un parpadeo de láser.

La señal llega segundos después y aprieta el gatillo.

La cabeza del centinela cae hacia atrás y el rifle golpea el porche.

Chuy apunta con su *erre* al segundo centinela, que está intentando localizar el origen del disparo. Es un error estúpido: debería haberse echado al suelo y mirar luego. La bala de Chuy le alcanza en el pecho.

A cinco metros ve el fogonazo de un lanzagranadas y el misil describe una parábola en dirección a las dependencias de Barrera.

Ahora están recibiendo disparos. Ha empezado el combate.

Entonces Chuy oye aspas de helicóptero a lo lejos. ¿Los sinaloenses tienen helicópteros? ¿Dónde los escondieron? Cambia de posición y escruta el cielo nocturno. Un helicóptero de combate como los que utilizaban el ejército y los *federales* en Michoacán podría aniquilarlos en cuestión de segundos.

Ahora avista el aparato.

El hombre con el lanzagranadas es presa del pánico, suelta el arma y echa a correr. Chuy la recoge, se la apoya en el hombro y apunta hacia el cielo hasta que el helicóptero aparece en la mira telescópica.

En medio de la oscuridad surge un fogonazo rojo.

Un gran estruendo, un destello de luz amarilla, y el helicóptero se ladea como un juguete golpeado con un bate.

La explosión tira a Keller al suelo.

La metralla sale despedida, chisporrotean los cables eléctricos; el helicóptero es pasto del fuego. La cabina se llena de llamas rojas y de un espeso humo negro.

Hedor a metal y carne chamuscados.

Keller se levanta con dificultad y ve a Ruiz con la cara cubierta de sangre. Cuando se la limpia, Keller se da cuenta de que pertenecía a otro hombre, cuya carótida escupe al ritmo de los latidos de su corazón. Otro se desploma y varios fragmentos de metralla le asoman obscenamente de la entrepierna, justo por debajo del chaleco antibalas. El médico del equipo se arrastra por el suelo para prestar ayuda.

Ahora las voces son de adultos, gemidos de dolor, miedo y rabia, mientras las balas trazadoras pasan silbando y los proyectiles tachonan el fuselaje como una tormenta repentina.

«Pero es demasiado tarde para abortar la misión —piensa Keller—, aunque quisiéramos, porque estamos cayendo».

El helicóptero gira sin control al precipitarse a tierra.

Adán sale tambaleándose de sus aposentos.

Tiene el pelo y la cara chamuscados y se ha quedado sordo; lo único que oye es un zumbido espantoso. Está boca abajo en el suelo y cree que debería hacer algo, pero no sabe qué.

Al levantar la cabeza ve a uno de sus hombres corriendo hacia él, gritando algo, pero Adán no le oye. Solo ve la boca abriéndose y cerrándose como a cámara lenta y entonces se da cuenta de que ha sufrido una contusión.

El hombre pasa corriendo junto a él. Es casi divertido, porque no lleva los pantalones puestos, solo una camisa, y tiene el culo pequeño y flácido al mismo tiempo. Entonces Adán repara en que él también va desnudo y grita, o eso cree, porque no oye su propia voz. Grita para que le espere, para que le ayude, pero el hombre no deja de correr con el trasero rebotando. Entonces le alcanzan unas balas desde atrás y extiende los brazos antes de caer de bruces.

Adán cree que debería hacer algo, pero no se le ocurre qué, y entonces recuerda que es el líder, el Patrón, quien debería tomar las riendas, dar órdenes, organizar a los hombres que corren de un lado a otro gritando, pero sabe que eso significaría tener que levantarse, y tiene demasiado miedo para hacerlo. Una bala alcanza a un hombre que se encuentra cerca de allí y quiere levantarse y tomar las riendas, pero sus piernas no se lo permiten. Son como agua.

Adán se arrastra hacia los arbustos.

El aterrizaje es «duro».

El piloto consigue llevar el helicóptero hasta la parte oeste del pueblo, pero impacta con fuerza. Keller sufre una sacudida en la columna vertebral y se golpea la cabeza contra la mampara. Está a punto de perder el conocimiento.

El interior del helicóptero está en llamas. Un par de hombres intentan apagarlas mientras otros sacan a los heridos. Keller comprueba que la mitad de su «escuadrón de la muerte» está fuera de combate y entonces oye a Downey gritar:

—¡Fuera! ¡Fuera! ¡Desplegaos!

Keller salta desde la plataforma.

Los disparos se oyen por todas partes y las balas le rozan la cabeza, así que se echa al suelo, se pone las gafas de visión nocturna y corre el riesgo de alzar la vista para orientarse.

La escuela y la iglesia están a su derecha; delante y a la izquierda, los Zetas toman posiciones en cabañas, casas y matorrales. Un intenso fuego llega desde una distancia de unos cuatrocientos metros y es entonces cuando Keller se da cuenta de que estaban atacando a Barrera en su campamento cuando llegó el helicóptero. El campamento Zeta está justo detrás, al otro lado del angosto tramo de selva, así que se hallan rodeados de enemigos.

El segundo helicóptero ha tomado tierra sin percances y sus hombres están desplegándose para crear una línea de fuego entre ellos y el campamento Zeta. Pero no hay parapeto entre ellos y el campamento sinaloense y los Zetas empiezan a volver desde allí.

«Nuestra única ventaja es el caos», piensa Keller. Los Zetas no parecen comprender a quién pertenece el helicóptero que se ha estrellado y corren en todas direcciones disparando al aparato, pero también luchando en su campamento y en el de los sinaloenses.

Keller ve que algunos combatientes son mujeres, con vestidos más propios de una fiesta, y que algunas llevan máscaras, pero también AR-15, pistolas e incluso granadas de mano. Deben de ser Panteras. Creía que era una leyenda urbana, las «Amazonas Zetas», pero ahora sabe que es cierto al observar a esas figuras adentrarse en la oscuridad para buscar cobijo y una buena posición de disparo.

Dicen que ningún plan sobrevive al primer contacto con el enemigo, y el equipo de operaciones especiales ya está reagrupándose e improvisando uno nuevo. Oye los disciplinados disparos que propicia la visión nocturna a la hora de elegir un blanco y generar espacio para formar un perímetro defensivo. Se oyen conversaciones por los auriculares cuando Downey distribuye a sus hombres y su armamento.

Se esperaban llegar por sorpresa a una aldea durmiente, no a una zona de combate. El plan era ejecutar el castigo y salir de allí, no enfrentarse a todo el contingente Zeta, y ahora el helicóptero ha quedado destruido y tendrán que abrirse paso a tiros por la frontera.

—K-1 —oye Keller por el auricular—. Aquí D-1.

—Recibido.

—Abortamos misión.

—Negativo.

—No tenemos mucho tiempo aquí, K-1 —dice Downey—. La mitad del equipo G ha caído, el equipo F está combatiendo y no puedo prescindir de ellos. Tendremos que llevar a los heridos al helicóptero 2 y evacuarlos.

Keller entiende lo que dice Downey.

Él y Ruiz son los únicos miembros que quedan del Escuadrón de la Muerte G, y el F solo puede intentar impedir que les pasen por encima.

La misión se ha jodido.

¿Dónde está Barrera? ¿Habrá muerto o ha sobrevivido al ataque de los Zetas?

«Lo primero es lo primero», piensa Keller cuando oye a Downey decir:

—Vamos a mantener este perímetro hasta que podamos evacuar a los dos águilas heridos.

—Recibido.

A Keller le parece lo correcto. Tienen que llevar a los dos heridos al segundo helicóptero y esperar hasta que puedan trasladarlos y regresar, ya que veinte hombres son demasiados para un solo Black Hawk, que ya lleva sobrecarga con los sistemas de supresión de ruidos.

Al volver la cabeza, ve al Escuadrón F internarse en la jungla en dirección al campamento Zeta. Las balas pasan silbando y apunta con su M-4 hacia una casa. Se siente bien haciendo algo, da rienda suelta a la adrenalina y se da cuenta de que no ha venido para permitir que Forty y Ochoa salgan con vida.

—En marcha —dice Keller por el micrófono.

—Negativo —responde Downey.

Keller se pone en cuclillas y ve a Eddie Ruiz a su izquierda.

Eddie asiente.

Inician su avance.

Keller se aproxima a la escuela.

Los guardaespaldas de Forty escupen una lluvia de fuego.

Eddie se echa al suelo y ve a una mujer con una Uzi rosa intentando localizarlo, pero dispara y acaba primero con la Comandante Caramelito. La mujer se agarra el estómago como si no pudiera creerse lo que ha sucedido, suelta la bonita arma rosa, se desploma y llama a gritos a su madre.

Entonces Eddie ve a Forty adentrarse en la selva. Sale detrás de él y aprieta el gatillo. Forty tropieza, pero vuelve a levantarse y, cuando Eddie está a punto de acabar con él, otra lluvia de disparos lo obliga a echarse cuerpo a tierra.

Entonces se oye un zumbido y una explosión y Eddie ve a los guardaespaldas saltar por los aires en el porche de la escuela, como si fueran soldados de juguete en un juego de niños. Busca a Forty pero no lo encuentra.

Ve a Keller levantarse y dirigirse a la iglesia.

Ochoa.

Z-1.

El Verdugo.

«Trabaja para mí», piensa Eddie.

Se pone en pie y lo sigue.

Chuy ha terminado.

Deja caer el lanzacohetes y vuelve a los matorrales. Recorriendo atentamente el estrecho sendero que tantas veces ha transitado, cruza la terraza de piedra del templo maya, coge su pelota de *fútbol* y entra a rastras en su cueva.

Aquí no hay nada por lo que luchar.

Ni Flor.

Ni Nazario.

Ni Hugo ni Dios.

Un bando ganará, otro perderá, y no importa cuál. Ahora tiene una misión y no puede llevarla a cabo durante este combate.

Adopta una posición fetal y sujeta fuertemente la pelota contra el pecho.

Adán tropieza con una raíz y cae de cara.

Le duele.

Tiene la pierna derecha quemada y le han salido ampollas. Tiene rasguños y cortes de las espinas y las hojas, que parecen cuchillas. También presenta cortes en los pies. Está exhausto y parte de él solo quiere tumbarse a dormir, pero si lo hace podrían descubrirlo, y quiere vivir para volver a ver a sus hijos, para abrazarlos. Es lo único que quiere en este mundo, lo único que quiere en esta vida.

Nacho tenía razón.

¿Por qué hacen esto?

Si Ochoa sobrevive y quiere ser el *patrón*, que lo sea.

Lo único que él quiere es vivir.

Adán se pone en pie con gran esfuerzo y sigue adelante. La jungla está oscura. Todavía no ha amanecido y no ve por dónde pisa. Solo puede alejarse de los disparos y rezar para que los estadounidenses lo encuentren antes que los Zetas.

Ahora su única esperanza es que Keller esté ganando, lo encuentre y lo saque de allí. Ese era el pacto y, pese a sus defectos, que son muchos, Keller es un hombre de honor, un hombre de palabra. Pero Adán ve el helicóptero estrellarse y se pregunta si Keller iba en él, si está muerto, si los Kaibiles estarán troceando ya su cuerpo.

«Como harán contigo si te encuentran», piensa. Ha perdido y no tiene adonde ir, pero sigue avanzando a trompicones por la selva, lejos de los disparos, tratando de encontrar refugio.

Chuy despierta.

Algo se acerca, se adentra en su cueva. Enciende la linterna y lo ve.

Forty.

Está sangrando. Tiene una herida en la barriga. Es un agujero de salida. Forty ha recibido un disparo en la espalda y la bala ha salido por delante. Ahora tiene un enorme agujero que ni siquiera logra taparse con esas manos tan grandes.

Forty lo reconoce.

—Eres tú. Gracias a Dios. Ayúdame —farfulla.

Chuy lo mira a la cara.

No ve una mueca de dolor, sino un rostro que se ríe de él, que se ríe de él aunque siente dolor, que se ríe mientras la gente grita.

—Ayúdame —le suplica Forty.

Chuy coge el cuchillo, lo clava en la herida de Forty y lo hunde hasta el estómago y el pecho, tal como le enseñaron.

Forty grita.

—Nenaza —dice Chuy.

Forty gime de agonía.

Chuy extrae el cuchillo y practica una incisión horizontal cerca del cuero cabelludo de Forty. Entonces agarra la piel y se la arranca. Forty sigue chillando.

Esa cara ya no perseguirá nunca más a Chuy.

Chuy vuelve a coger su pelota de *fútbol*.

Su misión ha terminado.

Casi.

Saca un pequeño kit de costura del bolsillo.

Keller corre hacia la iglesia.

Cuenta hasta tres y se echa al suelo. Mira, dispara hacia delante, se levanta y corre contando hasta dos. Altera el ritmo para que los cuatro guaridas Kaibiles que disparan desde las puertas y las ventanas de la iglesia no puedan predecir sus movimientos.

Oye el helicóptero aproximándose; los heridos ya han partido. Tardarán al menos treinta minutos en volver a por ellos. Downey debe de haber enviado al médico con ellos y a siete hombres más. Quedan diez. Downey ha reconfigurado a su efectivos. Cuatro protegen la línea desde el campamento Zeta. Otros cuatro se encargan de la aldea y de los Zetas que regresan del ataque contra el campamento sinaloense. Ruiz y él van a por Ochoa.

Ruiz se tumba en el suelo cinco metros a su derecha.

Ochoa está en la iglesia. Keller lo sabe, lo nota, porque, de lo contrario, los Kaibiles no presentarían batalla allí. Pero los tienen a él y a Ruiz en el punto de mira y los matarán en cuanto se levanten.

—K-1, aquí D-1.

—Adelante.

—Espera mi orden.

—Entendido.

Keller escucha las comunicaciones entre los miembros del equipo.

—Objetivo alcanzado. Objetivo alcanzado. Objetivo alcanzado. Objetivo alcanzado.

—Bien.

Cuatro disparos, cuatro aciertos.

—¡Adelante!

Keller se levanta y echa a correr hacia la iglesia. Llegan disparos desde la izquierda, pero sigue adelante y el equipo de cobertura abre fuego. Llega hasta la puerta de la iglesia y pasa por encima de los dos Kaibiles muertos de un disparo en la cabeza. Se apoya en la pared y ve a Ruiz llegar detrás de él.

Keller se da la vuelta, agita la M-4 y entra.

La iglesia es pequeña; más bien una capilla. Junto a las ventanas yacen otros dos Kaibiles muertos. Algunos bancos de madera han sido arrancados y han construido una pequeña habitación con una cama y una mesita, todo muy básico. De las paredes cuelgan lámparas de aceite que bañan la iglesia de una pálida luz dorada.

Al lado de la cama hay una mujer agachada con un bebé en brazos.

Mira a Keller atemorizada.

—Nadie va a hacerte daño —le dice.

Pero ella no le cree. Abraza al niño con más fuerza y espera que haga lo que sea que tiene pensado hacer.

Keller la esquiva y avanza por el pasillo central.

No ve a Ochoa.

Entonces atisba una delgada sombra detrás de una estatua barata de escayola, la Virgen María con el Niño Jesús en brazos.

Eddie también la ve.

Como no respeta a los santos ni tampoco a las vírgenes, abre fuego contra la estatua, y los fragmentos de la Madonna y el niño salpican la pared.

Ochoa echa a rodar y dispara.

Keller siente un impacto en el chaleco antibalas, como si le hubieran golpeado con un bate de béisbol. Se arrodilla detrás del banco de madera, apunta con su M-4 a Ochoa, que repta por la base del altar, y dispara.

Las balas le alcanzan en los pies, las piernas y las rodillas.

La ráfaga de Eddie le da en el estómago.

Ochoa yace delante del altar, agarrando su .45 con una mano y el estómago con la otra, tratando de impedir que se le salgan las tripas. Tiene los ojos medio abiertos, sus piernas se retuercen y su rostro antes atractivo se contrae en una mueca de agonía.

Keller sabe que una bala le ha atravesado la columna vertebral.

Entonces Keller ve a Eddie mirando a su alrededor. Está observando una lata de parafina utilizada para encender las lámparas. Debería impedírselo, pero piensa en los cuerpos mutilados de Erika y Marisol y decide dejarlo actuar.

Keller se da la vuelta y tiende la mano a la mujer. Ella la acepta; la ayuda a levantarse, la rodea con el brazo y la saca a ella y al niño del santuario. Los tiroteos afuera han amainado. Cuando los Zetas vieron que Ochoa era capturado, empezaron a replegarse a su campamento.

Eddie coge la lata y vierte la parafina sobre Ochoa.

Este lo mira con unos ojos abiertos como platos.

Desesperado.

—¿Crees que ahora duele? —pregunta Eddie—. Pues esto no es nada.

Le arroja la cerilla encima.

Keller sale de la iglesia.

Pero oye los estremecedores chillidos de Ochoa, como una ráfaga de viento entre las piedras.

Sale el sol, rojo como la sangre, el fuego y la verdad.

Adán lo considera bueno y malo.

Bueno porque puede ver; malo porque puede ser visto. Cobijándose en la jungla como si fuera un animal, no sabe si la presa agradece que amanezca. Está cansado y dolorido. Tiene quemaduras en la piel, palpitaciones en la cabeza y cortes y rasguños en los brazos por culpa de las ramas, y los pies, destrozados, en carne viva.

Ha caminado en círculos, esquivando a los Zetas, tratando de discernir lo sucedido en la aldea, si sus hombres han ganado o perdido, si Keller ha triunfado o fracasado. El tiroteo se ha disuelto en ráfagas esporádicas, aunque han pasado camiones por el estrecho camino de tierra, ha oído hombres corriendo por los senderos, pero tenía miedo de levantar la cabeza y gritar.

Lo irónico es que espera ver a Keller.

Su perseguidor se ha convertido en su salvador.

Adán avanza tambaleándose.

Perdido.

Eddie sale de la iglesia.

—Estaba encendiendo una vela.

—Nos vamos —dice Keller.

—Voy a buscar a Forty.

—No tenemos tiempo para eso —le espeta Keller.

—Tú a lo mejor no.

Pasa junto a Keller y sigue caminando.

—¡Te advertí que si escapabas te metería dos balazos en la espalda! —grita Keller.

—¡Pues hazlo!

Eddie continúa su avance.

Keller no dispara.

Porque Eddie el Loco tiene razón.

Uno debe terminar lo que empieza.

Keller lo sigue por la jungla.

Eddie ve unas piernas asomando en una grieta en el suelo. Al acercarse ve el cuerpo de Forty.

O lo que queda de él: el tronco.

Falta la cabeza.

Lo cual es extraño.

«Da igual —piensa Eddie—. He completado la lista».

Segura, Forty, Ochoa.

DEP, Chacho.

Entonces oye algo y se apoya el rifle en el hombro. Viene de más adelante, en la jungla, a unos diez o quince metros. Es un ruido sordo y rítmico. Apuntando con el rifle, Eddie camina entre los arbustos y, al llegar a una especie de pista de piedra, ve de dónde proviene el sonido.

Un niño delgaducho está chutando una pelota de *fútbol* contra una pared.

—¡Eh!

El niño se da la vuelta.

Eddie lo reconoce y sonríe.

Chuy lo mira un segundo, se da la vuelta y vuelve a chutar la pelota. Eddie observa más atentamente, se dobla y vomita.

La cara de Forty ha sido cuidadosamente cosida al balón. Tiene la boca abierta, esbozando una sonrisa. Eddie ha visto cosas raras, pero esto se lleva la palma.

Chuy atrapa el rebote, da unos toques con el empeine, se gira y chuta la pelota en dirección a Eddie, que se aparta y la deja rodar entre los arbustos.

—¿Te acuerdas de mí? —pregunta Eddie.

El niño se limita a mirarlo fijamente.

«Como si no hubiéramos matado a varias docenas de personas juntos —piensa Eddie—. Como si no hubiera ocurrido o no importara».

—¿Qué me dices? ¿Volvemos a casa, *pocho*? ¿Volvemos al 867? —pregunta.

Chuy lo medita unos instantes y asiente.

Pasa junto a Eddie y coge el balón.

—No. ¿Por qué no lo dejas ahí? —dice Eddie.

Chuy se encoge de hombros y suelta la pelota justo cuando Keller llega al claro.

Keller observa la pelota con la cara de Forty cosida. Luego mira a Ruiz y al adolescente que está a su lado.

—¿Quién es este? —pregunta Keller.

—Chuy —responde Eddie—. Jesús el Niño.

Es el que mató y destripó a Erika. Es un niño esquelético pese al uniforme. Tiene la cara ahusada y los hombros caídos y le asoma un bigote incipiente. Es tan letal como un cachorro de perro callejero. Pero mató a Erika y la troceó como si fuera un pollo. Le clavó la irónica tarjeta de visita y se fue.

Keller le apunta a la cabeza con la M-4. Chuy ni se inmuta. Lo mira fijamente, sin importarle nada.

Catatónico.

Loco.

—No vas a hacerlo —dice Ruiz—. Nosotros no hacemos esas cosas. Mujeres y niños...

«No es un niño —piensa Keller—. No es un niño.

»Es un monstruo».

El muchacho lo mira con sus ojos inexpresivos y Keller sabe lo que han visto.

Baja el arma.

—Llévatelo de aquí —dice Keller.

—¿Y tú?

—Tengo que encontrar a Barrera —responde—. Tengo que llevarlo a casa.

—Los cojones.

—Sin él, todo esto no tiene sentido. Sin él, solo habrá más caos y asesinatos. Si sigue vivo, tengo que encontrarlo.

—Tú mismo.

Eddie se encoge de hombros y se lleva al muchacho.

Keller entra en el campamento sinaloense.

Está desierto, a excepción de los muertos.

Los supervivientes deben de haber escapado. Habrán montado en sus vehículos e intentado salir de allí.

Se pregunta si Adán está con ellos.

¿Un Barrera triunfante?

¿El antiguo y futuro rey?

¿O está muerto, víctima de su propia traición? Subestimó a Ochoa, no creía que fuera tan astuto como él. Pero Adán es así. Siempre se ha creído más listo que nadie.

Y puede que tenga razón.

Keller ve el contenedor de mercancías que albergaba a los invitados, abre la puerta de una patada y entra. Es una tumba ennegrecida y busca el cadáver calcinado de Adán, pero no lo encuentra.

Oye a Downey por el auricular.

—K-1, aquí D-1. Nos vamos. ¿Cuál es tu localización?

Keller no responde. Al salir del contenedor oye las hélices del helicóptero aproximándose.

Bien.

—K-1, repito: ¿cuál es tu localización?

Está saliendo el sol y nota el calor en el rostro.

—K-1, no te esperaremos. Repito, no te esperaremos.

—De acuerdo.

Silencio.

—K-1, ¿qué...?

—Yo no voy.

Keller se adentra en la jungla.

Adán llega a un claro.

Es una terraza de piedra con ruinas alrededor. Los restos de unas columnas talladas, los vestigios de lo que debió de ser un altar para sacrificios. Ahora lo ha invadido la vegetación, y sus estatuas y lápidas han sido saqueadas, pero es un buen lugar para descansar, así que se estira en el suelo.

Más bien se desploma. Está más que agotado, más que desesperanzado, y cae encima de la piedra, todavía fría a primera hora de la mañana. Apoya la cabeza sobre los brazos y cierra los ojos.

Oye un susurro y al abrir los ojos ve un pequeño lagarto correteando por la piedra. Entonces, el lagarto se detiene, se miran fijamente unos segundos y se va.

Adán tiene sed, más de la que pensó que tendría nunca; tiene la sensación de que morirá de sed en esta selva tropical. No sabe adónde ir, ni cómo llegar, ni qué encontrará cuando llegue. De todos modos, no tiene fuerzas y, por primera vez, quizá en toda su vida, no sabe qué hacer y rompe a llorar.

El calor se eleva igual que el sol.

Por la mañana refresca en la selva, pero dura tan poco como un amor de verano, y Keller se siente enervado mientras avanza entre los densos matorrales, agotado como nunca antes, dirigiéndose al final de...

¿Qué?

¿Su misión sagrada, esta venganza impía?

«Hiciste las paces con el diablo —piensa—. Ahora vive con ello. Si merece la pena vivir con ello, sabiendo cuál es su precio.

»Lo que te ha costado a ti.

»Lo que les ha costado a otros.

»Luis Aguilar, Erika Valles, Pablo Mora, Jimena Abarca.

»Marisol.

»Miles y miles de personas, los sin nombre y sin rostro de Mora, los culpables y los inocentes y los que están en medio, donde vivimos la mayoría de nosotros y morimos en nuestra escala de grises.

»Ocho mil vidas y lo único que hemos hecho es coronar a un nuevo rey.

»Y el nuevo rey es el antiguo rey.

»Un mundo sin fin, amén».

Keller no sabe realmente adónde va. Solo sabe que, si Adán ha huido, se habrá alejado de los combates, habrá buscado un escondite, y este es un buen escondite. Podría desaparecer aquí, bajo esta techumbre verde, totalmente oculto en este lugar que otrora fue el hogar de pueblos y dioses ancestrales que también desaparecieron. Entonces la jungla volvió.

La jungla siempre vuelve. Por más que la tales, la jungla siempre vuelve. Nota la presencia de Adán, su extremidad amputada, la parte fantasma de sí mismo, siempre ahí, siempre al acecho, la jungla que espera reclamarse a sí misma.

Por el calor que hace, Keller sabe que está saliendo el sol, pero no ve el cielo.

La jungla es demasiado densa y demasiado oscura.

Adán oye las pisadas en el bosque.

Siente la punzada de terror de la presa.

¿Un puma? ¿Un jaguar? ¿Un enemigo humano que viene a matarlo?

Abre los ojos y ve a Keller.

Keller mira a Adán, que está tumbado sobre la piedra.

Tiene la cara ennegrecida por el hollín, su cuerpo desnudo rasguñado, ensangrentado y quemado, la piel manchada de tierra, con ampollas abiertas, en carne viva.

Pequeño y patético, parpadea. Entonces dice con un hilo de voz:

—Has venido a buscarme.

Keller asiente.

Adán se echa a llorar. Se le forman burbujas en la nariz. Se incorpora con dificultad y pregunta a Keller si tiene agua.

Este coge la pequeña cantimplora que lleva colgada del cinturón y se la tiende a Adán, que desenrosca el tapón y da largos tragos con ansiedad. El agua parece revivirlo y pregunta:

—¿Y Ochoa?

—Muerto —responde Keller—. Forty también.

Los labios agrietados de Adán dibujan una leve sonrisa.

—Killer Keller.

—Tengo que llevarte a casa.

Keller le ofrece el brazo. Adán se agarra y lo ayuda a levantarse.

—Gracias —dice Adán intentando ganar equilibrio—. Quiero que sepas que dejo el narcotráfico. Se acabó. Quiero vivir mi vida con mi familia.

—*Amplius lava me ab iniquitate mea; et a peccato meo munda me.*

—¿Qué?

—Es latín —dice Keller—. Un salmo: «Lava del todo mi delito, limpia mi pecado».

Apunta a Adán con la pistola.

Adán parpadea incrédulo.

—Me diste tu palabra. Me lo juraste por tu alma.

Keller le dispara dos veces en la cara.

Luego suelta el arma y se adentra de nuevo en la oscuridad de la jungla.

EPÍLOGO

CIUDAD JUÁREZ

> *And I believe in God.*
> *And God is God.*
>
> STEVE EARLE,
> *God is God*

Ciudad Juárez, México
2014

Keller acaba de remover los huevos en la sartén, los sirve en un plato y lo deja en la mesa de la cocina delante de Chuy.

Come con desenfreno, como un animal.

Keller espera a que acabe y dice:

—Ahora vístete. Tenemos que irnos. Y cepíllate los dientes.

El muchacho se levanta y va a su habitación.

Casi nunca habla. Vive en su mundo impenetrable, como un autista profundo. Sigue mojando la cama y llora por las noches. Se despierta gritando y Keller hace todo lo posible por calmarlo; incluso después de dos años de terapia semanal y medicación diaria, no mejora demasiado. A Keller le sorprende que las pesadillas de Chuy a veces lo despierten de las suyas propias.

Tras el ataque en Petén, Keller volvió directamente a México desde la jungla. Llegó a El Paso y anunció a Tim Taylor que esta vez se había acabado.

Taylor no puso objeciones.

—¿Qué pasó con Barrera? —preguntó enojado.

Keller se encogió de hombros.

—Supongo que no sobrevivió.

Luego Keller se fue y nunca miró atrás. Viajó a Juárez el mismo día e hizo una oferta a Ana por su pequeña casa. Ella estaba viviendo con Marisol en Valverde, ya que había dejado su puesto en el periódico para trabajar en la clínica. Lo describía como una penitencia, pero nunca dijo por qué y Keller no preguntó.

Eddie Ruiz apareció dos días después con Chuy detrás como un cachorro extraviado.

—No sé qué hacer con él.

—Entrégalo —dijo Keller.

—Lo matarán —respondió Eddie.

Chuy pasó junto a ellos y se acurrucó en el sofá. Desde entonces, ha pasado casi todo el tiempo ahí. A la policía no le importaba aunque lo supiera. Chuy todavía no había cumplido dieciocho y, siendo menor, en México solo podía estar tres años en la cárcel. Nadie quería tomarse la molestia de juzgarlo.

Nadie quería que se lo recordaran.

—¿Qué vas a hacer? —preguntó Keller a Eddie.

—Ir al otro lado y entregarme —dijo Eddie—. En cuatro años estaré fuera.

—Parece un buen plan.

—¿Y tú?

—Yo no tengo planes —respondió Keller—. Vivir, supongo.

Tiene un poco de dinero ahorrado y pensión. No es mucho, pero suficiente, y tampoco necesita gran cosa. Se planteó la posibilidad de regresar a Estados Unidos, pero, por alguna razón, quería quedarse en México, en Juárez, ayudar en la recuperación de una ciudad en ruinas, aunque solo fuera comprando comida allí.

Estando allí.

La historia de Chuy trascendió poco a poco. Era espantosa. Marisol dijo que probablemente nunca llegaría a recuperarse de los traumas que había experimentado, que a lo máximo que podía aspirar era a una especie de funcionalidad básica, a una existencia en la penumbra. Buscó a los mejores terapeutas, pero a lo sumo pueden evitar que suponga un peligro para sí mismo o para los demás. Ahora tiene casi veinte años, pero se comporta como uno de once, porque, tal como explicó Marisol, los traumas atajaron su crecimiento justo cuando empezaba.

—Yo cuidaré de él —dijo Keller.

Porque necesita hacerlo. Llámalo penitencia, llámalo expiación o llámalo como quieras. Él solo sabe que necesita hacerlo, que solo puede encontrar la redención ayudando a ese chico a encontrar la suya, mostrando amor a lo que odia, sabiendo que, al final del día o al final del mundo, no hay almas separadas. Iremos al cielo o al infierno, pero iremos juntos.

—Será una labor a tiempo completo —dijo Marisol.

Su salud es frágil, su cojera más pronunciada y cada vez necesita más el bastón. En la clínica hay mucho trabajo. Muchos de sus pacientes ahora son sinaloenses, gente pobre que no recibiría atención médica de no ser por ella.

Ella y Keller se ven de vez en cuando en algún que otro acto social, en una librería o una cafetería, y hablan como viejos amigos. A veces sienten la tentación de volver atrás, de intentar encontrar lo que perdieron, pero saben que algunas cosas, una vez destruidas, no pueden reconstruirse.

Una pérdida es una pérdida.

Chuy sale de la habitación y ambos se acercan a la esquina para coger una *rutera* en dirección al centro.

La ciudad está volviendo.

No del todo, ni por asomo.

Pero las tiendas han abierto sus puertas, vuelve a haber gente en las casas y ya no hay cadáveres en las aceras. Ahora esta es la ciudad de Keller, y seguirá siéndolo, dos ruinas esperanzadas habitándose mutuamente.

La Guerra contra la Droga continúa con su inconsistencia. En México, en Estados Unidos, en Europa y en Afganistán. La droga sigue saliendo de México rumbo al sudoeste de Estados Unidos. Ahora es un producto más abundante que el agua. A la máquina le faltan algunos de sus engranajes más monstruosos, pero las ruedas siguen girando. Banca, sector inmobiliario, política, armamento, muros, vallas, policías, tribunales y prisiones; el cártel sigue adelante.

Keller rara vez se acuerda de Ochoa, de Forty y de todo aquello. Leyó en los periódicos, como cualquier otro ciudadano de a pie, que Martín e Yvette Tapia habían sido capturados, y se pregunta cómo le irá a ella en Puente Grande. Probablemente no muy bien. La puesta en libertad de Eddie Ruiz está prevista para dentro de poco y tendrá una nueva identidad y una vida corriente que le resultará insoportablemente mundana.

Eva Barrera vive en California con sus dos hijos y tienen mucho dinero para vivir bien. Keller ignora si Adán llegó a saber que los niños no eran suyos, que ella ha cambiado oficialmente su paternidad para ahorrarles la vergüenza de su legado.

«Alguien ocupará el trono», piensa Keller.

No le importa quién.

La gente no dirige el cártel; es el cártel el que dirige a la gente.

Los frenos del autobús chirrían, y Keller y Chuy se bajan en el centro y se dirigen a la clínica en la que el muchacho se visita de forma periódica, una visita que poco puede hacer salvo mantenerlo donde está.

«Somos todos tullidos —medita Keller—, cojeando juntos en este mundo tullido.

»Es lo que nos debemos unos a otros».

Chuy entra.

Keller lo espera sentado en un banco. Las palabras del salmo vuelven a él:

«Estad quietos y conoced que yo soy Dios».

No hay otra cosa que hacer más que estar quieto.

AGRADECIMIENTOS

Esta es una obra de ficción. No obstante, cualquier observador de la «guerra de la droga» en México reparará en que los incidentes aparecidos en este libro están inspirados en hechos reales. Habida cuenta de ello, he consultado varias obras periodísticas que me gustaría resaltar aquí: Ioan Grillo, *El narco;* George W. Grayson y Samuel Logan, *The Executioner's Men;* Anabel Hernández, *Los señores del narco*; Charles Bowden, *El zar de la droga: la vida y la muerte de un narcotraficante mexicano* y *La ciudad del crimen;* George W. Grayson, *Mexico: Narco-Violence and a Failed State?;* *Blog del Narco-Dying for the Truth;* Howard Campbell, *Drug War Zone;* Ed Vulliamy, *Améxica: guerra en la frontera;* Malcolm Beith, *El último narco;* Jerry Langton, *Gangland: The Rise of the Mexican Drug Cartels from El Paso to Vancouver;* Robert Andrew Powell, *This Love Is Not for Cowards;* Ricardo C. Ainslie, *The Fight to Save Juárez: Life in the Heart of Mexico's Drug War;* John Gibler, *To Die in Mexico: Dispatches from Inside the Drug War;* y Melissa Del Bosque, «The Most Dangerous Place in Mexico», *The Texas Observer.* También he consultado artículos en *The Los Angeles Times, The New York Times, The Washington Post, The San Diego Union-Tribune, The Guardian* y varios periódicos mexicanos, entre otros *Milenio Diario, La Prensa, El Norte, La Mañana, Primera Hora* y *El Universal.*

La era reciente de la guerra de la droga es única en el sentido de que se informa de ella en tiempo real, a menudo a través de publicaciones realizadas en Internet por los propios participantes, además de los *blogs.* Entre estos últimos, he consultado principalmente *Borderland Beat, Insight Crime* y, por supuesto, *Blog del narco.*

Un agradecimiento especial a mi buen amigo y coconspirador Shane Salerno y The Story Factory por su empeño en que escribiera este libro, por hacerlo posible y por ser esa persona que lleva los negocios de otra manera, que piensa globalmente y que se preocupa de veras por los escritores. Gracias a Sonny Mehta por su erudición y sus pacientes correcciones y a toda la plantilla de Knopf: Edward Kastenmeier, Diana Miller, Leslie Levine, Paul Bogaards, Gabrielle Brooks, Maria Massey, Oliver Munday y el resto.

Y, por último, a mi mujer y mi hijo por su amor, su paciencia y su apoyo.

GANADORES DEL
PREMIO RBA
DE NOVELA NEGRA

Francisco González Ledesma, *Una novela de barrio*
I Premio RBA de Novela Negra, 2007

El comisario Ricardo Méndez, policía curtido en mil lances a punto de jubilarse, deberá aportar toda su experiencia para desentrañar un caso que mezcla acontecimientos frescos con heridas aún abiertas del pasado. Todo ello en una Barcelona que nada tiene que ver ya con la ciudad ruda pero honesta que patrulló tiempo atrás.

Andrea Camilleri, *La muerte de Amalia Sacerdote*
II Premio RBA de Novela Negra, 2008

Michele Caruso, director de la RAI en Palermo, se niega a que el auto de procesamiento de Manlio Caputo, hijo del líder de la izquierda siciliana y acusado del homicidio de su novia, abra el informativo regional de la tarde. Y es que «una pura y simple noticia de sucesos» no es pura ni simple en Sicilia.

Philip Kerr, *Si los muertos no resucitan*
III Premio RBA de Novela Negra, 2009

Un año después de abandonar la KRIPO, Bernie Gunther trabaja en el hotel Adlon, donde se aloja la periodista norteamericana Noreen Charalambides. Noreen y Gunther se aliarán dentro y fuera de la cama para seguir la pista de una trama que une las altas esferas del nazismo con el crimen organizado estadounidense.

Harlan Coben, *Alta tensión*
IV Premio RBA de Novela Negra, 2010

Bolitar siempre ha soñado con la voluptuosa mujer que acaba de entrar en su despacho para pedirle ayuda. La antigua estrella del tenis Suzze T y su marido, Lex, una estrella del rock, son clientes, y a lo largo de los años Bolitar ha negociado multitud de contratos para ellos. Pero ahora que ella está embarazada de ocho meses, Lex ha desaparecido.

Patricia Cornwell, *Niebla roja*
V Premio RBA de Novela Negra, 2011

La doctora Kay Scarpetta se encuentra ante una difícil encrucijada: la resolución lógica de una serie de brutales asesinatos que está cometiendo una retorcida mente criminal en Savannah (Georgia) y su instinto de mujer, que le dicta normas que van más allá de las pruebas imputables y de la ciencia forense.

Michael Connelly, *La caja negra*
VI Premio RBA de Novela Negra, 2012

¿Qué relación puede guardar un asesinato reciente con un crimen acontecido dos décadas atrás? El inspector Harry Bosch debe plantearse dicha pregunta cuando, por alguna extraña razón, la investigación de un homicidio le hace regresar a la peor época que recuerda de su larga trayectoria profesional: las revueltas raciales que arrasaron Los Ángeles en 1992.

Arnaldur Indriðason, *Pasaje de las Sombras*
VII Premio RBA de Novela Negra, 2013

Alertados por una inquilina preocupada por uno de sus vecinos, dos policías encuentran el cadáver de un anciano sobre la cama. El análisis forense dictamina que fue asfixiado. El registro del domicilio del difunto saca a la luz unos recortes de prensa sobre una joven que en 1944 fue estrangulada. ¿Pueden ambas muertes estar relacionadas pese a las seis décadas que las separan?

Lee Child, *Personal*
VIII Premio RBA de Novela Negra, 2014

Un francotirador ha intentado acabar con la vida del presidente de Francia, pero ha fallado y ha huido. Tal como se ha llevado a cabo, el atentado solo puede haber sido obra de un hombre. Es peligroso y muy escurridizo. El exmilitar Jack Reacher es el único capaz de atraparlo, aunque no va a ser tarea fácil.

Don Winslow, *El cártel*
IX Premio RBA de Novela Negra, 2015

Año 2004. Art Keller, el agente de la DEA, lleva tres décadas librando la guerra contra la droga en una sangrienta contienda con Adan Barrera, jefe de La Federación, el cártel más poderoso del mundo, y autor del brutal asesinato de su pareja. Keller paga un alto precio por meter a Barrera entre rejas: la mujer a la que ama, sus creencias y la vida que quiere vivir. Una historia realista de poder, corrupción, venganza, honor y sacrificio.